KB195150

포화

세계문학전집
255

Henri Barbusse : Le Feu — Journal d'une escouade

포화
어느 분대의 일기

앙리 바르뷔스 장편소설

김웅권 옮김

문학동네

일러두기

1. 번역 대본으로는 *Le Feu*(Henri Barbusse, Gallimard, 2007)를 사용했다.
2. 원주 표시가 없는 주석은 모두 옮긴이주다.
3. 본문 중 고딕체는 원서에서 이탤릭체로 강조한 부분이다.

차례

1장 전망 9

2장 땅속에서 15

3장 하강 71

4장 볼파트와 푸야드 77

5장 피난처 88

6장 습관 122

7장 승차 130

8장 휴가 141

9장 진노 153

10장 아르고발 180

11장 개 184

12장 문주門柱 203

13장 욕설 235

14장 소지품 238

15장 달걀 262

16장 목가 266
17장 대호對壕 273
18장 성냥 278
19장 포격 286
20장 포화 308
21장 구호소 383
22장 산책 408
23장 사역 419
24장 새벽 445

해설 | 민중에 대한 희망의 전쟁 미학 483
앙리 바르뷔스 연보 507

크루이, 119고지에서

내 곁에 쓰러져간 전우들을 추모하며

H. B.

1장
전망

당뒤미디산, 에귀유베르트산 그리고 몽블랑산*이, 요양소의 긴 회랑에 줄지어 놓인 담요 밖으로 삐져나온 창백한 얼굴들과 마주하고 있다.

병원으로 쓰이는 저택의 이층에는 나무를 잘라 만든 발코니가 달린 테라스가 있는데, 베란다 같기도 한 이 테라스는 저 위 고립된 공간에서 세상을 굽어보고 있다.

고급 양모로 된—붉은색, 초록색, 옅은 밤색 혹은 흰색—담요들 바깥으로 눈을 반짝이며 나와 있는 단정한 얼굴들은 고요하다. 긴 의자들 위로 침묵이 내려앉았다. 누군가 기침을 했다. 그런 뒤에는 규칙적으로 책장을 넘기는 소리라든가, 옆사람끼리 뭔가 묻고 조심스레 대답하며

* 모두 알프스산맥의 일부.

소곤대는 소리, 혹은 투명하고 광막한 하늘에 흑진주로 된 묵주처럼 대열을 이루며 날던 무리를 과감히 빠져나온 까마귀 한 마리가 이따금씩 난간 위에서 부채처럼 날개를 퍼덕이는 소리 따위가 희미하게 들릴 뿐이다.

여기서 침묵은 곧 법이다. 게다가 세계 각지에서 온 부유하고 자립적이었던 이들은 똑같은 불행에 사로잡혀 말하는 습관을 상실해버렸다. 그들은 각자의 내면으로 들어가 각자의 삶과 죽음에 대해 생각하고 있다.

급사 하나가 회랑에 나타난다. 흰옷을 입은 그녀는 조용히 걷는다. 그녀가 신문을 가져와 나누어준다.

"일어나버렸군." 맨 먼저 신문을 펼친 자가 말한다. "전쟁이 선포되었어."

예상했던 소식이건만 일종의 현기증을 불러일으킨다. 여기에 있는 이들은 그 규모가 어마어마함을 느끼고 있기 때문이다.

지적이며 교육받은 이 사람들은 고통과 성찰로 내면이 더욱 깊어지고, 세상사뿐 아니라 거의 삶에서도 초연해져 마치 이미 후세의 사람인 양 나머지 인류와 멀어진 채, 저멀리 산 자들과 미친 자들의 이상한 나라를 향해 시선을 던진다.

"오스트리아가 저지르는 일은 죄악이야." 오스트리아인이 말한다.

"프랑스가 승리해야 해." 영국인이 말한다.

"독일이 패배하면 좋겠어." 독일인이 말한다.

*

그들은 담요 밑으로 다시 들어가 베개를 베고는 산봉우리들과 하늘을 마주한다. 하지만 티 없이 맑은 하늘에도 불구하고, 침묵은 방금 전해진 새로운 소식으로 가득차 있다.

"전쟁!"

누워 있던 자들 가운데 몇몇이 침묵을 깨고 낮은 목소리로 거듭 말하고는, 이 전쟁은 현대에서 그리고 어쩌면 모든 시대를 통틀어 가장 큰 사건이라고 깊은 사색 끝에 덧붙인다.

그뿐 아니라 이 고지告知는 그들이 응시하는 풍경에 막연하고 음울한 신기루 같은 것을 만들어낸다.

장밋빛 마을들과 부드러운 목초지로 아름답게 둘러싸인 골짜기 안의 조용한 평원, 멋들어진 반점 같은 산들, 그리고 검은 레이스 같은 소나무들과 흰 레이스 같은 만년설 안쪽은 인간의 움직임으로 가득하다.

수많은 군중이 뚜렷한 덩어리를 이루며 우글거린다. 들판에서는 파상공격이 전개되다가 이내 멈춘다. 집은 인간처럼 쓰러지고, 도시는 집처럼 망가진다. 마을은 마치 하늘에서 땅으로 떨어진 듯 허연 잔해가 되어버리고, 죽은 자들과 부상자들이 끔찍하게 쌓여가며 벌판의 형태를 바꾸어놓고 있다.

모든 나라의 국경이 살육으로 갉아먹히고, 그곳에서 힘과 혈기로 가득했던 새로운 병사들의 심장도 끝없이 나가떨어진다. 모두가 죽음의 강으로 흘러드는 산 자들을 눈으로 좇고 있다.

북쪽, 남쪽, 서쪽, 사방 저멀리서 전투가 벌어지고 있다. 드넓게 펼쳐진 땅 어느 방향으로 고개를 돌려봐도 전쟁이 벌어지지 않는 땅은 하나도 없다.

창백한 얼굴로 지켜보는 자들 가운데 하나가 팔꿈치를 괴고 몸을 일으키면서 현재와 앞으로의 전투병들의 수를 헤아려본다. 3천만 명. 다른 이가 눈앞에 대량학살 장면을 가득 그려보며 더듬거린다.

"두 군대가 붙을 경우 엄청난 군대가 자멸하는 거야."

"일으키지 말았어야 하는데." 나란히 자리한 이들 가운데 첫번째에 있는 이가 굵고 낮은 목소리로 말한다.

하지만 다른 이가 말한다.

"프랑스혁명이 다시 시작되는 거야."

"권좌에 있는 놈들은 가차없다고!" 또다른 이가 예고하듯 중얼거린다.

세번째 사람이 이렇게 덧붙인다.

"아마 위대한 전쟁이 될 거야."

잠시 침묵이 흐르고, 불면증을 야기하는 밤의 무미건조한 비극 때문에 여전히 창백한 이마 몇몇이 꿈틀거린다.

"전쟁을 멈춰야 해! 가능한 일이야! 전쟁을 멈춰야 해! 세상의 상처는 치유될 수 없다고."

누군가가 기침을 한다. 그러자 니스를 칠한 듯 반짝이는 소들이 고요하게 빛을 뿜는 화려한 초원에 햇볕과 함께 드넓게 드리워진 고요, 검은 숲과 초록빛 들판 그리고 푸른 빛깔을 띤 원경이 그런 전망을 덮어버리고, 오래된 세계를 불태우고 부수는 포화의 불빛을 꺼버린다. 한없는 침묵이 시커멓게 들끓는 세상의 증오와 고통어린 떠들썩함을 지워낸다. 말을 했던 병사들은 자신들의 허파가 간직한 신비와 육체의 구원에 몰두한 채, 저마다 내면으로 되돌아간다.

그러나 골짜기에 밤이 찾아오려 할 때쯤 몽블랑 산악지대에 폭풍우가 몰아친다.

폭풍이 넓은 베란다 밑—그들이 피난해 있는 곳—까지 다가오는 듯한 이런 위험한 밤에는 외출이 금지되어 있다.

안으로 파고드는 내면의 깊은 상처를 입은 이 중상자들은 자연의 요소들이 만들어내는 급격한 변화를 두 눈으로 조망한다. 그들은 천둥이 칠 때마다 산에 바다 같은 수평 구름이 일고 불기둥과 구름 기둥이 동시에 석양에 퍼져나가는 풍경을 바라본다. 뺨에 상처를 입은 창백한 얼굴을 움직여, 독수리들이 하늘에 원을 그리고 안개에 둘러싸인 대지를 굽어보며 날아가는 모습을 눈으로 좇는다.

"전쟁을 멈춰야 해!" 그들은 말한다. "폭풍을 멈춰야 해!"

세상의 경계에서 관조하는 이들, 당파의 정열을 씻어내고, 후천적으로 획득한 개념이나 맹목적인 추구나 전통의 영향에서도 벗어난 이들은 세상사의 단순함과 활짝 펼쳐진 가능성을 연하게 느낀다……

늘어선 줄 끝에 있는 자가 소리친다.

"저 밑에 뭔가 기어오르는 것들이 보인다!"

"그러네…… 살아 있는 것 같은데."

"식물인가……"

"사람들 같아."

그들은 폭풍우의 음울한 미광 속에서, 마치 타락 천사들처럼 지상에 흩어져 드리워진 검은 구름 아래 펼쳐지는 거대한 납빛 평원을 바라보고 있는 것 같다. 그들의 시야에 진흙과 물로 된 평원에서 형체가 나타나 흉측한 조난자들처럼 진창에 눈이 멀고 짓이겨진 모습으로 지표면에 들러붙고 있다. 그들에게 이 형체는 병사들 같아 보인다. 긴 도랑들이 나란히 파이고 구덩이들이 생겨 물이 흥건한 평원은 거대하며, 그곳에서 빠져나오려 애쓰는 이 조난자들의 무리는 어마어마하다…… 그러나 범죄와 과오가 진흙탕 전쟁에 차곡차곡 던져넣은 3천만 명의 노예들은 마침내 어떤 의지가 움트는 인간의 얼굴을 쳐든다. 미래는 이 노예들의 손에 달려 있으며, 한없는 비참함에 삼긴 수수한 이들이 인센가 이룰 결속을 통해 이 오래된 세계는 변하게 될 것이다.

2장
땅속에서

흐릿하고 드넓은 하늘에 천둥소리가 가득하다. 적갈색 번개와 함께 천둥이 칠 때마다, 아직 물러가지 않은 어둠 속에 불기둥이 모습을 드러내고 벌써 터오는 여명 속에 구름 기둥이 나타난다.

보이지는 않아도 저 높은 곳, 매우 높고 아주 먼 곳에서 수많은 새들이 빠르고 힘차게 호흡하며 날아가는 소리가 들린다. 새들은 대지를 바라보기 위해 원을 그리며 비상한다.

대지! 여명의 기나긴 황량함 속에서 물로 가득찬 거대한 황야가 나타나기 시작한다. 늪지와 움푹 팬 구덩이에 고인 물이 새벽 끝에 몰아치는 날카로운 삭풍에 꼬집힌 듯 전율한다. 희미한 빛 속에 철길처럼 반짝이는 바큇자국, 이 불모의 들판에 군대와 수송차들이 밤사이 남긴 흔적이다. 진흙 무더기 위에는 부러진 푯말과 X자로 해체된 총받침,

둘둘 말리고 꼬여서 덤불처럼 된 철조망 뭉치들이 여기저기 있다. 진흙 지대와 웅덩이들을 보면 엄청나게 큰 회색 천이 군데군데 물에 잠긴 채 바다를 떠다니는 것 같다. 비는 오지 않지만 모든 게 젖어 있고, 물기가 스며나오고, 씻기고, 난파당한 상태다. 희끄무레한 빛도 물처럼 흐르는 것 같다.

밤의 잔재가 쌓인 그물망 같은 긴 도랑들이 눈에 띈다. 참호다. 참호의 바닥은 메스껍고 끈적끈적한 것으로 덮여 있어 걸음을 뗄 때마다 소리를 내고, 밤중에 오줌을 눈 탓에 각각의 대피호 주변에서는 지독한 냄새가 난다. 지나가면서 들여다보면 구멍들에서도 입냄새 같은 악취가 풍겨온다.

옆으로 파인 저 우물에서 그림자들이 나타나 거대하고 기괴한 덩어리처럼 움직이는 모습이 보인다. 곰 같은 것들이 진창 속을 걸으며 으르렁거린다. 우리들이다.

우리는 북극의 주민들처럼 몸을 따뜻하게 감싸고 있다. 몸을 감싸고 덮은 모직물과 담요와 배낭 천이 묘하게도 우리를 둥그런 덩어리처럼 보이게 만든다. 몇몇이 기지개를 켜고 하품을 토해낸다. 불그스름하거나 납빛을 띤 얼굴들이 눈에 띄는데 더러운 때가 묻어 마치 칼자국이 난 것 같다. 한쪽에 작은 전등인 양 흐리멍덩한 두 눈구멍이 파인 그 얼굴들에는 깎지 않은 수염이 덤불처럼 덮여 있는가 하면, 면도하지 않은 털이 지저분하게 잔뜩 달라붙어 있다.

탁! 탁! 펑! 소총 사격 소리와 포성이 들린다. 우리 머리 위로, 도처에서 길게 이어지는 일제사격이나 단속적인 포격이 타닥타닥 소리를 내거나 굉음을 울린다. 어둡고 번쩍이는 뇌우는 결코, 결코 멈추지 않는다. 열다섯 달도 넘도록, 오백 일도 넘도록 우리가 있는 이곳에서 사격과 포격은 아침부터 저녁까지, 저녁부터 아침까지 멈추지 않는다. 사람들은 영원한 전장에 묻힌다. 하지만 이젠 거의 전설이 되어버린 지난날 집에 있는 괘종시계의 똑딱 소리처럼, 포화 소리가 들리는 것은 귀를 기울일 때뿐이다.

눈꺼풀이 부어오르고, 광대뼈의 홍조가 너무도 짙어 마치 작은 마름모꼴의 붉은 종잇조각을 붙여놓은 듯한, 포동포동 아이 같은 얼굴이 땅 위로 솟아나와 한쪽 눈을, 두 눈을 뜬다. 파라디라는 자다. 부은 그의 두 볼에는 잠을 잘 때 머리를 감쌌던 텐트 천의 주름 자국이 새겨져 있다.

작은 두 눈으로 주변을 두리번거리던 그가 나를 보더니 신호를 하고는 말한다.

"이봐 친구, 또 한 밤이 지났어."

"그래, 젊은 친구, 이런 밤을 얼마나 더 보내게 될까?"

파라디는 하늘을 향해 통통한 두 팔을 뻗는다. 그는 대피호의 계단에서 여기저기 부딪치며 간신히 빠져나와 지금 내 곁에 있다. 희미한 어둠 속에 검은 무더기처럼 쭈그리고 앉아 거친 한숨을 몰아쉬면서 몸을 박박 긁고 있던 누군가에 발이 걸려 비틀거렸던 것이다. 파라디는 대홍수 같은 배경 속에서 펭귄처럼 뒤뚱거리며 어렵사리 멀어져간다.

*

조금씩, 사람들이 깊은 곳에서 빠져나온다. 구석구석에서 짙은 그림자가 생기다가, 이어서 인간들이 구름떼처럼 움직이고 파편처럼 흩어진다…… 우리는 모두를 하나하나 알아본다.

한 사람이 후드처럼 담요를 머리에 뒤집어쓴 채 모습을 드러낸다. 마치 좌우로 기우뚱거리며 산책하는 원시인, 아니 그보다 원시인의 텐트 같다. 가까이 다가오자, 가장자리가 도톰한 양모 편직물 한가운데 네모난 얼굴이 보이는데, 요오드를 발라 누렇고, 거무칙칙한 반점들에 코는 납작하고, 눈은 언저리가 장밋빛에 중국인처럼 째져 있고, 작은 콧수염은 기름때를 벗기는 솔처럼 거칠고 축축하다.

"볼파트로군. 피르맹, 자네 괜찮아?"

"괜찮아, 괜찮고 나아지고 있어." 볼파트가 말한다.

목이 쉰 탓에 무겁고 단조롭게 질질 끄는 말투가 두드러진다. 그는 기침을 한다.

"이렇게 한 방 먹어 중병에 걸렸다니까. 이봐, 자네 간밤의 공격 소리 들었지? 이 친구야, 저들의 포격 말이야. 빗발치듯 무섭게 퍼붓더군!"

그는 훌쩍거리더니 오목한 코밑을 소매로 닦는다. 그러고는 외투와 윗도리 속에 손을 집어넣고 피부를 더듬대며 긁어댄다.

"촛불만 가지고 나는 서른 놈이나 죽였어!" 그가 중얼거린다. "지하 통로 옆에 있는 커다란 대피호에서 말이야. 이봐, 벌레 같은 게 있었다니까. 그놈들이 짚더미 속으로 달려가는 모습이 눈에 선해."

"누가 공격했는데? 독일 놈들이?"

"독일 놈들이지만 우리도 했지. 비미 근처였어. 역습을 했지. 소리 못 들었어?"

"전혀." 나를 대신해서 황소같이 뚱뚱한 라뮈즈가 대답한다. "난 코를 골며 자고 있었어. 전날 밤 야간작업을 했거든."

"난 들었어." 브르타뉴 출신의 조그만 비케가 끼어든다. "잠을 제대로 못 잤거든. 정확히 말하면 아예 못 잤어. 나한테는 전용 대피호가 있지. 자, 저게 그 빌어먹을 것이야."

그가 지표면에 보일 듯 말 듯 길고 얕은 구멍 하나를 가리켜 바라보니, 얇게 퇴비를 깔아놓은 곳에 겨우 몸 하나 들어갈 만한 공간이 있다.

"정말 조잡하지." 그는 생기다 만 돌처럼 작고 울퉁불퉁한 머리를 끄덕이면서 말을 잇는다. "난 거의 한숨도 못 잤어. 잠을 자러 갔지만 교대하느라 옆으로 지나간 129연대 때문에 잠이 다 깨버렸지. 소리 때문이 아니라 냄새 때문에. 아! 그 녀석들의 발이 내 주둥이 높이에 있었다고. 잠에서 깼는데 어찌나 코가 괴로웠는지."

나도 안다. 참호에 있던 나 역시 행진하는 군대가 달고 다니면서 남겨놓는 지독한 냄새 때문에 자주 잠을 깼다.

"냄새로 빈대를 죽일 수 있으면 좋을 텐데." 티레트가 말한다.

"그 반대야. 냄새가 나면 빈대가 더 들끓지." 라뮈즈가 지적한다. "더러우면 더러울수록 더욱 악취를 풍기고, 그러면 빈대가 점점 많아진다고!"

"그놈들 냄새 때문에 잠에서 깬 건 다행이야." 비케가 말을 잇는다. "조금 전에 이 뚱보한테도 얘기했는데 말이야, 내가 눈을 떠 내 구멍을 덮은 텐트 천에 손을 뻗으려는데 그 더러운 놈들 중 한 놈이 그걸 훔쳐 가겠다는 말을 하지 뭔가."

"그 129연대의 악당들 말이지."

발아래 바닥에서 사람의 형태 하나가 보였다. 아침인데도 훤히 드러나지 않은 그 형태는 쭈그리고 앉아 딱딱하게 굳은 자기 옷을 손으로 움켜쥔 채 안절부절못하고 계속 몸을 움직이고 있었다. 블레르 영감이었다.

먼지가 넓게 내려앉은 그의 얼굴에서 작은 두 눈이 깜박이고 있었다. 이 빠진 그의 입구멍 위에는 콧수염이 커다랗게 누르스름한 덩어리를 이루었다. 그의 손은 끔찍할 정도로 거무칙칙했다. 손등은 때가 덕지덕지 끼어 털이 덮인 듯 보였고, 손바닥에는 거친 잿빛이 들러붙어 있었다. 오그라들고 흙으로 뒤덮인 그의 몸에서는 낡은 냄비에서 나는 상한 냄새가 났다.

몸을 긁어대느라 정신이 팔려 있으면서도 그는, 약간 떨어진 곳에서 그를 향해 몸을 기울이고 있는 키다리 바르크와 이야기를 나누고 있었다.

"민간인이었을 땐 나도 이렇게 더럽진 않았어." 그가 말했다.

"그러게, 불쌍한 영감, 더럽게 변할 수밖에 없는 거지!" 바르크가 말했다.

"다행이지 뭐야." 티레트가 끼어든다. "자식이라도 만들었으면 자네 여편네한테 검둥이 새끼를 낳게 할 뻔했으니 말이야!"

블레르는 화를 냈다. 때가 잔뜩 쌓인 이마 밑의 눈썹이 찌푸려졌다.

"너, 왜 날 괴롭히는 거야? 그래서 어쩌겠다고? 전쟁중이야. 멍청이 같은 상판대기야, 넌 이 난리통에도 낯짝과 행동거지가 안 달라질 거라고 생각하냐? 그럼 네 꼴이 어떤지 한번 봐라, 이 원숭이 주둥이, 어리석은 놈 같으니. 짐승이 아니고서야 너처럼 지껄일 수 있는가 말이야!"

그는 요 며칠 내린 비에도 전혀 지워지지 않은 얼굴의 검댕을 손으로 쓱 문지르고는 덧붙였다.

"그리고 내가 지금 이 꼴인 것은 내가 원했기 때문이라고. 우선 난 이가 빠져 없어. 군의관이 오래전부터 나에게 말했지. '넌 이가 하나도 없군. 이대로는 안 되겠어. 그러니 다음번 휴식 때는 괴광학 차량에 한번 가봐'라고 말이야."

"기강학 차량이야." 바르크가 고쳐 말했다.

"구강학이야." 베르트랑이 교정했다.

"내가 거기 안 간 것은 그러고 싶었기 때문이야." 블레르가 계속했다. "공짜인데도 말이야."

"왜?"

"그냥, 마음이 변한 거지." 그가 대답했다.

"딱 취사병감이군." 바르크가 말했다. "넌 취사병이 되어야 할 거야."

"내 생각도 그래." 블레르가 천진하게 대꾸했다.

우리는 웃었다. 시커먼 병사는 화가 났다. 그는 일어섰다.

"너희들 때문에 배가 아프잖아." 그는 경멸조로 말했다. "변소에 가야겠어."

너무도 시커먼 그의 실루엣이 사라지자, 나머지 사람들은 이곳에서 취사병이 가장 더럽다는 진실을 다시 한번 곱씹었다.

"얼굴이 더럽고 피부와 옷이 꾀죄죄해서 만질 때 반드시 도구를 써야 하는 놈이 보이거든, 필시 취사병이라 생각하면 돼! 더러우면 더러울수록 필시 취사병이지."

"어쨌거나 사실이고 맞는 말이야." 마르트로가 말했다.

"어, 저기 티를루아르가 있네. 어이, 티를루아르!"

그는 서둘러 다가오면서 여기저기 킁킁대고 냄새를 맡는다. 염화칼슘처럼 창백하고 야윈 그의 얼굴이 너무도 두껍고 넓은 외투깃의 늘어진 한가운데서 춤을 추고 있다. 그의 턱은 뾰족하고 윗니는 튀어나와 있다. 때가 심하게 낀 입가에 파인 주름살이 짐승의 입마개 같다. 그는 평소처럼 화가 나 있고 항상 그렇듯이 투덜거린다.

"누가 간밤에 내 잡낭雜囊을 털어갔어!"

"129연대 교대 때로군. 그걸 어디다 두었는데?"

그는 엄폐호 입구 옆에 있는 칸막이벽에 꽂아놓은 총검을 가리킨다.

"여기, 여기에 박아놓은 이 총검에 걸어놓았지."

"얼간이!" 모두가 이구동성으로 소리친다. "지나다니는 병사들의 손이 닿는 곳에 놓아두었다니! 너 바보 아냐?"

"어쨌든 재수없는 일이야." 티를루아르가 한탄한다.

그러더니, 갑자기 그는 발작적인 분노에 사로잡힌다. 노기등등한 얼굴을 구기고 조그만 두 주먹을 끄나풀의 매듭처럼 연거푸 꽉 쥔다. 그리고 그 주먹을 내두른다.

"그래서 뭐? 아, 훔쳐간 그 나쁜 놈, 잡기만 해봐라! 주둥이를 부숴버리고 배때기에 구멍을 내버릴 거라고…… 아직 개봉도 안 한 카망베르 치즈가 그 안에 있었는데. 다시 한번 찾아봐야겠어."

그는 기타라도 치듯 자신의 배를 주먹으로 몇 차례 문지르듯 치더니, 실내복 차림의 환자처럼 목을 파묻은 채 의연하고도 찡그린 얼굴을 하고 잿빛 아침 풍경 속으로 사라져간다. 그가 사라질 때까지 구시렁거리는 소리가 들린다.

"머저리 같은 놈." 페팽이 말한다.

다른 사람들은 빈정거린다.

"그는 미쳐 제정신이 아냐." 동의어 두 개를 사용하여 자기 생각을 강조해 표현하는 습관이 있는 마르트로가 말한다.

*

"이봐, 아저씨, 날 좀 보지?" 될라크가 다가오며 말한다.

될라크는 멋지다. 그는 방수천으로 된 침낭을 이용해 만든 레몬빛이 나는 노란 외투를 입고 있다. 한가운데 구멍을 내 머리를 넣을 수 있게 했고 이 질긴 천에 가죽 멜빵과 허리띠까지 달아 옷을 몸에 고정시켰다. 그는 키가 크고 골격도 좋다. 걸을 때면 사팔눈을 한 단호한 얼굴을 앞으로 내민다. 그는 손에 무언가를 쥐고 있다.

"지난밤 썩은 격자형 디딤판을 바꿀 때 9번 연락참호 끝에서 땅을 파다가 이걸 발견했어. 맘에 쏙 드는 연장이지. 고대 도끼야."

고대의 물건이라더니, 정말 그렇다. 뾰족한 돌에 매끈한 뼈 손잡이가 달려 있다. 보아하니, 선사시대의 연장이 틀림없는 것 같다.

"손에 착 감기는걸." 될라크가 물건을 만지작거리며 말한다. "그렇고말고. 사용하기 어렵지 않게 잘 만들었어. 웬만한 작은 도끼보다 더 균형이 잘 잡혀 있거든. 기막혀. 자, 한번 써보라고…… 그렇지? 돌려줘. 내가 가질 거야. 두고 보면 알겠지만, 요긴하게 쓰일 거야."

지질시대 제4기 인간의 도끼를 흔들어대는 그의 모습이 마치 요란한 옷을 입고 땅속 깊숙이 매복한 피테칸트로푸스 같다.

*

베르트랑의 분대와 반半소대의 병사들이 참호가 직각으로 꺾이는 지점에 하나둘 모여들었다. 참호의 이 지점은 직선부보다 약간 더 넓다. 직선부에서는 병사들이 교차해 지나갈 때 내벽에 몸을 바싹 붙여 등은 흙에다 문지르고 마주오는 전우와 서로 배를 비벼야 한다.

우리 중대는 따로 떨어져 제2전선과 평행선을 이루고 있다. 이곳에는 불침번 근무가 없다. 밤이면 앞쪽으로 땅을 파나가는 데 적격이지만, 낮 동안에는 할일이 아무것도 없어진다. 짐짝처럼 쌓여 팔꿈치를 맞대고 늘어선 채 우리가 할 수 있는 일이라곤 저녁이 오기를 기다리는 것뿐이다.

낮의 빛은, 지상의 기다란 고랑이자 끝없는 균열과도 같은 참호 속으로 결국 스며들어와 우리가 만든 구멍의 입구까지 비쳐든다. 북부의 빛은 음울하고, 좁고 흐릿한 하늘 역시 연기와 공장 냄새를 머금고 있는 것 같다. 이처럼 어슴푸레한 빛을 받으며 우묵한 지표 아래 굴속에 거주하는 병사들의 기묘한 복장이 엄청난 절망적 빈곤을 적나라하게 드러낸다. 그러나 소총 사격은 시계가 단조롭게 똑딱거리는 소리 같고, 대포는 모터 따위가 부르릉거리는 소리 같다. 우리가 연출해내는 이 엄청난 비극이 너무도 오랫동안 지속되고 있고, 우리는 생포된 자를 보고도, 우리가 창안해낸 괴상한 옷차림을 보고도 더이상 놀라지 않는다. 이런 옷차림도 위에서 내리는 비, 아래서 튀어오르는 진창, 어디서나 한없이 지속되는 이놈의 추위로부터 몸을 보호하기 위해 하게 된 것이다.

짐승의 가죽, 담요 꾸러미, 천조각, 얼굴 부분만 뚫린 방한용 복면, 양모나 모피로 된 털모자, 터번처럼 감아올리거나 풍성하게 만든 목도리, 겹겹이 누비고 짜깁기한 것, 타르나 고무를 칠하거나 방수 처리를 한 검은색이나 무지갯빛—빛바랜 온갖 색깔로 된 옷들과 후드 따위로 사람들은 몸을 감싸고 있어 군복은 피부만큼이나 눈에 보이지 않게 되고 다들 엄청나게 거대해 보인다. 한 사람은 임시 대피소 식당 한가운데서 발견한 희고 붉은 바둑판무늬 네모난 방수천을 등에 걸치고 있었다. 다름 아닌 페팽으로, 아파치족 같은 그의 창백한 얼굴보다 조잡하고 요란한 천을 통해 그를 멀리서도 더 잘 알아볼 수 있다. 한쪽을 보면 바느질된 털 이불을 잘라 만든 바르크의 가슴받이가 불룩하게 두드러져 보이는데, 장밋빛이었던 색깔이 먼지가 끼고 밤이 지나며 고르지 않게 퇴색되어 물결무늬가 생긴 것 같다. 또 한쪽에는, 엄청나게 큰 라뮈즈가 벽보의 잔해들을 뒤집어쓴 채 무너진 탑 같은 모습을 하고 있다. 작은 외도르는 인조가죽을 흉갑으로 걸치고 있어 딱정벌레의 광택 나는 등 같아 보인다. 그리고 튈라크는 대大조리장 같은 오렌지빛 가슴받이 때문에 이 모든 병사들 중에서 빛을 발하고 있다.

철모가 여기 있는 이들의 머리에 일종의 통일성을 부여하긴 하지만, 글쎄 이게 제대로 된 통일성인지! 비케처럼 철모를 군모 위에 쓰고 있든지, 카딜라크처럼 방한용 복면 위에 쓰고 있든지, 바르크처럼 챙 없는 면 모자 위에 쓰고 있든지, 병사들이 철모를 쓰는 습관은 복잡하고 다양하다.

그리고 우리들의 다리는 어떤가!…… 조금 전에 나는 곰팡내와 습기를 느끼면서 몸을 잔뜩 굽히고 작고 낮은 지하실 같은 대피호로 내려왔다. 여기서 병사들은 빈 통조림통이나 더러운 누더기들에 발이 걸려 비틀거린다. 기다란 짐보따리 같은 두 병사가 누워 자고 있었고 구석에는 무릎을 꿇은 형상 하나가 희미한 촛불 아래에서 잡낭을 뒤지고 있었다…… 다시 올라오면서 나는 네모난 입구를 통해 다리들을 얼핏 보았다. 수평이나 수직으로 혹은 비스듬히 뻗은 그 다리들은 늘어지거나 구부러진 채 뒤섞여 있는데—통행을 막기도 하고 통행자들의 저주를 받기도 하면서—실로 다양한 색깔과 형태를 보인다. 각반과 다리 보호대는 검은색도, 노란색도 있고, 긴 것도 있고 짧은 것도 있으며 소재는 가죽이나 무두질한 천 혹은 방수천 같은 것이다. 각반 띠는 감청색, 담청색, 검은색, 황록색, 카키색, 베이지색 등이다. 같은 부류 가운데 유일하게 볼파트만이 동원될 때의 짧은 각반을 차고 있다. 메닐 앙드레는 두툼하고 골이 진 초록색 양모 양말 한 켤레를 이 주 전부터 자랑하듯 신고 있고 티레트는 흰 줄이 쳐진 회색 직물 띠들로 알아볼 수 있었는데, 전쟁이 시작되었을 때 어딘지 모르는 곳에 걸려 있었던 민간인 바지에서 떼어낸 것이다…… 마르트로도 두 개의 띠를 가지고 있지만 색깔이 서로 다르다. 똑같이 닳아빠지고 더러운 외투 자락을 찾아내 잘라서 띠 두 조각을 만들어야 하는데 그럴 수가 없었기 때문이다. 또한 다리를 낡은 헝겊, 심지어 신문지로 감싼 이들도 있는데, 끈이나 좀더 편리하게는 전화선을 나선형으로 감아 고정해두었다. 페팽은 죽은 자에게서 얻은 황갈색 각반으로 전우들과 지나가는 이들의 마음을 사로잡는다…… 스스로 문제 해결을 잘하고 아이디어가 풍부한 사내라고 자부하는 바르크는(이런 이유로 때때로 골칫거리인 녀석!) 종아리가 흰색이다. 자기 가죽각반을 아끼느라 주위에 붕대를 감아놓았기 때문이다. 그의 하반신의 이 흰색 붕대는 철모 밖으로 삐져나온 챙 없는 면 모자, 어릿광대 같은 다갈색 머리칼 한 가닥을 드러낸 그 면 모자를 상기시킨다. 포테를로는 한 달 전부터 발뒤꿈치에 징이 박혀 있는, 거의 새것이나 다름없는 독일 보병의 근사한 장화를 신고 다닌다. 카롱이 팔을 다쳐 후송될 때 맡겨놓은 장화로, 카롱은 필론도로 근처에 쓰러진 바이에른 출신 기관총사수에게서 이것을 벗겨왔다. 그 일을 이야기하는 카롱의 목소리가 귓전에 어른거린다.

"이봐, 그 녀석은 몸을 구부리고 엉덩이를 구덩이에 처박고 있었지. 다리를 공중으로 향하고는 하늘만 뚫어져라 바라보는 거야. 마치 자기 장화를 권하면서 쓸 만하다고 말하는 것 같았어. '이거 괜찮은데'라고 나도 말했지. 하지만 그치한테서 헌 신발을 가져오는 것도 일거리였다고. 반시간 동안이나 잡아당겨보고, 뒤집어보고, 흔들어봤지. 허풍 떠는 게 아냐. 그 녀석 팔다리가 뻣뻣해져서 영 협조를 안 하더라고. 그러다가 마침내 시체의 다리를 확 잡아당겨 무릎에서 벗겨내자 바지까지 찢어지면서 드디어 전부 다 내 수중에 들어온 거야! 한데 문득 보니까 내가 속이 꽉 차 있는 장화 한 짝을 움켜쥐고 있더라고. 안에 든 다리와 발을 꺼내야 했어."

"허풍 떨기는!……"

"사실인지 아닌지 사이클 선수 외테르프한테 물어봐. 녀석이랑 같이 했으니까. 우리는 장화 속에 팔을 집어넣어 뼈랑 양말 쪼가리랑 발 조각들을 빼냈어. 그만한 가치가 있었는지 장화를 한번 보라고!"

카롱이 돌아오기 전까지 포테를로는 카롱을 대신해 바이에른 출신 기관총사수가 신지 못하는 장화를 신는다.

그렇게 병사들은 각자 자신의 지능과 행동과 수단과 대담함을 동원해 끔찍한 불편과 싸우고 있다. 다들 이렇게 고백하는 것 같다. "이것이 내가 처한 엄청나게 비참한 상황에서 내가 알았던 모든 것이고, 할 수 있었던 모든 것이며, 과감하게 해냈던 모든 것이지."

메닐 조제프는 졸고 있고, 블레르는 하품을 하며, 마르트로는 시선을 고정한 채 담배를 피운다. 라뮈즈는 고릴라처럼, 외도르는 명주원숭이처럼 몸을 긁적이고 있다. 볼파트가 기침을 하며 말한다. "나 뒈질 것 같아." 메닐 앙드레는 거울과 빗을 꺼내 희귀 식물이라도 다루듯 자신의 멋진 밤색 수염을 다듬는다. 풍토성 기생충 같은 만성적이고 전염성 강한 존재가 일으키는 격렬한 발작으로 인해 여기저기서 단조로운 고요함이 깨지고 있다.

관측병인 바르크는 사방을 둘러보다가 입에서 파이프를 빼고는 침을 뱉은 뒤 한쪽 눈을 찡긋하며 말한다.

"아무리 그래도 서로 하나도 안 닮았군!"

"어째서 닮았겠나?" 라뮈즈가 말한다. "닮았다면 기적일 거야."

*

우리의 나이? 우리 나이는 천차만별이다. 우리 연대는 예비 연대인데, 그동안 현역군과 국민군*들이 꾸준히 보충되어왔다. 반소대에는 국민군 예비역들, 신병들 그리고 반쯤 군인인 사람들이 있다. 푸야드는

* 퇴역 군인으로 구성된 예비군의 일종.

마흔 살이다. 블레르는 13반 소속의 솜털 보송보송한 애송이 비케의 아버지뻘이다. 하사는 농담을 하거나 진지하게 이야기할 때 경우에 따라 마르트로를 "할아버지" 혹은 "늙정이"라 부른다. 메닐 조제프는 전쟁이 일어나지 않았더라면, 막사에 있을 것이다. 비질 중사가 우리를 통솔할 때면 우스꽝스러운 상황이 생긴다. 비질은 입술 위에 살짝 그려놓은 듯한 콧수염을 가진 친절하고 조그마한 젊은이로, 어느 날엔가 야영지에서 어린애들과 줄넘기를 하기도 했다. 모두가 제각각인 이 집단에서, 피 한 방울 섞이지 않은 이런 가족 안에서, 안식 없는 이 안식처에서, 세 세대가 살을 맞대고 살아가고 기다리며, 무정형의 조각상처럼, 경계석처럼 꼼짝 못한 채 지내야 한다.

우리의 인종? 우리는 온갖 인종들로 이루어져 있다. 우리는 각지에서 왔다. 내 곁의 두 사람을 살펴보자. 포테를로는 칼론* 탄광의 광부 출신으로 얼굴이 장밋빛이다. 눈썹은 지푸라기처럼 노랗고 눈은 아맛빛이 섞인 푸른색이다. 그의 커다란 황금빛 머리에 맞는 철모를 구하려고 넓적한 수프 그릇을 찾아 가게를 한참 뒤져야 했다. 푸야드는 세트**의 뱃사공 출신으로 볼이 움푹 들어간 길고 마른 얼굴에 낯빛은 바이올린 색깔이고, 악마 같은 눈을 부라린다. 내 곁에 있는 이 두 병사는 밤과 낮처럼 다르다.

그리고 마르고 갸름한 얼굴에 안경을 쓰고 있으며 대도시의 가스 때문인지 안색이 상한 코콩과, 회색빛 피부에 포석 같은 턱을 가진 엉성한 얼굴의 브르타뉴 출신 비케도 이 둘 못지않게 대조를 이룬다. 또한

---

* 프랑스 북부 파드칼레도(道)에 속한 도시.

** 프랑스 남부 에로도(道)에 속한 항구도시.

메닐 앙드레는 노르망디 지방 군청 소재지의 마음 편한 약사 출신으로 그의 세련되고 멋진 수염이 많은 것을 아주 잘 말해주고 있으니, 볼과 목덜미가 로스트비프용 소고기 같은 푸아투 출신의 살찐 농부 라뮈즈와는 한참 동떨어진 인물이다. 긴 두 다리로 파리의 길거리를 사방으로 휘젓고 다녔던 바르크의 파리 변두리 억양은 제8국민군에서 온 '북부' 사람들의 노래하는 듯한 벨기에식 억양에 도무지 섞여들지 않는다. 144연대가 우리한테 배속시킨 이자들의 말씨는 포석을 깐 도로 위를 구르듯 혀를 굴린 소리가 난다. 개미들처럼 서로를 끌어당기는 오베르뉴 사람들로 구성된 124연대의 병사들처럼 집요하게 자기들끼리 무리를 만들면서 방언을 뿜어내는 이들이다…… 티레트라는 녀석이 자신을 소개할 때 내뱉은 첫 문장이 떠오른다. "어이, 난 클리시라가렌* 출신이라고! 날 넘어설 자 누구냐?" 그리고 파라디와 나를 가까워지게 만든 그의 첫 푸념도 생각난다. "녀석들이 내가 모르방** 촌뜨기라고 놀렸다니까……"

우리의 직업? 수많은 직종이 얼추 다 있다. 비와 포탄이 짓이겨놓는 두더지 굴 같은 곳에 자신의 운명, 늘 다시 시작해야 하는 그 운명을 파묻으러 오기 전, 우리에게 사회적 신분이라는 게 있었던 파괴된 시대에 우리의 직업은 무엇이었던가? 대다수가 농부들과 노동자들이었다. 라뮈즈는 농장 머슴이었고, 파라디는 마차꾼이었으며, 뾰족한 머리통 위에 건들거리는 어린이용 헬멧을 걸치고 있는—이것을 보고 티

* 파리 북부 교외 도시.

** 프랑스 중부 산악지대.

레트는 종루 위의 돔 같다고 말했다—카딜라크는 자신의 농지를 가지고 있었다. 블레르 영감은 브리 지방에서 병작농이었다. 삼륜 자전거 배달꾼인 바르크는, 그의 말에 따르면, 길거리와 광장에서 닭처럼 놀란 보행자들한테 당차게 욕설을 퍼부으며 파리의 전차들과 택시들 사이를 곡예하듯 왔다갔다했다. 언제나 약간의 거리를 유지한 채 말수가 적고 매사에 정확하며 매우 반듯하고 잘생긴 남성적 외모에 정면을 향해 시선을 던지는 베르트랑 하사는 포장 용기 공장의 관리자였다. 사람들 말로는, 티를루아르는 마차 칠장이로 군말 없이 일했다고 한다. 틸라크는 트론* 변두리에서 선술집을 했고 유순하고 창백한 얼굴을 가진 외도르는 이 전선에서 그리 멀지 않은 길에 작은 카페를 열었었다. 카페는 포탄에 무너져버렸는데—누구나 알다시피 외도르는 운이 없는 사람이었으니 당연한 일이었다. 여전히 단정하게 머리를 빗고 기품을 유지하는 메닐 앙드레는 큰 광장에서 중탄산염이나 효과가 확실한 전문 제품들을 팔았다. 그의 동생 조제프는 국영 철도의 한 역에서 신문과 삽화가 든 소설을 팔았고, 그로부터 멀리 떨어진 리옹에서 안경잡이에다 숫자의 사나이인 코콩은 검은 작업복을 입고 철물점 계산대 뒤에서 손을 납빛으로 반짝이며 열심히 일했다. 또 베퀴베 아돌프와 포테를로는 새벽부터 변변치 못한 별빛 같은 램프등을 끌고 다니면서 북부의 탄전을 드나들었다.

그리고 또다른 사람들이 있었는데, 이들의 직업은 정확히 생각나지 않고 무엇이었는지 헷갈린다. 또 배낭에다 열 가지 직무에 필요한 것들

* 파리 외곽의 성곽 지역.

을 동시에 넣고 돌아다니며 시골의 잡일을 했던 사람들이 있다. 직업이라는 것을 전혀 가져보지 않았음이 틀림없는, 수상쩍은 페팽은 여기 포함되지 않는다(우리가 알고 있는 것은 석 달 전, 그가 후방부대에서 건강을 회복한 뒤 동원된 병사의 아내에게 떨어지는 수당을 타기 위해 결혼했다는 사실뿐이다……).

내 주변에 있는 자들 가운데 자유업을 가진 이는 없다. 교사들은 부대에서 하사관급이나 간호병이다. 연대에서 성모마리아회 수사였던 중사 한 사람은 보건 담당자다. 테너 가수였던 자는 군의관의 자전거병이고, 변호사였던 자는 대령의 비서다. 연금생활자였던 자는 별동대의 급식 담당 하사로 있다. 이곳에는 그런 사람이 전혀 없다. 우리들 각각은 모두 전투병들이고, 우연히 지나가는 경우가 아니고는, 이 전쟁이 벌어지는 동안 총안에서 혹은 계급장을 단 군모 아래로 총탄을 맞을 위험이 있는 사람 중 지식인이나 예술가 혹은 부자들은 거의 없다.

사실이 그렇다. 우리들은 서로 매우 다르다.

그렇지만 우리들은 서로 닮아 있다.

나이, 출신, 교양 수준, 신분 그리고 과거가 모두 제각각임에도 불구하고, 한때 우리를 갈라놓았던 엄청난 차이들에도 불구하고, 우리는 크게 보면 같은 사람들이다. 똑같이 거친 실루엣을 통해 우리는 동일한 풍습, 동일한 습관, 원초적 상태로 되돌아간 인간의 단순화된 동일한 특징을 감추고 드러낸다.

공장과 병영의 은어와 방언이 뒤섞이고 몇몇 신조어들이 첨가된 동일한 말투가 마치 소스처럼 우리를 뒤섞고, 벌써 몇 번이나 계절이 바뀔 정도로 상당히 오래전부터 프랑스를 비워둔 채 북동쪽에 몰려들어 있는 밀집한 인간 무리와 하나가 되게 한다.

여기서 우리는 돌이킬 수 없는 운명에 의해 똑같이 묶이고, 우리의 의지와는 상관없이 엄청난 모험에 의해 똑같은 계급으로 끌려와, 서로 똑같은 모습을 하고 매일매일 전진하도록 강요받는다. 끔찍하게 협소한 공간에서 공동생활을 하며 우리는 밀착된 채 적응하며 서로의 모습으로 우리 자신을 지워간다. 이것은 일종의 숙명적인 전염이다. 그리하여 하나의 병사는 다른 하나와 같은 모습이 되고, 이러한 유사함을 확인하기 위해 멀리서 바라볼 필요도 없다. 멀리서 보면 우리는 벌판에 굴러다니는 먼지 알갱이들에 불과할 테니.

*

우리는 기다린다. 앉아 있기에 지친다. 그래서 우리는 일어선다. 관절이 헐거워진 목재와 오래된 돌쩌귀처럼 삐거덕거리는 마찰음을 내면서 늘어진다. 습기는 사람마저 소총처럼 녹슬게 하는데 그 속도는 보다 느리지만 한층 심층적이다. 그렇게 자세를 바꾼 뒤, 우리는 다시 기다리기 시작한다.

우리는 늘 전투태세로 기다린다. 우리는 기다리는 기계가 되었다.

지금 우리가 기다리는 것은 식사다. 그다음엔 편지일 것이다. 그러나 각각 정해진 시간대가 있다. 식사를 끝낸 뒤에야 우리는 편지에 대해 생각할 것이다. 그런 다음에는 또다른 것을 기다리기 시작할 것이다.

배고픔과 갈증이라는 강렬한 본능은 동료들의 정신에 커다란 영향을 미친다. 밥이 늦어지면 그들은 불평하고 화를 내기 시작한다. 식사와 음료를 향한 욕구를 입으로 소리 내 투덜대며 표출한다.

"여덟시야! 이놈의 식사는 뭘 하고 있는 거지? 오지 않는 거야?"

"그러게 말이야. 난 어제 낮부터 굶주렸다고." 욕망으로 축축한 눈에 볼에는 포도주색 도료를 군데군데 잔뜩 칠한 라뮈즈가 얼굴을 찌푸리며 말한다.

불만은 시시각각 격해져간다.

"플뤼메 이놈이 내게 가져와야 할 술을 구덩이에서 마셔버린 게 틀림없어. 다른 놈들 것도 함께 말이야. 그러다가 취해서 어딘가에 쓰러진 거야."

"암, 틀림없어." 마르트로가 거든다.

"아! 이 취사병 놈들, 나쁜 놈들, 해충들 같으니!" 티를루아르가 고함친다. "정말 혐오스러운 종자들이야! 모두가 더럽고 게을러터진 주둥이들이라니까! 후미에서 온종일 아무것도 안 하고 빈둥거리다가 제시간에 오지도 않고 말이야. 아! 내가 우두머리라면 우리 대신 그들을 참호로 보낼 텐데. 녀석들은 일을 좀 해야 해! 이렇게 말해야지. 소대의 각 사병은 차례로 기름때 묻은 취사 당번과 배식 당번이 될 것이다. 물론 원하는 사람들만…… 그리고……"

"내 생각엔 말이야, 그 돼지 같은 페페르 때문에 다들 늦는 게 틀림없어!" 코콩이 소리친다. "일단 그놈은 일부러 그래. 게다가 아침에 벌떡 일어나질 못한다고, 불쌍한 자식! 어린애처럼 열 시간을 자야 한다니까! 안 그러면 그 멍청이는 하루종일 게으름을 피우지."

"그렇게는 안 되지!" 라뮈즈가 구시렁거린다. "내가 그 자리에 있으면 그 녀석을 어떻게 침대에서 끌어내는지 보여줄 수 있을 텐데. 낯짝에다가 군홧발 맛을 보여줄 거야. 그 녀석 팔다리를 비틀어서라도 잡아 올 거라고……"

"요전날 내가 세어봤거든." 코콩이 말을 잇는다. "31번 대피호에서 오는 데 일곱 시간 사십칠 분이 걸렸다니까. 최소한 다섯 시간은 필요해."

코콩은 숫자의 사나이다. 그는 수치를 좋아하고 명확한 자료에 집착한다. 어떤 것이나 꼬치꼬치 캐내 통계를 찾아내고 곤충처럼 인내하면서 자료를 끌어모은 뒤 자신의 말을 듣고자 하는 사람에게 퍼준다. 숫자를 무기처럼 다루는 그의 얼굴, 생선 가시처럼 메마르고 삼각지고 모난 골격에 둥그런 안경을 걸친 그의 얼굴이 앙심으로 파르르 떨린다.

그는 이곳이 제1전선이었을 때 설치해놓은 발사 발판 위로 올라가 격분한 채 흙벽 위쪽으로 머리를 쳐든다. 비스듬히 비치는 작은 빛줄기가 땅 위에 길게 늘어지는 가운데 안경 유리가 반짝이고 코에는 다이아몬드 같은 물방울이 걸려 있다.

"그리고 그 페페르라는 놈, 정말 밑 빠진 독 같은 놈이라니까. 고작 한나절 사이에 수킬로그램을 상자에다 훔친다니 믿을 수 있겠냐고."

블레르 영감은 자기 구석자리에서 '담배를 피운다'. 뼈로 만든 빗처럼 희끄무레하게 늘어진 그의 굵은 콧수염이 떨리고 있다.

"내가 한마디할까? 배식 당번들이란 가장 더러운 자들이야. 아무것도 안 하고, 아무것도 모르지. 너절한 놈들."

"그들은 오물덩이야." 외도르가 한숨을 지으며 잘라 말한다. 그는 순교자처럼 땅바닥에 주저앉아 입을 벌린 채, 하이에나처럼 왔다갔다하는 페팽을 멍하니 바라보고 있다.

늑장을 부리며 오지 않는 자들을 향한 분노는 계속 치밀어오른다.

투덜이 티를루아르는 안달하며 연신 구시렁거린다. 그게 그의 일이다. 독기어린 작은 몸짓으로 그는 분노의 분위기를 고조시킨다.

"'맛있겠군!'이라고 말해보자고. 하지만 자기 뱃속을 속여야 하니 그 또한 고약한 일이네."

"아, 이 친구들아, 어제 우리한테 던져준 엉터리 고기는 정말 칼날이 달린 돌 같았잖아! 그게 비프스테이크라고? 차라리 자전거 스테이크라고 하지! 내가 오죽하면 이런 얘길 했겠어. '조심해, 너희들! 너무 서둘러 씹지 마! 이빨이 부러질 수 있으니까. 구두장이가 깜박하고 못을 나 안 뽑아낸 경우가 종종 있거든!'"

전에 영화 촬영 조감독이었다는 티레트가 내뱉은 허튼소리도 다른 때 같으면 재미있었을 것이다. 하지만 다들 흥분해서 잔뜩 달아오른 터라 여기저기 불만 가득한 소리만 야기할 뿐이다.

"딱딱하다는 네 불평을 듣지 않기 위해 놈들은 질 나쁜 고기 대신 뭔가 물컹한 것을 들이밀 거야. 맛대가리 없는 해면이나 걸쭉한 수프 같은 것 말이야. 그걸 먹으면 더도 덜도 아닌 물 한 잔 마신 기분이지."

"먹으나 마나지." 라뮈즈가 말한다. "배때기하곤 아무 상관도 없어. 배가 부른 기분이겠지만 속은 계속 비어 있어. 그러니 영양 부족으로 독이 올라 점점 눈이 돌겠지."

"다음번에 윗사람에게 말할 거야." 격노한 비케가 소리친다. "이렇게 말이야. '중대장님……'"

"난 아프다고 할 거야." 바르크가 끼어든다. "이렇게 말이야. '군의관님……'"

"그래 봤자야. 그들은 전부 한통속으로 병사를 착취하거든."

"이제 우리 목숨까지 가져갈 모양이군!"

"술도 그래. 원래 참호로 술 보급도 해줘야 하거든—언제, 어디서인지는 모르겠는데 아무튼 그런 내용이 의결되었대—그런데 우리는 사흘 전부터 여기 있었어도 사흘 동안 술이라고는 쇠스랑으로 긁어낸 정도만 받았지."

"아, 제기랄!"

*

"먹을 게 왔다!" 모퉁이에서 지켜보던 병사 하나가 알린다.

"드디어 오는군!"

그러자 뇌우 같던 격렬한 불평은 무엇에 홀린 듯 불시에 잦아든다. 분노가 갑자기 만족으로 바뀐다.

사역병 셋이 숨을 헐떡이며 얼굴이 땀으로 범벅된 채, 커다란 야전 냄비들과 석유통 하나, 양동이 두 개 그리고 막대기에 둥글게 꿰인 고기 꼬치를 땅바닥에 내려놓는다. 그들은 참호 벽에 기대어 손수건이나 소매로 얼굴의 땀을 닦는다. 페페르의 평판을 더럽히고 모욕했던 걸 잊은 듯 코콩이 미소를 띠고 그에게 접근하더니, 마치 구명대처럼 그의 몸을 둥그렇고 풍성하게 감싸고 있는 군수품 가운데 양철통 하나를 향해 다정하게 손을 뻗는다.

"식사는 뭐지?"

"저기 있잖아." 두번째 사역병이 얼버무린다.

메뉴를 알려주면 늘 독살스러운 환멸이 돌아온다는 것을 그는 경험으로 알고 있다.

그러고 나서 그는 여전히 숨을 헐떡이며, 방금 걸어온 거리가 길고 힘들었다고 욕설을 퍼붓는다. "사방에 사람이 얼마나 많은지! 혼잡해서 지나가기가 힘들어. 때로는 담배 마는 종잇장 꼴이 되어야 한다니까……" "아! 우리가 전투를 피해 취사장에서 편안히 지낸다고 지껄이는 놈들도 있고 말이야!……" 그는 하루에 두 번, 밤에 이런 일을 하는 것보다 참호에서 중대와 함께 보초를 서고 사역을 하는 게 백번 낫다고 생각한다.

파라디가 커다란 야전 냄비의 뚜껑을 열어 살펴보았다.

"기름에 튀긴 강낭콩, 고기 부스러기, 죽 그리고 커피. 이게 다야."

"제기랄! 포도주는 없어?" 튈라크가 고함친다.

그는 전우들을 선동한다.

"참, 다들 여기 좀 와서 보라고! 어이가 없어 말이 안 나오네! 이제 포도주도 없이 지내야 하는구먼!"

목마른 자들은 얼굴을 찌푸리면서 달려간다.

"이런! 제기랄!" 창자 속까지 실망한 사나이들이 소리친다.

"그럼 저것, 저 양철통에 있는 건 뭐고?" 아직도 벌겋게 땀을 흘리는 사역병이 발로 양철통을 가리킨다.

"그렇군." 파라디가 말한다. "내가 틀렸네. 포도주가 있어."

"이런 어설픈 놈!" 사역병은 어깨를 으쓱이더니 그에게 말할 수 없이 경멸적인 시선을 던진다. "제대로 안 보이면 빌어먹을 안경을 써야 할 거 아냐!"

그는 이렇게 덧붙인다.

"한 사람당 250밀리리터야…… 어쩌면 그보다 좀 적을지도. 왜냐면 숲의 연락참호를 지나오면서 어떤 얼간이와 부딪치는 바람에 약간 엎질렀거든……" 그는 어조를 높이면서 서둘러 말을 잇는다. "아! 내가 짐을 책임지고 있지만 않았어도 정말 그놈 궁둥이를 보기 좋게 한 방 차줬을 텐데! 아주 부리나케 달아나버리더군, 멍청한 녀석!"

이처럼 확실한 정황에도 불구하고, 배급량이 줄었다는 고백에 욕설과 저주—그의 성실성과 절제력을 의심하는 암시로 가득한—가 터져 나오자 그는 슬며시 자리를 뜬다.

그사이 병사들은 음식에 달려든다. 선 채로, 혹은 쭈그리고, 무릎을 꿇고, 아니면 냄비에 앉거나 구덩이에서 꺼낸 배낭에 앉아서, 또는 등을 흙벽에 처박고 음식을 먹으며, 지나가는 사람들 때문에 방해받아 욕을 퍼붓기도 하고 욕을 듣기도 한다. 이와 같은 욕설이나 늘 오가는 야유를 제외하면, 그들은 노리쇠에 기름칠을 하듯 입과 입가에 온통 기름기를 묻히며 음식을 삼키느라 여념이 없어 아무 말도 하지 않는다.

만족한 모습이다.

한바탕 먹어대더니, 그다음에는 음란한 농담을 한다. 모두가 서로 밀치며 한마디 끼어들겠다고 다투어 소리를 지른다. 시청 직원이었던 병약한 파르파데가 미소 짓는다. 처음에 그는 우리들 가운데 매우 단정하고 깨끗했던 터라 외국인이거나 회복중인 환자로 통했었다. 눈물을 흘릴 정도로 즐거워하는 라뮈즈의 얼굴은 코 아래가 부어올라 터질 듯하고, 포테를로의 장밋빛 작약 같은 얼굴이 활짝 피고 또 피는가 하면, 블레르 영감의 주름살도 환희에 젖어 꿈틀거린다. 블레르 영감은 일어서서 머리를 앞으로 내민 채, 늘어진 커다란 콧수염이 달린 자루 같은 작고 가냘픈 몸을 줄곧 실룩댄다. 코콩의 작고 주름지고 불쌍한 얼굴도 보인다.

*

"이봐, 커피를 좀 데워 마시면 어떨까?" 베퀴베가 묻는다.

"뭘로 불을 지필 건데?"

따뜻한 커피를 좋아하는 베퀴베는 이렇게 대답한다.

"나한테 맡겨봐, 어떻게 해볼 테니. 일도 아니야. 다만 조그마한 화덕을 준비하고 총검 케이스로 석쇠를 대신해봐. 괜찮은 나무가 어디 있는지 내 알거든. 칼을 이용해 그걸로 지저깨비를 만들어 불을 땔 거야. 두고 보라니까……"

그는 땔감을 구하러 간다.

커피를 기다리면서 병사들은 담배를 말거나 파이프에 가득 채우기 시작한다.

그들은 쌈지를 꺼낸다. 몇몇은 상인한테 산 가죽 혹은 고무로 된 쌈지를 갖고 있다. 그런 자들은 얼마 되지 않는다. 비케는 끈으로 위쪽을 졸라매둔 양말에서 담배를 빼낸다. 다른 사람들은 대부분 밀폐 마개가 달려 있어 담배나 꽁초를 보관하기에 안성맞춤인, 방독면이 들어 있던 작은 방수천 봉지를 이용한다. 물론 그저 단순히 외투 주머니 깊은 곳에서 꺼내는 자들도 있다.

흡연자들이 반소대의 주력이 묵고 있는 대피호 입구 바로 앞에 동그

랗게 둘러 모여 연신 침을 뱉는 통에 출입하느라 엎드린 병사들의 손과 무릎은 니코틴 때문에 누레진 침이 흥건하다.

그런데 누가 이런 자질구레한 것에 신경쓰겠는가?

*

이제 마르트로의 아내가 보낸 편지와 관련해 식료품 이야기가 오간다.

"내 마누라가 편지를 썼어." 마르트로가 말한다. "살찌고 아주 힘이 넘치는 우리집 돼지가 시방 얼마나 가치 있는지 너희들은 모르겠지?"

……경제 문제가 갑자기 페팽과 틸라크의 격렬한 말다툼으로 변질되었다.

더할 나위 없이 단정적인 말들이 오간 뒤 이렇게 이어진다.

"난 네가 말하는 것이든 말하지 않는 것이든 신경이 거슬리거든. 입 닥치라고!"

"입 닥치든 말든 내 마음이야, 이 더러운 놈아!"

"내 강력한 주먹 한 방이면 아가리를 곧바로 닫을걸!"

"설마 그럴라고?"

"이리 와 맛 좀 봐라, 맛 좀 보라니까!"

그들은 입에 거품을 물고 이를 갈며 서로를 향해 다가간다. 틸라크는 선사시대 도끼를 움켜쥐고 사팔뜨기 두 눈에서 번개 같은 불길을 쏟아낸다. 한쪽은 창백한 얼굴에 푸르스름한 눈으로 불량배 같은 모습을 하고선 자신의 칼을 생각하는 게 분명하다.

눈길로 드잡이를 하고 말로 서로를 찢어발기는 두 사람 사이에, 라뮈즈가 어린애 머리만한 유순한 손과 피투성이 얼굴을 내민다.

"자, 자, 너희들 서로 해코지는 그만둬. 득 될 게 없다고!"

다른 사람들도 개입하여 두 적수를 떼어놓는다. 이들은 전우들을 사이에 두고 서로 계속해서 흉악한 눈길을 던진다.

페팽이 하다 만 욕설을 떨리는 어조로 신랄하게 마저 중얼거린다.

"깡패, 망나니, 사기꾼 중의 사기꾼 같으니! 어디 두고 보라고, 저 녀석이 나에게 어떻게 보복하는지!"

한편 튈라크는 그의 옆에 있는 병사에게 토로한다.

"저 버러지 같은 놈! 안 되지, 너도 보았지! 너도 알겠지만, 말할 필요가 없어. 여기선 다들 누군지도 모르는 많은 녀석들과 어울리고 있어. 서로를 안다고 하지만 아는 게 아니야. 하지만 저 녀석, 허세를 부리다간 혼쭐이 날 거라고. 언젠가 내 저치를 박살내버릴 거야."

그러는 사이 대화가 재개되어 말다툼의 마지막 메아리를 덮어버린다.

"매일 이렇다니까!" 파라디가 나에게 말한다. "어제는 무슨 이유인지, 아마 아편 문제 때문이 아니었나 싶은데, 플레장스가 퓌멕스의 주둥이를 온 힘으로 부숴버리려고 했어. 하나가 격분하면 할수록 다른 하나도 더욱 격분하니 둘 다 서로를 죽이겠다는 거지. 여기선 사람들이 짐승같이 살다보니 짐승처럼 되어버리는 걸까?"

"저 인간들은 믿을 수가 없어." 라뮈즈도 거든다. "애송이들이라니까."

"암 그렇고말고, 몸만 어른이지."

*

낮이 전진한다. 대지를 뒤덮은 안개에 빛이 더 많이 침투한다. 하지만 날은 여전히 우중충하고, 결국 비가 내리고 만다. 수증기가 흩어져 땅으로 내려온다. 이슬비가 내린다. 바람은 저 축축하고 거대한 허공을 절망적으로 느린 속도로 우리에게 몰고 온다. 안개와 물방울이 모든 것을 끈적거리게 하면서 퇴색시킨다. 라뮈즈의 두 볼을 감싼 싸구려 붉은 무명까지, 튈라크를 덮고 있는 오렌지빛 의상까지 말이다. 물은 식사가 채워주었던 마음 깊숙한 곳의 진한 기쁨마저 없애버린다. 공간은 다시 줄어들었다. 죽음의 들판인 대지와 슬픔의 들판인 드넓은 하늘이 맞닿아 나란히 놓여 있다.

우리는 이곳에 식물처럼 무료하게 고정되어 있다. 오늘은 날이 저물 때까지 견디고 오후를 벗어나는 일이 힘에 부치리라. 다들 오들오들 떨고 기분도 좋지 않다. 울타리 안에 몰아넣은 가축처럼 한자리에서 위치를 바꾸어본다.

코콩은 곁에 있는 병사에게 복잡하게 얽힌 우리 참호가 어떻게 배치되어 있는지 설명한다. 작전 지도를 보고 혼자 계산을 해보았던 것이다. 연대의 구역에는 프랑스 참호가 열다섯 줄 있는데, 일부는 버려져 무성한 잡초에 거의 묻혀 있고, 철저하게 관리되는 일부에는 여기저기 사람들을 배치해 세워놓았다. 평행선을 이루는 참호들은 오래된 길들처럼 돌아가고 우회하는 무수한 연락참호들에 의해 연결되어 있다. 참호 연결망은 그 안에서 살고 있는 우리의 생각보다 더 촘촘하다. 우리 군의 최전선은 폭 25킬로미터로 형성되어 있는데, 땅을 파 정비한 전열은 1천 킬로미터에 달한다. 이 길이는 참호, 연락참호 그리고 적의 진지에 접근하기 위한 대호對壕로 이루어진다. 그리고 프랑스군은 열 개의 군으로 구성되어 있으니, 따라서 프랑스 쪽에 대략 1만 킬로미터의 참호가 있는 셈이며, 독일 쪽에도 그만큼 있다…… 하지만 프랑스군의 전선은 전 세계에 있는 전선의 팔분의 일에 불과하다.

코콩은 이렇게 말하고 나서 곁에 있는 병사에게 다음과 같이 결론을 내린다.

"이 전체 가운데에서 우리들이 어떤 존재인지 이해하겠지……"

불쌍한 바르크—변두리에 사는 어린아이처럼 창백한 그의 얼굴은 적갈색 염소수염 때문에 더욱 두드러지고 머리칼 한 가닥이 따옴표 같다—가 머리를 숙인다.

"맞아, 생각해보면 사병 한 사람은—나아가 여러 명이라 할지라도—아무것도 아니야. 그 많은 무리 가운데 대수롭지 않은 존재지. 그래서 우리는 우리 존재를 잃어버리고, 사람과 사물의 홍수 속에서 몇 방울의 피처럼 아무 가망도 없이 빠져 있는 거야."

바르크는 한숨을 쉬고 입을 다문다—토론이 중단된 틈을 타 누군가 낮은 목소리로 이야기하는 소리가 띄엄띄엄 들려온다.

"그는 말 두 필을 끌고 왔어. 피융…… 포탄 하나가 떨어졌지. 그래서 말이 한 필밖에 안 남았지……"

"따분해 죽겠네." 볼파트가 말한다.

"버티는 거야!" 바르크가 잔소리를 한다.

"그래야지." 파라디도 거든다.

"어째서?" 마르트로가 열의 없이 묻는다.

“이유를 따질 필요도 없어. 해야 하니까 하는 거지.”

“이유가 없고말고.” 라뮈즈가 단정하듯 말한다.

“아니야 있어.” 코콩이 말한다. “오히려…… 이유는 여러 가지지.”

“주둥이 닥쳐! 이유가 없는 게 나아. 버텨야 하니까 버티는 거라고.”

“어쨌든,” 블레르가 어눌하게 말한다. 그는 ‘어쨌든’이라는 말을 쓸 기회가 오면 결코 놓치지 않는다. “저들은 우리 목숨을 원하는 거지!”

“처음엔 나도 많이 생각하고, 깊이 따져보고, 계산해봤어.” 티레트가 말한다. “지금은 더이상 생각 따윈 안 하지.”

“나도 그래.”

“나도.”

“난 생각을 해보려고 한 적도 없어.”

“보기보단 똑똑하네, 벼룩 주둥이 같은 것이.” 메닐 앙드레가 빈정거리는 목소리로 쏘아붙인다.

그러자 상대방은 은근히 만족스러워하며 자신의 생각을 보충한다.

“우선 말이야, 그 어떤 것에 대해서도 아무것도 알 수 없거든.”

“알아야 할 건 단 하나뿐인데, 그건 바로 독일 놈들이 우리 땅에 들어와 뿌리박고 있다는 것이고, 그들이 전진하지 못하게 해야 한다는 것이고, 나아가 그들이 되도록 빨리 달아나게 만들어야 한다는 것이야.” 베르트랑 하사가 말한다.

“맞아, 맞아. 그들이 도망가게 만들어야지. 바로 그거야. 달리 뭐가 있겠어? 다른 생각을 하느라 머리통을 피곤하게 할 필요가 없는 거지. 다만, 언제나 끝날는지.”

“아! 갈보 같은, 빌어먹을!” 푸야드가 부르짖는다.

“난 말이야, 난 이제 투덜거리지 않아.” 바르크가 말한다. “처음엔 후방부대 사람들이며 민간인, 주민, 비전투부대, 모두에 대해 불평을 했지. 그래, 투덜거렸지만 그때는 전쟁이 시작될 때였고 난 젊었으니까. 지금은 사태를 좀 알게 된 거야.”

“사태를 파악하는 방법은 단 하나밖에 없어. 있는 그대로 받아들이는 것뿐이지!”

“당연하지! 안 그러면 미치고 말걸. 이처럼 다들 상당히 미쳐 있지. 그렇지 않나, 피르맹?”

볼파트는 깊은 확신에 차서 고개를 끄덕인 뒤 침을 뱉고는 골똘히 생각에 잠겨 그 침을 빤히 바라본다.

“맞는 말이야.” 바르크가 두둔한다.

“여기선 어렵게 생각해선 안 돼. 설령 어려운 생각을 할 수 있다 해도 그날그날, 그때그때 살아가야지.”

“물론이지, 이 얼간이야. 그만 돌아가라는 말을 기다리면서 시키는 대로 하면 되는 거야.”

“바로 그거지.” 메닐 조제프가 하품을 한다.

벌겋게 익고 그을리고 먼지 낀 얼굴들이 지지를 표명하고는 입을 다문다. 물론 이것이 일 년 반 전에 전국 곳곳에서 집을 떠나 전선에 집결한 모든 이들이 품고 있는 생각이다. 이해하기를 포기하고, 자기 자신이 되는 것을 포기하는 것. 또 죽지만 않기를 희망하고, 가능한 한 가장 잘 살기 위해 싸우는 것.

“해야 되는 건 해야지. 하지만 요령은 있어야 해.” 바르크가 진흙을 천천히 이리저리 짓이기면서 말한다.

*

"그래야지." 틸라크가 나선다. "알아서 요령껏 해결하지 못하면, 누가 대신해주겠어?"

"다른 사람을 걱정하는 놈은 아직 미치지 않은 게지."

"각자 자기 일이나 챙겨야 해. 전쟁이잖아!"

"그렇지, 그렇고말고."

잠깐의 침묵. 그리고 이들은 자신들의 초라한 모습 깊숙한 곳으로부터 감미로운 이미지들을 떠올린다.

"어쨌거나, 과거 수아송에서 누리던 즐거운 삶과는 비길 수가 없어." 바르크가 다시 입을 연다.

"아, 없고말고!"

잃어버린 낙원의 그림자에 눈들이 반짝인다. 추위로 이미 일그러진 괴상한 얼굴마저 빛나는 것 같다.

"잔칫집 같았지." 티를루아르가 한숨을 쉬며 말하고는 생각에 잠긴 채, 몸을 긁는 것도 멈추고 참호의 흙더미를 가로질러 멀리 바라본다.

"아! 제기랄. 피난을 떠나 거의 비어버린 그 도시 전체가 우리 차지였는데. 집과 침대가 있고……"

"장롱도!"

"지하 저장고도!"

라뮈즈는 두 눈이 촉촉해지고, 얼굴은 훤해지고, 가슴이 북받쳐오른다.

"거기에 오래 있었나?" 오베르뉴 원군과 함께 나중에 합류한 카딜라크가 묻는다.

"몇 달 됐지……"

풍요로웠던 시절을 떠올리자 거의 식어가던 대화가 다시 불붙는다.

"병사들이 집 뒤편으로 죽 지나가는 것이 마치 꿈속에서처럼 보이곤 했어." 파라디가 말한다. "허리춤에는 닭을 매달고, 만난 적도 없고 다시 만나지도 못할 호인이나 마님한테서 얻은 토끼를 팔다리에 꿰차고 숙영지로 돌아가는 길이었지."

그러자 사람들은 아득하기만 한 닭과 토끼의 맛을 떠올린다.

"돈을 치르고 사온 물건들도 있었어. 돈, 그것 또한 넘쳐났으니까. 그 때까지만 해도 풍요로웠는데."

"가게들마다 수십만 프랑이 굴러다녔어."

"수백만 프랑이지. 상상도 할 수 없는 낭비가 온종일 계속되고, 비현실적인 축제 같은 거였지."

"내 말을 믿든 안 믿든 상관없어." 블레르가 카딜라크에게 말한다. "하지만 여기서나 어디서나, 불은 늘 부족했어. 불을 찾아다니고 구해야 했지. 아! 이 친구야, 백방으로 불을 찾아다녔다니까!……"

"우리는 지역 종합병원의 숙영지에 있었어. 거기 취사병은 그 대단한 마르탱 세자르였지. 땔나무를 찾아내는 재주가 보통이 아니었다니까."

"아, 맞아. 그는 고수였어. 주저 없이 그는 해법을 찾아냈으니까!"

"그의 취사장에는 항상 불이 있었어. 항상 말이야, 이 사람아. 다른 취사병들이 몇 번이고 내쫓겨 땔감도 석탄도 없다고 울면서 사방으로 거리를 헤매고 다닐 때도 그에게는 불이 있었다니까. 아무것도 없을 땐 그는 이렇게 말했지. '걱정 마, 내가 해결할 거야.' 그러고 나면 곧 해결되었다고."

"좀 심할 때도 있었어. 내가 취사장에서 그를 처음 봤을 때 그가 무엇으로 그 맛없는 요리를 정성들여 익히고 있었는지 아나? 집에서 찾아낸 바이올린이었다고."

"그건, 너무했군." 메닐 앙드레가 말한다. "바이올린이 그리 쓸모 있는 건 아니지만 그래도 어쨌든……"

"또 한번은 당구 큐대를 사용한 적도 있어. 지지란 친구가 때마침 하나 훔쳐 지팡이를 만들었지. 나머지는 불에 던져졌어. 그다음에는 살롱에 있던 마호가니 안락의자들이 슬그머니 불속으로 들어갔고. 부사관이 트집을 잡을까봐 밤에 망가뜨려 잘랐지."

"너무했네." 페팽이 말한다…… "우리는 보름 동안이나 낡은 가구 하나로 지냈는데 말이야."

"남아난 게 아무것도 없는데 어쩌겠어? 땔감이 없고 석탄이 없어도 식사는 준비해야 하는데. 배식이 끝나고 동료들은 아우성치며 기다리는데 질긴 고깃덩어리랑 빈 화덕 앞에서 멀거니 있을 거야?"

"맡은 직무 때문이지. 우리가 원해서 그러는 게 아니라고."

"그렇게 훔칠 때 장교들은 별말 없었나?"

"자기들도 실컷 먹는데 뭐! 데메종, 기억나? 비르뱅 중위가 도끼로 지하 저장고 문을 부숴버린 일 말이야. 게다가 병사 하나가 그걸 봤는데 중위는 그에게 그 문짝을 주면서 땔나무로 쓰라고 했지. 공모자로 만들어 일을 누설하지 못하도록 말이야."

"그리고 보급 장교인 그 불쌍한 살라댕 말이야. 해질녘에 양손에 백포도주 하나씩을 들고 지하실에서 나오는 그를 만났지. 엉큼한 자식.

들키는 바람에 술 창고에 다시 내려가 모든 사람들에게 포도주를 나누어주어야 했지. 베르트랑 하사는 원칙을 지키느라 마시지 않으려 했지만 말이야. 아, 너도 기억하지? 멍청이 같은 놈!"

"항상 불을 지펴내던 그 취사병은 지금 어디 있는데?" 카딜라크가 물었다.

"죽었어. 그의 냄비에 포탄이 떨어졌거든. 털끝 하나 다치지 않았지만 자기 마카로니가 뒤집히는 걸 보고는 충격을 받아 죽었지. 의사 말로는 심장 발작이래. 심장이 약했어. 그가 강했던 것은 오직 땔감을 찾아내는 일뿐이었던 거야. 정성껏 묻어주었지. 어떤 방의 마루판으로 관을 만들었어. 집에 있던 그림을 고정시키던 못들로 판자를 함께 조립했는데, 못을 박으려고 벽돌을 이용했지. 관을 옮길 때 나는 속으로 이렇게 생각했어. '죽어서 다행이야. 그 녀석이 이 꼴을 보았다면, 이 마루판들을 땔감으로 쓰지 못한 것이 못내 아쉬웠을 테니까.' 아, 지독한 괴짜, 돼지 같은 자식!"

"병사는 전우에게 떠넘기고 요령 있게 빠져나가는 데 능하지. 어떤 사역에 직면해 도망가면, 혹은 맛있는 고깃조각이나 좋은 자리를 차지해버리면, 결국 다른 사람들이 손해를 본다니까." 볼파트가 현학적으로 말했다.

"난 말이야, 종종 참호에 가지 않으려고 요령을 피워서 재주껏 면한 경우가 몇 번인지 셀 수도 없지." 라뮈즈가 말했다. "내 고백한다고. 하지만 전우들이 위험할 때면 용감하게 방법을 찾는, 대담하고 날렵한 요령꾼이야. 군복이니 뭐니 모든 것을 잊어버리고 사람들만 바라보고 전진한다고. 하지만 이봐, 그렇지 않을 땐 나 자신에 대해 생각하는 거야."

라뮈즈의 말은 헛소리가 아니다. 실제로 그는 꾀병을 부리는 데 달인이다. 하지만 그는 총탄이 쏟아지는 가운데 부상자들을 찾아나서 그들의 생명을 구했다.

그는 허세 부리지 않고 설명한다.

"우리는 모두 풀숲에 누워 있었지. 포탄들이 날아와 터졌어. 펑! 펑! 휙, 휙…… 부상자들을 보고 나는 일어섰어. 주위에서 '엎드려!' 하고 소리를 질러댔지만 그렇게 그들을 내버려둘 수가 없었다고. 내가 특별히 찬양받을 일을 한 건 아니야. 달리 어떻게 할 수가 없었던 거지."

분대의 대원들 모두가 크고 작은 무훈을 세워 그들의 가슴에는 훈장이 줄지어 늘어나고 있다.

"난 말이야," 비케가 말한다. "프랑스인들을 구하지는 못했지만 독일놈들을 체포했다고."

5월 공격 때 그는 전방으로 질주했다. 하나의 점처럼 사라지더니, 군모를 쓴 놈 넷을 잡아서 돌아왔다.

"나는 놈들을 몇 명 죽였어." 튈라크가 말한다.

두 달 전 그는 점령한 참호 앞에서 의기양양하게 폼을 잡으며 아홉 명을 늘어놓았다.

"하지만 그중에서도 특히 독일 장교를 처치하고 난 뒤 용기가 생긴 거야." 그는 이렇게 덧붙인다.

"아! 그 고약한 놈들!"

모두가 동시에 내면 깊은 곳으로부터 이 말을 외쳤다.

"아! 이봐." 티를루아르가 말한다. "또 더러운 독일 놈들 얘기군. 하지만 그네들 병사들이 정말 더러운 놈들인지, 아니면 이 또한 우리가 속고 있는 건지, 그들도 사실 우리와 비슷한 인간들인지는 모르는 거잖아."

"아마 우리와 같은 인간들이겠지." 외도르가 말한다.

"그럴지도!……" 코콩이 소리친다.

"병사들에 대해선 확실히 알 수 없지만 어쨌든 독일 장교들은 아니야, 아니지, 아니고말고." 티를루아르가 말한다. "그들은 인간이 아니라 괴물이라고. 이봐, 정말 특별히 더러운 기생충이라니까. 전쟁의 세균이라고 말해도 될걸. 뻣뻣하고 못처럼 깡마른 몸에 멍청이 같은 얼굴을 한 그 끔찍한 범죄자들을 가까이서 봤어야 해."

"아니면 뱀 대가리를 한 무리들 말이지."

티를루아르가 말을 잇는다.

"한번은 연락참호에 갔다가 돌아오는 길에 포로 한 명을 본 적이 있어. 혐오스럽고 음흉하게 생겼더군! 왕자 같은 모자를 쓴 프로이센인 대령이라던데 가죽옷에 황금 문장이 새겨져 있더라고. 연락참호로 연행되는 동안 꼼짝도 못하더군. 사람들이 지나가면서 툭툭 건드렸거든. 그자는 고개를 빳빳이 들고 모두를 위에서 내려다보았어. 나는 생각했어. '기다려, 이 간사한 자야. 내가 화 좀 돋워주지!' 난 천천히 여유 있게 그의 뒤에 바짝 붙어 서서 그 짓을 하는 자세를 취했지. 그런 다음 있는 힘껏 그의 엉덩이를 걷어차줬어. 그는 반쯤 목이 메서는 땅바닥에 고꾸라지더군."

"목이 메어?"

"그래, 사태를 알고 격분한 거지. 말하자면 귀족 장교인 자신의 엉덩이가 졸병의 군화에 빵꾸가 났다는 사실에 발광을 한 거야. 그는 여자처럼 소리를 지르고 발작하듯이 부르르 떨었어……"

"난 잔인한 사람이 아냐." 블레르가 말한다. "난 애들이 있거든. 집에서 키우던 돼지를 죽일 때도 괴로워. 하지만 그자들이라면 분명 한 놈을 꼬챙이에 꿰어서—쾅 하고—옷장에 던져넣을 수 있지."

"나도 그래!"

"다른 건 몰라도, 그놈들이 은제 헬멧과 권총을 가지고 있다는 걸 생각해봐." 페팽이 말한다. "원할 때 그것들을 100프랑 받고 되팔 수 있다고. 또 프리즘쌍안경도 갖고 있는데 그건 값을 따질 수조차 없지. 아! 전쟁 초기에 그것들을 얻을 기회를 놓치고 말았으니 얼마나 아까운지! 그때 난 꼭 숙맥 같았다니까. 자업자득이지 뭐. 하지만 두고 보라고. 은으로 된 헬멧을 하나 구할 거니까. 내 말 잘 들어봐, 내 분명히 맹세컨대, 하나 구할 거야. 난 빌헬름 2세*의 장교 한 사람 목숨뿐 아니라 그가 걸친 것들도 필요하거든. 두고 봐. 전쟁이 끝나기 전에 해낼 수 있을 테니까."

"전쟁이 끝나리라 생각해?" 누군가 묻는다.

"두고 보라니까." 페팽이 대답한다.

*

그러던 중, 오른쪽에서 웅성거리는 소리가 나더니 갑자기 한 무리가 떠들썩하게 움직이며 넓은 곳으로 나아가는데, 그 무리 속에는 거무칙

* 1888년부터 1918년까지 재위했던 독일 황제.

칙한 형체들과 색색의 형체들이 뒤섞여 있다.

"저건 뭐지?"

비케가 위험을 무릅쓰고 알아보러 나간다. 그는 돌아와서 엄지손가락으로 어깨 너머 잡색의 무리를 가리킨다.

"어이 친구들, 와서 저것 좀 보라고. 사람들이야."

"사람들?"

"그래, 신사들. 참모 장교들과 함께 온 민간인이라고."

"민간인이라니! 그들이 버텨주면 얼마나 좋을까!"

늘 하는 말이다. 하지만 그럼에도 모두 웃음을 터뜨린다. 수없이 들은 이야기임에도 불구하고, 또 옳건 그르건 병사가 그 본래의 의미를 변질시켜 자신들의 궁핍하고 위험한 삶을 비꼬고 있음에도 불구하고 말이다.

두 사람이 앞으로 나온다. 외투를 걸치고 지팡이를 지녔다. 다른 한 사람은 사냥꾼 복장에 부드러운 모자를 쓰고 쌍안경을 갖고 있다.

다갈색 혹은 반짝이는 검은색 가죽을 단 하늘색 제복을 입은 장교들이 민간인들을 뒤따르며 안내한다.

중대장은 금실로 테두리를 두르고 금색 삼지창이 수놓인 비단 완장을 찬 팔을 들어 오래된 총안 앞에 있는 발사대를 가리키고는 방문객들에게 거기 직접 올라가보라고 권유한다. 여행용 복장을 갖춰 입은 신사가 우산을 짚고서 그 위로 기어오른다.

바르크가 말한다.

"어색하게 멋을 낸 북역 역장이 개통식 날 부자 사냥꾼한테 '오르시죠, 지주 선생님' 하고 말하면서 일등칸을 안내하는 것을 본 적 있지?

상류사회 녀석들이 가죽 제품이나 싸구려 장신구로 산뜻하게 차려입고선, 조그만 짐승들을 죽이는 거추장스러운 장비를 내보이며 거드름을 피울 때 그 꼬락서니 말이야!"

무장하지 않은 서너 명의 병사가 지하 참호로 사라졌다. 다른 병사들은 마비된 듯 움직이지 않고 담배 파이프마저 꺼져가는데, 들리는 것이라곤 장교들과 방문객들이 웅성거리는 소리뿐이다.

"참호를 방문한 관광객들이군." 바르크가 나지막이 말한다.

그러고는 커다란 목소리로 외친다. "신사 숙녀 여러분, 이쪽입니다!"

"그만둬!" 바르크가 그 '커다란 주둥이'로 힘있는 인물들의 주의를 끌까봐 염려하면서 파르파데가 속삭인다.

무리 가운데 몇몇이 이쪽으로 고개를 돌린다. 부드러운 모자를 쓰고 넥타이를 휘날리는 한 신사가 우리 쪽으로 다가온다. 흰 턱수염을 기른, 예술가 같은 사람이다. 또다른 신사가 그를 뒤따르는데, 검은 외투를 입고 검은 중산모자를 쓰고 검은 수염을 길렀으며 흰 넥타이에 코안경을 쓰고 있다.

"아!" 첫번째 신사가 말한다. "저들이 병사들이군요…… 과연 진짜 병사들이군요."

파리 동물원에서 동물들에게 가까이 갈 때처럼 그는 다소 머뭇거리며 우리가 모여 있는 곳으로 약간 다가오더니 가장 가까이 있는 병사를 향해 손을 뻗는데, 마치 코끼리에게 빵 한 조각을 내미는 모습 같다.

"허허, 이들이 커피를 마시고 있네." 그가 다른 사람에게 알린다.

"여기선 '주스'라고 하지." 말 많은 자가 고쳐준다.

"맛이 좋습니까, 여러분?"

병사 또한 이런 낯설고 이상한 만남에 소심해진 나머지 웅얼거리다 웃고는 얼굴을 붉히자 신사가 말한다. "허허!"

그러고서 그는 고개를 가볍게 끄덕이더니 뒷걸음쳐 멀어져간다.

"훌륭해요. 아주 훌륭해요, 여러분. 당신들은 용감한 사람들입니다!"

민간 복장의 중성적인 색조에 선명한 군복 색조가 점점이 뒤섞인—마치 거무칙칙한 화단에 핀 제라늄과 수국처럼—그들 일행이 움직이더니 지나왔던 곳과 반대쪽으로 멀어져간다. 한 장교가 이렇게 말하는 소리가 들린다. "[illegible]"

그들의 반짝이는 모습이 사라지자, 우리는 서로를 쳐다본다. 지하 참호 구멍으로 사라졌던 자들이 발굴되어 나오듯 위쪽으로 점차 모습을 드러낸다. 병사들은 침착함을 되찾고는 어깨를 으쓱한다.

"신문기자들이야." 티레트가 말한다.

"신문기자들?"

"그렇다니까, 신문들을 만들어 내놓는 분들 말이야. 보아하니 무슨 말인지 모르는구나, 중국인 같은 놈아. 신문은 말이야, 거기 실리는 기사를 쓰려면 사람들이 필요하잖아."

"그럼 바로 저들이 우리 머리통을 채워주는 자들이란 말이야?" 마르트로가 말한다.

바르크는 코앞에 서류를 들고 있는 시늉을 하며 가성假聲으로 이렇게 낭송한다.

"'군사작전이 개시될 즈음, 독일 황태자는 부상을 입고 미쳐 있으며, 동시에 우리가 바라는 온갖 질병에 걸려 있다. 빌헬름 2세는 오늘 저녁 죽을 것이고 내일 다시 죽을 것이다. 독일인들은 이제 보급품이 바닥나 나무껍질을 먹는다. 가장 권위 있는 예측에 따르면 그들은 주말까지밖에 버티지 못한다. 우리는 우리가 원할 때 총을 메고 그들을 무찌를 것이다. 우리가 아직 며칠을 더 기다리는 것은 참호 생활을 그만두고 싶지 않기 때문이다. 이곳에는 물과 가스가 있고 각층에 샤워 시설이 구비되어 있어 매우 편하다. 단 한 가지 불편한 점은 겨울에 약간 너무 덥다는 것뿐…… 한편 오스트리아인들은 이미 오래전부터 더이상 버티지 못하고 있다. 그들은……' 벌써 열다섯 달 동안 이런 식이고, 신문사 사장은 글쟁이들에게 이렇게 말하지. '이 친구들, 여기 좀 보라고. 빨리 해치워버릴 수단을 찾아봐. 장황하게 늘어놓으며 이 빌어먹을 흰 종이 넉 장을 더럽힐 방도를 찾아보라니까.'"

"그렇겠지!" 푸야드가 말한다.

"설마, 농담하는 거지, 하사, 지금 얘기는 사실이 아니겠지?"

"어느 정도는 사실이지만 자네들, 왜곡이 심하네. 신문을 읽지 않고 지내야 한다면 맨 먼저 인상을 쓰는 건 바로 네 녀석들일걸…… 암 그렇고말고. 신문팔이가 지나갈 때면 왜 다들 '나요! 나요!' 하고 소리를 지르는 거지?"

"그래서 그게 무슨 상관이냐?" 블레르 영감이 외친다. "다들 여기서 신문을 가지고 공연히 이러쿵저러쿵하지 말고 나처럼 하라고. 생각을 하지 말란 말이야!"

"알았으니, 이제 그만해! 다른 이야기 하자고, 이 호랑말코들아!"

대화는 토막이 나고 관심은 조각조각 흩어진다. 졸병 네 명이 카드놀이를 하려고 모이는데, 놀이는 저녁이 되어 아무것도 안 보일 때까지 계속될 것이다. 담배 마는 종이를 손에서 놓친 볼파트는 종이가 바람에 날려 나비처럼 지그재그로 팔랑이며 참호 벽 위로 달아나자 그것을 잡으려 애쓴다.

코콩과 티레트는 과거 병영 생활을 추억한다. 복무 기간은 마음에 지울 수 없는 인상을 남기는데다 언제라도 떠올릴 수 있는 확고하면서도 풍요로운 추억의 자산이기에 우리는 십 년, 십오 년 혹은 이십 년이 지나도 거기서 대화의 주제들을 길어올리는 것이다…… 따라서, 일 년 반 동안 온갖 형태로 전쟁을 해온 그들 역시 그런 대화를 계속한다.

대화는 부분적으로 들리고 나머지는 짐작한다. 게다가 그들이 과거 군 시절에서 끄집어내는 일화는 한결같다. 예컨대 자기가 적절한 행동과 대담한 말을 해 악의에 찬 하사관 한 명을 입 다물게 했다는 것이다. 자신은 과감했으며 큰 소리로 강하게 말했다고!…… 단편적인 이야기가 내 귀에까지 들린다.

"그래, 그 애꾸눈이 나를 강등시켰을 때 내가 꿈쩍이라도 했을 것 같아? 전혀 아니야, 이 친구야. 전우들 모두가 입을 다물고 있었지. 하지만 나는 아주 큰 소리로 말했어. '특무상사님, 가능한 일이긴 합니다만……'(이어지는 말은 안 들린다) 내가 그렇게 말했다고! 그는 대꾸하지 못했지. 그저 '좋아, 좋아' 하면서 달아나더니 그다음부터는 나를 아주 친절하게 대해주었지."

"나도 귀휴 때 13중대의 특무상사였던 도도르와 그 비슷한 식이었지. 심술쟁이 자식. 지금은 팡테옹*의 관리인으로 일해. 그는 나를 아주 싫어했어. 그런데……"

---

* 파리에 있는 위인의 전당.

이렇게 저마다 옛일을 떠올리며 개인적인 이야기보따리를 풀어놓는다.

그들은 모두 서로 비슷하다. "나, 난 다른 사람들과는 달라"라고 말하지 않는 자는 없다.

*

"우편 담당이다!"

그는 장딴지가 굵고 키가 크고 덩치가 큰 사람인데 헌병처럼 활동하기 편하고 말끔한 옷차림을 하고 있다.

그는 기분이 좋지 않다. 새로운 명령이 내려와 이제 그는 매일 연대 사령부까지 가서 우편물을 가져와야 하는 것이다. 그는 이 조치가 오로지 그를 애먹이려고 내려진 듯 거세게 비난한다.

하지만 그러면서도 그는 습관적으로 이 사람 저 사람에게 말을 걸고 편지가 왔다며 하사들을 부른다. 불만을 품고 있음에도, 그는 자신이 입수한 정보들을 혼자서만 간직하지 않는다. 그는 편지 꾸러미의 끈을 풀면서 자신이 모아둔 소식들을 전해준다.

우선 그는, 일일 보고에 따라 앞으로 두건을 쓸 수 없다고 알린다.

"들었어?" 티레트가 티를루아르에게 말한다. "너 이제 그 멋진 두건을 던져버려야겠어."

"천만에! 난 포기하지 않아. 어림도 없지." 자신의 기쁨이자 자존심이 걸리자, 두건을 쓴 티를루아르가 대꾸한다.

"총사령관의 명령이야."

“그렇다면 총사령관은 비더러 더이상 내리지 말라고 명령해야 해. 난 아무 말도 듣고 싶지 않아.”

이런 대수롭지 않은 명령이라 해도 대부분의 명령은 늘 이런 식으로 취급된다. 이행되기 전까지는……

“일일 보고에는 또한 수염을 깎으라는 명령도 있어.” 우편 담당이 말한다. “그리고 머리털도 이발 기계로 짧게 깎아야 해!”

“윗대가리들, 닥치라고 해!” 이 명령 때문에 앞머리를 올린 자신의 미적 고안이 기본적으로 위협받자 바르크가 말한다. “난 볼 필요 없어. 너나 그렇게 하라고.”

“자네 그거 나한테 하는 소리지? 깎든지 말든지 맘대로 해. 난 전혀 상관없으니까.”

문서로 쓰인 확실한 소식 말고도, 보다 상세하면서도 보다 불확실하고 근거 없는 소식들도 있다. 예컨대 사단이 휴식—육 주간의 진짜 휴식—을 취하거나 아니면 모로코, 어쩌면 이집트로 가게 된다는 것이다.

“와…… 오!…… 아!……”

모두 귀를 기울인다. 그들은 새로운 것, 놀라운 것의 매력에 자연스럽게 마음을 빼앗긴다.

그런데 누군가 우편 담당 하사관에게 묻는다.

“누구한테 들은 거지?”

그는 출처를 가르쳐준다.

“군단 사령부에서 사역 담당 국민군 분견대를 지휘하는 특무상사.”

“어디라고?

"군단의 사령 본부 말이야…… 그 사람만 그런 게 아니야. 왜 있잖아, 이름이 생각 안 나는데, 갈Galle이랑 비슷해도 그 이름은 아닌 사람 말이야. 그 사람 가족 가운데서 누군가 정보를 주는 사람이 있대."

"그래서?"

그들은 이야기하는 사람 주위에 둥글게 모여 눈을 빛낸다.

"자네, 우리가 이집트로 간다는 말이야?…… 난 이집트 몰라. 내가 아는 건 어려서 학교에 다닐 때 배운, 그곳에 파라오들이 있었다는 것뿐이야. 하지만 그 이후론……"

"이집트라니……"

이 생각은 사람들의 머릿속에 무심코 자리잡는다.

"아, 안 돼." 블레르가 말한다. "난 뱃멀미를 한다고…… 뭐, 결국 오래가진 않지만…… 그래, 하지만 아내는 뭐라고 할까?"

"어쩌겠어? 적응하겠지. 길거리엔 검둥이와 커다란 새들이 가득할 거야. 여기 참새들처럼 말이야."

"한데 우리 원래 알자스로 가게 되어 있었던 거 아냐?"

"그렇지." 우편 담당이 말한다. "경리단에는 그렇게 생각하는 자들도 있지."

"그게 더 좋을 것 같은데……"

……그러나 상식과 경험이 다시 우위에 서며 꿈을 몰아낸다. 곧 먼 곳으로 떠나리라는 말은 아주 자주 있었고, 그러면 그들은 아주 자주 그 말을 믿었다가, 아주 자주 속았다! 그럴 때면 마치 잠에서 깨어난 것 같았다.

“다 허튼소리야. 이런 게 한두 번이야? 믿기 전에 기다리고—조금도 걱정하지 마.”

그들은 각자의 구석자리로 돌아가고 여기저기서 몇몇은 가벼우면서도 중요한 짐인 편지를 손에 든다.

“아! 편지를 써야겠어.” 티를루아르가 말한다. “난 편지를 쓰지 않고는 일주일도 버틸 수 없거든. 그럴 순 없지.”

“나도 그래.” 외도르가 말한다. “내 처에게 편지를 써야 해.”

“마리에트는 잘 지내?”

“그럼, 그렇고말고. 마리에트 걱정은 할 필요도 없지.”

몇몇은 편지를 쓰기 위해 이미 자리를 잡았다. 바르크는 서서 울퉁불퉁한 벽면에 수첩을 대고 그 위에 종이를 평평하게 펼치고는 영감이라도 얻으려는 듯 몰두한다. 그는 몸을 숙이고, 시선을 집중하고선 말을 달리는 기수처럼 몰두한 채 편지를 쓰고 또 쓴다.

상상력이 없는 라뮈즈는 일단 앉아서 봉긋한 무릎 위에 종이봉투를 올려놓고 잉크 펜을 적신 뒤 마지막으로 받은 편지를 다시 읽고는 자신이 이미 전한 말 말고 다른 무슨 말을 해야 할지 알 수가 없어 고심하며 시간을 보내고 있다.

흙으로 된 일종의 벽감 같은 데 쭈그리고 앉은 작은 외도르는 달콤한 감상에 빠진 것 같다. 그는 연필을 손가락 사이에 끼우고 종이를 바라보며 생각에 잠겨 있다. 꿈꾸는 듯한 모습으로 쳐다보다가 뚫어져라 응시하고 그냥 바라보기도 하는데, 마치 다른 하늘이 그의 얼굴에 빛을 던지는 것 같다. 그의 시선은 거기 닿는다. 시야는 확장되어 그의 고향 집까지 이른다……

편지를 쓸 때 병사들은 자신들의 과거 모습을 가장 많이, 그리고 가장 잘 드러낸다. 몇몇은 과거에 몰입되어 우선 음식 얘기부터 한다.

또다른 병사들은 좀 거칠고 모호한 형식이긴 하지만 추억이 소리 내어 속삭이도록 내맡긴 채 옛날의 빛나는 일들을 떠올린다. 예컨대 정원의 상큼한 녹음이 시골의 새하얀 방 안에서 엷어지거나, 들판에 바람이 불어와 보리밭이 느리면서도 강하게 흔들리는가 하면, 집 옆의 네모난 귀리밭은 활기차면서도 여성적인 자태로 가볍게 몸을 떠는 그 여름날의 아침을. 혹은 부드러운 분위기를 지닌 여인들이 식탁에 모여 앉고, 애무하는 듯한 램프 등불이 드레스 같은 갓을 쓴 채 부드러운 생명의 빛을 비추며 놓여 있는 그 겨울날의 저녁을.

그러는 동안 블레르 영감은 반지 만드는 일을 다시 시작한다. 그는 둥그런 나뭇조각에다 알루미늄으로 된, 아직은 미완성인 반지를 끼워 넣고 줄로 문지른다. 그는 이마에 주름 두 줄을 새기고선 깊이 골몰하며 이 작업에 전념하고 있다. 때때로 일을 멈추고 몸을 일으키고는 애정이 듬뿍 담긴 눈으로 그 작은 물건을 쳐다본다. 마치 그것 역시 그를 바라보기라도 하는 것처럼.

"자네, 알겠나." 그는 언젠가 다른 반지에 대해 내게 말했다. "잘 만든다거나 못 만드는 것이 중요한 게 아냐. 중요한 것은 내가 내 아내를 위해 만들었다는 거지, 알겠어? 아무 할일이 없어 게으름을 피울 때면 나는 이 사진을 바라보고(그는 살찌고 뺨이 통통한 여자의 사진을 보여주었다) 이 고약한 반지 일에 매달렸지. 나와 마누라가 함께 만들었다고 할 수 있지 않겠어? 그녀가 나와 함께하고 있었다는 것이 그 증거지. 내가 마누라한테 그걸 보내며 작별인사를 하기도 했고 말이야."

그는 지금 구리가 든 또다른 반지를 만들고 있다. 그는 열성적으로 작업한다. 그의 마음이 자신을 최대한 잘 표현하는 일을 찾아, 일종의 서예 같은 작업에 악착같이 매달리는 것이다.

이 헐벗은 대지의 구덩이 안에서 몸을 숙인 채, 두껍고 굳어진 손으로 잡기 어려워 손에서 놓칠 정도로 너무 작고 가볍고 아주 단순한 장신구를 경건히 바라보는 이 인간들은 그 어떤 때보다 훨씬 미개하고 원시적이면서도 더 인간적으로 보인다.

지속성 있는 사물들에 자신이 보는 것의 형태와 자신이 느끼는 것의 영혼을 부여하고자 노력했던 예술가들의 아버지인 태초의 창조자가 떠오르는 순간이다.

*

"저기 누가 온다." 우리 구역 참호에서 관리인을 자처하는 민첩한 비케가 알린다. "꽤 많은데."

아닌 게 아니라 배와 턱에 띠를 졸라맨 특무상사 한 명이 칼집을 흔들면서 나타났다.

"비켜서, 너희들! 뭐야, 비켜서라니까! 뭘 여기서 빈들거리고 있나…… 자, 어서 빨리, 꺼지라니까! 이동중에 너희들을 더이상 보고 싶지 않다고, 허!"

모두 조용히 비켜선다. 몇몇은 양쪽 가장자리에서 천천히 조금씩 땅속으로 들어간다.

이 구역에서 제2전선의 토목공사와 배후 연락참호 보수를 담당하는 국민군 중대다. 이들은 도구들을 짊어진 채 형편없는 차림으로 발을 질질 끌면서 나타난다.

우리는 그들 하나하나가 가까이 왔다가 지나가고 사라지는 모습을 바라본다. 볼에 재가 묻은, 작고 수척한 늙은이들이거나 천은 너덜너덜해지고 단추가 떨어져 앞섶이 벌어진 더럽고 빛바랜 외투를 옹색하게 두른 뚱뚱한 천식 환자들……

티레트와 바르크, 두 익살꾼은 벽에 등을 바싹 대고 붙어서는 우선 조용히 그들을 바라본다. 그런 다음, 미소를 짓기 시작한다.

"청소부들의 행렬이군." 티레트가 말한다.

"잠깐 동안 재미있겠어." 바르크가 알린다.

늙은 일꾼들 가운데 몇몇은 우스꽝스러운 모습이다. 열을 따라 가는 사람 하나는 어깨가 축 처져 있다. 그는 흉곽이 무척이나 왜소하고 다리가 가늘지만 배는 튀어나와 있다.

바르크는 더이상 참지 못한다.

"허, 젠장, 저 튀어나온 배 좀 봐!"

"참 대단한 외투로군." 티레트가 무리 가운데 가장 누더기 같은 외투를 입은 자에게 주목한다.

그가 그 노장에게 말을 건다.

"어이! 영감…… 허, 이봐, 자네." 그는 끈질기게 말한다.

상대방이 몸을 돌려 입을 헤벌리고 그를 쳐다본다.

"이봐, 영감, 괜찮다면 런던의 자네 단골 맞춤 양복점 주소 좀 알려주지 그래."

늙수그레한 주름투성이 얼굴로 히죽거리더니—바르크의 말에 잠시 멈춰 있던 그자는 뒤를 잇는 인파에 떼밀려 휩쓸려간다.

보다 눈에 덜 띄는 몇몇 단역배우 같은 존재들이 지나가자, 새로운 희생자가 비웃음의 대상이 된다. 빨갛고 꺼칠꺼칠한 목덜미에 더러운 양털 같은 것이 나 있는 사람이다. 무릎이 구부러지고 몸은 앞으로 기울어지고 등이 잔뜩 굽은 이 국민군 병사는 제대로 서 있지도 못한다.

"앗, 저런." 티레트가 그를 손가락으로 가리키며 큰 소리로 외친다. "그 유명한 아코디언 인간이네! 장터에선 그를 보려면 돈을 내야 하는데 여기선 공짜로 보잖아!"

국민군 병사는 욕설을 웅얼거리고, 여기저기서 사람들이 웃어댄다.

사람들이 익살스럽게 여길 만한 말을 던지고 싶은 욕망이 발동한 이 두 공모자는 신이 나고, 그러면 세계대전의 변방에서 전장戰場을 준비하고 보수하느라 밤낮으로 고생하는 늙은 전우들 가운데 우스꽝스러운 자들은 조롱거리가 되어버린다.

게다가 다른 구경꾼들까지 가세한다. 비참한 자들이 그들보다 더 비참한 자들을 놀려댄다.

"여기 좀 봐, 이 친구. 그리고 저 친구도!"

"아니야, 그보단 사진에서 튀어나온 것 같은 저 작은 사내 좀 봐. 허, 난쟁이구먼!"

"저 키다리는 어떻고. 정말 마천루 같군. 자, 저기 말이야, 정말 대단한데. 이봐, 자네 정말 대단하다니까!"

그 사람은 요통으로 괴로운 나머지 얼굴을 찡그리고 몸을 숙인 채, 곡괭이를 촛불처럼 앞으로 내밀고 종종걸음으로 걷고 있다.

"어이, 영감, 돈 좀 줄까?" 그가 가까이 지나칠 때 어깨를 두드리면서 바르크가 묻는다.

기분이 상한 대머리 병사는 투덜댄다. "이 불한당 같으니."

그러자 바르크가 날카롭게 내뱉는다.

"이봐, 예의를 좀 차리지 그래. 이 방귀 같은 낯짝, 이 낡은 똥통 같은 놈아!"

그러자 늙은이는 획 돌아서더니 격분하여 말을 더듬거린다.

"허! 저 늙다리 성질 내는 것 좀 봐." 바르크가 소리친다. "저것 좀 보라니까, 저치는 싸움꾼인 모양이군. 예순 살만 덜 먹었어도 악질이 되었을 거야."

"그리고 술 취하지 않았다면 말이야." 페팽이 속속 다가오는 인파 속에서 다른 사람들을 눈으로 살피며 되는대로 말한다.

가슴팍이 푹 꺼진, 행렬 맨 끝의 낙오병이 나타났다가 굽은 등짝을 보이며 멀리 사라진다.

참호에 있느라 더러워진, 이 닳아빠진 노병의 행렬은 진흙탕 병영에서 반쯤 떠오른 지하 생활자들의 악의에 찬 조롱 속에서 마무리된다.

그러는 동안 시간은 흘러 저녁때가 되자 하늘이 회색빛으로 물들어가고, 사물들은 검어지기 시작한다. 저녁은 여기 지하에 파묻힌 듯 지내는 수많은 사람의 어둡고 무지한 영혼과, 동시에 맹목적인 운명과 하나가 되러 오는 것이다.

석양 속에서 발 구르는 소리가 들린다. 그리고 떠들썩한 소리. 그러더니 또다른 무리가 길을 내며 지나간다.

"모로코 부대야."

열을 지어 행진하는 그들의 얼굴은 짙은 회갈색이거나 노랗거나 밤색이고, 수염은 듬성하거나 빽빽하고 곱슬곱슬하며, 외투는 황록색이고, 진흙이 덕지덕지 묻은 그들의 헬멧에는 유탄이 그려진 우리의 것과는 달리 초승달이 그려져 있다. 납작하거나 혹은 반대로 각지고 날카로운 그들의 얼굴은 동전처럼 빛나고, 두 눈은 마치 상아와 줄마노로 된 구슬 같다. 때때로 다른 사람들보다 한 뼘은 큰 세네갈인 저격병의 석탄 같은 얼굴이 대열 속에서 흔들린다. 중대 대열의 뒤에는 한가운데 초록색 손이 그려진 붉은 깃발이 있다.

우리 병사들은 그들을 쳐다보지만 말이 없다. 그들을 불러 세우지도 않는다. 그들은 인상이 강하며 심지어 다소 두려움을 주기까지 한다.

그러나 이들 아프리카인들은 즐겁고 활기차다. 물론 그들은 최전방으로 가는 중이다. 거기가 그들의 자리이고, 그들의 이동은 곧 공격이 시작되리라는 뜻이다. 그들은 돌격용 부대니까.

"우리 쪽 진영은 저들과 75밀리 대포에 은혜를 입고 있는 셈이야. 중차대한 순간마다 전방 이곳저곳으로 모로코 사단이 파견되었으니!"

"저들과는 어울릴 수가 없어. 너무 빨리 가거든. 그리고 멈출 방법도 없지……"

베이지색 나무와 청동, 흑단으로 만들어진 것 같은 이 사람들 가운데 몇몇은 엄숙한 표정이다. 함정이라도 보는 듯 불안한 얼굴에 말이 없다. 다른 이들은 웃고 있다. 그들은 웃을 때 낯설고 이국적인 악기처럼 날카로운 소리를 내며 이를 드러낸다.

이들 아프리카 병사들의 특징에 대한 이야기가 시작된다. 돌격할 때 악착스럽다느니, 총검에 도취된 듯 달려든다느니, 가차없이 해치운다느니. 다들 거리낌없이 이야기들을 되풀이하며 모두가 다소간 비슷한 표현과 비슷한 몸짓을 한다. 예컨대 팔을 올리고는 "전우여, 전우여!" "안 돼, 전우여!"라고 말하고, 발동작을 해가면서 총검을 자기 배 높이로 찔렀다가 아래쪽으로 거두어들이는 시늉을 해 보인다.

저격병 하나가 지나가면서 우리의 얘기를 듣는다. 철모 아래 터번을 쓴 그는 우리를 쳐다보더니 너털웃음을 짓고 고개를 저으며 그게 아니라고 되풀이한다. "그게 아니지, 전우여, 그게 아니고말고! 목을 잘라야지!"

"텐트 천 같은 피부를 가진 저들은 우리와는 전혀 다른 인종이야." 비케가 용기 있게 털어놓는다. "알다시피 저들은 휴식이 지겨운 거야. 저들은 장교가 주머니에 시계를 다시 집어넣고 '자, 출발!'이라고 말하는 순간만을 위해 사는 거지."

"사실, 저들이야말로 진짜 병사들이야."

"우리는 병사가 아니고 인간들이지." 뚱뚱한 라뮈즈가 말한다.

날이 어둑해졌지만 이 정확하고 분명한 말은 오늘 아침부터, 그리고 이미 여러 달 전부터 여기서 기다리고 있는 자들에게 희미한 빛처럼 비쳐 든다.

이들은 인간이고, 느닷없이 각자의 삶에서 뜯겨져나온 평범한 자들이다. 수많은 대중 가운데 선택된 보통 사람들이라, 이들은 무식하고, 그다지 열정도 없으며, 시야가 좁고, 때로는 상궤를 벗어나는 저속한 상식으로 가득하다. 인도하는 대로 자신을 맡기고, 명받은 대로 행하며, 힘든 일에 버티고, 오랫동안 고통을 참고 견딜 줄 안다.

게다가 이들은 원래 단순했으나 한결 단순해져버린 인간들로, 부득이하게 원초적인 본능만을 뚜렷하게 드러낸다. 자기보존 본능, 이기주의, 어쨌든 살아남겠다는 집요한 희망, 먹고 마시고 자는 즐거움 같은 것들 말이다.

이따금 인간적인 외침이나 깊은 전율이 어둠으로부터, 침묵하는 그들의 위대한 영혼으로부터 솟아나오기도 한다.

어두워져 잘 보이지 않기 시작하자, 저쪽에서 어떤 명령을 중얼거리는 소리가 나더니 점점 가깝게 들린다.

"2반半소대! 집합!"

우리가 정렬하자 점호가 이루어진다.

"자, 출발!" 하사가 말한다.

우리는 움직인다. 연장 창고 앞에 멈추어 제자리걸음을 한다. 각자 삽이나 곡괭이를 하나씩 쥐어진다. 하사관 하나가 어둠 속에서 연장 자루를 내밀며 말한다.

"자네, 삽 하나. 좋아, 가도 돼. 자네도 삽 하나. 자네도 삽 하나. 자, 서둘러 가라고."

우리는 직각으로 교차하는 연락참호를 거쳐서 참호로, 앞을 향해서 똑바로, 살아 움직이는 끔찍한 현재의 전선을 향해 나아간다.

회색빛 하늘에 보이지 않는 비행기 한 대가 커다랗게 하강 궤도를 그리며 강하게 헐떡거리는 단속적인 소리로 공간을 채운다. 앞에서, 오른쪽에서, 왼쪽에서, 도처에서 천둥이 치며 감청색 하늘에 짧지만 커다란 희미한 빛들을 펼쳐낸다.

3장
하강

회색 새벽빛이 아직 어두운 무형의 풍경을 간신히 밝히고 있다. 오른쪽으로 깊은 어둠 속에서 내려오는 비탈길과 알뢰숲—보이지는 않지만 전투 장비 수송대의 수레에 짐이 실리고 출발하는 소리가 들린다—의 시커먼 구름 사이에 들판이 펼쳐져 있다. 6대대 소속인 우리는 밤이 끝날 무렵 이곳에 도착했다. 우리는 걸어총을 한 뒤 이제 희미한 빛이 감도는 이 골짜기 한가운데에서 안개와 진흙에 발을 담근 채, 푸른 기가 감도는 시커먼 무리를 이루거나 고독한 유령 같은 모습으로 저 아래쪽으로 이어지는 내리막길을 향해 고개를 돌리고는 멈춰 서 있다. 연대의 나머지, 즉 제1전선에 있다가 우리 다음으로 참호를 떠난 5대대를 기다리는 것이다……

웅성거리는 소리……

"저기 온다!"

긴 행렬을 이룬 희미한 무리가 서쪽에 나타나더니 밤으로부터 나오듯 새벽빛의 어스름한 길로 급히 내려온다.

드디어! 어제저녁 여섯시에 시작되어 밤새 이어진 그 저주스러운 교대가 끝난 것이다. 이제 대열의 맨 끝 병사가 마지막 연락참호 밖으로 발을 딛는다.

이번 참호 생활은 끔찍했다. 18중대가 맨 앞에 있었다. 그 가운데 많은 사람이 죽었다. 열여덟 명이 죽었고 오십여 명이 부상을 입었다. 나흘 동안 삼분의 일이 줄어들었다. 그것도 공격도 해보지 못한 채 포격으로 말이다.

우리는 알고 있다. 일부가 떨어져나간 대대가 저쪽에서 다가오고 우리는 진흙 들판 위를 절벅절벅 걸어 서로 교차하여 지나치다가 몸을 숙여 서로를 확인하고는 말한다.

"아, 18중대가!……"

그렇게 이야기를 나누면서 우리는 생각한다. '이런 식으로 계속된다면, 우리 모두는 어떻게 되는 걸까? 나, 난 어떻게 되는 거지?……'

17중대, 19중대 그리고 20중대가 연이어 도착해 걸어총을 한다.

"드디어 18중대군!"

18중대는 제일 나중에 온다. 1번 참호에 있었기 때문에 마지막으로 교대된 것이다.

날이 점차 밝아와 사물들을 희미하게 비추고 있다. 길을 내려오는 이들 중 알아볼 수 있는 사람은 사병들 앞에 있는 중대장뿐이다. 그는 마른강 전투에서 입은 부상에 류머티즘이 도진데다 또다른 통증까지 더해져 지팡이에 의지해 힘들게 걷는다. 후드를 뒤집어쓴 채 머리를 숙이고 있다. 마치 장례 행렬을 따라가는 듯하다. 생각에 잠긴 그는 실제로 장례 행렬을 따라가는 기분일 것이다.

18중대가 드디어 모습을 드러낸다.

18중대 소속 병사들이 매우 무질서하게 넓은 곳으로 나온다. 문득 우리는 가슴이 미어진다. 다른 세 중대보다 눈에 띄게 행렬이 짧다.

나는 도로에 이르러 급하게 내려가는 18중대의 병사들 앞으로 간다. 이 살아남은 자들의 군복은 흙이 묻어 하나같이 누렇게 변해 있다. 마치 카키색 옷을 입은 것 같다. 침낭 위쪽에는 황토색 진흙이 말라비틀어져 빳빳하다. 늘어진 외투 자락은 무릎을 덮은 노란 껍데기 위에서 흔들리는 판자 조각 같다. 해쓱하고 석탄처럼 검은 얼굴에 크게 뜬 눈은 열병 환자의 눈 같다. 먼지와 때가 얼굴에 주름을 더해놓는다.

그 끔찍한 구렁텅이에서 돌아오는 이 병사들 사이에서 귀가 멍해지는 소란이 인다. 그들 모두가 동시에 매우 큰 소리로 말하고 웃고 노래하는 것이다.

그들을 쳐다보고 있자면, 축제 때 도로로 쏟아져나온 군중이라 여겨질 지경이다!

꺽다리 소위가 꽉 끼는 외투를 입고 말아 접어놓은 우산처럼 빳빳한 몸을 혁대로 조이고는 2소대를 이끌고 나타난다. 나는 행진을 따라가며 가장 고생했던 마르샬의 분대까지 사람들을 밀치고 나아간다. 이들은 모두 열한 명으로 일 년 반 전부터 서로 결코 떨어진 적이 없었는데 이제는 마르샬 하사하고 세 명밖에 남아 있지 않다.

마르샬이 나를 본다. 그는 즐거운 탄성을 지르고 만면에 미소를 짓는다. 소총 어깨끈을 놓고는 나에게 두 손을 내미는데, 한 손에는 참호 지팡이가 걸려 있다.

"어이, 친구, 잘 지내나? 자넨 어떻게 지냈나?"

나는 고개를 돌리고는 들릴 듯 말 듯한 목소리로 대답한다.

"그래, 자네는 고생 많았군."

그는 갑자기 침울해져 심각한 표정을 짓는다.

"그랬지. 이봐, 할 수 없지 않은가. 끔찍했네. 이번엔…… 바르비에가 죽었어."

"이야기 들었네…… 바르비에가 죽다니!"

"토요일 밤 열한시였어." 마르샬이 말한다. "포탄을 맞아 면도칼로 잘린 것처럼 등짝이 날아갔지. 베스는, 포탄 조각이 날아와 배와 위장을 뚫고 지나갔고. 바르텔레미와 보벡스는 머리와 목에 총탄을 맞았지. 다들 일제사격을 피하려고 밤새 참호 한쪽에서 다른 쪽으로 정신없이 내달렸다네. 자네, 꼬마 고드프루아 알지? 몸 한가운데가 날아갔어. 나무 함지가 엎어져 내용물이 쏟아지듯이 한순간에 그 자리에서 피를 다 쏟아내고 말았어. 몸집이 작은데도 그 피의 양에 깜짝 놀랐지. 적어도 참호의 50미터가 개울처럼 피로 넘쳤다니까. 구냐르는 포탄 파편에 두 다리가 잘려나갔고. 우리가 구조하러 갔을 때 아직 숨이 완전히 끊어진 상태는 아니었어. 청음초소에서 있었던 일이야. 난 그들과 함께 보초를 서고 있었어. 하지만 포탄이 떨어졌을 땐 참호에 시간을 물으러 가고 없었던 거야. 내 자리에 두고 갔던 총을 나중에 발견했는데, 마치 한 손으로 쥔 듯 둘로 접혀 있고 총신은 코르크스크루 같았고 손잡이의 반은 부스러기가 되었더군."

"그리고 몽댕 역시, 그렇지?……"

"그는 그다음날 아침에—그러니까 어제였군—포탄 한 발이 떨어져 무너진 대피호에서 그렇게 됐지. 그는 누운 채로 가슴이 뚫려버렸네. 몽댕 옆에 있었던 프랑코 얘기는 들었나? 대피호가 붕괴되면서 그의 등골뼈를 부러뜨려버렸어. 구조해 땅에 앉히자 그는 머리를 옆으로 숙이고는 '난 곧 죽을 거야' 하더군. 그러고는 죽었지. 비질도 함께 있었어. 그는 몸뚱이는 무사했는데 머리가 파이처럼 완전히 납작하게 부서져 엄청나게 큰 모양이 되어버렸어. 이만큼 넓어져버렸다고. 달라진 모양으로 땅에 시커멓게 펼쳐진 모습이 마치 그림자 같았네. 밤에 때때로 등불을 들고 걸을 때 땅에 생기는 그런 그림자 말이야."

"비질은 13반 소속이었는데, 어린애 같은 친구였지! 그리고 몽댕과 프랑코는 계급장을 달고도 참 좋은 녀석들이었는데!…… 정말로 좋은 친구들을 잃었어, 마르샬."

"그럼." 마르샬이 말한다.

하지만 일단의 전우들이 그를 불러 세우더니 붙들고 놓아주지 않는다. 그는 부대끼면서 그들의 빈정거리는 말에 대꾸하고, 모두가 웃으면서 밀치고 밀려온다.

나는 얼굴 하나하나를 살펴본다. 즐거운 얼굴, 피곤하여 주름이 잡히고 땅처럼 검은 그 얼굴들에는 의기양양한 빛이 서려 있다.

대체 무슨 일일까! 제1전선에 머무는 동안 술을 마실 수 있었더라면 '그들 모두 취한 상태'라고 말할 수 있을 정도다.

생존자들 가운데 경기병처럼 거침없이 발로 리듬을 맞추며 콧노래를 부르는 사람이 눈에 들어온다. 다름 아닌 고수鼓手 방데르보른이다.

"대체 무슨 일이야, 방데르보른, 너무 유쾌해 보이는데!"

늘 차분하던 방데르보른이 나에게 소리친다.

"보다시피, 이번에도 난 안 죽고 살았네. 이렇게 건재하지 않은가!"

그러고는 미친 사람처럼 과장스러운 몸짓으로 나의 어깨를 툭 친다.

나는 이해한다……

어쨌든 이들 병사들이 지옥에서 막 빠져나온 참인데도 불구하고 행복한 것은, 바로 그곳에서 빠져나왔기 때문이다. 그들은 되돌아왔고 구제되었다. 그곳에 파다했던 죽음이 그들의 목숨을 한번 더 살려준 것이다. 경계를 서야 하기 때문에 각 중대는 육 주씩 전선으로 가야 한다! 육 주라니! 전쟁에 동원된 사병들은 큰일에든 작은 일에든 어린애 같은 철학을 지니고 있다. 그들은 결코 멀리도, 주변도, 앞도 쳐다보지 않는다. 그들은 대체로 그날그날에 대해서만 생각한다. 오늘, 그들은 저마다 아직 좀더 살 거라고 확신한다.

그렇기 때문에 그들을 짓이기는 피로와 여전히 흙탕물처럼 튀겨오는 아주 생생한 살육에도 불구하고, 그리고 각자의 주변에서 전우들이 뜯겨져나가 사라졌음에도 불구하고, 어쨌거나 본의 아니게도 그들은 살아남아 있다는 축제 속에 있으며 땅을 딛고 서 있다는 무한한 영광을 즐기고 있는 것이다.

4장
볼파트와 푸야드

숙영지에 도착하자 누군가 소리를 지른다.

"그런데 볼파트는 어디 있지?"

"그리고 푸야드도, 어디 있는 거야?"

그들은 5대대에 차출되어 제1전선으로 갔었다. 숙영지에서 다시 만날 예정이었다. 한데 아무도 없다. 분대의 두 사람을 잃은 것이다!

"이런 제기랄! 대원들을 빌려주니 이 꼴을 당하는군!" 중사가 고함을 질렀다.

소식을 들은 중대장은 악담과 욕설을 퍼부었다.

"그 대원들이 있어야 해. 당장 찾아와. 어서!"

파르파데와 나는 곡물 창고에 둔한 몸을 누이고 꼼짝 않으려 했지만 베르트랑 하사의 부름을 받았다.

"볼파트와 푸야드를 찾으러 가야 해."

우리는 신속하게 일어나 불안에 떨며 출발했다. 우리의 두 전우를 5대대가 빌려갔는데 그 지옥 같은 교대 때 휩쓸려 사라진 것이다. 그들이 어디 있고 지금 어떻게 되었는지 누가 안단 말인가!

……우리는 언덕으로 다시 올라간다. 새벽과 밤 동안 걸어온 기나긴 길을 반대 방향으로 다시 걷기 시작한다. 소총과 장비 말고 다른 짐은 없지만, 안개가 먼지처럼 뒤덮인 하늘 아래 우울한 들판을 걷자니 피곤하고 잠이 오고 마비되는 느낌이다. 이윽고 파르파데가 헐떡거린다. 처음에는 말을 좀 했지만 피곤이 밀려오자 입을 열지 못한다. 그는 용기 있지만 병약하다. 게다가 소집되기 전까지는 살면서 그렇게 다리를 써 본 적이 없다. 첫영성체를 받은 이래로 시청 사무실의 먼지 쌓여가는 낡은 상자들과 난로 사이에서 글씨를 휘갈겨쓰는 일을 해왔던 것이다.

숲을 벗어나 진창에서 미끄러지고 고전하면서 연락참호 구역으로 들어서는 순간 전방에 두 개의 호리호리한 그림자가 윤곽을 드러낸다. 병사 둘이 오고 있다. 그들의 둥그런 군장과 소총의 실루엣이 보인다. 흔들거리는 두 형태가 또렷해진다.

"그들이야!"

그림자 하나는 하얀 천으로 단단하게 감싸놓은 커다란 머리를 하고 있다.

"부상자가 있군! 볼파트야!"

우리는 귀환자들을 향해 달려간다. 발걸음을 옮길 때마다 진흙이 질컥거리고 탄띠에서는 탄알이 흔들리며 소리가 난다.

우리가 지척에 이르자 그들은 멈춰 선 채 기다린다.

"서둘러!" 볼파트가 소리친다.

"이봐, 자네 부상당했나?"

"뭐라고?" 그가 되묻는다.

머리에 붕대를 두껍게 싸매고 있어 그는 제대로 알아듣지 못한다. 그에게 소리가 들리려면 외쳐야 한다. 우리는 그의 곁으로 다가가 외친다. 그러자 그가 대답한다.

"이거 아무것도 아니야…… 5대대가 목요일에 우리를 배치했던 구덩이에서 돌아오는 길이야."

"자네들, 내내 거기에 있었나?" 파르파데가 볼파트의 귀를 막는 붕대를 뚫고 들어갈 정도로 날카롭게, 거의 여자 같은 목소리로 소리를 지른다……

"그래, 거기 있었다니까." 푸야드가 대답한다. "제기랄, 빌어먹을, 갈보 같으니! 그럼 날개라도 달린 듯 사라져버리겠나. 하물며 명령도 없는데 줄행랑을 칠 순 없지 않겠어?"

그들은 둘 다 땅에 주저앉고 만다. 꽉대기의 커다란 매듭하며, 누렇고 거무스름한 얼굴의 얼룩하며, 천으로 감싼 볼파트의 머리는 꼭 더러운 세탁물 보따리 같다.

"자네들을 잊었나보군, 가련한 친구들 같으니!"

"그랬나봐!" 푸야드가 소리친다. "우리를 잊은 거야! 포격으로 생긴 구덩이 속에 있었는데 나흘 밤낮으로 총탄이 비 오듯 마구 쏟아지는데다 똥냄새까지 풍겼다고!"

"맞아." 볼파트가 말한다. "정규 근무중에 왔다갔다하는 통상적인 청음초소가 아니었어. 포격으로 생긴 구덩이 그 이상도 이하도 아니었다니까. 목요일에 우리는 이런 명령을 받았어. '여기에 위치해 쉬지 말고 사격을 하라.' 우리는 그렇게 들었지. 그다음날엔 5대대 연락병 녀석이와 코빼기를 내밀고는 말하더군. '너희들 거기서 뭘 하는 거야!' '보다시피, 사격하고 있어. 사격을 하라고 명령을 받았지. 쏘고 또 쏘고 계속하라고 말이야. 이유가 있으니 명령을 내렸을 거 아니야. 그래서 사격을 중지하고 다른 일을 하라는 명령이 올 때까지 기다리고 있는 거지.' 그는 도망쳐버렸어. 불안한 표정이었는데 포격이 영 내키지 않았나봐. '22센티 포잖아' 하더군."

"이봐, 우리는 18중대가 배치 때 준 빵 하나와 포도주 한 통 그리고 실탄 한 박스를 가지고 있었지." 푸야드가 말한다. "실탄은 전부 쏘아버렸고 포도주도 마셔버렸어. 신중을 기해 실탄 몇 개와 생토노레 빵 한 덩어리만 남겨두었지. 포도주는 남겨놓지 못했지만."

"실수한 거지." 볼파트가 말한다. "목이 말랐거든. 그래, 이봐, 목을 축일 것 좀 없나?"

"포도주가 약간 있어." 파르파데가 대답한다.

"그걸 좀 줘." 푸야드가 볼파트를 가리키며 말한다. "볼파트는 피를 흘렸거든. 난 목이 마를 뿐이야."

볼파트는 몸을 떨었고, 그의 어깨 위에 놓인 거대한 누더기 외피 속에서 작고 째진 그의 두 눈은 열기로 타올랐다.

"좋군." 포도주를 마시면서 그가 말한다.

"아! 그리고," 그는 예의를 차리듯 파르파데의 컵 바닥에 남은 포도주 방울을 핥으며 덧붙인다. "우리는 독일 놈 둘을 붙잡았어. 들판에서 포복하던 놈들이 경솔하게 우리 구덩이로 떨어지고 만 거야. 덫에 걸린 두더지처럼 말이야, 바보 같은 자식들. 우리는 그들을 포박했지. 그러고는 어떻게 됐냐고? 서른여섯 시간이나 총을 쏘니 탄환이 다 떨어져서 우리는 소총의 탄창에 실탄을 채우고 체포된 독일 놈들 앞에서 기다렸지. 연락병 놈, 돌아가 우리가 여기 있다고 말하는 것을 잊어버렸어. 6대대의 너희들도 우리를 구하는 것을 잊어버렸고, 18중대도 잊어버렸어. 행정반에서처럼 교대가 규칙적으로 이루어지는 청음초소는 아니었으니 난 연대가 돌아올 때까지 거기 남아 있어야 하리라 생각했어. 결국 204연대의 들것병들이 들판으로 부상병들을 찾으러 와서 우리가 있다는 걸 알린 거야. 그리하여 즉각 퇴각하라는 명령을 받았어. 우리는 농담을 하면서 그 '즉각'이라는 말대로 장비를 챙겼지. 독일 놈들의 다리에 묶어놓았던 끈을 풀고 그들을 204연대로 연행한 뒤에 우리는 이렇게 오게 된 거야.

오는 길에는 정신을 잃고 쓰러져 구덩이에서 나오지 못하는 중사 한 사람을 구해내기까지 했어. 욕하고 소리를 쳐댔지. 그랬더니 정신을 되찾고 고맙다고 하더군. 사세르도트라는 사람이었어."

"그런데 이봐, 자네 부상은 어쩌다 그런 건가?"

"귀를 다쳤어. 포탄 한 발이—이 친구야, 박격포였다고—터졌거든. 파편이 머리 주변으로 지나갔는데 그야말로 가까스로 스칠 듯 말 듯 하다가 결국 귀에 맞았어."

"보면 구역질이 날 거야." 푸야드가 말한다. "대롱대롱 매달린 양쪽 귀를 보면 말이지. 우리에게는 붕대 두 상자뿐이었는데 들것병이 하나를 더 던져주었어. 상판대기에 붕대를 세 상자나 감았다니까."

"자네들 짐을 이리 주게, 돌아가자고."

파르파데와 나는 볼파트의 장비를 나누어 들었다. 갈증으로 기운이 빠진 푸야드는 기갈에 시달려 투덜대더니 자기 무기와 짐은 자기가 지겠다며 고집을 부린다.

그렇게 하여 우리는 천천히 걸어간다. 군대식으로 대열을 맞추어 걷지 않는다는 것은 언제나 즐거운 일이다. 이런 일은 매우 드물기 때문에 우리는 들뜨고 기분이 좋다. 한줄기 자유의 바람에 이윽고 네 사람은 쾌활해진다. 우리는 마치 소풍이라도 가듯 들판으로 나아간다.

“산책하는 것 같은데!” 볼파트가 자랑스럽게 말한다.

언덕 모퉁이에 도달할 즈음, 그는 장밋빛 생각에 흠뻑 빠져 있다.

“이봐, 어쨌든 부상당하길 잘했어. 난 아마 후송될 테니까. 그럼, 그렇고말고.”

어깨 위에서 흔들리는 희고 거대한 머리통에 붙은 그의 두 눈이 깜박이며 빛을 발한다. 머리통 양쪽 두 귀 자리가 붉게 물들어 있다.

마을 쪽에서 열시를 알리는 소리가 들린다.

“시간 따윈 개의치 않아.” 볼파트가 말한다. “흘러가는 시간은 나와 아무 상관도 없지.”

그는 말이 많아진다. 열이 약간 오르고 편안하고 느린 걸음의 리듬이 수다를 부추기는 모양이다.

“외투에 붉은 딱지를 붙여주겠지. 그리고 분명 후방으로 이송될 거야. 아주 친절한 녀석이 나를 인솔하면서 이렇게 말하겠지. ‘이쪽으로, 그리고 저쪽으로 돌게⋯⋯ 그래! 이 불쌍한 친구야.’ 그리고 야전병원에 갔다가 그다음엔 보건 열차에 실려갈 텐데, 가는 내내 적십자사의 부인들이 크라플레 쥘에게 해주었듯이 달콤한 말을 속삭여줄 테지. 그러고는 내륙의 병원으로 옮겨가는 거지. 새하얀 시트가 깔린 침대, 사람들 한가운데서 불타는 난로가 있을 테고, 우리를 돌봐주는 사람들이 있어서 그냥 그들이 일하는 걸 구경만 하면 돼. 그리고 이봐, 제대로 된 신발과 협탁이 있을 테지. 가구 말이야! 그리고 큰 병원에선 잘 먹고 잘 잘 거야! 나는 맛있는 식사를 할 거고 목욕도 할 거야. 모든 것을 만끽할 거라고. 조금이라도 더 얻어먹으려고 남들과 싸우고 피가 날 때까지 혼자 분투할 필요 없이, 보급되는 과자들도 먹을 거야. 난 시트 위에 사치품처럼—요컨대 장난감처럼 말이야—아무 할일 없이 두 손을 늘어뜨린 채 시트 안에선 따뜻한 다리를 위아래로 뻗고 발가락은 제비꽃 다발처럼 쫙 펴고 있을 거야……"

볼파트는 이야기를 멈추고 주머니를 뒤지더니 그 유명한 수아송산産 가위와 함께 어떤 물건을 꺼내 나에게 보여준다.

"자네 이거 본 적 있나?"

그의 아내와 두 아들의 사진이다. 그는 이미 그것을 여러 번 보여준 바 있다. 나는 사진을 보면서 그렇다고 말한다.

"난 병가를 갈 거야." 볼파트가 말한다. "그리고 내 두 귀가 다시 붙을 동안 아내와 아이들은 나를 바라볼 것이고 나도 그들을 바라볼 거야. 두 귀가 채소처럼 다시 자라날 동안, 친구들, 전쟁은 계속되겠지…… 러시아군은…… 우리가 뭘 알겠어, 제기랄!……"

그는 이미 자기만의 즐거움에 빠져든 채 행복한 앞날을 내다보면서 웅얼거리는 소리로 스스로를 다독였다.

"도둑놈!" 푸야드가 그에게 소리쳤다. "자넨 운이 너무 좋아, 이 도둑놈아!"

어떻게 그를 부러워하지 않을 수 있겠는가? 그는 이곳을 떠나 한 달, 두 달 혹은 세 달을 머무를 것이고, 그러는 동안 위험에 노출되지도 비참한 일을 겪지도 않고 연금 수령자가 될 판이었으니!

"처음에 '후송될 정도의 부상'이라는 말을 들었을 때 난 웃긴다고 생각했어." 파르파데가 말했다. "어쨌든, 사람들이 뭐라 말할지 모르지만, 어쨌든 난 이제 그거야말로 가련한 병사가 제정신으로 희망할 수 있는 유일한 것이라는 걸 깨달았어."

*

마을이 가까워졌다. 우리는 숲을 우회하고 있었다.

숲 모퉁이에서 갑자기 여자로 보이는 형체가 역광을 받으면서 나타났다. 햇살 때문에 그 형체에 뚜렷한 윤곽이 생겼다. 그녀는 바닥에 보랏빛 선영線影을 그려내는 나무들의 가장자리에 서서 몸을 곧추세웠다—날씬했고 머리 전체가 금빛으로 빛나고 있었다. 창백한 얼굴 위 검은 반점 같은 아주 커다란 두 눈이 보였다. 그 찬란한 여자는 두 다리를 떨면서 우리를 뚫어지게 바라보다가 마치 횃불처럼, 작은 초목 속으로 사라졌다.

갑자기 나타났다 사라지는 모습에 볼파트는 강렬한 인상을 받아 하던 말의 맥락을 놓치고 말았다.

"암사슴 같군!"

"아니야." 푸야드가 제대로 알아듣지 못하고 말했다. "저 여자 이름은 외독시야. 내가 본 적이 있어서 알아. 피난민이지. 어디서 왔는지 모르지만 강블랭의 어떤 집안 사람이야."

"날씬하고 아름답군." 볼파트가 인정했다. "좀 즐거운 수작을 걸어볼 수 있을 것 같은데…… 진짜 영계야. 정말 매력적인 여자구먼!"

"별난 여자야." 푸야드가 말했다. "가만히 앉아 있질 못하는 여자거든. 금발을 휘날리며 이곳저곳에 나타난다니까. 그러고는 휙, 떠나버리지! 더이상 아무도 없는 거야. 위험이라는 걸 모른다니까. 제1전선 근처에서 몇 번이나 어슬렁거렸다고. 참호 앞 들판에서 돌아다니는 게 종종 보였어. 행실이 수상해."

"저런, 저기 또 나타났어! 우리를 보고 있어. 우리가 자기한테 관심이 있다고 생각하나?"

그 순간, 환한 빛으로 테두리가 그려진 그 여자의 실루엣이 숲 가장자리 맞은편 끝을 아름답게 수놓았다.

"난 여자들 따윈 관심 없어." 후송 생각으로 완전히 되돌아온 볼파트가 잘라 말했다.

"하여튼 분대에 그녀한테 마음이 있는 자가 하나 있지. 저것 봐, 호랑이도 제 말 하면……"

"꼬리가 보이는군……"

"아직은 아니지만 거의…… 아니 저런!"

오른쪽 잡목림에서 라뮈즈가 적갈색 멧돼지 같은 낯짝을 드러내며 나왔다……

여자를 쫓아온 것이다. 그녀를 발견하자 그는 그 자리에 우뚝 섰다가 이끌리듯 달려왔다. 그러나 그녀에게 덤벼들려던 순간 우리를 보았다.

볼파트와 푸야드를 알아보고 덩치 큰 라뮈즈는 기쁨의 감탄사를 연발했다. 당장에 우리의 배낭과 소총과 잡낭을 낚아챌 마음밖에 없는 것 같았다.

"그거 다 이리 줘! 난 푹 쉬었거든. 자, 그거 이리 줘!"

그는 모든 짐을 지고자 했다. 파르파데와 나는 기꺼이 볼파트의 소지품과 장비를 내주었고 힘이 다한 푸야드 역시 잠자코 자신의 잡낭과 소총을 넘겨주었다.

라뮈즈는 움직이는 물건 더미가 되었다. 거추장스러운 짐더미 때문에 허리가 휜 그는 모습이 보이지 않았고 좁은 보폭으로 조금씩밖에 나아가지 못했다.

그러나 우리는 그가 어떤 한 가지 생각에 사로잡혀 있음을 알아챘다. 그는 옆으로 시선을 던지곤 했다. 자신이 쫓아온 그 여자를 찾고 있었다.

멈춰서 짐을 잘 고정시키고 한숨을 돌리며 끈적끈적한 땀을 닦을 때마다, 그는 맹렬한 기세로 사방을 살피고 숲 가장자리를 면밀히 주시했다. 그녀가 다시 보이지 않았다.

그녀가 다시 보였다…… 이번에 나는 그녀가 우리 중 하나에게 마음을 품고 있다는 느낌을 받았다.

그녀는 저기 왼쪽, 작은 초목의 초록빛 그림자 속에서 반쯤 모습을 보였다. 한 손에 나뭇가지를 붙잡고는 몸을 숙인 채 칠흑 같은 눈과 창백한 얼굴을 드러냈는데, 얼굴 한쪽에만 강렬하게 빛을 받아 마치 초승달 같았다. 그녀는 미소를 짓고 있었다.

그녀의 시선이 향하는 방향을 따라가보니 우리들 중 약간 뒤에 있던 파르파데가 그녀처럼 미소를 짓고 있었다.

그러고서 그녀는 두 사람 몫의 미소를 가지고 초목의 그늘 속으로 사라져버렸다……

그렇게 나는 문득, 아무도 닮지 않은 이 날쌔고 우아한 집시 여자와 우리 가운데서도 특히 섬세하고 유순하며 라일락처럼 산들거리는 파르파데가 마음이 맞았음을 깨닫게 되었다. 분명하다……

……라뮈즈는 파르파데와 나한테서 가져간 짐들 때문에 앞이 안 보이고 정신이 없었을 뿐 아니라, 몹시 둔해진 발걸음을 내디딜 곳을 찾고 짐의 균형을 잡는 데 신경을 쓰느라 아무것도 보지 못했다.

한데 그의 모습이 가련하다. 그는 신음한다. 슬프고도 깊은 근심에 숨이 막히는 것이다. 거칠게 헐떡거리는 숨소리에서 으르렁거리며 날뛰는 그의 심장이 느껴지는 것 같다. 한편으로 붕대로 머리를 싸맨 볼파트를 쳐다보고, 또 자신만이 깊이를 헤아릴 수 있는 영원하고 심원한 고통을 안고 다니는 이 강하고 피 끓는 거구의 사나이를 쳐다보며, 가장 상처 입은 자는 반드시 우리 생각과 같은 법은 아니라는 생각이 든다.

마침내 우리는 마을로 내려온다.

"좀 목을 축이자고." 푸야드가 말한다.

"나는 후송될 거야." 볼파트가 말한다.

라뮈즈가 "음매…… 음매……" 하고 소 울음소리를 흉내낸다.

전우들이 탄성을 올리며 달려와 작은 광장으로 모여든다. 이 광장에는 두 개의 탑이 있는 교회가 서 있는데 그중 하나가 포탄을 맞아 애꾸눈 신세가 되어 차마 정면으로 바라볼 수 없을 지경이다.

5장
피난처

검은 숲 한가운데로 이어지는 희끄무레한 오르막 도로는 기묘한 그림자들이 가득 들어차 막혀 있다. 마법에 걸린 숲이 짙은 어둠 속에서 도로까지 넘쳐 밀려나온 것 같다. 새로이 머물 곳을 찾아 연대가 이동하고 있는 것이다.

높다랗고 널따랗게 짐을 잔뜩 실은 그림자들이 육중한 행렬을 이루면서 쇄도하고 있다. 각각의 무리를 이룬 인파는 뒤따라오는 인파에 떠밀리고 앞서가는 인파에 부딪힌다. 양옆으로는 하사관들로 이루어진, 보다 날렵한 유령들이 거리를 두고 전진한다. 감탄사, 단편적인 대화, 명령, 발작적인 기침과 노래가 뒤섞인 둔중한 웅성거림이 비탈길을 따라 밀려올라오는 이 빽빽한 무리로부터 들려온다. 발 구르는 소리, 총검 케이스나 금속제 250밀리리터들이 컵과 수통이 부딪치는 소리, 두 대대를 뒤따르는 전투 장비 수송대와 식량 수송대의 차량 예순 대가 요란하게 구르는 망치질소리가 뒤를 잇는다. 엄청난 무리가 비탈진 도로에서 발을 쿵쿵 내디디며 길게 이어지고 있어, 무한한 돔처럼 펼쳐진 어둠 속에서도 사람들은 사자우리의 냄새 속을 헤엄쳐가는 것 같다.

대열에서 보이는 것이라곤 아무것도 없다. 때때로 혼잡한 상황에 밀려 바로 코앞까지 다가설 때면 양철 반합, 푸르스름한 철모, 소총의 검은 강철 부분 등이 간신히 구별된다. 또다른 경우 라이터의 번쩍이는 불꽃이나 성냥 한 개비에서 아주 작게 타오르는 붉은 불꽃의 빛을 받아 가까이 있는 손과 얼굴이 눈부시게 드러나고, 그 너머 철모를 쓴 무리들의 들쭉날쭉한 어깨가 육중한 어둠을 공격하며 파도처럼 일렁이는 모습이 보인다. 그후 불빛이 모두 꺼지면 두 다리가 발걸음을 옮기는 동안 저마다 눈으로 앞에서 살아 움직이는 등의 위치를 어림잡아 시선을 오로지 그곳에만 고정시켜놓는다.

병사들이 걸어총—호루라기 소리가 들리자 열에 들떠 서두르면서도, 잉크처럼 깜깜한 환경에서 아무것도 보이지 않기 때문에 그들은 절망적으로 느릿느릿 걸어총을 한다—아래 배낭을 놓고 그 위에 쓰러져 잠시 휴식을 취하기를 몇 차례 거듭하자, 새벽이 나타나 퍼져나가며 공간을 점령한다. 어둠의 벽은 어렴풋하게 무너져내린다. 다시 한번 우리는 우리가 만들어낸 영원히 방황하는 유목민의 무리 위에 날이 밝아오는 장관을 지켜본다.

마침내 우리는 희미한 암영에서 어슴푸레한 빛으로, 그리고 좀더 밝고 단조로운 미광으로 동심원을 그리는 듯한 시간의 변화를 거쳐 야간 행군에서 벗어난다. 두 다리는 나무처럼 뻣뻣하고, 등은 마비된 것 같고, 어깨에는 멍이 들어 있다. 여전히 생기 없고 거무스름한 얼굴들. 마치 어둠에서 완전히 벗어나지 못한 것 같다. 이제 다시는 밤을 완전히 내몰지 못할 것만 같다.

이번 새로운 숙영지에서 정규군 대부대는 휴식을 취할 것이다. 우리가 일주일을 지내게 될 이 고장은 어떤 곳일까? 우리는 고생라베라는 곳이라고 생각한다(그러나 그 누구도 아무것도 확신하지 못한다). 멋진 곳이라고들 한다.

"아주 괜찮은 곳이래!"

전우들의 형체와 얼굴 윤곽이 구별되고 고개 숙인 괴상한 얼굴이나 하품하는 입 같은 특징이 눈에 들어오기 시작할 무렵, 대열 가운데서 저 새벽의 깊은 어스름을 뚫고 한술 더 뜨는 목소리들이 들려온다.

"이런 숙영지는 다시없을 거야. 여단이 있고. 군법회의가 있지. 상점에는 없는 게 없대."

"여단이 있는 건 좋은 거야."

"분대원들이 쓸 식탁도 있을까?"

"내 말하는데, 원하는 것은 모두 있어."

누군지 모르지만 불행의 예언자가 머리를 설레설레 흔든다.

"아무도 경험하지 못했으니 숙영지가 어떤 곳일지 누가 알겠어? 하지만 내가 아는 건, 이곳도 다른 곳들과 다를 바 없으리라는 것이지."

그러나 병사들은 이 말을 믿지 않고, 소란스러운 밤의 열기에서 벗어나자 모두들 이윽고 빛이 드러낼 새로운 마을을 향해, 얼어붙은 대기 속에서 동쪽으로 전진하며 우리들 앞에 다가오는 것이 일종의 약속의 땅이라 생각한다.

*

날이 밝을 무렵, 우리는 비탈 아래 짙은 회색빛 풍경 속에서 아직 잠들어 있는 마을에 도착한다.

"여기다!"

휴우! 우리는 밤새 28킬로미터를 행군했다……

그런데 어떻게 된 거지?…… 멈추지 않는다. 우리는 마을을 지나쳐 가고, 집들은 불투명한 안개와 신비로운 수의壽衣 속으로 점차 다시 사라진다.

"아직 한참 더 행군해야 할 것 같은데. 저기, 저 아래인가봐!"

병사들은 기계적으로 행군하고 사지는 화석처럼 마비되어 있다. 관절이 비명을 지르며 신음을 끌어낸다.

해는 좀처럼 솟아오르지 않는다. 안개가 층을 이루어 대지를 덮고 있다. 너무도 추워서, 피곤에 짓눌린 병사들은 휴식을 취하는 동안에도 앉을 엄두도 내지 못하고 불투명한 습기 속에서 유령들처럼 왔다갔다 한다. 매서운 겨울바람이 피부에 채찍질을 하고 말과 한숨을 쓸어가 흩뿌린다.

우리 위에 내려앉아 축축하게 적시는 안개를 꿰뚫고 마침내 태양이 떠오른다. 지상의 구름 한가운데 동화에 나오는 숲속 빈터 같은 공간이 열리고 있다.

연대의 병사들은 기지개를 펴고, 완전히 깨어나서는 아침 첫 햇살이 비치는 금빛 어린 은빛 풍경 속에서 감미롭게 얼굴을 쳐든다.

이내 태양이 금세 열기를 뿜어내자, 이제는 너무 덥다.

우리는 대열 속에서 숨을 헐떡이고 땀을 흘리며, 조금 전 이를 덜덜 떨고 축축한 해면 같은 안개로 인해 얼굴과 손이 젖었을 때보다 더 불평을 쏟아낸다.

찌는 듯한 아침나절 동안 지나가는 지역은 백악 지대다.

"더러운 자식들이 도로에 석회암을 깔았어!"

도로는 눈도 못 뜰 지경이다. 지금 행군하는 길 위쪽으로 건조한 구름 같은 석회질과 먼지 더미가 뒤덮이고 몸에 엉긴다.

병사들의 불그스레한 얼굴은 유약을 바른 뉘 바짝거리다 마치 바셀린이라도 바른 것 같다. 두 볼과 이마에는 회갈색 석회가 찰싹 들러붙어 굳었다가 바스러지기를 반복한다. 발은 발이라는 막연한 형태마저 상실하여 미장이의 반죽통에서 절벅거리다 나온 듯한 모습이다. 배낭과 소총은 허연 가루로 뒤덮이고, 길게 이어지는 병사 무리는 가장자리의 잡초들 위에 좌우로 우윳빛 자취를 남기며 나아간다.

설상가상으로 누군가 소리친다.

"오른쪽으로! 수송대다!"

병사들은 서로 떼밀며 서둘러 오른쪽으로 움직인다.

트럭 수송대—지옥 같은 굉음을 내며 구르는 거대한 네모꼴 차들이 꼬리에 꼬리를 물고 길게 늘어선다—가 도로로 몰려든다. 빌어먹을! 수송대는 지나가면서 융단처럼 두껍게 땅을 뒤덮고 있던 흰 가루를 날려 우리의 어깨에 뿜어댄다!

우리는 이제 연한 회색빛 베일을 쓰고 있다. 얼굴마다 희끄무레한 마스크가 씌워졌고 눈썹, 콧수염, 턱수염, 홈이 파인 주름살은 더욱 두터워진다. 우리는 우리 자신이면서 동시에 낯선 늙은이 같은 모습이다.

"나이를 먹어 늙으면, 이처럼 추해지는 거지." 티레트가 말한다.

"자네 침이 하얗군." 비케가 확인한다.

휴식 때 아무도 움직이지 않으면, 마치 인류의 잔해를 더럽게 되비쳐 보이는 석고상들이 늘어서 있는 것 같다.

우리는 다시 길을 떠난다. 병사들은 말이 없다. 우리는 고생을 하고 있다. 한 걸음 한 걸음을 떼기가 무척 힘들어진다. 우거지상이 된 얼굴은 나병처럼 번져가는 창백한 먼지 아래 굳어진다. 죽을힘을 쓰느라 우리는 인상을 찡그리고 음울한 피곤과 혐오로 가득찬다.

마침내 그토록 찾았던 오아시스가 나타난다. 언덕 너머 좀더 높은 언덕 위에 신선한 녹색 채소 같은 이파리들이 무성한 덤불과 청회색 지붕들이 보인다.

마을이 거기에 있다. 한눈에 들어온다. 하지만 우리는 아직 거기 있는 게 아니다. 연대가 마을을 향해 기다시피 올라가고 있는데도 마을은 오히려 점점 멀어져가는 느낌이다.

정오가 되어, 우리는 비현실적이고 이젠 아예 전설이 되기 시작한 이 숙영지에 가까스로 도착한다.

연대가 어깨에 총을 메고 발을 맞추어 고샘라베가街까지 밀려들어간다. 파드칼레*의 대다수 마을들은 단 하나의 길로 이루어져 있다. 하지만 참으로 엄청난 길이다! 길이만 해도 수킬로미터에 달하는 것이 보통이니 말이다. 여기서 한 줄로 난 큰길은 읍사무소 앞에서 양쪽으로 갈라져 두 개의 다른 길을 형성한다. 그래서 이 마을은 길가에 낮은 집

* 프랑스 북부의 행정구역. 도버해협에 면해 있으며, 제1차세계대전의 격전지 중 한 곳이었다.

들이 불규칙하게 들어서 있는 방대한 Y자를 이룬다.

자전거병, 장교, 당번병 들이 움직이는 긴 집합체에서 떨어져나온다. 이어서 병사들은 계속 전진하고 그중 일부는 무리를 이루어 곳간의 입구로 밀려든다. 아직 사람이 살 수 있는 민가는 장교실이나 사무실 등으로 사용하도록 되어 있기 때문이다. 우리 소대는 우선 마을 끝으로 인솔되었다가—보급 담당 하사관들 사이에 오해가 생기는 바람에—우리가 들어왔던 반대쪽 끝으로 인솔된다.

왔다갔다하느라 시간이 걸렸다. 분대원들은 북쪽에서 남쪽으로, 그리고 다시 남쪽에서 북쪽으로 끌려다니며 불필요한 걸음을 하느라 엄청나게 피곤하고 신경질이 날뿐더러 열에 들떠 초조해지기까지 한다. 오랫동안 품어온 계획을 실행에 옮기려면 가능한 한 빨리 자리를 잡고 마음을 놓는 것이 무엇보다 중요하다. 다름 아닌, 분대원들이 식사할 수 있도록 마을 주민 한 사람한테 식탁이 딸린 장소를 빌리는 계획 말이다. 그동안 우리는 이 일과 그 감미로운 이점에 대해 많은 이야기를 해왔던 터였다. 이 일을 위해 협의를 했고 갹출금을 냈으며 이번엔 추가 비용까지 과감히 내기로 결정했던 것이다.

그런데 그게 가능할까? 이미 많은 장소들이 다른 이들의 차지가 되었다. 우리만이 이곳에 안락의 꿈을 가져온 게 아니기에 식탁을 향한 경주가 될 것이다…… 세 개 중대가 우리 중대 다음에 도착할 테지만 네 개 중대가 이미 우리보다 먼저 도착했고 간호병, 서기병, 운전병, 당번병 그리고 기타 병사들을 위한 비공식적인 식당들이 있어야 할 것이며 하사관급이나 소대장 등등을 위한 공식적인 식당들도 있어야 할 것이다…… 이 사람들은 모두 중대의 일개 병사들보다 힘있고, 기동력과 수단도 더 낫고, 일찍이 손을 써놓을 수도 있다. 그래서 분대에 할당된 곳간으로 네 명씩 짝을 지어 가던 우리는, 이 제멋대로인 자들이 벌써 정복한 집의 문앞에 나와 집안일에 매진하는 모습을 본다.

티레트가 소와 양의 울음소리를 흉내낸다.

"저기 외양간이 있어!"

상당히 넓은 곳이다. 잘게 썰어놓은 짚을 밟고 걸으니 먼지가 일고 변소 냄새가 난다. 그러나 비바람을 피할 수 있다. 우리는 자리를 잡고 군장을 푼다.

한번 더 특별한 낙원 같은 곳을 꿈꾸었던 자들은 한번 더 환상에서 깨어난다.

"젠장, 다른 곳이나 마찬가지로 보잘것없군."

"똑같지 뭐."

"그니까 말이야, 빌어먹을."

"당연한 일이야……"

그러나 이야기하느라 시간을 낭비할 때가 아니다. 어떻게든 신속하게 일을 해결하고 다른 사람들을 앞질러야 한다. 우리는 서두른다. 허리가 끊어질 것 같고 발이 아프지만, 일주일의 안락이 달린 이 일에 온 힘을 기울인다.

분대는 두 개의 순찰대로 나뉘어 하나는 오른쪽으로, 다른 하나는 왼쪽으로 재빨리 떠나는데, 이미 길은 바쁜 병사들과 탐색중인 이들로 혼잡하다—무리들이 서로를 관찰하고 감시하며…… 서두른다. 심지어 어떤 곳에서는 서로 부딪쳐 떼밀고 욕설까지 나온다.

"당장 저 아래서부터 시작하자. 안 그러면 기회를 놓칠 거야!……"

우리가 방금 점령한 마을의 길에서 모든 병사들이 일종의 필사적인 싸움을 벌이고 있는 느낌이다.

"우리한테 전쟁은 언제나 싸움이고 전투지, 언제나, 언제나 말이야!" 마르트로가 말한다.

*

우리는 집집마다 문을 두드리고 우리를 머뭇머뭇 소개하며 달갑지 않은 상품처럼 나선다. 우리 가운데 한 사람이 목소리를 높인다.

"부인, 한구석이라도 괜찮으니 병사들을 위한 공간이 없을까요? 값은 치르겠습니다."

"없어요, 우리집엔 장교들이 있거든요."—아니면 "하사관들이 있거든요."—아니면 "이곳은 군악대, 보좌관, 우체부, 그리고 저 야전병원 사람들이 쓸 식당이에요."

실패에 실패가 이어진다. 살짝 열어본 문들을 계속해서 모두 닫게 되자 문밖의 우리는 희망이 사라진 눈빛으로 서로를 쳐다본다.

"빌어먹을! 우리는 아무것도 찾아내지 못할 거야." 바르크가 투덜거린다. "우리보다 먼저 수완 좋게 차지한 몹쓸 놈들이 너무 많아. 지저분한 놈들!"

인파가 사방에서 밀려든다. 세 갈래의 길이 모두 연통관의 원리에 따라 검게 뒤덮인다. 우리는 마을 주민들과 엇갈려 지나친다. 걸음걸이가 비틀어지거나 안색이 나쁜 병약한 노인들이나 남자들, 혹은 감추어진 질병이나 정치와 관련한 비밀을 간직한 듯한 젊은이들이다. 여자들의 경우, 늙은 노파들과 볼살이 도톰한 뚱뚱한 아가씨들이 많은데 하나같이 바보 같은 표정이다.

그때 두 집 사이의 좁은 길에서 어떤 장면이 아주 잠깐 내 눈에 띄었다. 여자 하나가 그늘 사이를 건너간 것이다…… 외독시다! 라뮈즈가 저 아래 들판에서 목신처럼 쫓아다녔던 그 암사슴 같은 여자, 부상당한 볼파트와 푸야드를 데리고 오던 아침에 숲 근처에서 몸을 숙이고 나타나 파르파데와 서로 미소 짓던 외독시 말이다.

바로 그녀의 모습이 방금 그 좁은 길에서 강렬한 태양빛처럼 얼핏 보였다. 그녀는 벽 뒤로 사라져버렸다. 그곳은 다시 어둠 속에 잠겨버렸다…… 그녀가 벌써 이곳에! 요컨대 그녀는 길고도 힘들게 이동해온 우리를 뒤따라온 것이다! 마치 이끌리듯……

무엇보다, 그녀는 뭔가에 사로잡힌 모습이다. 환한 머리가 장식한 그녀의 얼굴을 본 것은 너무도 순식간이었지만, 나는 꿈꾸는 듯, 심각하고 몰두한 표정의 그녀를 분명히 보았다.

내 뒤를 따라오는 라뮈즈는 그녀를 보지 못했다. 나는 그에게 이 사실을 이야기하지 않는다. 자신의 존재 전부를 걸고 그녀에게 달려들지만 도깨비불처럼 달아나는 이 예쁜 불꽃의 존재를 그는 조만간 알아차릴 것이다. 게다가 지금 우리는 할일이 있다. 썩 괜찮아 보이는 자리를 반드시 차지해야 한다. 절망적인 에너지를 갖고 사냥에 다시 나선다. 바르크가 우리를 인도한다. 그는 이 일로 속상해하고 있다. 몸을 부들거리고 이마 위로 쓸어올린 먼지 쌓인 머리칼이 흔들리는 게 보인다. 그는 여기저기 기웃거리며 우리를 이끈다. 그러고는 저기 보이는 노란 대문 앞에 가서 시도해보자고 제안한다. 앞으로!

노란 문 근처에 다다른 우리는 앞으로 숙인 형상 하나를 발견한다. 블레르가 경계석 위에 발을 올려놓고 칼로 자신의 신발에 덩어리진 석고를 떼어내고 있다…… 조각이라도 하는 듯한 모습이다.

"발이 그렇게 하얘진 건 처음이겠지." 바르크가 놀린다.

"농담은 그만하고, 자네 혹시 그놈의 차량이 어디 있는지 아나?"

블레르가 질문을 넘기고는 자세히 설명한다.

"치과 차량을 찾아야 해. 틀니를 끼우고, 남아 있는 오래된 이를 뽑아야 하거든. 입안을 고치는 그 차량이 여기 정차했던 것 같은데."

그는 칼을 접어 주머니에 넣고는 자신의 이를 고치겠다는 생각에 사로잡혀 벽을 따라 사라진다.

한번 더, 우리는 거지들처럼 입담 좋게 말을 늘어놓아본다.

"안녕하세요, 부인, 식사를 할 수 있는 방 한구석 없을까요? 물론 값은 치르겠습니다. 물론 치러야지요……"

"없습니다……"

낮은 유리창의 어항처럼 희미한 빛 속에서, 영감 하나가 깊은 주름살이 나란히 파여 오래된 습자지 같고 기묘할 정도로 납작한 얼굴을 내민다.

"개집 같은 데가 하나 있잖아, 심술쟁이야."

"거긴 자리가 없어요. 거기서 빨래를 하니까요……"

바르크는 이 기회를 놓치지 않는다.

"괜찮을 것 같군요. 한번 볼 수 있을까요?"

"거기서 빨래를 한다니까요." 여자가 비질을 하며 중얼거린다.

"아시겠지만, 우리는 술에 취해 소동을 일으키는 그런 무례한 사람들이 아닙니다." 바르크가 상냥한 표정으로 미소를 지으며 말한다. "안을 좀 볼 수 있을까요?"

심술궂은 여자는 비를 내려놓았다. 여자는 홀쭉하고 몸매의 굴곡이 없다. 웃옷은 옷걸이에 걸린 것처럼 어깨에 늘어져 있다. 무표정한 얼굴은 판지처럼 굳어 있다. 그녀는 우리를 쳐다보고 망설이더니, 더러운 빨래로 어수선하고 맨바닥이 드러나 있는 어두컴컴한 곳으로 마지못해 안내한다.

"훌륭하군요!" 라뮈즈가 진심으로 소리친다.

"요 꼬맹이 참 귀엽네!" 바르크가 말한다. 그는 희미한 빛 속에서 더러운 작은 코를 쳐들고 우리를 뚫어져라 쳐다보는 어린 여자애의 채색 고무처럼 포동포동한 볼을 가볍게 두드린다. "당신 아입니까, 부인?"

"그리고 이 아이도?" 다 자란 아이 하나를 보고는 마르트로가 용기를 내어 묻는다. 오줌이 가득찬 방광처럼 팽팽한 아이의 볼에 묻은 번쩍거리는 잼 자국에 주위의 먼지가 끈적하게 붙어 있다.

마르트로는 울긋불긋하고 포동포동한 얼굴을 주저하며 쓰다듬는다.

여자는 대답하지 않는다.

우리는 아직 동냥을 못 얻은 거지들처럼 히죽거리면서 그 자리에 서서 몸을 흔들거린다.

"이 망할 할멈이랑 일이 잘돼야 할 텐데!" 라뮈즈가 걱정과 욕망으로 마음을 졸이며 나에게 속삭인다. "이 정도면 훌륭한 거야. 알다시피 다른 곳은 완전히 먹혀버렸잖아!"

"식탁이 없어요." 여자가 마침내 말한다.

"식탁은 신경쓰지 마십시오!" 바르크가 외친다. "자, 이렇게 하면 됩니다. 낡은 문짝 하나를 이 구석에다 갖다놓는 겁니다. 그게 식탁 구실을 할 거예요."

"나를 이리저리 부르거나 내 물건을 밖에 내놓아서는 안 돼요!" 판지로 만들어진 듯한 그 여자는 우리를 즉시 내쫓지 않은 것을 후회하는 기색으로 불신에 차 대답한다.

"걱정하지 마시라니까요. 두고 보세요. 어이, 라뮈즈, 날 좀 도와줘."

우리는 여장부의 불만스러운 눈총을 받으며 낡은 문짝을 두 개의 통 위에 올려놓는다.

"조금 닦아내면 더할 나위 없겠어." 내가 말한다.

"정말 그렇겠네요, 아주머니. 한 번 쓸기만 하면 식탁보가 필요 없겠습니다."

그녀는 그야말로 무슨 말을 해야 할지 모른다. 그녀는 우리를 싫은 기색으로 쳐다본다.

"팔걸이 없는 나무의자 두 개뿐이에요, 당신들은 몇이죠?"

"대략 열두어 명 됩니다."

"열두어 명이라고요, 오 예수 마리아여!"

"왜 그러십니까, 저기 판때기 하나가 있으니 아무 문제 없어요. 마침 벤치로 쓰면 되겠네요. 라뮈즈, 그렇지 않나?……"

"그거 좋겠군!" 라뮈즈가 말한다.

"저 판때기는 내 거예요." 여자가 대꾸한다. "당신들보다 먼저 왔던 병사들도 그것을 가져가려고 했었죠."

"아, 우린 도둑이 아닙니다." 라뮈즈는 우리의 안락을 쥐고 있는 이 여자를 자극하지 않기 위해 조심스레 말한다.

"그런 말이 아니에요. 하지만 병사들은 모든 것을 망가뜨려버리니까 말예요. 오, 이놈의 전쟁, 넌덜머리가 나네요!"

"자, 그럼 이런 식으로 식탁을 빌리고 화덕에 먹을 것 좀 데우려면 얼마면 될까요?"

"하루에 20수면 돼요." 마치 누가 이 금액을 강탈해가기라도 하는 양 여주인은 거북하게 대답한다.

"비싸군요." 라뮈즈가 말한다.

"여기서 지내던 다른 병사들이 그만큼 냈어요. 그 사람들은 매우 친절한데다 우리에게 식사 비용까지 벌게 해줬죠. 병사들한테 그리 어려운 일이 아니라는 거 잘 알아요. 너무 비싸다고요? 난 열두 명씩이나 되지 않는 다른 손님들을 얼마든지 찾아내 이 방과 이 식탁 그리고 화덕을 빌려줄 수 있어요. 올 병사들은 널렸고, 우리가 원하면 그들은 더 비싸게 지불할 수도 있을걸요. 열두 명이나 되면서!……"

"난 그냥 '비싸다'고 한 것뿐이지만, 어쨌든 그럼 그렇게 합시다." 라뮈즈는 서둘러 덧붙인다. "자네들도 괜찮지?"

순전히 형식적인 이 물음에 우리는 찬성한다.

"가볍게 한잔하면 좋겠는데." 라뮈즈가 말한다. "포도주를 팝니까?"

"안 팔아요." 여자가 말한다.

그녀는 분노에 치를 떨면서 덧붙인다.

"군 당국은 포도주를 가지고 있는 사람들한테 그걸 15수에 팔라고 강요한다니까요. 15수라니! 이놈의 저주스러운 전쟁 지긋지긋해요!

15수면 우린 손해라고요. 그러니 우린 포도주 안 팔아요. 우리가 마실 것은 있어요. 이따금씩 아는 사람들이나 세상 물정을 이해하는 사람들에게 베푸는 경우야 있지요. 하지만 여러분, 생각해보세요. 15수에는 안 팝니다."

라뮈즈는 세상 물정을 이해하는 사람이다. 그는 늘 자신의 허리춤에 걸려 있는 수통을 움켜쥔다.

"1리터만 주세요. 얼마죠?"

"22수 주시면 돼요. 내가 구입한 가격이에요. 아시겠지만, 당신들이 군인이니 싸게 받는 거예요."

바르크는 참다못해 따로 떨어져서 투덜거린다. 여자는 곁눈질로 그에게 사나운 시선을 던지고는 라뮈즈에게 수통을 되돌려주는 시늉을 한다.

그러나 라뮈즈는 마침내 포도주를 마실 수 있다는 희망에 젖어 있었기에 마치 벌써 술의 감미로운 영향을 받기라도 한 듯 볼이 붉어진 채 서둘러 끼어들며 말한다.

"걱정 마세요, 우리끼리 하는 얘기예요. 아주머니를 난처하게 만드는 일은 없을 겁니다."

그녀는 못마땅한 듯 꿈쩍도 않고 신경을 곤두세우며 포도주 가격을 거세게 비난한다. 그러자 갈망에 굴복한 라뮈즈가 비굴하게도 이렇게까지 말한다.

"부인, 어떻게 했으면 좋겠어요? 우린 군인인걸요. 이해하려고 애쓰실 필요 없어요."

그녀는 우리를 지하 저장실로 안내한다. 세 개의 커다랗고 둥그런

통이 위풍당당하게 이 구석진 곳을 채우고 있다.

"이것이 부인네 비축분인가요?"

"저 여주인 빈틈이 없구먼." 바르크가 구시렁댄다.

그러자 심술궂은 여자가 돌아서며 공격적으로 반응한다.

"설마 이 비참한 전쟁으로 망하라는 건 아니겠지요! 우리는 여기저기서 돈깨나 잃고 있다고요."

"무엇 때문에요?" 바르크가 물고 늘어진다.

"당신들은 당신들 돈을 잃지 않잖아요."

"그렇죠, 대신 우리는 우리 목숨을 잃을 수 있죠."

눈앞의 이익에 위험한 영향을 미칠 듯한 말싸움이 이어지자 불안해진 나머지 중재가 이루어진다. 그러는 사이 지하 저장실의 문이 흔들리고 남자의 목소리가 문을 통해 들려온다.

"어이, 팔미르!" 남자가 외친다.

여자는 조심스럽게 문을 열어놓고는 절뚝거리면서 사라진다.

"일이 잘 돌아가는군! 잘됐어!" 라뮈즈가 말한다.

"이 사람들 정말로 더러운 족속인데!" 바르크는 이런 대접을 참지 못하고 중얼거린다.

"수치스럽고 구역질나!" 마르트로가 거든다.

"처음 보는 일처럼 왜 그래."

"그래 너, 뒤물라르, 넌 배알도 없구나! 포도주를 챙겨보려고 상냥하게 '어떻게 했으면 좋겠어요? 우린 군인인걸요!' 하다니!" 바르크가 꾸짖는다.

"그럼 달리 뭘 어떻게 하겠어? 그래, 우리가 이 식탁과 아라몽산 포도주를 위해 허리띠를 졸라매며 근검절약이라도 했어야 한단 말이야? 어쨌거나 그 여자는 포도줏값으로 40수를 불러서 챙길 수도 있지 않겠나? 그러니 만족하자고. 내 고백하지만, 그녀가 마음을 바꿀까봐 어찌나 염려되던지."

"어디서나 항상 같은 일이 벌어지는구먼. 하지만 그래도……"

"그래, 지역 주민들은 수완이 좋아! 돈을 버는 사람들이 있어야 하는 거야. 모두 죽을 수는 없지."

"아! 동부 주민들 정말 착하기도 하지!"

"암, 그리고 북부 주민들도 정말 착하고말고!"

"……두 팔을 벌리고 우리를 맞이하질 않나!……"

"손을 벌리고, 그렇지……"

"내 말하지만, 정말 부끄럽고 구역질나." 마르트로가 되풀이한다.

"그 여자다! 고약한 여자가 돌아온다!"

일이 성공했음을 알리기 위해 우리는 숙영지를 한 바퀴 돌고 장을 보러 갔다. 새로운 식당으로 돌아와서는 점심식사 준비를 하느라 요란을 떨었다. 바르크는 배급소로 가서, 현재의 배분 방식에 원칙적으로 반대하는 책임자와의 개인적 관계를 이용해 분대 열다섯 명분 감자와 고기를 확보했다.

그는 감자튀김을 할 요량으로 돼지기름—14수를 주고 산 조그만 덩어리—을 사놓은 터였다. 또한 조그만 완두콩 통조림 네 통도 얻어놓았다. 메닐 앙드레의 송아지 냉육 통조림은 전채를 만드는 데 사용될 것이다.

"이만하면 나쁠 게 없군!" 라뮈즈가 기쁨에 가득차 말했다.

*

우리는 부엌을 점검했다. 바르크는 부엌 한쪽에 놓인 채 따뜻한 김을 뿜어내는 육중한 주철 화덕 주위를 행복하게 맴돌고 있었다.

"내가 수프 냄비 하나를 슬그머니 추가로 갖다놓았지." 그가 나에게 속삭였다.

그는 냄비 뚜껑을 열었다.

"불이 세지 않군. 그놈의 시원찮은 고기를 집어넣은 지 반시간이 지났는데 물이 아직도 맑네."

잠시 후 여주인과 입씨름하는 소리가 들려왔다. 추가로 갖다놓은 그 냄비 때문이었다. 화덕에 그녀가 쓸 수 있는 자리가 부족하다는 얘기였다. 애초에 냄비 하나면 된다고 하지 않았느냐, 난 그리 알고 있었고, 이렇게 곤란하게 만들 줄 알았다면 이곳을 빌려주지 않았을 거라며 투덜댔다. 바르크는 대답을 하면서 농담을 덧붙여 천진스럽게 이 괴물 같은 여자를 다독였다.

다른 병사들이 하나하나 도착했다. 그들은 결혼식 피로연에 초대받은 손님처럼 미식의 꿈에 가득차 눈을 깜박이며 손을 비벼댔다.

눈부신 바깥에서 몸을 빼 이 네모난 어둠 속으로 들어오자, 다들 앞이 보이지 않아 올빼미처럼 잠시 멍하니 서 있다.

"밝지가 않네." 메닐 조제프가 말한다.

"이봐, 뭐 어쩌겠나!"

몇몇이 입을 모아 탄성을 지른다.

"여기 정말 좋군."

그러자 지하실의 희미한 빛 속에서 사람들이 고개를 끄덕이는 게 보인다.

조그만 사고가 생긴다. 파르파데가 부주의하게도 무르고 더러운 벽에 몸을 비비는 바람에 어깨에 여기서도 보일 만큼 매우 시커멓고 넓은 얼룩이 생긴다. 평소 외모에 정성을 기울이는 파르파데는 투덜거리고는 벽에 닿지 않으려다가 식탁에 부딪혀 숟가락을 떨어뜨린다. 그는 허리를 숙여 여러 해 동안 먼지와 거미줄이 조용히 떨어져 쌓인 울퉁불퉁한 바닥을 더듬는다. 숟가락을 되찾고 보니 [illegible] 숯처럼 시커멓고 가는 거미줄까지 매달려 있다. 무언가를 땅에 떨어뜨린다는 것은 재앙이다. 여기선 조심하며 생활해야 한다.

라뮈즈는 식기 사이에 돼지고기처럼 기름진 손을 얹는다.

"자, 식탁에 앉자고!"

우리는 먹는다. 식사는 풍성하고 맛도 훌륭하다. 술병을 비우는 소리와 음식이 가득 든 입으로 쩝쩝대는 소리에 대화가 뒤섞인다. 앉아서 식사하는 즐거움을 만끽하는 동안, 미광이 채광 환기창을 통해 들어와 먼지 낀 희미한 빛으로 일단의 분위기와 네모난 식탁을 감싸고, 접시 하나, 눈꺼풀 하나, 눈 한쪽을 반사광으로 빛낸다. 나는 즐거움이 넘치는 이 음울한 축제를 슬그머니 훔쳐본다.

비케는 자신의 빨래를 해주겠다는 세탁부를 찾느라 겪은 애달픈 고생담을 들려준다. "제기랄, 너무 비쌌어!" 틸라크가 식료품점 앞에 사람들이 줄을 선 모습을 묘사한다. 안으로 들어갈 수 없어서 밖에 양들처럼 내내 서 있었다는 것이다.

"밖에 있다가도, 불만스러워하면서 문을 너무 자주 여닫으면 아예 쫓겨난다니까."

또다른 소식은 없나? 일일 보고에서는 주민의 집을 약탈 혹은 파괴하는 경우 엄한 처벌이 따른다고 공표하며 이미 징벌 목록까지 밝혀두었다. —볼파트는 후송된다. —93반의 병사들은 후방으로 옮겨갈 것이다. 페페르가 거기 속해 있다.

바르크가 감자튀김을 가져오면서, 우리 여주인의 식탁에 병사들이 있는데 기관총부대의 간호병들이라고 알린다.

"저들은 자신들이 제일 좋은 자리를 잡았다고 믿겠지만 우리가 제일이야." 푸야드는 이렇게 좁고 불결한 어두운 곳에서—우리는 대피호에서와 똑같이 어두컴컴한 곳에서 북적대고 있다(하지만 누가 비교할 생각이나 하겠는가?)—편안히 자리잡으며 확신에 차 말한다.

"자네들은 모르겠지만, 9중대 녀석들은 아주 운이 좋다니까!" 페팽이 말한다. "어떤 노부인이 그들을 공짜로 맞아주었다는 거야. 오십 년 전에 죽은 그녀의 영감이 옛날에 정예병이어서 그랬다는군. 그들에게 토끼까지 줘서 스튜를 만들어 먹고 있다지 뭐야."

"좋은 사람들은 어디에나 있지. 9중대 녀석들은 대단히 운이 좋아 때마침 착한 사람이 있는 숙소에 간 거야!"

팔미르가 여주인으로서 제공하는 커피를 가지러 간다. 그녀는 이제 익숙해져 우리 말에 주의를 기울이고 심지어 거만한 어조로 질문까지 한다.

"왜 당신들은 특무상사를 쥐퇴*라 부르죠?"

---

* juteux. 프랑스 군대 은어 중 하나로, 본래 '즙이 풍부한' '수입이 좋은'이라는 뜻이다.

바르크가 거드름을 피우면서 대답한다.

"원래 그랬죠."

그녀가 자리를 뜨자 병사들은 커피 맛을 평가하기 시작한다.

"묽은 것 좀 봐! 컵 바닥에 있는 설탕이 다 보여."

"이게 10수짜리라니."

"맹물이지 뭐야."

문이 살짝 열리더니 하얀 띠가 생긴다. 어린 소년의 얼굴 윤곽이 비친다. 병사들은 새끼 고양이를 대하듯이 아이를 유인하여 초콜릿 조각을 준다.

"내 이름은 샤를로예요." 어린애가 종알거린다. "옆집 살아요. 거기도 군인들이 있어요. 우리집엔 늘 군인들이 있어요. 그들이 원하는 건 뭐든 팔아요. 다만 그들은 자주 술에 취해요."

"자, 꼬마야, 이리 좀 와봐." 코콩이 어린애를 무릎 사이로 잡아당기며 말한다. "내 말 잘 들어라. 혹시 네 아빠가 이렇게 말하지 않데? '전쟁이 계속되기만 한다면 좋겠는데!'"

"맞아요." 아이가 고개를 끄덕이며 대답한다. "그러면 우리는 부자가 되니까요. 5월 말이면 우리는 5만 프랑을 벌 거라고 아빠가 말했어요."

"5만 프랑이라고! 말도 안 돼!"

"그랬다니까요, 맞아요!" 아이가 발을 구른다. "아빠가 엄마한테 그렇게 말했어요. 아빠는 항상 이랬으면 좋겠다고 했어요. 엄마는 가끔 잘 모르겠대요. 왜냐하면 형 아돌프가 전방에 있거든요. 하지만 우리는 형이 후방으로 가게 할 거고, 그러면 전쟁은 계속되어도 괜찮아요."

주인집에서 들려오는 날카로운 외침에 이 같은 비밀 이야기는 중단

된다. 민첩한 비케가 무슨 일인지 알아보러 간다.

"아무것도 아니야." 돌아오면서 그가 말한다. "아저씨가 시키는 대로 아줌마가 할 줄 몰라서 굽 달린 잔에다 겨자를 넣었대. 그래서 아저씨가 아줌마에게 욕을 해대는 거야. 대체 왜 그러는지 모르겠다고 말이지."

우리는 일어선다. 그러고는 지하실에 진동하던 담배 냄새, 술냄새, 커피 냄새에서 벗어난다. 문턱을 넘어서자마자, 부엌에 고여 있던 고약한 튀김냄새가 더해진 갑갑한 열기가 얼굴로 훅 끼쳐오고, 문을 열 때마다 흘러나온다.

벽을 시커멓게 뒤덮고 있다가 사람들이 지나가면 윙윙 날아다니는 파리떼를 뚫고 우리는 나아간다.

"작년처럼 또 시작이군…… 밖에는 파리들, 안에는 빈대들……"

"그리고 더 안에는 더 많은 세균들……"

지난 계절의 고물과 쓰레기로 혼잡하고 수많은 나날이 남겨놓은 재가 가득한 이 더럽고 작은 집구석, 가구들과 집기들 곁에서 무언가 움직인다. 한 늙은 영감이 껍질이 벗어지고 불그스름하고 울퉁불퉁한 긴 목을 드러내고 있는데 병에 걸려 깃털이 뽑힌 가금의 목을 떠올리게 한다. 옆모습 또한 암탉 같다. 턱이 없다시피 하고 코가 길기 때문이다. 반점 같은 회색 수염이 움푹 들어간 두 볼을 펠트처럼 감싸고, 광택 없는 유리세공품 같은 두 눈 위로 둥그렇고 두꺼운 각질투성이 눈꺼풀이 뚜껑처럼 올라갔다 내려갔다 한다.

바르크는 벌써 그를 눈여겨보았다.

"저 사람 좀 봐. 보물을 찾고 있어. 이 누추한 집 어딘가에 보물이 있고, 자기는 이 집의 시아버지래. 얼마 안 가 네발로 기어다니면서 코를 구석구석 박고 있을걸. 잘 보라고."

늙은이는 막대로 더듬어 탐색하고 있었다. 그는 벽 아래나 깔아놓은 타일을 두드리곤 했다. 이리저리 오가는 거주자들과 새로 도착하는 사람들, 그리고 빗자루질을 하는 팔미르에게 이리저리 떼밀리면서. 팔미르는 말없이 그를 내버려두었는데, 아마 있을지 없을지 모를 큰돈을 기대한다기보다는 이 불행을 사람들 앞에 드러내어 이용하려는 심산 같았다.

파리가 득시글득시글한 낡은 러시아 지도 옆의 문틀 같은 곳에 두 아낙네가 서서 낮은 목소리로 속내를 주고받고 있었다.

"그래, 하지만 피콩을 조심해야 해." 한 여자가 중얼거렸다. "수완이 없으면 포도주 한 병당 16수를 받아내지 못할 거고, 그러면 돈 버는 건 그야말로 실패지. 본전 못 찾는다는 건 아니야. 그건 아니지만, 어쨌건 돈을 벌지도 못한다는 얘기지. 이에 대비하려면 술장사들끼리 담합을 해야 하는데 다 같이 이익을 얻기가 매우 어렵긴 하지!"

바깥에서는 찌는 듯한 복사열에 파리들이 들끓고 있었다. 며칠 전만 해도 드물었던 날벌레들이 지금은 도처에서 미세한 웅웅 소리를 증폭시킨다. 나는 라뮈즈와 함께 외출한다. 한가로이 바람을 쐬려고 한다. 오늘은 다들 조용하게 지낼 것이다. 지난밤의 행군 때문에 하루종일 휴식이다. 잠을 잘 수도 있겠지만 이 휴식 시간을 이용해 자유롭게 산책하는 게 더 좋다. 내일이면 다시 훈련과 사역에 동원될 테니……

우리보다 운이 좋지 않아 벌써부터 사역의 악순환에 걸려든 병사들도 있다.

라뮈즈가 함께 산책하자고 제의하자, 코르비자르는 길쭉한 얼굴에 가로로 박힌 병마개처럼 생긴 둥그렇고 작은 코를 만지작거리며 대답한다.

"갈 수가 없어. 난 변소 청소를 해야 하거든!"

그러고는 삽과 대걸레를 보여주는데, 이것들을 가지고 그는 병에 걸릴 것 같은 환경에서 몸을 숙인 채, 벽을 따라 청소부와 분뇨수거인의 임무를 수행해야 하는 것이다.

우리는 나른하게 걷는다. 오후는 졸음에 취한 들판을 무겁게 누르고, 음식물로 풍성하게 채워져 윤택해진 위장을 짓이기듯 괴롭히고 있다. 우리는 대화를 별로 하지 않는다.

저 아래서 떠드는 소리가 들려온다. 바르크는 아주머니들의 무리에 둘러싸여 있다…… 그리고 그 모습을 훔쳐보는 이들이 있으니, 입언저리엔 부스럼이 나고 머리는 붓처럼 뒤로 묶은 창백한 여자아이와 그늘이 별로 없는 문 앞에 자리잡고는 속옷을 손질하는 여자들이다.

여섯 명의 병사가 군수 담당 하사의 인솔하에 지나간다. 그들은 새 외투 더미와 신발 봇짐을 짊어지고 있다.

라뮈즈는 부어오르고 딱딱해진 자신의 발을 쳐다본다.

"확실해. 나에겐 큰 신발이 필요해. 조금만 더 있으면 발이 신발 밖으로 나오겠어…… 발 가죽을 내놓고 걸을 순 없지 않겠어, 안 그래?"

비행기 한 대가 부르릉거리며 지나간다. 우리는 얼굴을 쳐들고 목을 비틀면서 하늘의 강렬한 빛 때문에 눈물이 그렁한 눈으로 비행기의 움직임을 좇는다. 시선이 다시 아래로 떨어지자 라뮈즈가 나에게 말한다.

"저런 기계들은 전혀 소용이 없지, 전혀."

"무슨 소리야? 아주 엄청나게 발전했는데, 빠르고……"

"물론이지. 하지만 거기까지일 거야. 더이상은 안 될걸, 절대로."

할 수만 있다면 번번이 발전 가능성을 부정하는, 무지로 인한 이런 완강한 거부를 이번엔 반박하지 않고, 나는 이 덩치 큰 전우가 과학과 산업의 비상한 노력이 갑자기 자기 말대로 멈춰버렸다는 고집스러운 상상을 이어가도록 내버려둔다.

일단 자신의 깊은 생각을 드러냈다 하면 멈출 생각을 않는 그는 머리를 숙여 가까이 대면서 나에게 말한다.

"자넨 외녹시가 여기 있다는 걸 알고 있지."

"아!" 나는 내뱉었다.

"물론 그렇지, 이 친구야. 자넨 아무것도 알아차리지 못했을지 몰라도 난 벌써 알았지(그러고서 라뮈즈는 너그럽게 미소 짓는다). 자네도 알겠지만 그녀가 온 걸 알면 다들 관심을 기울이겠지? 틀림없이 그녀는 우리들 중 누군가를 쫓아왔을 텐데."

그가 말을 잇는다.

"이봐, 말해줄까? 그녀는 나를 보러 온 거야."

"자네 그걸 확신하나?"

"물론이지." 황소 같은 남자가 우물거린다. "난 그녀를 원해. 그리고 이 친구야, 난 두 번이나 내가 지나는 길목에서, 정확히 내가 지나는 길목에서 그녀를 만났단 말이야, 알아듣겠어? 자넨 그녀가 달아났다고 말하겠지만, 그건 그녀가 수줍어하기 때문이고, 그래, 그건 맞아……"

그는 길 한가운데서 멈춘 채 나를 정면으로 쳐다보았다. 두 볼과 코가 기름기로 축축한 그의 살찐 얼굴은 심각했다. 그는 정성스럽게 말아

올린 짙은 노란색 콧수염에 공처럼 둥그런 주먹을 갖다대고는 부드럽게 쓰다듬었다. 그러고는 계속해서 나에게 자신의 속내를 꺼냈다.

"난 그녀를 원해. 난 말이야, 그녀와 결혼도 할 수 있다고. 그녀의 이름은 외독시 뒤마유야. 전에는 그녀와 결혼할 생각을 하지 않았지. 그런데 그녀의 성姓을 알고부터는 내 생각이 바뀐 것 같고, 잘될 것 같단 말이야. 아! 그녀는 어쩌면 그렇게도 예쁠까. 예쁘기도 하지만 그보다는…… 아!……"

이 뚱뚱한 사내는 자신이 말로 표현하고자 애쓰는 감상과 정서로 충만해 넘칠 것 같았다.

"아! 이 친구야!…… 사실 난, 때때로 나 자신을 힘들게 억눌러야만 해." 가련한 어조로 힘주어 말하는 그의 목둘레와 두 볼의 살덩이에 피가 쏠리고 있었다. "그녀는 너무 아름답고 그녀는…… 그런데 난…… 그녀 같은 여자는 다시없지—자네도 알아차렸겠지만, 틀림없어, 자네도 알고 있겠지—그녀는 시골 여자야. 그래, 그런데도 파리 여자, 심지어 나들이옷을 아름답게 차려입은 멋들어진 파리 여자보다 더 나은 무언가, 알 수 없는 무엇이 있단 말이야, 그렇지 않아? 그녀는…… 난, 나는……"

그는 갈색 눈썹을 찡그렸다. 자신의 생각이 얼마나 대단한 것인지 나에게 설명하고 싶었던 것이다. 그러나 마음을 설명하는 기술을 알지 못했기 때문에 그는 입을 다물고 말았다. 표현할 수 없는 감정을 안은 채 홀로, 자신의 마음과는 달리 늘 혼자였다.

……우리는 집들이 늘어선 길을 따라 나란히 걸었다. 각각의 집 문 앞에는 큰 통을 실은 이륜마차들이 줄지어 서 있었다. 길 쪽으로 난 창

문들에는 색색깔의 통조림 무더기와 부싯깃 다발—병사라면 사지 않을 수 없는 온갖 것이 조금씩 꽃 장식처럼 놓여 있었다. 농부들은 대부분 식료품을 팔고 있다. 시작되기까지 오랜 시일이 걸렸지만 이곳의 상업도 이젠 속도가 붙었다. 모두가 숫자의 열기에 사로잡히고, 돈을 불리고자 현혹되어 암거래에 뛰어들었다.

종소리가 울렸다. 한 무리가 행렬을 이루며 넓은 곳으로 나아갔다. 군대식 장례 행렬이었다. 수송대 병사가 운전하는 사료 운반차가 깃발로 덮인 관을 운반하고 있었다. 한 무리의 병사들, 특무상사 한 사람, 종군 사제, 그리고 민간인 한 사람이 그 뒤를 따랐다.

"꼬리가 잘린 가련하고 보잘것없는 장례군!" 라뮈즈가 중얼거렸다. "야전병원이 멀지 않은 곳에 있는데 한 사람이 사라지는구먼, 별수없지 않은가! 아! 죽은 자들은 정말 행복하도다. 하지만 때때로 그렇다는 것이지 항상 그런 건 아니고…… 그렇지 뭐!"

우리는 마지막 집들을 지나쳤다. 길 끝에 있는 들판에는 식량 수송 차량과 전투 장비 차량이 자리잡고 있었다. 이동식 식당차, 그 뒤를 이어 잡다한 물자들을 실어 땡그랑 소리를 내는 차량, 적십자사 차량, 트럭, 사료 운반 차량, 우편 담당 하사관의 무개차 따위였다.

운전병과 보초병의 텐트들이 차량들 주위 여기저기에 늘어서 있다. 빈터에서는 말들이 허허벌판에 발을 딛고서 광물 같은 눈으로 하늘에 터진 구멍을 바라본다. 사병 넷이서 식탁을 조립하고 있다. 화덕은 야외에서 연기를 뿜어낸다. 파헤쳐진 들판엔 나란히 굴러가는 바퀴들이 낸 자국이 열기로 인해 말라비틀어져 있고, 그 들판에 세워진 잡다하고 우글거리는 집단 거주지 주변에는 이미 오물과 쓰레기가 장식처럼 광범위하게 널려 있다.

주둔지 끝에 흰색으로 칠해진 커다란 차량이 깨끗하고 선명해 다른 차량들보다 눈에 띈다. 마치 장터 한가운데에 위치한, 다른 곳보다 비싼 값에 물건을 파는 호화로운 트레일러 같다.

블레르가 찾고 있던 그 치과 차량이다.

마침 블레르가 그 앞에서 차량을 응시하고 있다. 아마 한참 전부터 그는 시선을 차량에 고정한 채 주위를 맴돌고 있는 모양이다. 사단의 간호병 상브르뫼즈가 용무를 마치고 돌아와 차량 문으로 통하는, 색칠한 나무로 된 이동식 계단을 올라간다. 커다란 비스킷 상자와 좋아 보이는 빵과 샴페인 한 병을 안고 있다.

블레르가 그를 부른다.

"이봐, 엉덩짝, 이 차 말인데, 치과의사 차 맞지?"

"그 위에 쓰여 있잖아." 면도를 해 하얗게 드러난 각진 턱에, 약간 포동포동하고 말쑥한 상브르뫼즈가 대답한다. "저게 안 보이면 치과의사가 아니라 수의사한테 가서 눈깔이나 손보라고."

블레르는 다가가서 차량을 살펴본다.

"이상야릇하네." 그가 말한다.

그는 다시 한번 가까이 갔다가 멀어져서는 이 차량에 자신의 입안을 내맡겨도 될까 망설인다. 결국 그는 결심하고는 계단에 한 발을 내디딘 뒤 트레일러 속으로 사라진다.

*

우리는 산책을 계속한다…… 방향을 틀어 오솔길로 접어든다. 높이 자란 덤불에는 후추를 뿌린 듯 먼지가 내려앉아 있다. 소음이 잦아들어 조용하다. 사방에서 광채가 쏟아지며 우묵한 길을 달구고 여기저기 눈부시고 불타는 듯한 하얀 빛을 펼쳐내며, 구름 한 점 없는 푸른 하늘에서 진동한다.

첫번째 모퉁이에서 서풍의 소리 같은 가벼운 발소리가 들리는가 싶더니 우리는 외독시와 정면으로 마주친다!

라뮈즈는 소리 없는 탄성을 지른다. 아마 그는 다시금 그녀가 자신을 찾고 있었다고 상상할 것이고, 운명이 어떤 선물을 주었다고 믿고 있을 것이다…… 자신의 육중한 몸 전체를 움직여 그는 그녀에게 다가간다.

그녀는 산사나무에 둘러싸인 채 그를 쳐다보고는 멈춘다. 이상할 정도로 홀쭉하고 창백한 얼굴에는 불안이 묻어나고 아름다운 눈 위의 눈꺼풀이 깜박인다. 머리에 아무것도 쓰고 있지 않다. 블라우스는 여명 같은 살결의 빛깔 때문에 깊이 파인 목 부분이 더욱 도드라진다. 아주 가까이서 보니 태양빛을 받은 그녀, 머리에 황금 왕관을 쓴 듯한 이 금발의 여자는 정말로 매력적이다. 달빛처럼 하얀 피부가 시선을 사로잡으며 놀라움을 안긴다. 그녀의 두 눈이 반짝이고 있다. 치아 역시 선명한 상처 자국처럼 살짝 벌어진, 심장처럼 붉은 입술 사이에서 반짝인다.

“저기…… 당신에게 할 말이 있는데……” 라뮈즈는 헐떡거린다. “당신이 내 마음에 꼭 듭니다……"

길을 가다가 꼼짝 않고 멈춰 선 사랑하는 여인을 향해, 그는 팔을 뻗는다.

그녀는 움찔하더니 그에게 답한다.

"절 가만히 내버려두세요, 당신 같은 사람 싫어요!"

남자는 그녀의 조그만 손 하나를 덥석 잡는다. 그녀는 손을 빼내려고 애쓰면서 그에게서 벗어나고자 잡힌 손을 흔든다. 짙은 금발이 흐트러지며 불꽃처럼 일렁인다. 그는 그녀를 잡아당긴다. 목을 그녀에게 내밀고 입술도 앞으로 내민다. 입맞추고 싶은 것이다. 그는 온 힘으로, 온 생명력으로 그녀를 원하고 있다. 그녀와 키스를 하기 위해서는 죽을 수도 있을 것 같다.

그러나 그녀는 발버둥치고 억눌린 비명을 내지른다. 그녀의 목 핏대가 발딱거리고 예쁜 얼굴은 증오에 차 흉해진다.

내가 다가가 동료의 어깨에 손을 얹어보는데, 이런 개입도 필요 없다. 그는 뒤로 물러서더니 패배한 모습으로 웅얼거린다.

"당신 미친 거 아냐? 도대체 무슨!" 외독시가 소리친다.

"아니!……" 이 불행한 자는 당황하여 놀라고 얼빠진 채 신음한다.

"다신 이런 짓 하지 말아요!" 그녀가 말한다.

그러고서 그녀가 숨을 헐떡거리며 사라지는데 그는 그 모습을 쳐다보지도 않는다. 육욕 때문에 극심히 고통받던 그는 이제 깨어나 더이상 무슨 부탁을 해야 할지도 모른 채, 그녀가 있던 곳 앞에서 입을 벌리고는 팔을 건들거리면서 그대로 서 있다.

나는 그를 끌고 간다. 그는 혼란스러운 표정으로 말없이 코를 훌쩍이고, 마치 오랫동안 도망다니기라도 한 사람처럼 숨을 헐떡이면서 나를 따라온다.

그는 커다란 머리를 숙이고 있다. 영원한 봄의 빛이 무자비하게 쏟아지는 가운데 그는 마치 태초에 한 소녀의 눈부신 힘에 장난감처럼 우롱당하고 제압된 후 고대 시칠리아의 해안을 방황했던 가련한 외눈박이 거인 키클롭스 같다.

포도주를 파는 행상인이 술통을 혹처럼 볼록하게 실은 외바퀴 손수레를 밀고 다니면서 보초병들에게 포도주를 몇 리터씩 팔았다. 도로 모퉁이를 돌아 사라지는 그는 카망베르 치즈처럼 납작하고 누런 얼굴에, 듬성듬성하고 가는 머리칼은 먼지 덩어리처럼 풀어헤쳐져 있고, 헐렁한 바지 속으로 드러나는 몸은 매우 여위어 마치 발을 몸통에다 끈으로 묶어놓은 것 같다.

이 고장의 끝, 삐걱거리고 흔들리며 마을 표지판 구실을 하는 안내판 아래서 한가한 보초병들이 이 어릿광대 같은 방랑자에 대해 대화를 나누고 있다.

"그자 상판대기가 더럽더군." 비고르노가 말한다. "내가 하나 알려줄까? 민간인들이 전선에서 멋대로 산책하며 즐기도록 내버려두어서는 안 될 거야. 특히 출신이 어딘지 모르는 녀석들은 말이야."

"함부로 말하지 마, 날벌레 같은 놈아." 코르네가 대꾸한다.

"넌 나서지 마, 구두창 같은 상판아." 비고르노가 고집스럽게 말한다. "조심성이 없구먼. 내 말은 틀림없다고."

"그거 알아?" 카나르가 끼어든다. "페페르는 후방으로 간대."

"여기 여자들은 못생겼어." 라몰레트가 중얼거린다. "구제불능으로 못생겼다니까."

다른 보초병들은 시선을 하늘에 두고 여기저기 둘러보면서 두 대의 적군 비행기와 그것들이 뒤죽박죽 그려놓은 복잡한 선을 응시한다. 빛줄기의 움직임을 따라가는 그 단단한 기계 새들 주위로 때로는 까마귀처럼 검고 때로는 갈매기처럼 흰 선들이 하늘 높이 나타난다—수없이 터지는 유산탄이 푸른 하늘을 점점이 수놓아 화창한 날씨에 눈송이들이 길게 날리는 것 같다.

*

우리는 돌아간다. 산책자 둘이 다가오고 있다. 카라쉬스와 셰시에다. 그들은 취사병 페페르가 후방으로 떠난다고 알린다. 달비에법*에 따라 차출되어 국민군 연대로 보내지는 것이다.

"블레르한테 기회가 왔네." 얼굴 한가운데 어울리지 않는 커다란 코가 우스꽝스럽게 자리잡은 카라쉬스가 말한다.

마을에는 병사들이 무리를 짓거나 서로 대화를 주고받으며 엮여 둘씩 짝지어 지나간다. 혼자 있던 사람들이 짝을 지었다가 헤어지고, 또 마치 자석으로 끌린 듯 서로 이끌려 다시 둘이서 한창 대화를 나눈다.

격렬할 정도로 떠들썩한 무리. 그 한가운데 하얀 종잇장들이 물결친다. 신문팔이가 1수짜리 신문을 2수에 팔고 있다. 산토끼 다리처럼 비쩍 마른 푸야드가 길 한가운데에 멈춰 있다. 한 집의 모퉁이에서는 파

---

* 프랑스 정치인 빅토르 달비에는 제1차세계대전 동안 여러 법안을 제안하여 사회적 형평성을 추구하는 방향으로 군인들을 재분류하고 배치를 조정했다.

라디가 햇빛을 받으며 햄 같은 장밋빛 얼굴을 드러낸다.

비케가 간편한 차림으로 우리와 합류한다. 웃옷과 약모만 걸쳤다. 그는 입술을 핥는다.

"친구들을 만났어. 한잔 마셨지. 알다시피 내일부턴 다시 일을 시작해야 하니 우선 옷을 세탁하고 총을 청소해야 해. 사실 준비할 거라곤 외투밖에 없지. 외투가 아니라 무슨 갑옷이라니까."

행정과에서 일하는 몽트뢰유가 나타나 비케를 부른다.

"이봐, 애송이! 편지야. 한 시간이나 찾았네! 대체 어디 있었던 거야, 멍청아!"

"내가 어디에나 있을 순 없잖아, 이 뚱뚱보야. 어디 줘봐."

그는 봉투를 살피고 무게를 가늠하더니, 뜯어 열면서 말한다.

"어머니한테 온 거야."

우리는 걸음을 늦춘다. 그는 손가락으로 한 줄 한 줄 짚어가면서 편지를 읽다가 알겠다는 듯 고개를 끄덕이기도 하고 신심 깊은 여자처럼 입술을 움직이기도 한다.

마을 중심부에 가까워지자 인파가 늘어난다. 우리는 지휘관인 소령과 그 옆에서 안내해주는 여자처럼 나란히 걷는 검은 제복 차림의 종군 사제에게 인사를 한다. 피종, 게농, 젊은 에스퀴트네르, 사냥꾼 클로도르를 만나 이야기를 나누기도 한다. 라뮈즈는 눈멀고 귀먹어 걸을 줄밖에 모르는 것 같다.

비주아른, 샹리옹, 로케트가 소란스럽게 다가오더니 그 대단한 소식을 알린다.

"그거 알아? 페페르가 후방으로 곧 떠난대."

"이상하네, 집에서 착각하셨나봐!" 비케가 편지에서 고개를 쳐들며 말한다. "어머니가 나 때문에 걱정하고 있잖아."

그가 편지의 한 대목을 보여주며 한 글자씩 더듬거리며 읽는다. "이 편지를 받을 때쯤 넌 아마 아무것도 가진 것 없이 진흙과 추위 속에 있겠지. 불쌍한 내 아들 외젠……"

그는 웃는다.

"어머니가 이 글을 쓴 게 열흘 전이야. 어머니는 뭐가 뭔지 아무것도 모르나봐! 오늘 아침부터 날씨가 좋아 우리는 춥지 않지. 방이 있으니 불행하지도 않고. 비참한 일도 있었지만 지금은 만족스럽잖아."

우리는 그가 말한 이 문장을 곰곰이 곱씹으며 우리가 방세를 치른 누추한 거처로 돌아간다. 그의 눈물겨운 순박함이 나를 뭉클하게 하고 하나의, 아니 무수한 마음들을 보여준다. 태양이 떠올랐기에, 우리가 햇빛과 그럴싸한 안락함을 느꼈기 때문에 고통스러운 과거는 이제 더는 존재하지 않고 끔찍한 미래 또한 존재하지 않는 것이다…… "지금은 만족스럽잖아." 모든 게 끝난 것이다.

비케가 답장을 쓰겠다며 교양 있는 신사처럼 식탁에 자리잡는다. 그는 조심스럽게 종이와 잉크와 펜을 배치하고 확인한 뒤, 미소를 지으면서 작은 종잇장을 따라 자신의 큼지막한 필체로 매우 반듯하게 써나간다.

"내가 어머니에게 뭐라고 쓰는지 안다면 웃을걸." 그가 나에게 말한다.

그는 편지를 다시 읽고 어루만지더니 미소를 짓는다.

6장
습관

우리는 닭장에 들어가 자리를 차지한다.

크림치즈처럼 허옇고 커다란 암탉이 바구니에서 알을 품고, 그 옆의 우리에는 수탉이 들어앉아 뒤적거리며 무언가를 찾고 있다. 한편 검은 암탉 한 마리가 돌아다닌다. 녀석은 유연한 목을 불규칙하고 재빠르게 쳐들었다가 숙였다가 움직거리며 거드름을 피우듯 큰 걸음으로 나아간다. 반짝이는 작은 금속 조각 같은 눈을 연신 깜빡이고, 울음소리는 용수철에서 나는 소리 같다. 닭은 집시의 머리 맵시처럼 검은 광택을 아롱거리며 움직이고, 뒤를 따라 쫓아오는 병아리들은 땅바닥 여기저기 어렴풋이 자취를 만든다.

이 작고 가벼운 노란 공 같은 것들은 본능의 숨결에 따라 모두가 갈고리 같은 짧은 발로 재빨리 어미의 발아래 달려들어 모이를 쪼아먹는다. 꼬리를 물고 이어지던 행진에 문제가 생겼다. 무리 속에서 병아리 두 마리가 꼼짝도 않고 생각에 잠긴 듯, 출발을 알리는 어미의 목소리에 관심이 없다.

“좋지 않은 징조군.” 파라디가 말한다. “사색에 잠긴 병아리는 병이 든 거지.”

그러고서 파라디는 꼬았던 두 다리를 풀었다가 다시 꼰다.

벤치 옆자리에 앉아 있던 볼파트가 두 다리를 쭉 펴고는 입을 쩍 벌려 평화롭고 길게 하품을 한 뒤 다시 시선을 고정시킨다. 병사들 가운데 특히 그는 가금들이 짧은 생애 동안 그토록 서둘러 먹는 모습을 관찰하기를 좋아하기 때문이다.

우리 모두는 녀석들을 구경하며 쇠약하고 털이 듬성한 늙은 수탉을 주시한다. 이 수탉은 솜털이 뽑혀 석쇠구이 고기처럼 거무스름하고 고무 같은 넓적다리의 맨살이 드러나 있다. 수탉이 알을 품는 하얀 암탉에 접근하면, 암탉은 때로는 따르륵따르륵 낮은 소리를 내면서 머리를 돌려 무뚝뚝하게 ‘안 돼’ 표현을 하고 때로는 유약 입힌 문자반처럼 작고 푸른 두 눈으로 수탉을 염탐한다.

“기분좋은데.” 바르크가 말한다.

“저 오리 새끼들 좀 봐.” 볼파트가 대꾸한다. “저것들 진짜 웃기네.”

아직은 알에 다리가 달린 모습과 다르지 않은 아주 어린 오리 새끼들이 열을 지어 가는데, 끈 같은 목에 달린 연약한 몸이 커다란 머리에 이끌려 절뚝거리며 나아간다. 구석에서 커다란 개가 비스듬히 내리쬐는 태양빛을 받아 아름다운 다갈색 원이 드리워진 검은 눈으로 성실하게 녀석들을 뒤쫓고 있다.

낮은 벽에 깊이 파인 곳을 통해 이 농가 마당 너머로, 펠트를 씌운 듯 축축하고 빽빽한 녹음이 기름진 대지를 뒤덮고 있는 과수원이 나타나고, 그 뒤에는 꽃들로 장식된 푸르른 초목이 화면처럼 펼쳐지는데 꽃들 가운데 어떤 것들은 작은 석고상처럼 희고 또 어떤 것들은 넥타이 매듭처럼 반들반들한 색색의 새틴 같다. 더 멀리로는 포플러의 그림자가 거무스름한 녹색과 금색 줄무늬를 늘어놓은 평원이 보인다. 그보다 더 먼 곳에서는 우뚝 선 홀포가, 그 뒤에는 땅에 열을 지어 앉은 듯한 배추가 네모난 밭을 이루고 있다. 하늘과 대지의 태양빛 속에서, 벌들이 어떤 시인이 읊었던 것처럼 음악적으로 일하고, 귀뚜라미는 우화의 내용과는 달리 무절제하게 노래를 부르면서 혼자서 공간을 온통 채우고 있다.

저 아래 포플러 꼭대기에서, 반은 희고 반은 검어 마치 타다 만 신문지 조각 같은 까치 한 마리가 빙빙 돌며 내려온다.

병사들은 이 넓은 마당의 우묵한 곳의 대기를 목욕물처럼 덥히는 햇빛에 몸을 내맡긴 채 돌로 된 벤치에서 눈을 반쯤 감고 달콤하게 기지개를 펴고 있다.

"이곳에 온 지도 십칠 일이나 되었어! 얼마 있다가 갑자기 떠나게 되리라 생각했는데 말이야!"

"우리가 뭘 알겠어!" 파라디가 고개를 설레설레 흔들더니 혀를 찬다.

마당에서 길로 통하는 문으로, 고개를 쳐든 채 태양을 한껏 즐기면서 산책하는 한 무리의 병사들이 보이더니 텔뤼뤼르가 혼자 나타난다. 길 한가운데서 풍성한 배를 출렁이던 그는 두 개의 둥근 손잡이처럼 휜 두 다리로 어슬렁거리다가 걸쭉한 침을 주변에다 푸짐하게 뱉어놓는다.

"다른 숙영지들에서처럼 여기서도 불행할 줄 알았지. 하지만 이번엔 진짜 휴식이잖아. 머무는 기간도 그렇고 지금 상황도 그렇고."

"넌 훈련도 별로 없고 사역도 많지 않으니 그렇지."

"이럴 때는 너도 와서 편히 좀 쉬면 되잖아."

벤치 끝에 웅크리고 있던 노인—우리가 도착하던 날 보물을 찾고 있던 그 시아버지였다—이 다가앉더니 손가락을 쳐들었다.

"젊었을 땐 여자들이 날 좋아했다네." 그는 머리를 흔들면서 단언했다. "아가씨들하고 지겹게 놀아났지!"

"오!" 우리는 노인의 수다스러운 말소리 사이에 간간이 들려오는, 무언가를 싣고서 힘겹게 지나가는 수레 소리에 주의를 기울이며 건성으로 대답했다.

"이제 나는 돈 생각만 한다네!" 늙은이는 다시 말했다.

"아, 그래요. 할아버지께서 찾고 있는 그 보물 말이죠."

"바로 그거야." 늙은 농부가 대답했다.

그는 불신이 자신을 둘러싸고 있음을 느꼈다.

그리고 검지로 자기 이마를 두드리더니 집 쪽을 가리켰다.

"자, 저 벌레 좀 보게." 그는 회벽 위를 빠르게 기어가는 어렴풋한 벌레를 가리키면서 말했다. "저놈이 뭐라고 하는지 아나? 이렇게 말하지. '난 성모마리아의 실을 짜는 거미예요.'"

구시대의 노인은 이렇게 덧붙였다.

"다른 사람이 하는 일에 대해 이러쿵저러쿵해선 안 되는 거야. 결과가 어찌될지 판단할 수 없기 때문이지."

“맞습니다.” 파라디가 예의바르게 대답했다.

“재밌는 할아버지야.” 메닐 앙드레가 화창한 날씨 덕에 나아진 자신의 모습을 보기 위해 주머니에서 거울을 꺼내면서 어물어물 말했다.

“저 양반, 머리가 돈 거지.” 바르크가 만족스러운 표정으로 속삭였다.

“그럼 난 가보겠네.” 영감은 민망한지 몸을 잠시도 가만두지 못했다.

그는 일어나 다시 자신의 보물을 찾으러 갔다.

그리고 우리가 등을 기대고 있는 집으로 들어갔다. 문을 그대로 열어놓은 탓에 문틈으로 방안의 커다란 벽난로 안에서 인형을 갖고 노는 어린 여자애가 보였는데, 너무도 진지한 그 모습에 볼파트는 잠시 생각하다가 이렇게 말했다.

“저 아이가 옳아.”

아이들의 놀이는 진지한 활동이다. 어른들만이 놀이를 한다.

눈앞을 지나가는 짐승들과 산책하는 사람들을 바라본 뒤, 우리는 흘러가는 시간을 바라보고, 모든 것을 바라본다.

우리는 만물의 삶을 보고, 날씨와 뒤섞이고 하늘과 뒤섞이고 계절의 색깔을 입은 자연을 목격한다. 끊임없이 이동하던 중 우리는 우연하게도 다른 어느 곳에서보다 오래 평화롭게 지내고 있는 이 구석진 고장에 애정을 갖게 되었고, 이와 같은 애착으로 인해 이곳의 미묘한 색조들까지 전부 느낄 수 있다. 8월의 다음달이자 10월의 전달이며 위치로 보아 가장 마음을 사로잡는 달인 9월은 이 아름다운 날들에 이미 무언가 날카로운 경고를 심어두고 있다. 우리는 납작한 돌들 위에 참새떼처럼 굴러다니는 낙엽의 의미를 벌써 깨닫는다.

……사실 이 장소와 우리는 서로 함께하는 데 익숙해졌다. 참으로

많이 옮겨다녔지만, 여기에 뿌리를 내린 지금 우리는 출발하는 것에 대해 이야기할 때조차도 실제로는 그것을 진짜로 생각하지 않는다.

"11사단은 한 달 반이나 쉬었지." 볼파트가 말한다.

"375연대는 구 주 동안이라던데!" 바르크가 틀림없다는 듯 되받는다.

"내가 볼 때, 우리도 여기에 최소한 그만큼은 머무를 거야. 최소한 말이야."

"여기 있는 동안 전쟁이 끝날지도 모르지……"

바르크는 감격해서 이 말을 거의 믿는 것 같다.

"언젠가는 끝나겠지, 결국은 말이야!"

"결국은!……" 다른 병사들이 되뇐다.

"물론이지, 누가 알겠나." 파라디가 말한다.

별 확신 없이, 넌지시 하는 말이다. 그러나 이 말에 결코 반박할 수 없다. 병사들은 조용히 되풀이해 말해보면서 오래된 노래처럼 그 말에 마음을 싣는다.

*

파르파데가 조금 전에 우리와 합류했다. 그는 우리 옆에 약간 거리를 두고 자리잡아 두 주먹으로 턱을 괴고서 엎어진 술통 위에 앉아 있다.

확실히 그는 우리보다 행복하다. 누구나 그 사실을 잘 알고 있다. 그 역시 잘 안다. 고개를 다시 쳐들고서 그는 보물을 찾으러 가는 영감의 등짝과 이제 다시는 떠나지 않으리라 이야기하는 우리를 똑같이 관망했다. 이 섬세하고 감상적인 전우한테는 일종의 이기주의적인 영광이 빛나고 있어, 그의 뜻과는 상관없이 그를 특별한 존재로 만들고 빛나게 하며 우리와 떼어놓는데, 마치 하늘에서 금빛 계급장이라도 내려준 것 같다.

그가 외독시와 나눈 목가적인 사랑은 여기서도 계속되었다. 우리는 증거를 가지고 있으며, 심지어 한번은 그가 자기 입으로 직접 말하기도 했다.

그녀는 멀지 않은 곳에 있다. 서로 곁에 있는 것이다…… 요전날 그녀가 빛나는 금발을 스카프로 어설프게 감추고는 사제관 담벼락을 따라 약속 장소로 가는 것을 내 눈으로 보지 않았던가. 고개 숙인 얼굴에 이미 미소를 띠기 시작하면서 서둘러 가는 그녀의 모습을 말이다…… 그들 사이에 아직은 약속과 믿음뿐이라 하더라도, 그녀는 이미 그의 것이고, 그녀를 품에 안을 사람은 바로 그였다.

그러고 나면 그는 곧 떠나게 될 것이다. 후방으로, 그러니까 타자기를 다룰 줄 아는 병약한 병사가 필요한 여단 본부의 부름을 받고 떠날 터였다. 공식적인 사안이며 문서화되어 있다. 그는 구제받았다. 다른 병사들은 감히 똑바로 볼 수도 없는 암담한 미래가, 그에게는 구체적이고 분명하다.

그는 저 아래 어두운 은신처 같은 어떤 방을 향해 열린 창문으로 시선을 던진다. 그의 마음은 그 어두운 방에 사로잡혀 있다. 그는 희망을 품고 있으며, 두 배를 살고 있다. 아직 오지 않은 미래의 행복이 이 세상에서 현실이 될 수 있는 유일한 것이기에, 그는 행복하다.

어떤 가련한 질투심이 그의 주위에 피어난다.

"누가 알겠나." 이 순간 우리의 옹색한 무대에서, 파라디는 이 밑도 끝도 없는 말을 다시금 중얼거리지만 언제나 그러했듯이 확신 없는 말투다.

7장
승차

그다음날 바르크가 말한다.

"내가 설명해줄게. 몇몇 지……"

그 음절을 발음하려는 순간 맹렬한 기적소리가 그의 말을 딱 잘라버렸다.

우리는 어떤 기차역의 플랫폼에 와 있었다. 간밤에 발령된 경보에 잠에서 깨어 마을에서 쫓겨나오듯 이곳까지 걸어왔다. 휴식은 끝났고, 전투 지역이 바뀌어 우리는 다른 곳에 배치되었다. 사람들이고 뭐고 아무것도 보지도 못한 채, 그들에게 눈인사조차 건네지 못한 채, 그들의 마지막 모습조차 담지 못한 채 야음을 틈타 고생을 떠났다.

……기관차 하나가 스칠 듯 가까운 곳에서 엔진을 가동하더니 귀청을 찢을 듯한 소리를 냈다. 옆에 버티고 선 이 거대한 것이 내뿜는 울부

짖음에 말문이 막혔던 바르크가 욕설을 내뱉었다. 철모를 쓰고 턱끈을 조여 맨 다른 병사들은 귀가 멍멍해 얼굴을 찌푸리고 있었다—우리는 이 역에서 보초를 서고 있었던 것이다.

"가거라, 자식!" 화가 난 바르크가 김을 내뿜는 기적을 향해 날카롭게 소리를 질렀다.

그러나 끔찍한 기계 소리는 계속해서 더욱 격렬하게 그의 말을 목구멍 안으로 틀어넣었다. 기계가 조용해지고 그 메아리가 귓속에서 웅웅거릴 때쯤엔 바르크가 하려던 말의 맥락은 완전히 끊겨버려서 그는 간단하게 결론을 내리는 데 만족해야 했다.

"그렇다고."

그러자 병사들은 주위를 살펴보았다.

우리는 일종의 도시 같은 곳에서 길을 잃은 듯했다.

끝없이 이어지는 객차들, 마흔 량 내지 예순 량으로 구성된 열차들은 마치 비슷하게 생긴 나지막하고 초라한 집들이 비좁은 길을 사이사이에 두고 늘어선 것 같은 모습이었다. 우리 앞에는 이처럼 연결된 이동식 집들을 따라 기다란 선, 끝없는 길이 펼쳐졌고, 그 길에서 하얀 철로의 양끝은 저 먼곳에서 삼켜지듯 사라져버렸다. 토막 난 열차들, 혹은 완전한 열차들이 수평으로 긴긴 종대를 이룬 채 흔들흔들 이동하면서 다시 자리를 잡았다. 갑옷처럼 단단한 땅 위에서 수송차량이 내는 규칙적인 망치질소리와 날카로운 기적소리, 경종소리, 거대한 입방체들이 척추뼈처럼 이어진 수송대의 기다란 구조물 속에서 강철 연결기가 조정될 때 나는 사슬의 부딪침과 울림을 동반한 금속성 굉음이 사방에서 들려왔다. 기차역 중앙의 시청을 닮은 건물 일층에서는 전신,

전화의 조급한 벨소리가 울려퍼지는 가운데 떠드는 소리들이 뒤섞여 나왔다. 주변을 살펴보니 석탄가루를 뿌린 듯 시커먼 땅 위에 창고들, 입구를 통해 뒤죽박죽인 내부가 언뜻 보이는 나지막한 보관소, 신호수의 오두막, 뾰족한 첨탑, 급수대, 오선지처럼 하늘에 괘선을 긋는 철탑들이 보였다. 여기저기 원반 모양의 신호기들이 있었고, 이 음침하고 평평한 도시 위로는 종루를 닮은 증기 기중기 두 대가 늘어져 있었다.

보다 멀리 미로처럼 얽힌 플랫폼과 건물 주변의 황무지나 빈 부지에는 군용차들과 트럭들이 서 있고 말들이 한없이 길게 줄을 지어 늘어서 있었다.

"무슨 일이 생기려는 거지?"

"오늘 저녁에 군단 전체를 기차에 싣는대!"

"이봐, 저것들도 오는군."

지진처럼 요란한 바퀴 소리와 말발굽소리를 이끌고 구름떼 같은 한 무리가, 늘어선 건물들 사이로 난 기차역 대로를 따라 점차 윤곽을 뚜렷하게 드러내면서 접근하고 있었다.

"대포들은 이미 실렸어."

저 아래쪽, 피라미드처럼 두 줄로 높이 쌓여 있는 상자들 사이로, 평평한 화물차량에 실린 바퀴와 뾰족한 포구가 보였다. 탄약차, 대포, 바퀴 모두 노란색과 밤색과 녹색이 섞인 잡색 줄무늬가 있었다.

"위장한 거야. 저 아래 색칠한 말들도 잔뜩 있지. 저것 좀 봐, 다리가 굵어서 마치 바지를 입은 것 같잖아? 원래는 흰 말이었는데 색을 칠한 거야."

경계하는 듯한 다른 말들과 좀 떨어져 있는 그 말은 거짓으로 꾸며

낸 기색이 역력한 누르스름한 회색빛을 띠고 있었다.

"불쌍한 녀석!" 튈라크가 말했다.

"보다시피, 말들은 죽임을 당할 뿐 아니라 괴롭힘까지 당하고 있어." 파라디가 말했다.

"그래도 다 저것들을 위해서야. 어쩔 수 없다고!"

"그래, 우리도 마찬가지고. 다 우리를 위해서 이러고 있지!"

저녁 무렵에 병사들이 도착했다. 병사들이 기차역으로 사방에서 흘러들어왔다. 행렬의 맨 앞에서는 하사관들이 소리를 지르며 뛰어다녔다. 사병들이 한꺼번에 몰려들지 않도록 도처에 쳐놓은 바리케이드들을 따라 가거나 울타리 안으로 이동하도록 통제하고 유도하는 것이었다. 걸어총을 하고 배낭을 내려놓았지만 자리를 떠날 수는 없기 때문에 그들은 희미한 빛 속에 잠긴 채 몸을 맞대고 기다리고 있었다.

석양이 짙어갈수록 점점 더 많은 병사들이 계속해서 도착했다. 병사들과 함께 자동차들도 몰려들었다. 곧이어 요란한 소리가 끝없이 이어졌다. 거대한 물결을 이루어 오는 소형, 중형, 대형 트럭들 한가운데 리무진들이 자리하고 있었다. 이 모든 것은 정해진 자리에 정렬되고 고정되어 차곡차곡 쌓였다. 인간들과 차량들의 대해大海로부터 다양한 목소리와 소음이 흘러나와 기차역 주변을 두드리고 곳곳에 침투하기 시작했다.

"이건 아직 아무것도 아냐." 통계의 인간 코콩이 말했다. "군단 사령부에만 서른 대의 장교 차량이 있거든. 사병과 잡동사니까지 다 해서 군단 전체를 수송하려면 쉰 량짜리 열차가 얼마나 필요한지 알아? 물론 네 바퀴로 굴러와 새 구역에 합류할 트럭들은 빼고 말이야. 생각할 것도 없어, 이 친구야. 아흔 대가 필요해."

"아! 그렇군, 빌어먹을! 군단이 서른셋이나 되는데!"

"정확히 서른아홉이라고, 이 친구야!"

소란이 심해진다. 기차역은 사람들로 넘쳐난다. 육안으로 형태를 구분할 수 있는 최대한 멀리까지 쳐다보아도, 보이는 것이라곤 북새통, 대혼란에 빠진 듯 어수선한 조직뿐이다. 모든 계급의 하사관들이 별똥별처럼 흩어져 부딪치고 지나가고 다시 지나가며 계급장이 번쩍이는 팔을 흔들어 명령과 명령이 칙스른 되풀이하면 연락병과 자전거병은 그것들을 가지고 재주껏 빠져나간다. 어떤 자들은 굼뜨고, 또 어떤 자들은 물속의 물고기처럼 날쌔다.

완전히 저녁이 되었다. 작은 산처럼 걸어총을 해둔 소총 주위에 병사들이 모여 있고, 그들의 군복이 만들어내는 반점 같은 얼룩은 이제 땅과 뒤섞여 구분되지 않고 파이프 담배와 궐련의 희미한 불빛을 통해서만 그들 무리를 알아볼 수 있다. 군데군데 모여 있는 병사들 둘레에 끊이지 않고 죽 이어진 일련의 작고 밝은 점들이, 축제 거리에서 빛을 발하는 긴 장식 깃발처럼 어둠을 장식한다.

휘몰아치듯 혼란스러운 이 드넓은 장소에서 목소리들이 뒤섞여 해안가에 부서지는 파도 소리를 낸다. 그러면 끝없는 이 중얼거림을 압도하는 명령이 다시 들려오고, 외침과 아우성, 짐을 풀어 옮겨 싣느라 피워대는 소란, 어둠 속에서 힘을 쏟는 증기해머의 굉음, 그리고 보일러들의 포효가 들려온다.

사람과 물건으로 가득한 이 거대한 어둠 속에 불빛들이 켜지기 시작한다.

장교들과 분견대 대장들이 든 전기 램프와 자전거병들의 아세틸렌등에서 나오는 불빛이다. 지그재그로 순찰을 도는 자전거병들은 강렬한 흰 빛의 점을 끌고 다니며 주변에 희끄무레한 지점을 되살려놓는다.

등대 같은 아세틸렌등이 하나 켜지더니 돔 형태의 빛을 눈부시게 내뿜는다. 다른 등불들도 회색빛 세계에 구멍을 내고 찢어놓는다.

그리하여 기차역은 환상적인 모습이 된다. 무언지 포착할 수 없는 형태들이 나타나 검푸른 하늘을 멀리 밀어붙인다. 폐허가 된 도시처럼 방대한 덩어리가 윤곽을 드러낸다. 밤의 어둠 속에 잠겨 있던 엄청난 규모의 행렬이 보이기 시작한다. 짙고 깊은 느낌을 주는 무리가 미지의 심연으로부터 솟아올라 그 첫 모습을 드러낸다.

왼쪽에서는 기병과 보병 분견대가 홍수처럼 밀려가며 계속해서 전진하고 있다. 안개처럼 희미한 목소리들이 퍼져나간다. 번쩍이는 불빛이나 불그스레한 미광 속에서 몇몇 대열의 윤곽이 드러나자 우리는 길게 꼬리를 무는 소음의 여운에 귀를 기울인다.

횃불들의 흐릿한 소용돌이 속에서 회색빛 차체와 시커먼 입구가 보이는 화차들 안에다 운반병들이 판자를 기울여 말들을 싣고 있다. 부름들, 외침들, 격렬한 몸부림, 그리고 몰이꾼한테 욕을 먹는 다루기 힘든 짐승이 자신이 갇힌 운송차량의 널빤지에 발굽을 구르는 노기등등한 소리가 들린다.

옆에서는 무개화차에 자동차들을 옮겨 싣고 있다. 언덕처럼 쌓여 있는 건초 다발 주위는 혼잡하게 북적거린다. 흩어져 있는 수많은 사람들이 엄청나게 쌓여 있는 봇짐들에 억척을 떨며 달려들고 있다.

"우리가 꼼짝 않고 보초를 선 지 세 시간이 되었어." 파라디가 한숨을 쉬며 말한다.

"저 사람들은 누구지?"

반딧벌레에 둘러싸인 한 무리의 도깨비 같은 자들이 불빛 속에서 요상한 도구들을 짊어지고 나타났다 사라졌다 하는 게 보인다.

"탐조등 소대야." 코콩이 말한다.

"자넨 뭔가 생각에 잠겨 있구먼. 이봐 전우, 무슨 생각을 하고 있는 거야?"

"현재 군단에는 네 개 사단이 있어." 코콩이 대답한다. "하지만 상황에 따라 변해. 때로는 세 개, 때로는 다섯 개 사단이 되지. 현재는 네 개야. 그리고 각 사단에는 세 개의 보병연대가 있어." 우리 분대의 자랑인 이 숫자의 사나이가 말을 잇는다. "또 두 개의 경보병대대가 있고 하나의 국민군 보병연대가 있어. 포병대, 공병대, 수송대 같은 특수 연대들은 말할 것도 없고, 또 보병사단 사령부가 있고, 사단 직속이면서도 여단으로 편성되지 않은 조직들도 있지. 세 개 대대로 된 연대가 네 개의 열차를 차지하는 거야. 하나는 참모부, 기관총중대, 별동대가 차지하고 각 대대가 하나씩 차지하지. 모든 부대가 다 여기서 기차를 타지는 않을 거야. 승차는 숙영지의 장소와 부대의 교대 날짜에 따라 차례차례 일정한 간격을 두고 이루어지겠지."

"피곤하다." 튈라크가 말한다. "너도 알다시피, 제대로 잘 먹질 못하잖아. 습관적으로 서 있긴 하지만, 우린 이제 더이상 체력도 없고 기운도 없어."

"내가 알아봤는데," 코콩이 말을 잇는다. "병력, 진짜 병력은 한밤중이 되어서야 기차에 오를 거야. 그 병력들은 아직 10킬로미터 내 이 마을 저 마을에 모여 있어. 우선 군단의 모든 특무기관들이 떠날 것이고 그다음에 비사단부대들—사단 편제에 속하지 않은 부대들, 다시 말해 군단 직속 부대들을 뜻한다고 코콩은 친절하게 설명한다—이 떠날 거야.

비사단부대들 가운데 관측기구대나 비행중대는 포함되지 않을걸. 장비가 너무 크거든. 그들 전용 운반 수단을 통해서 소속 부대원, 본부, 야전병원과 함께 이동하겠지. 경병연대도 이들 비사단부대 중 하나야."

"경병연대라는 건 없어." 바르크가 대뜸 말한다. "대대들이지. 경보병 대대라고 불리거든."

어둠 속에서 코콩이 검은 어깨를 으쓱하자 그의 안경이 경멸적인 빛을 발한다.

"바보같이 무슨 소릴 하는 거야? 네가 머리가 있다면, 경보병과 경기병, 이렇게 둘이라는 걸 알 거 아냐."

"아차!" 바르크가 말한다. "경기병들을 깜박했군."

"또 있지!" 코콩이 말한다. "비사단부대로서 군단 포병대, 다시 말해 사단의 포병대가 아닌 중앙 포병대가 있어. 중화기 포병대, 참호 포병대, 포병 차량, 전차포, 고사포 등이 포함되지. 공병대와 헌병대, 다시 말해 보병 및 기병 경찰대가 있고, 간호대와 수의대와 병참중대가 있으며, 사령부 보초 및 사역을 위한 국민군연대 하나, 그리고 경리단이 있지(경리단은 행정 수송대Convoi administratif와 함께하는데, 행정 수송대는 군단 Corps d'Armée을 뜻하는 C.A.와 구분하기 위해 C.V.A.D.로 표시해).

거기에다가 가축반과 군필 보급반이 있고, 자동차 관리반—벌집처럼 소란스러운 이야깃거리로 가득한 부대인데, 정말이지 마음만 먹으면 한 시간은 족히 이야기해줄 수 있지—, 또 우편과 재정을 담당하는 회계반, 군법회의, 통신기사와 전기반도 있고. 이 모든 조직에 통솔자와 지휘관이 있고 분과와 하위 분과가 있으며 서기병, 연락병, 당번병으로 가득차 있는데 모두 출동 준비를 하고 있는 거야. 그 한가운데 올라앉은 군단 총사령관의 모습이 보이는 것 같지 않나!"

바로 그 순간 중무장을 한 일단의 병사들이 나타나 끈으로 묶은 종이 봇짐과 상자를 짊어지고 가서는 휴! 하고 소리를 내면서 땅에다 내려놓았다.

"참모부의 조수들이야. 저들은 사령부에, 다시 말해 장군을 수행하는 조직 소속이지. 이동할 때면, 문서 상자나 책상, 장부, 그리고 글을 쓰는 데 필요한 온갖 자질구레한 것들을 가지고 가는 거야. 이봐, 저것 보이지? 저 두 사람—늙은 할아버지와 소시지 같은 자 말이야—이 소총에 손잡이를 끼워서 운반하는 저것, 저게 바로 타자기야. 저들은 세 부서로 나뉘어 일하지. 그 외에도 우편물 수송대와 사무국 그리고 사단에 지도들을 배분하고 비행기, 관측병, 포로의 정보를 통해 지도와 지형도를 만드는 군단 측량대가 있어. 군단 참모부를 이루는 자들은 모든 부서들의 장교들인 셈인데 이들은 차장 한 명과 부장 한 명의 명령에 따르지. 하지만 엄밀하게 말해서 당번병, 취사병, 창고 담당, 잡역병, 전기담당, 헌병, 호위 기병을 포함하는 사령부는 지휘관 한 사람이 통솔하고 있어."

그 순간 우리는 무시무시한 일격을 당한다.

"어이! 주의해! 비켜서!" 한 병사가 다른 사람들의 도움을 받아 차 한 대를 화차 쪽으로 밀고 가며 양해를 구하기는커녕 고함을 친다.

힘든 일이다. 땅이 경사진 탓에, 병사들이 자동차를 지탱하고 바퀴를 고정한 손을 떼자마자 자동차는 뒤로 밀린다. 시커먼 병사들은 어둠 속에서 마치 괴물들을 누르듯 끙끙거리며 이를 악물고 온몸으로 자동차를 떠받친다.

바르크는 허리를 문지르며 열심인 이들 가운데 한 명을 부른다.

"그게 될까, 이 친구야?"

"제기랄!" 그는 자동차에 매달린 채 울부짖는다. "그 포석 조심해! 내 차를 망가뜨리겠어."

갑작스럽게 움직이는 통에 다시 바르크와 부딪친 그는 이번엔 비난을 퍼붓는다.

"넌 왜 여기 있는 거야, 이 두엄 속 같은 놈아, 멍청하기는!"

"뭐야, 너야말로 취했냐?" 바르크가 쏘아붙인다. "내가 왜 여기 있느냐니! 여기가 좋아서 있다! 젠장, 가랑니 같은 놈들, 너무들 하는군!"

"비켜, 비켜!" 각양각색이지만 똑같이 짓눌릴 듯한 무거운 짐을 받쳐든 채 몸을 구부리고 있는 병사들을 이끌던 다른 사람이 소리친다……

우리는 더이상 어디에도 있을 수 없다. 사방에 방해만 되는 것이다. 이 혼란 속에서 우리는 앞으로 나아갔다가 흩어졌다가 뒤로 물러서곤 한다.

"덧붙여 말하자면," 코콩은 학자연하고 태연하게 말을 계속한다. "거의 군단과 비슷하게 조직된 사단들이 있어……"

"그래, 우리도 알고 있으니 그만 좀 해!"

"바퀴 달린 마구간에서 저 시원찮은 말이 소동을 벌이고 있군." 파라디가 말한다. "고약한 시어머니 같단 말이지."

“대대장의 말이 분명해. 수의사 얘기가, 암소가 되어가고 있는 송아지 꼴이라더군.”

“어쨌든 대단한 조직력이야. 두말할 필요 없어!” 라뮈즈가 상자를 짊어진 포병들의 물결에 한발 물러나 탄복한다.

“맞아.” 마르트로가 인정한다. “이 모든 장비를 옮기려면 멍청이 무리가 되어서도 안 되고, 엉터리 무리가 되어서도 안 되지…… 제기랄, 그 빌어먹을 헌 신발을 신고 아무데나 발을 옮기지 않도록 조심해, 창자 삭은 놈, 이 쉬숑아!”

“정말 대이동이군. 우리 가족이 마르쿠시에 정착할 땐 이렇게 복잡하지 않았는데. 사실 난 별로 격식을 차리지 않거든.”

“전선戰線을 유지하고 있는 프랑스 전군이—후방에 배치된 부대는 말하지 않겠어, 후방에는 두 배나 많은 병사들이 있고, 하루에 7천 명의 환자를 후송하고 9백만 프랑의 비용이 들어가는 야전병원들이 있어—지나가는 것을 보려면, 다시 말해 십오 분 간격으로 끊임없이 이어지는 예순 량짜리 열차에 군대 전체가 실려가는 것을 보려면 밤낮으로 꼬박 사십 일이 걸릴 거야.”

“아!” 그들은 대꾸한다.

그러나 그들의 상상력으로는 헤아릴 수가 없다. 그들은 이 크나큰 수치들에 관심이 없고 싫증마저 느낀다. 그들은 하품을 하고는 눈물이 그렁한 눈으로, 구보와 외침과 연기와 짐승 울음소리와 희미한 빛과 섬광이 뒤죽박죽 혼란스러운 가운데 멀리 타오르는 지평선 위 장갑열차가 달리는 무시무시한 철로를 좇는다.

8장
휴가

외도르는 들판을 가로질러 참호로 이어지는 길로 들어서기 전에 도로 위 우물가에 잠시 앉았다. 그는 깍지 낀 양손으로 한쪽 무릎을 감싼 채 창백한 얼굴—콧수염은 없고 다만 양쪽 입꼬리 위로 가볍게 붓질을 한 듯 수염이 나 있다—을 쳐들어 휘파람을 불고서 아침햇살을 받으며 눈물이 나도록 하품을 했다.

숲 가장자리에서 숙영하던 운반병 하나가 저 아래—그곳에는 마치 집시들의 거주지처럼 수레와 말들이 줄지어 있다—길가의 우물에 이끌리듯 캔버스천으로 된 물동이 두 개를 들고 다가오고 있었는데, 그가 발걸음을 옮길 때마다 두 팔 끝에서 물동이들이 춤을 추었다. 그는 무기도 없이, 부풀어오른 잡낭을 끼고서 졸고 있는 이 보병 앞에서 걸음을 멈추었다.

"휴가병이냐?"

"그래, 귀대하는 길이지." 외도르가 대답했다.

"배때기에 그렇게 엿새의 휴가를 넣어왔으니 불평할 게 없겠군." 운반병이 멀어져가면서 말했다.

한편 병사 넷이 그리 급하지 않은 무거운 발걸음으로 길을 내려오는데 진흙 때문에 그들의 신발은 풍자화처럼 엄청나게 커 보였다. 외도르의 옆모습을 보더니 그들은 마치 한몸인 양 일제히 멈추었다.

"외도르가 저기 있군! 아, 외도르! 이 바보 자식, 그러니까 너 돌아온 거지!" 그들은 그에게 달려가면서 갈색 면장갑을 낀 것만큼이나 두툼한 손을 내밀고는 소리쳤다.

"잘들 있었나?" 외도르가 말했다.

"잘 지내다 온 거야? 어떻게 지냈어?"

"응, 그럭저럭." 외도르가 대답했다.

"우린 포도주 사역을 나갔다 돌아오는 길이야. 가득 채웠지. 자, 함께 돌아갈까?"

그들은 한 줄로 늘어서서 경사진 도로를 내려가 이번엔 서로 팔짱을 낀 채 반죽통의 밀가루 반죽 같은 발소리를 울리며 회색빛 모르타르가 뒤덮인 들판을 가로질러 걸었다.

"그래, 자네 아내, 마리에트는 만났나? 자넨 아내 볼 날만을 위해 살았고 입만 열었다 하면 아내 이야기를 지루하게 늘어놨잖아!"

외도르의 파리한 얼굴이 일그러졌다.

"내 아내, 물론 보았지. 하지만 잠깐밖에 보질 못했어. 더이상 어떻게 할 방도가 없더라고. 딱히 재수가 나빴던 건 아니지만. 아니지, 그냥 그렇게 됐어."

"어떻게 그렇게 됐다는 거야?"

"어떻게냐니! 알다시피 우린 비에르라베라는 곳에, 네 집밖에 없는 도로변 작은 촌락에 살지. 그 집들 중 하나가 바로 우리의 작은 카페인데, 마을에 포격이 끝나자 아내가 다시 운영하기로 했거든.

내 휴가가 다가오자 아내는 우리 부모님이 사시는 몽생텔루아로 가는 통행증을 요청했고 나도 몽생텔루아로 가는 통행증을 받았지. 무슨 말인지 알겠지?

알다시피, 그녀는 똑똑한 여자야. 그래서 내 휴가 예정일보다 훨씬 앞서 통행증을 요청해두었지. 그런데도 그녀가 통행증을 얻기 전에 내가 휴가를 나가게 된 거야. 어쨌든 나는 그쪽으로 갔지. 중대에선 자기 차례를 놓치면 안 되니까. 그래서 난 부모님과 함께 아내를 기다리게 된 거야. 부모님이 싫은 건 아니지만, 어쨌든 부루퉁해 있었지. 나를 만나 기뻐하던 그분들도 내가 내내 부루퉁해 있으니 같이 부루퉁해지시더군. 하지만 어떻게 하겠어? 엿새가 다 됐을 때—그러니까 내 휴가가 끝나고 귀대하기 전날 말이지—자전거를 탄 어떤 젊은이—플로랑스의 아들이었지—가 마리에트의 편지를 내게 전해주었는데, 읽어보니 아직도 통행증을 얻지 못했다는 거야……"

"오! 저런 세상에!" 다들 일제히 부르짖었다.

"……할 수 있는 일이라곤 단 한 가지밖에 없었어." 외도르가 말을 이었다. "몽생텔루아의 읍사무소에 통행증을 신청하고 읍사무소가 군 당국에 허가를 요청해 내가 직접 비에르로 그녀를 보러 달려가는 거지."

“그 일을 휴가 첫날에 했어야지, 엿새째 되는 날이 아니라!”

“맞아, 하지만 그녀와 길이 엇갈려 못 만날까봐 걱정됐거든. 도착한 날부터 난 계속 기다렸고, 매 순간 열린 문으로 그녀가 나타나는 장면을 상상했지. 어쨌든 난 그녀가 시킨 대로 한 거야.”

“결국 그녀를 보긴 했어?”

“하루, 아니 그보다는 하룻밤이었지.” 외도르가 대답했다.

“그거면 됐지!” 라뮈즈가 쾌활하게 외쳤다.

“그럼, 그렇고말고!” 파라디는 한술 더 떴다. “하룻밤이면 너 같은 녀석은 많은 일을 할 수 있고, 많은 일을 꾸밀 수 있잖아!”

“그러니 저 녀석, 저 피곤한 기색 좀 보라고! 밤새 그 짓을 했단 말이지! 오, 못된 놈 같으니!”

노골적인 조롱이 쏟아지자 외도르는 창백하고 진지한 얼굴을 설레설레 흔들었다.

“이 녀석들, 오 분만이라도 그 주둥아리를 좀 다물어봐!”

“그래, 어서 이야기해봐, 녀석아.”

“별 얘깃거리도 없어.” 외도르가 말했다.

“그래, 부모님 앞에서 부루퉁했다고?”

“그랬다니까! 부모님이 맛있는 햄이나 자두주酒를 주고 옷도 기워주고 작은 선물을 해서 마리에트를 대신해보려 하셨지만 헛일이었지(심지어 평소처럼 서로 싸우려다가도 참으셨다니까). 하지만 마리에트랑은 다르니까. 그래서 난 문이 움직여 여자로 변하지 않나 끊임없이 쳐다보았지. 결국 읍사무소에 갔다가 어제 오후 두시경에—전날 밤부터 시간을 세고 있었으니 14시라고 해야 할 거야—길을 나섰어. 그렇게 하룻밤 조금 넘는 시간밖에 휴가가 남지 않게 된 거지!

해질 무렵, 열차 창문 너머 비에르 시골에 뻗어 있는 작은 철길을 바라보는데, 그곳의 풍경을 절반밖에 알아보지 못하겠더군. 마치 그 풍경이 나에게 말을 거는 것처럼 내 안에서 이곳저곳이 되살아났다가 사라지는 거야. 그러고는 다시 입을 닫아버리더군. 마침내 기차에서 내렸는데, 제기랄, 마지막 역까지는 걸어서 가야 한다지 뭔가.

세상에, 난 결코 그런 날씨를 본 적이 없어. 엿새 동안 비가 내렸으니. 하늘이 땅을 씻어내고 또 씻어내더라고. 땅은 물렁물렁해져 구덩이들이 생기고 또 새로운 구덩이들이 만들어지고 말이야."

"여기도 그랬어. 오늘 아침에야 비가 그쳤거든."

"정말 운이 없었어. 도처에서 냇물들이 불어 넘쳐 종이 위의 선을 지우듯이 들판의 경계를 없애버리더군. 언덕들은 위에서 아래로 무너져 내렸고. 해가 지니 갑자기 돌풍이 불어 비구름이 순식간에 지나가면서 요란한 소리를 내고 사람 발이나 얼굴, 목에 휘몰아쳤다니까.

걸어서 역에 도착했을 때도 그랬어. 누군가 얼굴을 찌푸리기만 했어도 난 아마 되돌아가버렸을 거야!

하지만 놀랍게도 마을에 도착해보니 동료가 여럿 있는 거야. 비에르로 가는 건 아니지만 다른 곳으로 가려면 그곳을 지나쳐야 하는 휴가병들이었지. 그렇게 해서 우리는 모여 가게 되었어…… 서로를 알지는 못했지만 우리 다섯은 전우였지. 근데 마을엔 그야말로 아무것도 없었어. 그곳은 여기보다 더 심하게 포격을 맞았고, 그다음에는 물난리가 났으니까. 게다가 어둡기도 했고.

그 마을엔 네 집밖에 없다고 얘기했었지. 그런데 그 집들은 서로 멀리 떨어져 있거든. 우리는 언덕 아래 도착했는데 난 여기가 어딘지 잘 알 수가 없었고, 근처 출신이라 이 마을에 대해 조금 알고 있는 친구들도 마찬가지였어—비가 억수로 쏟아졌으니, 원.

빨리 걷지 않을 수 없었어. 달리기 시작했지. 우리는 첫번째 집인 알뢰 씨네 농가—돌로 된 유령 같은 곳이지!—앞을 지나갔어. 담벼락 조각이 부서진 기둥처럼 물에서 솟아 있더군. 요컨대, 집이 배처럼 난파된 거지. 조금 더 멀리 있던 다른 농가도 마찬가지로 침수되었고.

우리집은 세번째 집이야. 언덕 높은 곳 길가에 있지. 어둠 속에서 세차게 퍼부으며 눈앞을 흐리고—축축하고 차가운 것이 눈에 들어오더군—마치 기관총처럼 쏟아지는 비를 정면으로 맞으며 우리는 그곳으로 기어올라갔어.

집이다! 나는 북아프리카 놈이 공격하듯 쏜살같이 달렸어. 마리에트! 문 쪽을 보니 어둠과 비—비가 어찌나 쏟아지는지 그녀는 마치 벽감에 있는 성모마리아처럼 문설주 사이에서 몸을 숙인 채 꼼짝도 못하고 있었어—의 장막 저편에서 하늘을 향해 두 팔을 들어올린 그녀의 모습이 보이는 거야. 나는 급하게 달려가면서도 전우들한테 신호를 주어야 한다는 생각이 들었지. 우리는 집안으로 들이닥쳤어. 마리에트는 나를 보고는 빙긋 웃었고 눈에 눈물이 맺혔는데, 사실 그녀는 나랑 단둘이서 한바탕 실컷 웃고 울기를 기대했던 거야. 나는 전우들한테 의자와 테이블에 앉아 쉬라고 했지.

'저분들은 어디로 가는 거야?' 마리에트가 물었어. '우리는 보벨로 갑니다.' '오, 맙소사! 그곳으로는 못 가요. 도처에 길이 파헤쳐지고 늪지가 생겨 이 밤에 거기까지 갈 수가 없다고요. 시도도 하지 말아요.' '그럼 내일 가지요. 하지만 적어도 오늘밤 지낼 곳을 찾으러 가야 합니다.' 그래서 내가 말했지. '내가 너희들과 함께 팡뒤의 농가까지 가지. 자리가 있어, 그곳엔 자리가 부족하지 않을 거야. 너희들은 거기서 코를 골며 푹 자고 새벽에 떠나는 거야.' '좋아! 거기까지 힘껏 가보자고.'

비예르의 마지막 집인 그 농가도 언덕 위에 있어. 그런 만큼 운좋게도 물과 진흙에 처박히지 않았을 가능성이 있었지.

우리는 집에서 곧 다시 나왔어. 비 한번 엄청나더군! 견딜 수가 없었어. 물은 신발 밑창을 통해 양말 안까지 스며들었고, 바짓단을 타고 무릎까지 흠뻑 적셨지. 팡뒤의 집에 도착하기 전에 우리는 커다란 외투를 입고 초롱불을 손에 든 어렴풋한 형체와 맞닥뜨렸어. 그가 초롱을 들어 올리자 소매에 달린 계급장이, 이어서 노기등등한 얼굴이 보이더군.

'당신들 거기서 뭘 하는 거요?' 그 형체가 뒤로 물러서더니 양 주먹으로 허리를 짚으며 물었어. 비는 그의 두건에 우박소리를 내며 떨어지고 있었고.

'보벨로 가는 휴가병들입니다. 오늘밤엔 떠날 수가 없어서요. 팡뒤의 농가에서 자려고 합니다.'

'뭐라는 거요? 여기서 잔다고? 미친 것 아니요? 이곳은 보안초소요. 난 당직중인 하사관이고, 건물 안에는 독일군 포로들이 있소. 내 말해두겠는데, 당신들은 이 분 안에 이곳을 떠나야 할 거요. 잘 가시오.'

그래서 우리는 돌아서서 마치 술에 취한 것처럼 발을 헛디디고, 미끄러지고, 헐떡거리고, 첨벙거리고, 서로 흙탕물을 튀기면서 다시 내려가기 시작했지. 비바람이 몰아치는 가운데 전우들 중 하나가 나에게 외쳤어. '아무튼 우리가 집까지 너를 데려다줄게. 우린 갈 데가 없으니 시

간이 많잖아.'

'어디 가서 잘 건데?' '걱정하지 마, 분명 여기서 몇 시간 보낼 방도를 찾아낼 테니.' '찾아내야지, 그럼. 하지만 내 말은…… 어쨌든 잠시 같이 들어가자고.' '잠시라면야, 기꺼이 받아들이지.' 그렇게 마리에트는 우리 다섯 모두가 물에 빠진 것처럼 흠뻑 젖은 채 줄지어 들어오는 모습을 다시 마주한 거지.

우리집이 궁전도 아니고, 방이라곤 덜렁 우리의 작은 방밖에 없었으니 다들 그 방에서 왔다갔다하는 수밖에 없었지.

'그런데 부인, 여기에 혹시 지하실 없나요?' 병사들 가운데 하나가 물었어.

'거긴 물이 차 있어요.' 마리에트가 대답했어. '계단이 두 단밖에 없는데 아래쪽 단이 보이질 않아요.'

'이런, 제길!' 병사가 중얼거렸어. '다락방 역시 없겠지요……'

그러더니 잠시 뒤에 그가 일어서며 말했어.

'잘 자게, 친구. 우린 떠날 거야.'

'뭐라고, 이 친구들아, 이런 날씨에 출발하겠다는 거야?'

'자네가 아내와 함께 있는 시간을 우리가 방해하고 있다고!'

'하지만, 이 친구야……'

'하지만은 무슨 하지만. 지금은 밤 아홉시고, 넌 해가 뜨기 전에 돌아가야 하잖아. 자, 잘 있어. 너희, 나머지도 다들 가자고!'

'당연히 그래야지!' 녀석들이 말했어. '안녕히 주무세요, 두 분.'

그렇게 그들은 현관으로 가 문을 열었어. 마리에트와 나는 서로를 바라보았지. 꼼짝 않고 있다가 다시 서로를 바라보고는 그들에게 달려

나갔지. 난 외투 자락을 붙들었고, 그녀는 허리띠 하나를 붙들었는데 그것들 모두가 쥐어짜야 할 정도로 젖어 있었어.

'절대로 너희들을 떠나게 내버려두지 않을 거야. 그럴 순 없어.'

'하지만……'

'하지만은 무슨 하지만.' 내가 대답하는 동안 아내는 문을 잠갔지."

"그래서 어떻게 됐나?" 라뮈즈가 물었다.

"아무 일도 없었지." 외도르가 대답했다. "우리는 그렇게 얌전하게 있었어. 밤새도록. 고인 곁에서 밤샘하는 사람들처럼 구석에 몸을 처박고 앉아 하품을 하면서 보냈다고. 처음에는 약간 수다를 떨었지. 가끔씩 누가 이렇게 말했어. '아직도 비가 오나?' 그러고는 밖을 내다보러 가서는 말하는 거야. '아직 오네.' 물론 빗소리는 계속 들려왔지. 불가리아 사람처럼 콧수염을 기른 뚱뚱한 친구 하나는 거칠게 잠과 싸웠고. 때때로 사람들 사이에서 한둘씩 그대로 잠에 빠지기도 했어. 하지만 항상 한 사람은 하품을 하면서도 예의상 눈을 뜨고 있었고 기지개를 켜기도 하고 반쯤 일어섰다가 다시 자리를 잡았지.

마리에트와 나는 잠을 자지 않았어. 우리는 서로를 바라보았지. 다만 우리를 보는 다른 사람들과도 눈을 맞추었고. 이게 전부야.

그러다 아침이 와서 창문이 환해졌어. 나는 일어나 날씨를 보러 갔지. 빗줄기가 별로 약해지지 않았더군. 방에서는 갈색 형체들이 움직이며 거칠게 숨을 쉬고 있었어. 마리에트는 밤새 나를 보느라 눈이 벌게졌고. 그녀와 나 사이에서 병사 하나가 몸을 떨며 파이프에 담배를 넣었지.

그때 누군가 창문을 두드리는 거야. 문을 빠끔 열어보았지. 빗물이 줄줄 흘러내리는 헬멧을 쓴 형체만 보이는 누군가가 매서운 바람에 밀려오기라도 한 듯 바람과 함께 나타나서는 물었어.

'아, 카페죠? 커피 좀 마실 수 있을까요?'

'네, 손님, 갑니다!' 마리에트가 소리쳤어.

의자에서 일어난 그녀는 다소 멍한 모습이었어. 입을 꾹 닫은 채 거울 조각에 자신의 모습을 비춰 보고 머리를 좀 손질한 뒤, 그저 이렇게 말하더군.

'모두를 위해 커피를 준비할게요.'

커피를 마신 뒤 우리는 떠나야 했지. 게다가 손님들도 계속 왔고.

'여기요, 아주머니!' 그들은 살짝 열린 창틈으로 입을 대고는 소리쳤지. '커피 팔죠? 석 잔 주세요! 아니, 넉 잔!' '그리고 두 잔 더 주세요'라고 또다른 목소리가 말했어.

다들 작별인사를 하려고 마리에트한테 다가갔어. 자신들이 지난밤 큰 실례를 했다는 걸 잘 알지만, 그 말을 하는 게 좋을지, 아니면 전혀 언급하지 않는 게 좋을지 잘 몰랐던 거야.

그러다가 뚱뚱한 마케도니아 녀석이 결심을 했지.

'정말 폐가 많았습니다, 부인.'

아마 자신이 교육을 제대로 받은 사람이라는 것을 보여주려고 그 말을 했던 것 같아.

마리에트는 그에게 감사를 표하고 손을 내밀었어.

'천만에요. 휴가 잘 보내세요.'

난 그녀를 품에 안고 할 수 있는 한 오랫동안, 삼십 초만이라도 머물고 싶었어…… 난 불만이었지—정말로—그럴 만하지 않았겠나!—하지만 그래도 그녀가 전우들을 개처럼 내쫓으려 하지 않아 흐뭇했지. 또한 그녀 역시 나의 선량함을 깨달았다는 걸 느낄 수 있었어.

'하지만 아직 다가 아닙니다.' 휴가병 하나가 외투 자락을 들어올리고 바지 주머니에 손을 집어넣으면서 말했어. '이대로 갈 수는 없죠. 커피값으로 얼마를 드리면 될까요?'

'그러실 필요 없어요. 여러분은 지난밤에 우리집에서 묵었잖아요. 여러분은 제 손님이에요.'

'오! 부인, 그건 안 됩니다!……'

그렇게 우리는 서로 그러면 안 된다면서 거절에 거절을 거듭했지! 자네들이 어떻게 생각해도 좋아. 우리는 변변치 못한 녀석들일 뿐이지만 이런 식으로 짐짓 조그만 예의를 차리는 것은 꽤 근사한 일이었다고.

'자, 이제 떠나야겠지?'

그들은 하나하나 떠났고 나만 마지막으로 남았지.

바로 그때 또다른 행인이 창문을 두드리기 시작했어. 그리고 또 한 사람이 커피를 주문했지. 마리에트는 열린 문으로 몸을 숙이고는 그에게 소리쳤어.

'잠깐만요!'

그러고는 준비한 꾸러미를 나의 품에 안겨주었어.

'돼지 앞다리로 만든 햄을 샀어. 우리 둘이 밤참으로 먹을 생각이었는데. 그리고 포도주 1리터짜리도 한 병 넣었어. 당신이 다섯 명이랑 같이 왔을 땐 이걸 나누기가 싫더라고. 지금은 아니지만. 햄과 빵 그리고 포도주야. 당신 혼자서 실컷 먹어야 해. 그 사람들에겐 이미 많이 베

풀었으니까!'

아, 가련한 마리에트." 외도르는 한숨을 쉰다. "열다섯 달 만에 그녀를 만났던 거야. 이제 언제나 볼까! 다시 볼 수 있기나 할까?

얼마나 다정한지. 내 잡낭에 그걸 다 넣어주었다니까……"

그는 회갈색 천으로 된 잡낭을 반쯤 연다.

"자, 이게 그것들이야. 여기 햄이 있고 빵, 그리고 이게 1킬로짜리 포도주야. 내가 이걸 가져왔는데, 너희들, 어떻게 해야 할지 모르겠어? 이걸 나누어야 할 게 아냐, 이 친구들아!"

9장
진노

볼파트가 두 달 동안의 병가에서 돌아오자 우리는 그의 주변으로 모여들었다. 그러나 그는 눈살을 찌푸린 채 말없이 구석으로 내뺐다.

"대체 뭐야! 볼파트, 너 아무 말도 안 할 거야? 그게 다야?"

"주둥이만 빼놓고 머리에 붕대를 칭칭 감고 병원에 가서 무슨 일이 있었는지 이야기 좀 해봐, 이 멍텅구리야. 사무실 일도 했던 것 같은데. 아무튼 이야기를 해보라고, 제발 좀!"

"이 개 같은 삶에 대해 더이상 아무 말도 하고 싶지 않아." 마침내 볼파트가 말했다.

"뭐라는 거야? 이 녀석, 뭐라는 거지?"

"진절머리가 나, 난 그래! 사람들이 구역질나고, 또 구역질나거든. 놈들은 그런 말을 들어도 싸."

"그들이 어쨌는데?"

"고약한 놈들이야." 볼파트가 말했다.

타타르 사람처럼 광대뼈가 불거진 얼굴에 귀가 다시 붙고 고집 센 옛날 모습을 되찾은 그는 호기심 가득한 사람들에게 둘러싸여 있었다. 애써 입을 다문 채 고약한 침묵을 지키고 있지만, 내면에서 신경이 요동치고 날카롭게 곤두서 있음이 느껴졌다.

결국은 그의 입에서 말이 넘쳐나오기 시작했다. 그는 뒤쪽으로 몸을 돋기더니 무한한 공간을 향해 주먹을 들어올렸다.

"너무 많아!" 가무스름한 치아를 드러내며 그가 말했다. "너무 많다고!"

그러고는 머릿속에 밀물처럼 밀려드는 유령들을 위협하고 물리치려는 것 같았다.

조금 뒤 우리는 다시 그에게 물었다. 그의 분노는 그렇게 내면에만 머물지 못할 것이고, 언제든 기회가 오자마자 그의 사나운 침묵이 폭발하리라는 것을 우리는 잘 알고 있었다.

아침나절 내내 땅 파는 일을 한 뒤 식사를 하려고 후위의 깊숙한 연락참호에 집합한 참이었다. 비가 억수같이 쏟아지고 물이 들어차는 바람에 우리는 혼란에 빠진 채 물살에 이리저리 떼밀리며 물처럼 변한 하늘 아래 몸을 피할 곳도 없이 줄지어 서서 밥을 먹고 있었다. 사방 하늘에서 쏟아져내리는 빗줄기로부터 쇠고기 통조림과 빵을 보호하느라 곡예를 부리면서 얼굴과 손을 최대한 외투 아래 감추어야 했다. 우박처럼 쏟아지는 비가 물러터진 껍데기 같은 옷 위에서 튀어오르고, 줄줄 흐르고, 때로는 난폭하게 때로는 음험하게 내려와 우리의 몸과 음식을 흠뻑 적셨다. 두 발은 점점 더 땅속으로 처박혀 점토질 구덩이 안을 흐르는 개울 속에 넓게 뿌리를 내리고 있었다.

콧수염에서 물이 방울방울 떨어지는 얼굴을 하고서 몇몇은 웃었고 또다른 얼굴들은 인상을 찌푸리면서 물에 젖은 빵과 물에 씻긴 고기를 삼켰는데, 두껍고 더러운 갑옷에 아주 작은 구멍이라도 있으면 물방울들은 사방에서 피부를 공격하며 그들을 때렸다.

바르크는 가슴에 식기를 꼭 붙인 채 볼파트를 향해 외치듯 물었다.

"그래, 네가 있던 곳의 그놈들이 그렇게 고약하다고?"

"예를 들면 어떤 거야?" 블레르가 소리쳤지만 그의 말은 한층 격해진 돌풍에 흔들려 흩어져버렸다. "그 고약한 놈들이 무슨 짓을 했는데?"

"있지……" 볼파트가 말하기 시작했다. "그리고…… 너무 많이 있다고, 제기랄! 너무 많아……"

그는 무엇이 있었다는 건지 말하고자 애썼다. 그러면서 "너무 많아"라는 말만 되풀이할 뿐이었다. 그는 가슴이 답답해 숨을 몰아쉬더니 흐물흐물해진 빵을 한입 삼키며 혼란스럽고 답답한 기억의 덩어리까지 삼켜버렸다.

"네가 이야기하려는 게 후방 비전투부대 근무병들이지?"

"그걸 말이라고 해!"

그는 먹다 남긴 고기를 진흙 비탈 너머로 던져버렸고, 이 외침, 이 한숨은 마치 밸브에서 새어나오는 듯 그의 입에서 난폭하게 튀어나왔다.

"비전투부대 근무병 따윈 신경쓸 것 없어, 이 친구야." 바르크가 빈정대는 듯하면서도 씁쓸한 감정을 담아 충고했다. "그게 무슨 소용이 있겠냐?"

빗물이 반짝이며 빠르게 미끄러져내리는 얄팍하고 부실한 방수천 망토 속에서 몸을 한껏 웅크린 채, 볼파트는 빈 식기를 빗물에 씻으면서 투덜거렸다.

"나도 완전히 바보는 아니야. 후방 녀석들이 필요하다는 걸 잘 알고 있다고. 게으름뱅이들이 필요하다는 것도 인정해…… 하지만 너무 많고, 이 숱한 녀석들이 늘 같은 놈들에다 돼먹지 못한 놈들이라는 거야!"

이렇게 한번 털어놓고 나니 분노로 뒤범벅된 어두운 감정에 다소간 빛이 들었는지 마음을 가라앉힌 볼파트는 거세게 춤을 이루며 쏟아지는 빗속에서 토막토막 이야기를 이어갔다.

"느릿느릿 후송된 첫 마을에서부터 많은 병사들, 정말 많은 병사들이 나에게 나쁜 인상을 주기 시작했어. 온갖 부서, 과課, 국局, 본부, 사무실, 반班이 있더군. 처음에 만난 병사들의 수만큼 많은 부서들이 있었는데, 이 부서들은 이름들과는 달리 서로 얼추 비슷하더군. 어찌나 혼란스럽던지. 이보게들, 이 모든 부서의 이름을 지어낸 자는 대단한 머리를 지닌 거라고!

그러니 소화불량에 안 걸리겠나? 그것들 때문에 눈이 아플 정도로 피곤하고, 다른 일을 하면서도 의지와는 상관없이 반절은 그 생각을 하고 있으니!

아! 그런데 말이야." 우리의 전우는 반추했다. "거기서 빈둥거리거나 말재주나 부리고 서류를 휘갈기는 그 녀석들이 전부 장교들이나 쓰는 군모, 좋은 외투와 광을 낸 편상화 차림에—그것들은 발자국도 잘 안 남잖아, 안 그래?—맛있는 것을 먹고, 질 좋은 술을 멋대로 주머니에 넣기도 하고 하루에 몸을 한 번도 아니고 두 번씩 씻고 미사에도 참석하고 담배도 끊임없이 피우고 저녁이면 이불 속에서 꼼짝하지 않은 채 신문을 읽어대는 거야. 그러고도 나중에 '난 전쟁에 나갔다'고 할 테지."

볼파트에게 특히 충격적이었던 한 가지가 혼란과 흥분으로 가득한 그의 머릿속에서 다시 떠올랐다.

"그 모든 병사들은 밥을 먹을 때도 각자 식기와 250밀리리터들이 컵을 챙기는 일이 없었어. 그들은 안락함을 원했어. 채소를 먹고 싶으면 그곳의 어떤 부인 집에, 그들을 위해 일부러 차려둔 식탁 앞에 가서 앉는 걸 더 좋아했지. 그러면 그 중년 여인은 식탁에다 그들을 먹이기 위해 식기며 통조림이며 나머지 모든 것을 차려내. 빌어먹을 후방부대의 풍요로움과 평화라는 특혜가 결국 이런 거지!"

볼파트의 옆에 있던 병사가 폭포처럼 쏟아지는 빗속에서 고개를 흔들더니 말했다.

"좋겠군, 그치들."

"내가 미친 소리를 하는 게 아니야……" 볼파트는 다시 말하기 시작했다.

"그렇겠지. 하지만 네 말엔 일관성이 없잖아."

볼파트는 이 말에 모욕감을 느꼈다. 그가 펄쩍 뛰면서 격분하여 고개를 쳐들자, 고개를 들기 무섭게 비가 그의 얼굴에 무지막지하게 쏟아졌다.

"그게 무슨 소리야! 일관성이 없다니! 이 개 같은 자식!"

"그렇고말고, 멍청아." 옆에 있던 병사가 다시 말했다. "내 말은, 넌 투덜거리고 있지만 사실 그 건달들의 자리를 차지하고 싶어한다는 거야."

"물론이지. 하지만 그게 뭐 어때서, 이 엉덩짝 같은 놈아? 우선, 우리는 그동안 위험에 노출되어왔기 때문에 이젠 우리 차례라고 생각해. 하지만 내가 말했잖아, 늘 같은 놈들이 놀고 있는 거야. 그곳엔 황소처럼 힘이 넘치고 격투기선수처럼 균형 잡힌 젊은 놈들이 있어, 그것도 너무 많이 있다고. 너도 알겠지만, 내 말은 늘 '너무 많다'는 것이지. 그것 때문이야."

"너무 많다고! 네가 아는 게 뭔데, 이 친구야? 무슨 일을 하는 부서인지 뭔지 알아?"

"내가 알 게 뭐야." 볼파트가 대꾸했다. "어쨌든 내 말은……"

"군대에서 돌아가는 모든 일들이 사기라고 생각하는 거야?"

"내가 알 바 아니야, 하지만……"

"하지만 그게 너였으면 좋겠다는 거잖아?" 보이지 않는 이웃 병사가 하늘에서 우비 위로 쏟아붓는 물벼락을 흘려보내며, 무관심을 감추려는 것인지, 아니면 볼파트를 자극하고 싶은 무자비한 욕망을 감추려는 것인지 빈정거리듯 말했다.

"난 요령이 없다고." 볼파트는 그렇게만 대꾸할 뿐이었다.

"요령 있는 자들이 있지." 바르크의 날카로운 목소리가 끼어들었다. "내가 한 사람 아는데……"

"그래, 나도 그런 자를 봤어!" 볼파트가 폭풍우 속에서 절망적으로 외쳤다. "어딘지는 잘 모르겠지만 전선에서 멀지 않은 곳에 후송 병원과 경리단 사무실이 있는데, 바로 거기서 그 미꾸라지 같은 놈을 만났지."

우리 위를 지나가는 바람이 우리를 흔들면서 이런 물음을 던졌다.

"어떤 녀석이지?"

그러고는 일시적으로 비바람이 가라앉아 악천후 속에서도 볼파트는 그럭저럭 이야기를 할 수 있게 되었다.

"그자가 마치 장바닥처럼 난장판인 후방부대에서 내 안내 역할을 했지. 정작 그 자신이 구경거리인데 말이야. 그는 시설들이나 보조 막사의 복도 혹은 방으로 나를 데리고 다녔어. 부서 표지판이 붙어 있는 문을 반쯤 열어 보이거나 그 문을 가리키고는 말했지. '저것 좀 봐, 저거, 저것 좀 보라고!' 나와 함께 돌아다니며 구경을 했지만 그는 나와는 달리 참호로 되돌아오지 않았지. 뭐, 신경쓸 일은 아니야. 게다가 그는 참호에서 근무하다 온 것도 아니었지만, 아무튼 신경쓸 게 아니지. 그를 처음 보았을 때, 그 미꾸라지 같은 놈은 안마당을 아주 천천히 걷고 있었어. 그러더니 '이게 군대 근무야'라고 말하는 거야. 우리는 이야기를 나누었어. 그다음날 이제 자신이 전방으로 떠나야 할 차례가 되자 그는 거기 가지 않으려고 수작을 부려 당번병을 맡았어.

그는 문 바로 앞에 있는 자기 침대에 밤새 누워 있다가 윗사람의 신발을 왁스로 닦았어. 아주 멋진 노란색 신발이었지. 신발에 왁스를 칠해 금빛으로 광을 내는 거야. 내가 멈춰 서서 그 모습을 바라보는데, 그 녀석이 이야기를 들려주더군. 이봐, 그 횡설수설하는 허풍이 잘 떠오르지 않는군. 초등학교 때 노래로 외운 프랑스 역사와 연도가 더이상 생각나지 않는 것처럼 말이야. 이봐, 그 친구는 3등 병사였고, 건장한 놈이었는데도 전선에 보내진 적이 없다니까. 전쟁의 위험, 피로, 추악함은 다른 사람들 것이지 그놈한테는 해당되지 않았던 거야. 그는 자신이 포화가 빗발치는 전선에 발을 디딘다면 얼마나 개처럼 고생할지 알고 있었어. 그래서 그곳에 남으려고 온갖 수단을 써서 빠져나간 거야. 그 녀석을 붙잡으려고 별별 방법을 써보았지만 아무 소용이 없었다지. 그 놈은 중대장, 연대장, 행정 장교의 손아귀에서 교묘하게 달아났고, 지휘관들은 그놈 때문에 화가 단단히 났었다더군. 이 이야기는 그가 내게 해주었지. 그가 어떻게 했느냐고? 주저앉아버렸대. 머저리 같은 표정을 짓고 말이야. 그놈은 바보같이 굴었어. 더러운 빨래 보따리같이 되었다나. '전 일종의 선신 쇠로 상태입니다'라면서 울어댔다는군. 지휘관들은 그 녀석을 어떻게 다뤄야 할지 모르다가 결국 얼마 뒤엔 그냥 내버려두고 말았던 거지. 그는 누구나 토하게 만들어버렸던 거야. 상황에 따라 방식을 바꾸기도 했대. 때때로 발이 아플 경우에는 그걸 지독하게 이용할 줄 알았어. 그렇게 그는 요령 있게 잘 헤쳐나갔고, 계략들을 알고 있었고, 모든 기회를 포착했지. 정말 기차 시간표를 전부 꿰고 있는 녀석 같았다니까. 재수 좋은 후방부대 병사 무리에 슬그머니 끼어 들어가 함께 지내는 모습이 눈에 선하군. 항상 적당히 슬그머니 하는 거야. 심지어 전우들에게 필요한 사람이 되려고 애를 많이 쓰기도 했어. 커피를 끓이려고 새벽 세시에 일어나는가 하면 다른 전우들이 밥을 먹는 동안 물을 뜨러 가기도 했지. 요컨대, 그 녀석이 슬그머니 끼어드는 곳 어디서나 그는 가족같이 되었다니까, 그 한심한 놈, 그 망할 놈이 말이야! 그는 열심히 하지 않기 위해 열심히 했다고. 애를 쓰고 난처한 일을 해가며 50프랑짜리 가짜 지폐를 만들어 진짜 100프랑을 버는 놈 같았어. 그런데 말이야, 그놈도 목숨이 위험하긴 할 거야. 부대 이동 때 전방으로 끌려갈지 모르니까. 하지만 그렇게 당하고 있지만은 않겠지.

지상에서 힘든 일을 하는 자들을 우습게 여기며 그들이 지하에서 일하면 더욱 우습게 여기는 놈이니. 모두가 전쟁을 끝내면 그는 집으로 돌아갈 거야. 자신의 친구들과 지인들에게 '난 이렇게 무사해'라고 말할 거고, 그러면 친구들은 만족하겠지. 아주 비열하기 짝이 없지만 친절하고 사람 좋은 놈이기도 하니까—모든 게 그렇듯이 터무니없지—하지만 다들 이런 기생충 같은 놈을 덮어놓고 믿거든.

이런 녀석이 하나뿐이라고 생각해서는 안 돼. 각 후방부대에는 이런 놈들이 엄청나게 많은데, 출발할 때가 되면 요리조리 요령을 피우며 이렇게 매달리는 거야. '난 걷지 못해요.' 그러면 걷지 않는 그놈들을 전방으로 밀어낼 방도가 결코 없는 거야."

"새로울 것도 없구먼." 바르크가 말했다. "우리도 그쯤은 알고 있다고!"

"그리고 사무실들 말이야!" 자신의 여행담에 열중한 볼파트가 덧붙였다. "건물들과 거리들에 있는 사무실들 말이야. 난 후방의 아주 조그마한 구석, 한 곳밖에 못 보긴 했지만 그래도 눈이 휘둥그레졌다고. 세상에, 전쟁중인데 의자에 앉아 있는 사람들이 그렇게 많다는 걸 믿을 수가 없더군……"

대열에 있던 누군가가 손을 뻗어 허공을 더듬었다.

"이제 비가 그쳤네……"

"그럼 출발하자고, 얘긴 나중에 듣고……"

정말 "행군!" 하는 고함소리가 들렸다.

소낙비는 멈추었다. 조금 전까지 세차게 비가 쏟아지던 참호 바닥에 늪처럼 괴어 있는 가늘고 긴 물웅덩이를 따라 우리는 줄을 지어 전진했다.

진창 속을 뒤죽박죽 혼잡스럽게 행군을 이어가는 병사들 사이에서 볼파트의 중얼거림이 다시 시작되었다.

나는 폭삭 젖은 형편없는 외투 안쪽에서 흔들거리는 어깨를 바라보며 그의 얘기를 들었다.

이제 볼파트는 헌병 얘기를 하고 있었다.

"전선에서 멀어질수록 그놈들은 더 많아진다니까."

"그놈들은 우리와 다른 [illegible] 있지."

튈라크도 그들에게 오래된 원한이 있었다.

"숙영지에서 녀석들은 잘 자고 잘 먹을 자리를 마련하느라 난리야." 그가 말했다. "그리고 배때기 문제를 해결하고 나면, 밀줏집을 단속하는 게 일이지. 때때로 병사들이 좌우를 살피고 콧수염을 핥으면서 슬그머니 나오지 않는지 아주 도끼눈을 하고서 상점 문간을 염탐하고 있다니까."

"좋은 놈들도 있어. 고향 코트도르에 그런 친구가 하나 있는데……"

"입 닥쳐." 튈라크가 단호하게 그의 말을 가로막았다. "그놈들은 다 똑같아. 다른 놈의 잘못을 덮을 만큼 좋은 놈은 없다고."

"암, 그들은 특권을 누리고 있지." 볼파트가 말했다. "그렇다고 놈들이 만족스러워하는 줄 아나? 전혀 아니야…… 늘 투덜거리지."

그는 말을 고쳤다.

"내가 만난 놈은 투덜거렸다고. 군대 교본 때문에 꽤 곤욕스러운 모양이더군. '교본은 공부할 필요가 없어. 끊임없이 변하거든. 그래, 헌병 업무 규정만 해도, 주요 골자를 배워봤자 금세 바뀐다니까. 아! 이놈의 전쟁이 언제나 끝날까?' 그는 그렇게 말하곤 했어."

"그들은 명령받은 대로 할 뿐이야." 외도르가 용기 내어 끼어들었다.

"그건 그래. 요컨대 그들의 잘못은 아니지. 그렇다 해도 연금을 받고 훈장을 받는 직업군인들이—우리야 민간인들에 불과하지만—우스꽝스러운 방식으로 전쟁을 하고 있는 건 사실이잖아."

"전에 만났던 산림감시원이 또 생각나는군." 볼파트가 말했다. "자신에게 주어진 사역 때문에 투덜거리곤 했지. '우리 꼬락서니가 구역질이나.' 그 친구가 한 말이야. '우리는 적어도 사 년은 군복무를 하고 제대한 하사관이야. 높은 급여를 받는 건 사실이지. 하지만, 그래서? 우리는 공무원이야! 그런데 바보 취급을 당하고 있다고. 사령부에선 우리한테 청소를 시키고 쓰레기를 치우게 한다고. 동원된 민간인들은 이 꼴을 보면서 우리를 무시하고. 불만 있는 표정이라도 지으면 보병들처럼 참호로 보낸다는 거야! 우리의 명예는 다 어디로 갔는지! 전쟁이 끝나고 평화의 파수꾼으로서 마을로 돌아가면—전쟁에서 살아남아 돌아간다면 말이야—마을과 숲에서 사람들은 이렇게 말하겠지. '아! 그 어디선가 거리를 치우던 게 당신입니까?' 부당하고 배은망덕하게 훼손된 우리의 명예를 회복하려면 부자들에게건, 힘있는 자들에게건 불평하고 또 불평하고, 있는 힘을 다해 불평해야 돼!' 그는 그렇게 말했어."

"난 제대로 된 헌병 하나를 본 적이 있어." 라뮈즈가 말했다. "'헌병은 일반적으로 검소해'라고 그는 말했지. '하지만 어디든 더러운 녀석들은 항상 있잖아? 헌병은 확실히 주민들한테 겁을 줘. 그래, 고백하겠는데, 그런 짓을 심하게 하는 자들이 있고 그런 자들은—헌병대의 건달들이지—술대접을 받아. 내가 지휘관이나 헌병대장이라면 그런 놈들을 엄하게 다스릴 거야, 그것도 간단치 않게 말이야. 왜냐하면 여론은 단 한 사람의 헌병이 저지른 잘못 때문에 헌병이라는 집단 전체를 공격하기 때문이지.' 그는 이렇게 말했다고."

"나로 말하면, 내 생애 최악의 일은 이런 거야." 파라디가 말했다. "한번은 어떤 헌병이 소매에 달아놓은 흰색 갈매기꼴 수장 때문에 그를 소위로 생각하고 경례를 한 적이 있어. 다행히(이런 말을 하는 것은 스스로 마음을 달래려는 게 아니라, 어쨌든 정말 그랬으니까), 다행히도 그가 나를 보지 못한 것 같아."

잠시 침묵이 흘렀다.

"그래, 물론이지." 병사들이 중얼거린다. "그렇지만 뭘 어떻게 할 수 있겠어? 신경을 쓰질 말아야지."

*

잠시 뒤, 우리 모두 두 발은 진흙 속에 처박은 채 돌에 등을 기대고서 벽과 나란히 앉자 볼파트는 자기가 느낀 것들을 계속해서 털어놓았다.

"나는 후방의 한 사무실, 회계 부서에 들어갔어. 책상들이 우글거리듯 가득차 있었어. 시장통처럼 사람들도 많았지. 이야기 소리도 엄청났고. 사방 벽을 따라, 그리고 중앙에, 진열대 같은 책상들이 놓여 있고 다들 고문서를 파는 상인처럼 앉아 있는 거야. 나는 소속 연대로 다시 보내달라고 요청한 참이었는데 이런 말을 하더군. '알아서 해. 마음대로 하라고.' 나는 끈이 달린 금테 코안경을 쓰고 기운이 넘치며 폼을 잡는 어떤 중사한테 갔어. 그는 젊었지만 재역 군인이었기 때문에 전방으로 떠나지 않아도 되었지. 나는 '중사님!' 하고 불렀지. 그러나 그는 어느 서기병한테 욕설을 퍼붓느라 내 말을 제대로 듣지 않았어. 서기병한테 이렇게 말하더군. '이 친구, 딱하네그려. 그 일을 처리하려면 중대장과 군단 헌병대장에게 통고하고, 아미앵 및 자네가 가진 명단에 나온 그 지역 중심지 관할 헌병대장들에게 서명은 빠져 있더라도 서명을 대신할 수 있는 메시지를 추가해 정보 차원에서 통고했어야 한다고 내가 수없이 이야기했잖아—물론 그 지역을 지휘하는 총사령부를 경유해서 말이야.' 이게 그자의 말이었어.

그가 잔소리를 멈출 때까지 난 세 걸음쯤 떨어져 서 있었지. 오 분이 지난 뒤 중사에게 다가가자 그는 이러더군. '이보게, 자네를 상대할 시간이 없네, 머릿속이 다른 일들로 꽉 차 있어서.' 사실 그는 그놈의 기계, 타자기 앞에서 몹시 흥분하고 있었거든. 그의 말에 따르면, 대문자 키를 누르는 것을 깜박했던 모양이야. 게다가 서류 제목이 아니라 한참 아래 여덟번째 줄에다 밑줄을 그어버렸지. 그러니 아무 말도 듣지 못하고 미국인들한테 욕설을 퍼부을 수밖에. 왜냐하면 그 타자기 구조를 그들이 만들어냈거든.

그러고는 또다른 변변치 못한 녀석에 대해 투덜거렸어. 듣자하니 지도 배분 명세서에 328사단의 식량반, 가축반, 행정 수송대가 빠져 있었나봐.

옆에서는 어떤 바보 같은 놈이 인쇄기의 잉크가 감당 못할 만큼 많은 공문들을 뽑아내려고 안간힘을 쓰고 있었는데, 읽을 수도 없는 귀신 같은 공문들을 만들어내겠다고 피땀을 흘리더라니까. 다른 녀석들은 잡담을 나누고 있었고, '파리식 고정 도구들*은 어디에 있는 거야?' 어떤 빤질빤질한 녀석이 물었어. 그는 이름 대신 이런 식으로 불렸지. '모 지역에 숙영하고 있는 분자들이 누군지 말해줄래?' 분자들이라니, 그게 무슨 헛소리래?

그 녀석들이 있었던 커다란 책상 상석에는 중사가 서류를 쌓아놓고 소란을 피우면서 명령des ordres을 내리고 있었고(명령을 내리기보다는 질서de l'ordre를 잡는 편이 더 나았겠지만), 그 책상 끝에서는 한 병사가 [illegible] 없이 글씨 쓸 때 사용하는 받침을 손으로 두드리고 있었어. 휴가 업무를 담당하는 녀석인데 대단위 공격이 시작되어 휴가가 중단된 터라 아무 할일이 없었던 거야. '어쨌든 잘됐군!' 하고 중얼대더라니까.

근데 그게 한 후방부대, 한 부서, 한 사무실에 있는 책상이라고. 나는 다른 책상도 보았고, 또다른 책상도, 더 많은 책상을 보았는데 더이상 뭐가 뭔지 모르겠고, 머리가 반쯤 돌 것처럼 되어버렸다니까."

"그놈들이 재역 군인 수장을 달고 있었나?"

"그런 자들은 많지 않았지만 제2방어선의 부서에 있는 자들은 모두가 달고 있었지. 그곳은 아예 고참 병사들을 동물원처럼 모아둔 곳이야."

"고참병들 얘기라면, 난 더 기막힌 놈을 본 적이 있지." 튈라크가 말했다. "그는 자동차 운전병으로 졸병이었는데도, 새틴 같은 천으로 된 옷을 입었고, 방금 단 듯한 새 견장에 영국 장교들이나 입는 가죽옷들

* 클립을 뜻함.

도 입고 있었어. 손가락을 볼에 대고는 유리로 장식된 그 멋진 자동차에 팔꿈치를 대고 있는 꼴이라니, 운전하는 하인 주제에. 포복절도할 노릇이었어. 그 기막힌 상놈이 한쪽 발로 원을 그리고 있더라니까."

"여성지, 그 기막히게 음탕한 신문에서 묘사되는, 딱 그런 병사구먼."

'요령꾼들'에 대해 나름의 기억이나 수없이 되새김질한 넋두리는 누구에게나 있기 마련이라, 모두가 동시에 폭발하듯 말하기 시작한다. 비가 씻어내린, 밟아서 뭉개버린 듯한 진흙투성이 회색빛 배경이 우리 앞에 펼쳐진 가운데, 왁자지껄한 소리가 음산한 벽 아래 짐보따리처럼 웅크리고 있는 우리를 둘러싼다.

"……그 녀석은 옷을 창고 담당에게 요청하는 게 아니라 재단사에게 주문해서 입는다고."

"……도로 정비대의 연락병으로 있다가 수송대로 옮기고, 그다음엔 11부대 보급부의 자전거병으로 갔지."

"……매일 아침 관리부와 포격용 지도 제작부와 교량 건설부에, 저녁때면 사단 포병대와 참호 포병대에 전언을 전달하는 거지. 하는 일이라곤 그게 전부야."

"……그 연락병 놈이 그러더군. 휴가에서 돌아왔을 때 여자들이 열차 건널목 차단기 앞에 서서 자기한테 갈채를 보내더라고 말이야. '그 여자들은 네가 군인인 줄 알았나보군'이라고 내가 그랬어……"

"……그러고서 이렇게 말했지. '아, 그러니까 내 말은, 너는 동원병이 아니냐는 얘기야.' 그러자 그는 이러더군. '당연하지. 난 강연을 하는 장관의 사절단을 따라서 미국을 돌아다녔거든. 동원이 아닐 리가 없잖아? 이봐, 게다가 난 내 방세를 내지 않거든, 그러니 동원병이 맞지.'"

"그리고 나는……"

"결론적으로, 난 엄청나게 많은 놈들이 한자리에 모여 신나게 먹고 마시는 걸 보았어." 볼파트가 거기에 다녀온 사람의 권위로 모든 웅성거림을 잠재웠다. "행정 잡역부대에서 취사병 보조로 이틀 동안 일했거든. 그들은 회신이 올 때까지 내가 아무것도 하지 않고 놀게 내버려둘 수가 없었던 거지. 회신에다 재요청이 추가되고, 또 그것들이 오가는 데 걸리는 시간을 고려하고, 결정이 나기까지 각 사무실에서 너무나 오래 지체되니까.

결국, 난 그 정신 없는 곳에서 취사병으로 일했어. 조리장이 네번째 휴가에서 돌아와 피곤했기 때문에 한번은 내가 식사를 차려냈지. 도청에 차려진 식당에 들어갈 때마다, 나는 그 많은 사람들을 다 보고, 후덥지근하고 빛을 발하는 그 모든 소리를 들었지.

보조 근무자들뿐이었지만 그중에서도 무장 근무자들도 있었어. 여기저기 앉아 있는 몇몇 젊은이들 빼고는 전부 늙은이들이었지.

그 멍청이들 가운데 하나가 '덧문을 닫아야 해. 그게 안전해'라고 말했을 때 난 깔깔대고 웃기 시작했어. 이봐, 그때 우리는 전선에서 200킬로미터나 떨어진 실내 공간에 있었거든. 그런데 그 바보 자식은 폭격의 위험이 있다고 믿게 하고 싶었던 거야……"

"내 사촌이 나에게 편지를 쓴 적이 있는데……" 티를루아르가 주머니를 뒤지면서 말했다. "자, 편지 내용은 이래. '사랑하는 아돌프, 난 결국 파리의 제60영창 담당으로 근무하게 되었어. 따라서 네가 거기 있는 동안 나는 수도에 남아 단엽비행기나 체펠린비행선의 폭격을 기다리게 된 거야!'"

"아! 하하하!"

티를루아르의 말은 달콤한 즐거움을 퍼뜨리고 병사들은 그것을 사탕처럼 음미한다.

"그리고 이들 후방부대 근무자들이 식사를 하는 동안 나는 다시 한번 깔깔대며 웃었지." 볼파트가 다시 말했다. "저녁식사는 꽤 맛있었어. 금요일이라 대구가 보급됐거든. 하지만 난 잘 모르니까 가자미찜처럼 조리했지. 어쨌든 그들 얘기가……"

"그들은 총검을 로잘리라고 부르지 않나?"

"맞아, 그 얼간이들은 그렇게 부르지. 어쨌든 저녁식사를 하는 동안 그 자식들은 다들 자기 얘기만 지껄이는 거야. 식인귀처럼 처먹으면서 왜 자신이 다른 곳이 아니라 그곳에 있는지 설명하느라 난리였지. 예컨대 이러는 거야. '난 환자야. 난 몸이 약해졌어. 날 좀 보라고, 이 폐인 같은 모습을. 난 노망기가 들었어.' 저마다 자기 질병을 찾아내 괴상한 옷차림을 하듯 뒤집어쓰더군. '나도 전쟁을 하러 떠나고 싶었지만 탈장이 하나, 두 개, 아니 세 개나 있어.' 오, 세상에! 그렇게 즐겁게 식사를 하면서 말이야! 한 얼간이는, 모든 사람을 전방으로 보내는 공문은 다 우스꽝스러운 희극 같은 거라고 하더군. 그는 이렇게 설명했어. 나머지 모든 복잡한 이야기를 정리하는 마지막 막幕이 있는 법인데, 그 세번째 막에는 이런 글이 담겨 있다고. '……병역의무에 지장이 없는 한……' 이렇게 이야기하는 놈도 있었어. '난 믿고 도움을 청할 수 있는 친구가 세 명 있었어. 그들에게 부탁을 하려던 참이었는데 하나하나 차례로 전사하고 말았지. 정말 운이 없지 않나?' 또다른 놈은 동료에게 설명하길, 자신은 전방으로 떠나고 싶었지만 군의관이 두 팔로 자기 허리를 붙들고는 후방부대의 보조 근무자로 강제로 남게 했다는 거야. 그는 이렇게 말했어. ‘그래서 단념했지. 결국 배낭을 짊어지고 전방에서 근무하는 것보다는 나의 이 지성을 국가를 위해 사용하는 게 더 많은 봉사를 하는 셈이니까.’ 그 옆에 있던 머리가 홀렁 벗어진 자가 맞장구를 치더군. ‘아무렴 그렇고말고.’ 그는 독일 놈들이 파리에 가까워지면서 보르도가 아주 좋은 곳이 되었을 때 보르도로 가겠다고 확실하게 동의했지만, 나중에 더 전방인 파리로 단호하게 돌아왔다면서 이런 식으로 말하더군. ‘내 재능이 프랑스에 도움이 될 테니 조국을 위해 소중히 간직해야 해.’

그들은 그곳에 있지 않은 다른 사람들에 대해서도 이야기했지. 예컨대 감당하기 어려운 성격을 드러내기 시작한 지휘관이 있었어. 그들의 설명에 따르면, 그는 무기력해질수록 점점 까다로워졌다는 거야. 또 편한 보직에 있는 자들을 쫓아내려고 불시에 검열을 하다가 일주일 전부터 병이 나 드러눕고 만 장군 이야기도 했지. ‘분명히 곧 죽을 거야. 상태를 보면 이제 불안할 일도 없겠어.’ 상류사회의 얼간이들이 전방의 군인들에게 보내라고 후방부대에 기탁한 담배를 피우면서 녀석들은 그런 이야기를 하더군. ‘너 알지, 그 꼬마 프라지, 케루빔 천사처럼 귀여운 그 녀석이 마침내 여기 남을 방책을 찾았대. 도살장에서 소를 잡는 병사들이 필요하다는데 어떤 후원자 덕분에 거기서 근무하게 되었다는군. 그 녀석 법학 학사에 공증인 사무소의 서기인데도 말이야. 그리고 프랑드랭이란 젊은이 말인데, 그는 도로작업원이 되었다는군.’ ‘도로작업원이라고, 그놈이? 잘할 수 있으려나?’ ‘물론이지, 도로작업원은 오래 할 수 있는 일이니까……’ 이렇게 그 멍청이들 가운데 하나가 대답하더군.”

"정말 바보들이네." 마르트로가 중얼거린다.

"그리고 왠지 모르지만 그들 모두가 부랭이라는 자를 질투했어. '예전에 파리에서 엄청 잘나갔대. 도심에서 점심식사와 저녁식사를 했다는군. 하루에 열여덟 곳을 방문했다는 거야. 오후 다섯시부터 새벽까지 사교계를 훨훨 날아다녔대. 자동차경주는 말할 것도 없고, 늘 샴페인을 마셔대면서 지치지도 않고 여자들과 춤을 추고, 축제를 벌이고, 연극을 집어삼키듯 구경하고 다녔다는 거야. 그런데 전쟁이 터진 거야. 그 불쌍한 녀석은 총안으로 적의 동태를 살필 능력도 없고, 철조망을 끊을 줄도 몰라. 따뜻한 곳에 편안하게 있을 줄이나 알지. 그리고 파리 사람인 그가 지방으로 가 참호에 파묻힌다고? 말도 안 되지!' 그러자 다른 녀석이 이렇게 대꾸하더군. '난 이해해, 나도 서른일곱 살이나 먹고 보니 나 자신을 좀 돌봐야 할 것 같거든!' 이 작자가 그런 말을 하는 동안 나는 밀렵감시인으로 일하다 마흔두 살의 나이에 동원된 뒤몽에 대해 생각했어. 132고지에 있을 때 뒤몽은 내 바로 옆에서 박살이 났는데, 나랑 얼마나 가까이 있었는지, 총알 다발이 그의 머리를 뚫고 들어가 그의 몸이 요동치자 내 몸까지 흔들릴 정도였어."

"그런데 그 등쳐먹는 놈들이 너한테는 어땠어?"

"그들은 나를 비웃었지만 지나치게 티를 내지는 않았어. 다만 때때로 견디지 못하더군. 그럴 때면 그들은 눈꼬리로 나를 흘겨보거나, 특히 지나가면서 나와 접촉하지 않으려고 주의했지. 왜냐하면 나는 아직도 전쟁의 더러운 모습을 하고 있었거든.

이 게으름뱅이 무더기 한가운데 있자니 나도 구역질이 났지만 속으로 이렇게 말했지. '자, 피르맹, 넌 여기 잠시만 머물렀다 가는 거야.' 한

번은 진짜 짜증을 낼 뻔했는데, 한 놈이 이렇게 말했거든. '나중에 우리가 귀환했을 때, 귀환하면 말이야……' 그게 아니잖아! 그는 그런 말을 할 권리가 없잖아. 그런 말을 입에 담으려면 자격이 있어야지. 그건 훈장이나 마찬가지니까. 난 도망친 사람은 신경쓰지 않지만, 도망쳐놓고 위험에 처했던 양 연극하는 건 인정 못해. 난 그놈들이 전투에 대해 하는 이야기도 들었어. 사실 그들은 전쟁이 진행되는 방식이라든가 큰일이 어떻게 돌아가는지 우리보다 잘 알고 있거든. 나중에 귀환했을 때 우리가 아는 변변치도 않은 진실을 말해봤자, 이들 허풍쟁이들 앞에선 아무것도 모르는 자가 되고 마는 거야.

아, 그날 밤 연기처럼 퍼진 불빛에 비친 그 얼굴들, 삶을 즐기고 평화를 누리던 그자들의 먹자판을 생각하면! 마치 발레극 같았고, 마술환등 같았지. 그런 놈들이 있고, 또 있었다니까…… 수도 없이 많아." 볼파트는 넋이 나간 표정으로 결론을 내렸다.

그러나 자신들의 힘과 생명으로 다른 사람들의 안전을 보장해주고 있는 이 병사들은 볼파트를 질식시키는 분노, 그를 구석으로 몰아붙이고 후방부대 근무자들의 망령에 사로잡히게 만든 그 분노를 그저 재미있게만 받아들였다.

"전쟁에서 수습으로 복무하는 공장 노동자들이나 다리가 짧다는 구실을 재빠르게 내세워 국방 의무를 집에서 치르는 자들 이야기가 안 나온 게 다행이군!" 티레트가 중얼거렸다. "정신이 멍해질 때까지 붙잡고 내내 그 얘기만 했을 거라고."

"그런 놈들이 많다고 했지, 이 친구야." 바르크가 빈정거렸다. "그런데 1914년에 말이야, 내말 듣고 있어? 전쟁부 장관 밀랑이 국회의원들에게 이렇게 말했어. '편한 보직의 병사는 없습니다.'"

"밀랑이라니." 볼파트가 구시렁거렸다. "이봐, 난 그자가 누군지도 몰라. 하지만 만약 정말 그렇게 말했다면, 그자는 개자식이야!"

*

"이봐, 다른 사람들은 자기 고장에서 자기들 좋을 대로 있는데, 우리는 심지어 전선에 투입된 연대에서조차 더 좋은 보직이 나뉘고 불공평한 것들투성이야."

"남들 눈에는 이것도 다 편한 보직인 거야." 베르트랑이 말했다.

"그렇긴 하지. 누굴 기준으로 삼든 늘, 언제나 덜 못된 놈들도 있고 더 못된 놈들도 있는 법이니까."

"우리 기준에서 참호에 가지 않고, 최전방에 간 적도 없고, 혹은 가끔만 가는 자들은 편한 보직이지. 만약 진짜 전투원한테만 갈매기꼴 수장을 준다면, 그런 편한 병사들이 얼마나 되는지 알 수 있을 텐데."

"2개 대대로 편성된 연대당 이백오십 명은 될걸." 코콩이 말했다.

"당번병들도 있고, 특무상사들의 당번병이 생길 때도 있으니까."

"취사병과 취사병 보조도."

"인사와 보급 담당 하사관도."

"급식 담당 하사랑 잡역병도."

"사무실 서기와 기수도."

"우편 담당도."

"운전병, 기능공 출신 사병과 하사관이 속한 소대 전체, 그리고 공병도.”

“자전거병도.”

“그들이 다 그런 건 아니야.”

“보건 부서 거의 전체도.”

“물론 들것병들은 빼야지. 그들은 고된 일을 할뿐더러, 전투중대와 같이 지내고 공격이 있을 경우엔 들것을 가지고 돌격하잖아. 하지만 다른 간호병들은 포함되지.”

“사제들 거의 모두, 특히 후방에 있는 사제들. 알겠지만 무거운 배낭을 짊어진 사제들을 본 적이 없어. 너도 그렇지?”

“나도 못 봤어. 신문에서나 보았지, 여기서는 아니야.”

“그런 사제들이 있다고는 하던데.”

“아!”

“하여튼! 보병들만 이 전쟁에서 속고 있는 거야.”

“위험에 노출된 다른 병사들도 있어. 우리만 그런 게 아니라고!”

“아니!” 틸라크가 신랄하게 말했다. “거의 우리만 그럴걸!”

*

그는 덧붙였다.

“넌 말하겠지—네가 무슨 말을 하려는지 알아—자동차 운전병들과 중포병들이 베르됭에서 인상 깊은 활동을 했다고. 맞아, 그러나 어쨌든 그들은 우리에 비해 유리한 상황에 있는 거야. 그들은 단 한 번 위험에 노출되지만 우리는 항상 노출되어 있다고(게다가 우리는 그들과 달리 총알과 유탄의 위협까지 받고 있지). 중포병들 말인데, 그들은 대피호 옆에다 토끼들을 길렀고 열여덟 달 동안 오믈렛을 해 먹었어. 우리로 말하자면, 우린 진짜 위험에 노출되어 있다고. 부분적으로, 혹은 단 한 번 노출된 자들은 진짜 위험한 처지가 아니야. 그런 식이라면 모두가 위험한 처지라 할 수 있지. 파리의 길거리를 활보하는 보모도 위험한 처지인 거나 마찬가지야. 왜냐하면, 아까 티를루아르가 이야기한 그 얼간이의 말마따나, 파리에는 단엽비행기들과 체펠린비행선들이 있으니 말이야."

"다르다넬스해협 첫 원정 때 포탄 파편에 부상을 당한 약사가 한 명 있었다지. 못 믿겠다고? 하지만 정말이야, 녹색 표지를 달고 있는 장교인데 부상을 입었다고!"

"그건 우연이야, 소대에서 말을 끄는 망구스트도 부상을 입었다는데, 내가 그에게 보낸 편지에도 썼다시피 말이야. 그는 트럭에 부상을 입었다는 점이 다르긴 하지."

"그래, 그런 식이라니까. 결국 폭탄이 파리나 보르도의 산책길에 떨어질 수도 있는 거야."

"그건 그래. 그렇다고 '위험을 구분하지 말자!'고 주장하는 건 너무도 쉬운 일이잖아. 이것 보라고, 전쟁이 시작된 이후 운 나쁘게 죽은 사람들도 있어. 우리들 가운데는 운이 좋아 아직 살아 있는 자들도 있고 말이야. 그건 같은 게 아니야. 사람은 죽으면 그걸로 끝이라고."

"그렇지." 티레트가 말했다. "하지만 너희들은 후방부대 근무자들 이야기만 지겹게 하고 있어. 우리가 뭘 어떻게 할 수 없는 이상, 미련 없이 넘어가야 돼. 지난달 주둔해 있었던 셰레의 퇴역 산림감시원이 생각나는군. 무기를 들고 싸울 만한 나이의 민간인을 찾아내겠다고 사방을 두리번거리면서 그 도시의 거리를 걸어다녔고, 약삭빠른 녀석들을 찾아내려고 개처럼 냄새를 맡고 다녔지. 그러다가 어처구니없게도, 코밑에 잔털이 많이 난 덩치 좋은 아주머니 앞에서 멈추더니 잔털만 쳐다보다가 '넌 전방에 나갈 수 없는 거야? 너 말이야!' 하고 호통을 쳤다니까."

"후방부대 병사들이든 반半후방부대 병사들이든 난 신경쓰지 않아." 페팽이 말했다. "신경써봤자 시간만 허비한 뿐이니까. 하지만 그놈들이 잘난 척할 때는 미워 죽겠지. 나도 볼파트처럼 생각해. 편안한 일을 하려 드는 거야, 뭐 좋아, 인간적이지. 하지만 나중에 '난 전투병이었어'라고 나서지는 않았으면 해. 이를테면 지원병들은……"

"지원병도 지원병 나름이지. 아무 조건 없이 보병부대에 지원한 자들한테라면 난 전사자들 앞에서처럼 똑같이 머리를 숙일 수 있어. 하지만 행정부서나 특수부대, 심지어 중포병으로 지원한 자들은 지긋지긋하다고. 그런 자들이 어떤지 알잖아! 자기들 세상에서 폼을 잡으며 말하겠지. '난 전쟁을 위해 지원했어.' '아! 당신이 한 일은 정말 멋있어요. 스스로의 의지로 비 오듯 쏟아지는 총탄과 맞섰으니!' '그렇고말고요, 후작부인, 전 그런 사람입니다.' 쳇, 꺼져버리라지!"

"난 비행장에 지원한 녀석을 아는데, 아주 멋진 군복을 입었더군. 그놈은 오페라코미크극장에 지원하는 게 나았을 거야."

"맞아, 언제나 그런 식이라고. 그러고 나중에 사교계에 돌아가서는 '자, 날 좀 보세요. 난 자원입대했다고요!'라고 말할 수는 없을 테지."

"내가 뭐랬지? '오페라코미크극장에 지원하는 게 나았을 거야'라고 했나? 그래, 그러는 편이 훨씬 나았을 거야. 그러면 적어도 다른 사람들은 쓴웃음이 아니라 정말로 재미있어서 웃었을 텐데."

"다들 새로 색칠하고 온갖 장식으로 근사하게 치장한 도자기 같아. 전쟁의 포화와는 어울리지 않지."

"그런 녀석들만 있었으면 독일 놈들이 벌써 바욘까지 밀고 들어왔을 거야."

"전쟁이 터지면 목숨을 걸어야지. 안 그래, 하사님?"

"그렇지." 베르트랑이 말했다. "의무와 위험이 완전히 일치하는 순간이 있어. 나라가, 정의와 자유가 위험에 처할 때, 피난을 가면서 그것들을 방어할 수는 없잖아. 전쟁은 모두에게 죽음의 위험과 생명의 희생을 뜻하지. 모두에게 말이야. 신성불가침의 영역에 속한 사람은 없으니까. 그러니 끝까지 똑바로 나아가야지, 남들과 다른 군복을 입고서 하는 척만 해서는 안 돼. 후방부대도 필요하지만 진짜 병약한 자들과 진짜 나이든 자들에게만 확실히 자리가 주어져야지."

"그런데 다들 알다시피, '프랑스를 구하자—그리고 일단 우리부터 구하자!' 하고 외치던 부자와 권력자가 너무 많았어. 전쟁이 선포되자 도망을 치려는 대규모의 움직임이 있었고, 실제로 그렇게 됐어. 가장 힘있는 자들이 성공했지. 내 주위만 봐도, 바로 그들이 가장 앞장서서 애국을 외쳐댔었지⋯⋯ 어쨌든—다른 녀석들이 조금 전에 말했듯이—전쟁을 피해 숨어서 할 수 있는 가장 더러운 짓거리는 자신이 위험을 무릅썼다고 속이는 짓이야. 왜냐하면 진정으로 위험을 무릅쓰는 사람들에게는, 아까 말했듯이 전사자들과 똑같은 경의를 받을 자격이 주어지니까."

"그래서 어쩔 건데? 이봐, 언제나 그렇다고. 인간은 안 바뀐다니까."

"어쩔 도리가 없는 거지. 투덜거리고, 불평하는 거? 이봐, 불평으로 말하면, 너 마르굴랭 알지?"

"마르굴랭이라면, 죽은 줄로 알고 크라시에에 내버려뒀다가 우리가 진짜 죽게 만들었던 우리 부대 소속의 그 착한 녀석 말이지?"

"그래, 그 녀석은 불평하고 싶어했어. 매일같이 이 모든 것에 대해 중대장과 사령관에게 항의하자고, 모두가 번갈아가며 참호에 가는 방식이 자리잡도록 건의하자고 말했지. 식사 후 이렇게 말하곤 했잖아. '그들에게 얘기할 거야. 저기 있는 250밀리리터들이 포도주만큼이나 확실하게 말이야.' 그러고는 바로 이렇게 덧붙였지. '내가 그들에게 말하지 않는 건 포도주가 저기에 없기 때문이야.' 그리고 곧 다시 이랬잖아. '아니, 저거 250밀리리터들이 포도주야? 그렇다면 어디, 내가 그들에게 말하는지 안 하는지 두고 보라고!' 결국 그는 아무 말도 하지 않았어. '그는 죽었잖아'라고 한다면, 그래 맞아. 하지만 그전에 진짜로 마음만 먹었다면 그는 백 번 천 번 말할 수 있을 만큼 충분한 시간이 있었다고."

"그 모든 게 이제 진저리가 나." 침울해 있던 블레르가 벌컥 화를 내며 중얼거렸다.

"우리들은 아무것도 못 봤다고—아무것도 보이지 않으니 말이야. 하지만 만일 보기만 했다면!……"

"이 친구야, 그 후방부대들은 말이야," 볼파트가 소리쳤다. "사방에서 센강, 가론강, 론강, 루아르강의 흐름을 그 모든 후방부대들 쪽으로 바꿔서 몽땅 깨끗이 쓸어버려야 해. 그러기 전까지 그놈들은 살아 있고,

심지어 잘 지내면서 매일 밤, 매일 밤 평화롭게 잘 거라고!"

병사는 입을 다물었다. 다들 청음초소 안에 시커멓게 쭈그리고 앉아 긴장에 떨면서 지새우는 어둠을 그는 멀리 바라보았다. 대포가 하늘에 여명 같은 빛을 던질 때마다 청음초소 구멍 가장자리의 들쭉날쭉한 톱니 모양이 밝게 드러났다.

코콩이 씁쓸하게 말했다.

"그런 소리를 들으면 죽고 싶지가 않아."

"천만에," 누군가 조용히게 말을 이었다. "천만에…… 엄살 떨지 마, 아무짝에도 쓸모없는 인간아."

10장
아르고발

석양빛이 들판 쪽에서부터 번져왔다. 속삭임처럼 부드럽고 감미로운 미풍이 석양과 함께 불어오고 있었다.

시골길—큰 도로처럼 폭이 몇 걸음이나 되는 대로였다—을 따라 늘어서 있는 집들은 희뿌연 창문들 때문에 채광이 되지 않아 램프와 양초로 방안에 불을 밝혔고, 그래서 저녁이면 불빛이 밖으로 새어나와 어둠과 빛이 점차로 위치를 바꾸는 것만 같았다.

마을 끝에 있는 들판 주변에서, 군장을 푼 병사들이 빈둥거리며 배회하고 있었다. 평화롭게 하루 일과를 마치려는 참이었다. 우리는 정말 지쳤을 때 고마워하게 되는, 막연한 한가로움을 만끽했다. 날씨는 쾌청했다. 우리는 휴식을 시작하며 몽상에 잠겼다. 저녁이 얼굴을 어둡게 만들기 전에 그 윤곽을 깊게 하고, 표정은 세상의 고요함을 반영하고 있었다.

쉴라르 중사가 다가와서 내 팔을 잡았다. 그리고 나를 끌고 갔다.

"따라와." 그는 말했다. "자네에게 보여줄 게 있어."

마을 주변에 빽빽하게 줄지어 있는 나무를 따라 걷고 있자니 이따금씩 산들바람이 불어왔고, 크고 작은 가지들이 결심이나 한 듯 장엄하고 느린 몸짓을 펼쳐내곤 했다.

쉴라르는 앞장서서 걸었다. 그는 벼랑 사이의 구부러진 길로 나를 인도했다. 길 양쪽 가장자리에 장식처럼 뻗어나온 관목의 우듬지가 촘촘하게 맞닿아 있었다. 잠시 우리는 부드러운 녹음에 둘러싸여 걸었다. 어른거리는 마지막 빛이 길에 비스듬히 비껴들면서 나뭇잎들 사이에 금화처럼 밝고 둥그런 노란색 점을 찍어놓았다.

"멋지군." 내가 말했다.

그는 아무 말도 하지 않았다. 옆으로 눈길을 던지고 있었다. 그리고 멈춰 섰다.

"여기가 틀림없어."

그는 길의 조그만 구석을 기어올라 높다란 나무들로 둘러싸이고 잘린 건초 냄새로 가득한 방대한 정사각형 들판으로 나를 이끌었다.

"아니! 땅이 온통 다져져 있네." 내가 땅을 살펴보며 말했다. "무슨 행사라도 있었나보군."

"이리 와봐." 쉴라르가 나에게 말했다.

그는 입구에서 멀지 않은 들판으로 나를 데려갔다. 일단의 병사들이 거기서 낮은 목소리로 이야기를 나누고 있었다. 쉴라르 중사가 손을 뻗었다.

"저기야." 그가 말했다.

매우 낮은—기껏해야 1미터 정도나 될까—푯말이 어린 나무로 만들어진 울타리에서 몇 발짝 떨어진 곳에 꽂혀 있었다.

"바로 여기서 204연대의 병사가 오늘 아침 총살당했어.

밤에 처형용 말뚝을 박았지. 병사는 새벽에 끌려나와 자기 분대의 녀석들 손에 죽임을 당한 거야. 참호 근무를 피하려고 했나봐. 교대하는 동안 후위에 남아 있다가 슬그머니 숙영지로 돌아왔다지. 그 외엔 아무 것도 하지 않았어. 아마 병사들은 본보기를 보여주고 싶었던 것 같아."

우리는 대화를 나누는 병사들에게 다가갔다.

"아냐, 전혀 그렇지 않아." 한 사람이 말하고 있었다. "그는 악당 같은 놈이 아니었어. 네가 종종 보게 되는 그런 철면피 같은 놈이 아니었다고. 우리는 함께 떠나왔어. 우리와 같은 병사였고 그 이상도 이하도 아니었지—약간 빈둥거린 게 전부야. 그는 전쟁 초반부터 최전방 전선에 있었고 나는 그가 술에 취한 모습조차 한 번도 본 적이 없어."

"말은 바로 해야지. 안된 일이지만 그에겐 전과가 있다고. 알다시피 일을 저지른 건 두 사람이었어. 다른 한 놈은 징역 이 년을 선고받았지. 하지만 카자르*는, 민간인 신분이었을 때의 전과 때문에 정상참작을 받지 못했어. 예전에 술에 취해 사고를 쳤거든."

"땅바닥에 피가 약간 보이는군." 한 병사가 고개를 숙인 채 말했다.

"말을 탄 연대장이 오고, 파면 처분이 있고, 처형은 처음부터 끝까지

* 나는 이 병사의 이름과 마을의 이름을 바꾸었다. (원주)

절차대로 진행되었지.” 또다른 병사가 말을 이었다. “그리고 그는 저 낮고 작은 말뚝에, 저 짐승 잡는 말뚝에 묶였어. 자기처럼 작은 말뚝에 매인 채 강제로 무릎이 꿇리고, 땅바닥에 앉아야 했지.”

“모르겠다.” 잠시 침묵이 흐른 뒤 세번째 병사가 말했다. “중사가 말한 본보기라는 게 꼭 필요했을까?”

말뚝에는 병사들이 휘갈겨쓴 비문과 항의의 글이 쓰여 있었다. 나무를 잘라 만든 조잡한 십자 훈장도 박혀 있었는데 거기 이렇게 적혀 있었다. ‘1914년 8월에 동원된 카자르에게, 프랑스가 감사를 표하다.’

숙영지로 돌아와보니 볼파트가 병사들에게 둘러싸여 이야기를 하고 있었다. 후방의 혜택받은 자들과 함께 지내며 겪은 새로운 일화를 떠들어대는 중이었다.

11장
개

지독한 날씨였다. 물과 바람이 행인들을 공격하는가 하면, 길에 구멍을 내고 침수시키고 무너뜨렸다.

사역을 마치고 나는 마을 끝에 있는 숙영지로 돌아가고 있었다. 퍼붓는 비 사이로 보이는 아침 풍경은 지저분한 노란색에, 하늘은—청석돌로 덮인 듯—잔뜩 흐렸다. 채찍 같은 빗줄기가 가축들의 물통을 때렸다. 몸을 오그린 형체들이 엉거주춤하게 절벅거리며 벽을 따라 걸었다.

비와 추운 날씨와 날카로운 바람에도 불구하고, 우리가 묵는 농가의 문 앞에 많은 병사들이 모여들고 있었다. 멀리서 보니 그곳에 등을 맞댄 채 밀집해 있는 병사들은 움직이는 거대한 해면 같았다. 어깨들 위로, 머리들 사이로 지켜보던 자들이 두 눈을 크게 뜨고 말했다.

"저 녀석 대단한데!"

"신발을 벗었어. 신발까지 벗었다고!"

그러더니 그 호기심 많은 자들은 소낙비가 휘몰아치고 삭풍이 살을 에는 가운데 코가 벌겋게 되고 얼굴은 흠뻑 젖은 채 흩어졌다. 놀라서 하늘로 쳐들었던 두 손은 다시 내려뜨려 주머니에 찔러넣었다.

그 한가운데, 이들을 불러모은 자가 빗줄기를 맞고 서 있었다. 다름 아닌 푸야드가 웃통을 벗고서 물을 퍼부어가며 자신의 몸을 씻고 있었다.

그는 곤충의 다리처럼 길고 가느다란 팔을 움직여 격렬하고 소란스럽게 몸에 비누칠을 한 다음 자신의 머리, 목 그리고 가슴과 격자처럼 튀어나온 갈비뼈까지 물을 끼얹었다. 격한 움직임으로 인해 깔때기처럼 움푹 들어간 두 볼에 눈처럼 흰 수염 뭉치가 펼쳐졌고, 덥수룩한 머리털을 정수리에 끈적하게 모아놓았는데 빗방울이 거기 다시 조그만 구멍들을 만들어냈다.

그는 물이 없던 이 마을 어딘가에서 물을 발견해 반합 세 개에 가득 채워 물동이 대용으로 사용하고 있었다. 하늘과 땅에 온통 빗줄기가 흘러내리고 있어 무엇이든 놓아둘 만한 곳이 전혀 없는 터라 그는 수건을 쓴 다음 허리띠에다 쑤셔넣는가 하면 비누를 사용하고 나서도 매번 그것을 주머니에다 집어넣었다.

혹독한 날씨 속에서 그런 영웅적인 몸짓을 보고, 아직 남아 있던 사람들은 탄성을 내지르는 한편 머리를 설레설레 흔들면서 이렇게 중얼거렸다.

"결벽증 환자구먼."

"너 알지? 푸야드는 그 포격 구덩이 건으로 볼파트랑 같이 표창을 받는다던데."

"오, 표창을 도둑질해가지 않았나보군!"

사람들이 그렇게 깨닫지 못한 채 참호에서 세운 무훈과 지금 빗속에서 몸을 씻는 모습을 뒤섞어 그날의 영웅으로서 푸야드를 바라보는 와중에, 그는 입김을 내쉬고, 코를 훌쩍거리고, 헐떡거리고, 으르렁거리고, 침을 뱉고, 샤워기처럼 공중에서 쏟아지는 비를 맞으면서 신속한 동작으로 얼른 몸을 문지르며 애쓰더니, 마침내 옷을 입었다.

*

몸을 씻자 한기가 느껴진다.

그는 제자리에서 몸을 돌리더니 병사들이 잠을 자는 곳간 입구에 서서 몸을 곧추세운다. 얼음장 같은 삭풍이 불어와 우묵하고 기다란 얼굴의 그을린 피부에 반점들이 덕지덕지 생기고, 두 눈에서는 눈물이 흘러내려 미스트랄*로 푸석푸석해진 두 볼에 흩어진다. 코에서도 역시 콧물이 눈물처럼, 빗방울처럼 떨어진다.

목도리로 얼굴을 감싸고 노란 붕대로 닭다리처럼 가느다란 다리를 감아두었음에도 불구하고 바람이 계속해서 귀와 장딴지를 때리면서 살을 에는 듯하자, 결국 나가떨어진 그는 곳간으로 들어간다. 하지만 곧바로 다시 나오면서 사나운 두 눈을 희번덕거리며 중얼댄다. "이런

* 프랑스의 론강을 따라 리옹만으로 부는 강한 북풍.

망할!” 그러고는 “도둑놈!”이라고 외치는데, 목구멍 깊숙한 곳에서 터져나오는 듯한 그 억양은 전쟁으로 인해 떠나와야 했던 곳, 이곳으로부터 천 킬로미터나 떨어진 저 먼 구석의 억양이다.

이제 밖으로 나온 그는 이 북부 지방을 배경으로 그 어느 때보다 낯설고 망연한 감정에 사로잡힌 채 서 있다. 그러자 바람이 불어와 그의 내부로 스며들고, 다시 허수아비 같은 그의 가볍고 야윈 형체를 뒤흔들면서 난폭하게 학대한다.

휴식 기간 동안 지내도록 우리에게 할당된 곳간은—빌어먹을 곳 같으니—거의 기거할 수 없는 형편이다. 움푹 들어가 있고 우물처럼 어둡고 좁은데다 물기까지 스며나오는 피난처. 이곳의 절반이 침수되어—쥐들이 떠다닌다—병사들은 나머지 절반에서 한 덩어리가 되어 모여 있다. 진흙에 각재목을 대고 굳혀 만든 벽은 사방이 깨지거나 금이 갔고 위쪽에도 구멍이 크게 나 있다. 도착하던 날 밤에—다음날 아침까지—손에 닿는 대로 잎사귀 달린 나뭇가지들과 말뚝을 밀어넣어 그럭저럭 틈을 메웠지만 위쪽과 지붕엔 여전히 틈이 벌어져 있다. 들어오는 빛은 더없이 미약한데 반대로 바람은 사방에서 온 힘으로 불어닥쳐 분대원들은 끊임없이 발작적으로 밀려오는 틈새기 바람을 맞아야 하는 것이다.

그래서 이곳에 있을 때면, 우리는 이 희미하고 어지러운 빛 속에 식물처럼 꼼짝 않고 선 채 더듬고, 으스스 떨며 신음한다.

추위에 얼어붙어 다시 곳간에 들어온 푸야드는 몸을 씻은 것을 후회한다. 허리와 옆구리가 아프다. 뭐라도 해보고 싶지만, 무엇을 한단 말인가?

앉아볼까? 불가능하다. 이 안은 너무 더럽다. 바닥과 포석은 진흙투성이에, 잠자리랍시고 깔아놓은 짚은 물기가 스미고 신발에서 진흙이 묻어 아주 축축하다. 게다가 앉으면 동상에 걸릴 것이고, 짚에 드러누우면 거름냄새 때문에 거북할 뿐 아니라 암모니아 때문에 기도가 망가질 것이다…… 푸야드는 자신의 자리를 쳐다보는 데 만족하고 긴 턱이 빠지도록 크게 하품을 한다. 턱이 더 길어 보이게 하는 그의 염소수염은, 밝은 대낮에 보면 흰 털이 다 보일 것이다.

"다른 전우들과 친구들이 우리보다 더 나은 환경에 있거나 안락하게 지낸다고 생각해서는 안 돼." 마르트로가 말한다. "밥을 먹고서 난 의무실 옆 농가에 기거하는 11분대의 어떤 놈을 보러 갔지. 너무도 짧은 사다리를 가지고 벽 저쪽으로 넘어가야 했어. 정말 가위처럼 두 다리를 쫙 벌려야 했다니까." 다리가 짧은 마르트로가 강조한다. "그래서 그 닭장과 토끼굴 같은 곳에 들어가보니, 모두가 사방에서 떼밀리고 부딪치고 부대끼고 있더라고. 엉덩이를 어디에다 두어야 할지 모르겠더라니까. 난 그곳에서 도망쳐 나와버렸어."

"나는 말이야," 코콩이 말했다. "배를 채우고 나니 따뜻한 것을 좀 사 마시고 싶어 대장간에 가봤지. 어제는 분명 커피를 팔았는데 하필 순찰하는 녀석들이 오늘 아침에 그 집에 들이닥쳤지 뭐야. 그자는 두려워 문을 잠가버리고 말았어."

그들이 고개를 숙이고 다시 들어와 짚더미 아래쪽에 널브러지는 모습을 푸야드는 지켜보았다.

라뮈즈는 소총을 청소하려고 애썼다. 그러나 문 옆 땅바닥에 자리잡아도, 종유석처럼 늘어진 축축하고 질기게 얼어붙은 텐트를 걷어올린다 해도 여기서는 소총을 청소할 수가 없다. 너무 어둡기 때문이다.

"그리고 이봐, 나사를 떨어뜨리면 쉽게 찾을 수 있게끔 실을 매달아 놓으라고. 추워서 손가락이 제대로 말을 듣지 않으니 말이야."

"난 꿰맬 것들이 있는데 절대 못하겠군!"

대안은 하나뿐이다. 즉 발효중인 짚에서 나는 지독한 악취를 막기 위해 머리를 손수건이나 타월로 감싸고 짚 위에 드러누워 잠을 자는 것이다. 오늘 사역도 없고 보초도 없어 시간을 마음대로 쓸 수 있는 푸야드는 그렇게 하기로 결정한다. 그가 소지품들 중에서 무언가를 찾기 위해 촛불을 켜고 긴 목도리를 풀자 구부려졌다 펴졌다 하는 그의 검고 앙상한 실루엣이 또렷이 보인다.

"안에 있는 어린 양들아, 감자 깎으러 가야 해!" 후드를 쓴 자가 문앞에 나타나 낭랑한 목소리로 외친다.

앙리오 중사다. 그는 호인에 영리한 사람으로, 짐짓 거칠지만 유쾌한 어투로 농담을 하면서 아무도 꾀병을 부리지 않고 모두 숙영지에서 나오는지 감시한다. 바깥에는 한없이 쏟아지는 빗속에서 물이 흥건한 도로 위에 특무상사가 사역을 시키려고 강제로 집합시킨 2소대가 있다. 두 소대가 뒤섞인다. 우리는 이동식 취사 차량이 김을 피워대는 점토질의 작은 언덕을 힘들게 기어오른다.

"자, 힘을 좀 쓰자고. 모두가 힘을 합하면 곧 끝날 거야…… 자, 넌 또 뭐가 불만이야? 너 말이야! 그래 봤자 아무 소용 없어."

이십 분 뒤 우리는 구보로 돌아온다. 곳간 안에서 손에 닿는 건 흠뻑 젖어 축축하고 차가운 사물과 형태뿐이고, 물에 젖은 짐승 같은 시큼한 냄새가 침구들이 머금은 더러운 물거름냄새에 더해진다.

우리는 곳간을 지탱하는 두꺼운 널빤지 주위에, 그리고 천장의 구멍에서 수직으로 떨어지는 물줄기들—어렴풋한 좌대를 이루며 사방으로 물을 튀기는 어렴풋한 물기둥들—주위에 모여 있다.

"그들이 왔다!" 병사들이 소리친다.

물에 흠뻑 젖은 두 형체가 문을 막고 물기를 털고 있다. 화로를 구하러 갔던 라뮈즈와 바르크다. 원정에 나섰던 그들은 아무 성과도 없이 성질이 나고 사나운 모습으로 돌아왔다. "버너 그림자도 없어. 게다가 돈을 준다고 해도, 장작도 숯도 없대."

불을 피우는 것은 불가능하다.

"실패야. 그리고 내가 성공하지 못했으니 누구도 성공할 수 없는 거지." 그간 수많은 공로를 쌓은 바르크가 거들먹거리며 말한다.

우리는 꼼짝 않고 있다가 참으로 비참한 상황에 침울해져 우리에게 주어진 지극히 작은 공간에서 느릿느릿 움직인다.

"이 신문 누구 거지?"

"내 거야." 베퀴베가 말한다.

"그래서 저들은 뭐래? 아, 제기랄! 어두워서 신문도 읽을 수 없다고!"

"현재 병사들에게 필요한 모든 것을 해주었고, 참호에서 병사들은 따뜻하게 지낸다는 거야. 필요한 모든 것을 가지고 있다고. 모포, 셔츠, 버너, 화로 그리고 숯도 많다고 말이야. 최전방 전선의 참호가 이렇다는 거지."

"아, 빌어먹을!" 곳간에 갇힌 가련한 병사들 몇몇이 불평을 토해내더니 바깥 허공과 신문을 향해 주먹을 내지른다.

그러나 푸야드는 병사들이 하는 말에 관심이 없다. 그는 어둠 속에서 푸르스름하고 커다란, 돈키호테 같은 몸뚱이를 구부리고는 바이올린 현처럼 힘줄이 드러난 메마른 목을 내밀었다. 무언가 땅바닥에서 그의 주의를 끌고 있다.

그것은 다른 분대의 개 라브리다.

라브리는 꼬리가 잘린 잡종 양치기 개로, 작은 짚더미 위에 둥그렇게 몸을 말고 누워 있다.

그는 라브리를 쳐다보고 라브리는 그를 쳐다본다.

베퀴베가 다가가서 릴 근교의 노래하는 듯한 억양으로 말한다.

"저게 개밥을 안 먹는군. 이 귀여운 녀석, 상태가 안 좋아. 자, 라브리, 왜 그래? 네 빵과 고기가 여기 있잖아. 먹어봐. 네 그릇에 있는 걸 말이야…… 지겹고 고통스러워하는구먼. 큰일이네. 어느 날 아침에 저게 죽어 있는 꼴을 보겠어."

라브리는 행복하지 않다. 개를 맡은 병사는 의도적으로 가혹하게 녀석을 학대하며 제대로 돌보지도 않는다. 개는 온종일 묶여 있다. 추위를 타고, 상태가 좋지 않고, 방치돼 있다. 자신의 삶을 살지 못하는 것이다. 가끔 주위에서 병사들이 부산을 떨면 녀석은 나갈 수 있다는 희망을 품고 일어서서 기지개를 켜고는 꼬리를 가볍게 흔들어본다. 하지만 착각이다. 녀석은 다시 드러누우며 가득차 있는 밥그릇 쪽을 의도적으로 쳐다본다.

녀석은 삶이 지겹고 싫증난다. 우리와 마찬가지로 총알이나 포탄 파편의 위험에 노출되어 있고, 위험에서 간신히 벗어난다 할지라도 결국은 여기서 죽을 것이다.

푸야드는 개의 머리에 자신의 야윈 손을 뻗는다. 개는 다시 한번 그를 뚫어지게 바라본다. 시선의 높낮이가 다르다는 차이를 빼면 그들의 시선은 똑같다.

어쨌거나 푸야드는 앉은 채로—저런!—두 손은 외투 주름 사이에 넣어 보호하고 긴 두 다리는 접이식 침대처럼 접고서 구석에 있다.

그는 푸르스름한 눈꺼풀 아래 두 눈을 감은 채 몽상에 잠겨 있다. 그는 지난날을 떠올린다. 두고 온 고향이 저멀리서 다정한 사람 같은 모습을 띠는 순간이다. 다채로운 향기와 윤기로 가득한 에로와 세트의 거리들. 너무나 생생하고 너무나 가까워 남부 운하의 수송선들이 지나가는 소리와 도크의 하역 소리 같은 친근한 소리가 그에게 또렷하게 들려오는 듯하다.

태양이 내리쬐는 생클레르산 꼭대기, 햇살의 날갯짓 같은 향기롭고 따스하고 기분좋은 미풍이 불어오는 오르막길 끝에 오르면 백리향과 에델바이스 향기가 너무도 강하게 풍겨와 입에서 어떤 맛이 날 것만 같은데, 바로 그곳, 꽃과 푸르른 초목 한가운데에 그의 가족의 작은 거처가 자리잡고 있다. 그곳에서는 하늘처럼 푸른 지중해와 그곳으로 흘러드는 녹색 유리병 같은 토Thau 호수가 동시에 내려다보이고, 때로는 저멀리 쪽빛 하늘 아래 유령처럼 어스름한 피레네산맥의 모습이 들어온다.

바로 이곳에서 그는 태어났고 행복하고 자유롭게 자랐다. 그는 다갈색과 금빛 땅에서 뒹굴고 병정놀이도 했다. 목검을 휘두르느라 상기되었던 그의 두 빰은 이제 푹 꺼지고 상처투성이다…… 그는 눈을 떠 주변을 살펴보다가 머리를 흔들고는 전쟁과 영광에 순수한 열정을 지녔던 시절을 그리워한다.

이런 마음속 영상을 붙잡기 위해 그는 눈앞으로 손을 내밀어본다.

이제 그의 눈앞엔 다른 영상이 펼쳐진다.

바로 그곳, 같은 장소에서 그는 클레망스를 알게 되었다. 처음 보았을 때, 그녀는 태양처럼 빛나고 찬란한 모습으로 지나가고 있었다. 밀짚을 팔에 한아름 안고 있었는데, 그녀의 금발이 너무도 고와 옆에 있는 밀짚이 밤색으로 보일 지경이었다. 두번째 보았을 때 그녀는 친구와 함께였다. 두 사람은 멈춰 서서 그를 지켜보았다. 그들이 속삭이는 소리에 그는 그쪽으로 돌아보았다. 들킨 것을 알아챈 두 젊은 여자는 자고새처럼 웃으며 옷깃이 가볍게 스치는 소리를 내면서 달아났다.

나중에 그와 그녀가 집을 지은 곳도 그곳이었다. 집 앞에는 그가 사시사철 밀짚모자를 쓰고 돌보던 포도나무가 한 그루 있다. 아직도 눈앞에 생생한, 정원 입구의 장미덤불은 그가 지나갈 때마다 가시를 뻗어 붙잡곤 했다.

그 모든 것들 곁으로 다시 돌아갈 수 있을까? 아! 너무 먼 과거를 돌아본 탓에 그는 구체적이고도 명확한 공포에 잠긴 미래를 바라보지 않을 수 없다. 그는 교대가 있을 때마다 많은 사람이 죽는 연대에 대해서, 지금까지 있었고 앞으로도 다가올 엄청나게 가혹한 피해에 대해서, 그리고 질병과 소모에 대해서 생각한다……

그는 지금까지 있었던 일과 앞으로 벌어질 일들에 대한 상념을 털어내려는 듯 일어나서 몸을 흔든다. 그는 바람에 쓸려오는 얼음장 같은 어둠 속에, 이 순간 여기저기 흩어져 얼이 빠진 채 맹목적으로 저녁을 기다리는 병사들 한가운데로 다시 떨어져 계속해서 몸을 떤다.

긴 다리로 성큼성큼 두 발짝을 내딛자, 마음을 달랠 겸 심심풀이로 나지막하게 음식 이야기를 하는 일단의 병사들과 마주친다.

"내 고향에서는 자동차 바퀴처럼 엄청나게 크고 둥근 빵을 만들지. 정말이야!" 누군가 말했다.

그러고서 그는 집에 있는 빵을 상상해보고자 신이 난 얼굴로 두 눈을 아주 크게 뜬다.

"우리 동네에선 식사를 무슨 축제처럼 너무 길게 해." 가련한 남부 출신 병사가 끼어든다. "그래서 처음에 신선했던 빵이 결국은 눅눅해지고 말지!"

"포도주…… 우리 고장에 싸구려 포도주가 있는데, 겉으론 시시해 보여도, 도수가 15도가 안 되어도, 정말 괜찮은 술이라고!"

그러자 푸야드는 서로 다른 원액을 섞어도 맛이 좋아서, 마치 섞어 먹기 위해 나온 것 같은 붉은 포도주에 대해 이야기한다.

"우리 고장엔 쥐랑송산 포도주가 있어." 베아른* 출신 병사가 말한다. "파리에서 만들어놓고 쥐랑송산이라고 파는 그런 게 아니라고. 난 양조업자도 하나 알고 있지."

"말이 나와서 말인데, 우리 동네엔 말이야, 온갖 종류, 온갖 색깔의 머스캣 포도주가 있다고." 푸야드가 응수한다. "아마 비단 견본인 줄 알걸. 우리집에 와서 한 달만 지내봐, 매일매일 다른 포도주를 맛보게 해주지, 이 귀여운 친구야."

"결혼식 피로연 같겠구먼!" 신이 난 얼굴로 병사가 말한다.

---

* 프랑스와 스페인의 접경 지역.

푸아드는 포도주에 대한 추억에 빠져들면서 아득한 과거의 어느 날 식탁에서 풍겨오던 그 향긋한 마늘냄새까지 떠올린다. 느릿하게 지나가는 음산한 폭풍이 곳간으로 들이치는 가운데 싸구려 포도주와 미묘하고 부드러운 양질의 포도주 향이 그의 머리로 올라온다.

문득 그의 머릿속에, 우리가 머물고 있는 이 마을에 베지에* 출신의 술집 주인이 있다는 생각이 떠오른다. 마냐크가 그에게 이렇게 말했던 것이다. "그래, 조만간 날 보러 오게나. 그곳의 포도주를 한잔 마시자고, 제기랄! 몇 병 가지고 있으니 자넨 얘기만 하라고."

이와 같은 생각에 갑자기 푸아드의 얼굴이 눈부시게 밝아진다. 마치 자신의 길을 발견한 양 그의 길쭉한 온몸에 기쁨의 전율이 훑고 지나간다…… 남프랑스산 포도주를, 심지어 자기 고장 특산 포도주를, 그것도 많이 마실 수 있다니…… 단 하루뿐이라 해도, 장밋빛 인생을 다시 만난다니 얼마나 좋겠는가! 아무렴, 그는 포도주가 마시고 싶고, 취하는 꿈을 꾼다.

그는 즉시 수다쟁이들 곁을 떠나 곧장 마냐크의 술집으로 향한다.

그러나 그는 출입구에서 누군가와 부딪친다—행상인처럼 소리를 지르며 곳곳을 뛰어 돌아다니는 하사 브루아예다.

"일일 보고!"

중대는 이동식 취사 차량이 빗줄기 속에 그을음을 내보내고 있는 점토질의 작은 언덕에 정방형 대열을 이루며 모여든다.

'일일 보고가 끝나면 마시러 가야지.' 푸아드는 생각한다.

---

* 세트에서 약 50킬로미터 거리의, 에로도에 속한 도시.

생각에 완전히 빠져, 그는 일일 보고 내용을 건성으로 듣는다. 하지만 아무리 건성으로 들어도 "십칠시 이전과 이십시 이후에는 숙영지 이탈이 절대적으로 금지된다"는 상관의 목소리가 그의 귀를 파고든다. 중대장은 병사들의 웅성거리는 소리에도 아랑곳없이 상부 명령에 대해 설명을 이어간다.

"여기는 사단 사령부가 있는 곳이다. 여기에 있는 한 여러분이 모습을 보여서는 안 된다. 숨어 있어라. 거리에서 사단장의 눈에 띄면 즉시 사역이 떨어질 것이다. 사단장님은 병사를 보고 싶어하지 않는다. 숙영지 안에 하루종일 숨어 있어라. 하고 싶은 일을 하되, 어느 누구도 얼굴을 내보이는 일이 없도록 해라!"

그러고 나서 모두 곳간으로 돌아간다.

*

오후 두시다. 완전히 어두워져 위험을 무릅쓰고 바깥으로 나가도 벌을 받지 않으려면 세 시간은 더 지나야 한다.

기다리면서 잠을 잘까? 푸야드는 잠이 오지 않는다. 포도주를 마실 수 있다는 희망이 그를 뒤흔들어놓았다. 그리고 낮에 자면 밤에 자지 못할 것이다. 그건 안 되지! 뜬눈으로 밤을 보내는 것은 악몽보다도 끔찍하다.

날은 계속 어두워진다. 비와 바람은 안팎으로 거세지고 있다……

그래, 어쩌란 말인가? 꼼짝 않고 있을 수도, 앉을 수도, 누울 수도, 산책할 수도, 일할 수도 없다면 어쩌란 말이지?

피곤하고 추위에 얼어붙은 병사들은 진정 몸을 어찌해야 할지 몰라 괴로워하며 점차 커져만 가는 무기력한 고뇌에 사로잡힌다.

"빌어먹을! 정말 환장하겠네!"

이 버려진 자들은 마치 한탄이나 구조 요청을 하듯이 소리친다.

그런 다음 본능적으로, 그들은 이곳에서 할 수 있는 단 한 가지 일에 몰두한다. 몸이 경직되지 않게 하고 추위에서 벗어나기 위해 제자리에서 백 보를 걷는 것이다.

그리하여 큰 걸음으로 세 걸음밖에 안 되는 이 비좁은 공간에서 그들은 매우 빠르게, 고개는 앞으로 숙이고 손은 주머니에 넣은 채 구두창으로 땅바닥을 구르면서, 서로 교차하고 스치며 둥그렇게 돌기 시작한다. 짚더미 위로 휘몰아치는 삭풍을 온몸으로 맞고 있는 이들의 모습은 구름이 낮게 깔린 겨울날 자선단체의 문이 열리기를 기다리는 쇠약한 도시 빈민의 모임 같다. 그 문은 그들에게 열리지 않으리라. 혹은 나흘 뒤, 휴식이 끝나고 저녁이 되어서야 열릴 것이고, 그때가 되면 그들은 참호로 돌아가야 할 것이다.

코콩은 혼자서 구석에 쭈그리고 있다. 그는 들끓는 이 때문에 고통스럽지만, 추위와 습기 때문에 쇠약해져 속옷을 갈아입을 힘조차 없어 음울하고 지친 모습으로 그 자리에서 꼼짝하지 않는다……

오후 다섯시가 다 되어가자 푸야드는 포도주 꿈에 다시 들뜨기 시작하고, 그는 환한 마음으로 기다린다.

"지금 몇시지?…… 다섯시 십오 분 전…… 다섯시 오 분 전…… 가자!"

그는 캄캄한 어둠 속으로 나온다. 그러고는 점벙점벙 소리가 나도록 큰 걸음으로 깡충거리면서 인심 좋고 수다스러운 베지에 사람, 마냐크의 술집으로 향한다. 잉크처럼 시커멓게 쏟아지는 비와 어둠 속에서 문을 찾아내기가 쉽지 않다. 빌어먹을! 불이 켜져 있지 않다! 빌어먹고 빌어먹을, 문이 잠겨 있다! 전등갓처럼 커다랗고 여윈 손으로 가린 성냥불의 희미한 빛이 '군 출입금지'라고 쓰인 운명적 푯말을 드러낸다. 마냐크가 뭔가를 위반하는 바람에 영업을 정지당하고 어둠 속으로 추방된 것이다!

푸야드는 고독한 술집 주인의 감옥이 되어버린 그 작은 가게에서 등을 돌린다. 그는 꿈을 포기하지 않는다. 다른 곳으로 가서 식사 때 마시는 보통 포도주를 마실 것이며, 돈을 지불하면 그만일 것이다.

그는 주머니에 손을 넣고 더듬어 지갑을 찾는다. 지갑은 안에 있다.

아마 37수가 있을 것이다. 많은 돈은 아니지만……

그러나 갑자기 그는 소스라치더니 손바닥으로 이마를 철썩 때리며 그 자리에 멈춘다. 그의 얼굴이 어둠에 가려진 채 끔찍하게 일그러진다.

아니야, 이제 37수가 아니다! 이런, 바보 같으니! 그는 매일 나오는 마카로니가 너무도 싫어 전날 정어리 통조림을 샀다는 사실과 장화에 징을 박느라 구두 수선공에게 술을 사주었다는 사실을 잊고 있었던 것이다.

비참하구나! 이제 13수밖에 남지 않았으니!

적당히 취해서 현재의 생활에 복수를 하기 위해선 포도주 1리터 반이 필요한데 이럴 수가! 여기서 포도주 1리터 값은 21수다. 돈이 한참 모자란다.

그는 주위의 어둠 속에서 두리번거린다. 누군가 있는지 찾는다. 돈을 빌려줄 수 있거나 포도주 1리터 값을 내줄 전우가 어쩌면 있을 것이다.

한데 대체 누가, 누가 그럴 수 있단 말인가? 베퀴베는 아니다. 그에겐 보름에 한 번씩 담배와 편지지를 보내주는 전시 대모*밖에 없다. 바르크도 승낙하지 않을 것이다. 블레르도 인색해서 이해하지 못할 테니 안 된다. 비케는 그에게 쌓인 게 있는 것 같으니 안 된다. 페팽도 그 자신이 구걸하는 처지인데다 불러놓고도 절대 돈을 내는 법이 없으니 안 된다. 아! 볼파트가 있다면 좋았을 텐데!…… 메닐 앙드레가 있지만 그에게 여러 번 술을 얻어먹었으니 이미 빚을 진 셈이다. 베르트랑 하사? 한번은 보초를 서고 나서 잠이나 자라고 난폭하게 윽박지른 일이 있어 지금은 서로가 눈을 흘기고 있다. 파르파데? 평소 말도 잘 안 하는 사이다…… 그래, 안 되지. 그는 파르파데에게도 부탁할 수 없음을 분명히 알고 있다. 빌어먹을! 상상 속에서 구원자들을 찾는 게 무슨 소용이란 말인가? 사람들은 모두 지금 대체 어디에 있는 거지?

그는 천천히 숙소로 되돌아간다. 그러다가 기계적으로 돌아서서 주저하듯 다시 앞으로 나아간다. 어쨌거나 시도해볼 일이다. 아마 가보면 전우들이 테이블에 앉아 있을지도…… 어둠이 대지마저 완전히 삼켜버린 지금, 그는 마을의 중심부로 다가간다.

작은 가게의 불 밝힌 문들과 창문들이 중심가의 진흙에 반사되고 있다. 스무 걸음마다 한 집이 있다. 거개가 붕대를 감고 있는 병사들이 굼뜬 유령들처럼 길을 따라 내려오는 모습이 언뜻 보인다. 자동차 한 대가 들어서자 사람들은 통행에 방해가 되지 않도록 비켜서서는, 헤드라

* 일선 장병에게 위문품이나 편지를 보내는 여자.

이트에 눈살을 찌푸린 채 바퀴가 길 양쪽으로 튀기는 진흙을 맞으며 차가 지나갈 때까지 기다린다.

가게들은 사람들로 만원이다. 김이 서려 흐릿한 유리창 안쪽에 구름처럼 몰려든, 철모를 쓴 병사들이 보인다.

푸아드는 무작정 한 곳으로 들어간다. 문턱에서부터 싸구려 술집의 훈훈한 공기와 조명과 냄새와 웅성거림이 그를 들뜨게 한다. 이처럼 사람들이 테이블에 앉아 있는 모습은 어쨌든 현재에 재현된 과거의 한 조각이다.

그는 이 테이블, 저 테이블을 둘러보고, 홀에 있는 모든 손님들의 면면을 살피려고 가구들을 헤치며 나아간다. 이런! 아는 사람이 아무도 없다.

다른 곳도 마찬가지다. 운이 없다. 그는 고개를 내밀고, 무리를 이루거나 둘씩 앉아 음료를 마시며 대화를 나누거나, 홀로 앉아 편지를 쓰고 있는 이 똑같은 차림을 한 사람들 가운데 아는 얼굴이 있나 정신없이 찾아보지만 아무도 없다. 그는 거지가 된 기분이고, 아무도 그에게 관심을 보이지 않는다.

도와줄 사람을 찾아내지 못하자 그는 수중의 돈이나마 쓰기로 마음먹는다. 그는 카운터에 슬며시 다가간다……

"포도주 반 리터, 좋은 걸로……"

"백포도주?"

"그래요!"

"당신 남프랑스 출신이군요." 여주인은 포도주가 가득 든 작은 병과 술잔을 그에게 내밀고 12수를 받아 금고에 넣으며 말한다.

그는 술꾼 넷이 카드놀이를 하느라 이미 혼잡한 테이블 구석에 자리 잡는다. 술을 한 잔 가득 채워 비운 뒤 다시 채운다.

"어이, 건배! 술잔 깨지 않도록 조심하라고!" 창백한 얼굴 한가운데 짙은 일자 눈썹이 도드라지고 올이 굵은 검푸른 작업복을 입고서 원뿔형 머리에는 족히 반 파운드는 나갈 귀가 달린 한 남자가 들어오며 그를 향해 날카롭게 소리친다.

병기공 아를랭그다.

목이 마르다고 신호를 보내는 전우의 면전에서 포도주 한 병을 홀로 차지한 모습은 썩 좋아 보이지 않는다. 그러나 푸야드는 자기 앞에서 상냥한 미소를 지어 보이며 어슬렁대는 녀석의 희망사항을 이해하지 못하는 척하고는 서둘러 잔을 비운다. 상대방은 "남프랑스 놈들은 나눌 줄 모르고 식탐이 강하다니까"라고 구시렁거리면서 등을 돌린다.

푸야드는 두 주먹에 턱을 괸 채 병사들이 무리를 이루고, 서로를 비집고 밀치락거리며 지나다니는 술집 한구석으로 시선을 보낸다.

물론 그 백포도주는 꽤 맛있었다. 하지만 그 몇 방울이 푸야드의 고독한 마음에 어떤 영향을 줄 수 있단 말인가? 우울함은 그리 멀리 가지 못하고 되돌아왔다.

이 남프랑스 사람은 포도주 두 잔을 뱃속에 넣고 지갑에 남은 1수를 챙겨 자리를 뜬다. 그는 용기를 내 다시 한번 다른 가게에 들어가 둘러본 뒤 나오면서 실례했다는 말을 이렇게 대신한다. "젠장맞을, 그 짐승 같은 놈이 여기 없군!"

그러고서 그는 숙영지로 돌아간다. 숙영지는 돌풍과 빗방울 소리로 여전히 소란스럽다. 푸야드는 양초에 불을 붙인 뒤, 달아나려는 듯 절망적으로 마구 흔들리는 불빛에 의지해 라브리를 보러 간다.

희미한 촛불을 손에 든 채 그는 아마 자기보다 먼저 죽게 될 그 불쌍한 개 앞에 쭈그린다. 라브리는 잠들어 있었지만 곧바로 눈을 뜨고 꼬리를 흔드는 것을 보니 선잠에 들었던 모양이다.

세트 출신 병사는 녀석을 쓰다듬고는 아주 낮은 목소리로 말한다.

“어쩔 도리가 없구나. 별수가……”

그는 더이상 말을 해서 라브리를 슬프게 하고 싶지 않다. 하지만 개는 고개를 끄덕이고는 다시 눈을 감는다.

푸야드는 무뎌진 관절을 펴느라 다소 힘들게 일어나 잠을 자러 간다. 이제 그가 희망하는 것은 단 하나뿐이다. 잠드는 것. 전쟁의 마지막 날 혹은 생애의 마지막날에 이르기 전까지 영웅적으로 견디고 극복해야 할 수많은 날들, 그 무無의 나날, 그 음울한 날 중 하루를 소멸시켜버리는 것이다.

12장
문주門柱

"안개가 끼었어. 갈 수 있겠어?"

포테를로가 내 쪽으로 고개를 돌리며 묻는데, 담청색 두 눈 때문에 그의 금발이 더욱 투명해 보인다.

수셰* 출신인 포테를로는 경보병들이 수셰를 탈환한 뒤로, 과거 인간다웠던 시절 행복하게 살았던 그 마을을 다시 보고 싶어한다.

위험한 순례다. 그곳이 멀리 있기 때문은 아니다! 수셰는 바로 저기 있다. 여섯 달 동안 우리는 마을까지 소음이 미치는 참호와 연락참호에서 생활하며 작전을 수행해왔다. 베튄도로를 따라 참호가 뻗어 있고 우리는 그 아래 벌집 같은 대피호에서 동정을 살피고 있는데, 바로 이곳

* 프랑스 북부 파드칼레도에 속한 도시.

에서 그 가파른 도로를 곧장 올라갔다가 저 아래 수셰 쪽으로 다시 사오백 미터 내려가기만 하면 된다. 하지만 이 모든 지점들은 늘 무섭게 감시당한다. 독일군이 퇴각한 이후에도 줄곧 우레와 같은 소리를 내는 포탄을 대규모로 퍼붓는 통에 우리가 있는 지하는 마구 흔들리고, 비탈 너머 때로는 이쪽에서, 때로는 저쪽에서 엄청난 흙과 파편들이 시커멓게 솟아오르는가 하면 연기가 교회만큼 수직으로 높이 피어오른다. 그들은 왜 수셰를 폭격하는 걸까? 양쪽 진영이 서로에게서 빼앗고, 빼앗기고, 그토록 싸우며 점령하고 탈환한 그 마을에는 이제 사람도 물건도 전혀 없으니, 우리는 그 이유를 알 수가 없다.

하지만 주변에 짙은 안개가 퍼진 오늘 아침이라면, 하늘이 지상에 드리운 이 커다란 장막을 기회 삼아 위험을 무릅써볼 수 있다…… 적어도 동태를 들키지 않으리라 확신한다. 안개는 저 높은 곳 어딘가 솜 같은 구름에 파묻혀 있을 계류기구의 완벽한 탐지망을 완전히 차단하고, 적이 우리를 염탐하는 랑스 및 앙그르의 관측소와 우리 전선 사이에서 거대하고도 가볍고 불투명한 가림막이 되어줄 것이다.

"당연하지!" 내가 포테를로에게 말한다.

전모를 알고 있는 특무상사 바르트가 눈감아주겠다는 듯 고개를 끄덕이며 눈을 내리깐다.

우리 둘은 참호 바깥으로 기어올라 베튄도로에 선다.

대낮에 이곳을 걸어보기는 처음이다. 어둠 속에서 탄환이 휙휙 지나가는 소리를 들으며 몸을 구부린 채 주파하는 일은 자주 있었지만, 이 무서운 도로를 이렇게 가까이서 본 적이 없었다.

"이봐, 이리 좀 와봐."

포테를로가 몇 걸음 가더니 탈지면 같은 안개가 길게 흩어지고 있는 도로 한가운데서 멈추었다. 그는 푸른 두 눈을 크게 뜨고 진홍색 입을 벌리고 있다.

"저런! 저런!……" 그가 중얼거린다.

내가 돌아보자 그는 나에게 도로를 가리키며 고개를 설레설레 흔든다.

"저기야. 맙소사, 저긴데!…… 이 도로를 나는 눈 감고도 정확하게 그려낼 정도로 잘 알고, 심지어 저절로 떠오르기도 한다고. 이봐, 그런데 도로가 이 지경이 된 걸 보니 정말 소름이 끼치는군. 양쪽에 커다란 나무들이 늘어선 아름다운 도로였는데……

이제 이게 뭔가? 이걸 좀 보게나. 그저 기다란 시체 같은 꼬락서니를 말이야, 통탄스럽고, 통탄스러워…… 양쪽에 생생하게 드러난 저 참호들, 움푹 구덩이가 파인 저 상처투성이 포장도로, 뿌리가 뽑히고, 잘려 나가고, 그을리고, 땔감처럼 부서져 사방으로 흩어지고, 총알에 뚫린 저 나무들을 보게나—아, 구멍이 숭숭 난 여기 이 모습을 보라고! 아, 이봐, 이봐, 이 도로가 얼마나 처참하게 변했는지 자넨 상상도 못할 거야!"

그는 발걸음을 옮길 때마다 다시금 경악을 감추지 못한다.

사실 이 도로가 비현실적인 것은, 이 도로를 사이에 두고 양쪽에 이 년이란 세월이 바짝 웅크린 채 숨어 들러붙어 있고, 이 도로 위에 일 년 반 동안 두 진영의 포격들이 뒤섞여 있기 때문이다. 빗발치는 총알과 포탄의 행렬만이 오가는 이 대로는 사람들이 홈을 파고, 생채기를 내고, 들판의 흙으로 뒤덮고, 뼛속까지 파헤쳐 난장판이 되었다. 살갗이 벗겨지고 늙어빠져, 불길하면서도 한편으로는 장엄해 보이는 이 무채색의 저주받은 길.

"자네가 예전의 이 도로를 알았더라면 좋았을 텐데! 깨끗하고 평탄했지." 포테를로가 말한다. "온갖 나무들에, 나뭇잎들도 색색깔로 꼭 나비 같았네. 항상 사람이 지나다녀 서로 인사를 했지. 착한 아주머니가 양쪽에 바구니를 들고 몸을 흔들며 걸어가는가 하면 짐수레를 탄 사람들이 순풍에 풍선처럼 부풀어오른 헐렁한 작업복 소매를 날리며 큰 소리로 이야기를 했어. 아! 그 시절의 삶은 얼마나 행복했는지!"

그는 도로를 따라 안개 자욱한 강의 가장자리 쪽으로, 참호 앞에 쌓은 흉벽 쪽으로 접어든다. 몸을 숙인 채 흙더미가 아주 약간 두둑한 곳에 멈춰 서자, 교회의 십자가 행로처럼 듬성듬성 박혀 있는 십자가와 무덤이 안개 벽 속에서 또렷이 모습을 드러낸다.

나는 그를 부른다. 이렇게 종교 행렬을 하듯 걸어간다면 마을에 도착하지 못할 거야. 자, 가자!

그곳에 닿을 때까지 나는 앞서가고, 여러 가지 생각들로 머리가 복잡하고 무거운 포테를로는 뒤에서 몸을 질질 끌고 오면서 우울한 이곳 사물들과 시선을 교환하려 애쓰지만 뜻대로 되지 않는다. 이제 도로는 내리막길인데, 굴곡 때문에 북쪽이 보이지 않는다. 이렇게 가려진 곳에는 그나마 사람의 왕래가 있다.

마른풀들이 진창에 시커멓게 묻혀 더럽고 못쓰게 된 공터에 죽은 자들이 늘어서 있다. 밤에 참호와 들판을 비우면서 옮겨다놓은 모양이다. 그들은—몇몇은 아주 오래전부터—야간에 후방의 묘지로 옮겨지기를 기다리고 있다.

우리는 조용히 그들에게 다가간다. 그들은 다닥다닥 붙어 있다. 굳은 팔이나 다리로 임종의 순간을 저마다 어렴풋이 표현한다. 얼굴 절반에 곰팡이가 슬고 누렇게 뜬 피부에 검은 반점이 생긴 이들도 있다. 타르를 뒤집어쓴 채 완전히 숯덩이처럼 된 얼굴에 입술이 엄청나게 부어오른 자들도 여럿이다. 고무풍선처럼 머리가 부풀어오른 흑인들도 있다. 뒤엉킨 두 구의 시체 사이로 누구의 것인지 모를 잘린 손목이 비죽 나와 공 모양으로 덩어리진 힘줄을 드러내고 있다.

다른 자들은 형태가 불분명한 더러운 애벌레들 같은데, 그 덩어리들 사이에서 개인 소지품과 뼛조각이 비어져나와 있다. 좀더 먼 곳에 옮겨진 한 시체는, 상태를 보니 도중에 잃어버리지 않도록 시체를 어쩔 수 없이 철망에 쑤셔넣고 철망을 말뚝 양끝에 고정시킨 모양이다. 그래서 이 시체는 철망 해먹 속에서 둥그런 공 같은 짐짝이 된 채 여기 놓여 있는 것이다. 시체의 위아래가 구분되지 않는다. 그 덩어리에서 알아볼 수 있는 것은 벌어진 바지 주머니뿐이다. 벌레 한 마리가 주머니 안을 들락날락하고 있다.

시체들이 땅에 놓일 때 그들의 호주머니나 탄약갑에서 빠져나온 편지들이 바람 때문에 주변에 날아다니고 있다. 진흙이 엉겨붙은 흰 종잇조각들은 미풍에 날갯짓하듯 펄럭이는데, 몸을 숙여 그 가운데 하나를 보니 이런 문장이 적혀 있다. "사랑하는 앙리, 너의 생일, 참으로 날씨가 좋구나!" 이 병사는 배를 깔고 엎드려 있다. 한쪽 엉덩이에서 다른 쪽 엉덩이까지 깊은 홈이 파여 허리가 쪼개졌다. 머리는 반쯤 뒤집혀 있고 눈은 퀭하고 관자놀이 부근 뺨과 목에 녹색 이끼 같은 것이 자라나 있다.

시체들과 그들 가까이 쌓여 있는 물건들 주위로 바람이 불어오자 구역질나는 냄새가 감돈다. 옆에 쌓인 것은 텐트 조각이나 더러워진 옷들인데, 피가 말라붙어 뻣뻣해지고, 포탄을 맞고 불타 숯덩이처럼 시커멓고 딱딱해졌으며, 흙투성이가 되어 썩어가고, 층을 이룬 미생물들이 우글거리면서 파고들고 있다. 우리는 거북해진다. 고개를 설레설레 흔들면서 감히 악취가 난다는 말도 꺼내지 못한 채 서로를 쳐다본다. 우리는 다만 느린 걸음으로 멀어진다.

병사들이 다닥다닥 붙어 등을 구부린 채 무언가를 옮기는 모습이 안개 속에 나타난다. 새로운 시체를 나르고 있는 국민군 소속 들것병들이다. 늙고 야윈 얼굴에, 힘을 쓰느라 거친 숨을 내쉬고 땀을 흘리면서 인상을 찌푸리고 있다. 연락참호에서 전사자를 둘이서 운반해오는 것은, 특히 참호가 진흙탕 같을 때는 거의 초인적인 일이다.

그들은 새 옷을 입은 시체를 내려놓는다.

"조금 전까지 살아 있었는데." 들것병 하나가 말한다. "벌판에서 독일군 소총 하나를 발견하고 가지러 가다가 두 시간 전에 머리에 총알을 맞았어. 그는 수요일에 휴가를 떠나기로 되어 있어서 그것을 집에 가져가려 했던 거야. 405연대, 14반 소속 중사야. 착한 친구였는데 이렇게 되다니."

그는 전사자를 덮고 있던 수건을 들추고 우리에게 그의 얼굴을 보여준다. 전사자는 매우 젊고 잠자는 듯한 모습이다. 다만 눈동자가 뒤집히고, 두 볼은 밀랍을 칠한 듯 반들반들하고, 장밋빛 액체가 두 콧구멍과 입과 눈에서 흘러내릴 뿐이다.

한데 쌓인 시체들 사이에서 보다 정결한 이 시체는 아직 몸이 굳지 않아 누가 그를 움직이면 자세를 바로잡으려는 듯 옆으로 고개를 기울이는 터에 다른 시체들보다 덜 죽은 것만 같은 유치한 환상을 심어준다. 그러나 덜 망가진 그 얼굴 때문에, 더 비장하고, 더 가깝게 느껴지고, 더 안타깝다. 이처럼 소멸하여 쌓여 있는 모든 존재들 앞에서 무언가를 말해야 한다면, 우리는 그저 '불쌍한 녀석!'이라 말하리라.

우리는 여기서부터 수셰라는 마을이 있는 저지대로 이어지는 내리막길을 걷는다. 이 길은 희뿌연 안개 속 끔찍한 재앙의 계곡처럼 우리 발아래 나타난다. 도로 양쪽 진흙투성이 가장자리에 부서진 포석, 파편과 잔해와 오물 더미가 얼키설키 복잡하게 쌓여 있다. 나무들은 그루터기가 뽑힌 채 땅바닥에 흩어져 있거나 아예 자취를 감추었다. 포탄을 맞은 비탈은 온통 뒤죽박죽이다. 십자가만 서 있는 이 길의 양쪽 가장자리에는 스무 번이나 무너져 막히고 다시 파낸 참호들, 구덩이들, 구덩이에 낸 통로들, 늪지의 방책들이 죽 늘어서 있다.

앞으로 나아갈수록 모든 것이 무섭고 충격적으로 보이고, 부패와 냄새로 가득하고, 대재앙 같기만 하다. 우리는 포탄 파편들로 덮인 길을 걷는다. 걸음을 옮길 때마다 파편이 발에 챈다. 우리는 마치 덫에라도 걸린 듯, 부서진 무기와 재봉틀 사이에서 비틀거리고, 전기선 뭉치, 진흙이 말라붙은 독일군과 프랑스군의 장비, 적갈색 반죽이 되어 산더미를 이룬 옷가지 사이에서 몸을 제대로 가누지 못한다. 게다가 터지지 않은 채 도처에 널려 뾰족한 끝을 내밀고 있거나 붉은색, 푸른색, 흑갈색 후부와 측면을 드러내고 있는 포탄들도 주의해야 한다.

"여긴 옛 독일군 참호인데, 그들은 결국 철퇴하고 말았지……"

참호는 군데군데 막혀 있고, 또다른 곳들은 포탄 구멍투성이다. 모래주머니들은 찢기고, 터지고, 무너지고, 텅 빈 채 바람에 흔들린다. 버팀목들은 산산이 부서져 사방에 널브러져 있다. 대피호는 가장자리까지 흙과 뭔지 모를 것으로 가득차 있다. 마치 물줄기도 흐름을 멈추고 사람들에게도 버림받은 강이 반쯤 말라 개흙을 드러낸, 납작하게 펼쳐진 지형 같다. 대포를 맞은 참호 한 부분은 그야말로 흔적도 없이 사라져 버렸다. 나팔처럼 벌어진 지하 통로는 중간이 막혀서 이젠 새로 갈아엎은 밭처럼 구멍들만 종횡으로 나란히 늘어서 있을 뿐이다.

나는 엄청나게 커다란 쟁기가 지나간 것 같은 이 놀라운 들판을 포테를로에게 가리켜 보인다.

그러나 포테를로는 변해버린 풍경에 마음속 깊은 곳까지 사로잡혀 있다.

*

그는 마치 꿈에서 깨어나기라도 한 듯 아연한 모습으로 벌판의 한 지점을 손가락으로 가리킨다.

"카바레 루주야!"

그곳은 깨진 벽돌이 포석처럼 깔린 평평한 장소다.

"저건 대체 뭐야?"

경계석 표지인가? 아니, 경계석 표지가 아니다. 그것은 머리, 햇빛에 피부가 그을리고 왁스를 칠한 검은 머리다. 입은 완전히 비뚤어졌고 콧수염 양쪽 끝이 올라가 있다. 마치 시커멓게 타 죽은 고양이의 커다란 머리 같다. 그 아래 시체—독일인— 한 구가 선 채 묻혀 있다.

"이건 뭐지?"

순백색 두개골과 이 두개골로부터 2미터 떨어진 곳에 장화 한 켤레가 있고, 그 둘 사이의 갈색 진흙이 엉겨붙은 누더기와 해진 가죽 조각이 전체적으로 음울한 분위기를 자아내고 있다.

"가자. 벌써 안개가 좀 걷혔어. 서두르자고."

보다 투명하게 굽이치고 점점 옅어지는 안개 속을 이동하던 우리 앞 100미터 지점에서 포탄 하나가 휙 소리를 내더니 폭발한다…… 우리가 곧 지나가려던 곳에 떨어졌다.

우리는 내려간다. 경사가 완만해진다.

우리는 나란히 걷는다. 나의 동료는 아무 말 없이 좌우를 살핀다.

그가 도로 위쪽에서 그랬듯이 다시 한번 멈추는가 싶더니, 거의 들리지 않을 정도로 낮게 더듬거리는 그의 목소리가 들린다.

"마침내! 다 왔어…… 다 왔다고……"

사실 우리는 여전히 이 벌판, 불태워져 불모지로 변해버린 이 벌판 위였다—그런데도 우리는 수셰에 와 있다!

*

마을은 사라져버렸다. 나는 마을이 이처럼 사라져버린 경우를 결코 본 적이 없다. 아블랭생나제르와 카랑시*의 집들 또한 망가져 엉망이고 마당들도 회반죽 조각과 기왓장으로 가득하지만, 그나마 아직 사람 사

* 파드칼레도에 속한 작은 읍들.

는 곳의 형태를 간직하고 있다. 하지만 이곳은 훼손당한 나무들—이 나무들이 안개 속에서 유령같이 우리를 둘러싸고 있다—안쪽을 보아도 형태를 가진 건 아무것도 없다. 심지어 벽 하나도 없고, 철책이나 대문 하나 서 있지 않은데, 뒤죽박죽된 들보와 돌들과 고철 밑에 놀랍게도 포석이 보인다. 바로 여기에 길이 있었던 것이다!

마치 도시 근교의 더럽고 하찮은 늪지, 여러 해에 걸쳐 주기적으로 도시에서 배출하는 폐기물과 잔해, 무너진 건축 자재와 낡은 물건들을 받아내느라 빈자리가 하나도 없는 그런 늪지 같다. 균질하게 쌓인 쓰레기와 파편 속에서 우리는 아주 힘들게 느릿느릿 전진한다. 폭격이 그 모습을 얼마나 변화시켜놓았는지 물방아에서 흐르던 냇물 방향마저 바뀌었고, 냇물은 아무렇게나 흐르다 십자가가 있던 작은 광장의 자취에 연못을 이룬다.

포탄으로 생긴 몇몇 구덩이 속에서는 불어터진 말馬들이 늘어진 채 썩어가고, 다른 구덩이에는 그 끔찍한 포격으로 형태가 망가진 인간들의 잔해가 흩어져 있다.

비애 가득한 하늘 아래, 밀려오는 잔해를 피해 도망이라도 치듯 일정한 경로를 따라 기어오르던 우리는 마치 잠든 것처럼 누워 있는 병사 하나를 마주한다. 하지만 땅에 납작하게 바싹 붙어 있기에 죽었는지 잠들었는지 구분이 가능하다. 가죽띠에 주렁주렁 끼운 빵들과 실타래처럼 얽힌 끈들로 어깨에 붙들어맨 전우들의 수통 다발로 보아 그는 취사병 보조다. 포탄 파편이 그의 등에 구멍을 낸 것은 분명 지난밤이었으리라. 아무도 모르게 죽은 이 신원 미상의 병사를 발견한 건 아마 우리가 처음인 것 같다. 다른 병사들이 발견하기 전에 어쩌면 그는 썩어 문드러질지 모른다. 인식표를 찾아보니, 그것은 그의 오른손이 힘없이 늘어져 있는 피 웅덩이 속에 있다. 나는 피가 묻어 있는 그 이름을 베껴 적는다.

포테를로는 나를 가만히 내버려둔다. 그는 마치 몽유병환자 같다. 사방을 정신없이 쳐다보고 쳐다볼 뿐이다. 격파되어 사라진 것들 한가운데에서, 이 텅 빈 곳에서 안개 낀 저 지평선까지 무언가를 하염없이 찾고 있다.

그러고서 그는 들보 위에 놓인 찌그러진 냄비를 발로 차버린 뒤 그 위에 앉는다. 나도 그의 옆에 앉는다. 가볍게 이슬비가 내리고 있다. 안개의 습기가 물방울로 바뀌어 사물들에 니스 같은 가벼운 광택을 입힌다.

그는 중얼거린다.

"아, 빌어먹을!…… 빌어먹을!……"

그는 이마를 훔친다. 애원하는 듯한 눈을 들어 나를 바라본다. 그는 세상 이 한구석의 완전한 파괴를 이해하고 받아들이고자, 이 슬픔과 하나가 되고자 애쓴다. 두서없는 말과 감탄사를 더듬거린다. 철모를 벗으니 머리에서 김이 모락모락 피어난다. 그리고 힘겹게 말을 잇는다.

"이봐, 자넨 상상할 수 없을 거야, 자네는 상상 못해, 할 수가 없다고……"

그는 숨을 몰아쉰다.

"그 독일 놈 머리 주위에 쓰레기가 뒤죽박죽 어질러져 있던 곳이 카바레 루주였어…… 그 도로변의 시궁창 같은 곳은 벽돌집이었고, 그 옆에는 낮은 건물이 두 채 있었지…… 이봐, 우리가 멈추었던 바로 그

자리에서, 카바레 루주 문 앞에서 농담을 하던 그 여자에게, 내가 돌아가야 하는 수세 쪽을 바라보고 입술을 훔치며 얼마나 자주 작별인사를 했는지! 몇 걸음을 옮기고는 뒤돌아서서 그녀에게 농담을 건네곤 했지. 아! 자네는 상상할 수 없겠지……

그런데 그게 이렇게, 그게!……"

그는 손으로 원을 그려서 자신을 둘러싼 모든 부재를 나에게 설명한다……

"여기에 오래 머물면 안 돼, 이 친구야. [illegible] 보다시피, 안개가 걷히고 있다고."

그는 힘겹게 일어선다.

"가지……"

가장 중요한 일을 해야 한다. 그의 집……

그는 망설이다가 방향을 잡고 걷기 시작한다……

"여기인가…… 아니야, 지나왔군. 여기가 아니야. 어딘지 모르겠어—집이 어디 있었는지. 아! 불행하고 비참하군!"

그는 절망에 사로잡혀 두 손을 비비꼬며, 회반죽 부스러기와 들보들 사이에 가까스로 서 있다. 어디가 어딘지 알 수 없는 이 혼란스러운 벌판에서 한순간 길을 잃은 채, 지각없는 어린애처럼, 미친 사람처럼 허공을 쳐다보며 무언가를 찾는다. 무한한 공간에 흩어져 사라진 그 방들의 아늑함, 바람 따라 흩어져버린 그 형태와 희미한 빛을 찾으려는 것이다!

여러 번 왔다갔다한 뒤 그는 한곳에 멈추더니 뒤로 약간 물러선다.

"여기야. 틀림없어. 보이지? 저 돌을 보면 알 수 있어. 지하실 채광 환기창이 있었거든. 그게 날아가기 전에 있었던 철창살 흔적이 보여."

그는 연신 고개를 천천히 끄덕이고 코를 훌쩍거리며 생각에 잠긴다.

"이렇게 아무것도 남지 않게 되어서야 그때가 행복했다는 것을 깨닫는다니. 아! 얼마나 행복했는지!"

그는 나에게 다가오더니 신경질적으로 웃는다.

"이건 정상이 아니야, 그렇지 않아? 자넨 이런 일을 본 적이 없겠지. 오래전부터 계속, 평생을 살아온 자기 집을 찾을 수 없다니……"

그는 돌아서더니 이번엔 자신이 나를 끌고 간다.

"자, 가자고, 아무것도 없으니. 한 시간 내내 어디에 무엇이 있었는지 살펴본다 해도 소용없어! 이봐, 가자고."

우리는 간다. 우리는 이 안개 낀 환영 같은 장소에, 발밑 땅바닥에 널브러진 이 마을에 어울리지 않는 두 생명체다.

우리는 길을 거슬러오른다. 날이 개고 있다. 안개는 매우 빠르게 흩어진다. 나의 전우는 고개를 숙이고 조용히 성큼성큼 발걸음을 옮기다가 벌판을 가리킨다.

"묘지야." 그가 말한다. "여기저기 생기기 전에, 세상을 휩쓴 질병처럼 모든 것을 집어삼키기 전에 묘지는 저기 있었어."

오르막 중간에서 우리는 보다 천천히 나아간다. 포테를로가 가까이 온다.

"자네도 보다시피, 이 모든 건 말이 안 돼. 지금까지의 내 삶 전부가 지워져버렸다고. 정말 두렵군. 이렇게나 완전히 지워져버리다니."

"자, 그래도 자네 아내는 건강하잖나. 자네의 어린 딸도 그렇고."

그는 묘한 표정을 짓는다.

"내 아내…… 내 자네에게 한 가지 말해주지. 내 아내는……"

"그래, 어떻게 됐는데?"

"그러니까, 이 친구야, 난 아내를 다시 만났었네."

"아내를 만났다고? 난 그녀가 점령 지역에 있는 줄 알았는데?"

"맞아, 그녀는 랑스의 우리 부모님 댁에 있어. 그래, 그녀를 만났지. 아! 그런데 결국, 빌어먹을! 자네에게 모든 걸 이야기해주지. 그래, 삼 주 전에 난 랑스에 있었어. 11일이었지. 그러니까 이십 일 전이었어."

나는 넋이 빠진 그를 바라본다. [illegible] 하지만 틀림없이 진심을 말하고 있는 표정이다. 날이 밝아오는 가운데, 그는 내 옆에서 걸으며 중얼거린다.

"자네도 아마 기억하겠지만 이런 명령이 있었어…… 아, 자네는 거기 없었던 것 같군. 비야르 평행참호 전방에 철조망을 보강해야 한다는 거야. 자네, 이게 무슨 말인지 알겠지. 지금까지 그런 일은 결코 해낸 적이 없었어. 그 우스꽝스러운 이름으로 불리는 언덕에서는 참호에서 누군가 나오자마자 바로 적군의 눈에 띄기 때문이야."

"미끄럼틀이란 이름 말이지."

"응, 맞아. 그곳에서는 적군이 소총을 받침대에 놓고 미리 겨냥하고 있고, 낮 동안에도 기관총으로 조준하는 터라 대낮이나, 밤이나, 안개가 끼었을 때나, 다 어렵지. 독일 놈들은 앞이 보이지 않으면 전부 갈겨버리니까.

별동대에서 공병들을 선발했는데 도망친 자들이 있어서 여러 중대에서 차출한 몇몇 병사들로 대체됐지. 나도 그중 한 명이었어. 그래, 우리는 출동했어. 근데 총알 하나 날아오지 않는 거야! 우리는 '이게 어찌

된 일이지?' 하고 얘기했어. 그런데 놀랍게도 독일 놈 한 명, 두 명, 열 명—그 회색빛 악마들—이 땅속에서 나와서는 우리에게 신호를 보내며 이렇게 외치지 않겠어? '전우들이여! 우린 알자스* 출신이다.' 그러면서 그 녀석들이 국제 연락참호**에서 나오는 거야. '우린 너희들을 쏘지 않을 거야. 걱정 마, 친구들. 다만 우리가 전사자들을 매장하게 해줘.' 그렇게 우리는 각자 진영에서 작업을 했고 함께 이야기를 나누기도 했어. 왜냐하면 그들은 알자스인이었으니까. 그들은 전쟁과 자기네 장교들에 대해 안 좋게 이야기하더군. 우리 쪽 중사는 적군과의 대화가 금지라는 것을 잘 알고 있었고, 심지어 그들과는 사격을 통해서만 소통해야 한다는 명령도 익히 들어왔지. 하지만 중사는 이것이 철망을 보강할 수 있는 유일한 기회라고 생각했어. 저들에게 불리한 일을 하도록 가만히 내버려두는데, 이 기회를 이용하지 않을 수 없었던 거지……

그런데 독일 놈 한 명이 이렇게 말하는 거야. '혹시 너희들 중 독일 점령 지역 출신으로 가족 소식을 듣고 싶은 자는 없나?'

이 친구야, 나로선 어쩔 도리가 없었어. 복인지 화인지 알지도 못한 채, 난 앞으로 나아가서 말했어. '나, 내가 있어.' 그 독일 병사가 나에게 이것저것 묻더군. 난 내 아내가 아이와 함께 랑스에 있는 부모님 댁에 있다고 대답했지. 그는 아내가 어디에 거주하는지 물었어. 내가 설명했더니 어딘지 알겠다고 하더군. 그는 이렇게 말했어. '내 말 잘 들어. 내가 네 편지를 전해주겠어. 네 편지뿐 아니라 답장도 전해줄게.' 그러고는 갑자기 이 독일 놈이 자기 이마를 때리더니 나한테 다시 가까이 와

* 프랑스와 독일의 접경 지역인 알자스는 역사적 상황에 따라 관할이 바뀌었다.

** 프랑스군 구역에서 독일군 구역으로 갈 수 있게 만든 참호.

서는 말하는 거야. '이봐, 내 말 들어봐, 더 좋은 것도 있어. 내가 시키는 대로 한다면, 네 아내는 물론 아이까지 모두 만나게 해주지. 지금 나랑 만나는 것처럼 말이야.' 그러려면 그가 전해주는 독일군 외투와 군모를 쓰고 정해진 시간에 그와 함께 가면 된다는 거였어. 그가 나를 랑스의 석탄 사역에 끼워넣으면 함께 우리집까지 갈 수 있다는 얘기였지. 자기가 사역에 동원될 병사들을 책임지니까 내가 숨어서 들키지만 않으면 가족을 볼 수 있다는 거야. 하지만 집에는 하사관들이 있을 수도 있는데, 그것까지는 책임 못 지더군…… 이봐, 그래서 나는 그 제안을 받아들였지!"

"엄청난 일인데!"

"그렇다니까, 진짜 엄청난 일이었지. 난 가족을 다시 보러 간다는 생각에 정신이 팔려서 깊이 따져보지도, 따져볼 생각도 않고 무작정 결심을 해버렸어. 나중에 총살된다 해도 할 수 없었지. 주는 것이 있으면 받는 것도 있는 법이니까. 이게 그 누가 말한 법칙과 수요의 공급이지, 안 그래?

일은 잘 진행되었어. 유일한 문제는 그들이 나에게 맞는 큰 군모를 찾아주는 일이었지. 자네도 알다시피 내 머리가 아주 크잖아. 하지만 그 문제도 해결되었지. 힘들었지만 결국은 내 머리가 들어갈 만큼 커다란 군모를 찾아낸 거야. 때마침 나는 독일 장화, 카롱의 장화를 신고 있었고 말이야. 그리하여 우리는—나와 처음 이야기를 나누었던 그 친구만큼—아주 유창한 프랑스어로 걱정하지 말라며 안심시켜주는 독일 전우 녀석들과 함께 독일군 참호에서 출발했어(그쪽 참호도 우리 것과 더럽게도 똑같더군).

위험한 기미는 전혀 없었어. 일은 잘되었지. 모두 순조롭고 쉽게 진행돼서 나 스스로도 엉터리 독일 병사라고 느끼지 못했을 정도였다니까. 우리는 해가 질 무렵 랑스에 도착했어. 기억하기에는, 페르슈 앞을 지나서 카토르즈쥐예가街로 접어들었어. 우리 숙영지에서처럼 거리에는 도시 사람들이 많이 돌아다니더군. 저녁때라 잘 알아보지는 못했어. 그쪽에서도 나를 알아보지 못했는데 어두웠을 뿐 아니라 워낙 엄청난 일이었으니 설마 나라는 생각은 못했겠지…… 부모님 댁 정원에 도착했을 땐 날이 이미 어두워 코앞에 있는 손가락조차 보이지 않더군.

심장이 두근거렸지. 마치 그놈의 심장밖에 없는 것처럼 머리에서 발끝까지 몸이 후들거리더라니까. 큰 소리로, 게다가 프랑스어로 지껄이지 않으려고 꾹 참는데, 한층 더 행복하고 감동적인 거야. 독일군 전우가 말하더군. '문과 창문 안을 들여다보면서 한 번 지나가고, 또 한 번 지나가. 들여다보지 않는 척하면서 들여다보라고…… 조심해야 해……' 그래서 난 다시 침착하게 심호흡하면서 단숨에 감정을 추슬렀지. 만약 내가 붙잡히면 그 독일 병사는 더러운 꼴을 당했을 텐데, 그 녀석 참 멋있지 않아?

자네도 알겠지만, 파드칼레에서는 어디서나 그렇듯 집 대문이 둘로 나뉘어 있지. 아래쪽은 허리까지 일종의 방책 같은 거고, 위쪽은 이를테면 덧문 역할을 하는 거야. 그런 식으로 문 아래쪽 절반만 닫으면 절반은 내 집안에 있는 셈이지.

덧문은 열려 있고 식당 겸 부엌에 불이 켜져 있었어. 목소리들도 들리더군.

난 지나치며 목을 옆으로 쭉 빼봤어. 둥그런 식탁과 램프 주위에서 남자들과 여자들의 머리가 불빛을 받아 장밋빛을 띠고 있었지. 클로틸드에게 눈길을 던졌지. 나는 분명히 보았어. 그녀는 그녀에게 한창 이야기중인 두 녀석 사이에 앉아 있었는데, 아마 하사관들이었던 것 같아. 그녀는 무얼 하고 있었냐고? 아무것도 하지 않았지. 램프 불빛을 받아 찬란하게 빛나는 금발에 감싸인 얼굴을 숙이고서 상냥하게 미소 짓고 있었을 뿐이야.

미소를 짓고 있었다고. 그녀는 행복했던 거야. 그 독일 하사관 녀석들, 그 램프, 나에게 익숙한 그 포근한 난롯불 옆에서 편안한 표정을 짓고 있었지. 나는 지나갔다가, 되돌아왔다가, 다시 지나갔어. 그녀는 여전히 미소를 짓고 있더군. 억지로 짓는 미소도, 무언가를 얻고서 보답으로 짓는 미소도 아니었어. 그녀 마음 속에서 진심으로 우러나오는 진짜 미소였지. 양방향으로 오가던 그 번개같이 짧은 순간, 나는 장식줄을 단 덩치 큰 남자를 향해 손을 내밀고는 그의 무릎에 올라가려 하는 내 딸도 보았고, 또 그 옆에 있는 사람도 알아보았는데, 그게 누구였는지 아나? 바로 마들렌 방다에르, 마른 몽티옹에서 죽은 19중대의 내 친구 방다에르의 아내였어.

그녀도 그의 전사 소식을 알고 있었어. 상복을 입고 있었으니까. 그런데도 농담을 하고, 거리낌없이 웃고 있었지. 내 자네에게 분명히 말하지만…… 그녀는 마치 '여기 참 좋네요!'라고 말하는 듯한 표정으로 두 남자를 바라보고 있더라니까.

아! 이보게, 난 거기서 나와 걷다가 나를 다시 데려가려고 기다리던 전우들과 부딪쳤어. 어떻게 다시 정신을 차렸는지 모르겠군. 난 초주검이 되어 있었네. 저주받은 사람처럼 비틀거리면서 걸었지. 그 순간 누가 나를 귀찮게 했다면 아마 고래고래 욕설을 퍼부었을 거야. 소동을 일으키다가 결국 총살당해 이 더러운 인생을 끝장냈겠지!

내 말 알아듣겠어? 전쟁중인 그날 나의 아내가, 나의 클로틸드가 미소를 짓고 있었다니까. 어떻게 그럴 수가 있지? 잠깐만 집을 비우면 아예 생각을 않는다는 건가? 모든 걸 망치고 싶다면 집에서 나와 전쟁터로 가면 돼. 그러면 사람들은 너의 빈자리에 익숙해지고, 네가 없어도 전처럼 행복해하고 웃을 수 있으니 점차 넌 처음부터 아예 없었던 것처럼 되어버리는 거야. 아! 빌어먹을! 난 역시나 웃고 있던 다른 잡년 얘기를 하는 게 아니라 내 아내, 그때 내가 우연히 보았던 나의 클로틸드, 남들이 뭐라든 나 같은 건 잊고 있던 내 아내에 대해 이야기하는 거라고!

그녀가 친구들이나 부모님과 있었다면 또 모르지만, 천만에, 그녀는 마침 독일 하사관들과 같이 있었다고. 젠장, 방으로 뛰어들어 상복을 입은 그 갈보 같은 년의 두 뺨을 올려붙이고 목을 비틀어버렸어야 했는데!

그래, 그랬지. 난 그런 생각까지 했다고. 내가 지나쳤다는 건 잘 알아…… 요컨대, 흥분했던 거지.

이 이상은 더 얘기하고 싶지 않아. 클로틸드는 좋은 여자였지. 나는 그녀를 알고, 그녀를 믿어. 틀림없어, 혹시 내가 죽으면 그녀는 우선 온몸으로 울어댈 거야. 그녀는 내가 살아 있다는 걸 알지, 맞아, 하지만 그게 문제가 아니라고. 내가 있든 없든 따뜻한 불, 멋진 램프 그리고 함께하는 사람들만 있으면, 그녀는 기분이 좋고, 즐겁고, 명랑해질 수밖에 없다는 거지……"

나는 포테를로를 달랬다.

"이봐, 자넨 지금 과장하고 있어. 터무니없는 생각들을 하고 있다고, 자……"

우리는 아주 천천히 걸었다. 아직도 언덕 아래였다. 안개는 완전히 사라지기 전에 은빛으로 변해갔다. 곧 태양이 나올 터였다. 태양이 나왔다.

*

포테를로가 나를 보며 말했다.

"카랑시로 가는 도로로 돌아서 뒤쪽으로 다시 올라가자고."

우리는 들판에서 옆길로 빠졌다. 잠시 후에 그가 다시 말했다.

"내가 과장한다고 생각하나? 내가 과장하는 거냐고?"

그는 곰곰이 생각에 잠겼다.

"아!"

그러고는 그날 아침 줄곧 그랬던 것처럼 고개를 끄덕이면서 덧붙였다.

"하지만 어쨌거나 일어난 일이니까……"

우리는 비탈을 기어올랐다. 추위는 조금씩 포근함으로 바뀌었다. 편평한 땅에 도착하자 그가 제안했다.

"복귀하기 전에 잠시 앉았다 가지."

그는 서로 뒤얽혀 하나의 세계를 이룬 깊은 생각들 때문에 무거운 표정이었다. 이마에는 주름이 잡혀 있었다. 그러더니 마치 도움을 청할

일이 있기라도 한 듯, 곤란한 표정을 지으며 내 쪽으로 돌아섰다.

"이봐, 난 내가 옳은지 자문하고 있어."

그러나 나를 쳐다본 다음 마치 나보다는 사물들한테 물으려는 것처럼 눈을 돌렸다.

하늘과 땅에 변화가 일었다. 안개는 이제 거의 꿈같이 사라지고 있었다. 점차 먼 곳까지 보이기 시작했다. 비좁고 음울한 회색빛 벌판이 확장되면서 그림자를 쫓아버리고 다채롭게 물들었다. 동쪽에서 서쪽으로, 빛이 두 날개처럼 들판을 점차 가득 채워갔다.

그러자 우리의 발밑 저 아래쪽 나무들 사이로 수셰가 보였다. 빛과 공간감 덕분에, 태양빛을 받은 그 작은 마을의 풍경이 눈앞에 다시 새롭게 드러났다!

"내가 옳은 걸까?" 포테를로는 더욱 동요하고 불안해하며 되풀이해 물었다.

내가 뭐라 대답하기도 전에 그가 먼저, 햇살 아래 거의 들리지 않는 목소리로 스스로에게 대답했다.

"자네도 알다시피, 그녀는 아주 젊네. 스물여섯이야. 젊음을 억누를 수 없겠지. 젊음은 오만 곳에서 튀어나오니, 램프 아래 따뜻한 곳에서 쉴 때면 미소 짓지 않을 수가 없는 거야. 설령 그녀가 웃음을 터뜨린다 해도 그녀의 목구멍에서 노래하는 것은 그저 그녀의 젊음일 거야. 사실 그건 다른 사람들 때문이 아니라 그녀 자신 때문이야. 이게 삶이지. 그녀는 살아 있는 거야. 암 그렇고말고, 그녀는 살아 있고, 그뿐이야. 그녀가 살아 있는 건 그녀의 잘못이 아니지. 그녀가 죽길 바랄 순 없지 않나? 그렇다면 난 그녀가 무엇을 하길 원하는 걸까? 나와 독일 놈들 때문에 하루종일 울어야 하나? 투덜거려야 하나? 마냥 울 수도 없고 열여덟 달 동안 투덜거릴 수도 없지. 그럴 수는 없어. 내가 말이 너무 길었지. 이게 다야."

그는 입을 다물고는 이제 눈부시게 빛나는 노트르담드로레트의 전경을 바라본다.

"딸아이도 마찬가지야. 옆에 있는 녀석이 저리 가라는 말을 않으니까 결국은 그놈 무릎에 올라가보는 거지. 아마 삼촌이나 아빠 친구였다면 더 좋아했을 테지만—하지만 만일 거기 남아 있는 유일한 사람이 안경잡이 뚱뚱보였다 하더라도 아마 그놈 무릎에 올라가 앉았겠지."

"아!" 그는 일어서서 손을 많이 놀리며 내 앞으로 다가와 외친다. "누군가는 이런 얘길 할 수도 있어. 내가 전쟁에서 돌아가지 못한다면, 스스로 이렇게 말해야 한다고. '이봐, 넌 끝장난 거야. 이제 클로틸드도, 사랑도 사라졌다고! 머지않아 그녀의 마음속에서 넌 다른 사람으로 대체될 거야. 돌아갈 방도는 없어. 그녀가 간직하고 있는 너에 대한 추억, 너의 얼굴은 조금씩 지워질 테고, 그 자리를 다른 사람이 대신해서 결국 그녀는 또다른 삶을 시작하겠지.' 아! 내가 돌아가지 못한다면!"

그는 너털웃음을 터뜨린다.

"하지만 난 기필코 돌아갈 생각이야! 그렇고말고, 그곳으로 가야 해! 그러지 않으면!…… 자네도 알겠지만, 난 돌아가야만 해." 그는 보다 심각한 어조로 말을 이어간다. "그러지 않으면, 그곳에 가지 못한다면, 설령 상대가 성인들이나 천사들이라 해도 결국 일이 잘못되고 말지. 이게 인생이야. 하지만 난 여기 있지."

그는 웃는다.

"게다가 꼴이 이 지경이라고!"

나 또한 일어서서 그의 어깨를 두드린다.

"자네 말이 맞아, 이 친구야. 그래도 모두 끝날 때가 올 거야."

그는 두 손을 비벼댄다. 그리고 이제 멈추지 않고 말을 계속한다.

"그렇겠지, 제기랄, 모두 끝날 때가 오겠지. 걱정할 필요 없어.

이게 끝나려면 큰일이고, 끝난 다음에는 더 큰일이 있을 거야. 열심히 일을 해야 해. 내 말은, 단지 팔을 걷어붙이고 일을 해야 한다는 게 아니야.

모든 것을 다시 만들어야 해. 그래, 우리는 다시 일으켜세울 거야. 집? 사라져버렸지. 정원? 이제 아무데도 없어. 하지만 집은 다시 지으면 되고, 정원도 다시 만들 수 있어. 남아 있는 게 적을수록 더 많이 만들 거야. 결국 그게 삶이고, 인간은 다시 시작하기 위해 태어난 거니까, 안 그런가? 우리는 다 함께 삶도 행복도 다시 만들 거야. 낮과 밤도 다시 만들 거라고.

다른 사람들도 마찬가지야. 각자 자신의 세계를 다시 만들겠지. 내 말해줄까? 아마 생각보단 오래 걸리지 않을 거야……

이봐, 마들렌 방다에르는 분명 다른 녀석과 결혼할 거야. 그녀는 과부니까. 과부가 된 지 열여덟 달이 되었다고. 자넨 열여덟 달이 상당한 기간이라 생각하지 않나? 대강 그때쯤 되면 더이상 상복도 입지 않을 거라고! 사람들이 '저 잡년!'이라고 말하거나, 요컨대 그녀가 자살이라도 하길 바랄 땐 그런 생각은 하지도 않잖아. 그래도 이봐, 결국 다들 잊을 거야. 잊어버리지 않을 수가 없지. 누가 그렇게 만드는 게 아니야. 우리 자신도 아니고. 망각이란 그런 거야. 난 갑자기 그녀를 다시 만나고 시시덕거리는 모습을 보게 됐어. 난 마치 그녀의 남편이 어제 죽은 듯해서 너무 혼란스러웠지—이런 게 인간이야—하지만 어쩌겠나! 그 불쌍한 녀석이 죽은 지 너무 오래야. 너무 오래전이라고. 사람이 어떻게 한결같을 수 있겠나. 그렇지만 말이야, 그래서 돌아가야 하고 그곳으로 가야 해! 우리는 돌아갈 것이고 전과 같이 되도록 애쓸 거야!"

잠시 그는 나를 쳐다보더니 윙크를 하고 자신의 생각을 뒷받침할 근거를 찾아내 말을 잇는다.

"전쟁이 끝나고 수세 사람들 모두가 일과 삶을 다시 시작하는 모습이 눈에 선하군…… 얼마나 대단한 일인가! 그래, 퐁스 영감, 그 괴짜 양반이 생각나는군! 어찌나 꼼꼼한지, 자기 정원의 풀을 말총 자루로 청소하는가 하면, 잔디에 무릎을 꿇고 앉아서 가위로 풀을 깎았다니까. 그는 다시 그 일을 즐기겠지! 그리고 이마지네르 부인, 카를뢰르 성城 쪽에 있는 집들 중에서도 맨 끝에 사는 그 여자는 마치 그 커다랗고 둥그런 치마 밑에 작은 바퀴라도 달린 양 땅을 굴러다니던 기운 센 양반이지. 매년 아이를 하나씩 낳았어. 규칙적이고, 정확했지. 기관총처럼 아이를 쑥쑥 낳아댔다니까! 그래, 그녀도 있는 힘을 다해 이 일을 다시 시작할 거야."

그는 멈춰 서서 곰곰이 생각하더니 어렴풋이 미소를 짓고는, 거의 혼잣말하듯 이야기한다.

"……이봐, 한 가지 눈에 띈 게 있는데 말이야…… 별로 중요한 건 아니지만……" 이렇게 사소한 것을 말하는 게 갑자기 부끄러운 듯, 그는 강조한다. "어쨌든 내 눈에 띈 것은 (다른 것에 주목하면서 한눈에 알 수 있는 일이지) 내가 있었을 때보다 우리집이 더 깨끗했다는 거야……"

우리는 수확이 안 된 건초 속에 묻힌 채 뻗어 있는 작은 레일을 맞닥뜨린다. 포테를로는 자신의 장화로 이 버려진 철길의 한 부분을 가리키며 미소를 짓는다.

"우리 고장의 철길이야. 완행열차라고 부르는데, 무슨 말이냐 하면 '서두르지 않는다'는 뜻이야. 기차가 영 빠르지 않았거든! 열차 밑에 바퀴 대신 달팽이가 달린 것같이 느렸지! 이 철길도 다시 복원할 거야. 하지만 물론 더 빨리 달리지는 않게. 그건 금지되어 있으니까!"

언덕 꼭대기에 도착하자 그는 돌아서서 우리가 조금 전 다녀온 학살의 장소에 마지막으로 눈길을 던졌다. 멀어진 거리만큼 조금 전보다 더 웅덕 작아지고 줄어들어 마치 어린 새싹처럼 보이는 나무들 사이로 마을은 새롭게 보였다. 쾌청한 날씨가 첩첩이 쌓인 희고 붉은 잡동사니에 생기를 주고, 명상에 잠긴 듯 보이게 했다. 돌들은 재생이라는 변화를 겪고 있었다. 찬란한 햇살은 앞으로 다가올 것들을, 미래를 예고했다. 이 광경을 지켜보는 병사의 얼굴 역시 부활의 빛을 받아 환하게 빛나고 있었다. 봄과 희망이 그의 얼굴에 미소로 물들어 모습을 드러냈다. 그의 장밋빛 뺨과 아주 맑고 푸른 눈과 황금빛 눈썹은 방금 색을 입힌 듯했다.

*

우리는 연락참호로 내려간다. 태양이 내리쬐고 있다. 금빛으로 물든 연락참호는 벌써 물기가 말라 소리가 잘 울린다. 그 아름다운 기하학적 깊이에, 삽으로 매끈하게 다듬어 반들반들한 벽면에 감탄하고, 조그만

나무틀을 촘촘히 맞대어 마룻바닥처럼 깔아놓은 격자형 디딤판들이나 단단하게 다져진 땅바닥을 밟을 때 구두창이 내는 선명한 소리에 즐거워진다.

나는 시계를 쳐다본다. 아홉시를 가리키고 있다. 은은하게 채색된 시계의 문자판에 붉고 푸른 하늘이 반사되고, 참호 가장자리에 심은, 윤곽이 들쭉날쭉한 작은 관목들도 비친다.

포테를로와 나는 막연한 즐거움을 느끼면서 동시에 서로를 쳐다본다. 마치 재회라도 한 듯, 서로를 바라보며 기뻐한다! 그가 나에게 말을 하는데, 노랫소리 같은 그의 북부 억양에 완전히 익숙해져 있던 나는 문득 그가 정말로 노래하고 있음을 깨닫는다.

우리는 추위와 물과 진흙 속에서 고된 낮들과 비극적인 밤들을 보내왔다. 비록 아직은 겨울이지만, 최초의 아름다운 아침을 맞이한 우리는 머지않아 다시 한번 봄이 오리라 확신한다. 이미 참호의 위쪽은 부드러운 녹색 풀로 장식되었고, 신선하게 살랑이는 이 풀 속에서 꽃들이 깨어나고 있다. 옹색하게 오그라졌던 날들은 끝날 것이다. 위에서, 아래서 봄이 오고 있다. 우리는 마음껏 숨을 들이쉬고 힘을 얻는다.

그렇다, 어려운 날들은 곧 끝날 것이다. 빌어먹을 전쟁도 끝날 것이다! 어쩌면 이미 우리를 환하게 비추고 미풍으로 애무하기 시작하며 다가오는 이 아름다운 계절에 끝이 날지도 모른다.

휙 소리가 난다. 저런, 어딘가 총알 한 방이 떨어졌나……

총알이라고? 설마! 티티새군!

소리가 이렇게나 비슷하다니 정말 재미있다…… 티티새, 부드럽게 지저귀는 새소리, 농촌, 계절의 의식儀式, 빛으로 가득한 방안의 쾌적

함…… 오! 전쟁은 곧 끝날 것이고, 우리는 가족을, 아내와 아이들 혹은 아내이자 아이인 그들을 다시 만나 영원히 함께하게 될 것이다. 이미 우리를 하나로 이어주는 이 싱그러운 빛 속에서 우리는 그들에게 미소를 보낸다.

……두 연락참호의 분기점이 있는 들판 가장자리에 문주 같은 게 있다. 두 개의 말뚝을 서로 기대어 세우고 그 사이에 칡넝쿨처럼 얽힌 전선을 매달아놓았다. 보기 좋은 모습이다. 누가 일부러 꾸며놓은 듯하고, 마치 연극의 무대장치 같다. 말뚝 하나를 감아오르는 가느다란 식물 줄기를 눈으로 좇다보면, 그것이 이미 한쪽 말뚝에서 다른 말뚝으로 과감하게 옮겨가기 시작했음을 알 수 있다.

이윽고, 풀이 무성한 양쪽 벽이 활기 넘치는 멋진 말의 옆구리처럼 파르르 떨리는 이 연락참호를 따라가니, 우리는 베튄도로 쪽에 자리잡은 우리 참호에 이른다.

우리의 진지다. 전우들이 여기 모여 있다. 그들은 음식을 먹으면서 쾌적한 날씨를 즐기고 있다.

식사를 마친 우리는 알루미늄 반합과 접시를 빵조각으로 닦아낸다……

"저런, 해가 들어갔네!"

그렇다. 구름이 퍼지며 태양을 가려버렸다.

"비까지 오겠는데, 이보게들." 라뮈즈가 말한다.

"아이고, 운도 없지! 마침 출발해야 하는데."

"빌어먹을 동네 같으니, 제기랄!" 푸야드가 말한다.

사실 북부 지방에서 이런 날씨는 특별할 것도 없다. 이슬비가 내리고, 안개가 끼고, 는개가 피어오르고 비가 내리고. 그래서 해가 나는가 싶다가도 금세 저 축축하고 광대한 하늘 속으로 사라져버린다.

참호 속에서의 나흘이 끝났다. 저녁때 교대가 이루어질 것이다. 우리는 천천히 출발을 준비한다. 배낭과 잡낭을 채우고 정리한다. 우리는 소총을 한 번 손질해 덮어 싼다.

벌써 네시다. 안개가 빠르게 내려앉는다. 우리는 이제 서로를 알아볼 수 없다.

"빌어먹을, 비가 온다!"

비가 몇 방울 떨어진다. 이어서 소나기가 쏟아진다. 제기랄! 우리는 서둘러 후드와 텐트 천의 매무새를 고친다. 참호 바닥이 질척거리기 시작했기 때문에, 진창 속에서 무릎과 손과 팔목에 진흙을 묻히며 힘겹게 대피호로 돌아간다. 대피호에 모인 우리는 잠시나마 돌조각 위에 올린 양초에 불을 붙이고 그 주위에서 오들오들 떤다.

"자, 출발!"

바람 불고 축축한 바깥의 어둠 속에서 병사들이 출발한다. 나는 포테를로의 건장한 어깨를 흘끗 본다. 대열 속에서 우리는 항상 근처에 있다. 행군을 시작하자 나는 그에게 소리친다.

"이봐, 자네 거기 있나?"

"응, 자네 앞에 있어!" 그가 뒤돌아보면서 나에게 소리친다.

앞으로 나아가며 따귀를 맞듯 바람과 비를 맞고 있지만 그는 웃는다. 오늘 아침의 그 행복하고 만족한 얼굴 그대로다. 소나기도 그의 확고하고 굳건한 마음속 이 만족감을 지워버리지 못할 것이고, 음산한 저녁도 내가 목격한, 몇 시간 전 그의 머릿속으로 들어간 그 태양을 사라지게 하지 못할 것이다.

병사들은 걷고 있다. 서로 떼밀린다. 발을 헛디디기도 한다…… 비가 그치지 않아 참호 바닥에 물이 흥건하다. 물렁물렁해진 흙바닥 위에서 격자형 디딤판이 흔들린다. 그러다보니 몇몇은 오른쪽 혹은 왼쪽으로 몸이 기울어지기도 하고 미끄러지기도 한다. 어둠 때문에 앞이 보이지 않고, 모퉁이가 나타날 때면 옆의 물구덩이에 빠지는 일이 일어나기도 한다.

회색빛 칙칙한 어둠 속에서, 나는 소낙비가 쏟아지는 지붕처럼 물이 줄줄 흘러내리는 포테를로의 검푸르게 빛나는 철모와, 밀랍을 입혀 번쩍거리는 네모꼴 방수천을 걸친 그의 커다란 등에서 눈을 떼지 않고 바라본다. 그의 발자국을 따라가면서 때때로 그를 부르면, 그는—언제나 명랑하고 조용하고 힘있게—대답한다.

격자형 디딤판이 더이상 이어지지 않자, 병사들은 두터운 진흙 속에서 거의 제자리걸음을 한다. 이제 캄캄하다. 갑자기 정지한 탓에 내 몸이 포테를로에게 급격히 쏠린다. 앞에서 반쯤 격분하여 욕설을 퍼붓는 소리가 들린다.

"뭐야, 안 가? 줄이 끊기겠다고!"

"발이 안 빠져서 그래!" 누군가 딱한 목소리로 대꾸한다.

오도 가도 못하던 자가 마침내 옆으로 비켜서자, 이제는 앞서가는 중대의 나머지 대원들을 따라잡기 위해 달려야 한다. 우리는 헐떡거리고 신음하며 선두에 있는 자들에게 욕설을 퍼붓기 시작한다. 무작정 내

딛느라 발을 헛디디고, 내벽에 기대며 몸을 가누다보니 손도 진흙으로 뒤덮인다. 행군은 금속 부딪치는 소리와 욕설이 가득한 엉망진창이 되고 있다.

비는 배로 쏟아진다. 우리는 다시금 멈춘다. 병사 하나가 넘어진 것이다! 웅성거리는 소리.

넘어진 자가 다시 일어선다. 우리는 다시 출발한다. 나는 눈앞의 어둠 속에서 희미하게 반짝이는 포테를로의 철모를 바짝 따라잡으려 온 힘을 기울이면서 [illegible] 그에게 외친다.

"괜찮나?"

"어, 그래, 괜찮아." 코를 훌쩍거리고 숨을 몰아쉬면서 대답하지만, 여전히 그의 목소리는 낭랑하고 노래하는 듯하다.

자연의 공격을 받으며 거친 물살에 휩쓸리듯 이동하다보니 배낭이 뒤흔들리고 늘어져 어깨가 아프다. 조금 전 무너져내린 흙더미에 참호가 막혔지만 우리는 흙더미를 헤치고 나아간다…… 물렁거리며 들러붙는 흙에서 발을 빼내려면 걸음을 옮길 때마다 높이 쳐들지 않으면 안 된다. 이와 같은 상황을 힘들게 넘어서자마자, 이번에는 미끄러운 개울로 떨어진다. 마치 기차 레일 위를 지나듯 앞사람의 발자국으로 생긴 좁고 깊은 두 줄의 홈에 정확히 발을 딛지 않으면 물웅덩이에 풍덩 빠진다. 어떤 곳에선 연락참호 위를 건너지르는 육중하고 끈적거리는 다리 밑을 지나가기 위해 몸을 매우 낮춰야 하는데, 그러려면 힘이 많이 든다. 진흙 속에 무릎을 꿇고 땅바닥에 납작 엎드린 채 몇 걸음을 네 발로 기어야 하는 것이다. 좀더 가서는 땅에 흥건한 물 때문에 통로 한가운데에 비스듬히 기울어진 푯말 하나를 손으로 움켜잡고서 전진해야 한다.

우리는 분기점에 다다른다.

"자, 전진! 서둘러라, 녀석들아!" 구석에 달라붙어 우리를 앞세워 보내고 명령을 내리는 특무상사가 말한다. "이곳은 위험해."

"우린 지쳤어요." 심하게 목이 쉬고 너무도 헐떡거려 누군지 알 수 없는 목소리의 누군가가 울부짖는다.

"제기랄! 지긋지긋하군, 난 여기 있을 거야." 숨이 가쁘고 힘이 다한 다른 병사가 신음한다.

"내가 뭘 어떻게 해주면 좋겠냐?" 특무상사가 대답한다. "내 잘못이 아니잖아. 자, 서둘러, 이곳은 위험하다고. 지난번 교대 때 포격당했다니까!"

우리는 비바람이 몰아치는 폭풍 한가운데를 뚫고 간다. 구멍 속으로 계속해서 내려가는 기분이다. 미끄러지고, 넘어지고, 내벽에 부딪혀 튕겨나온다. 우리의 행군은 일종의 기나긴 추락이며, 이 추락 속에서 우리는 넘어지지 않기 위해 각자 가능한 곳에 할 수 있는 대로 붙잡고 선다. 비틀거리되 앞쪽으로 나아가고, 그리고 몸을 최대한 똑바로 세우는 게 중요하다.

이곳은 어디일까? 우리가 몸부림치는 이 깊은 구렁 바깥에서 빗줄기가 들이치는데도 나는 고개를 쳐든다. 흐릿한 하늘과 간신히 구별되는 저 깊숙한 곳에서 참호의 끝이 보이더니 갑자기 그 위에 버티고 선 을씨년스러운 문 같은 것이 눈앞에 나타나는데, 서로 기대어 세워진 두 개의 검은 말뚝으로 되어 있는 그 문에는 뽑힌 머리털 같은 것이 매달려 있다. 그 문주다.

"전진! 전진!"

고개를 숙이자 더이상 아무것도 보이지 않고, 대신 구두창이 진흙 속에 빠졌다 나왔다 하는 소리, 총검 케이스들이 부딪치는 소리, 어렴풋한 외침 그리고 가쁘게 헐떡거리는 소리가 들려온다.

다시 한번 한바탕 대혼란이 일어난다. 행군이 갑자기 멈추어 나는 조금 전처럼 포테를로 쪽으로 급격히 몸이 쏠리면서, 나무 기둥처럼, 건강과 희망처럼 단단하고 힘있는 그의 등에 기댄다. 그가 내게 외친다.

"이봐, 기운을 내라고, 다 왔어!"

행렬은 꿈쩍하지 않는다. 뒤로 물러나야 한다…… 빌어먹을!…… 아니다, 다시 전진한다!……

갑자기 엄청난 폭발이 우리를 덮친다. 골이 울릴 정도로 온몸이 흔들리더니 머릿속 가득 금속음이 퍼지고 유황 타는 냄새가 코를 찌른다. 눈앞의 땅이 갈라져버렸다. 이 벼락같은 섬광 속에서 몸이 꺾인 채 숨이 막히고 반쯤 눈이 멀어 옆으로 내동댕이쳐지는 느낌이다…… 하지만 분명히 기억한다. 얼이 빠진 채 본능적으로 전우를 찾던 그 순간, 나의 전우는 두 팔을 쭉 뻗치고 있었고, 그의 검은 몸은 선 채로 떠오르고, 머리가 있던 자리에 불꽃이 일고 있었다!

13장
욕설

바르크는 글을 쓰고 있는 나를 지켜본다. 바닥에 깔아놓은 짚 위를 기어서 다가오더니, 어릿광대처럼 다갈색 머리 한 가닥을 이마 위로 늘어뜨린 쾌활한 얼굴과 작고 강렬한 두 눈을 나에게 들이밀면서 눈썹을 찌푸렸다 폈다 한다. 초콜릿을 와작와작 씹느라 입을 사방으로 움직이며, 나머지 초콜릿은 축축한 손에 움켜쥐고 있다.

그는 입안 가득 과자가게 냄새를 풍기면서 더듬더듬 말한다.

"이봐, 자네는 글을 쓰는 사람이니 나중에 병사들에 대해서도 쓰고 우리 이야기도 하겠지?"

"그럼, 이 친구야. 자네와 다른 전우들, 그리고 우리의 삶에 대해 이야기할 거야."

"그렇다면 말해봐……"

그는 내가 메모하던 종이를 고갯짓으로 가리킨다. 나는 연필을 든 채 그를 지켜보며 귀를 기울인다. 그는 나에게 묻고 싶은 것이 있다.

"그러니까, 자네에게 명령할 생각은 없고…… 물어보고 싶은 게 있어. 바로 이런 거야. 자네가 자네 책에 병사들의 말을 쓴다면, 그들의 말을 있는 그대로 쓸 것인지, 그들의 말을 슬쩍 수정할 것인지 말이야. 그러니까, 우리들의 욕설 말이야. 절친한 동지 사이라도 아무 소용 없이 욕지거리를 주고받고, 병사 둘이 입을 열었다 하면 일 분도 못 되어지고 [illegible] 그런데 인쇄업자들은 우리가 걸핏하면 내뱉는 그런 말들을 별로 책으로 내고 싶어하지 않으니까. 그러니 어떻게 할 거야? 자네가 그걸 그대로 쓰지 않으면, 자네의 묘사는 진짜가 아닌 거야. 이를테면 그들을 그려내면서도 어디서나 가장 눈에 띄는 그들의 색깔을 담아내지 못하는 거지. 하지만 책에 욕설이 실리는 법은 없지."

"이 사람아, 난 필요한 순간에 욕설을 그대로 쓸 거야. 그게 진실이니까."

"그럼 묻겠는데, 욕을 그대로 쓰면, 자네 주변 사람들은 진실이 무엇이든 관심도 없이 자네더러 추잡하다고 하지 않을까?"

"그럴 수도 있겠지. 하지만 여하튼 나는 그런 녀석들은 신경 안 쓰고 그대로 쓸 거야."

"내 의견을 듣고 싶나? 난 책에 대해서는 잘 모르지만, 용기 있는 거야. 아무도 그런 적은 없었으니까. 그러니 자네가 과감히 그렇게 한다면 정말 멋있을 거야. 하지만 결국은 어려운 일이 되겠지. 자넨 너무 교양 있거든!…… 이게 우리가 서로 알고 지낸 후로 내가 발견한 자네의 흠 가운데 하나야. 거기다가 또 독주를 배급받을 때 자네의 더러운 습관이 하나 나오는데, 독주가 몸에 좋지 않다고 자네 몫을 전우한테 주는 대신 자네 머리털이나 깨끗이 하겠다고 그걸 머리에 부어버리는 것이지."

14장
소지품

곳간은 뮈에*라는 농가의 마당 끝에 동굴처럼 입구가 난 낮은 건조물이다. 집을 배정받을 때조차도 우리에겐 늘 굴속 같은 지하실이 배정된다! 구두창 밑에 퇴비가 질컥거리며 부서지는 마당을 지나거나, 가장자리에 비좁게 깔아놓은 포석 위에서 힘겹게 균형을 잡으며 마당을 돌아가 곳간 입구에 서도 아무것도 보이지 않는다……

그래도 세심하게 주의를 기울여 살펴보면, 분간이 안 되는 어두운 공간에 좀체 분간이 안 되는 검은 덩어리들이 쭈그리고 앉아 있거나, 누워 있거나, 이 구석에서 저 구석으로 옮겨다니는 모습이 어렴풋이 눈에 띈다. 안쪽 깊숙이 좌우 양쪽에 멀리 보이는 붉은 달처럼 둥그렇게

* Muets. '입을 다문 자들'이라는 뜻.

후광을 이루는 희미한 촛불이 두 개 켜진 덕분에, 입김이나 짙은 담배 연기를 뿜어내는 이 덩어리들이 사람의 형태라는 것을 마침내 알아볼 수 있다.

오늘 저녁 이 희미한 소굴에 조심스럽게 들어가보니, 온통 혼란에 사로잡혀 있다. 내일 아침 참호로 출발해야 하는 탓에 곳간에 세든 자들은 침울한 기색으로 짐을 꾸리기 시작한다.

희끄무레한 저녁 시간이 지나자 칠흑 같은 어둠에 포위되어 앞이 보이지 않는다. 나는 덫처럼 땅바닥에 놓여 있는 수통이며 반합이며 장비들을 피해 가지만, 공사장의 포석처럼 한가운데 쌓인 둥그런 덩어리에 정면으로 부딪힌다…… 나는 내 구석자리에 이른다. 양모피를 뒤집어쓴 사람 하나가 둥글고 거대한 등짝을 보이며 쭈그리고 앉아서는 땅바닥에 늘어놓은 작고 반짝이는 물건들 위로 몸을 숙이고 있다. 나는 양가죽 때문에 두툼해진 그의 어깨를 가볍게 두드린다. 그가 돌아보자, 땅바닥에 박아놓은 총검 위에서 일렁이는 흐리멍덩한 양초 불빛을 통해 얼굴의 반쪽, 눈 하나, 콧수염 반쪽, 그리고 살짝 벌어진 입 한쪽 끝이 보인다. 그는 정답게 뭐라고 중얼거리더니 다시 자신의 소지품을 쳐다보기 시작한다.

"거기서 뭘 하고 있는 거야?"

"정리하고 있어. 내 물건들을 정리하는 거야."

마치 강도가 훔친 물건을 분류하고 정리하듯 이 작업에 몰두한 자는 나의 동지 볼파트다. 그가 뭘 하고 있는지 살펴본다. 그는 두 번 접은 텐트 천을 침상—다시 말해 그에게 할당된 짚더미—위에 펼쳐놓고선 그 깔개 위에 자신의 주머니에 들어 있던 내용물을 몽땅 쏟아 진열해놓았다.

그러고는 살림꾼의 마음으로 그 물건 일체를 찬찬히 바라보면서도, 혹시라도 누가 그것들을 밟고 지나가지나 않을지 예의 주시하고 공격적인 태도를 보인다…… 나는 그 많은 전시품들을 하나하나 눈으로 뜯어본다.

손수건, 파이프, 담배 종이 묶음이 들어 있는 담배쌈지, 그리고 칼과 지갑, 라이터(필요불가결한 재산들이다) 같은 것들 주변에 지렁이처럼 엉클어진 두 개의 가죽끈 조각이 있고, 그것으로 둘러싸인 안쪽에는 특이하게도 낡아 하얗게 바래가는 투명한 셀룰로이드 상자에 시계 하나가 들어 있다. 그리고 작고 둥그런 거울과 네모난 거울이 하나씩 있다. 네모난 것은 깨지긴 했지만 가장자리가 비스듬히 깎인 것으로 훨씬 고급스럽다. 테레빈유 한 병, 거의 비어 있는 석유 한 병, 그리고 세번째 병은 비어 있다. 또 '고트 미트 운스'*라는 글귀가 새겨진 독일제 허리띠 버클 하나와, 역시 독일제인 손잡이 장식 끈 하나가 보인다. 강철로 된 연필같이 생긴, 끝이 바늘처럼 뾰족한 작은 다트는 종이에 반쯤 싸여 있다. 또 접이식 가위 하나와, 역시 접이식인 스푼과 포크, 몽당연필 하나와 자투리 양초 하나가 있다. 거기에 아편도 들어 있는 아스피린 통 하나와 여러 개의 양철 상자가 눈에 띈다.

자신의 개인 물품을 자세히 살피는 나를 보고, 볼파트는 몇몇 물건에 대해 설명해준다.

"이건 가죽으로 된 낡은 장교용 장갑이지. 손가락 부분은 잘라서 내

* 독일어로 '하느님은 우리와 함께하신다'는 뜻. 프로이센 군주 호엔촐레른 가문의 표어로, 나중에 나치 독일에서도 사용되었다.

소총 총신의 구멍을 막아놓는 데 썼어. 이건 전화선인데, 외투 단추가 풀리거나 떨어지지 않도록 고정시키고 싶을 때 쓰는 거야. 그리고, 여기 이 안에 무엇이 있는지 궁금하지? 튼튼한 흰색 실인데, 새 옷가지를 보급받을 때 쉽게 볼 수 있는 그런 실과는 달라서 포크로 건져내는 치즈 마카로니 같은 것이지. 그리고 저건 우편엽서에 꽂아놓은 바늘 세트야. 안전핀은 저기 따로 있고……

그리고 여기는 종이류. 정말 서가 같지."

과연 볼파트가 주머니에서 꺼내 펼쳐놓은 물건들 중에는 놀랄 만큼 많은 종이 뭉치가 있다. 편지지가 든 보라색 봉투는 인쇄 상태가 좋지 않고 겉봉이 헐어 있다. 또 노병의 피부처럼 딱딱하고 먼지 낀 표지에 사방이 부스러져 줄어든 군인 수첩이 있다. 여러 종이와 인물 사진을 많이 끼워넣은 해진 몰스킨 수첩도 있는데, 그 한가운데 아내와 아이들 사진이 눈에 잘 띄게 자리잡고 있다.

볼파트는 누렇고 거무스름해진 종이 뭉치에서 사진을 꺼내 다시 한 번 나에게 보여준다. 나는 볼파트 부인을 사진을 통해 다시 만난다. 가슴이 풍만하고 생김새가 부드럽고 여린 그 여자의 양옆에는 흰 칼라의 옷을 입은 두 어린 아들이 있는데, 큰애는 호리호리하고 작은애는 공처럼 통통하다.

"난 늙은이들 사진밖에 없어." 스무 살 먹은 비케가 말한다.

그러더니 그는 촛불 아주 가까이에 대고는 볼파트의 아이들처럼 온순해 보이는 노부부의 사진을 보여준다.

"나 역시 가족이 있어." 다른 병사가 말한다. "애들 사진을 항상 가지고 다니지."

"다들 각자 자기 가족을 품고 다니는군." 또다른 병사가 말한다.

"이상하단 말이야, 사진이라는 거." 바르크가 말한다. "자꾸 보면 닳는다니까. 너무 자주 봐서도 안 되고 너무 오랫동안 보고 있어도 안 돼. 왜 그런지 모르겠지만 알려고 해봐야 소용없어."

"맞아." 블레르가 말한다. "나도 딱 그렇게 생각해."

"내 종이 뭉치 중에는 이 지역 지도도 있어." 볼파트가 계속한다.

그는 불빛 앞에 지도를 펼친다. 접힌 곳이 해져서 투명해지는 바람에 지도는 네모난 조각을 이어붙인 반지처럼 보였다.

"또 신문도 있고(그는 병사를 다룬 신문 기사 하나를 펼쳐 보여준다), 책도 한 권(『처녀가 두 번 되다』라는 제목의 25상팀짜리 소설책) 있어…… 자, '에탕프의 꿀벌'이란 신문 기사가 또하나 있군. 이걸 왜 간직하고 있는지 모르겠네. 뭔가 이유가 있을 텐데 말이야. 한가할 때 생각해봐야지. 이뿐만 아니라 카드 한 벌, 편지 봉합용 풀로 말을 만든 종이 체스 한 벌도 있어."

바르크가 가까이 다가와 이 모습을 쳐다보고는 말한다.

"내 호주머니 속에는 이보다 더 많은 것들이 있다고."

그는 볼파트에게 말한다.

"너 염병할 독일군 수첩이라든가, 요오드 앰플이라든가, 브라우닝 권총 가지고 있어? 난 그뿐 아니라 칼도 두 자루나 있다고."

"권총도 독일군 수첩도 없지만, 칼은 가지려면 두 자루, 심지어 열 자루도 가질 수 있었어. 하지만 난 하나밖에 필요 없지."

"그거야 형편 나름이지." 바르크가 말한다. "그럼 너 기계식 단추 있어, 이 기둥서방같이 생긴 놈아?"

"내 주머니엔 없는데!" 베퀴베가 외친다.

"병사한테 그게 없으면 안 되지." 라뮈즈가 단언한다. "바지에 멜빵을 붙들어 맬 수가 없잖아. 말이 안 돼."

"난 언제든 내 손이 닿을 수 있게 주머니에 반지 꾸러미를 갖고 있어." 블레르가 말한다.

그는 방독면용 주머니로 싼 그것을 꺼내더니 흔들어댄다. 각줄과 줄이 소리를 내고 알루미늄 반지들이 부딪치는 소리도 들린다.

"난 항상 끈을 가지고 있어, 이게 정말 유용하거든!" 비케가 말한다.

"못만큼은 아니지." 페팽이 말하고는 손에 쥔 못 세 개를 보여준다. 대못, 소못 그리고 중못이 하나씩이다.

다른 병사들도 소지품을 만지작거리면서 하나하나 대화에 참여하러 온다. 우리는 어스름에 익숙해진다. 하지만 손재주가 좋다고 소문난 살라베르 하사가 카망베르 치즈 상자와 철사로 만든 고정 받침대에다 양초를 적당히 꽂아놓는다. 초에 불이 붙자 이 불빛 주위에서 각자는 어머니들처럼 어떤 것들을 편애하고 선호하는지, 자신의 주머니 속에 있는 것에 대해 이야기한다.

"우선 우리가 몇 개나 가지고 있지?"

"주머니 말인가? 열여덟 개야." 누군가 대답한다. 말할 것도 없이 숫자의 사나이인 코콩이다.

"열여덟 개나 된다고? 허풍 떨고 있네, 개코 같은 녀석." 뚱뚱한 라뮈즈가 말한다.

"맞다니까, 열여덟 개야." 코콩이 반박한다. "그렇게 똑똑하면 직접 세어보든가."

라뮈즈는 마지못해 이 제안을 받아들여, 보다 정확히 세어보기 위해 두 손을 희미한 촛불 가까이 대고 벽돌처럼 투박한 먼지투성이 손가락을 꼽는다. 외투 뒤쪽에 늘어진 주머니 두 개, 담배를 넣어두기도 하는 붕대 주머니 하나, 외투 앞섶 안쪽에 두 개가 있고, 또 양옆 바깥에 덮개 달린 주머니가 두 개 있다. 바지에는 세 개가 있는데, 앞쪽에 작은 주머니 하나가 더 있으니 세 개 반이라고도 할 수 있다.

"난 거기다 나침반을 넣어두는데." 파르파데가 말한다.

"난 여분의 부싯깃을 넣어놓지."

"난 아내가 보내준 조그만 호루라기를 넣어두었어." 티를루아르가 말한다. "그녀는 이렇게 말했지. '전투중에 부상을 당하거든 전우들이 당신을 구하러 올 수 있게 이 호루라기를 불어요.'"

이 천진한 말에 우리는 웃음을 터뜨린다.

튈라크가 너그러운 표정으로 끼어들어 티를루아르에게 말한다.

"후방에서는 전쟁이 뭔지도 모른다니까. 후방 얘기를 하려 했다면 헛소리나 늘어놓는 거야!"

"작은 주머니는 계산에 넣지 말자고." 살라베르그가 말한다. "그럼 열 개군."

"상의에 네 개가 있어. 그래도 열네 개밖에 안 되는데."

"탄약 주머니 두 개가 있지. 그 주머니 두 개는 가죽띠로 고정되어 있어."

"그럼 열여섯 개." 살라베르그가 말한다.

"이런 바보, 이 멍청한 놈아, 이 웃옷을 다시 잘 봐봐. 이 주머니 두 개를 안 셌잖아! 그럼 이제 됐지? 어느 옷에건 다 달려 있는 주머니라고. 민간인처럼, 손수건이나 담배, 우편물 주소를 적은 종이 같은 것을 쑤셔넣는 주머니야."

"열여덟 개!" 살라베르가 관리처럼 엄숙하게 말한다. "열여덟 개야. 정확해, 결판났어."

이렇게 대화를 하고 있는데 마치 말이 앞발로 땅을 구르듯 누군가 출입구의 포석 위에서 일부러 발소리를 내더니—욕설을 내뱉는 것 같다.

그러고는 잠시 침묵이 흐른 뒤 누군가 아주 잘 들리는 목소리로 날카롭고 단호하게 외친다.

"그래, 안에서 준비들 하는 거야? 오늘 저녁에 모든 게 준비되어야 하니 다들 짐을 단단히 싸도록. 이번에 최전선으로 가니까 치열할 거야."

"알았어요, 알았다고요, 특무상사님." 여럿이 건성으로 대답한다.

"'아르네스' 철자가 어떻게 되지?" 땅바닥에 엎드려 연필로 봉투에 끼적이던 브네슈가 묻는다.

코콩은 그에게 '에르네스트'의 철자를 알려주고, 이미 자리를 뜬 특무상사의 과장된 말소리가 희미하게 들리는 가운데 블레르가 문간에서 이렇게 말한다.

"이봐, 내 말 잘 들어두라고—250밀리리터들이 컵은 늘 주머니에 넣어두어야 해. 내가 그걸 다른 곳에다 쑤셔넣어보려고 해봤는데 정말 실용적인 곳은 주머니밖에 없으니 내 말을 들으라고. 완전군장으로 행군하는 중이거나 군장을 풀고 참호에서 돌아다니다가도 필요할 때 늘 손에 쥘 수 있어야 돼. 예컨대 포도주를 가진 친구가 좋은 일을 하고 싶어

'네 컵 이리 내봐'라고 말할 경우나 포도주 상인이 어슬렁거릴 경우에 말이야. 친구들아, 내 말 새겨들으라고. 너희들은 끊임없이 좋은 포도주를 마실 기회가 있을 거야. 그러니 컵을 주머니에 넣어."

"컵을 주머니에 넣으라니, 천만의 말씀!" 라뮈즈가 말한다. "네 생각은 엉터리 허풍 같은 헛소리 이상도 이하도 아니야. 멜빵에 고리로 매다는 편이 훨씬 낫다고."

"외투 단추에다 방독면 주머니처럼 달아놓는 게 훨씬 나아. 군장을 풀어버렸을 때 누가 포도주를 주면 못 받을 수도 있잖아."

"난 독일군 컵을 갖고 있지." 바르크가 말한다. "납작해서 원하면 옆주머니에 넣을 수도 있고 탄약갑에도 잘 들어가지. 그러려면 실탄을 다 버리거나 잡낭에 넣어야 하지만."

"독일군 컵? 그건 별거 아니야." 페팽이 말한다. "세워지지도 않잖아. 거추장스러울 뿐이라고."

"두고 보자고, 구더기 주둥이 같은 놈아." 꽤나 통찰력 있는 티레트가 말한다. "이번에 우리가 공격을 하면, 특무상사도 물리도록 이야기했듯이 독일군 컵을 얻게 될지도 모를 일인데, 그럼 진짜 대단한 거라고!"

"특무상사가 그렇게 말하긴 했지만 그도 잘 모르잖아." 외도르가 지적한다.

"독일군 컵은 250밀리리터보다 더 들어가지." 코콩이 말한다. "컵 사분의 삼 높이에 250밀리리터가 선으로 표시되어 있거든. 큰 컵을 갖는 게 항상 유리해. 정확히 250밀리리터만 들어가는 컵은 커피나 포도주, 성수, 또는 그 무엇이 되었든 250밀리리터를 얻으려면 거의 넘치게 채워야 하는데, 배급을 받을 땐 결코 그렇게 채워주지 않고, 또 그렇게 채

워준다 해도 쏟아져버리거든."

"네 말이 맞아. 대개의 경우 그렇게 채워주지 않지." 그런 배급 방식을 상기하자 화가 난 파라디가 말한다. "보급 담당 하사관은 손가락을 컵에 집어넣은 채 포도주를 따르고, 게다가 컵 바닥을 두 번 탁탁 친다고. 그러니 우린 이미 삼분의 일을 도둑맞는 셈이고 제대로 마시지 못해 세 배로 고통받는 꼴이야."

"그건 그래." 바르크가 말한다. "하지만 너무 큰 컵도 안 돼. 왜냐면 그럴 경우 부어주는 자가 의심을 하거든. 손을 떨면서 한 방울씩 따르고, 정량보다 더 주지 않으려다보니 원래보다 적게 주게 될 테고. 수프 그릇이라도 들고 가보게, 그럼 국물도 없을 테니."

그러는 사이 볼파트는 진열해놓았던 물건들을 주머니 속에 하나하나 다시 넣고 있었다. 지갑을 손에 쥐자 그는 연민이 가득한 표정으로 그것을 바라보았다.

"더럽게 납작하네."

그는 돈을 세었다.

"어이, 3프랑이야! 다시 두둑하게 만들어야겠어. 안 그러면 돌아갈 때 빈털터리가 되겠지."

"너만 지갑이 가벼운 건 아니야."

"병사는 버는 것보다 더 많이 소비하는 법이야, 두말하면 잔소리지. 쓸 돈이 급료밖에 없는 자들은 어떻게 살까."

파라디가 코르네유*식으로 단순하게 대답한다.

---

* 17세기 프랑스 극작가.

"죽을 지경이겠지."

"근데 이봐, 내 주머니에 늘 들어 있는 게 있는데 좀 보게나."

그러고서 페팽은 장난기어린 눈으로 은식기 한 벌을 보여준다.

"우리가 그랑로주아에서 묵었던 집의 주인 할머니 거였어."

"여전히 그 할머니 것일 텐데?"

페팽은 오만과 겸손이 뒤섞인 묘한 몸짓을 하더니 대담해져 미소를 머금고는 말했다.

"내가 그 악바리 같은 할멈을 알지. 아마 남은 평생 자기 은식기를 찾느라 사방 구석구석을 들쑤실 거야."

"난 말이지," 볼파트가 말한다. "여태까지 가위 하나밖에 훔치질 못했어. 재수가 좋은 녀석들이 있지. 난 아니야. 이 가위를 소중하게 간직했지만 결국 아무짝에도 쓸데가 없더라고."

"나도 여기저기서 자잘한 것들을 몇 개 훔쳤지만 무슨 쓸모가 있겠나? 훔칠 만한 것들은 공병들이 늘 선수를 친다고. 그러니 어쩌겠어?"

"뭘 해보려 해도 소용없어, 이 친구야. 늘 누군가 선수를 치는 법이거든. 아예 신경을 꺼야 해."

"여기 누구 요오드팅크 필요한 사람 있나?" 간호병인 사크롱이 소리친다.

"난 아내의 편지들을 간직하고 있어." 블레르가 말한다.

"난 읽고 나서 반송하는데."

"난 다 간직하고 있어, 여기 보라고."

외도르가 닳고 해져 번들거리는 종이 뭉치를 보여주는데, 어스름한 빛 덕분에 거뭇거뭇한 부분이 슬며시 가려져 있다.

"난 갖고 있다고. 때때로 다시 읽지. 춥고 몸이 좋지 않을 때 말이야. 실제로 몸을 덥혀주지는 않지만 따뜻해지는 기분이 들거든."

이 이상한 말에는 분명 깊은 의미가 있었다. 여러 병사가 고개를 쳐들고는 "그래, 정말이야"라며 동조했기 때문이다.

여기저기 점점이 희미한 촛불들이 켜져 있고 구석에는 시커먼 어둠이 쌓여 있으며, 커다란 그림자들이 어른거리는 이 비현실적인 공간에서, 대화는 두서없이 계속된다.

나는 잡동사니 때문에 발이 걸리기도 하고, 혼잣말을 하거나 서로를 부르며 마치 이삿짐을 싸듯 분주하고 옹색하게 왔다갔다하다가, 기묘한 실루엣을 드러내며 몸을 숙이고는 땅바닥에 주저앉는 이들을 바라본다. 그들은 자신이 가진 보물을 서로에게 보여준다.

"자, 보라고!"

"정말이네!" 누군가 부러운 기색으로 대답한다.

병사들은 자신이 소유하지 못한 모든 것을 갖고 싶어한다. 그리고 분대에는 모두가 부러워하는 전설적인 보물들이 있다. 예컨대 바르크가 가진 2리터들이 수통이 그중 하나인데, 솜씨 좋게 공포탄을 쏘아 이것을 2리터 반들이로 늘여놓았다. 또 베르트랑의 뿔 손잡이가 달린 커다란 칼도 있다.

병사들은 소란스럽게 우글거리면서 박물관의 수집품 같은 이 물건들에 곁눈질을 하다가 각자 앞으로 시선을 돌리고 자신의 '싸구려 물건들'을 정돈하는 데 열중한다.

사실, 형편없는 물건들이다. 사병용으로 만들어진 것은 무엇이 되었든 평범하고 추하고 질이 나쁘다. 판지를 잘라 보잘것없는 실로 꿰매어 만든 신발에서부터, 하루만 햇볕을 쬐어도 색이 변하고 한 시간만 비를 맞아도 흠뻑 젖어버리는 빳빳하고 속이 비치는 천—거의 압지 수준—으로 만든, 게다가 잘못 재단되고 잘못 가봉되고 잘못 재봉되고 잘못 염색된 옷들에 이르기까지, 또 끄트머리가 얄팍하고 대팻밥처럼 쉽게 바스러지는데다 금속 이음새 때문에 잘 찢어지기까지 하는 가죽끈, 광목천보다도 더 볼품없는 플란넬 내의류, 짚을 닮은 담배에 이르기까지 말이다.

미크로코가 내 옆에 있다. 그는 전우들을 가리키며 나에게 말한다.

“자기 잡동사니를 바라보고 있는 저 친구들을 좀 보게나. 어린 자식들을 쳐다보는 어머니들 같아. 저들이 하는 말을 들어보라고. 쓰레기 같은 것들을 잘도 부르고 있잖아. 저기 저 친구, ‘내 칼!’ 하는 소리 좀 들어봐. 마치 ‘레옹, 샤를, 돌프’ 하고 부르는 것 같아. 자네도 알겠지만, 저들이 짐을 줄이기는 불가능해. 저들이 줄이고 싶어하지 않아서가 아니야—일을 하려면 줄여야 하지 않겠나? 저들은 할 수가 없는 거야. 애착이 너무 심한 거지.”

짐! 짐은 무시무시한 것이다. 병사들은 각각의 물건 때문에 자신이 약간 더 심술 사나워지고, 작은 것 하나하나가 고통을 보탠다는 점을 물론 잘 알고 있다.

왜냐하면 주머니와 잡낭에 쑤셔넣는 것만 있는 게 아니니까. 등에 짊어지는 것까지 합해야 군장이 완전해지는 것이다.

배낭은 엄청나게 커서 장롱이라고 할 지경이다. 그래서 고참 병사는 소지품과 비상식량을 적절하게 배치해 기적처럼 배낭을 크게 쓰는 기술을 갖고 있다. 규정에 따른 의무 소지 품목—쇠고기 통조림 두 통,

비스킷 열두 개, 커피 두 개, 분말 수프 두 상자, 설탕 한 봉지, 규정 내 의류 그리고 갈아 신을 장화—말고도 우리는 결국 통조림, 담배, 초콜릿, 양초, 운동화, 비누, 알코올램프, 고체 연료, 모직물 따위를 집어넣고야 만다. 담요, 발덮개, 텐트, 휴대용 연장, 반합 그리고 야영 도구까지 들어가면 배낭은 커지고 늘어나고 확대되어 엄청난 부피로 우리를 짓누른다. 그러니 내 옆에 있는 친구의 말이 옳다. 매번 수킬로미터의 도로와 수킬로미터의 연락참호를 행군한 뒤 초소에 도착할 때쯤, 병사는 다음번엔 짐을 많이 줄여 배낭의 속박으로부터 어깨를 해방시켜야겠다고 분명히 다짐한다. 하지만 다시 출발을 준비할 때마다 그는 거의 초인적인 힘이 들어가고 진을 빼는 이 같은 짐을 또다시 꾸리고, 끊임없이 욕설을 퍼부으면서도 결코 짐을 버리지 못한다.

"머리 좋은 얌체 녀석들이 있어." 라뮈즈가 말한다. "그들은 중대의 차량이나 간호대 차량에서 틈새를 찾아내 뭐라도 거기다 처박아두는 거야. 난 새 셔츠 두 개와 바지 하나를 특무상사의 짐에 넣어두던 녀석을 알고 있지—하지만 중대에는 병사가 이백오십 명이나 되니 그런 꼼수는 곧 알려지기 마련이라 그 짓을 하는 자들은 많지 않아. 제일 잘하는 건 하사관들이지! 하사관이라는 계급 때문에 그들은 소지품을 몰래 넣어놓으려는 유혹을 더 많이 느끼게 돼. 가끔 지휘관이 불시에 차량을 점검하다가 옷가지들을 발견하면 도로 한가운데다 내던져버리고는 못마땅한 표정으로 '꺼져!'라고 하는 경우가 있지. 이 경우엔 욕먹고 영창으로 가는 거야."

"초기에는 몰래 그러지도 않았다고, 이 친구야. 내가 봤는데, 잡낭이랑 심지어 장롱만한 배낭까지 유모차에 싣고 그걸 밀고 가는 자들도 있었어."

"아! 정말 그랬지! 그나마 좋은 시절이었는데! 하지만 모든 게 바뀌었어."

볼파트는 늙은 마녀 같은 모습으로 담요를 숄처럼 뒤집어쓴 채 모든 이야기에 귀를 막고서 땅바닥에 나뒹구는 어떤 물건 주위를 뱅뱅 돈다.

"이 더러운 냄비를 가져가야 할지 모르겠군." 허공에 대고 그가 말한다. "분대에 하나밖에 없는 거라 항상 짊어지고 다녔어. 그런데 이것이 이제 기름[illegible]."

그는 좀처럼 결정을 내리지 못하고, 정말 이별 장면처럼 되어버린다.

바르크가 그를 곁눈질하면서 조롱한다. "미쳤어, 쯧쯧" 하는 소리가 들린다. 하지만 곧 조롱을 멈춘다.

"결국은 우리도 저 입장이 되면 저 친구만큼 어리석어지겠지."

볼파트는 결정을 미룬다.

"내일 아침 필리베르한테 보여줄 때 결정해야지."

주머니 안에 든 것을 점검하고 다시 채운 다음은 잡낭과 탄약갑 차례인데, 바르크가 정해진 실탄 이백 발을 세 개의 탄약갑에 넣는 방법을 장황하게 설명한다. 꾸러미째로는 불가능하다. 꾸러미를 풀고 실탄의 탄두를 위아래로 엇갈리게 넣어야 한다. 그러면 각각의 탄약갑이 빈자리 없이 가득차 6킬로그램 나가는 탄띠를 만들어낼 수 있다는 것이다.

소총은 이미 청소가 되어 있다. 노리쇠를 잘 감싸고 총구를 잘 막았는지 확인 작업이 이루어진다—참호의 흙 때문에 반드시 거쳐야 하는 예방 조치다.

각각의 소총을 쉽게 알아볼 수 있는 게 중요하다.

"난, 나는 멜빵에 표시를 해두었지. 보다시피, 가장자리를 잘라냈어."

"난, 멜빵 위쪽에 구두끈을 감아놓았어—이렇게 해놓으면 눈으로 보듯이 손으로만 더듬어 알아챌 수 있지."

"난 기계식 단추를 달아놨어. 그러면 틀림없지. 어두울 때도 즉시 알고 '이건 내 소총이군' 하고 말할 수 있는 거야. 너도 알겠지만, 아무 일도 안 하는 녀석들이 있거든. 전우가 소제를 하는 동안 빈둥거리다가 바보 같은 누가 소제해놓은 소총을 슬그머니 집어가버리는 거야. 심지어 겁대가리 없이 나중에 이렇게 말한다니까. '중대장님, 제 소총은 완벽합니다.' 난 잔꾀 같은 건 부리질 못해. 그런 게 바로 얌체 짓인데, 이봐, 이 친구야, 난 그놈의 얌체 짓이 지긋지긋하다못해 죽을 맛이었던 경우가 여러 번이었다고."

그렇게 소총들은 서로 비슷하면서도 글씨체처럼 서로 제각각이다.

*

"야릇하고 이상한 일이군." 마르트로가 나에게 말한다. "내일 참호에 올라가는데 오늘 저녁에 아직 만취한 놈도, 곧 취할 것 같은 놈도 없고—이것 봐!—아직 말다툼도 없다니까. 나라면……

아! 저 두 친구는 좀 취해서 정신이 없구먼……" 그는 즉시 자기 말을 수정한다. "완전히 취하지는 않았지만 꽤 마신 모양이야……"

"브루아예 분대 소속의 푸아트롱과 푸알포야."

그들은 바닥에 누워 두런두런 이야기를 나누고 있다. 한 사람이 촛불 바로 옆에서 입과 둥그런 코를 드러내고는 손가락 하나를 쳐든 채, 무언가를 설명하듯 작게 손짓하자 그 모습 그대로 그림자가 생긴다.

"난 불을 붙일 줄 알지만 불이 꺼졌을 때 다시 붙일 줄은 몰라." 푸아트롱이 말한다.

"바보!" 푸알포가 대꾸한다. "불을 붙일 줄 알면 다시 붙일 줄도 아는 거지. 네가 불을 붙이는 것은 불이 꺼졌기 때문인 거잖아. 그러니 불을 붙일 줄 안다는 건 결국 꺼진 불도 다시 붙일 수 있다는 뜻이나 마찬가지지."

"다 허튼소리야. 난 머리도 나쁘고 네 허풍도 신경 안 써. 다시 말하는데, 난 불을 붙일 수 있지만 불이 꺼지면 다시 붙일 때는 어찌할 수가 없단 말이야. 이보다 잘 설명할 수가 없어."

푸알포가 고집스럽게 하는 말은 잘 들리지 않는다.

"빌어먹을 고집쟁이." 푸아트롱이 화를 낸다. "내 너한테 모른다고 서른 번이나 말했잖아. 하여간 지독한 고집쟁이가 아니고서야."

"듣자하니 참 재미있군." 마르트로가 나에게 말한다.

사실, 조금 전에 그는 너무 성급했다.

이별주 때문에 생긴 일종의 열기가 뿌연 짚으로 가득한 더러운 거처를 지배하고, 그곳에 모인 한 부족 같은 병사들은—일부는 서서 머뭇거리고, 또 일부는 무릎을 꿇은 채 광부들처럼 쾅쾅 두드리면서—각자의 소지품, 짐과 도구들을 정돈하여 쌓아놓는다. 투덜대는 말들과 무질서한 몸짓들. 연기 가득한 희미한 빛 속에서 우스꽝스러운 얼굴들의 입체적인 윤곽이 드러나고, 그림자 너머로 거무칙칙한 손들이 마리오네

트처럼 움직인다.

더하여, 사람 키높이의 벽 하나로 나뉜 이웃 곳간에서 술 취한 목소리들이 높아진다. 그쪽에서 두 병사가 격분하여 서로를 공격하고 있다. 더없이 거친 말투에 공기마저 진동한다. 하지만 둘 중 하나, 즉 다른 분대의 낯모를 사내가 그쪽 병사들에게 내쫓기자 다른 한 사람이 퍼붓던 욕설도 약화되어 불이 꺼지듯 잠잠해진다.

"다행히 우리 분대 사람들은 얌전히 버티고 있지!" 마르트로가 긍지 같은 것을 드러내면서 말한다.

맞는 말이다. 수많은 병사가 휘둘리는 습관성 과음, 이 치명적인 중독을 강박적으로 증오한 베르트랑 덕분에 우리 분대는 포도주와 독주로 인해 가장 덜 타락한 분대 중 하나다.

……그들은 소리지르고 노래하며 지껄인다. 그리고 끝없이 웃어댄다. 웃음은 인체 조직에서 톱니바퀴 같은 소리를 낸다.

이 그림자들의 동물원, 반영들의 새장 같은 곳에서 어떤 표정들은 감동적일 만큼 두드러지고, 우리는 그 표정 속으로 깊이 들어가보려 애쓴다. 하지만 소용없다. 표정은 보이지만 그 안에 담긴 것은 아무것도 볼 수 없다.

*

"이 친구들아, 벌써 열시다." 베르트랑이 말한다. "내일 아조르까지 올라가야 해. 몸뚱이를 잠자리에 눕혀야 할 시간이야."

그러자 각자 천천히 잠자리에 든다. 수다는 좀처럼 그치지 않는다.

절대적으로 서두르지 않아도 될 때면 병사는 으레 마음껏 편안하게 행동한다. 각자 손에 무언가 물건을 든 채 이리저리 오간다. 손끝에 장뇌 두 봉지를 달랑달랑 들고 촛불 앞을 지나치는 외도르의 엄청나게 큰 그림자가 벽 위에서 미끄러지듯 움직인다.

라뮈즈는 편한 자세를 찾으려고 분주히 뒤척인다. 잠자리가 불편한 모양이다. 체구가 아무리 커도, 오늘 그는 분명 너무 많이 먹었다.

"잠 좀 자자! 너희들 주둥아리 좀 닫아, 이 고약한 놈들아!" 메닐 조제프가 잠자리에서 소리친다.

이런 권고에 잠시 잠잠해졌지만 웅성거리는 소리도, 왔다갔다하는 움직임도 멈추지 않는다.

"내일 출발해서 저녁에 최전선으로 가는 건 사실이야." 파라디가 말한다. "하지만 아무도 그 사실에 대해 생각하지 않고 있어. 단지 그렇게 알고 있을 뿐이야."

차츰차츰 각자 자리로 돌아간다. 나는 짚 위에 누웠고, 마르트로는 모포로 몸을 감싸고 내 옆에 누웠다.

거대한 몸집의 누군가가 소리를 내지 않으려고 조심조심 들어온다. 성모마리아회 회원인 간호 중사로, 수염을 기르고 안경을 쓴 이 거구의 호인은 외투를 벗고 윗도리만 입고 있을 때면 자신의 다리를 드러내 보이기 거북해한다. 수염 난 하마 같은 실루엣의 그가 조심스럽게 서둘러 지나간다. 그는 숨을 헐떡이고 한숨을 짓더니 혼잣말을 웅얼거린다.

마르트로가 고갯짓으로 그를 가리키더니 낮은 목소리로 말한다.

"저 친구 좀 봐. 늘 빈말을 한다니까. 민간인이었을 때 무엇을 했느냐고 물으면 그는 '난 기독교 학교 선생이었어'라고 말하는 게 아니라, 안경 너머 흘긋흘긋 곁눈질하면서 '난 교수였어'라고 하는 거야. 미사에 참석하려고 이른아침 일어나다가 누군가를 깨우게 되면 '나 미사에 다녀올게' 하는 대신, '배가 아파서 변소에 좀 다녀와야 해, 정말이라니까' 라고 하지."

조금 더 떨어진 곳에서는 라뮈르 영감이 자기 고향 이야기를 하고 있다.

"내 고향은 조그마한 마을이야. 크지 않지. 우리 아버지는 담뱃대가 시커멓게 될 정도로 하루종일 담배만 피워대. 일을 하든, 쉬고 있든, 야외에서든, 혹은 냄비에서 김이 모락모락 나는 실내에서도 담배 연기를 내뿜는다고……"

이 시골 풍광 묘사에 귀를 기울이고 있는데, 갑자기 전문적이고 기술적인 이야기가 이어진다.

"그래서 아버지는 밀짚 싸개 같은 것을 만들어놓지. 그게 뭔지 알아? 어떻게 만드느냐면, 파릇파릇한 밀의 줄기를 꺾어 껍질을 벗겨내는 거야. 그것을 둘로 가른 다음 다시 둘로 가르는데 서로 굵기를 다르게 해야 하지. 치수가 제각각 다른 것처럼 말이야. 그런 다음 이 밀짚 네 줄기와 실 한 가닥으로 파이프의 손잡이를 감싸면 되는 거야."

듣는 사람이 아무도 없는 듯하자, 이 강의는 중단되고 만다.

양초 두 개만이 켜져 있다. 커다란 날개 같은 그림자가 떼로 누워 있는 병사들을 뒤덮는다.

이 원시적인 공동 침실에서 여전히 이런저런 개별적인 대화들이 이어지고 있다. 그중 어떤 소리가 내 귀에까지 설핏 들려온다.

라뮈르 영감이 거세게 중대장의 험담을 하는 중이다.

"이봐, 내가 보니까, 중대장은 계급줄을 네 개나 달고서도 담배 하나 제대로 피울 줄 모른다니까. 있는 힘을 다해 파이프를 빨아대다가 파이프를 태우고 마는 거야. 사람의 입이 아니라 짐승 주둥이가 달렸나봐. 파이프 나무가 쪼개지고 타서는 나무가 아니라 숯이 됐더라고. 사기 파이프는 좀 낫지만, 그래도 그것까지 노릇노릇 구워버리더군. 진짜 짐승 주둥이라니까! 그뿐이 아니야, 이 친구야, 내 말 잘 들어봐. 정말 드문 일이 일어난다고. 파이프가 정말 완전히, 허옇게 구워져서는 모든 사람이 보는 앞에서 그의 주둥이에서 터져버리는 거야. 너두 보게 될 거야."

점차 고요와 침묵과 어둠이 곳간에 자리잡아 거주자들의 근심과 희망을 뒤덮어버린다. 나란히 모포에 감싸인 존재들이 짐보따리처럼 똑같은 외형을 이루면서 줄지어 누워 있는 모습이 마치 거대한 파이프오르간 같고, 거기서 다양한 숨소리가 들려온다.

이미 코를 담요에 처박은 채, 나는 자기 얘기를 하는 마르트로에게 귀기울인다.

"자네도 알겠지만, 나는 넝마를 주워다 파는 사람, 즉 넝마주이야. 그런데 나는 사업을 제법 크게 하는 편이지. 거리의 소규모 넝마주이들한테서 물건을 사들이거든. 창고로 쓰는 가게—지붕 밑 다락방이지!—도 있다고. 내의류부터 깡통까지 잡동사니를 전부 사고팔지만 주로 솔자루나 배낭, 그리고 헌 신발을 취급해. 그리고 당연히 토끼 가죽을 전문으로 하고 있지."

그러고는 잠시 뒤 그가 이렇게 말한다.

"이렇게 보잘것없고 지쳐 있긴 하지만, 아직도 난 나막신을 신고 사다리를 들고서 100킬로그램짜리 짐을 짊어지고 창고까지 갈 수 있다고…… 한번은 어떤 이상한 녀석을 상대한 일도 있어. 사람들 말로는 뚜쟁이 노릇을 하며 백인 여자들을 우려먹는다던데, 그래서……"

"제기랄! 도대체가 참을 수가 없네." 갑자기 푸야드가 외친다. "휴식이라 해놓고 그놈의 훈련이다 행군이다 하며 우리를 녹초로 만들고 있잖아. 허리가 끊어질 것 같고 피곤해서 잠을 잘 수가 있나. 관절마다 쑤셔 죽겠다고."

볼파트 쪽에서 쇳소리가 난다. 구멍이 나서 안타깝다던 그 큰 냄비를 챙겨 가기로 결정한 것이다.

"아이고, 이놈의 전쟁 언제나 끝날는지!" 반쯤 잠든 어떤 자가 신음한다.

고집 세고 옹졸한 불만이 어디선가 터져나온다.

"우리가 죽어야 속이 시원하겠지!"

그러자 이 불만 소리처럼 어디서 나는지 모를 목소리가 들려온다. "신경쓰지 마!"

……한참 뒤 두시를 알리는 소리에 나는 잠에서 깬다. 아마 달빛인 듯한 희끄무레한 빛 속에서 피네갈의 그림자가 어른거린다. 멀리서 수탉 울음소리가 들린다. 피네갈은 반쯤 일어나 앉은 자세다. 그의 쉰 목소리가 들린다.

"이런, 한밤중에 아우성을 치는 닭이라니. 저놈의 닭이 취했군."

그러더니 껄껄 웃으며 "저놈의 닭이 취했어"라는 말을 되뇌고는 모포에 몸을 감싼 뒤 웃음소리와 코고는 소리가 뒤섞여 꾸르륵거리면서 다시 잠든다.

피네갈 때문에 코콩이 깨어났다. 이 숫자의 사나이는 생각한 것을 또박또박 말한다.

"분대가 처음 전쟁에 나섰을 때 열일곱 명이었지. 빠진 인원을 메웠기 때문에, 여전히 열일곱 명이야. 이미 각각의 병사는 새파란색 하나와 담배 연기처럼 칙칙해진 파란색 셋, 도합 네 개의 외투와 바지 둘, 장화 여섯 켤레를 소비했어. 병사마다 소총은 두 정씩 계산해야 해. 작업복은 셀 수가 없군. 비상식량은 스물세 번이나 배급되었고. 우리 열일곱 명은 표창을 열네 번 받았는데 그 가운데 두 번은 여단에서, 네 번은 사단에서, 그리고 한 번은 군단에서 받은 거야. 한때 16일 동안을 쉬지 않고 참호에서 머문 적이 있어. 우리는 지금까지 마흔일곱 개 마을에서 숙영하고 묵었어. 작전이 시작된 이래 병사 이천 명으로 이루어진 연대에서 도합 만이천 명이 죽었어."

누군가 어색한 발음으로 그의 말을 중단시킨다. 블레르가 새 틀니 때문에 잘 먹지를 못하더니 말도 제대로 못하는 것이다. 하지만 그는 매일 저녁 새 틀니를 끼고는 밤새도록 억척스럽게 용기를 내며 견디고 있다. 입속에 끼워넣은 이 물건에 결국은 익숙해질 거라는 장담을 들었기 때문이다.

나는 전장에서처럼 몸을 반쯤 일으킨다. 여러 장소와 사건을 떠올리며 이곳에서 함께 뒹굴고 있는 인간들을 다시 한번 응시한다. 무기력과 망각의 심연 속에 빠진 이들 가운데 몇몇은 측은한 근심과 어린애 같은 본능, 그리고 노예 같은 무지로써 이 심연의 가장자리에 매달려 있다.

잠의 취기가 엄습해온다. 하지만 나는 이들이 지금까지 해온 일과 앞으로 할 일을 떠올려본다. 수의처럼 우리를 뒤덮은 어둠 속에서, 이 소굴을 채운 가련하고 인간적인 밤의 저 심원한 광경 앞에서 나는 알 수 없는 위대한 빛을 아련히 꿈꾼다.

15장
달걀

모두가 망연자실했다. 우리는 배가 고프고 목이 마른데 이 형편없는 숙영지에는 아무것도 없었다!

통상 정기적으로 이루어지던 보급이 이루어지지 않아 식량 부족이 극에 달한 상태였다.

해쓱해진 병사들이 이를 갈았고 초라한 광장 둘레에 너덜너덜한 문들, 뼈대만 남은 집들, 대머리 같은 전신주들이 둥글게 자리하고 있었다. 우리는 아무것도 없다는 사실만 확인할 뿐이었다.

"고기가 모두 사라져버렸어. 질 나쁜 고기조차 하나도 없으니 이제 우리는 전기 고문을 받는 것만큼이나 힘들게 허리띠를 졸라매야겠군."

"치즈도 하나 없고 잼도 버터도 없다고."

"아무것도 없어. 과장하는 게 아니라 정말 아무것도 없다니까, 그러니 불평해보았자 소용없어."

"정말 몹쓸 놈의 숙영지구먼! 안에 아무것도 없는 허접한 집 세 채에, 바람이 쌩쌩 통하고 비까지 들이치니!"

"돈이 많아봐야 아무 소용도 없지. 네 돈, 그건 지갑에 아무것도 없는 거나 마찬가지야. 왜냐면 여긴 장사꾼이 없거든."

"로스차일드* 가문 사람이나 군납 양복점이라 해도, 돈이 무슨 소용이 있겠어?"

"어제 7중대 옆에서 가르랑거리던 고양이 새끼가 한 마리 있었는데. 그놈들, 틀림없이 그 고양이 새끼를 먹어치웠겠지."

"맞아, 나도 알아, 게다가 해안가 기슭을 바라보듯이 고양이 갈비뼈를 쳐다봤다고."**

"먹을 게 없으면 다 그런 거야."

"도착하자마자 후딱 해치운 놈들도 있어." 블레르가 말한다. "어떻게 한 건지, 놈들이 길모퉁이에 있는 가게에서 포도주 몇 병을 사는 걸 내가 봤다고."

"아! 망할 놈들! 시원하게 쭈욱 들이켤 수 있게 되었으니 얼마나 좋을까!"

"추잡한 짓거리지. 컵이 파이프처럼 까매질 정도로 술을 마시다니."

"병아리를 잡아먹은 놈들도 있다더라!"

"고약한 놈들!" 푸야드가 말한다.

---

* 상업, 대부업 등으로 막대한 부를 쌓아 금융 재벌로 거듭난 유대계 가문. 전시공채를 발행해 유럽 각국에 군자금을 댔으며, 유대주의 운동 및 이스라엘 건국에도 원조했다.

** côte에는 '갈비뼈'라는 뜻도 있고 '기슭, 비탈'이라는 뜻도 있다.

"난 왜 그 생각을 못했지? 정어리 통조림 하나밖에 안 남았어. 그리고 봉지 안에 차가 있길래 그냥 설탕이랑 씹어 먹었지."

"배가 차려면 그것 가지고는 어림없는데."

"네가 양이 적고 창자가 홀쭉하다 해도 그걸로 충분할 리가."

"이틀 동안 수프 한 그릇으로 때우다니. 금처럼 노랗게 빛나는 멀건 것이었지. 고기나 야채도 안 들어 있고 튀김도 없으니! 안 먹고 죄다 남겨버렸다고."

"그걸 촛농처럼 쏟아버렸어, 정말이야."

"가장 고약한 건, 파이프에 불을 붙일 수도 없다는 거야."

"맞아, 정말 비참해! 난 이제 심지도 없어. 조각이 몇 개 있었는데, 없어져버렸다니까! 잡동사니 주머니들을 다 뒤져봐도 소용없어. 아무것도 없더라고. 하나 사려고 해도 네 말마따나 방법이 없지."

"난 아주 작은 조각을 하나 간직하고 있지."

정말이지 견디기 힘든 노릇이다. 병사들이 불을 붙일 수 없어 파이프나 궐련을 그냥 주머니에 넣고 돌아다니는 꼴은 너무나 측은하다. 다행히 티를루아르가 아직 기름이 조금 남아 있는 라이터를 가지고 있다. 그 사실을 아는 자들은 담뱃잎을 꽉 채운 차가운 파이프를 들고서 그의 주위로 모여든다. 그런데 라이터의 불꽃을 옮길 종이조차 없다. 심지에 붙은 불꽃으로 직접 불을 붙이느라 곤충의 배처럼 말라비틀어진 라이터 속에 남아 있는 기름을 소모할 수밖에 없다.

……나는, 운이 좋았다…… 상냥한 얼굴에 바람을 맞으며 어슬렁어슬렁, 무언가 중얼거리면서 나뭇조각을 씹고 있는 파라디를 마주친다.

"자, 이거 가져!" 내가 그에게 말한다.

"성냥이네!" 그는 보석이라도 바라보듯 성냥을 보면서 탄성을 지른다. "오, 이런! 멋진데 이거! 성냥이라!"

곧바로 그가 파이프에 불을 붙이자 그의 얼굴은 불빛을 받아 홍조를 띠고, 그러자 병사들이 외친다.

"파라디한테 성냥이 있다!"

저녁때쯤 나는 여러 마을 중에서도 특히 참담한 이 마을의 교차로 인근에서 파라디를 만난다. 세모꼴 잔해만 남아 있는 어떤 건물의 입구 쪽이었다. 그가 나에게 손짓을 한다.

"쉬잇!……"

다소 거북하면서도 우스꽝스러운 표정이다.

"이봐, 자네가 조금 전에 나에게 성냥을 주었지." 그는 자신의 발을 쳐다보면서 감동한 목소리로 말한다. "그래, 자네에게 보답을 해야겠어. 자!"

그러고서 그는 내 손에다 무언가를 쥐여준다.

"조심해!" 그가 속삭인다. "깨지기 쉬우니까!"

그가 준 찬란하고 새하얀 선물에 눈이 부셔 보고도 믿을 수 없을 지경이었다. 그것은…… 달걀이었다!

16장
목가

“정말이지,” 행군중에 내 옆에서 걷던 파라디가 말했다. “믿고 안 믿고는 자네 마음이지만, 난 완전히 지쳤어. 두 손 두 발 다 들었다고…… 이번 행군만큼 지긋지긋했던 적은 없었어.”

그는 발을 끌면서 거추장스러운 배낭을 짊어지고 어둠 속에서 각지고 다부진 상체를 앞으로 숙인 채 걷고 있었다. 옆에서 보면 더 커다랗고 복잡한 그의 외형과 껑충한 키가 환상적으로 보였다. 그는 두 번이나 발부리가 걸려 비척댔다.

파라디는 강인한 사람이다. 그러나 간밤에 다른 병사들이 자는 동안 그는 연락병으로 밤새 시달렸으니 녹초가 될 만했다.

그가 투덜거렸다.

“이게 다 뭔가. 수킬로미터를 걸어도 길이 고무줄로 되었는지 끝이 없어. 그게 아니라면 뭐라고 설명하겠나."

그러고서 세 발짝에 한 번씩 허리를 움직여 배낭을 거칠게 추어올리곤 했지만 배낭이 금세 아래로 처지는 탓에 그는 다시 허덕대고, 마치 짐을 과다하게 실어 흔들거리며 앓는 소리를 내는 낡은 털털이 마차 같았다.

"다 왔어." 하사관 하나가 말했다.

하사관들이 걸핏하면 하는 소리다. 그런데—하사관은 이번에도 마찬가지로 단언했지만—정말로 우리는 석양빛이 도는 마을에 이르고 있었다. 집들은 하늘이라는 푸르스름한 종이 위에 분필과 잉크로 대충 윤곽만 그려놓은 모양이었고, 교회—뾰족한 종탑 양옆에 보다 가느다랗고 더 뾰족한 두 개의 작은 탑이 나란히 있었다—의 검은 실루엣은 한 그루 커다란 편백나무 같았다.

그러나 숙영할 마을에 들어섰다고 병사의 고생이 끝나는 게 아니다. 분대나 소대가 이미 배정받은 장소에서 숙박하게 되는 경우는 드물다. 왜냐하면 뒤얽힌 오해와 중복 배정 상황을 현장에서 해결해야 하니, 상당한 고난의 시간을 보내고 나서야 각자 최종 임시 거처에 가게 되는 것이다.

따라서 늘 그러하듯 한참을 배회하다가 우리는 정해진 숙영지에 들어섰다. 두꺼운 널빤지 네 개로 만든 헛간으로, 벽이 없고 사방에 세워진 네 기둥뿐이었다. 그러나 지붕만은 제대로 되어 있으니 정말 다행이었다. 이미 짐수레와 쟁기가 들어차 있어서 우리는 그 옆에 자리를 잡았다. 왔다갔다 제자리걸음만 하며 끊임없이 투덜거리고 앓는 소리를 하던 파라디는 결국 짐을 내던진 뒤 땅바닥에 드러누워 사지가 마비되고 발바닥이 아프다고, 그뿐만 아니라 온몸의 관절이 다 쑤신다고 투덜대며 한동안 축 늘어져 있었다.

그런데 이번엔 눈앞에 우뚝 솟은 주인집에서 빛이 번쩍였다. 사위가 온통 칙칙한 저녁 시간에 별빛 같은 램프가 들여다보이는 창문은 그 어느 것보다 병사의 관심을 끈다.

"한번 들여다볼까!" 볼파트가 제안했다.

"좋지." 파라디가 말했다.

파라디는 몸을 일으켜 일어선다. 지쳐 다리를 절룩거리면서 그는 어둠 속에 나타난 금빛 창문을 향해 간다. 그러고는 문으로 향한다.

볼파트가 그 뒤를 따르고 내가 그다음으로 간다.

문이 열리고 반짝이는 대머리 노인이 낡은 모자처럼 쭈그러져 볼품없는 얼굴을 내밀자, 우리는 들어가 포도주를 파느냐고 묻는다.

"안 팔아요." 노인은 군데군데 하얀 솜털 같은 머리칼이 남아 있는 머리를 흔들면서 대답한다.

"커피도, 맥주도 없나요? 무엇이 됐든……"

"없어요. 이보게들, 여긴 아무것도 없어요. 우린 여기 출신이 아니에요. 우리는 피난민입니다. 당신들도 알다시피……"

"아무것도 없다는데 그만 가지."

우리는 발걸음을 돌린다. 하지만 잠깐 동안 우리는 방안의 열기를 누렸고 환한 램프 불빛을 만끽했다…… 볼파트는 어느새 주인집 출입문에 이르러 어둠 속으로 사라진다.

문득 나는 늙은 여인이 부엌 저쪽 구석에서 의자에 파묻힌 채 어떤 일에 열중하고 있는 듯한 모습을 발견한다.

나는 파라디의 팔을 붙든다.

"저기 이 집 마나님 좀 봐. 가서 환심을 사보자고!"

파라디는 놀라울 정도로 냉담하다. 일 년 반 전부터 그는 여자들에게서 호감을 얻지 못한 터에 여자들에 대한 관심을 잃었다. 설령 여자들이 호감을 보인다 해도 마찬가지로 아랑곳하지 않으리라.

"젊든 늙었든, 칫!" 그러면서 그는 하품을 시작한다.

심심했기 때문인지, 아니면 떠나기가 귀찮아서인지, 그는 노파한테 간다.

"안녕하세요, 할머니." 한창 하품을 하던 그가 입을 다물고 나서 웅얼웅얼 인사한다.

"안녕하세요, 젊은이들." 노파는 떨리는 목소리로 말한다.

가까이 다가간 우리는 그녀를 자세히 본다. 쪼글쪼글한 피부에 뼈가 노화되어 등은 굽을 대로 굽어 있고 얼굴이 괘종시계의 문자판처럼 아주 허옇다.

무엇을 하고 있었던 걸까? 그녀는 자신의 식탁 앞에 의자를 바짝 당겨 앉은 채로 신발을 닦느라 열심이다. 그녀의 어린애 같은 손으로 하기엔 힘든 일이다. 손놀림이 야무지지 않아 때때로 솔질이 옆으로 빗나간다. 게다가 신발은 지독하게 더럽다.

자신을 향한 우리의 시선을 느꼈는지 그녀는 손녀딸이 시내에 있는 여성용 모자가게로 내일 아침부터 출근해야 하기 때문에 그애의 편상화를 오늘 저녁 당장 잘 닦아주어야 한다고 속삭인다.

편상화를 더 자세히 살펴보려고 몸을 숙이던 파라디가 갑자기 손을 뻗는다.

"줘보세요, 할머니. 제가 할머니 손녀의 이 작은 구두를 순식간에 닦아드릴게요."

노파는 그럴 필요 없다며 머리와 어깨를 흔든다.

그러나 우리의 파라디는 멋대로 신발을 낚아채고, 그러자 노파가 쇠약해 마비된 몸을 버둥거리며 유령 같은 모습으로 사양한다.

편상화를 양손에 한 짝씩 든 파라디는 그것들을 조용히 붙들고는 응시한다. 꽉 움켜쥔 듯 보이기도 한다.

"신발이 작기도 하네!" 그의 목소리가 평소 우리와 함께 있을 때와는 다르다.

그는 솔까지 낚아채고는 조심스럽고 정성껏 솔질을 시작한다. 신발에서 눈을 떼지 않고 일에 집중한 그의 얼굴에 미소가 번진다.

진흙을 편상화에서 떨어내자, 이번엔 양끝이 뾰족하게 솟은 솔 끝에 구두약을 바른 뒤 애무하듯 조심스럽게 신발을 닦는다.

신발은 말끔해졌다. 멋쟁이 아가씨의 신발이 된 것이다. 신발에 나란히 붙은 조그만 단추들이 반짝인다.

"하나도 빠진 것 없이 다 있군, 단추 말이야." 그는 긍지가 섞인 어조로 나에게 속삭인다.

그는 이제 졸지도 않고 하품도 하지 않는다. 오히려 입을 굳게 다물고 있다. 신선한 봄의 햇살로 얼굴이 훤하게 밝아져, 조금 전까지만 해도 곧 잠에 떨어질 것 같았던 그는 마치 막 깨어난 듯한 모습이다.

검은 구두약이 멋스럽게 묻은 손가락으로, 그는 위쪽이 넓게 벌어져 다리 아랫부분의 형태를 드러내는 편상화의 목을 어루만져본다. 광택을 내는 데 그토록 능란했던 손가락이 지금은 조금 서투른 모습이다.

그가 신발을 돌리고 뒤집어보면서 미소 띤 얼굴로 깊은 생각에 잠겨 있는 동안 노파가 팔을 들어 나를 증인으로 삼는다.

"정말 친절한 병사군요!"

끝났다. 편상화에 광택을 냈고, 마지막 손질까지 마쳤다. 편상화는 번쩍거리고 있다. 이제 할일은 아무것도 없다……

그는 마치 성유물이라도 되는 양 편상화를 매우 조심스럽게 식탁 가장자리에 놓는다. 그러고는 마침내 손을 뗀다.

편상화에서 시선을 곧바로 거두지 못하고 잠시 바라본 뒤, 그는 고개를 숙이고 자신의 장화를 바라본다. 영웅, 보헤미안 그리고 수도사의 운명을 타고난 이 덩치 큰 사내가 신발을 비교해보며 다시 한번 진심으로 미소 짓던 모습이 지금도 잊히지 않는다.

의자 깊숙이 앉은 노파가 꼼지락거린다. 뭔가 생각난 것 같았다.

"그애한테 얘기해줘야겠어요! 당신에게 고마워할 겁니다. 얘야! 조제핀!" 그녀는 문 쪽으로 몸을 틀면서 외쳤다.

하지만 파라디는 커다랗게 손짓을 하면서 그녀의 말을 중단시켰다. 그 모습이 멋져 보였다.

"그러지 마십시오. 그러실 필요 없습니다, 어르신. 손녀따님을 부르지 마십시오. 우리는 갈 겁니다. 그러실 필요 없어요. 자!"

진심을 말로 옮기다보니 그의 어조에는 권위가 서려 있었고, 이에 노파는 순순히 말을 듣고 입을 다물었다.

우리는 우리를 기다리는 쟁기 자루 사이에서 잠을 자러 헛간으로 돌아갔다.

그러자 파라디는 다시 하품을 하기 시작했지만, 희미한 촛불에 비친 그의 얼굴에는 여물통 같은 거처에서 상당한 시간이 흐른 뒤에도 행복한 미소가 여전히 남아 있었다.

17장

대호對壕

난장 속에서 우편물이 배분되고, 편지를 받아든 병사들은 저마다 즐거워하며, 우편엽서에는 그보다 절반쯤 즐거워하며 돌아온다. 그들은 기대와 희망으로 새롭게 기운을 차리고, 전우 한 명이 종이를 흔들어대면서 우리에게 놀라운 이야기를 알린다.

"너 알지? 고생에서 여기저기 뒤적거리고 다니던 그 영감 말이야."

"보물을 찾고 있다던 그 늙은이 말이지?"

"그가 보물을 찾았대!"

"그럴 리가! 허풍 떨지 마……"

"찾았다니까, 이 뚱뚱보야. 무슨 소리를 듣고 싶은 거야? 마법? 난 그런 건 몰라…… 그 집 마당이 포격을 맞았는데 돈이 가득한 상자 하나가 벽 근처 땅속에서 나왔다는 거야. 가득한 보물상자를 찾은 셈이지.

심지어 신부가 슬그머니 와서는 이 기적이 자기 덕분인 것처럼 말했다는군."

병사들은 입을 헤벌리고 있다.

"보물…… 아! 정말…… 아! 그 늙은 멍텅구리 벌거숭이가!"

뜻밖의 소식에 우리는 심연처럼 깊은 생각에 잠긴다.

"그러니 세상일은 결코 알 수가 없는 거야!"

"그 늙은 엉덩짝이 귀에 못이 박히도록 보물이 어쩌고저쩌고 떠벌리면서 귀찮게 했을 땐 상대도 안 했는데!"

"그때도 분명 그런 얘긴 했어. 어찌될지 모를 일이라고! 너도 기억하지? 설마설마했잖아!"

"어쨌거나 확실한 일도 있는 법인가봐." 병사들이 고생에 대해 이야기를 시작할 때부터 마치 사랑스러운 얼굴이 자신에게 미소라도 짓고 있는 양 멍한 표정으로 몽상에 잠겨 있던 파르파데가 말했다. "하지만 나 역시 믿을 수가 없군!…… 전쟁이 끝나 그곳에 돌아가면 그 늙은이가 기고만장해 있는 꼴을 봐야 한다니!"

*

"대호를 파는 공병들을 자원해서 도와줄 병사를 한 사람 보내달라는 요청이 왔다." 꺽다리 특무상사가 말한다.

"말도 안 되는 소리!" 병사들은 투덜거리며 꿈쩍도 않는다.

"전우들을 돕는 일이야." 특무상사가 다시 말한다.

그러자 불평이 그치고 몇몇이 고개를 든다.

"제가 가죠!" 라뮈즈가 말한다.

"장비를 갖추고 날 따라와."

라뮈즈는 배낭을 싸고 모포를 만 뒤 잡낭을 단단히 여민다.

그는 실연의 아픔이 잦아든 이후로 비록 일종의 숙명에 의해 계속 살이 찌고 있긴 하지만 전보다 더 차분하고 침울해졌다. 무언가에 정신이 빼앗기고 혼자만의 세계에 빠진 채 더이상 거의 대화를 하지 않는다.

저녁이 되자 참호 안의 둔덕과 구덩이를 따라 오르락내리락하며 무언가 접근한다. 어떤 형태가 어둠 속에서 헤엄치며 이따금씩 도움이라도 호소하듯 팔을 내미는 것 같다.

라뮈즈다. 그가 우리에게 돌아온다. 흙먼지와 진흙투성이다. 전율하며 땀을 흘리는 모습이 겁을 먹은 것 같다. 그가 입술을 움직여 중얼거린다. "뫼……뫼……" 할 뿐 분명하게 말하지 못한다.

"왜 그래, 무슨 일이야?" 병사들이 묻지만 대답이 없다.

그는 우리가 보는 앞에서 구석에 쓰러져 드러눕는다.

우리는 그에게 포도주를 권한다. 그는 몸짓으로 거절한다. 그러고는 내 쪽으로 몸을 돌리더니 고갯짓으로 나를 부른다. 내가 다가가자 그는 마치 교회에 와 있는 듯 아주 작은 목소리로 속삭인다.

"외독시를 다시 보았어."

그는 숨을 쉬려고 애쓴다. 숨을 씩씩거리고 두 눈동자는 악몽에 고정되어 있는 모습으로 그가 다시 입을 연다.

"그녀는 썩어 있었어."

"적에게 빼앗겼던 곳이었어." 라뮈즈가 말을 잇는다. "열흘 전에 식민지 출신 부대가 총검으로 공격해 탈환했지.

우린 우선 대호를 구축하려고 구덩이를 팠어. 난 열심히 했어. 다른 사람들보다 더 열심히 일해서 앞서나갔지. 다른 사람들은 뒤에서 확장하고 견고하게 다지는 작업을 했어. 그런데 내 앞에 뒤죽박죽 널브러진 들보들이 나타나는 거야. 무너진 옛 참호를 맞닥뜨린 거지. 반쯤 무너진 들보 밑에 빈 공간도 있고 바닥이 보이는 곳도 있었어. 완전히 뒤얽혀 있는 나뭇조각들을 하나하나 치우며 나아가다보니까 반듯하게 서 있는 커다란 흙자루 같은 게 기대있는데 그 위에 무언가 걸쳐 축 늘어져 있는 거야.

작은 들보 하나를 치우자 그 이상한 자루가 떨어져 나를 짓누르더군. 꼼짝 못하고 있는데 시체 냄새가 내 목구멍으로 끼치는 거야…… 그 짐덩어리 위쪽에 머리가 하나 있었고, 늘어져 있던 건 바로 머리털이었던 거지.

자네도 알겠지만, 그 속에선 잘 보이지가 않아. 하지만 세상에 그런 머리카락을 가진 사람은 단 하나뿐이기에 난 곧장 알아보았어. 그리고 완전히 망가지고 곰팡이가 슨 나머지 얼굴도, 반죽같이 뭉그러진 목덜미도. 죽은 지 아마 한 달은 된 듯한 몸 전체가 눈에 들어왔지. 바로 외독시였어.

그렇다니까. 결코 가까이 갈 수 없었던 그 여자였어—마치 다이아몬드를 대하듯 난 만질 수도 없이 멀리서만 그녀를 바라보곤 했지. 알다시피, 그녀는 여기저기로 돌아다녔잖아. 전선을 어슬렁거렸지. 어느 날 그녀는 총에 맞아 죽어버렸고, 그 상태로 거기 묻혀 있었던 거야. 우연히 이 대호 공사를 하게 되었을 때까지 말이야.

어떤 상황이었는지 이해하겠지. 난 한쪽 팔로 그녀를 들쳐메고, 다른 한쪽 팔로 작업을 해야 했어. 그녀가 온몸으로 나를 덮치더군. 이봐, 그녀가 나를 껴안으려 했다니까. 난 싫었어, 끔찍했으니까. 그녀는 마치 이렇게 말하는 것 같았어. '당신, 날 안고 싶어했잖아. 그래, 오라고, 오라니까!' 그녀는…… 그녀처럼 부스러져 썩은 꽃다발 잔해와 뒤엉켜 있었는데, 꽃다발 역시 작은 짐승의 시체처럼 악취를 풍겼어.

그녀를 다른 쪽에 내려놓으려면 두 팔로 그녀를 안아 둘이 함께 천천히 돌아서야 했어. 너무 비좁고 너무 밀착되어 있던 터라 돌아서면서 한순간 난 본의 아니게 그녀를 힘껏 끌어안고 말았지. 이봐, 예전에 그녀만 원했다면 그렇게 하고 싶었던 것처럼 말이야……

내게 느껴지던 촉감, 그리고 내 의지나 그녀의 의지와는 상관없이 그녀가 풍겨대던 그 냄새를 깨끗이 씻어내는 데 반시간이 걸렸다니까. 아! 덕분에 나는 불쌍한 마소처럼 녹초가 되었지."

그는 배를 바닥에 깐 채 얼굴은 땅에 처박고, 두 주먹을 쥐고선, 사랑과 부패에 대한 꿈 같은 것을 꾸며 잠에 빠진다.

18장
성냥

오후 다섯시. 어두운 참호 안쪽에 있는 세 사람이 모두 움직이고 있다.

흙으로 된 굴 속의 꺼진 불 주변에 모여 있는 그들의 모습은 끔찍하고 시커멓고 불길해 보인다. 비가 오는데다 아무도 관심을 두지 않아 불은 죽어버렸고, 취사병 넷은 재로 뒤덮인 불의 잔해와, 불꽃이 날아가버려 다시 식어가는 장작 부스러기를 바라보고 있다.

볼파트는 무리가 모인 곳까지 비틀거리며 오더니 어깨에 짊어졌던 검은 덩어리를 내던진다.

"뭔진 모르겠지만 대피호에서 빼온 거야."

"나무는 있는데." 블레르가 말한다. "하지만 불을 붙여야 해. 안 그러면 어떻게 이 질긴 것을 익히겠어?"

"맛있는 부위인데." 시커먼 사병 하나가 신음한다. "안창살이야. 내 생각에 소의 가장 맛있는 부위는 안창살이야."

"불!" 볼파트가 투덜거린다. "성냥도 없고 아무것도 없다니."

"불이 필요하다고." 군대 영창 비슷한 이 어두운 구덩이에 불안이 감돌고 물결치게 하면서 푸파르댕이 불평을 해댄다.

"달리 방법이 없어, 불이 필요해." 페팽이 굴뚝 청소부처럼 대피호에서 모습을 나타내며 강조한다. 저녁에 어둠이 닥친 것 같은 회색빛 덩어리의 모습이다.

"걱정하지 마, 내가 어떻게 해볼 테니." 블레르가 분노와 결심이 쌓인 어조로 선언한다.

취사병이 된 지는 얼마 안 되었지만, 그는 자신의 직무를 수행해나가는 데 어려움을 해결하고자 애쓴다.

그의 말투는 마르탱 세자르가 살아 있었을 때와 비슷하다. 몇몇 하사관들이 나폴레옹을 흉내내려 하듯이, 그는 항상 불을 찾아내던 그 전설적인 취사병을 본보기로 삼는다.

"필요하다면 사령부 초소의 나무라도 뜯어낼 거야. 연대장의 성냥이라도 구걸할 거야. 다녀오지……"

"불을 찾으러 가자고."

푸파르댕이 앞장선다. 그의 얼굴은 불에 그을린 냄비 바닥처럼 시커멓다. 사납게 추운 날씨에 그는 몸 전체를 꽁꽁 싸맸다. 반은 암염소 가죽, 반은 양가죽으로 안을 댄 외투 차림이다. 그래서 반은 갈색에 반은 희끄무레한, 기하학적 구도로 명확하게 색상이 나뉜 이 가죽옷 때문에 그는 어떤 신비스러운 동물 같아 보이기도 한다.

페팽은 챙 없는 면 모자를 썼는데 때가 번질번질하게 껴서 꼭 그 유명한 검은 비단 모자처럼 보인다. 모직으로 된 방한용 복면을 쓰고 있는 볼파트는 움직이는 나무줄기 같다. 그 두텁고 육중한 몸체 위쪽에 네모나게 트인 부분으로 노란 얼굴이 드러나고 그 몸체에서 다리가 두 갈래로 뻗어나와 있다.

"10중대 쪽으로 가자고. 그들은 필요한 것을 항상 가지고 있으니까. 9번 연락참호보다 더 멀리 떨어진 필론도로에 있어."

불빛도 없고 포장도 안 되어 그다지 안전하지 않은 침침한 골목처럼 그들 앞에 구불구불 펼쳐진 참호에서 괴상한 옷차림으로 공포감을 자아내는 네 병사는 한 조각 구름처럼 전진한다. 제2전선과 제1전선을 잇는 통로라, 그곳에는 아무도 거주하지 않는다.

불을 찾아 나선 취사병들은 석양의 먼지 속에서 두 명의 모로코 병사를 만난다. 하나는 안색이 검은 장화 같고 다른 하나는 노란 구두 같다. 희미한 희망의 빛이 취사병들의 마음속에서 빛난다.

"이봐, 친구들, 성냥 있나?"

"전혀!" 검은 녀석이 대답한다. 그가 웃자 연갈색 모로코 가죽 같은 그의 입이 벌어지며 도자기처럼 기다란 치아가 드러난다.

이번엔 노란 녀석이 앞으로 나오더니 묻는다.

"담배? 담배 좀 있나?"

그는 황록색 소매를 내미는데, 참나무같이 크고 억센 손에 주름진 손바닥은 호두 염료를 바른 듯 시커멓고—손끝에는 보랏빛 손톱이 비죽 솟아 있다.

페팽은 혼잣말을 하며 주머니를 뒤지다가 먼지가 뒤섞인 담배를 약간 꺼내 모로코 병사에게 준다.

좀더 나아가다보니 황혼 속 무너진 흙더미에서 졸고 있는 보초가 보인다. 반쯤 깬 이 병사가 말한다.

"오른쪽으로, 그다음 다시 오른쪽으로, 그런 다음 똑바로 가면 돼. 틀리면 안 돼."

그들은 전진한다. 오랫동안 걷는다.

"멀리 온 것 같군." 반시간 동안 고독을 견디며 아무 소득 없이 걷고 난 뒤 볼파트가 말한다.

"젠장, 대단한 내리막길이네, 안 그런가?" 블레르가 말한다.

"걱정 마, 늙은이." 페팽이 놀려댄다. "겁나면 그냥 우리한테 맡겨도 돼."

땅거미가 지는 가운데 그들은 아직도 걷고 있다…… 길게 뻗은 끔찍한 사막 같은, 여전히 텅 빈 참호가 폐허처럼 기괴하다. 참호 가장자리에 쌓아놓은 흙은 무너져 있다. 무너진 흙더미 때문에 땅바닥은 러시아의 산맥처럼 울룩불룩하다.

불을 찾아 나선 네 명의 거대한 사냥꾼은 밤이 깊어지고 이 괴물 같은 길로 접어들면서 어렴풋한 두려움에 사로잡힌다.

선두에 있는 페팽이 멈추더니 손을 내밀어 모두를 멈춰 세운다.

"발소리야……" 그들은 어둠 속에서 목소리를 죽인다.

그러자, 그들 마음에 덜컥 두려움이 인다. 대피호에서 그토록 멀리까지 온 게 잘못이었다. 그들 잘못이다. 그리고 무슨 일이 생길지 아무도 모른다.

"저기로 들어가자, 빨리." 페팽이 말한다. "빨리!"

그는 지면 가까이에 있는 장방형의 틈을 가리킨다.

손으로 더듬어보니 이 장방형의 어두운 곳은 어떤 대피호 입구 같은 것이었다. 그들은 차례차례 그리로 들어간다. 마지막 병사가 기다리다 못해 다른 사람들을 밀어넣는다. 마침내 그들은 그 구멍의 막막한 어둠 속에 쭈그린다.

발소리와 목소리가 분명해지더니 점점 가까이 다가온다.

땅굴을 꽉 막은 채 한 덩어리가 된 네 사람 중에서 몇몇이 위험을 무릅쓰고 손을 뻗어 여기저기 더듬어본다. 갑자기 페팽이 숨죽인 목소리로 속삭인다.

"대체 이게 뭐지?"

"뭔데?" 그와 딱 붙어서 꼼짝 못하는 다른 병사들이 묻는다.

"탄약 클립이야!" 페팽이 낮은 소리로 말한다…… "작은 널빤지 위에 독일군 탄약 클립이 있어! 우린 독일 놈들 연락참호에 와 있는 거야!"

"달아나자!"

세 병사가 충동적으로 나가려 한다.

"조심해, 빌어먹을! 움직이지 마!…… 발소리가……"

발소리가 들린다. 한 사람의, 매우 빠른 걸음이다.

그들은 움직이지 않고 숨을 죽인다. 땅바닥에 고정되어 있던 그들의 시야 오른편에서 어둠 속에 무언가 움직거리더니 그림자 하나가 두 다리와 함께 나타나 그들 쪽으로 가까워지다가 지나간다…… 그림자의 윤곽이 뚜렷하다. 맨 위에는 덮개가 씌워진 헬멧이 있고 덮개 아래로 그 뾰족한 모양이 짐작된다. 지나가는 자가 내는 소리 말고는 아무것도 들리지 않는다.

독일군이 지나가자마자 네 취사병은 서로 상의하지도 않고 단번에 돌진하여 서로 부딪치면서 미치광이처럼 그에게 달려든다.

"전우 여러분!" 그가 서투른 프랑스어로 말한다.

하지만 칼날 하나가 번쩍이다 사라진다. 독일군은 땅속에 가라앉듯 쓰러진다. 페팽이 쓰러진 그에게서 헬멧을 탈취해 단단히 움켜쥔다.

"도망가자." 푸파르댕이 으르렁거린다.

"이 녀석을 뒤져야 한다고!"

그들은 그를 들어 돌려놓더니 그 무르고 축축하고 미지근한 육체를 일으켜세운다. 갑자기 그가 기침을 한다.

"죽지 않았네."

"아니야, 죽었어. 공기 때문에 그래."

그들은 그의 주머니를 뒤진다. 몸을 숙인 채 작업에 몰두한 네 검은 병사의 숨소리가 거칠다.

"헬멧은 내 거야." 페팽이 말한다. "내가 그를 찔렀거든. 난 헬멧을 원해."

그들은 시체를 더듬어 아직도 따뜻한 증명서들이 들어 있는 지갑, 쌍안경, 지갑과 각반을 빼낸다.

"성냥이야!" 블레르가 성냥갑을 흔들면서 소리친다. "그가 성냥을 갖고 있었어!"

"아! 요놈 봐라!" 볼파트가 아주 낮게 탄성을 내뱉는다.

"이제 빨리 달아나자……"

그들은 구석에다 시체를 몰아넣고는 후다닥 뛰어 소란이 일든 말든 신경도 쓰지 않고 일종의 공포에 사로잡혀 달음박질친다.

"이쪽이야!…… 이쪽…… 어이! 이봐, 서두르라고!"

아무 말 없이, 그들은 끝이 안 보이고 기괴할 정도로 텅 빈, 미궁 같은 연락참호 안에서 서둘러 나아간다.

"난 숨이 안 쉬어져. 더이상, 더이상 난 안 되겠어……" 블레르가 말한다.

그는 비틀거리다가 멈춘다.

"자! 힘내라고, 이봐." 페팽이 쉰 목소리로 헐떡거리고 끽끽거린다.

그는 블레르의 소매를 붙잡고는 짐수레를 끄는 고집 센 말을 부리듯 앞으로 끌어당긴다.

"다 왔어!" 푸파르댕이 갑자기 말한다.

"맞아, 저 나무가 낯익군."

"필론도로야!"

"아!" 블레르가 숨을 헐떡거리고 모터처럼 몸을 떨면서 신음한다.

그는 마지막 힘을 짜내 앞으로 몸을 던지듯 나가더니 땅바닥에 주저앉는다.

"거기 멈춰!" 보초 하나가 소리친다.

"어떻게 된 거야?" 네 병사를 보고는 그가 더듬거린다. "너희들, 어디서 오는 거야?"

땀을 줄줄 흘리며 피를 온몸에 뒤집어쓴 채 신나게 웃고 꼭두각시처럼 껑충거리는 그들의 모습이 어스름 속에서 한층 시커멓게 보인다. 독일 장교의 헬멧이 페팽의 손에서 반짝이고 있다.

"아! 거참, 빌어먹을!" 보초가 입을 벌린 채 중얼거린다. "대체 무슨 일이 있었던 거야?……"

극성스러운 반응에 그들은 동요되고 정신이 없다.

모두가 한꺼번에 이야기를 한다. 그들 자신도 여전히 뭐가 뭔지 잘 모른 채 방금 겪은 그 비극을 성급하고 어수선하게 재구성한다. 애초에 반쯤 잠든 보초와 멀어졌을 때부터, 그들은 일부는 우리 진영에 그리고 일부는 독일군에 속하는 국제 연락참호로 잘못 들어서고 말았던 것이다. 프랑스군 구간과 독일군 구간 사이에는 바리케이드도, 구획도 없다. 다만 일종의 중립지대가 있고 그 양끝에서 두 명의 감시병이 상시적으로 감시할 뿐이다. 마침 독일군 감시병이 아마 초소에 없었거나, 네 사람의 그림자를 보고 숨었거나, 아니면 퇴각했는데 원군을 데려올 시간이 없었던 모양이다. 혹은 독일군 장교가 실수로 중립지대에서 지나치게 앞으로 나와 선 것일지도…… 말하자면, 그들은 일어난 일을 이해하지 못하면서도 이해하는 꼴이다.

"가장 웃기는 건," 페팽이 말한다. "이 모든 일을 짐작했으면서도 우리는 출발하며 전혀 조심할 생각을 못했다는 거야."

"우리는 불을 찾으러 갔던 거지!" 볼파트가 말한다.

"그래서 불을 찾아왔다고!" 페팽이 소리친다. "성냥을 잃어버린 건 아니겠지? 이 늙다리 친구야!"

"염려 붙들어 매라고!" 블레르가 대답한다. "독일군 성냥은 우리 것보다 질이 좋아. 그리고 불을 켜기 위해 우리가 가진 건 이것뿐이라고! 그런데 성냥갑을 잃어버리다니! 그러면 내 몸을 절단해야 할걸!"

"우리가 좀 늦었어. 식수가 얼고 있을 거야. 우선 거기까지 열심히 가자고. 독일군을 혼내준 이야기는 동지들이 있는 그 시궁창으로 돌아가서 해주자고."

19장
포격

광막한 안개에 싸인 허허벌판.

하늘은 짙푸른 색을 띠고 있다. 밤이 끝나갈 무렵, 약간의 눈이 날려 어깨와 주름진 소매에 먼지처럼 내려앉는다. 우리는 후드를 쓴 채 네 명씩 걷고 있다. 희미하고 불투명한 빛 속 우리의 모습은 마치 북부의 한 고장으로부터 또다른 북부의 고장으로 이주하는, 상당수가 죽어 몇 안 되는 주민들 같다.

우리는 도로를 따라 걸으며 폐허가 된 아블랭생나제르를 지나쳤다. 희끄무레한 덩어리 같은 집과 거미줄처럼 걸린 보잘것없는 지붕이 얼핏 눈에 들어온다. 마을이 무척 길게 늘어서 있어, 한밤중에 들이닥친 우리 눈에 마지막 건물이 보일 즈음엔 벌써 얼어붙은 새벽빛으로 어슴푸레해지기 시작한다. 우리는 이 화석처럼 변해버린 대양大洋의 언저리에서, 죽어버린 도시를 지키는 자들이 작은 지하실에 피워둔 불빛을 창살 너머 발견한다. 늪지 같은 들판에서 우리는 고전했다. 발이 진흙 속에 푹푹 빠지는 조용한 지대를 지나며 갈피를 잡지 못하다가 다른 도로, 즉 카랑시에서 수셰로 이어지는 도로에 접어들어서야 다소 안정을 되찾았다. 도로 가장자리의 커다란 포플러는 온통 부러지고 줄기들이 찢겨 있다. 어떤 곳은 마치 부러진 나무들의 장대한 행렬 같다. 어둠 속에서 우리 양쪽에는 난쟁이 유령 같은 나무들이 보이는데, 종려 잎처럼 갈라지거나 붕대나 끈을 감아놓은 듯 갈기갈기 찢어진 채 반으로 꺾여 있고 무릎을 꿇은 것 같다. 때때로 웅덩이가 나타나 행군이 뒤죽박죽으로 요동친다. 병사들은 발뒤꿈치를 들고 노 젓는 소리를 내면서 물이 고인 도로를 나아간다. 여기저기 두꺼운 널빤지들도 널려 있다. 진창 속에 비스듬히 묻혀 있는 터라 잘못 밟아 미끄러지고 만다. 때때로 물이 많은 곳에서는 둥둥 떠다니기도 한다. 병사의 무게에 눌리면 그것들은 '철썩' 소리를 내며 가라앉고, 병사는 넘어지거나 비틀거리면서 미친듯이 욕설을 퍼부어댄다.

새벽 다섯시쯤 되었을 것이다. 눈은 이미 그쳤고 벌거벗은 풍경이 무섭게 밝아오지만, 아직도 우리는 안개와 어둠이 자아내는 비현실적인 거대한 원에 둘러싸여 있다.

우리는 나아가고, 계속해서 나아간다. 마침내 작고 어두운 언덕이 보이는 곳에 도착하는데, 언덕 기슭에는 사람들이 왁자지껄 모여 있는 것 같다.

"두 명씩 전진하라." 분견대장이 말한다. "두 명이 한 조가 되어 교대로 두꺼운 널빤지와 방책을 든다."

짐 나르기가 시작된다. 두 병사 중 하나는 자기 소총과 동료의 소총을 든다. 나머지 병사는 40킬로그램은 족히 나가는 진흙투성이에 미끈거리는 길고 두꺼운 널빤지, 혹은 잎이 무성한 가지들이 달리고 문짝처럼 커다란 방책을 간신히 등에 지고는, 몸을 숙이고 두 손을 뒤로 뻗어 가장자리를 받친다.

이제 회색빛 도로 위에서 지친 병사들은 목이 조여오는 듯한 신음소리와 희미한 저주를 퍼부으며 매우 느리게, 매우 둔중하게 다시 전진한다. 100미터를 이동한 뒤 한 조를 이룬 두 병사가 서로 짐을 바꾸었기 때문에 200미터 지점에 이르렀을 땐 살갗을 에며 창백하게 만드는 새벽 삭풍에도 불구하고, 하사관들을 제외한 모두가 땀을 줄줄 흘린다.

갑자기 우리가 목표로 삼은 알 수 없는 지점에서 별 모양의 강렬한 불꽃이 피어오른다. 조명탄이다. 그것은 주변의 성좌들을 사그라뜨리면서 하늘 한쪽을 우윳빛 후광으로 밝히더니 요정 같은 모습으로 우아하게 내려온다.

우리 앞 저쪽에서 빛이 빠르게 번쩍인다. 섬광, 그리고 폭발음.

포탄이다.

폭발이 일어나며 낮은 하늘에 순간적으로 빛이 넓게 퍼지면서 우리는 맞은편 약 1킬로미터 지점에서 동서로 뻗은 능선을 본다.

이 능선, 그러니까 지금 보이는 곳에서부터 산 정상까지는 우리 아군의 수중에 있다. 아군의 최전선에서 100미터 떨어진 반대편 비탈은 독일군의 최전선이다.

포탄은 우리의 전선 안쪽에 있는 산 정상에 떨어졌다. 적들이 포격을 하고 있는 것이다.

또하나의 포탄이 날아온다. 또하나, 그리고 또하나가 언덕 높은 곳 근방에 보랏빛이 감도는 빛의 나무들을 심고, 그 나무들은 저마다 지평선 전체를 희미하게 비춘다.

이윽고 별처럼 반짝이는 불꽃들이 나타나더니, 언덕 위에 돌연 화려한 빛의 숲을 이룬다. 푸르고 흰 신기루가 우리 눈앞의 어두운 심연 전체에 가볍게 걸려 있다.

짐을 진 병사들은 이 무거운 진흙투성이 짐이 등에서 미끄러져내리지 않도록, 또한 그들 자신도 땅바닥에 미끄러지지 않도록 팔다리로 힘껏 버티면서 온 힘을 기울이느라 아무것도 보지 못하고 아무 말도 하지 못한다. 다른 병사들은 추위에 오들거리고, 코를 훌쩍거리고, 옆구리에 늘어뜨린 젖은 손수건으로 코를 훔치고, 갈가리 찢긴 도로의 장애물들을 저주하면서도 이 장관을 바라보며 한마디씩 내놓는다.

“꼭 불꽃놀이 같구먼.” 그들은 말한다.

아래쪽에서부터 언덕을 기어오르고 시커멓게 한데 모여 우왕좌왕하는 우리 부대 앞에는, 몽환적인 오페라 무대처럼 거대하고 불길한 배경이 펼쳐져 있다. 별빛 같은 붉은색과 녹색 불꽃이 하나씩, 그리고 훨씬 더 느릿느릿, 붉은 불꽃 여럿이 한데 나타나 비현실적인 배경을 완성한다.

우리 대열의 병사들 절반이 그 광경을 바라보고, 참지 못하고 불분명한 어조로 민중적인 탄성을 나직하게 내뱉는다.

“오! 붉은 불꽃이네!…… 오! 녹색!……”

독일군이 신호탄을 쏘았고, 우리 군 역시 포격하라고 신호를 보내는 것이다.

도로는 휘돌아 다시 오르막이다. 마침내 날이 샜다. 더러워진 사물들이 눈에 들어온다. 백색 도료를 입히고 연회색으로 페인트칠을 한 듯한 도로를 중심으로 현실 세계가 처량하게 모습을 드러낸다. 우리가 지나온 뒤쪽, 파괴된 수세의 집들은 부서져 자재만 남은 기단에 불과하고 나무들은 찢긴 가시덤불 같은 것밖에 남지 않아 땅에 울퉁불퉁 기복을 만든다. 우리는 왼쪽에 있는 구멍으로 접어든다. 연락참호의 입구다.

병사들은 지정된 둥그런 울타리 안에 지고 온 짐을 내려놓고, 후끈하면서도 동시에 얼어붙은 몸으로 연락참호에 자리를 잡고 기다린다. 축축한 손은 살갗이 벗겨지고 경련으로 오그라든다.

구멍 속에 턱까지 몸을 묻고 우리를 보호해주는 엄청난 흙더미에 가슴을 기댄 채, 우리는 눈부시고 심각한 비극의 전개를 지켜본다. 포격은 배가된다. 능선 위에서 번쩍이는 빛의 나무들은 희끄무레한 새벽빛을 받아 흐릿한 낙하산처럼 보이기도 하고, 한 점 불을 밝힌 해파리처럼 보이기도 한다. 그러더니 햇빛이 퍼져감에 따라 보다 분명하게 윤곽을 드러내면서 화려한 깃털 장식 같은 연기가 나타난다. 흰색과 회색의 타조 깃털 같은 그 연기는 우리 앞 500~600미터 지점에 있는 119고지의 흐릿하고 음산한 땅 위에 갑자기 생겨나더니 천천히 사라진다. 말 그대로 불기둥과 연기 기둥이 함께 소용돌이치면서 동시에 포격소리가 울린다. 바로 그 순간, 언덕 사면에서 일단의 병사들이 내달려 땅굴에 숨어든다. 그들은 흩어진 개미굴에 스며들어 하나하나 사라진다.

이제 '침입자'의 형태가 더 또렷이 보인다. 포격 때마다 테두리가 검고 유황빛을 띤 흰 덩어리가 60여 미터 높이의 대기에 형성되고, 나뉘어 양떼구름처럼 변한 뒤, 그 누르스름한 덩어리가 땅바닥에 격렬하게 내리꽂는 일련의 포탄 소리가 피융 피융 들려온다.

포탄은 연달아서 여섯 번 폭음을 내며 터진다. 쾅, 쾅, 쾅, 쾅, 쾅, 쾅. 77밀리 포다.

병사들은 77밀리 유산탄을 대수롭지 않게 여긴다—블레즈부아가 불과 사흘 전에 유산탄을 맞고 죽었는데도 말이다. 그것들은 거의 언제나 아주 높은 곳에서 폭발한다.

누구나 아는 사실이지만 바르크는 설명한다.

"철모는 납 탄알로부터 머리를 충분히 보호해주지. 어깨를 부수고, 땅에 내동댕이칠 수는 있어도 널 죽이진 못해. 그래도 어쨌거나 당연히 피해야 하지만. 포격이 지속되는 동안 머리를 하늘로 쳐들거나 비가 오는지 보려고 손을 내밀어서도 안 된다는 점을 유념해야 해. 이번엔 우리의 75밀리군……"

"77밀리만 있는 게 아니야." 메닐 앙드레가 말을 가로막는다. "온갖 종류가 있어. 좀 들어봐……"

포탄이 떨어지면서 떨리는 소리나 삐걱거리고 날카로운 소리, 후려치듯 때리는 소리가 난다. 저 위쪽 광활하게 드러난 비탈에는 아군들이 대피호 안에 있는데 그 위로 온갖 형태의 구름이 피어오른다. 다 타버리고 이제는 뿌옇게 된 거대한 깃털 같은 연기에 커다란 수증기 덩어리, 가느다란 빛줄기들을 내뿜는 구름들, 넓게 퍼지다가 사그라드는 연기들이 뒤섞인다—모두 희거나 녹회색이고, 흑색이거나 구릿빛이고, 금빛이 돌거나 잉크 얼룩 같은 색을 띤다.

마지막 두 번의 폭발은 매우 가까운 데서 일어났다. 난타당한 지면 위에서 거대한 공처럼 생긴 검은색과 다갈색 먼지 덩어리가 만들어지고, 폭발이 일어난 뒤 바람 따라 서서히 흩어져 사라질 때면 이 덩어리들은 전설 속 용 같은 모습이 된다.

광포하게 번쩍이는 환영들로 가득한 이 고장 한가운데, 하늘이 무겁게 내리누르는 이 들판 한가운데서 참호 안에 있는 우리는 줄지어 지면과 나란히 얼굴을 든 채 시선을 그쪽으로 돌리고 두 눈으로 그 용을 닮은 연기를 바라본다.

"저건 150밀리 시한탄이야."

"210밀리야, 이 바보야."

"착발탄도 있어. 바보들아! 저것 좀 보라고!"

포탄 하나가 지면에서 폭발해 부채꼴의 거뭇한 연기 속에 흙더미와 파편을 사방으로 튀긴다. 마치 지구의 저 깊숙한 곳에 웅크리고 있던 화산이 들판을 가르고 무섭게 분출되는 것 같다.

악마 같은 소리가 우리를 에워싼다. 온 우주의 맹렬한 분노가 계속해서 커지고 끊임없이 배가되는 느낌이다. 우리가 흙속에 턱까지 파묻힌 가운데, 대지는 바람 따라 너울거리는 누더기 같은 포탄 연기로 뒤덮이고, 거칠고 둔탁하게 부딪치는 소리들, 격노한 아우성, 짐승들의 날카로운 외침들이 폭풍처럼 이 대지에 억척스레 몰아친다.

"젠장, 저놈들, 이제 탄약이 다 떨어졌다더니!" 바르크가 소리친다.

"빌어먹을! 우리가 사태를 잘 안다고! 신문에서 떠들어대는 건 죄다 허튼소리지."

둔탁한 기관총소리가 주변의 혼잡한 소리들을 압도한다. 이 느릿한 드르륵 소리가 전쟁의 모든 소리들 중에서도 가장 가슴을 찌른다.

"기관총이야! 우리 것 가운데 하나야. 들어봐, 독일 것은 간격이 일정하지 않은데 이건 규칙적이지. 놈들 것은 탁…… 탁탁탁…… 탁탁…… 탁…… 하고 소리를 낸다고."

"정신 차려, 이 똥강아지야! 기관총이 아니야. 저기 31번 대피호로 돌아가는 모터사이클 소리라고."

"그보다 내 생각엔 저 위에 있는 어떤 녀석이 조종간을 살펴보다가 사고를 친 것 같은데." 페팽이 머리를 쳐들고 비행기를 찾아 하늘을 살피며 냉소한다.

논쟁이 벌어진다. 알 수가 없다! 늘 이 모양이다. 이 모든 다양한 굉음들로 가득한 환경에 익숙해져보았자 결국 갈피를 잡지 못하는 것이다. 요전날 어떤 소대는 숲속에 있다가 근처에서 거친 노새 울음소리의 첫 부분을 듣고는 포탄이 날아오는 것으로 착각한 일도 있다.

"이봐, 오늘 아침엔 공중에 떠 있는 계류기구들이 심상치 않은데." 라뮈즈가 말한다.

병사들이 눈을 들고 그것들을 세어본다.

"우리 진영에 여덟 개, 독일군 진영에 여덟 개야." 이미 셈을 마친 코콩이 말한다.

실제로, 지평선 위에는 거리 때문에 작아 보이는 적군의 계류기구들 맞은편에 아군의 가볍고 길쭉한 정밀 계류기구 여덟 개가 가느다란 금속 선으로 지휘센터와 잘 이어진 채 일정한 간격으로 떠 있다.

"우리가 저들을 보듯이 저들도 우리를 보고 있어. 저 빌어먹을 것들로부터 어떻게 벗어날 수 있겠어?"

"대답은 이거야!"

과연, 갑자기 우리의 등뒤에서 75밀리 포의 분명하고 날카로운 굉음이 터져 귀가 멍해진다. 포탄은 끊임없이 타닥타닥 소리를 낸다.

이 우레 같은 소리에 우리는 일어나 환호한다. 파편들이 떨어질 때마다 일제히 소리를 지르고, 대포가 터질 때마다 쾅쾅대는 이 환상적인 북소리 한가운데서—바르크가 저 '커다란 주둥이'로 내뱉는 날카로운 목소리를 빼면—우리는 서로의 말을 알아듣지도 못한 채 서로를 바라본다.

잠시 뒤 고개를 내밀고 두 눈을 전방으로 돌려보니 언덕 높은 곳에 벌 사이에 서 있는, 찌그러진 기괴한 나무들의 우듬지 윤곽이 보인다. 그 나무들은 적군이 웅크린 채 숨어 있는 보이지 않는 사면에 단단히 뿌리내리고 있다.

"저게 뭐지?"

우리 뒤로 100미터 지점에 있는 75밀리 포가 계속해서 날카로운 소리를—모루에 떨어지는 거대한 망치 소리 같고, 이 선명한 소리에 이어 힘과 분노를 동반한 어지러운 비명이 이어진다—내는 동안, 꾸르륵하는 기묘한 소리가 이 합주를 압도한다. 그것 역시 우리 쪽에서 나는 소리다.

"엄청난데, 저놈!"

포탄은 아마 우리 머리 1천 미터 위의 대기를 가르고 있을 것이다. 그 소리는 울려퍼지는 돔처럼 모든 것을 덮어버린다. 완만한 호흡. 그러나 다른 포탄들보다 더 불룩하고 거대하다. 플랫폼으로 들어오는 열차처럼 진동하면서 둔중한 소리가 고조되더니 눈앞에 떨어진다. 그리고 그 묵직한 포효 소리는 멀어진다. 우리는 정면의 언덕을 바라본다.

몇 초가 지나자 언덕은 밝은 주홍빛 구름으로 뒤덮이고, 구름은 바람을 따라 지평선을 반쯤 덮어버린다.

"감마 지점의 포병대에서 쏜 220밀리 포탄이야."

"이 포탄들은 대포에서 빠져나가는 게 눈에 보이지." 볼파트가 단언한다. "사격의 방향을 주시하면, 대포에서 멀리 떨어져 있어도 볼 수 있다고."

다른 병사가 그의 말을 잇는다.

"저기! 저기 좀 봐! 좀 보라고! 봤어? 얼른 봤어야지. 놓쳤구먼. 집중해야 해. 이봐, 또하나 쏜다! 봤어?"

"못 봤어."

"이 바보! 뭐가 이렇게 미련해? 네 아버지는 화가였잖아! 어, 저거 좀 봐! 잘 보여? 이 멍청한 놈, 엉터리."

"봤어. 저게 다야?"

날개를 접은 티티새가 하늘 높이 올라갔다가 부리를 앞으로 내밀고 급강하하면서 곡선을 그리듯 움직이는 가느다랗고 끝이 뾰족한 작고 검은 덩어리를 몇몇 병사는 보았다.

"저게 118킬로그램이나 나간다고, 이 바보들아." 볼파트가 거만하게 말한다. "대피호에 떨어지면 그 속에 있는 사람은 다 죽어. 날아가지 않은 자들은 밀려오는 불바람에 뒈지거나, '아이고' 하고 숨을 쉴 겨를도 없이 질식해 죽는 거지."

"'자, 포격!' 하고 270밀리 포탄을 공중에 쏠 때도 진짜 잘 보인다니까—정말 한 덩이 쇳조각이야."

"155밀리 리마일로*도 마찬가지야. 곧장 너무 멀리 날아가버려서 시아에서 사라지고 말지만 말이야. 바라볼라치면 눈앞에서 사라져버리거든."

유황, 화약, 타버린 천조각, 검게 그을린 흙 따위의 냄새가 들판에 겹겹이 뒤덮이고 온갖 짐승의 울음소리가 가득하다. 소 울음소리, 맹수들의 포효 소리, 사납고 거친 으르렁 소리, 귀를 찢고 뱃속을 파고드는 듯한 고양이 울음소리, 바다를 표류하는 난파선의 기적소리처럼 길고 날카로운 울부짖음이 들린다. 때로는 절규 같은 것이 공중에서 교차하고 이상한 음색으로 변하여 인간의 말소리처럼 들리기도 한다. 들판은 군데군데 들썩이다가 다시 가라앉는다. 지평선 한쪽 끝에서 다른 끝까지, 이 기묘한 폭풍에 휩싸인 풍광이 우리 눈앞에 펼쳐진다.

그리고 멀리서 아주 커다란 대포들이 요란하게 울리는데, 그 소리는 아주 희미하고 둔하게 퍼지지만 귓가로 전해지는 공기의 이동을 통해 그 힘이 느껴진다.

…… 포탄이 떨어진 지대에서 무거운 꾸러미 하나가 폭발하여 요동치더니 녹색 연기가 사방으로 퍼져나간다. 유폐된 죄수들 같은 우리는 눈앞에 펼쳐진 풍경에 너무도 어울리지 않는 연기 색깔에 정신을 빼앗겨 이 끔찍한 폭발이 일어난 쪽으로 고개를 돌린다.

"아마 독가스일 거야. 방독면을 준비하자고!"

"돼지 새끼들!"

"정말 비겁하군." 파르파데가 말한다.

---

* 프랑스 병기 제작자 에밀 리마일로가 만든 곡사포.

"뭐가 말이야?" 바르크가 빈정대며 말한다.

"첫, 정정당당하지 않잖아, 가스라니……"

"네가 비겁하네 정정당당하네 말하다니 뒤로 넘어가겠구나……" 바르크가 응수한다. "평범한 포탄을 맞아 병사들이 둘로 토막 나거나 위아래로 잘리고, 다발 모양으로 난도질되고, 쇠스랑에 찔린 것처럼 배가 터져 내장이 흩어지고, 커다란 망치로 때린 것처럼 두개골 전체가 허파 속으로 쑥 들어가버리고, 머리통은 사라지고 조그만 목만 남아 골수가 가슴과 등짝, 주변으로 잼처럼 흘러내리는 처참한 광경을 보고서도 그런 소릴 하다니. 그런 광경을 보고서도 '이게 정당한 방법이고, 이게 맞는 거야!'라는 거지."

"어쨌든 포탄의 사용은 허용되어 있잖아, 받아들여진 거라고……"

"이런! 내 말해줄까? 그래, 넌 항상 날 울리기보단 웃길 수밖에 없는 놈이야!"

그러고서 그는 등을 돌려버린다.

"이봐! 조심들 해!"

우리는 귀를 기울인다. 우리들 중 하나가 배를 바닥에 깔고 몸을 던지자, 다른 병사들은 시간이 촉박해 갈 수 없는 대피호 쪽을 바라보며 눈살을 찌푸린다. 이 짧은 순간 저마다 목을 움츠린다. 거대한 절단기의 마찰음 같은 것이 점점 가까워지더니, 마침내 철판을 내던지는 듯한 굉음을 낸다.

포탄은 그리 멀지 않은 지점에 떨어졌다. 대략 200미터 떨어진 곳일 것이다. 우리는 참호 안에 몸을 낮추고는 작은 파편들이 소나기처럼 퍼부어질 때까지 웅크리고 있다.

“눈에 들어가게 해서는 안 돼. 제법 먼 곳에서 떨어지는 거라 해도 말이야.” 파라디가 참호의 흙벽에 방금 박힌 파편을 빼내면서 말한다. 예리한 가시들이 삐죽삐죽 솟아 있는 작은 코크스 조각 같다. 그는 손이 데지 않도록 파편을 내던진다.

그가 급작스레 고개를 숙인다. 우리도 마찬가지다.

피유우우웅……

“신관信管이다!…… 지나갔어.”

유산탄 신관이 떠올랐다가 수직으로 떨어진다. 보통 착발탄 신관은 폭발 후 본체에서 분리되어 낙하 지점에 파묻히기 마련이다. 그러나 다른 경우에는 빛을 발하는 커다란 조약돌처럼 아무데고 제멋대로 날아간다. 조심해야 한다. 폭발한 뒤 한참이 지나서도 상상도 할 수 없는 경로를 따라 비탈을 굴러 참호 구멍에 내리꽂히면서 우리를 덮칠 수 있기 때문이다.

“신관만큼 고약한 것은 없어. 한번은 이런 일이 있었는데……”

“그 모든 것보다 더 지독한 게 있지.” 11분대 소속의 바그가 말을 가로막는다. “130밀리와 74밀리 같은 오스트리아 포탄들이야. 난 그것들이 무서워. 니켈을 입혔다더군. 어쨌든 내가 현장에 있어서 아는데, 그 포탄들은 워낙 빨라서 피해봤자 아무 소용이 없어. 우르릉 소리가 들리자마자, 이미 떨어져 안에서 터지고 마는 거지.”

“105밀리 독일 포탄도 마찬가지야. 바짝 엎드려 옆구리를 보호할 시간이 거의 없다고. 이건 포병들이 해준 얘기야.”

“내 말 들어봐. 해군 대포의 포탄은 소리조차 들을 새도 없이 당할 수밖에 없다고."

"땅속에서 튀며 돌아다니다가 6미터마다 한두 번 나왔다 들어갔다 한 다음 터지는, 그 빌어먹을 신형 포탄도 있지…… 그게 내 앞에 있다고 생각하면 무서워. 내 기억에 한번은……"

"그런 것들은 아무것도 아냐, 이놈들아." 새로 온 중사가 지나가다가 멈춰서 말한다. "베르됭에서 우리한테 날아온 것을 봤어야 해. 난 가까스로 살아남았지. 구경이 큰 대포들뿐이었어. 380밀리, 420밀리, 그리고 44밀리의 두 배쯤 되는 것들 말이야. 저쪽에서 놈들이 미치광이처럼 날뛰는 꼴을 봐야 비로소 '미치광이처럼 날뛴다는 게 뭔지 안다'고 말할 수 있는 거야. 숲은 밀밭을 베듯 베어지고, 대피호는 통나무를 세 겹으로 대고도 탐지되어 박살이 나고, 분기점에 포탄이 퍼부어지고, 길들은 파괴되어 온데간데없어지고, 부서진 수송차며 망가진 대포며 삽으로 모아놓은 듯 서로 뒤얽힌 시체들로 뒤덮여 기나긴 둑 같은 것으로 변해버리는 거야. 단 한 번의 포격에 분기점에서 병사 서른 명이 황천으로 가는 것을 보았지. 병사들이 빙글빙글 돌면서 공중으로 15미터쯤 날아가버리고, 아직 남아 있는 나무에는 찢긴 바지 조각이 걸리는 거지. 그 380밀리 포탄이 베르됭의 어떤 집 지붕을 뚫고 들어가 두세 층에 구멍을 내고는 바닥에 떨어져 폭발하는 바람에 전체가 날아가버리는 것도 보았어. 또 야전野戰에서 일제 포격을 받으면 대대 전체가 무방비 상태의 작고 불쌍한 사냥감처럼 흩어져 숨어야 하는 거야…… 들판에서 매번 발걸음을 옮길 때마다 팔뚝만큼 굵고 이렇게 커다란 파편들을 마주하는데, 그 고철 덩어리를 들어올리는 데는 병사 넷이 필요하지. 들판은 완전히 바윗덩이들로 가득한 것 같다니까!…… 그리고 그게 여러 달 동안 그치지 않고 계속되는 거야. 아! 글쎄 그랬다니까! 정말이야!" 중사는 그렇게 되뇌고는 멀어져간다. 이처럼 자신의 기억을 요약해 아마 다른 곳에서도 되풀이해 이야기할 것이다.

"이봐, 하사, 저기 저 녀석들 좀 봐, 저것들 미친 거 아냐?"

포격이 쏟아지는 지점으로 조그만 인간들의 형체가 황급히 폭발물들을 향해 달려가는 모습이 눈에 띄었던 것이다.

"포병들이야." 베르트랑이 말한다. "폭발물이 터지자마자 구덩이를 뒤져 신관을 찾아내려고 달려가는 거야. 신관이 어떤 식으로 박혀 있는지 보면 포대의 방향을 알 수 있거든. 그리고 사정거리는 읽어내기만 하면 돼. 발사 당시 신관 주위에 새겨진 눈금을 보고 확인할 수 있으니까."

"이런 공격 때 튀어나가다니 배짱 한번 두둑하군."

"이봐, 포병들은 아주 훌륭하거나 아주 형편없지." 참호에서 왔다갔다하던 다른 중대의 병사 한 녀석이 우리한테 말한다. "명수들이거나 머저리들이라고. 그러니까 내 말은……"

"네 말대로라면 병사들이 전부 다 그렇지."

"그럴 수 있지. 하지만 병사들 전체에 대한 이야기가 아니야. 포병들이 그렇다는 거고, 그리고……"

"이봐, 우리도 하나 찾아서 탄피를 가져갈까? 얼굴에 파편을 맞을지도 모르지만 말이야."

왔다갔다 산책하던 낯선 병사의 말이 끝나기 무섭게, 토 달기 좋아하는 코콩이 말한다.

"너희 엄폐호에서 걱정하겠어. 바깥을 돌아다녀도 재미가 없을 텐데."

"저런, 저기 좀 봐, 추진탄을 쏘는데!" 파라디가 오른쪽의 아군 진영을 가리키며 말한다.

추진탄들은 분주히 움직이고 가볍게 스치는 소리를 내면서 종달새처럼 거의 똑바로 솟구쳐올라가더니 주춤거리듯 허공에 멈추었다가 마침내 우리가 익히 아는 '어린애 비명' 같은 소리를 내며 떨어진다. 여기서 보면, 보이지 않는 사람들이 능선에서 공놀이를 하는 것 같다.

"아르곤에 있는 내 동생이 편지를 썼는데 거기엔 멧비둘기라는 포탄이 떨어진대." 라뮈즈가 말한다. "가까이서 쏘는 크고 무거운 것들이라는군. 동생 말로는, 실제로 구구구구 울면서 날아온다는 거야. 폭발할 땐 정말 요란스럽고."

"박격포보다 고약한 건 없지. 우리를 쫓아오며 달려드는 것 같다니까, 비탈을 스치고 평지로 내려와 바로 참호 안에서 터지지."

"이봐, 이봐, 들었어?"

포탄이 날아오는 소리가 가까워지더니 갑자기 그쳤다. 포탄은 터지지 않았다.

"사람을 엿 먹이는 포탄이군." 파라디가 말한다.

우리는 다른 포탄소리가 들리는지 확인하려고—혹은 들리지 않는지 확인하고 안심하기 위해—귀를 기울인다.

라뮈즈가 말한다.

"여기는 온 들판과 도로, 마을이 온갖 구경의 불발탄으로 뒤덮여 있어. 물론 우리 쪽 포탄들도 있고. 보이지 않지만 땅이 온통 포탄들로 가득할 거야. 나중에 사람들이 '별수없군, 땅을 다 갈아엎어야 해' 할 때가 오면 어떻게 하지?"

한결같이 광포한 분위기 속에서 여전히 불꽃과 쇠붙이가 쉴새없이 쏟아진다. 금속성의 사나운 열기로 가득한 유산탄들은 휙휙거리며 날아와 폭발하고, 커다란 착발탄들은 마치 기관차가 갑작스럽게 돌진해 벽에 부딪치듯, 레일이나 적재된 철골이 비탈에서 굴러떨어지듯 우레 같은 소리를 낸다. 무거운 바람이 지나가자 대기는 마침내 불투명하고 혼탁해진다. 대지에서의 학살이 점점 더 깊이, 점점 더 철저하게 온 사방에서 이어진다.

게다가 다른 대포들까지 합류하고 있다. 아군의 것들이다. 75밀리 포탄의 폭발과 비슷하지만 보다 강하며 산중에 떨어지는 벼락처럼 폭음이 길게 울린다.

"120밀리 장거리포야. 1킬로미터 떨어진 숲 가장자리에 있지. 회색빛 그레이하운드를 닮은 대단한 포라고. 포문이 가늘고 삐죽하지. '마담'이라고 부르고 싶을 정도라니까. 아가리에서 포탄을 아래서 위로 뱉어내고 석탄 양동이에 불과한 220밀리 포와는 차원이 달라. 다루기가 힘들어. 포대 수송차에서 보면 조그만 수레에 앉아 있는 앉은뱅이 같지만."

대화가 활기를 잃는다. 병사들은 여기저기서 하품을 한다.

대규모의 엄청난 화포 공격에 얼이 빠진다. 병사들은 포성에 파묻힌 목소리를 높여 떠든다.

"이런 포격은 처음이야!" 바르크가 소리친다.

"늘 그렇게들 말하지." 파라디가 지적한다.

"어쨌든 요 며칠 공격에 관한 말들이 돌았어." 볼파트가 큰 소리로 말한다. "말하자면 무언가 시작되고 있는 거야."

다른 병사들은 "아!" 하고 말할 뿐이다.

볼파트는 '한숨 자고' 싶은 의향을 내비친 뒤 한쪽 내벽에 등을 기댄 채 구두창은 반대쪽 내벽에 걸치고는 땅바닥에 자리를 잡는다.

우리는 다양한 것들에 대해 이야기를 나눈다. 비케는 자신이 본 쥐 이야기를 한다.

"통통하고 큰 쥐였어…… 난 신발을 벗고 있었는데 아니, 글쎄 이놈의 쥐가 장화 가장자리를 레이스 끝단처럼 갉아먹지 않겠어! 기름을 쳐 반들반들하게 해놓았는데 말이야."

꼼짝 않던 볼파트가 몸을 움직이며 말한다.

"너희들 때문에 잠을 잘 수가 없어, 이 수다쟁이들아!"

"이렇게 사방이 어수선하고 소음이 끊이지 않는데 어떻게 잠을 잘 수가 있어?" 마르트로가 말한다.

"쿨쿨." 볼파트가 코를 골며 응답했다.

*

"집합. 행군!"

이동이다. 우릴 어디로 데려가는 걸까? 우리는 아무것도 모른다. 아는 것이라고는 기껏해야 우리가 예비부대라는 것, 그리고 특정 지점들을 보강하기 위해서, 혹은 다른 부대들이 이동중에 정체하거나 서로 충돌하지 않도록 붐비는 기차역에서 열차 통행을 관리하는 것만큼이나 매우 복잡한 상황을 정리해 연락참호들에 길을 터주느라 끌려다닌다는 것이다. 우리 연대를 작은 톱니바퀴처럼 굴러가게 하는 거대한 작전이 무엇을 의미하는지도, 커다란 전체 전역에서 무엇이 드러나고 있는지도 알아낼 수 없다. 그러나 병사들이 끊임없이 오가는 연결 통로 속에 파묻혀 기진맥진하고, 정체가 길어지는 바람에 손발이 묶여 낙심하고, 기다림과 소음으로 멍해지고, 연기에 중독된 상태에서—우리는 우리 포대의 공격이 점점 격심해지고 공격하는 쪽이 바뀌었다는 것만큼은 알 수 있다.

*

"정지!"

우리가 멈춰 선 참호의 흉벽으로 상상을 초월하는 엄청난 집중포화가 퍼부어지고 있었다.

"독일 놈들이 정신없이 서두르네. 우리 공격이 두려운 거야. 공포에 사로잡혀 있어! 그래서 정신없이 서두르는 거라고!"

우박 같은 포탄이 쏟아지며, 대기를 끔찍하게 찢어놓고, 벌판 전체에 상처를 입히고 있었다.

나는 총안을 통해 바라보았다. 즉시 이상한 광경이 눈에 들어왔다.

우리 앞쪽으로 기껏해야 10여 미터 떨어진 땅바닥에 길게 놓인 움직이지 않는 형태들—줄지어 쓰러진 병사들—이 있었는데, 사방에서 포탄들이 날아와 이 시체들을 구멍투성이로 만들고 있었다!

탄환들은 얇은 구름을 일으키며 일직선으로 날아와 대지의 표면에 흠집을 내고, 흙바닥에 딱딱하게 붙어 있는 시체들을 뒤엎거나 구멍 내고, 뻣뻣한 사지를 부서뜨리고, 남아 있는 게 없는 창백하고 공허한 얼굴을 뚫고 액체화된 눈알을 사방으로 튀기며 파고들었다. 나란히 놓여 있던 시체들은 일제 포격을 받고 조금씩 움직이며 군데군데 흐트러졌다.

아주 날카로운 구리 조각이 옷과 살을 파고드는 소리도 들렸다. 칼로 광포하게 찌르는 소리, 옷을 몽둥이로 후려칠 때 나는 날카로운 소리 같았다. 총알들이 튀고 날아오는 소리가 점점 더 심하게 밀려오는 가운데, 머리 위에서는 휙휙거리는 날카로운 소리가 달려든다. 우리는 이 아비규환 밑에서 머리를 숙이고 있다.

"참호를 헤치도록 한다. 전진!"

*

우리는 일제 포격이 계속해서 시체들을 찢고 상처 내고 거듭 죽이는 이 전장의 아주 작은 한 귀퉁이에서 멀어진다. 이제 오른쪽 뒤편으로 향한다. 연락참호는 오르막이다. 골짜기의 높은 곳에 이르러 일단의 포병 장교들, 포병들, 그리고 전신소 앞을 지나친다.

여기서 다시 멈춘다. 우리는 제자리걸음을 하면서, 포대 관측병이 명령을 크게 외치고 옆의 통신병이 복창하는 소리에 귀를 기울인다.

"제1문, 동일 각도. 왼쪽으로 십분의 이. 일 분에 세 발!"

우리 가운데 몇몇은 위험을 무릅쓰고 비탈 가장자리로 머리를 내밀고는 우리 중대가 오늘 아침부터 헤매고 다닌 전장 전체를 한눈에 일별한다.

얼핏 본 엄청난 회색빛 벌판에는 바람 따라 넓게 일어난 어렴풋한 먼지가 가볍게 일렁였고 군데군데 파도 같은 연기가 짙게 일고 있었다.

태양과 구름이 검은색과 흰색 얼룩을 끌고 다니는 그 광막한 공간은 군데군데 희미하게 빛을 발하고—지금 포격을 가하는 것은 아군의 포대다—한순간 그 공간 전체는 짧은 섬광들로 총총히 빛나기도 했다. 또 가끔은 희끄무레하고 흐릿한 천 같은 것에 가려 들판의 일부가 희미해졌다. 마치 [illegible] 듯했다.

반쯤 죽어버려 누더기 같은 들판은 고대 묘지처럼 구멍이 뻥뻥 뚫린 채 끝없이 이어지고, 찢어진 종잇조각처럼 앙상한 뼈대를 드러낸 교회와, 풍경의 한쪽 끝에서 다른 쪽 끝까지 필기 노트 안에 그려진 세로선처럼 촘촘히 나 있는 희미한 줄이 보인다. 나무들이 심긴 도로다. 벌판에는 점점이 박힌 인간들이 가느다랗고 구불구불한 선을 이루고, 그 선들이 종횡으로 줄을 그어 바둑판무늬를 만들고 있다.

점점이 박힌 이 인간들로 이루어진 선의 일부가 식별된다. 인간들은 구덩이로부터 빠져나와, 광포하고 소름 끼치는 하늘과 마주한 벌판 위에서 움직인다.

저 미세한 점 하나하나가 우주 공간에서 한없이 무기력하게 전율하는 허약한 육체를 지닌 존재면서도 깊은 사유와 오래된 추억 그리고 수많은 이미지로 가득한 존재라는 사실이 믿기지 않는다. 하늘의 별들만큼이나 작은 인간들이 먼지처럼 흩어져 반사되는 모습에 눈이 부시다.

가련한 동지들이여, 낯모르는 가련한 자들이여, 이제 당신들이 싸울 차례다! 그다음은 우리 차례겠지. 어쩌면 내일, 우리는 머리 위에서 하늘이 갈라져 터지고 발밑에서 대지가 쪼개지는 것을 느끼리라. 경이로운 규모의 포대 공격을 받고 폭풍보다 십만 배 강한 폭풍에 휩쓸리리라.

우리는 뒤쪽의 대피호로 밀려들어간다. 죽음의 들판이 우리 눈에서 사라진다. 구름이라는 엄청난 모루 위에서 들려오던 천둥 같은 포성도 희미해진다. 모든 것을 파괴하는 소리가 침묵한다. 분대는 약삭빠르게도 일상의 친근한 소리에 휩싸이며 대피호의 옹색한 애무에 빠져든다.

20장
포화

느닷없이 잠을 깬 나는 어둠 속에서 눈을 뜬다.

"뭐야? 무슨 일이야?"

"자네가 보초 설 차례야. 새벽 두시야." 대피호 입구에서 베르트랑 하사의 목소리가 들리지만 구덩이 안쪽에 누운 내게 그의 모습은 보이지 않는다.

나는 간다고 투덜거리고는 무덤 속처럼 좁은 대피호에서 몸을 흔든 뒤 하품을 한다. 팔을 뻗자 차갑고 물컹거리는 점토가 손에 닿는다. 축 늘어진 채 잠든 자들 사이로 지독한 냄새를 가르며 대피호에 가득한 무거운 어둠 속을 기어간다. 장비, 배낭 그리고 사방으로 뻗친 팔다리에 몇 차례 부딪히고 휘청거리다 바깥으로 나와 소총을 손에 쥐고 서 있지만, 잠이 덜 깨어 살을 에는 시커먼 북풍을 맞으며 비틀거린다.

나는 몸을 떨면서 하사를 따라 아래쪽이 기이하게 좁아지는 높은 축대 사이로 접어든다. 그가 멈춘다. 바로 여기다. 유령같이 선 높다란 벽의 중간쯤에서 커다란 덩어리가 뚜렷이 드러나더니 아래로 내려오는 것이 보인다. 이 덩어리는 하품을 하며 말울음 같은 소리를 낸다. 나는 덩어리가 차지하고 있던 벽감 속으로 기어올라간다.

달이 안개 속에 숨었지만 사물에 드리운 어렴풋하고 희미한 빛이 더듬더듬 눈에 익는다. 저 높은 곳에서 떠돌다 슬며시 밀려오는 광대한 어둠 조각에 이 희미한 빛도 곧 사라진다. 나는 코앞에 있는 총안을 만져보고서야 그 윤곽과 구멍을 겨우 구분하고, 움푹 구덩이를 파놓은 곳으로 조심스레 손을 뻗어 뒤죽박죽 섞인 유탄 손잡이를 잡아본다.

"이봐, 눈을 뜨라고." 베르트랑이 낮은 소리로 말한다. "저 앞 왼쪽에 우리의 청음초소가 있다는 걸 잊지 마. 자, 그럼 나중에 보자고."

그의 발걸음이 방금 나와 교대한 초병의 졸린 발걸음을 따라 멀어져 간다.

소총의 따닥따닥 사격소리가 사방에서 들려온다. 갑자기 총탄 한 발이 내가 기대고 있던 비탈의 흙에 맞아 선명한 소리를 내며 터진다. 나는 얼굴을 총안으로 들이민다. 우리 쪽 전선이 골짜기 높은 곳에서 구불구불 이어져 있다. 지면이 내 앞에서 낮아지는 터라 그것을 삼킨 심연의 어둠 속에서 보이는 것은 아무것도 없다. 그러나 물결을 이루는 듯한 그늘진 경계 지점에 규칙적으로 연결하여 나란히 박아놓은 말뚝들과, 여기저기 포탄을 맞아 움푹 팬 크고 작은 구덩이의 둥그런 상처들이 마침내 눈에 들어온다. 아주 가까이 있는 몇몇 구덩이들은 불가사의하고 혼란스러운 것들로 가득차 있다. 삭풍이 얼굴로 불어온다. 지나가는 바람과 방울방울 맺혀 떨어지는 지독한 습기 외에는 움직이는 거라곤 아무것도 없다. 한없이 몸이 떨릴 정도로 날씨가 춥다. 나는 두 눈을 쳐든다. 여기저기를 쳐다본다. 죽음의 기운이 모든 것을 짓누르고 있다. 재앙이 휩쓸고 간 세상 한가운데서 난파당한 채 홀로 있는 기분이다.

대기 중에 한줄기 빛이 재빠르게 지나간다. 조명탄이다. 나를 둘러싼 배경이 희미하게 드러난다. 우리의 참호가 자리잡은, 혼잡스럽게 찢긴 능선의 윤곽이 뚜렷하게 드러나고, 세로로 된 애벌레처럼 앞쪽 내벽에 붙어 있는 보초들의 그림자가 다섯 걸음 간격으로 떨어져 있다. 그들 옆의 소총이 빛의 방울을 점점이 반짝이며 존재를 드러낸다. 참호는 모래주머니로 지탱되고 있다. 모래주머니가 파손되어 이곳저곳 무너져 내리고, 군데군데 넓어진 구멍도 있다. 켜켜이 쌓여 납작해지고 흩어진 모래주머니들은 별빛 같은 조명탄의 빛을 받아, 폐허가 된 고대 유적지의 방대한 포석들 같은 모습을 하고 있다. 나는 총안을 통해 바라본다. 앉아서 별똥별에 비친 안개 속 희끄무레한 대기와 줄지어 선 말뚝들, 나아가 말뚝들을 연결한 가느다란 철조망의 윤곽을 구분한다. 구멍투성이의 어슴푸레한 들판 위에 펜으로 서투르게 그린 것 같은 풍경이다. 보다 아래쪽에는 골짜기를 채운 어둠의 대양 속에서 침묵과 고요가 깊어지고 있다.

나는 관측소에서 내려와 더듬더듬 이웃 보초병 쪽으로 간다. 쭉 뻗은 손이 그에게 닿는다.

"너야?" 나는 그가 누군지도 모른 채 낮은 소리로 말한다.

"응, 나야." 나처럼 앞이 보이지 않는 그 역시 내가 누군지도 모른 채 대답한다.

"지금은 조용하네." 그가 덧붙인다. "조금 전에 난 저들이 곧 공격하리라 생각했거든. 아마 오른쪽에서 유탄을 대량으로 발사해보려 한 모양이야. 75밀리 일제사격이 브르릉…… 브르릉…… 했거든. 이봐, 난 이렇게 생각했지. '75밀리 포라니, 이상하지만 이유가 있어서 쏜 거겠지! 독일 놈들이 나왔다면, 분명 뭔가를 탈취한 거구나!' 저기, 저쪽에서 바보짓이 다시 시작되는 소리를 들어봐! 들려?"

그가 말을 멈추고는 수통을 열어 내용물을 한 모금 마신다. 그러자 여전히 나직한 목소리로 말을 마치는 그의 입에서 술냄새가 풍긴다.

"제기랄! 정말 더러운 전쟁이야! 집에 있는 게 훨씬 낫다고 생각하지 않아? 근데 저건 뭐지? 무슨 일이야, 저 멍텅구리 같은 건?"

짧고 갑작스러운 섬광이 일며 근처에서 발포 소리가 울린 참이었다. 우리 진영 여기저기에서 발포하고 있다. 소총 사격이 밤을 물들여간다.

우리는 지붕처럼 다시 우리에게 덮친 짙은 어둠 속에서 손으로 짚어가며 한 사격수에게 간다. 비틀거리고 때로는 서로 부딪치면서 병사한테 도달해 그를 어루더듬는다.

"무슨 일이야?"

무언가 움직이는가 싶다가 더이상 아무 일도 일어나지 않았다고 그는 말했다. 익명의 이웃 병사와 나는 마치 각자 매우 무거운 짐을 지고 있기라도 한 양 짙은 어둠 속에서 힘들게 몸을 숙인 채 불안에 휩싸여 좁고 끈적거리는 진흙길을 따라 되돌아온다.

지평선 한 지점에서, 그리고 또다른 지점에서, 우리 주변 전체에서 대포가 천둥 같은 소리를 내더니, 그 무거운 굉음이, 때로는 배가되고 때로는 잦아드는 돌풍 같은 소총 일제사격 소리와 무더기로 발사되는 유탄 소리와 뒤섞인다. 이 유탄들은 르벨이나 마우저총보다 더 큰 소리가 나며 거의 구식 소총 소리와 비슷하다. 바람은 다시 몰아치고, 어둠 속에서 피해야 할 만큼 거세진다. 거대한 구름더미가 달 앞쪽으로 지나간다.

이웃 병사와 나, 우리 둘은 서로 누구인지도 모른 채 다가서고 부딪치며 번쩍하는 대포 불빛에 비친 서로의 모습을 보았다가 서로를 가로막기도 한다. 여기 이 소란스러운 풍경 속 나타났다 사라지는 불길의 거대한 순환 한가운데서 우리는 어둠에 짓눌려 있다.

"우리는 저주받았어." 병사가 말한다.

우리는 헤어져 각자의 자리로 가 총안을 들여다보며 두 눈이 아플 정도로 꼼짝도 않는 사물들에 시선을 고정시킨다.

어떤 끔찍하고 비통한 폭풍이 닥치려는 것일까?

그날 밤 폭풍은 불어닥치지 않았다. 오랜 대기가 끝나고 새벽빛이 길게 꼬리를 물며 나타날 즈음에는 잠깐이나마 고요가 찾아들기까지 했다.

석양의 뇌우처럼 새벽이 밀려들자, 스카프처럼 넓고 낮게 깔린 검댕 구름 아래로 나는 우리의 참호를 다시 한번 보았다. 무너질 듯한 상태에 가파른 양쪽 가장자리는 오물과 잔해로 울퉁불퉁하고, 한없이 더럽고 음울한 모습을 하고 있었다.

납빛 구름 때문에 역시 희미하게 납빛으로 빛나는 볼록한 모래주머니들은 마치 거대한 내장과 장기들을 세상에 꺼내 적나라하게 쌓아놓은 것 같다.

뒤쪽 내벽에는 굴이 파여 있고, 거기 무언가 수평으로 쌓여 장작더미처럼 솟아 있다.

나무줄기인가? 아니다. 시체들이다.

*

새소리들이 경작지에서 올라오고, 들판이 어렴풋이 다시 모습을 드러내기 시작하고, 꽃망울이 벌어지듯 동이 트고 풀잎 하나하나에 빛이 비쳐들며 골짜기 풍경이 다시 눈앞에 펼쳐진다. 높게 물결치는 듯한 흙더미와 시커멓게 탄 구덩이 때문에 기복이 심한 들판보다 더 낮은 저 아래쪽, 비죽이 솟은 말뚝들 너머엔 여전히 어둠의 벽이 서 있다.

나는 몸을 돌려, 어둠 속에서 조금씩 발굴되듯 더럽고 뻣뻣한 형태를 드러내는 이 시체들을 응시한다. 모두 네 구다. 우리의 동료인 라뮈즈, 바르크, 비케 그리고 작은 외도르다. 그들은 우리 바로 곁에서 썩어가면서 살아 있는 자들이 아직 지키고 있는 이 진흙투성이의 넓고 구불구불한 구덩이를 절반쯤 막고 있다.

그들은 아무렇게나 놓여 있다. 서로서로 깔리고 짓누르고 있다. 위쪽에 있는 자는 텐트 천으로 덮여 있다. 다른 이들의 얼굴에는 손수건을 덮어놓았지만 밤에는 보이지 않고 낮에는 조심하지 않아서 건드리는 바람에 전부 바닥에 떨어져버렸고, 그래서 우리는 살아 있는 장작더미처럼 거기에 쌓여 있는 이들과 마주한 채 살고 있다.

*

바로 나흘 전에 그들은 모두 죽었다. 마치 지나간 꿈처럼, 나는 그날 밤이 잘 기억나지 않는다. 그들과 나, 메닐 앙드레 그리고 베르트랑 하사는 함께 순찰을 돌고 있었다. 포대 관측병들이 알려준 새로운 독일군 청음초소를 정찰하는 임무였다. 자정 무렵 우리는 참호에서 나와 서너 걸음 간격으로 줄을 지어 비탈을 기어내려갔고, 그렇게 골짜기의 매우 낮은 곳까지 이르러 쓰러진 짐승처럼 난잡하게 자리잡은 국제 연락참호의 경사면을 눈앞에서 보았다. 이곳의 참호엔 초소가 없다는 것을 확인한 뒤 우리는 조심조심 다시 올라왔다. 양옆의 동지들이 칠흑 같은 어둠 속에서 시커먼 배낭 같은 모습으로, 소총을 앞으로 내민 채 몸을 질질 끌고 천천히 미끄러지듯 나아가며 굼실대다가 진흙 속에 뒹구는 것이 어렴풋하게 보였다. 탄알이 우리 위에서 휙휙 날아갔지만 우리를 맞히지 못했고 우리를 노리고 있지도 않았다. 아군 전선의 불룩 솟은 지점이 보이는 곳에 이르러 우리는 잠시 숨을 돌렸다. 누군가 한숨을 내쉬었고 다른 누군가 말을 했다. 또다른 한 사람은 몸을 홱 돌렸는데, 그의 총검 케이스가 돌에 부딪혀 소리를 냈다. 곧바로 조명탄 한 발이 포효하며 국제 연락참호에서 솟아올랐다. 우리는 참호에서 25미터 내지 30미터 떨어진 곳에 정신없이 모여 땅바닥에 엎드린 채, 우리 머리 위에 걸린 그 끔찍한 별이 대낮처럼 환한 빛을 내뿜는 가운데 꼼짝않고 기다렸다. 그러자 골짜기 반대편에 위치한 기관총 하나가 우리가 있는 지대를 초토화시켰다. 조명탄이 붉게 솟아올라 빛을 내며 터지기 직전에, 다행히도 베르트랑 하사와 는 포탄 구덩이를 발견했다. 총반

침 하나가 부서진 채 진흙 속에 빠져 있었다. 우리 둘은 그 구덩이 가장자리에 몸을 납작하게 밀착하고, 할 수 있는 한 진흙 속으로 몸을 파묻은 뒤 형편없이 말라비틀어진 썩은 나뭇조각들로 몸을 가렸다. 기관총 소리가 여러 차례 지나갔다. 포성 중간중간 총알이 날아오는 날카로운 소리, 땅에서 울리는 격렬하고 거친 탄환소리, 이어서 둔탁한 소리들이 들리더니, 신음소리와 작은 비명이, 그리고 잠든 사람의 커다란 숨소리 같은 게 들렸다가 점차로 잦아들었다. 불과 몇 센티미터 위에서 수평으로 날아오는 우박 같은 총탄들이 죽음의 그물망을 드리우며 간간이 우리의 옷을 찢어놓았다. 베르트랑과 나는 감히 꼼짝해볼 엄두도 내지 못한 채 점점 더 몸을 웅크리고 기다렸다. 마침내 기관총이 멈추자 거대한 침묵이 찾아왔다. 십오 분쯤 지나, 우리 두 사람은 구덩이 밖으로 슬며시 빠져나와 청음초소까지 낮은 포복으로 기어와서는 짐꾸러미처럼 쓰러졌다. 하마터면 큰일날 뻔했다. 바로 그 순간 달이 빛을 발했기 때문이다. 우리는 아침까지, 그리고 저녁때까지도 참호 깊숙이 머물러야 했다. 기관총들이 참호 주변에 쉬지 않고 총탄을 퍼부었던 것이다. 눈앞의 들판 표면 아주 가까운 곳에 있던 누군가의 등짝처럼 보이는 덩어리를 제외하면, 쓰러진 시체들은 경사 때문에 총안으로 보이지 않았다. 밤이 되어 우리는 그들이 쓰러진 장소에 이르기 위해 대호를 팠다. 하룻밤 사이에 이루어질 리 없는 일이다. 다음날 밤에 공병들이 이 작업을 이어갔다. 우리는 녹초가 될 정도로 피곤해 잠을 자지 않을 수 없었다.

납처럼 무거운 잠에서 깨어났을 때 나는 공병들이 벌판 밑으로 파고들어가, 밧줄을 감아 대호로 끌고 온 네 구의 시체를 보았다. 모두 수많은 부상을 입었고 몇 센티미터 간격으로 탄환 구멍들이 나 있었다. 기관총이 밀집 사격을 가했던 것이다. 메닐 앙드레의 시체는 되찾지 못했다. 그의 동생 조제프는 시체를 찾겠다고 미친 사람처럼 나섰다. 혼자서 십자포화를 뚫고 탄환이 종횡으로 끊임없이 쏟아지는 벌판에 나갔다. 아침이 되자 그는 달팽이처럼 느릿느릿 몸을 끌고 끔찍하게 수척해진 흙빛 얼굴로 비탈 위에 나타났다.

두 뺨은 철조망 가시에 할퀴이고, 두 손은 피로 물들었으며, 주름진 옷에는 무거운 진흙덩이를 매단 채 죽음의 악취를 풍기는 그를 우리는 안으로 들였다. "아무데도 없어." 그는 미치광이처럼 이 말만 되풀이했다. 그러고는 소총을 들고 구석에 처박히더니 우리의 말은 들리지 않는지 다시 "아무데도 없어"라고 중얼거렸다.

나흘 전의 일이다. 지상의 지옥을 씻으러 밝아오는 새벽빛 속에 그들의 시체가 다시 한번 눈앞에 뚜렷이 그려지고 나타난다.

뻣뻣하게 굳은 바르크는 엄청나게 커 보인다. 두 팔은 몸에 나란히 붙어 있고, 가슴은 무너져 있으며, 복부는 대야처럼 움푹 파여 있다. 한 무더기의 진흙 때문에 머리는 들려 있고, 검은 피딱지가 엉겨붙은 음산한 얼굴은 아래로 늘어진 끈적끈적한 얼룩 같은 머리칼로 덮여 있다. 뜨거운 물을 끼얹은 양 익어 피가 흐르는 두 눈으로 그는 왼쪽에서 오는 사람들을 자신의 발치 너머 바라보고 있다. 반대로 외도르는 아주 작아 보인다. 그의 작은 얼굴은 흰 가루를 바른 어릿광대처럼 너무나 새하얗다. 푸른빛과 회색빛의 시체들이 뒤얽혀 있는 가운데 흰 종이로 만든 둥근 원 같은 그의 얼굴을 보니 가슴이 미어진다. 작달막하고 타일처럼 네모진 브르타뉴 사람 비케는 긴장한 채 안간힘을 쓰고 있는 것 같다. 그는 안개를 떠받치고 있기라도 한 듯한 표정이다. 이 터무니없는 노력이 광대뼈와 이마가 불거진 얼굴을 구기고 흉하게 만들어놓는다. 군데군데 말라비틀어진 흙빛 머리칼이 곤두서 있고, 공포에 질린 비명을 쏟아내려는 듯 턱이 벌어져 있다. 흐릿하고 뿌연 두 눈, 부싯돌 같은 두 눈을 부릅뜬 채 그는 비틀린 두 손으로 허공을 움켜쥐고 있다.

바르크와 비케는 복부에, 외도르는 목에 구멍이 뚫렸다. 시체는 질질 끌려오다가 또다시 망가졌다. 덩치가 큰 라뮈즈는 피가 다 빠져 얼굴이 붓고 주름지고 두 눈은 점차 눈구멍 속으로 꺼지는데 한쪽이 다른 쪽보다 더 심하다. 텐트 천으로 그를 감싸자 목 부위가 젖어 거무스름한 얼룩이 된다. 총탄을 얼마나 많이 맞았는지 오른쪽 어깨가 잘려나가 팔을 지탱하는 건 소매의 가는 끈과 우리가 묶어놓은 끈뿐이다. 그를 이곳에 옮겨놓았던 첫날밤 그 팔은 시체 무더기 바깥으로 비어져나와 대롱거렸고 노란 손은 한 줌의 흙더미 위에 말라비틀린 채 지나가는 사람들의 얼굴을 스쳤다. 우리는 그 팔을 외투에 핀으로 고정했다.

우리와 함께 그토록 끈끈하게 고통스러운 시간을 보내온 이 유해들에서 이제 악취의 기미가 꿈틀대기 시작한다.

그들을 볼 때마다 우리는 되뇐다. "넷 다 죽어버렸어." 그러나 형태가 너무도 변형되어버린 탓에 우리는 '저게 그들이다'라고 진정으로 생각할 수가 없다. 그래서 찢겨버린 지난 추억과 그들이 우리 사이에 남기고 간 빈자리를 애틋하게 느끼기 위해서라도, 이 움직이지 않는 괴물들을 외면해야 한다.

다른 중대 혹은 다른 연대의 병사들, 그러니까 외부 사람들은 낮에—밤이면 살아 있는 것이든 죽은 것이든 손에 닿는 모든 것에 무의식적으로 의지한다—이곳을 지나가다가 참호 가득 겹겹이 쌓여 있는 이 시체들 앞에서 놀라 몸을 움찔한다. 때때로 화를 내기도 한다.

"저 시체들을 여기다 둬서 어쩌겠다는 거야?"

"명예롭지 못한 일이야!"

그러고는 곧 이렇게 덧붙인다.

"사실 저들을 여기서 치울 수도 없는 노릇이지."

어쨌든, 밤이 아니면 그들을 묻을 수도 없다.

아침이 왔다. 정면 멀리 골짜기의 반대편 사면이 나타난다. 119고지, 파괴되어 껍질이 벗겨진 채 생살을 드러낸 언덕이다—거기에는 포화로 진동하는 연락참호들이 혈관처럼 뻗어 있고, 진흙과 백악질 땅을 적나라하게 노출하며 참호들이 평행선을 그리고 있다. 움직이는 것이라곤 전혀 없어, 거대한 파도처럼 드넓은 거품을 일으키며 여기저기서 폭발하는 우리의 포탄들은 버려져 폐허가 된 커다란 방파제를 때려 굉음을 울리는 것 같다.

나의 보초 임무가 끝나고, 다른 초병들이 여기저기 진흙 범벅이 된 채 물이 뚝뚝 떨어지는 축축한 텐트 천으로 몸을 감싸고 얼굴은 납빛이 되어서는, 그동안 처박혀 있던 땅에서 빠져나와 움직이더니 아래로 내려간다. 2소대가 발사판과 총안을 맡는다. 우리는 저녁까지 휴식이다.

다들 하품을 하면서 걷는다. 전우 하나가, 그리고 또하나가 지나간다. 장교들이 전망경과 망원경을 들고 돌아다닌다. 우리는 서로 다시 만나고 다시 살아가기 시작한다. 일상적인 이야기들이 오가고 맞부딪친다. 우리를 매몰시키는 골짜기 비탈에 난 황폐한 구덩이나 부서진 전선들이 보이지 않고 어쩔 수 없이 목소리를 죽여야 하는 상황만 아니라면, 마치 후방의 전선에 있다고 착각할 지경이다. 하지만 피로가 모두를 내리눌러 얼굴들이 누리끼리하고 눈꺼풀은 붉어져 있다. 보초를 서다보니 우리는 마치 실컷 운 사람들의 얼굴이다. 모두가 며칠 전부터 몸이 구부러지도록 늙어버렸다.

우리 분대의 병사들이 하나씩 차례차례 참호의 한 모퉁이로 모여든다. 완전히 백악질로 이루어진 비좁은 곳으로, 잘린 뿌리들이 비죽비죽 솟은 딱딱한 표층 밑으로 흙을 파 걷어낸 끝에 십만 년 이상 전부터 펼쳐져 있던 흰 암석층이 드러났다.

베르트랑이 이끄는 분대는 바로 이 넓은 통로로 들어간다. 이제 분대의 병사들은 많이 줄어들었다. 요전날 밤 죽은 자들 말고도, 포테를로가 교대중에 죽었고, 카딜라크도 포테를로와 같은 날 저녁에 파편을 맞아 다리에 부상을 입었으며(벌써 오래전 일 같다!), 티를루아르와 튈라크는 각각 이질과 폐렴—튈라크가 무위도식하고 있는 중앙병원에서 지겨움을 달래기 위해 우리한테 보내는 우편엽서들에 따르면 점점 심각해지고 있다—으로 후송되었기 때문이다.

나는 서로 형제애로 묶여 연결된 채 처음부터 떨어지는 일 없이 줄곧 함께 있던 자들을, 땅의 진흙이며 대기의 회색빛 연기로 온몸이 더러워진 채 서로 모여드는 이들을 다시 한번 바라본다. 하지만 굴속에 들어찬 이들의 부조화도 처음보다는 덜한 것 같다……

블레르 영감의 닳아빠진 입속에 가지런하게 반짝이는 새 치아가 보인다—그리하여 그의 가련한 얼굴에서 이제는 이 어색한 턱밖에 보이지 않는다. 조금씩 익숙해져서 이제는 음식을 먹을 때 곧잘 사용하는 그 치아가 새로 생기자 그의 성격과 습관은 대폭 바뀌었다. 얼굴도 이제 시커멓게 더러워져 있지 않고, 관리를 조금 소홀히 한 정도다. 한결 멋있어진 그는 외모에 신경을 쓰고자 하는 의욕을 보인다. 지금 당장은 침울해 보이는데—이건 기적이다!—아마 씻을 수 없기 때문이다. 구석에 처박힌 채 무기력한 눈을 살짝 뜨더니 과거 자신의 얼굴에서 유일한 장식이었던 근위병식 콧수염을 질근질근 씹고 되씹으며 이따금 털을 하나 내뱉는다.

푸야드는 감기에 걸려 몸을 부르르 떠는가 하면 소심하고 초라한 행색으로 하품을 한다. 마르트로는 전혀 변하지 않았다. 여전히 수염을 기르고, 눈은 푸르고 둥글며, 다리가 짧아 바지가 계속해서 허리춤에서 흘러내려 발치로 떨어지려는 것 같다. 코콩은 양피지처럼 건조한 머리 모양이 여전히 코콩답고, 그 머리통 안에서 숫자 계산이 일어나고 있다. 그러나 일주일 전부터 다시 들끓기 시작한 이 때문에 그의 목과 손목이 처참하게 훼손되었고, 그는 격리된 채 기나긴 싸움을 하느라 예민해져 우리한테 다시 올 때면 아주 사납게 군다. 파라디는 고운 때깔과 유쾌한 기질을 그대로 유지하고 있다. 그는 변하지 않고 닳지 않는다. 새로운 벽보라도 되는 듯 멀리서 모래주머니를 배경으로 그가 모습을 보일 때면 사람들은 미소를 짓는다. 페팽 역시 변함없이 등에는 방수천으로 된 붉고 흰 바둑판무늬 벽보판 같은 것을 달고 다니며, 여전히 칼날 같은 얼굴에, 시선에는 권총의 광택 같은 차가운 회색빛이 감돈다. 볼파트도 전처럼 짧은 각반을 차고, 어깨에는 모포를 걸치고, 베트남 사람 같은 얼굴에는 때가 문신처럼 끼어 있다. 또 티레트도 얼마 전부터 눈에 핏발이 선 채 흥분 상태이긴 하지만—우리는 그 수수께끼 같은 이유를 모른다—처음과 마찬가지다. 파르파데는 따로 떨어진 채 생각에 잠겨 기다리고 있다. 편지가 배분될 때면 몽상에서 깨어나 편지를 받으러 갔다가 다시 자신의 내면으로 되돌아간다. 그는 관료 같은 손으로 많은 우편엽서를 정성스럽게 써내려간다. 그는 외독시의 죽음을 모른다. 라뛰즈가 그녀의 시체를 껴안았던 그 최후의 끔찍한 포옹에 대해 누구에게도 말하지 않았던 것이다. 라뛰즈는—나도 그 마음을 이해하는바—어느 날 저녁 내 귀에 대고 속내를 속삭인 것을 후회하고 있었고, 전사할 때까지 그 순결하면서도 끔찍한 사건을 완고하고 신중하게 자신의 내면에 묻어두었다. 그리하여 파르파데는 그 금발 여인의 생생한 이미지와 함께 꿈같은 생활을 이어가며, 그가 그 이미지에서 빠져나오는 것은 가끔 한두 마디 말로 우리와 접촉할 때뿐이다. 모두의 곁에서 베르트랑 하사는 언제나 군인다운 진지한 태도를 보이고 여전히 우리에게 조용히 미소 지으며, 질문을 받으면 명쾌한 설명을 해주고, 각자 자신의 의무를 이행하도록 도와주려 한다.

우리는 예전처럼, 지난날처럼 이야기를 주고받는다. 그러나 목소리를 죽여야 하기 때문에 대화는 점점 줄어들고 슬픔에 잠긴 고요가 배어들기 일쑤다.

*

한 가지 이상한 일이 있다. 석 달 전부터 각 부대가 최전선 참호에 체류하는 기간은 나흘이었다. 그런데 우리가 이곳에 있은 지 닷새가 되도록 교대에 대해 아무 얘기가 없다. 곧 공격이 있을 것이라는 소문이 도는데, 이 소문은 이틀 밤에 한 번—그렇다고 해서 규칙적이지도 확실하지도 않지만—보급 물자를 운반해오는 사역병과 연락병들을 통해 전해진다. 이런 소문에 다른 징후들이 추가된다. 휴가가 취소됐고 편지가 더이상 도착하지 않는 것이다. 장교들도 전 같지 않게 진지하며 서로 긴밀하게 교류하는 기색이 역력하다. 그러나 이 문제에 대한 대화는 언제나 어깨를 으쓱하는 것으로 끝난다. 병사들은 자신의 거취에 대해 결코 사전에 통지받지 못한다. 두 눈에 눈가리개가 씌워져 있으며 그것은 마지막 순간에 가서야 벗겨진다. 그래서 이런 말이 오간다.

"두고 봐야지."

"기다리는 수밖에 없잖아!"

우리는 예상되는 비극으로부터 초연하다. 이 일 전체를 이해한다는 것은 불가능하고, 우리로서는 도저히 알 수 없는 결정들을 알려고 해보았자 낙담만 하게 되며, 아예 체념하고 관심을 보이지 않거나, 아니면 이번에도 위험에 빠지게 되리라 강하게 믿기 때문일까? 어쨌든 전조들이 보임에도 불구하고, 그리고 그대로 실현될 예언의 목소리가 있음에도 불구하고, 병사들은 기계적으로 당장의 관심사에 빠져 전념한다. 배고픔, 목마름, 들끓는 이를 잡아 손톱이 죄다 피로 물들 정도로 짓이기는 일, 우리 모두를 쇠약하게 만드는 피로 같은 것 말이다.

"오늘 아침에 조제프 봤나?" 볼파트가 말한다. "전전긍긍하고 있더라고, 불쌍한 녀석."

"그 녀석, 경솔한 짓을 할 거야, 확실해. 두고 보면 알겠지만 녀석은 가망이 없어. 기회가 오면 바로 총탄 앞으로 튀어나가버릴걸."

"평생 미쳐버리게 만들 일이지! 너도 알다시피, 여섯 형제였잖아. 근데 네 명이 죽었다고. 둘은 알자스에서, 하나는 샹파뉴에서, 또하나는 아르곤에서. 앙드레까지 죽었으면 다섯번째야."

"그가 죽었다면 시체가 발견됐을 테고 관측소에서도 봤겠지. 복잡하게 생각할 필요가 없다고. 내 생각엔 말이야, 그들이 순찰하던 그날 밤 그가 돌아오는 길을 잃어버린 것 같아. 그 불쌍한 녀석이 엉뚱한 방향으로 기어갔고—그래서 독일군 전선으로 들어가버린 거야."

"아마 그들의 철조망에서 박살이 났겠지."

"다시 말하지만, 그가 뒈졌다면 시체를 찾아냈을 거라고. 독일군이 그의 시체를 거두어가지는 않았을 테니까. 어쨌든 우리가 사방을 찾아보지 않았나. 발견되지 않았으니까 그는 부상을 입었든 안 입었든, 잡혀간 게 틀림없어."

매우 논리적인 이 추측이 신뢰를 얻자—메닐 앙드레가 포로로 잡혀 있다고 믿게 된 이상—우리는 이 문제에서 관심이 멀어진다. 그러나 그의 동생은 계속 연민을 자아낸다.

"불쌍한 친구, 저렇게 어린데, 원!"

분대의 병사들은 그를 몰래 쳐다본다.

"배가 고프네!" 코콩이 갑자기 말한다.

식사 시간이 지났기 때문에 병사들은 음식을 요구한다. 간밤에 가져온 것이 남았으니 먹을 게 있을 것이다.

"하사는 우리를 이처럼 굶기고 어쩔 셈이지? 그가 저기 있군. 붙잡아야겠어. 하사님! 밥을 못 먹고 있는데 어쩔 겁니까?"

"그래, 그래, 밥 말이에요!" 한없이 굶주린 병사들이 반복해 말했다.

“가고 있다고.” 밤이나 낮이나 쉬지 않고 분주한 베르트랑이 대답한다.

“어쩌겠다는 거야!” 늘 인상을 쓰고 있는 페팽이 말한다. “또 굶고 싶지는 않다고. 당장에 고기 통조림을 깔 거야.”

매일같이 식사라는 코미디가 이 비극의 표면에서 다시 시작된다.

“비상식량에 손대선 안 돼!” 베르트랑이 말한다. “중대장님을 만나고 와서 곧바로 먹자고.”

중대장을 만난 뒤 그는 먹을 것을 가져와 나누어주고, 감자와 양파로 만든 샐러드를 씹을수록 우리의 표정은 누그러지고 눈빛은 부드러워진다.

파라디는 음식을 먹기 전 모자를 보란듯이 머리에 올려놓는다. 때와 장소에 어울리지 않지만, 이 모자는 새것으로, 석 달 전부터 그에게 모자를 주겠다 약속했던 군속 재단사는 우리가 참호로 온 날에야 약속을 지켰다. 선명한 푸른색에 두 군데 각이 잡힌 그 부드러운 모자가 건강해 보이는 밝은 낯짝 위에 얹히자 그는 꼭 판지로 만든 홍조 띤 얼굴의 헌병 인형 같다. 그런데 파라디가 식사를 하면서 나를 뚫어지게 쳐다본다. 나는 그에게 다가간다.

“얼굴 좋아 보이네.”

“그런 말 마.” 그가 대꾸한다. “할말이 있어. 이쪽으로 와봐.”

그는 자신의 식기와 물건들 옆에 놓인, 술이 반쯤 차 있는 컵을 향해 손을 뻗더니 망설이다 결심을 하고는 포도주를 꿀꺽꿀꺽 삼키고는 컵은 주머니에 집어넣는다. 그러고는 걷기 시작한다.

나는 그를 쫓아간다. 지나가면서 그는 참호 내벽에 흙으로 쌓은 발사판에 덩그러니 놓인 자신의 철모를 집어든다. 열 걸음쯤 갔다가 다시 내 쪽으로 다가오더니 감정이 북받쳤을 때처럼, 나를 쳐다보지도 않고 이상한 분위기로 아주 나지막하게 말한다.

"메닐 앙드레가 어디 있는지 알고 있어. 그를 보고 싶어? 이리 와봐."

그렇게 말하면서 그는 모자를 벗어 주머니에 접어 넣은 뒤 철모를 쓴다. 그리고 다시 걸음을 옮긴다. 나는 말없이 그를 따라간다.

그는 우리의 공동 대피호와 모래주머니를 쌓아 만든 다리를 향해 50미터 정도 나를 데리고 간다. 이 다리 밑으로 미끄러져 들어갈 때마다 꼭 허리 위로 무너져내릴 것 같은 느낌이 든다. 다리를 지나자 참호 측면에 우묵한 곳이 나타나는데 거기 찰흙을 바른 울타리로 된 계단이 있다. 파라디는 계단을 오르더니 그 좁고 편평하고 미끄러운 곳으로 따라오라는 신호를 보낸다. 전에는 여기 초병의 총안이 있었는데 무너져내렸다. 그보다 아래쪽에 방탄판 두 개로 총안을 다시 만들었다. 이런 구조물 위로 머리가 올라오지 않게 하려면 몸을 굽히지 않으면 안 된다.

파라디는 여전히 매우 낮은 목소리로 말한다.

"이 두 방탄판은 내가 해놓은 거야—사실 좀 생각이 있어서 잘 보고 싶었거든. 저기 구멍에다 눈을 갖다대봐."

"아무것도 안 보이는데. 시야가 막혔어. 저 천 뭉치는 뭐지?"

"그 친구야." 파라디가 말한다.

아! 그것은 시체였다. 무서울 정도로 가까운 곳에, 구멍 속에 시체가 앉아 있었다……

철판에 얼굴을 찰싹 붙이고 눈꺼풀을 방탄판 구멍에 갖다대니 시체가 온전히 보였다. 그는 두 다리 사이에 머리를 파묻고 두 팔은 무릎 위에 올려놓은 채 두 손은 갈고리 모양으로 반쯤 쥐고서 쭈그리고 앉아 있었는데—정말 가까이, 너무도 가까이 있었다!—탁한 두 눈은 휘둥그렇고 불거진 채 사시가 되어 있었지만 진흙투성이 수염과 치아가 드러난 비틀어진 입을 보니 그가 분명했다. 그는 바로 앞 진창에 꽂힌 자기 소총을 향해 미소를 지어 보이며 동시에 인상을 쓰고 있는 표정이었다. 앞으로 뻗은 양손 모두 위쪽은 푸르렀고, 아래쪽은 지옥의 축축한 반사광을 받아 붉게 물들어 진홍색을 띠고 있었다.

바로 그였다. 탄환 구덩이로 엉망이 돼버린 우리 쪽 사면 아주 가까이에서 나흘 전에 죽은 그는 빗물에 씻기고 진흙과 거품 같은 것으로 빚어져 더러워지고 끔찍하게 창백한 모습으로 바로 그 탄환 구덩이에 몸을 숨기고 있었다. 너무 가까이 있어서 그를 찾아낼 수가 없었던 것이다!

초인간적인 고독 속에 버려진 이 망자와 대피호에 기거하는 병사들 사이에 놓인 건 얇은 흙 칸막이뿐이고, 나는 내가 잠을 자기 위해 머리를 눕히는 곳이 바로 이 끔찍한 시체가 기대어 놓여 있는 곳임을 깨닫는다.

나는 구멍에서 얼굴을 든다.

파라디와 나는 서로 눈길을 주고받는다.

“아직 조제프에게 말해선 안 돼.” 나의 전우가 속삭인다.

“안 되지, 당장은 안 되고말고……”

"중대장에게 그를 파내자고 말했어. 중대장 역시 '당장은 동생에게 말해선 안 된다'고 하더군."

한줄기 가벼운 바람이 지나갔다.

"냄새가 나는데!"

"정말 그렇군!"

우리가 코를 킁킁거리자, 냄새는 우리의 머릿속으로 들어오고 우리의 영혼을 뒤집어놓는다.

"그래, 이렇게 되었으니 조제프는 이제 여섯 형제 가운데 홀로 남은 셈이야." 파라디가 말한다. "하나 말할 게 있어. 내 생각엔 그가 오래 버티지 못할 것 같아. 녀석은 자기 몸을 돌보지 않을 거고 죽음을 자초할 거야. 부상을 당해 후송되면 좋을 텐데, 그렇지 않으면 그는 가망이 없다고. 여섯 형제가 몽땅 죽는 건 너무 심하잖아. 그렇지 않나?"

그는 덧붙였다.

"우리 바로 옆에 있었다니 정말 기가 막히는군."

"내가 머리를 두는 자리와 바로 붙어 있는 곳에 그의 팔이 놓여 있었어."

"그래, 손목에 시계를 차고 있는 오른팔이지."

시계…… 나는 발길을 멈춘다…… 하나의 생각일까, 아니면 꿈일까? 그래, 지금 생각해보니 우리 모두 매우 피곤했던 사흘 전 밤, 잠들기 전에 나는 똑딱거리는 시계 소리를 들었고 심지어 그게 어디서 들려오는지 자문했던 것 같다.

"자네가 흙 너머 들은 소리는 아마 그 시계 소리였을 거야." 내 생각을 이야기하자 파라디가 말한다. "사람이 떠나도 그건 계속 작동을 하면서 돈다니까. 암, 그놈의 기계는 사람을 알아보지 못한다고. 그건 살아서 수명이 다할 때까지 아주 조용히 돌고 도는 거지."

내가 물었다.

"그의 손에 피가 묻어 있는데, 어디에 탄알을 맞은 거지?"

"모르겠는데. 복부에 맞았을 거야, 몸쪽에 시커먼 부분이 있었던 것 같아. 아니면 얼굴이겠지. 볼에 있던 작은 반점 보았나?"

나는 망자의 거칠고 음산한 얼굴을 기억해본다.

"맞아, 정말 볼에 무언가가 있었어. 그래, 아마 움푹 파인 게……"

"쉿!" 파라디가 황급히 말한다. "저기 그가 와! 여기 머물러 있지 말았어야 했는데."

그러나 메닐 조제프가 이쪽으로 곧바로 다가오는데도 우리는 여전히 우물쭈물하고 있다. 그는 더없이 허약해 보인다. 멀리서 보기에도 매우 창백하고, 억눌려 있고, 마지못해 움직이는 기색이다. 그는 한없는 피로와 강박적인 생각에 사로잡혀 구부정한 자세로 조용히 다가온다.

"얼굴이 어쨌다는 거지?" 그가 나에게 묻는다.

망자가 탄알을 맞았을 자리를 파라디에게 가리켜 보이던 나를 그가 본 것이다.

나는 알아듣지 못한 척 대충 얼버무린다.

"아!" 그는 멍한 표정으로 대답한다.

바로 이때 난 불안해진다. 냄새 때문이다. 냄새가 나고, 우리는 그 냄새를 놓칠 수가 없다. 그건 시체가 있다는 뜻이다. 아마 그는 곧바로 알아차릴 것이다……

그가 문득 망자의 신호, 비통하고 가련한 부름을 느낀 듯하다.

하지만 그는 아무 말도 하지 않고 돌아서서 고독한 발걸음을 계속하더니 모퉁이를 돌아 사라진다.

"어제는 저 녀석, 먹다 남은 밥이 가득한 반합을 들고 바로 여기에 왔었지." 파라디가 말한다. "공교롭게도 녀석이 저기서 멈추더니…… 글쎄 비탈 위 바로 자기 형이 죽어 있는 그 자리에 남은 밥을 던지는 거야. 이봐, 그 모습을 두고 볼 수가 없어서 그가 밥을 내던진 순간 내가 녀석의 팔을 움켜잡는 바람에 밥은 참호에 굴러떨어지고 말았지. 그는 화가 나 시뻘건 얼굴로 몸을 돌리더니, '왜 그래? 왜 매번 제멋대로야?' 라고 말하는 거야. 나는 바보 같은 표정을 짓고선 뭔지 모를 소리로 횡설수설하면서 일부러 그런 게 아니라고 얼버무리고 말았어. 그는 어깨를 으쓱하고는 내가 불쌍하다는 듯 쳐다보더라고. 그러다가 곁에 있던 몽트뢰유에게 이렇게 투덜거리면서 떠났지. '어이, 봤지? 이 자식 바보라고!' 자네도 알겠지만 저 녀석, 참을성이 없잖나. 난 그냥 '그래, 그래' 하면서 얼버무렸지. 자네 알겠나, 이 모든 일에서 내가 옳으면서도 잘못했기 때문에 기분이 영 좋지 않았어."

우리는 말없이 함께 돌아간다.

그리고 다른 병사들이 모여 있는 대피호로 들어선다. 과거 사령실이었던 이곳은 공간이 넓다.

그곳에 들어서는 순간 파라디가 귀를 기울인다.

"우리 포대들이 한 시간 전부터 공격을 심하게 하고 있는 것 같지 않나, 응?"

나는 그가 무슨 말을 하고 싶은 건지 눈치채고는 애매한 반응을 보인다.

"두고 보면 알겠지, 이 친구야, 두고 보자고!"

대피호에서는 티레트가 세 사람을 앞에 두고 병영 이야기를 장황하게 늘어놓고 있다. 한쪽 구석에서는 마르트로가 코를 골고 있다. 그가 입구 옆에 있는 터라, 대피호로 내려가려면 상반신 안으로 쑥 들어가 있는 것 같은 그의 짧은 다리를 넘어가야 한다. 접어놓은 모포를 둘러싸고 일단의 노름꾼들이 무릎을 꿇고서 마니유*를 하고 있다.

"내 차례야!"

"40, 42! — 48! — 49! — 좋아!"

"운이 좋구먼, 도둑놈 같으니. 말도 안 돼. 세 번이나 속였잖아! 이제 너하고는 더는 안 할 거야. 오늘 날 몽땅 털어가고, 요전날에도 내 패를 훔쳐보았지, 이 사기꾼!"

"그럼 넌 왜 엉터리 패를 버리지 않는 거야? 얼간이 같은 놈아."

"킹밖에 없었어, 킹밖에 없었다고."

"저치는 스페이드 에이스를 갖고 있었어."

"그걸 갖고 있었다니, 웬일이래!"

"하여튼," 구석에서 무언가 먹고 있던 사람이 중얼거린다. "이 카망베르는 25수나 하는데 정말 짜구나. 겉은 악취나는 반죽 같고, 안은 부서지는 석고네."

그러는 동안에도 티레트는 어느 공격적인 성향의 대대장 때문에 삼 주 동안 어떤 곤욕을 치러야 했는지 떠벌리고 있다.

---

* 10을 제일 센 패로 삼는 카드놀이의 하나.

“이봐, 그 뚱뚱한 돼지 같은 작자는 세상에서 가장 악독한 걸 죄다 합쳐놓은 것 같았다니까. 자기 집무실에서 거대한 배때기를 드러내놓고 엄청나게 큰 군모를 쓰고서 커다란 술통처럼 위에서부터 아래까지 계급줄에 둘러싸인 채 잘 보이지도 않는 의자에 퍼질러 앉아 병사들 무리를 쳐다보는데, 그와 시선이 마주칠 때면 얼마나 무서웠는지. 그는 병사한테 정말 가혹했어. 성이 뢰브였는데—거의 독일 놈 같았다고!”

“나도 그자를 알아!” 파라디가 소리쳤다. “전쟁이 터졌을 때, 그는 군복무 부적합 판정을 받았지, 당연히도 말이야. 내가 예비교육을 받을 때 그는 이미 후방부대로 빠지는 방법을 알고 있었다니까. 그러면서도 곳곳에서 병사들을 체포하려 드는 거야. 단추가 하나만 풀려 있어도 영창 하루에, 규정에 조금이라도 어긋난 걸 걸치기만 해도 괴롭히고 다른 사람들 앞에서 욕설을 퍼부어댔지. 그러면 사람들이 웃으면서 재미있어했다고. 그는 병사가 웃긴다고 생각했지만, 병사들은 웃긴 사람은 그라고 생각했지. 하지만 병사가 그렇게 생각해봐야 무슨 소용인가, 영창 앞에서는 다 얌전해지는데.”

“그에게 아내가 있었지.” 티레트가 다시 말한다. “그 늙은……”

“나도 생각난다.” 파라디가 툭 내뱉었다. “정말 심술 사나운 여자였지!”

“강아지를 끌고 다니는 사람은 있지만, 그는 그 괴물을 사방에 끌고 다녔어. 사과처럼 노란 얼굴에 엉덩이가 솔 주머니 같고 늘 고약한 표정을 짓고 있는 그 사악한 여자를. 그 여자가 그 멍텅구리 영감을 자극해서 우리한테 화를 내게 만들었지. 그 여자가 없을 때 그는 심술 사납다기보다는 멍청했거든. 그런데 그녀가 옆에 있기만 하면 사나워지는 거야. 그러다 큰일이 나는 거고……"

그때 입구 근처에서 잠을 자고 있던 마르트로가 희미한 신음소리를 내면서 깨어난다. 그가 몸을 일으켜 죄수처럼 짚단 위에 올라앉자, 마치 그림자연극을 할 때처럼 그의 수염 난 옆얼굴 실루엣이 비치고 둥그런 눈알이 어스름 속에서 되록되록한다. 그는 자신이 방금 꾼 꿈을 떠올리고 있다.

그러다가 손으로 두 눈을 문지르고는, 꿈과 관계라도 있는 양 우리가 참호로 올라갔던 그 밤의 이미지를 떠올린다.

"하여튼 그날 밤엔 일이 썩 잘 돌아갔지!" 그는 잠과 꿈에서 덜 깬 목소리로 말한다. "아! 참 엄청난 밤이었어! 그 모든 부대, 중대, 연대 전체가 도로를 따라 올라가면서 소리치고 노래를 불렀으니! 어렴풋한 빛 속에서 우리는 뒤죽박죽 올라가고 또 올라가는 병사들이—마치 바닷물이 밀려오는 것처럼 말이야—포병 수송대와 야전병원 차량을 향해 손을 흔드는 것을 보았지. 그날 밤처럼 많은 수송대를 본 적이 없었어, 결코!"

이렇게 말한 뒤 그는 자기 가슴을 주먹으로 한 번 치고는 주저앉아 투덜거리더니 이내 잠잠해진다.

블레르의 목소리가 병사들의 마음속에 깨어 있는 강박관념을 대변하며 울린다.

"네시야. 우리 진영에 무슨 일이 일어나기엔 늦은 시간이라고."

다른 한쪽에서 카드놀이를 하던 자들 중 하나가 날카로운 소리로 다른 사람에게 묻는다.

"뭐야? 너 하는 거야, 마는 거야, 이 버러지 같은 놈!"

티레트는 대대장에 대한 이야기를 이어간다.

"놀랍게도 어느 날 병영에 고기 수프가 나온 적이 있었지. 이봐, 근데 썩은 고기가 있는 거야. 그래서 병사 하나가 중대장에게 면담을 신청해 그의 눈앞으로 자신의 반합을 가지고 가서 보여줬지."

"상놈!" 다른 쪽 구석에서 누군가 매우 화가 나 소리친다. "어째서 패를 내놓지 않은 거야?"

"'오, 제기랄!' 중대장이 말했어. '이거 내 앞에서 치워. 정말 악취가 나는군.'"

"내 차례가 아니었어." 누군가 불만에 찬, 그러나 자신 없는 목소리로 떨면서 말한다.

"그러고서 중대장이 대대장에게 보고를 한 거야. 격분한 대대장이 보고서를 손에 흔들면서 오더군. '대체 뭐가 어떻게 된 거야? 이 난리를 만든 그 수프 가져와봐, 내가 직접 맛을 볼 테니.' 깨끗한 반합에 수프를 담아서 대령했지. 그러자 그가 코를 킁킁거리더니 이렇게 말하는 거야. '뭐야, 맛있는 냄새가 나는데! 이런 영양가 높은 수프를 받고서는 말이야!……'"

"네 차례가 아니었어! 저쪽이 먼저잖아. 멍청이! 갈보 자식! 보다시피 재수없게 됐다!"

"그런데 다섯시에 두 나리 마님께서 신속하게 병영 입구에 오더니 병영에서 나오는 보병들 앞에 버티고 서서는 뭔가 규정에 어긋난 거라도 없는지 알아보려 하는 거야. '아, 이놈들, 나는 물론이고 내 아내까지 맛있게 먹은 훌륭한 수프에 불평을 터뜨려 내 목이 달아나게 하려 했것다, 네놈들을 가만 놔두나 봐라! 어이! 거기 장발을 한 친구, 위대한 예술가, 이리 좀 와보지!' 그 악당이 그렇게 말하는 동안, 말뚝처럼 뻣뻣하고 몸을 곧추세운, 늙다리 말 같은 악당 부인은 '맞아, 그렇지' 하면서 고개를 끄덕이고 있었어."

"……그건 상황에 따라 다르지, 저 녀석한테 에이스가 없었다고, 정말 별일이네."

"그런데 갑자기 그 부인이 창백해진 얼굴로 배 위에 손을 얹고 뭔지 모를 것에 충격이라도 받은 듯 몸을 갸우뚱하더니, 보병들 한가운데서 우산을 떨어뜨리고 토하기 시작하는 거야!"

"이봐, 주목!" 파라디가 갑자기 말한다. "참호에서 뭐라고 외치는데. 들리지 않아? '경계 태세!'라고 소리를 지르잖아."

"경계 태세라니! 너 머리가 돈 거 아냐?"

그 말이 떨어지자마자 우리 대피호의 낮은 입구에 그림자 하나가 슬그머니 나타나더니 소리친다.

"경계 태세, 22중대! 무장 명령!"

잠시 침묵이 흐른다. 그리고 이내 탄식이 터져나온다.

"이럴 줄 알았어." 파라디가 중얼거리더니 무릎을 질질 끌면서 우리가 누워 있는 이 두더지 굴 입구로 다가온다.

곧 말소리가 멈춘다. 우리는 벙어리가 되었다. 다들 서둘러 몸을 반쯤 일으킨다. 몸을 숙이거나 무릎을 꿇고서 분주하게 움직인다. 저마다 허리띠를 찬다. 팔 그림자들이 이쪽저쪽에서 내뻗친다. 주머니에다 물건들을 쑤셔넣는다. 그런 뒤 우리는 끈으로 묶은 배낭과 모포와 잡낭을 끌고서 무질서하게 밖으로 나온다.

바깥에 나오니 귀가 멍멍하다. 엄청나게 늘어난 일제사격이 좌우로 요란하게 우리를 포위한다. 우리의 포대는 끊임없이 포격을 가한다.

"놈들이 공격하는 걸까?" 병사 하나가 묻는다.

"내가 어떻게 알아!" 또다른 병사가 신경이 곤두서서 짧게 대답한다.

모두들 이를 악물고 있다. 모두 깊은 생각을 억제하고 있다. 우리는 아무 말이나 구시렁거리면서 서로 밀치고 부딪치며 서둘러 움직인다.

명령 하나가 전달된다.

"배낭을 메라!"

"명령이 취소되었다!……" 장교 하나가 성큼성큼 길을 헤치고 참호를 돌아다니며 외친다.

자리를 뜨는 그의 등뒤로 말끝은 흩어져 사라진다.

명령 취소! 행렬을 훑고 지나는 전율이 눈에 보이는 듯하다. 마음의 충격에 모두가 머리를 쳐들고는 엄청난 것을 기대하며 멈춰 선다.

아니다. 그것은 단지 배낭을 메라는 명령의 취소일 뿐이다. 배낭을 짊어지지 말라는 것이다. 몸에 모포를 둘둘 말고 필요한 도구는 허리띠에 매달아야 한다.

우리는 모포를 잡아맸던 끈을 다시 풀어 둘둘 만다. 여전히 침묵 속에서 각자 시선을 고정한 채 입을 꽉 다문다.

하사들과 중사들은 몸을 숙이고 말없이 서두르는 병사들을 더욱 재촉하면서 여기저기 돌아다닌다.

"자, 서둘러! 자, 자, 너희들 뭐하는 거야? 서두를 거야, 말 거야?"

소매에 교차된 도끼 마크를 단 분견대 병사들이 길을 헤치고 가더니 신속하게 참호의 내벽에 구멍을 판다. 우리는 필요한 장비를 갖추면서 곁눈질로 그들을 쳐다본다.

"저들이 뭘 하는 거지?"

"밟고 올라가라는 거야."

준비가 되었다. 여전히 침묵 속에서 병사들은 둘둘 만 모포를 십자형으로 걸치고 철모의 끈을 조이고 소총을 짚고 대열을 이룬다. 나는 창백하면서도 몹시 긴장된 그들의 얼굴을 바라본다.

이들은 병사가 아니다. 이들은 인간이다. 이들은 모험가도 전사도, 인간 도살장으로 보내지기 위해 태어난 도살업자도 가축도 아니다. 군복 차림이어도 이들은 농민이고 노동자다. 이들은 실향민들이다. 이들은 준비되어 있다. 죽음과 살인의 신호를 기다리고 있다. 그러나 총검이 반사하는 빛줄기들 사이로 이들을 주시하면, 이들은 그저 인간일 뿐이다.

그들은 저마다 자신이 죽여야 하는 상대방 진영의 다른 병사들을 발견하기도 전에 이미 자신에게 겨누어진 총과 포탄, 이미 쌓아 준비해놓은 유탄, 무엇보다 체계적이고 거의 빗나가지 않는 기관총—무서운 침묵 속에서 기다리고 있는 모든 것—을 향해 자신의 머리를, 가슴을, 배를, 자신의 육체 전체를 드러내게 되리라는 것을 알고 있다. 그들은 강도들처럼 자기 생명에 무심하지도, 야만인들처럼 분노에 눈이 멀어 있지도 않다. 그들을 몰아붙이는 선동에도 그들은 자극받지 않았다. 그들은 모든 본능적인 흥분을 넘어서 있다. 육체적으로도 정신적으로도 취해 있지 않다. 온전한 힘과 건강, 그리고 온전한 의식을 지닌 채로 인류의 광기가 모든 인간에게 강제한 미치광이라는 배역에 다시 한번 스스로를 던지기 위해 여기 모여 있는 것이다. 그들의 얼굴을 초인적으로 옥죄는 고요함의 가면, 움직이지 않는 모습, 그들의 침묵에는 꿈과 두려움 그리고 작별이 보인다. 그들은 사람들이 생각하는 영웅 같은 존재가 아니지만, 그들의 희생은 그들을 보지 못한 자들은 결코 이해할 수 없을, 많은 가치를 지니고 있다.

그들은 기다린다. 기다림은 길어져 한없이 계속된다. 때때로 상대 진영에서 정면으로 날아온 총탄 한 발이 우리의 보호막이 되어주는 전방의 비탈을 스치고는 후미 비탈의 약한 곳에 꽂히고, 그러면 대열의 누군가는 몸서리를 친다.

해가 기울어짐에 따라 음울하면서도 장엄한 빛이 아직 살아 있는 자들의 크고 견고한 덩어리를 비춘다. 그들 가운데 밤까지 살아남는 자들은 일부에 지나지 않으리라. 비가 내린다—비는 언제나 나의 기억 속에서 대전大戰의 모든 비극과 끈끈히 엉겨붙어 있다. 얼어붙은 막연한 위협처럼 어둠이 다가온다. 어둠은 곧 이 세상만큼이나 커다란 덫을 병사들 앞에 뻗칠 것이다.

*

새로운 명령이 입에서 입으로 퍼져간다. 둥글게 감긴 철사에 꿰어놓은 유탄이 배분된다. "각 병사는 유탄을 두 개씩 소지하도록!"

지휘관인 대대장이 지나간다. 외투를 입지 않은 간편한 차림에 허리띠를 졸라맨 그의 동작은 간결하다. 그의 말이 들린다.

"좋은 소식이 있다! 독일군이 도망가고 있다. 쉽게 진군할 수 있을 거다, 알겠나?"

새로운 소식이 바람처럼 우리를 거쳐간다.

"전방에 모로코 부대와 21중대가 있다. 공격은 우리의 오른쪽에서 시작된다."

중대장이 하사들을 소집한다. 그들은 고철을 한아름씩 가지고 돌아온다. 베르트랑이 내 몸을 손으로 만져본다. 그러더니 내 외투에 달린 단추 하나에 무언가를 건다. 부엌칼이다.

"자네 외투에 이걸 달아둬." 그가 말한다.

그리고 나를 가만히 쳐다보더니 다른 병사들을 향해 간다.

"나도요!" 페팽이 말한다.

"안 돼." 베르트랑이 말한다. "자원병들한테는 금지되어 있어."

"꺼져버려!" 페팽이 투덜거린다.

멀리서 퍼붓는 엄청난 집중포화 말고는 별다른 경계표지도 없이, 비바람이 강타하는 공간 안에서 우리는 기다린다. 베르트랑은 분배를 마치고 되돌아온다. 몇몇 병사들은 앉아 있고 하품을 하는 자들도 있다.

자전거병인 비예트가 한 장교의 방수복을 팔에 든 채 눈에 띌 정도로 시선을 피하며 우리 사이를 교묘하게 지나간다.

"뭐야, 넌 진군 안 해?" 코콩이 그에게 소리친다.

"응, 나는 진군하지 않아." 상대방이 말한다. "17중대 소속이니까. 5대대는 공격하지 않거든!"

"아! 5대대는 늘 운이 좋군그래. 결코 우리처럼 공격을 하지 않으니."

비예트는 이미 멀어져 있고 병사들은 사라져가는 그를 쳐다보면서 얼굴을 약간 찌푸린다.

한 병사가 달려와 베르트랑에게 뭐라고 말한다. 그러자 베르트랑은 우리를 향해 몸을 돌린다.

"자, 가자, 이제 우리 차례야."

모두가 동시에 움직이기 시작한다. 우리는 공병들이 마련한 계단에 발을 디디고 팔꿈치를 맞대며 참호의 대피호 바깥으로 나가 앞에 쌓인 흉벽 위로 올라선다.

*

베르트랑은 경사진 들판 위에 서 있다. 그는 재빠르게 우리를 훑는다. 전 인원을 확인하자 그가 입을 연다.

"자, 전진!"

목소리가 이상하게 울린다. 마치 꿈속에서처럼, 느닷없다고 느껴질 만큼 매우 신속하게 진군이 시작된다. 대기 중에 총탄이 날아다니는 소리도 없다. 거대한 대포 소리 사이에서 우리는 총탄들의 비상한 침묵을 확실히 감지한다……

때때로 총검을 꽂아 길어진 소총을 이용해 우리는 미끈거리고 울퉁불퉁한 땅을 기계적으로 걸어내려간다. 비탈의 사소한 것들에 우리의 눈이 쏠린다. 뒤집혀 부서진 흙덩이, 드문드문 비죽 솟아 있는 황량한 말뚝, 구덩이 속 잔해. 이 비탈, 살아 돌아온 몇몇이 어둠 속에서 그토록 조심스레 버텨내던 기억을 떠올리는 곳, 그 외의 사람들은 기껏해야 총안을 통해 순간적인 감시의 눈길만을 보내던 이곳에 대낮에 이렇게 서 있다니 믿을 수 없는 노릇이다. 없다…… 우리를 향한 일제사격은 없다. 대대원 상당수가 대지의 표면으로 나와 지나가는데도 눈치채지 못하는 모양이다! 전투는 일시 중단 상태지만 점차로 커지고 또 커져가는 위협이 가득차 있다. 창백한 빛이 눈부시다.

비탈은 우리와 동시에 급히 내려가기 시작한 병사들로 사방이 뒤덮인다. 오른쪽에는 폐허가 된 옛 독일군 시설인 97번 연락참호를 통과해 골짜기로 가는 한 중대의 모습이 나타난다.

우리는 동료들을 등에 우리 쪽 철조망을 빠져나간다. 아직 적군은 사격을 가하지 않는다. 서투른 병사들은 헛발을 디뎠다가 다시 일어선다. 철조망 저편에서 병사들이 대열을 정비해 아까보다 속력을 내어 황급히 비탈을 내려가기 시작한다. 움직임은 본능적으로 점점 빨라진다. 몇몇 총탄이 우리 사이로 날아든다. 베르트랑은 마지막 순간까지 기다리며 유탄을 아끼라고 소리친다.

그러나 그의 목소리가 사라져버린다. 갑자기 우리 앞에서 비탈 가득히 어두운 불길이 일고 무서운 폭발음이 대기를 때리며 강하게 울린다. 시한탄이 왼쪽에서 오른쪽으로 열을 지어 하늘에서 쏟아지고 땅에서 지뢰가 터져오른다. 가공할 탄막이 우리를 세상으로부터, 과거와 미래로부터 차단시킨다. 사방에서 빗발치듯 퍼부어지는 갑작스러운 포화에 대경실색하여 멈춘 우리는 땅에 꼼짝 않고 서 있다. 그것도 잠시, 우리들 무리는 힘을 짜내 몸을 일으키고 일제히 앞으로 내달린다. 거대한 연기 속에서 비틀거리며 서로를 붙잡는다. 우리가 정신없이 혼란스럽게 돌진하는 저 아래에 날카로운 폭발음과 함께 돌풍처럼 흙덩이를 튀기며 커다란 구덩이들이 여기저기, 나란히 혹은 이중으로 생긴다. 더이상 포탄들이 어디에 떨어지는지 알 수가 없다. 일제사격이 너무도 엄청나게 가해지면서 맹위를 떨치니 이 엄청난 우레 같은 소리만으로도, 공중에 형성되는 커다란 별 같은 이 파편들만으로도 우리 자신이 사라지는 것 같다. 시뻘건 강철이 물속에서 식는 듯한 소리를 내며 우리의 머리 옆을 스쳐가는 파편들이 보이고 느껴진다. 한 번의 포격에 나는 소총을 놓쳐버린다. 폭발로 인한 바람이 거세 손에 화상을 입은 것이다. 나는 비틀거리면서 소총을 다시 주워 들고는 황갈색의 희미한 빛을 발하는 폭풍 속에서 몸을 가눌 수 없을 정도로 비 오듯 쏟아지는 용암 덩어리를 맞으며, 휘몰아치는 화약가루와 검댕의 세례를 받으며 머리를 숙인 채 다시 앞으로 나아간다. 스쳐가는 파편들이 날카로운 소리로 귀를 찢고, 목덜미를 때리고, 관자놀이를 통과할 때면 비명을 지르지 않을 수 없다. 유황냄새에 속이 뒤틀려 구역질이 난다. 죽음의 숨결이 우리를 밀어붙이고 들어올리고 뒤흔든다. 병사들은 뛴다. 어디로 가고 있는지도 모른 채. 두 눈은 반쯤 감기고 앞이 보이지 않게 되더니 눈물이 흐른다. 어마어마한 섬광에 의해 눈앞의 시야가 온통 가려져 있다.

탄막이다. 회오리치는 불꽃과 수직으로 퍼붓는 끔찍한 포화 속을 지나가야 한다. 우리는 지나간다. 무턱대고 지나간다. 저 너머 번득이는 빛에 비친, 휘돌다가 공중으로 치솟고 이내 땅으로 쓰러지는 형체들이 여기저기 보인다. 소리를 내지르는 듯한 기묘한 얼굴들도 어렴풋이 보이는데, 모든 것을 소멸시키는 요란한 소음 속에서 그 외침은 들리지 않지만 무슨 소리인지 알 수 있다. 화염이 거대하고 맹렬한 검붉은색 더미와 함께 내 주위에 떨어지더니 발밑의 땅을 파헤쳐버리고는 나를 낚아채 장난감처럼 옆으로 내던진다. 기억하기에 나는 시체 하나를 뛰어넘었던 것 같다. 새빨간 피로 뒤덮인 채 지글거리는 소리를 내면서 시커멓게 타고 있던 시체. 내 옆에서 펄럭이던 외투 자락에 불이 붙어 연기가 고랑처럼 길게 늘어지던 것도 기억난다. 우리의 오른편에 있는 97번 연락참호를 따라서 마치 밀집한 사람들처럼 열을 지은 끔찍한 섬광들에 우리는 눈이 멀어버릴 것 같다.

"앞으로!"

이제 우리는 달음질을 치다시피 한다. 몇몇 병사들은 얼굴을 앞으로 내민 채 고꾸라지고, 다른 병사들은 땅바닥에 수저앉듯이 얌전히 쓰러진다. 그대로 굳어 길게 누워 있거나 수직으로 서 있는 시체들을 피하기 위해, 또 발버둥치며 달라붙는 부상자들이라는 보다 위험한 올가미에 걸려들지 않으려고 우리는 거칠게 비켜간다.

국제 연락참호!

우리는 그곳에 도착했다. 포탄을 맞고 기다란 나선형 밑동까지 파헤쳐진 철조망은 밀려나 다른 곳에 커다란 무더기처럼 쌓여 있거나 둘둘 말려 있는가 하면 휩쓸려가버렸다. 비에 젖어 축축한 이 거대한 철망 덤불 사이에서 땅은 텅 빈 채 트여 있다.

연락참호는 방어 태세가 아니었다. 독일인들이 포기했거나 아니면 일차 공격이 이미 지나간 것이다…… 내부에는 비탈을 따라 소총들이 비죽비죽 솟아 있다. 더 안쪽에는 시체들이 흩어져 있다. 뒤죽박죽인 긴 구덩이에서 붉은 장식이 달린 회색빛 소매 바깥으로 손들과 장화 신은 다리들이 삐져나와 있다. 비탈은 군데군데 파헤쳐져 있고 나무를 댄 곳이 무너져내렸다. 참호의 측면 전체가 붕괴되어 형언할 수 없이 혼잡하게 뒤덮여 있다. 둥그런 수직 구덩이가 입을 벌린 곳도 보인다. 색색깔의 넝마들로 덮여 괴상한 누더기로 변해버린 그 순간 참호의 모습이 무엇보다 내 기억에 남아 있다. 독일인들은 실내장식용 직물가게에서 강탈한 나사와 면직물, 얼룩덜룩한 무늬의 모직물을 사용해 모래주머니를 만들었던 것이다. 올이 풀리고 찢긴 다채로운 천조각들이 눈앞에 난장판으로 걸린 채 펄럭이며 춤을 추고 있었다.

우리는 이 연락참호 속으로 흩어진다. 건너편으로 뛰어간 소대장이 몸을 숙여 외치고 손짓을 하면서 우리를 부른다.

"거기 머물러선 안 돼! 앞으로! 계속해서 앞으로!"

우리는 참호 속에 쌓여 있는 배낭과 무기, 시체의 등짝을 발판 삼아 이곳 비탈을 기어오른다. 골짜기 바닥은 포격으로 파여 있고 잔해들로 가득하며, 쓰러진 몸뚱이로 우글거린다. 어떤 이들은 사물처럼 꼼짝하지 않는다. 다른 이들은 가벼운, 혹은 발작적인 움직임을 보이며 들썩인다. 우리의 뒤쪽, 우리가 막 벗어난 곳에 탄막을 이루며 계속해서 지옥 같은 포격이 퍼부어진다. 하지만 우리가 있는 이 작은 언덕 기슭은 포대에서 보이지 않는 사각지대다.

잠시간의 어정쩡한 소강상태. 먹먹하던 귀로 조금씩 소리가 들린다. 우리는 서로를 쳐다본다. 흥분이 가시지 않은 눈과 상기된 뺨. 코를 골듯 숨결이 거칠고 심장은 가슴에서 고동친다.

마치 악몽 속의 어느 날 죽음의 기슭에서 얼굴을 마주한 듯, 우리는 허둥지둥 어렴풋이 서로를 확인한다. 지옥 속 잠깐의 소강상태에서 우리는 조급하게 몇 마디 말을 주고받는다.

"너구나!"

"제기랄! 이게 대체 뭐람!"

"코콩은 어디 있지?"

"모르겠는데."

"중대장 봤어?"

"아니……"

"괜찮아?"

"응……"

골짜기 바닥을 지난다. 반대편 사면이 우뚝 서 있다. 땅에 대충 만들어진 계단을 통해 우리는 일렬종대로 이 사면을 기어올라간다.

"조심해!"

계단 중간쯤 이른 병사 하나가 저쪽에서 날아온 포탄 파편에 허리를 맞아 헬멧이 날아가고 두 팔을 앞으로 뻗은 채 수영하는 것처럼 아래로 떨어진다. 심연에 잠기는 이 형체의 희미한 실루엣이 눈에 들어온다. 나는 그의 검은 옆얼굴 위로 헝클어진 머리털을 잠깐이나마 분명히 보았다.

우리는 높은 곳으로 나아간다.

커다랗고 무미건조한 공터가 우리 앞에 펼쳐진다. 처음 눈에 들어온 것은 누렇고 뿌연 백악질 돌투성이의 광막한 벌판뿐이다. 우리 앞에 인간은 전혀 없다. 살아 있는 자는 아무도 없고, 땅 위에는 온통 시체뿐이다. 아직도 고통에 휩싸인 듯하거나 잠들어 있는 듯한 죽은 지 얼마 안 된 시체들, 그리고 바람에 흩어져 이미 퇴색되고 땅에 거의 흡수된 유해들이 널려 있다.

우리의 대열이 요동치며 돌격하듯 뛰어나가자마자, 내 옆의 두 병사가 총탄을 맞는다. 두 그림자가 땅바닥에 내동댕이쳐져 발아래 구르면서 하나는 날카로운 소리를 지르고 다른 하나는 황소처럼 조용히 쓰러진다. 또 한 명의 병사가 마치 휩쓸려가듯 미치광이 같은 몸짓을 하며 떠나간다. 우리는 본능적으로 서로 몸을 밀착하면서 앞으로, 계속해서 앞으로 서로를 떠민다. 무리에 생긴 구멍은 저절로 메워진다. 특무상사가 걸음을 멈추고는 자신의 군도를 쳐들었다 떨어뜨리더니 꿇어앉는다. 무릎 꿇린 육체가 요동치면서 뒤로 기울자 헬멧이 그의 발뒤꿈치에 떨어지고, 그는 머리에 아무것도 쓰지 않고 얼굴을 하늘로 향한 채 그렇게 거기 머물러 있다. 대열은 계속 앞으로 나아가면서도 이 부동의 자세를 흩뜨리지 않기 위해 신속하게 둘로 갈라진다.

그런데 소대장이 더이상 보이지 않는다. 이제 지휘관은 없다…… 고원 어귀로 향하던 인간의 물결이 주춤거린다. 이 지지부진한 진군 속에서 헐떡거리는 이들의 거친 숨소리가 들린다.

"앞으로!" 어떤 병사가 소리친다.

그러자 모두가 한층 속도를 내며 심연을 향해 다시 앞으로 내달린다.

*

"베르트랑 어딨어?" 앞으로 달려나가던 병사들 가운데 하나가 신음하듯 힘겹게 말한다.

"여기야! 여기……"

지나가던 그가 몸을 숙여 부상자 한 사람을 살피다가, 곧 팔을 뻗으며 오열하는 그 병사 곁을 떠나 발을 재촉한다.

그가 대열에 합류하는 바로 그 순간 우리 앞 둔덕 같은 곳에서 기관총이 나오면서 탁탁탁탁 소리가 들린다. 대지를 뒤흔드는 탄막의 포화를 통과하던 순간보다 훨씬 더 위중하고 불안한 순간이다. 그 익숙한 소리가 허공에서 선명하고 끔찍하게 우리한테 말을 건넨다. 하지만 이제 우리는 멈추지 않는다.

"전진하라! 전진!"

숨이 차서 거친 신음이 나오고, 우리는 계속해서 지평선을 향해 몸을 내던진다.

"독일군이다! 독일군이 보인다고!" 갑자기 누군가 말한다.

"그렇군…… 저기 그들 머리가 참호 바깥으로…… 참호가 저기 있다, 저 선이야…… 아주 가까이 있어. 아! 고약한 놈들!"

과연 약 50미터 전방, 고랑이 파인 울퉁불퉁한 지대 너머로 작은 회색 모자들이 올라왔다가 지면 가까이에서 멈추는 모습이 보인다.

나와 무리를 이룬 병사들이 소스라쳐 흥분한다. 목표물까지 이토록 가까이 왔는데 저기까지 무사히 다다르지 못할까? 가고말고, 우리는 저기에 다다를 것이다! 우리는 아주 큰 걸음으로 나아간다. 아무것도 들리지 않는다. 각자 끔찍한 참호에 이끌리듯, 고개를 돌려 좌우를 제대로 살필 겨를도 없이 고집스럽게 몸을 앞으로 향하고 돌진한다.

많은 병사들이 어찌할 바를 모르다가 땅에 쓰러지고 있다는 것을 알 수 있다. 소총이 굴러떨어지는 바람에 갑작스럽게 솟는 총검을 피하느라 나는 옆으로 펄쩍 뛴다. 지근거리에 있던 파르파데는 얼굴이 피로 물든 채 일어서더니 나를 밀치고 내 옆에 있는 볼파트에게 몸을 던져 붙들고 늘어진다. 볼파트는 몸을 굽히고 계속 돌진하며 그를 몇 걸음 끌고 가다가, 그가 누구인지도 모른 채, 쳐다보지도 않고 흔들고 밀쳐

내면서 안간힘을 쓰느라 거의 숨넘어가는 소리로 내뱉는다.

"놔, 놓으라고, 제기랄! 곧 데리러 올게. 걱정하지 마."

상대는 무너져내려 표정을 완전히 상실한 채 선홍색 가면을 쓴 듯한 얼굴을 좌우로 돌려본다—이미 멀어진 볼파트는 시선을 전방의 독일군 전선에 고정하고 기계적으로 "걱정하지 마" 하고 중얼댄다.

빗발치는 총알이 내 주위에 일제히 쏟아지자 여기저기서 갑작스럽게 멈추고, 분노에 찬 몸짓으로 안간힘을 쓰다가 쓰러지고, 짐덩어리 같던 몸이 풀썩 쓰러져 다이빙하듯 고꾸라진다. 그리고 희미하게 들리는 그들의 절망적인 고함과 부르짖음이, 혹은 온 생명력이 단번에 배출되어 나오는 듯 공허하고 끔찍한 "윽" 소리가 늘어간다. 아직 총에 맞지 않은 이들은 우리의 육체를 마구 강타하는 죽음의 장난 한가운데서 앞을 바라보며 걷고 달린다.

철조망. 철조망이 전혀 파손되지 않은 지대가 있다. 우리는 그곳을 우회하여 간다. 한쪽에 넓고 깊은 통로가 나 있다. 포탄 구덩이들이 연이어지며 생긴 거대한 구덩이이자 대포가 파놓은 환상적인 분화구다.

이 끔찍한 광경에 다들 아연실색한다. 정말이지 지구의 중심부에서 나온 것만 같다. 이처럼 파괴되어 드러난 지층의 모습은 우리의 공격 열의를 고조시키고, 말이 목구멍에 막혀 거의 나오지 않는 이 순간에도 우리는 머리를 비통하게 흔들며 외치지 않을 수 없다.

"아! 빌어먹을 놈들, 대체 저기서 무슨 짓을 한 거지! 아, 빌어먹을!"

맹렬한 불꽃에 타 더럽혀지고 시커멓게 되어버린 이 엄청난 구덩이 속에서, 우리는 땅의 기복과 쌓여 있는 흙무더기 때문에 바람 따라 밀려가듯 오르락내리락한다. 흙이 발에 달라붙는다. 병사들은 화를 내며 흙을 떨어낸다. 이런저런 비품들, 질컥한 땅을 뒤덮고 있는 천들, 터진 잡낭 밖으로 흩어진 내의류 같은 것들 덕분에 우리는 진창 속에 빠지지 않을 수 있다. 구덩이에 뛰어들거나 언덕을 기어오를 때는 이런 유품들 위로 조심스레 발을 딛는다.

뒤에서 들리는 목소리들이 우리를 밀어붙인다.

"전진해, 전진하라고! 빌어먹을!"

"연대 전체가 우리 뒤에 있다고!" 누군가 소리친다.

뒤돌아서 확인하지는 않지만 이러한 말들은 돌격하던 우리를 다시 한번 강하게 자극한다.

우리가 향해 가는 참호의 비탈 뒤로 더이상 군모들이 보이지 않는다. 독일군 시체들이 연이어 나타난다. 시체들은 점점이 쌓여 있거나 선들처럼 늘어서 있다. 참호에 도착한다. 비탈의 음험한 형태와 세세한 부분이 뚜렷하게 드러난다. 총안…… 우리는 놀라울 정도로, 믿을 수 없을 만큼 그것들과 가까이 있다……

무언가 우리 앞에 떨어진다. 유탄이다. 베르트랑 하사가 발길질로 힘차게 차버리자 그것은 앞으로 튀어오르더니 정확히 참호 속에서 폭발한다.

그 덕분에 우리 분대는 참호 구덩이에 이른다.

페팽이 몸을 내던져 엎드린다. 그는 시체 한 구 곁을 지나 전진한다. 가장자리에 다다르자 안으로 들어간다. 그렇게 그가 맨 먼저 들어간다. 페팽이 움푹한 곳으로 미끄러져 들어가는 순간 푸야드는 크게 몸짓을 하며 소리를 지르더니 그 안으로 뛰어든다…… 나는—번개처럼 짧은 순간—시커먼 악마들이 비탈 꼭대기에 몸을 숙이고 쭈그린 채 한 줄로 늘어서서 컴컴한 함정 가장자리로 내려가는 것을 얼핏 본다.

끔찍한 일제사격이 우리 얼굴 앞에 퍼부어지고, 가장자리에 난간을 이루듯 갑작스럽게 불꽃이 인다. 한바탕 정신을 못 차리다가 우리는 몸을 뒤흔들고 악마처럼 웃음을 터뜨린다. 사격이 너무 높았던 것이다. 곧바로 우리는 안도의 함성과 함께 포효를 내지르며 미끄러져 내려가고 뒹굴고 하여, 살아서 참호 내부에 떨어진다!

*

우리는 알 수 없는 연기 속에 잠긴다. 좁고 깊은 구렁 안에서 보이는 것이라곤 푸른색 군복들뿐이다. 우리는 서로를 밀치고 투덜대며 이쪽으로 갔다가 저쪽으로 가면서 더듬거린다. 뒤를 돌아보지만 칼과 유탄, 그리고 소총 때문에 손이 자유롭지 못해 우선 무얼 어떻게 해야 할지 알 수가 없다.

"놈들이 대피호에 있다!" 누군가 고래고래 소리친다.

둔탁한 폭발음에 땅이 진동한다. 폭발은 땅속 대피호에서 일어난 것이다. 갑자기 솟은 짙은 연기 때문에 우리는 고립되고, 연기가 얼굴에 마스크처럼 달라붙어 아무것도 보이지 않는다. 모두 한 조각의 어둠 안에서 물에 빠진 사람들처럼 발버둥치며 시커멓고 매운 대기를 뚫고 나아간다. 안쪽에서 몸을 쭈그리고 둥글게 웅크린 채 피흘리며 소리를 지르고 있는 암초 같은 존재들과 부딪친다. 이곳의 반듯한 내벽이 겨우 보이는데, 벽은 흰색 천으로 된 모래주머니를 쌓아 세웠고 모래주머니 천은 종이처럼 여기저기 찢겨 있다. 무겁고 끈질기게 내려앉은 연기가 때때로 흔들거리다 열어지면 우글거리는 공격 무리가 다시 보인다…… 몸을 맞잡고 드잡이하는 이들의 형상이 잿빛 풍경에서 빠져나와 안개 낀 비탈 위에서 윤곽을 드러내다가 쓰러져 사라진다. 해쓱한 얼굴에 회색 상의를 입은 한 무리의 병사들이 포격으로 거대하게 파인 구석에 몰리자 "전우여!" 하고 내지르는 가냘픈 소리가 들려온다. 잉크 같은 구름 아래 폭풍처럼 들이닥치는 병사들이 같은 방향으로 올라가고, 망가진 어두운 연결 통로를 따라 울퉁불퉁하고 어지럽게 뒤얽힌 오른쪽으로 몰려간다.

*

불현듯 전투가 끝났다는 것을 느낀다. 탄막을 뚫고 여기까지 전진해 온 우리의 물결은 이와 맞먹는 물결을 만나지 못했고, 우리의 습격에 그들이 퇴각했다는 사실을 모두가 보고, 듣고, 깨닫는다. 인간의 전투는 우리 앞에서 사그라져버렸다. 방어자들의 얇은 막은 부서지고 그들은 구덩이에서 쥐들처럼 잡히거나 죽임을 당했다. 더이상 저항은 없다. 빈자리, 커다란 빈자리뿐이다. 우리는 무시무시하게 열을 지어 가는 관객처럼 무리 지어 전진한다.

이곳 참호는 완전히 박살나 있다. 흰 벽들이 무너져내려 마치 말라버린 연못처럼 평평하고 둥그런 구덩이가 군데군데 보이고, 둑이 터진 돌투성이 강바닥의 질컥한 진흙 자국처럼 되어버렸다. 그리고 가장자리와 비탈과 바닥에는 기다란 빙하 같은 시체들이 나뒹구는데—이 모든 것이 이제는 쇄도하는 우리 군의 새로운 물결로 넘칠 듯 채워진다. 대피호들이 내뿜는 연기와 땅속에서 일어나는 폭발로 진동하는 대기를 가로질러 나는 서로 붙들고 늘어진 채 둥그렇게 맴도는 한 무리의 사람들에게 다다른다. 우리가 도착하는 순간 이 무리는 완전히 무너져 내려 전투의 흔적조차 사라져간다. 얼굴에 찰과상을 입은 블레르가 턱끈으로 철모를 목에 매단 채 야만인처럼 울부짖으며 그 무리에서 빠져나오고 있다. 나는 대피호 입구에 달라붙어 있는 병사 하나와 부딪친다. 그는 음험하게 벌어진 시커먼 대피호 앞에 비켜서서 기둥을 붙잡고 있다. 오른손으로는 몇 초 동안 유탄을 흔들어댄다. 곧 터질 것이다…… 그것이 구덩이 속으로 사라진다. 유탄이 닿는 즉시 폭발하자, 소름 끼치는 인간의 메아리가 땅속 깊숙한 곳에서 응답한다. 병사는 또 하나의 유탄을 집어든다.

또다른 병사가 거기서 주운 곡괭이로 다른 대피호 입구의 기둥들을 때려부순다. 땅이 내려앉고 입구는 막혀버린다. 이 무덤 위에서 여러 개의 그림자들이 발을 구르고 손짓을 해댄다.

이 사람도, 저 사람도…… 자신들을 향해 쏟아지는 무지막지한 포탄과 총알을 뚫고 갈가리 찢긴 채 겨우 살아남아 이 참호까지 다다른 이 무리에서, 나는 마치 나머지 삶이 갑자기 멀어져버린 듯 내가 알던 사람들을 찾아볼 수가 없다. 무언가 그들을 빚어내고 변화시키고 있다. 어떤 광란이 그들 모두를 동요시키며 그들 자신으로부터 벗어나게 만들고 있다.

"왜 여기서 멈추는 거지?" 한 병사가 이를 갈면서 말한다.

"어째서 저기까지 가지 않는 거지?" 두번째 병사가 격분하여 묻는다.

"이제 여기까지 왔으니, 조금만 더하면 저기도 갈 수 있다고!"

"나도 계속 가고 싶다고."

"나도 그래. 아! 개자식들!……"

그들은 살아남았다는 행운을 명예롭게 여기며, 억누를 수 없는 감정이 벅차오르고 스스로에게 도취되어 승리의 깃발을 흔들듯 몸을 흔들어댄다.

우리는 우리가 정복해 손에 넣은 이곳, 미지의 영역에서 미지의 영역으로 구불구불 이어지는 이 벌판의 낯설고 파괴된 길 위에서 멍하니 서성거린다.

"오른쪽으로 전진!"

그리하여 우리는 같은 방향으로 계속해서 흘러간다. 아마 지휘관들이 저 높은 곳에서 계획한 이동이리라. 물렁물렁한 몸뚱이들이 밟히는데, 그중 어떤 것들은 꿈틀대고 움직이는가 하면 철철 피를 흘리며 아우성치는 자들도 있다. 시체들이 부상자들 위에 들보와 잔해처럼 가로로 길게 쌓여 그들을 눌러 질식시키며 괴롭히고, 그들의 생명을 빼앗는다. 나는 목이 잘려 구슬프게 피가 솟아나는 상반신 하나를 밀쳐내고 지나간다.

무너지고 솟아오른 흙더미들과 거대한 잔해들이 대재앙을 드러내고, 부상자들과 시체들이 함께 움직이며 득시글거리고, 참호 안과 주변에 밀림처럼 빽빽이 내려앉은 연기 사이로 우리가 만나는 것이라곤 번뜩이는 두 눈과 피와 땀으로 붉게 타오르는 얼굴들뿐이다. 어떤 무리들은 칼을 흔들어대면서 춤이라도 추고 있는 것 같다. 그들은 즐겁고, 마음을 푹 놓고 있으면서도 사나운 모습이다.

어느새 전투는 진정되어간다. 한 병사가 말한다.

"그럼 이제 무얼 해야 하는 거지?"

갑자기 한 지점에서 전투가 다시 불붙는다. 20미터쯤 떨어진 벌판의 한 지점, 회색빛 비탈 우회로 주위에 타닥타닥 소리를 내며 소총사격들이 가해져 사방으로 열기를 내뿜고, 그 한가운데서 땅에 묻혀 있는 기관총 하나가 발버둥치듯 단속적으로 불을 뿜어낸다.

푸르스름하고 노란 비구름 같은 것이 시커멓게 덮인 틈을 타 병사들이 그 번쩍거리는 기관총을 에워싸며 포위를 좁혀간다. 내 옆에 있는 메닐 조제프의 옆얼굴이 분명히 보인다. 그는 똑바로 서서 자신의 몸을 숨기려고도 하지 않은 채 단속적이고 포효하는 듯한 폭발음이 나는 지점으로 향한다.

우리 둘 사이에 있는 참호의 한구석에서 폭발음이 터져나온다. 조제프는 멈추어 떨더니 몸을 숙여 무릎을 꿇고 주저앉는다. 내가 달려가자 그는 내가 오는 모습을 쳐다본다.

"아무것도 아니야. 허벅지가⋯⋯ 나 혼자서도 기어올라갈 수 있어."

조제프는 차분해지고, 아이처럼 온순해진 것 같다. 그는 우묵한 곳을 향해 일렁이듯 조용히 나아간다⋯⋯

그에게 적중된 탄환이 날아온 그 지점에 나의 시선은 여전히 고정되어 있다. 나는 왼쪽으로 돌아 그곳으로 슬며시 이동한다.

아무도 없다. 나와 같은 목적을 가진 우리 분대의 병사는 하나뿐이다. 파라디다.

우리는 어깨나 팔로 온갖 형태의 철판을 지고 있는 병사들에게 떠밀린다. 그들은 혼잡하게 대호를 가득 메우며 우리를 떼어놓는다.

"7중대가 기관총을 빼앗았다고!" 누군가 소리친다. "이제 요란 떨지 못할 거야. 그놈의 소리 정말 지독하더군. 독해! 지독한 놈들!"

"이제 할일이 뭐지?"

"아무것도 없어."

병사들은 무질서하게 여기 머물러 있다. 그들은 앉는다. 연기와 불빛, 그리고 세상 끝 어디까지라도 울릴 듯한 포성에 휩싸여 살아남은 자들은 헐떡이던 숨을 멈추고, 죽어가던 자들은 숨이 끊긴다. 우리는 더이상 정신을 차릴 수가 없다. 땅도 하늘도 없이, 보이는 것이라곤 구름 같은 것뿐이다. 첫 휴지기가 혼돈의 비극 속에서 모습을 드러낸다. 전체적으로 움직임과 소리들이 느리게 느껴진다. 대포 소리도 줄어들어, 이제 기침을 하듯 하늘을 뒤흔드는 소리도 훨씬 멀리서 들린다. 흥분마저 잦아들고, 남은 것이라곤 내부에서 올라와 우리를 침잠시키는 한없는 피로와 다시 시작되는 기다림뿐이다.

*

적은 어디에 있을까? 적은 사방에 시체들을 남겨놓았고, 열을 지어가는 포로들도 눈에 띄었다. 저기 또하나의 열을 지은 포로들이 더러운 하늘을 배경으로 연기에 휩싸인 채 단조롭고 흐릿한 윤곽을 드러낸다. 그러나 주력부대는 멀리 흩어져버린 모양이다. 몇몇 포탄들이 어설프게 여기까지 도달한다. 우리는 이를 비웃는다. 엄청난 시체들과 살아남은 무리가 붙어 있는 이 사막 같은 곳에서 우리는 자유롭고, 평온하고, 고독하다.

밤이 왔다. 먼지는 날아갔지만 그 대신 길고 무질서하게 늘어진 군중 위로 어스름과 어둠이 찾아온다. 사람들은 서로 기대거나 붙어 앉고 일어나 걷는다. 뒤얽혀 있는 시체들로 막힌 대피호들 사이에 모두 무리를 이루어 쭈그려앉는다. 어떤 자들은 소총을 땅바닥에 내려놓고 두 팔을 흔들거리면서 구덩이 가장자리를 배회한다. 가까이서 보니 시커멓게 탄 그들은 눈이 시뻘겋고 얼굴 여기저기엔 진흙이 묻어 있다. 말은 거의 없지만 병사들은 수색을 시작한다.

들것병들이 두 명씩 짝을 지어 긴 들것을 들고 몸을 숙이고는 전진하며 수색을 이어가는 모습이 또렷이 보인다. 오른편 저쪽에서는 곡괭이와 삽 소리가 들린다.

나는 이 침울한 혼돈 한가운데서 배회한다.

참호의 비탈이 포격을 받아 경사가 완만해진 곳에 누군가 앉아 있다. 아직은 희미한 빛이 남아 있다. 앞을 바라보면서 생각에 잠긴 이 병사의 고요한 모습은 마치 조각과도 같아 강한 인상을 준다. 나는 몸을 기울여 그를 확인한다. 베르트랑 하사다.

그가 내 쪽으로 고개를 돌리자 어둠 속에서 깊은 사색의 미소를 짓고 있다는 느낌이 든다.

"자네를 찾으러 가려던 참이야." 그가 나에게 말한다. "다른 사람들이 어떻게 되었는지, 또 앞에서 어떤 일이 벌어졌는지 소식이 들릴 때까지 참호에서 경계를 서야 해. 공병들이 방금 파놓은 청음초소에 자네와 파라디를 보초로 세울 생각이네."

우리는 지나가는 이들과 움직이지 않는 이들을 물끄러미 바라본다. 참호 앞에 쌓인 채 폐허가 된 흉벽을 따라 회색빛 하늘을 배경으로 몸을 구부리고 웅크리는 등 다양한 자세를 한 그들은 흩뿌려진 잉크 자국들 같아 보인다. 어둠 속에 숨겨지고 죽음으로 고요해진 저 들판 곳곳에서 병사들은 곤충이나 벌레처럼 작아진 채 어둡고도 기묘하게 움직이고 있다. 이 년 전부터 전쟁은 그곳의 엄청나게 크고 깊은 묘혈들 위로 병사들이 무기력하게 배회하게 만들었다.

우리로부터 몇 걸음 떨어진 어둑한 곳에 두 그림자가 지나간다. 그들은 낮은 소리로 이야기를 나눈다.

"이봐, 내가 그놈의 말에 귀도 기울이지 않고 배때기에다 총검을 꽂았는데, 그걸 뺄 수가 없더라니까."

"내 경우엔, 놈들이 구덩이 안에 넷이나 있었어. 내가 그들을 불러 나오게 했다고. 한 명씩 나올 때마다 배를 갈라 죽였지. 피가 내 팔꿈치까지 흥건히 흘러내렸다니까. 그래서 소매가 이렇게 붙어버렸어."

"아!" 처음 말한 병사가 다시 말했다. "우리가 살아 돌아가 나중에 촛불을 켠 난롯가에서 식구들에게 그 이야기를 한다면, 누가 믿으려 하겠나? 참혹하지 않아?"

"살아남기만 한다면 상관없어." 다른 병사가 말했다. "어서 빨리 끝이 났으면, 그뿐이야."

베르트랑은 보통 말을 거의 하지 않으며, 자기 자신에 대한 이야기는 절대 하는 법이 없었다. 하지만 그런 그가 입을 열었다.

"나는 세 명을 맡았네. 미치광이처럼 해치웠지. 아! 이곳에 도착했을 때 우리는 모두 짐승 같았어!"

억눌리고 떨리는 그의 목소리가 높아졌다.

"그럴 수밖에 없었지." 그가 덧붙였다. "그럴 수밖에 없었다고—미래를 위해서 말이야."

그러더니 팔짱을 끼고는 고개를 끄덕였다.

"미래!" 그는 갑자기 예언자처럼 소리쳤다. "진보—진보는 숙명처럼 온다네—를 이루어 올바른 양심을 지니게 된 후대 사람들은 우리 자신도 제대로 알지 못하는 이 살육과 이 공훈을 어떤 눈으로 바라볼지! 플루타르코스나 코르네유의 영웅들과 비교할까, 아파치족의 공훈과 비교할까!

하지만 보게!" 베르트랑은 말을 이었다. "전쟁을 초월하여 우뚝 선 인물이 있어. 그의 아름답고 위대한 용기는 그를 빛나게 할 거야……"

석양의 침묵 속에서, 나는 막대기를 짚고 그에게 몸을 기울인 채 거의 언제나 조용했던 입을 통해 나오는 목소리에 귀를 기울였다. 그는 분명한 목소리로 외쳤다.

"리프크네히트!"*

그는 팔짱을 낀 채 그대로 일어섰다. 조각상만큼이나 매우 엄숙하고 아름다운 얼굴이 그의 가슴께로 떨구어졌다. 그러나 그는 다시 한번, 대리석 같은 평소의 침묵으로부터 벗어나 되풀이했다.

"미래 말이야! 미래! 미래의 업적은 이곳의 현재를 지울 거야. 우리가 생각하는 것보다 훨씬 철저히, 구역질나고 부끄러운 것처럼 현재를 지워버릴 거라고. 그럼에도 현재로서는 어쩔 수 없었어, 필요한 일이었

---

* 제1차세계대전을 반대한 독일의 공산주의 혁명가. 독일 공산당 창당에 참여하고 무장봉기를 일으켰다.

네! 군사적 영광을 부끄러워하고, 군대를 부끄러워하고, 인간들을 어리석은 희생물과 비열한 사형집행인으로 바꿔버리는 군인이라는 직업을 부끄러워해야 해. 그래, 부끄러운 일이지. 너무도 맞는 말이고 영원히 옳은 말이지만, 아직 우리한텐 아니야. 지금 우리가 생각하는 것들을 잊지 말게! 정말 참된 경전이 쓰일 땐 옳은 말이 될 거야. 정신이 정화되어 마침내 한꺼번에 이해할 수 있는 다른 진실들과 함께 지금의 상황이 글로 쓰일 땐 옳은 말이 될 거라고. 우리는 그런 시대로부터 멀리 떨어진 채 아직 길을 잃고 유배되어 있는 거지. 지금 이 순간, 지금의 나날이 지속되는 동안에는 이 진실도 오류나 다름없고, 이 성스러운 말도 신성모독에 불과하지만 말이네!"

그는 울림과 꿈이 가득한 웃음을 터뜨렸다.

"한번은 내가 예언을 믿는다고 말한 적도 있지—진군하게 만들기 위해서였지만 말이야."

나는 베르트랑 곁에 앉았다. 이 군인은 자신의 의무보다 더 많은 일을 해내고도 아직까지 살아남았다—어떤 사람들은 매우 높은 도덕적 관념을 구현하고, 혼란스러운 우연들로부터 벗어날 힘을 지니며, 갑작스러운 사건이 일어나는 경우 자신의 시대를 지배할 운명을 타고 나는데, 지금 이 순간 베르트랑에게서 바로 그런 사람들의 태도가 보였다.

"나 역시 늘 그런 생각들을 해왔죠." 내가 중얼거렸다.

"아!" 베르트랑이 말했다.

우리는 다소 놀라움과 경건함을 느끼며 말없이 서로를 바라보았다. 이 무거운 침묵 끝에 그가 다시 입을 열었다.

"근무를 시작할 때군. 소총을 들고 따라오게나."

*

……우리 청음초소의 동쪽에 불이 난 듯한, 아니 그보다 더 푸르고 더 슬픈 미광이 점점 번져간다. 그 빛은 큰 화재 이후의 연기처럼, 세상에 드리운 거대한 얼룩처럼 낮게 퍼져나가, 시커멓고 기다란 구름 아래 하늘에 줄무늬를 그린다. 아침이 다시 찾아오고 있다.

날씨가 매우 추워 피로가 몰려와도 가만히 있을 수가 없다. 우리는 오한을 느끼며 몸을 떨고 이를 부딪치고 눈물을 흘린다. 엷고 검은 구름 뒤 하늘에서 해가 조금씩, 절망적으로 느린 속도로 빠져나오고 있다. 모든 것이 얼어붙고, 빛을 잃고, 텅 비어 있다. 죽음의 침묵이 사방을 지배한다. 무겁게 깔린 안개 아래 서리와 눈뿐이다. 모든 게 하얗다. 파라디가 몸을 움직이고 있는데 창백하고 뚱뚱한 유령 같다. 우리 역시 온통 하얗다. 초소의 흉벽 뒷면에다 내 잡낭을 놓아두었는데 가방은 마치 종이로 둘러싸인 것 같다. 구덩이 안쪽, 발을 디뎌 시커멓게 된 곳에 좀먹은 듯 거무스름해진 약간의 눈이 남아 있다. 구덩이 바깥 둔덕 위에, 움푹 팬 곳들에, 무리를 이룬 시체들 위에도 모슬린 같은 눈이 덮여 있다.

돌기 같은 것이 솟아 있는 구부정한 덩어리 두 개가 안개 사이로 흐릿한 윤곽을 드러낸다. 두 개의 덩어리는 곧장 달려오더니 우리를 소리쳐 부른다. 교대하러 온 병사들이다. 적갈색이 된 그들의 얼굴은 축축하게 젖어 있고 광대뼈는 유약을 바른 기왓장 같지만, 외투에 눈가루는 떨어져 있지 않다. 지하에서 잠을 잔 것이다.

파라디는 바깥으로 기어오른다. 겨울 사나이 같은 그의 등뒤에서, 바닥에 펠트를 댄 신발로 흰 눈뭉치를 그러모으며 나아가는 그의 오리 같은 발걸음을 따라 나도 들판으로 나간다. 우리는 몸을 한껏 웅크린 채 참호로 돌아온다. 우리와 교대한 자들의 발자국이 땅을 뒤덮은 얇은 순백 위에 검게 드러나 있다.

참호에는 무늬를 넣어 짠 하얀 벨벳 같은, 내려앉은 서리가 어른거리는 방수포들이 말뚝에 묶여 가지각색의 텐트 모양으로 군데군데 널찍하게 펼쳐져 있는데, 그 안에서 병사들이 불침번을 서고 있다. 그들 사이사이에 쭈그리고 앉은 형상들은 덜덜 떨며 신음하고 추위에 대항해 발버둥치며 가슴에 끌어안은 초라한 난로를 지키느라 안간힘을 쓰지만, 어떤 자들은 이미 얼어붙고 있다. 망자 하나가 가슴과 두 팔은 비탈에 걸치고 발은 참호 안으로 향한 채 거의 서 있다시피 한 모습으로 비스듬히 미끄러진다. 숨을 거둘 때 그는 흙을 휘젓고 있었다. 하늘로 향한 그의 얼굴은 점점 번져가는 성에로 덮여 있고, 눈꺼풀도 눈알도 하얗고, 수염에는 단단한 거품이 엉겨 있다.

잠을 자고 있는 이들의 몸은 덜 하얗다. 눈은 사물들 위에만 그대로 쌓여 있다. 물건들과 망자들.

"좀 자야 해."

파라디와 나는 몸을 숨기고 눈을 붙일 만한 잠자리나 구멍을 찾는다.

"대피호에 시체들이 있지만 할 수 없지." 파라디가 중얼거린다. "이런 추위에는 그들도 자제할 것이고 심술 사납지는 않을 테니."

우리는 너무나 지쳐 땅바닥만 바라보며 나아간다.

나는 혼자가 된다. 파라디는 어디 있지? 어딘가 바닥에 누워버린 게 틀림없다. 아마 나를 불렀을 테지만 내가 듣지 못한 모양이다.

나는 마르트로와 마주친다.

"잠잘 곳을 찾고 있어. 여태 보초를 섰거든." 그가 말한다.

"나도 마찬가지야. 함께 찾아보자."

"이 소리와 난리통은 뭐지?" 마르트로가 묻는다.

발을 구르는 소리와 목소리가 뒤섞여 멀지 않은 연락참호에서 새어 나오고 있다.

"연락참호가 병사들, 녀석들로 가득하군…… 자네들은 어디 소속이지?"

우리와 갑자기 뒤섞인 사람들 중 하나가 대답한다.

"우린 5대대야."

새로 온 자들이 잠시 휴식을 취한다. 그들은 군장을 하고 있다. 우리에게 대답했던 자는 다른 것들보다 튀어나와 있는 둥그런 모래주머니 위에 앉아 숨을 돌리며 유탄들을 발밑에 내려놓는다. 그러고는 소매를 뒤집어 코를 닦는다.

"자네들은 무얼 하러 온 거지? 명령을 받았나?"

"명령을 받았다기보다, 우린 공격하러 온 거야. 저쪽으로 끝까지 가야 하지."

그가 고갯짓으로 북쪽을 가리킨다.

그들을 바라보자니 사소한 것에 호기심이 생긴다.

"장비들을 전부 짊어지고 왔나?"

"무엇이든 가지고 다니는 게 좋지 않은가."

"앞으로!" 누군가 그들에게 명령을 내린다.

그들은 잠에서 덜 깨어 두 눈이 부어오르고 주름이 깊이 파인 얼굴로 일어서서 전진한다. 가느다란 목에 공허한 눈을 한 젊은이가 있는가 하면 나이든 자도 있고, 그들 틈에 이러저러한 사람들이 있다. 다들 보통의 걸음으로 평온하게 걷는다. 전날 똑같은 일을 했던 우리에겐 그들이 하러 가는 일이 인간의 힘을 초월한 일 같기만 하다. 그럼에도 그들은 북쪽으로 향한다.

"죽음을 앞둔 자들의 기상이군." 마르트로가 말한다.

그들 앞에서 우리는 일종의 감탄과 공포를 느끼면서 몸을 비킨다.

그들이 지나가자 마르트로는 고개를 설레설레 흔들더니 중얼거린다.

"저 반대쪽에서도 회색 군복을 입은 놈들이 준비하고 있겠지. 그들이 공격을 하고 싶어서 할까? 그렇게 믿는다면 머리가 돈 거지. 그러면 대체 왜 온 걸까? 제 발로 온 건 아니라고. 하지만 저들은 어쨌거나 여기 있단 말이지…… 이 모든 게 너무 이상해."

지나가는 병사를 보더니 그의 생각이 다른 곳으로 흐른다.

"이봐, 저기 저치, 저 거시기, 키다리 말이야, 저 녀석 알아? 정말 엄청나게 크고 삐죽하지 않나? 나야 어떻게 봐도 큰 편이 아닌데, 저 친구는 그야말로 너무 길어. 언제나 모든 걸 다 알고 있는 녀석이라니까, 대단한 친구지! 모든 걸 다 알고, 그를 넘어서는 자는 없어. 대피호 하나 있는지 물어보자고."

"잠잘 곳이 있냐고?" 그 지나치게 큰 병사는 지나가다가 마르트로 쪽으로 버드나무처럼 몸을 숙이고는 대답한다. "물론 있지, 이 친구야, 있고말고. 자, 저기—" 그는 팔꿈치를 펴더니 전신기를 조작하는 시늉을 한다. "폰 힌덴부르크* 별장이 있고, 이쪽에는 글뤽 아우프** 별장이 있지. 그게 마음에 안 든다면, 너무 까다로운 게야. 아마 안에는 세입자들이 몇몇 있겠지만 절대 움직이지 않지. 그들 앞에서 고래고래 소리를 질러도 된다고!"

"아, 빌어먹을!……" 네모지게 판 외호 중 한 곳에 자리를 잡고 십오 분쯤 지나자 마르트로가 외쳤다. "그가 우리한테 말하지 않은 세입자들이 있구먼, 그 끔찍한 키다리 피뢰침, 그 꺽다리 녀석!"

그는 눈을 감더니 다시 떴고 팔과 옆구리를 긁어댄다.

"몸이 무거워! 하지만 여기서 숙면을 하긴 힘들겠지. 견딜 수가 없군."

우리는 하품을 하고 한숨을 내쉬다가 결국엔 조그만 양초 동강이에다 불을 붙였는데 심지가 젖어 손으로 감싸도 불이 제대로 붙어 있지 않았다. 우리는 하품하는 서로를 바라보았다.

독일군 대피호는 여러 칸으로 나뉘어 있었다. 우리는 삐걱거리는 널빤지로 된 칸막이에 기대어 있었는데, 건너편 두번째 칸에서도 병사들이 잠들지 못하고 있었다. 널빤지 틈을 통해 빛이 새어 들어오고 미미한 목소리들도 들렸다.

"다른 소대야." 마르트로가 말했다.

우리는 아무 생각 없이 귀를 기울였다.

"휴가를 받아 돌아갔을 때," 보이지 않는 병사의 목소리가 웅웅대며

---

* 제1차세계대전 당시 8군 사령관이었던 독일 군인이자 바이마르공화국 대통령.

** Glück auf. '행운을 빈다'는 의미의, 갱도에 들어가는 사람의 무사 귀환을 바라는 광부들의 인사말.

들렸다. "가족들은 마음 아파했어. 3월에 행방불명되어 아마 죽었을 불쌍한 우리 형과 10월 공격 때 죽은 15반 소속 동생 쥘리앵을 생각하지 않을 수 없었으니까. 하지만 아내와 나는 차츰 행복을 느낄 수 있었지. 다섯 살배기 우리 막내가 여간 재롱을 떤 게 아니었거든. 나와 병정놀이를 하고 싶어하더라고. 내가 그애한테 총을 만들어주었지. 참호에 대해 설명해주자 녀석이 한 마리 새처럼 즐겁게 폼을 잡고서는 고함을 지르면서 나에게 총을 쏘아대는 거야. 아! 그 귀여운 녀석, 어찌나 열중하던지! 나중에 크면 제법 근사한 군인이 될 거야. 이봐, 녀석은 정말 군기가 들어 있다니까!"

침묵. 이어서 불분명하게 웅성거리는 소리가 들리기 시작하더니 "나폴레옹"이라는 말이 들리고 또다른 목소리—아니면 같은 목소리—가 이렇게 말한다.

"이런 전쟁을 원하다니, 빌헬름 2세는 악취나는 짐승이야. 하지만 나폴레옹은 위인이었지!"

마르트로는 이 어두운 구덩이 안쪽에 양초의 미약한 불빛을 받으며 내 앞에 무릎을 꿇고 앉아 있다. 제대로 가려지지도 않아 때때로 한기가 스며드는 구덩이는 해충들로 우글거리며, 가련한 생존자들은 묘지에서 나는 것 같은 썩은 냄새를 풍긴다…… 마르트로는 나를 바라본다. 그도 나와 마찬가지로, "빌헬름 2세는 악취나는 짐승이고 나폴레옹은 위인이다"라면서 아직 남아 있는 애송이의 전쟁열을 찬양하던 그 이름 모를 병사의 이야기를 듣는다. 그는 팔을 내려뜨리고 지친 머리를 흔든다—그러자 약한 빛에 비쳐 칸막이벽에 이 두 동작의 그림자가 드리우는데, 그 모습이 갑자기 나타난 풍자화 같다.

"아!" 처량한 나의 동료가 말한다. "우리 모두 나쁜 놈들이 아닌데 끔찍하게 운이 없을 뿐이야. 하지만 우리는 너무 짐승 같아, 너무 짐승 같다고!"

그는 다시 시선을 나에게로 향한다. 털투성이인 그의 얼굴, 스패니얼 같은 그의 얼굴에서, 놀라워하고, 사물들에 대해 막연히 생각을 이어가고, 자신의 순수한 무지 속에서 이제 막 이해하기 시작하는 그런 개의 눈 같은 아름다운 눈이 반짝인다.

우리는 사람이 거주할 수 없는 대피호에서 나온다. 날씨는 다소 누그러졌다. 눈이 녹아 모든 게 다시 더러워져 있다.

"바람이 설탕을 핥아버렸네." 마르트로가 말한다.

*

나는 필론 구호소에 메닐 조제프를 데리고 가라는 지시를 받는다. 앙리오 중사가 내게 부상자를 맡기며 후송증을 건네준다.

"혹시 가는 길에 베르트랑을 만나거든 서둘러 돌아오라고 전해주게." 앙리오가 말한다. "베르트랑은 간밤에 연락 업무차 떠났는데 벌써 기다린 지 한 시간이 되었거든—위에서 참지 못하고 곧 화를 낼 것이라고도 말하라고."

나는 평소보다 약간 더 창백하고 여전히 말없이 조용히 걷는 조제프와 떠난다. 때때로 그는 얼굴을 찡그리며 멈춰 선다. 우리는 연락참호들을 따라간다.

갑자기 병사 하나가 나타난다. 볼파트다.

"언덕 아래까지 같이 갈래."

무료한 그는 기막히게 흰 지팡이를 만지작거리고, 손에서 잠시도 놓은 적이 없는 그 소중한 가위를 캐스터네츠처럼 흔들어댄다.

총탄을 맞을 위험이 없는 비탈에 이르자 우리 셋은 연락참호에서 벗어났다—대포 공격은 없었기 때문이다. 바깥으로 나오자마자, 우리는 모여 있는 일단의 병사들과 마주친다. 비가 오고 있다. 안개 낀 회갈색 벌판에 슬픈 나무들처럼 박혀 있는 무거운 다리들 사이로 시체 한 구가 보인다.

볼파트는 이 수직의 형체들에 둘러싸인 그 수평의 형체가 있는 곳까지 요리조리 몸을 피해 나아간다. 그러고는, 홱 뒤돌아 우리를 향해 외친다.

"페팽이야!"

"아!" 이미 거의 실신할 지경인 조제프가 내뱉는다.

그는 나에게 몸을 기댄다. 우리는 그쪽으로 다가간다. 페팽은 손발을 오그라뜨린 채 누워 있다. 빗물이 흐르는 얼굴은 물에 불어 뭉그러졌고, 끔찍한 회색빛을 띠고 있다.

곡괭이를 들고서 얼굴에 땀범벅이 된 채 거무칙칙한 더께를 잔뜩 묻힌 한 사람이 우리에게 페팽의 죽음에 대해 이야기한다.

"그는 독일군이 매복하고 있던 대피호로 들어갔어. 우리는 그걸 모르고 그 개집을 날려버리려고 연기로 가득 채웠는데, 작전이 끝나고 고양이 창자처럼 쭉 늘어져 뒈진 그가 발견된 거야. 독일군을 찔러 죽이고 그 시체들 사이에 있더군—난 파리 근교에서 푸주한으로 일한 터라 분명히 말할 수 있는데, 그가 찔러 죽인 게 확실해."

"분대의 한 사람이 또 줄었군!" 우리가 떠나려는데 볼파트가 말한다.

이제 골짜기 높은 곳, 간밤의 돌격 때 정신없이 질주했던 그 고원이 시작되는 장소에 다다랐는데, 우리는 이곳을 알아볼 수가 없다.

나는 이곳이 완전히 평지인 줄 알고 있었는데 실제로는 지면이 기울어 있고, 이제 엄청난 시체 안치소가 되어 있다. 마치 무덤 뚜껑을 뜯어버린 묘지처럼 시체들이 널려 있다.

병사들이 무리 지어 돌아다니면서 전날과 간밤에 죽은 자들의 신원을 확인한다. 얼굴을 알아볼 수 없어도 유해를 뒤집어가며 아주 세세한 단서를 통해 하나하나 식별하고 있다. 이 수색병들 가운데 한 사람이 무릎을 꿇고는, 전사자의 손에서 찢기고 지워진 사진 한 장, 죽어버린 인물 사진 한 장을 빼내고 있다.

포탄의 검은 연기가 소용돌이치며 올라가다가 멀리 지평선에서 폭발음을 낸다. 까마귀떼가 점묘화처럼 방대하게 움직이며 하늘을 휩쓴다.

저 아래 움직이지 않는 수많은 병사 사이에서, 그들의 마멸된 모습과 지워진 행색들 속에서 5월 공격의 알제리 병사들, 식민지 출신 부대 그리고 외인부대 병사들이 보인다. 당시 아군의 최전열은 이곳으로부터 5~6킬로미터 떨어진 베르통발숲에 있었다. 이번 전쟁과 모든 전쟁을 통틀어 가장 무시무시한 공격 가운데 하나였던 그때의 공격에서 그들은 단숨에 달려와 이곳까지 도달했던 것이다. 그리하여 공격의 물결에서 너무 앞서 나간 지점이 생겨났고, 그러다보니 그 앞서가버린 전선은 좌우에 포진해 있던 기관총들에 의해 측면 공격을 받을 수밖에 없었던 것이다. 죽음이 그들의 눈을 후벼파고 볼을 먹어치운 지 벌써 여러 달이다—하지만 악천후로 분해되고 흩어져 거의 재가 되어버린 유해에서조차, 등과 허리에 구멍을 내고 몸을 두 동강 내면서 그들을 파괴하고 유린했던 기관총의 흔적을 알아볼 수 있다. 구더기와 벌레 찌꺼기 때문에 오돌토돌해지고, 이집트의 미라처럼 검고 밀랍을 칠한 듯한 얼굴에는 하얀 치아가 우묵한 공동 속에 드러나 있다. 또 들판에 노출된 나무뿌리처럼 칙칙하고 가엾은 손발들이 넘쳐난다. 이 얼굴과 잘려나간 손발들 옆에서 우리는 깨끗하게 씻긴 노란색 두개골 또한 발견한다. 챙 없는 붉은 모자를 쓰고 있고 그 회색빛 덮개는 파피루스처럼 풍화되고 있다. 대퇴골들은 불그스름한 진흙 때문에 굳어진 넝마 더미에서 튀어나와 있고, 올이 풀린 채 타르 같은 것들로 뒤덮인 천에 난 구멍으로 척추 조각이 솟아 있다. 갈비뼈들이 부서진 낡은 새장처럼 땅바닥에 흩어져 있고, 그 옆에 흠집 난 가죽들, 250밀리리터들이 컵들 그리고 구멍이 뚫리고 납작해진 반합들이 굴러다닌다. 천조각과 장비와 인골 위에 놓인 찢어진 배낭 주위에는 흰 점들이 규칙적으로 흩뿌려져 있다. 몸을 숙여서 보니 그것들은 시체의 손가락뼈다.

이따금 보이는 길쭉하고 볼록한 얕은 둔덕—매장하지 않았지만 이 시체들은 어쨌거나 결국은 모두 땅속으로 들어가고 있었다—에서 한 조각 천이 비어져 나와 있는 모습은 한 인간 존재가 세상의 이 지점에서 무無로 돌아갔음을 보여준다.

어제 이곳에 있던 독일인들은 전사한 자기네 병사들을 파묻지도 않고 우리 병사들 옆에 버려놓았는데—서로 포개져 썩고 있는 이 세 구의 시체가 그 사실을 증명한다—붉은 가장자리를 회색 가죽띠로 가린 작은 회색 모자들과 황회색 상의들, 창백한 초록빛 얼굴들이 한꺼번에 눈에 들어온다. 나는 그 가운데 한 얼굴을 들여다본다. 목구멍 깊은 곳에서부터 군모 가장자리에 붙어 있는 머리털에 이르기까지 그의 얼굴은 개미집으로 변해버려—게다가 두 눈이 있던 자리는 마치 썩은 과일 두 개가 놓인 것 같다—흙덩이처럼 보인다. 텅 비고 바짝 마른 다른 시체 한 구는 배를 깔고 엎드려 있는데 등짝은 흩날리는 넝마가 되어 있고, 손발과 얼굴은 땅속에 뿌리를 내렸다.

"이것 좀 봐! 방금 죽었나봐, 이 친구 말이야……"

평원 한가운데, 비 내리는 얼음장 같은 대기 속에, 살육의 축제가 벌어진 이후 그 창백한 다음날, 머리 하나가, 짙은 수염을 빽빽이 기른 핏기 없고 축축한 얼굴이 땅에 박혀 있다.

우리 병사 중 하나다. 철모는 옆에 있다. 부어오른 눈꺼풀 틈으로 우중충한 도자기 같은 눈알이 살짝 보이고, 입술은 칙칙한 수염 속에서 달팽이처럼 반짝거린다. 아마 그는 포탄에 팬 구덩이 속에 떨어졌을 테고, 또다른 포탄이 이 구덩이를 메워버리면서 카바레 루주의 고양이 같은 머리를 한 독일인처럼 그를 목까지 묻어버린 모양이다.

"누구인지 모르겠는데." 조제프가 천천히 다가와 힘겹게 말한다.

"난 알아보겠어." 볼파트가 대꾸한다.

"저 수염쟁이를 말이야?" 조제프가 억양 없는 목소리로 묻는다.

"수염은 없어. 이것 봐."

볼파트는 쭈그리고 앉아 자신의 지팡이 끝을 시체의 턱 아래에 대고는 얼굴에 뒤범벅되어 마치 수염처럼 보이는 진흙 같은 것을 떼어낸다. 그러고서 그는 죽은 자의 철모를 주워 머리에 씌운 뒤 그의 눈앞에 자기 가위의 두 고리를 갖다대어 안경을 쓴 듯 보이게 한다.

"아!" 그제야 우리는 외친다. "코콩이다!"

"아!"

우리와 나란히 서서 전투를 벌였고 아주 똑같은 생활을 해온 전우들 중 하나의 죽음을 알거나 보게 되면, 미처 이해도 하기 전에 직접적인 육체의 충격부터 받는다. 자기 자신의 절멸을 갑자기 느끼게 되는 것이다. 그다음에야 비로소 우리는 슬퍼하기 시작한다.

우리는 살육의 장난감이 되어버린 이 끔찍한 머리, 잔인하게도 이미 그에 대한 기억을 지워버리고 있는 이 학살당한 머리를 바라본다. 다시 한 사람의 전우가 줄어들었다…… 우리는 두려움에 사로잡혀 그의 수위에 그대로 서 있다.

"그……"

우리는 말을 좀 하고 싶다. 어떻게 해야 참으로 심각하고, 참으로 중요하며, 참으로 진실된 이야기를 할 수 있는지 모른다.

"가지." 조제프가 격렬한 육체적 고통에 사로잡혀 힘겹게 말한다. "계속 여기 서 있을 만큼 기운이 없어."

우리는 허망한 시선을 마지막으로 짧게 던지고는 한때 숫자의 사나이였던 가련한 코콩을 떠난다.

"상상도 못하겠군……" 볼파트가 말한다.

……그렇다. 상상할 수가 없다. 한꺼번에 이 모든 사람들이 우리 곁을 떠나다니, 상상의 한계를 넘어서는 일이다. 이제 살아남은 자들도 별로 없다. 하지만 우리는 이 망자들의 위대함에 대해 막연히 생각한다. 그들은 모든 것을 주었다. 그들은 자신의 모든 힘을 조금씩 주었고 결국에는 자신을 통째로 주었다. 그들은 생명을 초월했다. 그들의 노력에는 초인적이고 완벽한 무언가가 있다.

*

"아니, 저 상처는 방금 생긴 건데, 하지만……"

거의 해골이 다 된 시체의 목 부분이 새로 생긴 상처로 젖어 있다.

"쥐가 한 짓이야." 볼파트가 말한다. "송장들이 오래됐어도 쥐들은 먹으니까…… 시체 옆이나 밑에 죽은 쥐들이 보이지—아마 중독으로 죽었겠지. 자, 이 불쌍한 친구에게 딸린 쥐들을 보자고."

그가 납작해진 유해를 발로 뒤집자 정말로 거기에는 쥐 두 마리가 처박혀 있다.

"파르파데를 찾고 싶어." 볼파트가 말한다. "돌격중에 그가 나를 붙들고 늘어졌는데 그때 그 친구에게 기다리라고 했거든. 불쌍한 녀석, 기다렸다면 좋았으련만!"

그러더니 그는 이상한 호기심에 이끌려 망자들 쪽으로 왔다갔다한다. 무심한 시체들은 그를 다른 시체로 보내고, 그는 발걸음을 옮길 때마다 땅을 살펴본다. 갑자기 그가 비탄 섞인 비명을 내지른다. 손짓으로 우리를 부르고는 어떤 망자 앞에 무릎을 꿇는다.

"베르트랑이야!"

우리는 강렬하고 뿌리 깊은 감정에 사로잡힌다. 아! 에너지와 명철함으로 누구보다 우리를 지배했던 그 역시 다른 사람들처럼 죽임을 당하고 말았다! 언제나 자신의 의무를 다하려던 그가 죽었다. 결국 죽어버렸다. 결국은 죽음이 있는 곳에서 죽음을 마주한 것이다!

우리는 그를 바라보다가 몸을 돌려 서로를 바라본다.

"아!……"

그의 죽음으로 인한 충격은 그 유해의 형상 때문에 더욱 커진다. 보기만 해도 구역질이 날 정도다. 그토록 아름답고 그토록 고요했던 사람에게 죽음은 기괴한 외양과 몸짓을 부여했다. 머리칼이 두 눈 위에 흩어져 있고, 콧수염은 입안에서 늘어지고, 퉁퉁 부어오른 얼굴로 웃고 있다. 한쪽 눈을 크게 뜨고 다른 하나는 감고서 혀를 쑥 늘어뜨린 모습이다. 두 팔은 십자로 뻗었는데 양손의 손가락들을 쫙 펼치고 있다. 오른쪽 다리는 한쪽으로 당겨져 있다. 포탄 파편을 맞고 부서져 출혈로 인해 그를 죽음으로 이끈 왼쪽 다리는 뼈대도 없이 해체되고 물러터져 완전히 둥그런 모양이다. 음산한 운명의 장난이 그 단말마의 고통을 어릿광대의 몸짓같이 보이게 해놓았다.

우리는 그의 몸을 수습하여 반듯하게 눕히고 끔찍한 얼굴을 평온하게 만들어준다. 볼파트는 베르트랑의 주머니에서 지갑을 꺼내어, 그것을 사무실에 가지고 가기 위해 자신의 서류들 사이, 아내와 아이들의 사진 옆에 경건하게 끼워넣는다. 그러고서 그는 고개를 젓는다.

"이봐, 그는 정말 좋은 사람이었어. 그가 무슨 말을 한다면 그것은 틀림없는 진실이었지. 아! 없어서는 안 될 사람인데!"

"맞아." 내가 말한다. "늘 우리에게 필요한 사람이었지."

"아! 이런 이런!……" 볼파트가 중얼거리고는 몸을 떤다.

조제프는 아주 낮은 소리로 되풀이한다.

"아! 빌어먹을! 아! 빌어먹을!"

평원은 광장처럼 사람들로 뒤덮여 있다. 분견대에서 나온 사역병들과 흩어져 다니는 사병들. 들것병들은 여기저기서 진득하게, 한편 초라하게 그들의 엄청나고 과중한 업무를 시작한다.

볼파트는 분대의 새로운 전사자 발생 소식, 특히 베르트랑을 잃은 뼈아픈 소식을 알리기 위해 우리와 떨어져 참호로 돌아간다. 그는 조제프에게 말한다.

"우린 멀어지지 않을 거야, 그렇지? 가끔 간단하게 한마디만 편지로 써 보내라고. 이렇게 말이야. '모든 게 잘되어가고 있어. 카망베르 보냄.' 알았지?"

그는 끊임없이 내리는 음울한 비에 완전히 젖어버린 벌판 위를 오고 가는 사람들 속으로 사라진다.

조제프는 나에게 몸을 기대고 있다. 우리는 골짜기로 내려간다.

우리가 내려가는 비탈은 알제리 부대의 구멍이라고 불린다…… 5월 공격 때 알제리 병사들은 이곳에 각자 대피호를 파기 시작했는데 결국 그 주변에서 모두 전멸당했다. 대충 파놓은 구덩이 가장자리에 쓰러진 채 뼈만 남은 손에 아직도 야전삽이 들려 있거나, 눈 안쪽은 바짝 말라 뻥 뚫린 깊은 눈구멍으로 야전삽을 바라보고 있는 자들이 보인다. 대지는 시체들로 넘쳐나고, 무너진 흙들 사이로 발들이, 반쯤 옷을 걸친 해골들이, 가파른 내벽 위에 도자기 항아리들처럼 나란히 비죽비죽 놓여 있는 두개골들이 보인다.

이곳 땅속에는 시체들이 층층이 쌓여 있어서, 포탄이 떨어져 땅이 파헤쳐지면 가장 오래된 층이 밖으로 나와 새로이 생긴 층 위에 펼쳐져 쌓인다. 골짜기의 바닥은 무기와 내의류와 소지품의 잔해로 완전히 덮여 있다. 우리는 포탄 파편, 고철, 빵 그리고 배낭에서 빠져나왔지만 아직 비에 녹지 않은 비스킷들을 짓이기며 나아간다. 반합과 통조림과 철모들은 총알을 맞고 구멍투성이가 되어 마치 온갖 종류의 구멍 뚫린 국자 같다. 아직 남아 있는 망가진 말뚝들에도 구멍이 점점이 찍혀 있다.

이 골짜기로 치닫는 참호들은 지진 때문에 지반에 생긴 균열 같고, 지진으로 인한 폐허에 갖가지 물건들을 덤프트럭으로 갖다 쏟아놓은 것처럼 보인다. 시체들이 없는 곳은 땅 자체가 송장 같다.

우리는 구불구불하고 울퉁불퉁한 구덩이가 굽이지는 곳에 이르러 온갖 색깔의 누더기가 잔잔히 흔들거리는 국제 연락참호—형태가 들쑥날쑥한 이 참호는 무질서하게 뜯겨나간 천조각들로 인해 마치 유린당한 모습이다—를 통과한다. 흙 바리케이드가 장벽을 이룬 곳까지 독일군의 시체들이 영벌을 받은 자들의 급류처럼 뒤얽혀 있고, 들보, 밧줄, 철삿줄, 바구니, 방책, 방패들이 뒤얽힌 알 수 없는 덩어리 가운데 진흙 구멍으로 나온 시체들도 있다. 장벽이 있는 곳에는 다른 시체들 가운데 고정된 채 서 있는 시체 하나가 보인다. 같은 장소에 역시 붙박이처럼 고정된 다른 시체 하나는 음산한 공간으로 비스듬히 몸을 기울인 모습이다. 전체적으로 진창에 빠진 자동차 바퀴나 풍차의 부서진 날개 같다. 그리고 이 모든 것 위에, 이처럼 무너져내린 쓰레기와 시체들 위에는 종교화와 우편엽서, 경건한 소책자, 터진 옷들에서 다량으로 쏟아져나온 종잇장, 고딕체로 기도문들이 쓰여 있는 종잇장이 수없이 흩어져 있다. 역병이 도는 기슭과 멸망의 계곡에서 이 기도문들이 거짓말과 헛소리로 수많은 꽃을 피우는 듯하다.

부상으로 인해 점차 몸이 마비되어가는 조제프를 위해 나는 튼튼한 길을 찾는다. 그는 상처가 온몸으로 번져가는 것을 느끼고 있다. 그는 아무것도 보지 않지만 나는 그를 부축하고 나아가며 우리가 피해 달아나고 있는 죽음의 대혼란을 바라본다.

우리가 발을 내딛는 곳에 독일군 상사 하나가 전에 감시초소였던 부서진 널빤지에 기대앉아 있다. 눈 아래 작은 구멍이 있다. 총검에 꿰뚫린 얼굴이 널빤지에 고정되어 있다. 그 앞에는 또다른 자가 두 팔꿈치를 무릎에 대고 두 주먹을 목에 올린 채 앉아 있는데 그의 두개골은 껍데기를 조금 깐 삶은 달걀처럼 위쪽이 완전히 날아가버렸다…… 이들 옆에는 한 감시병의 무시무시한 몸뚱이가 절반만 서 있다. 두개골에서 골반까지 둘로 잘린 병사는 흙으로 된 내벽에 반듯하게 기대어 있다. 눈알은 높이 걸려 있고 푸르스름한 내장이 다리 주위를 휘감고 있는 이 인간 말뚝의 나머지 절반은 어디로 갔는지 알 수 없다.

땅바닥에는 피가 외피처럼 단단하게 굳어 있고, 강력한 충격을 받아 휘고 비뚤어져 못 쓰게 되어버린 프랑스군 총검들이 있어 발을 제대로 붙일 수가 없다.

갈라진 비탈의 균열 사이로 깊은 바닥을 내려다보니 거기에는 프로이센 근위대 병사들의 시체가 마치 기도하듯 무릎을 꿇고 있는데, 등은 꼬챙이에 찔려 피로 물든 구멍투성이다. 이들 무리 바깥으로 거대한 세네갈 보병의 시체를 끌어내놓았는데, 그는 비틀려 죽은 자세 그대로 화석화되어 빈자리에 기댄 채 발을 늘어뜨리고 아마도 자신이 쥐고 있던 유탄의 폭발 때문에 잘렸을 두 손목을 응시하고 있다. 얼굴 전체가 움직여서 마치 구더기들을 씹고 있는 것 같다.

"여기서 그들이 백기를 들었지." 지나가던 알프스 출신 보병이 말한다. "알제리 부대를 상대로 수를 써보려 했지만 실패한 거야!…… 봐, 저게 바로 그 지저분한 놈들이 썼던 백기야."

그가 거기 쓰러져 있는 깃대를 움켜쥐고 흔들자 못으로 박힌 하얀 천이 무심히 펼쳐진다.

……삽을 든 자들이 행렬을 이루어 붕괴된 연락참호를 따라 전진한다. 그들은 참호의 잔해에 흙을 덮고 틈새를 모두 막아 시체들을 그 자리에 묻어버리라는 명령을 받았다. 그리하여 철모를 쓴 이 일꾼들은 이곳의 들판을 완전한 형태로 되돌려놓고 침입자들의 시체로 이미 반쯤 막힌 구덩이들을 평탄하게 함으로써 심판자의 과업을 수행하러 가는 것이다.

*

연락참호 건너편에서 누군가 나를 부른다. 병사 하나가 말뚝에 기댄 채 땅바닥에 앉아 있다. 라뮈르 영감이다. 외투와 상의의 단추를 풀어놓아 가슴에 두른 붕대가 보인다.

"간호병들이 붕대를 감아주러 왔었지." 그가 숨을 헐떡이며 힘없고 가벼운 목소리로 말한다. "하지만 오늘 저녁까지는 나를 후송시킬 수 없겠지. 어쨌든 잘 알고 있네, 나는 곧 죽을 거야."

그는 고개를 끄덕인다.

"여기 조금만 있어줘." 그가 내게 부탁한다.

그는 감정이 북받친다. 두 눈에서 눈물이 흐른다. 그가 손을 내밀어 내 손을 붙잡는다. 오래오래 얘기하고 고백이라도 하고 싶은 것이다.

"전쟁 전만 해도 나는 올바른 사람이었어." 그는 눈물을 흘리면서 말한다. "대가족을 부양하려고 아침부터 저녁까지 일했지. 그러다가 독일인들을 죽이려고 이곳에 온 거야. 이제는 내가 죽는 거지…… 내 말 좀 들어봐, 들어봐, 들어보라고. 가지 말고 내 말 좀 들어봐……"

"조제프를 데려다주어야 해. 이 친구, 더이상 버틸 수가 없네. 곧 다시 올게."

라뮈르는 눈물을 줄줄 흘리며 부상자를 바라본다.

"살아서 부상까지 당했군! 죽음에서는 벗어난 거야! 아! 어떤 아내들과 아이들은 운이 좋지. 그래, 그를 데리고 갔다가 다시 오게나…… 자네를 기다릴 수만 있다면 좋겠는데……"

이제 골짜기의 다른 쪽 사면을 기어올라야 한다. 우리는 오래된 97번 연락참호의 흉하고 엉망인 구덩이로 들어간다.

갑자기 맹렬한 포탄소리가 대기를 찢는다. 저 높은 곳에서 유산탄 일제사격이 퍼부어진다…… 황갈색 구름 사이로 운석들이 수없이 요란하게 빛을 번쩍이며 흩어진다. 하늘에서 연속적인 공격이 날아와 비탈에서 터지고, 언덕을 파헤쳐 수많은 사람들의 오래된 뼈들을 들추어낸다. 불꽃이 우레와 같은 소리를 내며 전선을 따라 한 줄로 펴져 나간다.

탄막 사격이 다시 시작되고 있는 것이다.

사람들은 어린애들처럼 소리를 지른다.

"그만! 그만!"

공간을 가로질러 우리를 뒤쫓는 기계적 재앙, 살인 기계들의 이 악착같은 추격에는 힘과 의지를 넘어서는 무언가, 초자연적인 무언가가 있다. 조제프는 내 손을 잡고 서서 자신의 어깨 위에서 포탄이 소나기처럼 퍼붓고 터지는 광경을 바라본다. 그는 쫓기는 얼빠진 짐승처럼 고개를 수그린다.

"뭐야! 또! 끊임없이, 어쩌란 말인가!" 그가 투덜거린다. "우리가 겪은 모든 것, 우리가 본 모든 것이…… 또다시 시작이라니! 아! 안 돼, 안 된다고!"

그는 무릎을 꿇고 주저앉아 헐떡이면서 자신의 앞뒤로 증오에 찬 시선을 헛되이 던진다. 그는 거듭 말한다.

"결코 끝나지 않는군, 결코!"

나는 그의 팔을 잡아 일으킨다.

"가자고, 자네에겐 곧 끝날 일이야."

*

올라가기 전에 여기서 좀 기다려야 한다. 나는 숨이 꺼져가며 나를 기다릴 라뮈르에게 가볼까 생각한다. 그러나 조제프가 나에게 매달리고 있고, 죽어가는 라뮈르를 놓아둔 장소 주변에 사람들이 분주히 움직이는 게 보인다. 이제는 그곳에 갈 필요가 없을 것 같다.

폭풍이 몰아치는 가운데 우리 둘이 바싹 붙어 버티고 선 골짜기 땅이 흔들리고 공격 때마다 포탄들의 어렴풋한 열풍이 느껴진다. 하지만 이 우묵한 곳에서는 포탄이 적중될 위험이 거의 없다. 첫 소강상태가 오자 우리처럼 기다리고 있던 병사들이 모습을 드러내더니 다시 올라가기 시작한다. 일부는 들것병들인데, 한 사람을 짊어지고 기어오르느라 믿을 수 없을 정도로 힘쓰는 모습을 보자니 모래에 계속 밀려나면서도 집요하게 전진하는 개미들이 떠오른다. 다른 사람들은 둘씩 짝을 짓거나 홀로 떨어져 있는데, 부상자들이거나 연락병들이다.

"가자고." 조제프가 고난의 마지막 단계인 언덕의 높이를 눈으로 가늠하면서 어깨를 축 늘어뜨리고 말한다.

나무들이 있다. 껍질이 벗겨진 버드나무 줄기가 열을 지어 늘어서 있는데, 어떤 것들은 얼굴처럼 넓적하고 또 어떤 것들은 움푹 파이고 벌어져 마치 서 있는 관들 같다. 우리가 몸부림치고 있는 곳의 언덕과 깊은 구렁과 음침한 둔덕은 찢기고 뒤엎여 꼭 폭풍의 모든 구름이 이곳에 굴러떨어진 모습이다. 만신창이가 된 시커먼 자연 위로, 군데군데 희미하게 반짝이는 우윳빛 줄무늬가 진 갈색 하늘—줄무늬 마노 같은 하늘에 나무줄기들이 난잡한 윤곽을 드러내고 있다.

97번 연락참호 입구에 비스듬히 쓰러진 참나무 한 그루가 커다란 몸체를 뒤틀고 있다.

시체 한 구가 연락참호를 가로막는다. 그의 머리와 발은 땅속에 묻혀 있다. 나머지 부분은 연락참호에 흐르는 흙탕물과 모래로 뒤덮여 있다. 이처럼 축축한 장막 너머, 군복에 가려진 채 불룩 솟아 있는 가슴과 배가 보인다.

우리는 떠내려온 도마뱀의 복부같이 미끈미끈하고 창백한 이 얼어붙은 유해를 건너뛴다—땅이 질컥하고 미끄러워 쉽지 않다. 비탈의 진흙 속에 두 손을 손목까지 담글 수밖에 없다.

바로 이때 위에서 포탄이 떨어지는 지옥 같은 소리가 들려온다. 우리는 갈대처럼 몸을 구부린다. 유산탄이 귀청을 찢고 눈을 멀게 하며 공중에서 폭발하자, 우리는 훽훽 끔찍한 소리를 내는 시커먼 연기 더미에 파묻히고 만다. 비탈을 오르던 병사 하나가 두 팔로 허공을 휘젓더니 사라져 아래쪽 어딘가로 굴러떨어진다. 아우성이 치솟았다가 잔해처럼 다시 가라앉는다. 바람이 땅에서 일으켜 하늘로 보내는 거대한 검은 장막 사이로 들것병들이 들것을 놓고는 폭발 지점으로 달려가 무언가 움직이지 않는 것을 들어올리는 모습이 보인다—나는 가슴에 희망을 가득 품었던 전우 포테를로가 두 팔을 펼치고 포탄의 불꽃 속에 날아가듯 사라진 그날 밤의 잊을 수 없는 이미지를 떠올린다.

마침내 우리는 무시무시하게 부상당한 한 병사가 마치 표지처럼 자리해 있는 꼭대기에 다다른다. 그는 바람을 맞으며 거기 서 있다. 흔들리면서도 거기 뿌리박혀 있다. 한껏 세워져 바람에 날리는 후드 속에서 경련하며 울부짖는 그의 얼굴을 바라보면서, 우리는 이 울부짖는 나무 같은 존재 앞을 지나친다.

*

우리는 아군의 제1선이었던 전선, 우리가 공격을 위해 떠나온 그 전선에 도착한다. 마지막 순간 공병들이 우리의 출격을 위해 파놓았던 계단에 등을 기대고 발사판에 앉는다. 다시 만난 자전거병 외테르프가 지나가며 인사를 건넨다. 지나쳐갔던 그는 다시 돌아와 자신의 소매 접힌 부분에서 빼져나온, 가장자리가 흰 계급줄 같아 보이는 봉투 하나를 꺼낸다.

"자네가 죽은 비케의 편지를 가지고 있을 텐가?" 그가 나에게 묻는다.

"그래."

"반송된 편지야. 주소가 지워졌거든."

아마 봉투가 비를 맞아 글자가 지워진 모양이다. 바싹 말라 까칠해진 종이 위의 글자들이 보랏빛 물결무늬로 변한 탓에 주소는 더이상 읽을 수가 없었다. 다만 발신자의 주소만이 구석에 남아 있을 뿐…… 나는 봉투에서 조용히 편지를 꺼낸다. '보고 싶은 엄마……'

"아! 그랬지!……"

우리가 지금 휴식을 취하고 있는 참호에 드러누워 있는 비케는 얼마 전 고생라베의 숙영지에서, 그의 어머니가 엉뚱한 근심 걱정을 써 보내 그를 웃게 만들었던 편지에 대한 답장으로 이 편지를 썼던 것이다……

'엄마는 내가 춥고, 비를 맞고, 위험에 처해 있다고 생각하는구나. 전혀 그렇지 않고 그 반대야. 그런 것은 모두 끝났어. 날씨는 더워 땀이 나고, 햇빛을 받으며 산책하는 것 말고는 할일이 아무것도 없어. 엄마 편지를 보고 웃음이 나왔어……'

나는 망가져 너덜거리는 봉투에 편지를 다시 집어넣는다. 생각지도 못한 아이러니가 또다시 장난을 치지만 않았더라면, 시체가 되어버린 자식이 추위와 폭풍 속에서 축축한 한 줌 재가 되어, 참호의 비탈에서 솟아난 검은 샘물처럼 흐르고 있을 때 늙은 농부 여인은 이 편지를 읽게 되었을 것이다.

*

조제프가 고개를 뒤로 젖혔다. 한순간 두 눈이 감기고 입이 조금 벌어지더니 발작적인 숨을 몰아쉰다.

"기운 내!" 내가 그에게 말한다.

그는 다시 눈을 뜬다.

"아! 그건 나한테 할 말이 아니지." 그가 대답한다. "저 친구들을 보라고. 저들은 저 밑으로 돌아가고, 자네도 곧 돌아가겠지. 그리고 자네들은 계속 같은 일을 겪게 될 거야. 아! 계속하기 위해선 정말 강해야 해, 계속하려면!"

21장
구호소

여기서부터는 적의 관측소에서 보이기 때문에 더이상 연락참호를 떠나서는 안 된다. 우선 우리는 필론도로를 따라간다. 참호는 도로 가까이 파여 있지만 도로는 이미 사라져버렸다. 나무들이 뿌리째 뽑히고 참호가 도로를 절반쯤 먹어들어갔으며, 남아 있던 부분도 흙과 잡초가 침범하면서 시간이 지나 들판과 뒤섞여버린 것이다. 참호의 몇몇 지점에는 모래주머니가 터져 진흙투성이 구멍을 남겨놓았고, 날카롭게 잘린 옛 도로의 자갈이나 쓰러져 비탈의 토양과 하나가 된 도로변 나무들의 뿌리가 눈높이에 보인다. 광대한 평원이 구덩이 가장자리까지 밀어낸 흙과 쓰레기와 검은 거품으로 이루어진 파도 같은 비탈은 이곳저곳이 파괴되어 울퉁불퉁하다.

우리는 연락참호의 분기점에 다다른다. 회색빛 커다란 구름을 배경으로 윤곽을 드러낸 언덕 꼭대기에 불길한 표지판 하나가 바람을 받으며 비스듬히 꽂혀 있다. 연락참호의 통로는 점점 좁아진다. 게다가 이 구역의 모든 지점들로부터 구호소로 흘러드는 병사들이 점점 많아지며 깊숙한 길로 모인다.

음울하고 좁은 길에는 시체들이 널려 있다. 아주 최근에 포탄을 맞아 생긴 구멍들 때문에 벽은 새 흙을 드러낸 채 위쪽부터 아래쪽까지 불규칙한 간격을 두고 끊겨 있으며, 주변의 병든 땅과 대조를 이루는 이 구멍들에는 흙투성이 시체들이 무릎과 얼굴을 맞대고 쭈그리고 있거나 내벽에 기댄 채 그들 옆에 놓인 소총들처럼 말없이 서 있다. 서 있는 시체 중 몇몇은 피 튀긴 얼굴을 살아남은 자들 쪽으로 향하고 있거나, 다른 곳으로 향한 채 텅 빈 하늘과 시선을 교환하고 있다.

조제프가 멈추어 숨을 돌린다. 나는 어린애를 대하듯 그에게 말한다.

"이제 다 왔어, 다 왔다고."

불길한 벽 사이의 황폐한 길이 또다시 좁아진다. 숨이 막히는 듯하고, 악몽 속에서 계속 좁아지고 조여오는 내리막길을 걷는 것 같다. 장벽들이 서로 가까워지며 닫히는 듯한 이 심연에서 우리는 멈추거나 교묘히 빠져나가고, 시체들을 짓밟아 망가뜨리고, 뒤쪽에 끝없이 넘쳐나면서 무질서하게 줄지어 오는 전령들과 부상자들, 신음하고 아우성치며 미친듯이 서두르고 열에 들떠 얼굴이 시뻘겋게 달아오른 이들, 혹은 창백한 얼굴에 고통으로 몸을 떠는 이들에게 떼밀리지 않을 수 없다.

*

마침내 이 모든 군중이 구호소 입구 앞의 분기점으로 쇄도하고 몰려들어 신음한다.

의사 하나가 대피호의 문턱을 두드리며 차오르는 이 물결에 맞서 약간이나마 자유로운 공간을 수호하려는 몸짓을 하며 고래고래 소리를 지른다. 그는 입구 밖에서 간단히 붕대를 감아주고 있는데, 조수들과 마찬가지로 밤낮으로 쉬지 않고 초인적으로 일하고 있다 한다.

그의 손을 거친 부상자들 가운데 일부는 구호소의 수직 통로로 흡수되듯 사라지고, 일부는 뒤쪽 베튄도로의 참호에 마련된 더 넓은 구호소로 후송된다.

구덩이들이 교차하며 이루어지는 이 좁고 우묵한 곳, 거지 부랑배들이 모여 사는 곳만 같은 이곳에서 우리는 도살장에서 나는 듯한 피와 고기 냄새를 맡으며 가축처럼 서로 올라타고 우왕좌왕하고 밀집되어 숨이 막히고 판단력이 마비된 상태로 두 시간을 기다렸다. 시시각각으로 안색이 바뀌고 초췌해진다. 환자들 중 하나는 더이상 참지 못하고 눈물을 왈칵 쏟아내더니, 머리를 흔들면서 이웃들에게 눈물을 뿌린다. 또하나는 샘처럼 피를 쏟으며 외친다. "이봐 거기! 나 좀 봐달라고!" 한 젊은이는 눈에 불을 켜고 두 팔을 들어 영벌을 받는 자의 표정으로 "내 몸이 불덩이야!"라고 울부짖더니 화형대의 장작더미처럼 투덜거리고 헉헉댄다.

*

조제프는 붕대를 감고 있다. 그는 길을 뚫고 내가 있는 곳까지 다가와 손을 내민다.

"별것 아닌 것 같아. 잘 가." 그가 말한다.

우리는 군중 틈에서 곧 헤어진다. 마지막으로 던진 시선에, 어깨를 손으로 감싸 데리고 가는 사단 들것병에게 몸을 맡긴 채 수척하면서도 고통에 잠겨 멍한 그의 얼굴이 눈에 들어온다. 갑자기 그의 모습이 더 이상 보이지 않는다.

전쟁에서 삶은 죽음과 마찬가지로 생각할 틈도 없이 모두를 이별하게 만든다.

나는 여기에 머물러서는 안 되고, 구호소로 내려가 돌아가기 전에 잠시 휴식을 취하라는 말을 듣는다.

지표면 가까이에 매우 좁고 매우 낮은 두 개의 입구가 있다. 이쪽 입구에는 배수구처럼 좁고 경사진 지하 통로의 문이 드러나 있다. 구호소에 들어가려면 우선 뒤돌아 몸을 구부리고는 뒷걸음질쳐서 이 좁아터진 관 같은 통로로 들어가야 한다. 발에 계단이 느껴진다. 세 걸음마다 계단 한 단이 높아진다.

안으로 들어가면, 우선 자리가 없어 내려가지도 올라가지도 못한 채 붙잡힌 느낌이다. 점점 더 들어갈수록, 여기까지 오는 동안 참호 깊숙한 곳에서 전진하며 점진적으로 겪었던 악몽 같은 숨막힘을 계속해서 느낀다. 사방에서 부딪치고, 몸이 쓸리고, 좁은 통로에 끼고, 멈춰 선 채 꼼짝도 못한다. 탄약통을 허리띠 아래로 미끄러뜨려 위치를 바꾸어야 하고, 양팔로 들었던 잡낭은 가슴에 꼭 끌어안아야 한다. 네번째 단에 이르자 폭이 더 좁아져 한순간 공포가 엄습한다. 뒤로 물러서기 위해 무릎을 조금이라도 들라치면 등짝이 둥근 천장에 부딪힌다. 여기선 뒷걸음질치는 것은 물론 네발로 기어가야 한다. 깊이 내려갈수록 흙처럼 무겁고 악취를 풍기는 분위기 속에 잠기게 된다. 손에는 점토질 내벽의 차갑고 끈적끈적한, 무덤 같은 촉감이 느껴진다. 이 흙이 사방에서 당신을 짓누르고, 수의처럼 당신을 덮어 음산한 고독 속에 가두고, 곰팡내나는 눈먼 숨결로 당신의 얼굴을 때린다. 오랜 시간을 들여 마지막 단에 닿자—식당 같은 곳에서 올라오는 듯한, 구덩이에서 뜨겁게 올라오는, 마법에 걸린 듯한 소음에 둘러싸인다.

한 걸음 한 걸음 나아갈수록 점점 옥죄는 이 계단식 연락참호의 아래 마침내 도착했는데도 악몽은 끝나지 않는다. 어둠이 지배하는, 매우 길지만 좁은 이 지하실 역시 높이가 1미터 50센티미터도 안 되는 통로에 불과하다. 몸을 굽히고 무릎을 구부려 걷지 않으면 이 대피호의 천장에 붙은 널빤지에 세게 부딪히는데, 도착하는 자마다 투덜거리며—기질과 상태에 따라 다소 다른 강도로—"철모를 쓰고 있기에 망정이지!" 하는 소리가 지속적으로 들려온다.

한쪽 구석에 누군가 쭈그리고 앉아 손짓을 하고 있다. 보초를 서는 간호병으로, 병사들이 도착할 때마다 단조롭게 이렇게 말한다. "들어가기 전에 신발의 흙을 떨도록 해." 그래서 진흙이 쌓이고, 그 흙더미 속에서 병사들은 부딪치고, 이 계단 아래, 지옥의 입구에서 발이 빠져 쩔쩔맨다.

*

한탄과 불평으로 와글거리는 소리 속에서, 이곳에 무수히 모여든 부상자들에게서 뿜어져나오는 강한 냄새 속에서, 혼미하고 알 수 없는 생명이 들어찬 이 아른거리는 소굴에서, 나는 우선 나아갈 방향을 찾아본다. 약한 촛불이 대피호를 따라 빛을 발하지만 어둠에 구멍을 내는 정도일 뿐이다. 멀리 안쪽에는 지하 감옥의 구석처럼 희미한 햇빛이 비쳐든다. 이 흐릿한 채광창을 통해 통로를 따라 나란히 놓인 커다란 물건들을 알아볼 수 있다. 관 같은 낮은 들것들이다. 이어서 그 주변과 위쪽으로 구부러지고 기울어진 그림자들이 이동하는 모습, 열을 지어 선 유령의 무리가 벽에 기댄 채 우글거리는 모습이 눈에 띈다.

나는 뒤돌아선다. 멀리 빛이 스며드는 곳의 반대쪽에서 일단의 무리가 천장에서 바닥까지 늘어진 천막 앞에 집결하고 있다. 그리하여 이 천막은 누추한 방이 되는데, 기름을 바른 듯한 황토색 천을 통해 방안에 빛이 비친다. 이 누추한 방에서는 사람들이 아세틸렌등의 불빛 아래 파상풍 예방주사를 맞고 있다. 사람을 내보내고 들이느라 텐트 천이 걷힐 때면 난폭한 빛이 부상자들의 단정치 못한 누더기 차림을 비춘다. 부상자들은 낮은 천장 때문에 몸을 구부리거나 앉은 채, 무릎을 꿇거나 기는 자세로 그 앞에서 자기 차례를 놓치지 않도록, 혹은 새치기를 하려고 서로를 밀치면서 "나야!" "나야!" "나라고!" 개 짖듯이 외치며 주사를 기다리고 있다. 이렇듯 억제된 싸움이 요동치는 이 구석은 피로 물든 병사들과 아세틸렌의 은근하고도 역한 냄새에 숨쉬기조차 끔찍하다.

나는 이곳을 벗어난다. 자리를 잡고 쉴 만한 다른 곳을 찾아본다. 두 손을 앞으로 뻗고 여전히 몸을 숙인 채 쭈그린 자세로 더듬더듬 나아간다.

누군가 피우는 파이프 담배의 불빛 덕분에 사람들이 앉아 있는 벤치가 보인다.

지하실의 침체된 어스름에 익숙해지자, 머리와 사지가 붕대나 포대기로 싸여 허연 반점처럼 보이는 사람들이 줄지어 앉아 있는 모습이 어렴풋이 분간된다.

절름발이가 된 자, 칼자국이 난 자, 기형적인 모습으로 변한 자들이—꼼짝하지 않거나 떨고 있는 자들이—작은 배 같은 이 벤치에 달라붙어 붙박여 있는 광경이 잡다하게 모아놓은 고통과 비참을 드러낸다.

그들 가운데 하나가 갑자기 뭐라고 외치며 반쯤 일어섰다가 다시 앉는다. 찢어진 외투 차림에 머리에 아무것도 쓰지 않은 옆 사람이 그를 바라보며 말한다.

"이제 그만 좀 슬퍼해!"

그는 시선을 앞에 고정시킨 채 두 손은 무릎에 얹고는 다짜고짜 이 말만 무턱대고 반복한다.

벤치 한가운데에 앉아 있는 젊은이는 혼잣말을 한다. 자신이 비행사라고 말한다. 옆구리와 얼굴에는 화상을 입었다. 그는 지금도 몸이 계속 타고 있으며 모터에서 솟아오르는 맹렬한 불길에 여전히 고통받는 기분이라고 말한다. 그는 "고트 미트 운스!" 하고 말한 뒤, 프랑스어로 다시 "하느님은 우리와 함께하신다!"고 말한다.

팔에 붕대를 감아 어깨에 둘러매고 옆으로 몸을 숙인 채 자신의 어깨를 괴로운 짐처럼 지탱하던 알제리 병사 하나가 그에게 말을 건다.

"자네, 추락한 비행사지?"

"별의별 일을 다 겪었지……" 비행사가 힘겹게 대답한다.

"나도 그래, 나도 그랬다고!" 병사가 말을 가로막는다. "내가 겪은 일을 겪었다면 절망할 놈들도 있을 테지만."

"이리 와서 앉지 그래." 벤치 사람들 가운데 하나가 나에게 자리를 내주면서 말한다. "부상자인가?"

"아니야, 난 부상자를 데리고 왔지. 곧 다시 떠날 거야."

"그럼 자넨 부상자보다 상황이 더 좋지 않군. 이리 와서 앉으라고."

"난 우리 마을 대표였어." 앉아 있는 자들 가운데 하나가 설명한다. "하지만 돌아가게 되면 아무도 날 알아보지 못할 거야. 이렇게 오랫동안 비참하게 지냈으니."

"이 벤치에 꼼짝없이 앉은 지 네 시간이나 되었어." 비렁뱅이 같은 사람 하나가 한탄한다. 손을 떨면서 머리를 숙이고 등은 둥그렇게 구부린 모습이다. 동냥그릇처럼 무릎에 얹혀 있는 철모가 흔들린다.

"보다시피 우리는 후송을 기다리고 있지." 뚱뚱한 부상자 한 명이 온몸이 펄펄 끓는 듯 헉헉대고 땀을 흘리면서 알려준다. 얼굴이 젖은 탓에 그의 콧수염은 반쯤 떨어져나온 것처럼 늘어져 있다.

두 눈이 크고 뿌연 그에게 다른 부상은 보이지 않는다.

"그렇다니까." 다른 누군가 말한다. "다른 곳의 부상자들은 말할 것도 없고 여단의 부상자들이 전부 이곳에 집결하고 있다고. 이것 좀 보라고. 여기, 이 구덩이는 여단 전체의 쓰레기통이나 마찬가지야."

"내 몸은 썩어가고 뭉개지고 갈가리 찢겼어." 한 부상자가 두 손에 얼굴을 묻고 손가락 사이로 단조롭게 말한다. "하지만 지난주까지만 해도 젊고 깨끗했다고. 저들이 나를 이렇게 바꾸어놓았지. 이제 초췌하고 너덜거리는 더러운 육체를 끌고 다닐 수밖에."

"어제 난 스물여섯 살이었는데." 또다른 병사가 말한다. "하지만 오늘은 몇 살이지?"

그는 고개를 쳐들어 시들고 덜렁거리는 얼굴을 보여주려 하는데, 하룻밤 사이에 쇠약해지고 수척해져 두 볼과 눈두덩은 푹 들어가고, 번들거리는 눈은 꺼져가는 야등 같다.

"너무 아파!" 보이지 않는 누군가의 목소리가 조그맣게 들린다.

"이제 그만 좀 슬퍼하라고!" 상대가 기계적으로 반복한다.

침묵이 흘렀다. 비행사가 외쳤다.

"종군 사제들은 양쪽 진영에서 서로 더 목소리를 내려고 애를 쓰더군!"

"그게 무슨 소리야?" 알제리 병사가 놀라 물었다.

"이 친구, 자네 미친 거 아니야?" 손에 부상을 당해 팔을 몸에 붙이고 있는 한 병사가 무기력한 손에서 잠시 눈을 떼고 비행사를 바라보며 물었다.

비행사는 멍한 시선으로 자신이 이곳저곳에서 보았던 신비한 광경을 표현하려 애썼다.

"저 높은 하늘에서 보이는 건 그리 많지 않아. 네모진 들판에, 작은 집들이 무더기로 모인 마을에, 길은 하얀 줄 같다고. 또 고운 모래판 위에 핀 끝으로 선을 그어놓은 듯 가느다랗고 움푹한 줄들도 보여. 규칙적으로 구불거리며 들판 위에 성긴 그물처럼 그려진 건 바로 참호들이야. 일요일 아침에 나는 최전선 위를 날고 있었지. 서로 대치하고 감시하면서도 서로 노출되지 않으려 애쓰며 기다리고 있는 두 대규모 군대의 끝, 그러니까 둘 사이의 경계를 말이야—두 군대 사이는 그렇게 거리가 멀지 않았지. 40미터 혹은 60미터밖에 안 됐으니까. 나는 굉장히 높이 날고 있었기 때문에 한 걸음 정도로밖에 안 보였지. 그런데 마치 붙어 있는 것 같은 이 나란한 전선들에서, 그러니까 독일군 진영과 아군 진영에서 두 개의 유사한 움직임이 포착됐어. 하나의 덩어리였는데, 중심부는 활기차고 그 주위에는 회색 모래 위에 흩어져 있는 검은 알갱이들 같은 게 보였지. 움직임은 거의 없었어. 경계 상황 같은 모습은 아니었다고! 나는 무얼까 알아보려고 몇 바퀴 선회하면서 내려갔어.

그러고서 알게 되었지. 일요일이라서 두 개의 미사가 내 눈 아래서 집전되고 있었던 거야. 제단, 사제 그리고 병사 무리들이 보였어. 하강하면 할수록 더더욱 이 두 진영의 소란스러운 움직임은 비슷해졌는데, 너무도 똑같아 어처구니없어 보일 정도였다니까. 어느 쪽이 됐든 한쪽에 다른 한쪽이 그대로 비쳐 보이는 것 같았지. 하나가 두 개로 보이는 것 같았다고. 나는 더 내려가봤어. 사격을 가하진 않더군. 왜냐고? 모르겠어. 그런데 무슨 소리가 들리더라고. 어떤 웅얼거리는 소리가 들렸는데, 하나의 소리였어. 나는 한 덩어리가 되어 올라오는 단 하나의 기도만을, 나를 거쳐 하늘로 올라가는 하나의 찬송가 소리에 귀를 기울였지. 희미하게 뒤섞여 들려오는 노래를 들으려고 공중에서 왔다갔다했는데, 이 노랫소리들은 서로의 소리를 누르려 했지만 어쨌든 뒤섞이고 있었고—상대의 소리를 뛰어넘으려 하면 할수록, 내가 떠 있던 하늘 높은 곳에서는 더더욱 하나로 결합되는 거야.

아주 낮은 고도로 내려가 그들의 두 가지 외침, 그러니까 '고트 미트 운스!'라는 소리와 '하느님은 우리와 함께하신다!'라는 소리를 분간하는 순간 난 유산탄을 맞고 말았어—그래서 다시 날아올랐지."

젊은이는 천으로 둘둘 감은 머리를 끄덕였다. 그는 이 기억 때문에 머리가 돈 것 같았다.

"그때 속으로 '내가 미쳤지!'라고 생각했지."

"미쳤다는 것이야말로 세상사의 진실이야." 알제리 병사가 말했다.

이야기하던 사람은 흥분해서 두 눈을 빛내며 당시 자신을 괴롭히던 상황, 자신이 맞서 발버둥치던 그 대단하고 감동적인 인상에 대해 묘사하려고 애썼다.

"대체 그게 뭐냔 말이야!" 그는 말했다. "똑같은 소리를 내면서도 대립적인 소리를 외치는 두 무리, 똑같은 형태를 하고도 적대적인 소리를 외치는 그 두 무리를 상상해보라고. 요컨대 하느님은 뭐라고 말해야 되지? 하느님이 모든 것을 다 아신다는 건 나도 잘 알아. 하지만 모든 것을 다 아는 하느님도 어떻게 해야 할지 모를 거야."

"기막힌 이야기구먼!" 알제리 병사가 소리쳤다.

"하느님은 우리를 신경쓰지 않아. 자, 그러니 걱정할 것 없다고."

"그래서, 그 모든 게 뭐가 우습다는 거지? 총소리도 서로 동일한 말을 하지만 그렇다고 양쪽에서 서로 격렬하게 싸우지 않는 게 아니잖아, 그렇고말고!"

"맞아." 비행사가 말했다. "하지만 하느님은 단 한 분밖에 없잖아. 내가 이해를 못하겠는 건 기도의 출발점이 아니라 도착점이야."

대화는 잦아든다.

"저 안에 부상자들이 무더기로 누워 있어." 탁한 눈을 한 병사가 나에게 손으로 가리켜 보이며 말했다. "저들을 어떻게 저기까지 내려오게 했는지 난 그게 의문이야. 이곳까지 굴러오려면 틀림없이 끔찍했을 거라고."

지쳐 수척해진 식민지 출신 부대 소속 병사 두 명이 술 취한 이들처럼 서로를 부축하며 도착해서 우리를 보더니 뒤로 물러서며 땅바닥에서 주저앉을 자리를 찾는다.

"이봐, 우리는 보급품도 받지 못한 채 연락참호에서 사흘을, 아무것도 없이 꼬박 사흘을 있었다고." 한 사람이 쉰 목소리로 자기 이야기를 마무리한다. "어쩌겠어, 자기 오줌을 먹을 정도로 심각했다고."

다른 사람은 전에 콜레라에 걸린 적이 있다고 동조하며 부연했다.

"아! 어찌나 지독하던지. 발열에, 구토에, 복통에 설사까지 했으니. 이봐, 난 그런 병까지 걸렸다니까!"

"그리고 말이야, 모든 이들과 함께한다고 믿으라 하다니 하느님은 도대체 무슨 생각이지?" 거대한 수수께끼를 집요하게 추적하던 비행사가 갑자기 투덜거린다. "어찌하여 하느님은 우리 모두가 짐승처럼 전력으로 고래고래 '하느님은 우리와 함께하신다!' '아니야, 그렇지 않다고, 너희들은 잘못 알고 있어, 하느님은 우리와 함께하신다고!'라고 나란히 외치게 만드신단 말인가?"

마치 이에 대답이라도 하듯 들것에서 신음소리가 높아지더니 한순간 침묵 속에서 홀로 울려퍼졌다.

*

"난 신을 믿지 않아. 신은 존재하지 않아. 고통을 보면 알 수 있다고." 그때 고통에 잠긴 목소리가 들려온다. "멋대로 감언이설을 늘어놓고 온갖 말을 찾아내고 만들어내 끼워 맞출 수야 있겠지. 이 모든 무고한 고통이 완벽한 신으로부터 나올 수 있다니, 새빨간 속임수야."

"내가 신을 믿지 않는 것은 추위 때문이야." 벤치에 앉아 있는 자들 중 다른 하나가 대꾸한다. "나는 추위 때문에 병사들이 조금씩 송장이 되어가는 꼴을 봤다고. 선량한 신이 있다면 추위 같은 건 없겠지. 추위에서 벗어나려 노력할 필요도 없을 거고."

"지금 벌어지는 일 같은 게 하나도 없어야 신을 믿지. 결국 설명이 안 되는 거야!"

부상자들 여럿이 서로를 보지도 않고 동시에 고개를 흔들며 공감을 표한다.

"자네들 말이 옳아, 자네들 말이 옳다고." 다른 부상자가 말한다.

잔해처럼 부서진 병사들, 승리 속에 고립되고 흩어진 이 패배자들이 무언가를 깨닫기 시작한다. 이러한 비극 속에서 인간들은 순간순간 진지해질 뿐 아니라, 진실과 얼굴을 맞대고 진실을 드러내 보이는 법이다.

"내가 신을 믿지 않는 이유는 바로……" 지금껏 조용하던 자가 입을 연다.

이 말에 이어서 끔찍한 기침이 발작적으로 이어진다. 두 볼은 보랏빛으로 변하고 온통 눈물에 젖은 채 숨도 제대로 쉬지 못하던 그가 기침을 멈추자 누군가 그에게 물었다.

"자넨 어디에 부상을 당한 거지?"

"부상이 아니야, 난 병에 걸렸다고."

"오, 그렇군!" 누군가 그렇다면 별 흥미가 없다는 투로 말했다.

이를 알아차린 그는 자신의 병이 얼마나 위중한지 설명한다.

"난 틀렸어. 피를 토하고 있다고. 기운도 없고. 자네도 알겠지만, 이런 식으로 쇠약해져버리면 회복할 수 없어."

"아, 아." 전우들은 불분명하게 그렇게 중얼거렸지만 어찌되었는 병은 부상에 비하면 심각하지 않다고 생각한다.

그는 체념하고는 고개를 숙인 채 아주 낮은 목소리로 혼자 연신 중얼거린다.

"난 더이상 걸을 수도 없다고, 나보고 어디로 가라는 거야?"

*

들것들이 줄지어 놓인, 수평으로 뻗은 구렁은 저멀리 어슴푸레하게 해가 비쳐드는 작은 구멍까지 점차 좁아지며 한없이 길게 이어지고, 이 무질서한 현관 여기저기에는 불그스레한 빛을 발하면서 열기를 내뿜는 듯한 초라한 촛불들이 깜박이며 때때로 측면에 어렴풋한 그림자를 드리운다. 그런데 무슨 이유에서인지 여기서 소요가 일어나고 있다. 사지와 머리가 혼란스럽게 뒤얽히며 동요하고, 서로를 깨우는 고함과 불평 소리가 들려오고 보이지 않는 유령처럼 퍼져간다. 누워 있는 육체들은 물결처럼 일렁이고 접히고 뒤집힌다.

이와 같은 움직임들 속에서, 고통으로 파괴되고 벌을 받아 포로 신세가 된 자들이 이처럼 넘실대는 가운데서, 몸집이 커다란 간호병 하나가 내 눈에 들어오는데, 배낭을 가로로 멘 듯 묵직해 보이는 그의 어깨가 움직거리고, 커다란 목소리는 온 지하실을 울린다.

"또 붕대를 만졌지. 멍청한 자식, 더러운 자식." 그가 우렁차게 말한다. "이 녀석아, 너니까 다시 해주겠다만, 한번 더 만지면 가만 안 둘 거야!"

그리하여 그는 이 침침한 곳에서 키가 아주 작은 졸병의 머리에 붕대를 감는다. 머리털은 뻣뻣하고 수염이 앞쪽으로 뻗친 이 졸병은 엉거주춤 선 채 두 팔을 덜렁거리며 가만히 자신의 몸을 내맡긴다.

한데 간호병이 그를 놓아두고 땅바닥을 바라보더니 쩡쩡 울리는 소리로 고함친다.

"이게 뭐야? 어이, 이봐 친구, 돌았어? 부상자 위에 누워 있다니 버릇 한번 고약하군!"

간호병은 커다란 손으로 누군가의 몸을 흔들었고, 조금 한숨을 쉬고 욕을 하면서 첫번째 사람이 매트리스처럼 깔고 누워 있던 무기력한 두번째 사람의 몸을 흔든다—한편 붕대를 감은 땅딸보는 간호병의 손에서 놓여나자마자 말 한마디 없이 두 손을 머리에 얹더니 자기 머리를 압박하는 붕대를 벗겨내려고 애쓴다.

……병사들이 서로 떼밀고, 소리를 지른다. 환한 빛을 등져서 뚜렷이 보이는 그림자들은 지하 묘지의 어둠 속에서 길을 잃은 것 같다. 여럿이서 한 사람의 부상병 주변에 밝혀진 양초 불빛을 받으며 몸을 떨면서 부상병을 들것에 힘겹게 고정시키고 있다. 부상병은 두 발이 잘리고

없다. 출혈을 막기 위해 다리에 지혈대를 동이고 끔찍한 붕대를 감았다. 발이 잘려나간 부분에서 천으로 된 작은 붕대 사이로 피가 많이 흘러 핏빛 바지를 입은 것 같다. 그는 음산하게 번득이는 악마 같은 얼굴로 헛소리를 하고 있다. 병사들이 그의 어깨와 무릎을 누른다. 두 발이 잘린 부상병은 들것에서 뛰어내려 어디론가 가고 싶어한다.

"가게 해줘!" 그는 분노와 헐떡임 때문에 떨리는 소리로 숨을 몰아쉬는데—목소리는 낮지만 트럼펫을 너무 살며시 불려고 할 때처럼 갑작스레 튀기도 한다. "제기랄, 날 좀 가게 해달라고, 내 말 좀 들어줘! 하아!…… 아니지, 너희들 내가 언제까지나 여기 있을 줄 알아? 자, 비키라고, 아니면 일어서서 펄쩍 뛸 거야!"

그가 몸을 오그렸다가 격렬하게 펴자 무게로 짓눌러 그를 움직이지 못하게 하려던 병사들은 앞뒤로 요동치고, 무릎을 꿇은 채 한쪽 손으로 이 발 잘린 미치광이의 허리를 꽉 붙잡고 있던 자가 다른 손에 들고 있던 양초가 기우뚱거린다. 미치광이의 소리가 얼마나 큰지 잠자던 사람들이 깨어나고 다른 사람들의 졸음마저 달아난다. 사방에서 사람들이 반쯤 일어서서 그쪽으로 몸을 돌리고 횡설수설하는 탄식에 귀를 기울이는데, 결국 이것도 어둠 속으로 사라지고 만다. 동시에 다른 구석에서는 땅바닥에 십자형으로 드러누운 부상병 두 명이 서로 욕설을 퍼붓기 시작해, 이 격한 말다툼을 중단시키느라 한 사람을 다른 곳으로 옮기지 않을 수 없다.

나는 바깥의 빛이 망가진 격자를 통과하듯 뒤얽힌 들보 사이로 비쳐드는 지점을 향해 다가간다. 끝없이 늘어서서, 비좁고 낮아 숨이 막히는 이 지하 통로의 폭 전체를 채운 들것들을 나는 성큼성큼 건너뛴다.

들것 위에 쓰러져 있는 인간들은 도깨비불 같은 촛불들 아래서 이제 거의 움직이지 않고, 희미하게 신음하고 거칠게 숨을 쉬며 생기를 잃어 간다.

들것 가장자리에 병사 하나가 벽에 기댄 채 앉아 있다. 살짝 벌어지고 찢긴 그의 옷들이 드리운 그림자 사이에 순교자처럼 바싹 마른 하얀 가슴이 보인다. 머리는 완전히 뒤로 젖혀져 어둠에 가려져 있다. 그러나 그의 심장이 뛰고 있다는 건 알 수 있다.

방울방울 조금씩 스며드는 햇빛은 저 무너진 곳에서 들어오고 있다. 여러 개의 포탄이 같은 곳에 떨어져 결국은 구호소의 두꺼운 흙 지붕을 무너뜨린 것이다.

이곳에선 하얀 광채가 푸른 외투의 어깨와 주름을 따라 비쳐든다. 암흑과 쇠약에 의해 마비된 병사 무리가 조금이라도 밝은 대기를 맛보기 위해 이 출구로 몰려들자 고대 묘지에 있던 망자들이 반쯤 되살아나는 듯하다. 시커먼 어둠 끝에 있는 이 구석은 그들에게 허리를 펴고 설 수 있고 하늘의 빛이 천사처럼 스쳐오는 탈출구, 오아시스나 마찬가지다.

"저기엔 졸병들이 있었는데 포탄이 날아왔을 때 내장을 쏟아내며 죽었지." 어둠 속에 묻혀 희미해진 햇살을 받으며 입을 반쯤 벌리고 기다리던 누군가 말했다. "정말이지 스튜 같았다니까. 아, 저길 봐. 사제 같은 중사가 갈가리 찢겨 공중에 튀어오른 유해들을 끌어내리고 있군."

밤색 수렵 조끼를 걸쳐 상체가 고릴라 같아진 덩치 큰 간호 중사가 무너진 골조의 들보 주위에 휘감겨 대롱거리는 창자와 다른 장기들을 떼어내고 있다. 그는 총검이 장착된 소총 하나를 이용해 이 일을 한다.

기다란 막대기를 찾지 못했기 때문인데, 대머리에 수염을 기르고 천식이 있는 이 뚱뚱한 거인이 소총을 다루는 솜씨가 신통찮다. 부드럽고 유순하지만 불행해 보이는 표정의 그는 구석구석에서 내장 조각을 낚아채려 애쓰면서도 당황스러운 표정으로 한숨소리 같은 "오!"를 연신 내뱉고 있다. 눈은 푸른 안경에 가려져 있다. 숨소리는 요란하다. 머리통은 작고 엄청나게 두꺼운 목은 원뿔 모양이다.

신음으로 가득한 이 막다른 곳에서 그가 비죽비죽한 잔해 속에 두 발을 디디고 띠 모양의 내장들과 누더기가 된 살덩이들을 공중에서 찔러 떨어뜨리는 모습을 보면, 마치 지독하게 힘든 작업에 몰두한 푸주한 같기만 하다.

그러나 나는 한구석에 주저앉아 두 눈을 반쯤 감는다. 그러자 주위에서 그것들이 요동치고 떨어지는 광경은 더이상 보이지 않는다.

나는 토막토막 들려오는 말들을 어렴풋이 감지한다. 부상자들이 으레 늘어놓는 끔찍하게 뻔하고 단조로운 이야기들이다.

"제기랄! 거기선 총알들이 서로 붙어서 날아오는 것 같았어……"

"양쪽 관자놀이로 총알이 관통한 경우도 있었지. 거기 끈을 꿸 수도 있었다니까."

"저 망나니들은 한 시간이나 저격을 해대더니 그제야 멈췄다고……"

나와 가까이 있던 누군가 이야기를 끝내며 중얼거린다.

"잘 때마다 꿈을 꾸는데, 내가 그놈을 다시 한번 죽이고 있는 것 같은 거야!"

여기 파묻혀 있다시피 한 부상자들이 저마다 회상하며 웅성거린다. 계속해서 돌고 또 도는 무수한 톱니바퀴들이 윙윙대는 소리 같다……

저쪽 벤치에서 때로는 예언가처럼, 때로는 표류한 자처럼, 온갖 강압적이고도 딱한 어조로 "이제 그만 좀 슬퍼하라고!"라는 말을 반복해대는 목소리가 귓가에 들려온다. 저마다 겪은 고통에 대해 끔찍한 이야기를 하려는 사람들의 북받치고 한탄어린 목소리들 위로, 그는 박자를 맞추듯 또박또박 큰 소리로 외친다.

누군가 막대기로 벽을 더듬으며 내 쪽으로 다가온다. 파르파데다! 나는 그를 부른다. 그는 나에게 고개를 돌리는가 싶더니 한쪽 눈을 못 쓰게 됐다고 말한다. 다른쪽 눈 역시 붕대가 감겨 있다. 나는 내 자리를 그에게 내주고는 그의 어깨를 잡아 앉힌다. 그는 내게 몸을 맡기고 벽 아래 앉아서 마치 대합실에 온 듯, 노동자 특유의 체념을 드러내며 끈기 있게 기다린다.

나는 좀 떨어진 곳의 빈자리에 처박힌다. 거기에는 두 병사가 누워서 낮은 목소리로 이야기를 나누고 있다. 매우 가깝기 때문에 일부러 귀를 기울이지 않아도 그들의 대화가 들린다. 외인부대 소속인 두 사람은 철모를 쓰고 있고 칙칙한 노란색 외투 차림이다.

"허풍 떨 필요도 없어." 둘 가운데 하나가 빈정거린다. "이번엔 여기 남게 될 거야. 뻔하지 뭐. 총알이 배를 뚫고 지나갔다고. 도시의 병원이었다면 때맞춰 수술을 받아 잘 봉합되겠지. 하지만 여기선! 내가 부상을 입은 건 어제야. 여기서 베튄도로까지는 두세 시간쯤 걸리잖아. 그러면 그 도로에서 수술을 받을 수 있는 야전병원까지 가려면 몇 시간이나 걸릴까? 말해보라고. 게다가 언제 우리를 데려가려는지도 모르고 말이야. 누구의 잘못도 아니야, 알아듣겠어? 하지만 상황을 직시해야 해. 아! 이제 난 알아, 지금보다 더 나빠지지는 않을 거야. 다만 견딜 수가 없다는 거지. 내 창자에 구멍이 나 있으니까. 넌, 네 다리는 회복될 거야. 아니면 다른 다리를 갖다붙여주겠지. 난 곧 죽을 거야."

"아!" 다른 병사는 그 논리를 이기지 못한다.

그러자 그가 다시 말한다.

"내 말 잘 들어봐, 도미니크. 넌 불량한 생활을 했어. 술을 마셔댔고 주벽이 심했지. 더러운 전과까지 있고."

"사실이니 사실이 아니라고 말하진 않겠어." 다른 병사가 말한다. "하지만 그게 너하고 무슨 상관이야?"

"전쟁이 끝나면 분명 또다시 불량한 생활을 할 거고 나무통 제조공 일에 싫증을 느끼겠지."

상대방은 화가 나 공격적으로 대꾸한다.

"입 닥쳐! 그게 너와 무슨 상관이냐고!"

"나도 너처럼 가족이 없어. 아무도 없지. 루이즈가 있긴 하지만 결혼을 안 했으니 내 가족은 아니지. 군대에서 있었던 몇몇 자질구레한 일을 빼면 난 비난받을 만한 일을 하지 않았다고. 내 이름은 깨끗해."

"그래서 어쨌다는 거야? 난 아무 관심도 없어."

"너한테 말하려는 건 이거야. 내 이름을 가져라. 내가 줄 테니 가지라고. 우린 둘 다 가족이 없으니까."

"네 이름을?"

"너는 이제 레오나르 카를로티라고 하면 되는 거야. 별것도 아니지. 그게 너와 무슨 상관이냐고? 그러면 너는 전과가 하나도 없는 거야. 범죄자로 쫓기는 일도 없을 것이고, 내가 뱃속에 이놈의 총탄만 맞지 않았더라면 행복해졌을 것처럼 너도 행복할 수 있을 거야."

"아! 빌어먹을!" 상대방이 말한다. "네가 그렇게 해주겠다고? 이봐, 도대체 이해가 안 가는군!"

"내 이름을 가져. 내 외투 속에 신분 증명 수첩이 있어. 자, 넌 그걸 가지고 나한테 네 수첩을 넘겨주는 거야—내가 모든 걸 떠안고 갈게! 나를 좀 아는 사람들이 있는 내 고향, 튀니지의 롱그빌만 아니면 네가 원하는 어디서든 살 수 있을 거야. 잊지 말아야 해, 여기 다 쓰여 있어. 수첩을 잘 살펴보도록 해. 난 아무한테도 말하지 않을게. 일이 성공하려면 절대로 입을 다물어야 해."

그는 깊이 생각에 잠기더니 몸을 떨면서 말한다.

"아마 루이즈한테는 말해야겠지. 내가 좋은 일을 했다고 생각하고 나를 더 좋은 사람이라고 여기도록 말이야—그녀에게 작별 편지를 쓸 때 얘기할 거야."

그러나 이내 생각을 바꾸고는 필사의 노력을 기울여 머리를 설레설레 흔든다.

"아니야, 그녀에게도 말하지 않을 거야. 그녀가 어떤 사람인지는 잘 알지만, 여자들은 정말 수다스럽거든!"

상대방이 그를 바라보며 되뇐다.

"아! 빌어먹을!"

나는 두 병사의 눈에 띄지 않은 채로, 오가는 사람들의 소란 속에 완전히 뒤죽박죽이 된 이 참혹한 구석에서 옹색하게 펼쳐지는 극적인 상황을 지켜보다 슬며시 자리를 떴다.

가엾은 두 사람이 나누는 차분하면서도 활기 띤 대화 소리도 내 귓가에 스친다.

"세상에! 그 녀석이 포도밭에 집착하는 모양이라니! 포도나무 사이에 잡초 하나 없이 깨끗하게 해놓았다니까……"

"그 어린 귀염둥이, 함께 나가 그 고사리 손을 잡을 때면 마치 제비의 작고 훈훈한 목을 잡고 있는 것 같았지."

"547연대를 아느냐고? 아는 것 이상이지. 내 말 들어봐, 웃기는 연대라니까. 거기 한 병사의 이름이 프티장이면 또다른 병사는 프티피에르, 또다른 병사는 프티루이 이런 식이라니까…… 이봐, 정말 그래. 그 연대가 그렇다니까."

내가 이 우묵한 구덩이에서 벗어나기 위해 통로를 헤쳐나가고 있는데, 저쪽에서 뭔가 떨어지는 커다란 소리가 나더니 병사들이 일제히 탄성을 지른다.

간호 중사가 떨어졌다. 그가 물컹물컹하고 피가 흐르는 잔해들을 치우던 그 틈새로 총탄 한 발이 날아와 그의 목에 박힌 것이다. 그는 벌렁 나자빠졌다. 얼빠진 커다란 눈이 뒤집히고 입에서 거품이 뿜어져나오고 있다.

그의 입과 턱은 이윽고 장밋빛 거품으로 뒤덮인다. 누군가 붕대 가방으로 그의 머리를 받친다. 가방도 곧바로 피로 물든다. 붕대가 필요한데 못쓰게 생겼다고 간호병 하나가 외쳐댄다. 핏빛으로 물든 미세한 거품을 끊임없이 쏟아내는 머리를 어디에 괴어야 할지 사람들은 찾는다. 찾아낸 것이라곤 빵 하나밖에 없어 이것을 헤면 같은 머리털 아래로 밀어넣는다.

병사들이 중사의 손을 잡은 채 말을 걸어도 그는 새로운 거품만을 쏟아내고, 이 장밋빛 구름 너머로 수염 때문에 시커먼 그의 커다란 얼굴이 보인다. 누워 있는 그는 숨을 헐떡이는 바다 괴물 같고, 투명한 거품은 점차 쌓여 안경을 벗은 커다랗고 흐릿한 두 눈까지 뒤덮고 있다.

그는 숨을 몰아쉰다. 어린애처럼 헐떡거리더니 마치 아주 조용히, 아니야, 하고 말하려는 듯 머리를 좌우로 젓다가 죽는다.

나는 움직일 수 없게 된 이 거대한 덩어리를 바라보며 그가 선한 사람이었음을 생각한다. 그는 순수하고 감수성이 예민한 사람이었다. 매사에 고지식하고 편협한 면과 성직자 같은 무례함을 두고 때때로 그를 심하게 몰아붙였던 것이 얼마나 후회됐는지! 어느 날 내가 쓰고 있던 편지를 그가 곁눈질로 읽었을 때, 그에게 상처를 주었을지 모를 폭언을 참았던 일이 떠오르며 이와 같은 비탄 속에서도 다행스러움을 느꼈다—그렇다, 기쁨으로 전율할 정도로 다행스러웠다! 그가 성모마리아와 프랑스에 대해 설명하면서 나를 그토록 짜증나게 했던 때가 떠올랐다. 나는 그가 그런 얘기를 진지하게 하고 있다고는 생각하지 않았다. 어떻게 그가 진지하지 않았다고 생각할 수 있지? 그는 오늘 정말로 죽어버렸는데! 나는 또한 삶에서도, 전쟁에서도 자리를 잃은 이 커다란 인간이 보여준 인내와 헌신의 모습도 떠올렸다—다른 건 중요하지 않다. 그의 관념 같은 건 이 지옥 구석에서 시체가 되어 저기 땅바닥에 널브러진 그의 가슴에 비하면 아무것도 아니다. 모든 점에서 나와 다른 이 인간 앞에서 나는 얼마나 애석해했던가!

……바로 그때 우레 같은 소리가 들려온다. 바닥과 벽이 무섭게 흔들리면서 우리의 몸은 난폭하게 서로에게 내던져졌다. 마치 우리 머리 위에 있던 땅이 무너져 떨어지는 것 같았다. 들보 골조의 한쪽 면이 무너져내리면서 지하로 뚫려 있던 구멍이 커졌다. 또다른 충격이 있었

다. 다른쪽 면이 산산이 부서져 콰르릉하면서 사라졌다. 간호 중사의 커다란 시체가 벽에 부딪혀 나무토막처럼 뒹굴었다. 길쭉한 지하 전체, 그러니까 그 굵고 시커먼 척추가 귀청을 찢을 정도로 우지끈 소리를 내자 이 감옥에 갇힌 포로들이 모두 동시에 공포에 질린 비명을 내질렀다.

또다른 폭발이 연달아 일어나며 우리를 사방으로 몰아낸다. 포격에 구호시설은 찢겨 순식간에 엉망이 되고 여기저기 뚫린 채 한없이 초라해진다. 청천벽력 같은 포탄들이 꽝꽝 소리를 내면서 벌어서 구호소의 활짝 열린 끝 지점을 강타하고 짓이기는데, 갈라진 틈을 통해 햇빛이 안으로 침투한다. 단말마 속에서 꺼져가거나 열기로 번쩍이는 두 눈, 붕대로 하얗게 감싸이고 기워져 괴물처럼 되어버린 육체, 벌겋게 타오르거나 창백한 얼굴에 어른거리는 죽음이 더욱 분명하게—초자연적으로—보인다. 감춰져 있던 모든 것이 빛을 받아 드러난다. 번쩍이는 폭풍을 몰고 오는 이 포탄들과 탄가루 앞에서 부상자들은 얼이 빠진 채 눈을 깜박이거나 얼굴을 일그러뜨리고 일어서서 뿔뿔이 도망치려 한다. 공포에 사로잡힌 이 인간들은 마치 부서져가는 선박의 흔들리는 선창에 있는 듯, 지하에서 짐짝처럼 한덩어리가 되어 굴러다닌다.

비행사는 있는 힘껏 몸을 쭉 일으켜 목덜미를 천장에 대고선 두 팔을 흔들더니 하느님을 부르며 당신의 이름이 무엇인지, 진짜 이름이 무엇인지 묻는다. 커다란 상처인 양 옷을 벌려 흐트러뜨리고선 그리스도처럼 자신의 가슴을 보여주던 자가 바람에 엎어져 다른 사람들을 덮친다. "이제 그만 좀 슬퍼해!"라는 말을 단조롭게 되풀이하던 자의 외투가 진한 녹색이 되는데, 아마 머리를 뒤흔들던 폭발 때 배출된 피크

르산酸 때문일 것이다. 다른 사람들—나머지 모두—은 부자유하고 불구가 된 몸으로, 가공할 포탄 무리에게 쫓기는 가련하고 허약한 짐승, 두더지 같은 모습으로 구석을 찾아 움직이고, 미끄러지고, 기어가고, 빠져나간다.

굉음이 울리는 자욱한 연기 속에서 가연성 가스가 요동치며 타오르는 가운데, 포격이 뜸해지더니 마침내 멈춘다. 나는 벌어진 틈새로 빠져나온다. 이 절망적인 소란에 완전히 둘러싸이고 여전히 붙잡혀 있음을 느끼면서, 두꺼운 널빤지들 사이사이 사지들이 뒤얽혀 있는 물컹한 땅에, 자유로운 하늘 아래 이른다. 나는 부서진 잔해들을 잡고 매달린다. 드디어 연락참호의 비탈이다. 연락참호 속으로 뛰어드는 순간, 멀찌감치 참호에서 구호소를 향해 한없이 흘러가는 어두운 무리들이 보인다. 저기 저 전쟁터들로부터, 뱃속을 드러내고 피흘리고 썩어가는 저 평원으로부터, 기나긴 냇물처럼 흘러가고 떠돌며 모여드는 병사들의 모습을 앞으로도 밤낮으로 보게 되리라.

22장
산책

우리는 레퓌블리크대로에 이어 강베타대로를 지나서 코메르스광장으로 나아간다. 구두약을 발라 잘 닦은 우리의 군화에 박힌 징들이 도시의 포장도로에 부딪히는 소리가 울린다. 날씨는 화창하다. 온실 유리를 통해 보는 듯한 햇살 좋은 하늘이 번득이고 빛나며 광장의 진열창을 반짝이게 한다. 잘 솔질된 우리의 외투 자락은 아래쪽으로 잘 드리워져 있지만, 평소에는 올려놓는 터라 펄럭이는 자락들에 다른 곳보다 짙푸른 두 개의 네모가 뚜렷하다.

한가롭게 거니는 우리 무리는 한순간 멈추어 그랑 카페라고도 불리는 수프레펙튀르 카페 앞에서 머뭇거린다.

"우리도 저기 들어갈 권리가 있어!" 볼파트가 말한다.

"안에 장교들이 너무 많은데." 블레르가 가게를 장식한 레이스 커튼

위로 고개를 높이 빼들고 유리창 위의 금색 글자들 사이로 안쪽을 과감히 들여다본 뒤 대꾸했다.

"게다가 아직 구경도 제대로 못했잖아." 파라디도 거든다.

우리는 다시 걷기 시작한다. 일개 사병에 불과한 우리는 광장을 빙 둘러싼 화려한 가게들을 하나하나 살펴본다. 포목상, 문구점, 약국 그리고 장군의 군복처럼 별이 반짝이는 보석상의 진열창이 보인다. 우리는 자랑스러운 듯 미소를 지었다. 저녁때까지 아무 일 없이 자유롭게 각자 시간을 보낼 수 있다. 두 다리는 부드럽고 느긋하게 움직인다. 가벼운 두 손 역시 흔들거리며 종횡으로 한가롭게 움직인다.

"말할 필요도 없겠지만 우리는 이 휴식을 실컷 누려야 해." 파라디가 말한다.

우리의 발걸음 앞에 펼쳐지는 이 도시는 실로 인상적이다. 우리는 보통의 삶, 민중의 삶, 후방의 삶, 정상적인 삶을 접한다. 그곳에서 여기까지 결코 다다르지 못하리라고 얼마나 자주 생각했던가!

신사들, 숙녀들, 아이들을 데리고 다니는 부부들, 영국 장교들, 날씬하고 우아한 자태와 훈장으로 멀리서도 알아볼 수 있는 비행사들, 그리고 사병들이 보인다. 사병들은 여기저기 솔질한 옷을 펄럭이고 유일한 장신구인 인식표 표면을 문질러 닦아 외투 위에서 반짝반짝 빛내면서, 모든 악몽을 씻어내는 아름다운 풍경 속을 대담하게 활보하고 있다.

우리는 정말 먼 곳에서 온 사람들처럼 탄성을 지른다.

"정말 사람들이 많기도 하구나!" 티레트가 경탄한다.

"아! 정말 풍요로운 도시야!" 블레르도 거든다.

한 여공이 지나가면서 우리를 바라본다.

볼파트는 팔꿈치로 나를 툭 치더니 목을 길게 빼고 탐욕스러운 눈으로 그녀를 보고는 좀더 멀리서 다가오는 다른 두 여자를 가리킨다. 그는 눈을 반짝이면서 이 도시에 여성이 많다는 것을 확인한다.

"이봐, 여자들이 있다고!"

조금 전에 파라디는 수줍음을 이겨내고 호화롭게 쌓아놓은 케이크에 다가가 만져보고 먹어본 참이다. 블레르가 진열대에 놓인 독특한 재킷이나 모자, 부드러운 청색 무명 넥타이, 마호가니처럼 광택이 나는 붉은 장화에 사로잡혀 걸음을 멈추는 통에 우리는 매 순간 인도 한가운데서 그를 기다려야 한다. 블레르의 변화된 모습은 절정에 달했다. 둘째가라면 서러울 만큼 태만하고 더러워 보이던 그가, 공격중에 틀니가 깨져 다시 맞추는 복잡한 상황 이후로는 우리 중에서 가장 정성스럽게 단장한다. 그는 이제 훤칠해 보인다.

"저 영감은 청춘 같구먼." 마르트로가 말한다.

우리는 갑자기 목구멍 안쪽까지 보이도록 미소를 짓고 있는 이 빠진 여자와 마주친다⋯⋯ 검은 머리칼이 모자 주위에 조금 비죽비죽 나와 있다. 천연두 자국투성이에 선이 굵고 못생긴 그녀의 얼굴은 시장 가건물에 걸린 우둘투둘한 천에다 아무렇게나 그린 얼굴 같다.

"저 여자 예쁘네." 볼파트가 말한다.

그녀가 미소를 보낸 마르트로는 오싹한 한기를 느끼며 입을 다물고 있다.

이렇게 갑작스럽게 한 도시의 매력에 빠진 병사들은 한담을 나눈다. 믿을 수 없을 정도로 깨끗하고 선명하고 아름다운 풍경을 그들은 점점 더 만끽한다. 그들은 고요하고 평화로운 삶과 안락함에 대한 관념, 요컨대 집을 짓는 목적인 위안과 심지어 행복에 대한 관념까지 다시금 마음에 품는다.

"이봐, 자네도 알겠지만, 결국 이런 것에 금방 익숙해질 거라고!"

그러고 있는데 나무와 밀랍으로 된 마네킹 여러 개를 이용해 우스꽝스러운 장면을 연출해놓은 한 기성복가게의 진열창 주위로 군중이 몰려든다.

어항 바닥처럼 작은 조약돌이 흩어져 있는 바닥에, 주름이 반듯하게 잡히고 두꺼운 판지로 된 철십자훈장까지 단 새 양복을 입은 한 독일인이 무릎을 꿇고서 프랑스인 장교에게 장밋빛 나무로 된 두 손을 내밀고 있는 모습이다. 곱슬머리 가발 위에 어린애 모자 같은 군모를 얹은 이 프랑스인은 양볼이 통통하고 발그레하며, 갓난애 같은 천진한 눈으로 다른 곳을 바라보고 있다. 이 두 인물 옆에는 장난감가게의 무기세트에서 빌린 소총이 놓여 있고, 게시판에는 '전우여!'라는, 이 인형극 같은 장면 제목이 쓰여 있다.

"아! 제길, 빌어먹을!"

하늘 아래 어디선가 아직도 맹위를 떨치고 있을 그 엄청난 전쟁을 유독 상기시키는 이 유치한 장식물 앞에서 우리는 생생한 기억을 떠올리며 심하게 모욕당하고 상처 입은 채 어깨를 으쓱하고 쓴웃음을 짓는다. 티레트는 깊은 생각에 잠기더니 욕설을 내뱉으려 하지만 우리가 완전히 다른 곳에 와 있다는 사실과 이곳에서 느끼는 놀라움 때문에 차마 입 밖에 내지 못하고 머뭇거린다.

그런데 광택이 도는 검은색과 보라색 비단옷을 입고서 가볍게 옷자락 스치는 소리를 내며 향수 냄새를 풍기는 매우 우아한 부인이 우리를 발견하고는 장갑 낀 작은 손을 앞으로 내밀면서 볼파트의 소매와 블레르의 어깨를 차례로 매만진다. 이 선녀 같은 여자의 손길이 닿자 두 사람은 대경실색하여 순간적으로 마비된 듯 꼼짝하지 않는다.

“여러분은 전방의 진정한 군인들이시죠, 그러니 말해봐요, 여러분은 저런 모습을 참호에서 보았겠죠?”

“음…… 예…… 예……” 두 가련한 병사는 엄청나게 위축되면서도 마음속 깊이 기뻐하며 대답한다.

“이! 여기! 저들은 전방에서 돌아온 거야!” 군중들 가운데 누군가가 중얼거린다.

보도의 온전한 포석 위에 우리들만 남게 되자, 볼파트와 블레르는 서로를 바라본다. 그들은 머리를 설레설레 흔든다.

“결국 대충 다 이런 식이야.” 볼파트가 말한다.

“암, 그렇고말고!”

이것이 그날 그들이 처음으로 입 밖에 낸 부정적인 말이다.

*

우리는 랭뒤스트리에데플뢰르라는 카페에 들어선다.

마루판 한가운데에 명석 깔린 길이 나 있다. 천장을 떠받치는 정방형 기둥과 벽에, 그리고 계산대 앞쪽에 자주색 메꽃과 진분홍색 커다란 양귀비와 적양배추 같은 장미들이 그려져 있다.

“말할 필요도 없지만, 프랑스 사람들은 감각이 있다니까.” 티레트가 말한다.

"저렇게 만들려면 엄청 고생했겠는데." 블레르가 다양한 색깔의 장식을 보고는 수긍한다.

"이런 가게들에선 마시는 즐거움만 있는 게 아니지!" 볼파트가 덧붙인다.

파라디는 자신이 카페에 드나들곤 했다고 우리에게 말한다. 전에는 일요일마다 이런 카페에, 심지어 더 멋있는 카페에 드나들었다는 것이다. 다만 너무 오래전 일이라 이제 자기는 취향을 상실해버렸다고 설명한다. 그는 벽에 붙어 있는, 꽃으로 장식된 조그만 에나멜 수전을 가리킨다.

"손 씻을 데가 있군."

우리는 점잖게 수전을 향해 간다. 볼파트가 파라디에게 수도꼭지를 열라고 시킨다.

"물을 틀어봐."

그러고 나서 우리 다섯 모두는 주위에 이미 손님들이 차 있는 홀로 들어가 테이블 하나에 자리를 잡는다.

"베르무트 카시스 다섯 잔 시키면 되겠지?"

"어쨌거나 우리는 다시 잘 적응해가는 것 같군." 동료들이 반복해서 말한다.

민간인들이 우리 주변으로 옮겨와 자리를 잡는다. 누군가 낮은 목소리로 말한다.

"아돌프, 저것 봐, 다들 무공훈장을 달고 있어."

"진짜 병사들이네!"

전우들이 이 소리를 들었다. 모두 그쪽으로 귀를 기울이느라 대화는 중단되고, 저마다 무의식적으로 거드름을 피운다.

잠시 후, 이야기를 나누던 남자와 여자가 흰 대리석에 팔꿈치를 괴고 우리 쪽으로 몸을 기울이며 묻는다.

"참호 생활이 힘들죠?"

"음…… 네…… 그렇죠! 부인, 늘 고되지요……"

"정신적으로나 육체적으로나 정말 대단하세요! 그런 생활에 익숙해지신 건가요?"

"그럼요, 부인. 익숙해졌습니다. 아주 잘 적응했죠."

"어쨌든 끔찍한 생활이고 고통스럽겠지요." 땅이 파헤쳐진 몇몇 음울한 풍경 삽화가 실린 신문을 뒤적이면서 부인이 중얼거린다. "이런 것들은 게재하지 말아야 해, 아돌프!…… 더럽고, 이가 들끓고, 사역으로 고생하고…… 아무리 용감하신 분이라 해도 틀림없이 불행하겠지요?……"

그녀의 질문을 받은 볼파트는 얼굴을 붉힌다. 지금은 벗어나 있지만 조만간 되돌아가게 될 그 비참한 환경에 부끄러움을 느끼는 것이다. 그는 고개를 숙이고 아마 이게 거짓이라는 사실을 자각하지 못한 채 거짓말을 한다.

"아닙니다, 우리는 불행하지 않아요…… 그렇게 끔찍한 건 아닙니다!"

부인은 그의 말에 동조한다.

"물론 보상이 있다는 건 잘 알고 있어요! 돌격은 틀림없이 멋지겠죠? 축제 때처럼 그 많은 병사들이 행군하는 것 말이에요! 그리고 '저 높은 곳에 가서 한잔하는 거야!' 하고 외치듯 나팔소리가 전장에 울려퍼지고 말이죠. 게다가 막무가내로 '프랑스 만세!'를 외치거나 웃으면서 죽어가는 병사들이라니!…… 아! 하지만 우리는 당신들처럼 명예롭지 못해요. 제 남편은 도청 직원이고 지금은 류머티즘을 치료하느라 휴가중이에요."

"저도 군인으로 복무하고 싶었어요." 남자가 말한다. "하지만 운이 없었죠. 직장 상사가 제가 없으면 안 된다는 거예요."

사람들은 왔다갔다하면서 서로 팔꿈치를 스치고 앞서거니 뒤서거니 사라져간다. 종업원들은 흰색으로 가장자리를 두른 초록색, 붉은색, 샛노란색의 깨지기 쉽고 반짝이는 것들을 나르며 요리조리 잘 피해 다닌다. 모래가 깔린 마룻바닥에서 걸음을 옮길 때마다 삐거덕거리는 소리가 들려오고, 몇몇은 서 있고 몇몇은 팔꿈치를 테이블에 괴고 있는 단골들 사이의 탄성과, 또 대리석 테이블 위에서 들려오는 유리잔과 도미노의 소음과 뒤섞인다…… 안쪽에서는 상아로 된 당구공이 부딪치는 소리에 농담을 주고받는 구경꾼들이 둥그렇게 모여든다.

"저마다 자기 일이 있는 법이지요, 용사 여러분." 얼굴에 생기가 넘치는 한 남자가 테이블 맞은편 끝에서 티레트의 면전에 말한다. "당신들은 영웅이에요. 우리, 우리는 나라의 경제를 위해 열심히 일합니다. 당신들의 싸움과 마찬가지로 이 또한 싸움입니다. 당신들보다 더하다고는 할 수 없지만 저도 못지않게 필요한 사람이지요."

나는 티레트—분대의 어릿광대 티레트!—가 자욱한 담배 연기 사이로 두 눈을 크게 뜬 모습을 바라본다. 왁자지껄한 소음 속에서 겸허하면서도 질린 듯한 그의 말소리가 가까스로 들린다.

"그럼요, 맞는 말입니다…… 저마다 자기 일이 있죠."

우리는 슬그머니 그곳을 떠난다.

*

카페에서 나오며 우리는 거의 말이 없다. 마치 말할 줄 모르는 사람들 같다. 불만에 차 동료들은 축 처지고 얼굴을 찡그린다. 중차대한 상황에서 해야 할 일을 놓쳤음을 깨달은 표정이다.

"저 오쟁이 진 놈들, 알아듣지도 못할 얘기만 하는 꼴이라니!" 우리끼리만 있게 되자 앙심이 솟아오르는지 티레트가 투덜거린다.

"오늘 거나하게 취해야 했는데!……" 파라디도 대뜸 성질이 나서 거든다.

우리는 말없이 걷는다. 잠시 후 티레트가 다시 입을 연다.

"저 얼간이들, 더러운 얼간이들은 우리한테 강한 인상을 주고 싶었던 모양인데, 나한텐 안 통하지! 저들을 다시 만나면 내 분명히 말해줄 거야!" 그는 점점 더 화가 치민다.

"그놈들을 다시 볼 일은 없을 거야." 블레르가 말한다.

"일주일 뒤면 우리는 아마 죽을 거니까." 볼파트가 말한다.

광장 가장자리에서 우리는 합각과 기둥이 마치 사원처럼 보이는 공공건물과 관청에서 쏟아져나오는 군중과 부딪친다. 사무실에서들 나오는 것이다. 각계각층의 민간인들과 멀리서 보기에 대략 우리와 비슷한 차림을 한 다양한 연령대의 군인들…… 하지만 가까이서 보니 그들의 복장이나 갈매기꼴 수장으로 미루어 전쟁을 피해 숨어 있거나 도망친 자들임을 알 수 있다.

여자와 아이들이 상당히 행복한 모습으로 모여서 그들을 기다린다. 상인들은 눈앞에 지속적으로 어른거리는 이익과 점점 더 커지는 철컥철컥 금고 여닫는 소리에 한껏 고무되어, 마감된 하루와 다음날 생각에 미소를 띠며 정성스럽게 가게를 닫는다. 그들은 자신들의 가정의 중심에 온전히 머무른다. 허리를 숙이기만 하면 자신의 아이들에게 입을 맞출 수도 있다. 거리의 첫 조명이 별빛 모양으로 켜지자 부유해져가는 이 모든 사람들, 매일같이 평화를 누리며 아무 일 없이 고요히 지내는 사람들, 어찌되었든 입 밖에 낼 수 없는 기도로 가득한 이 모든 사람들이 모습을 드러낸다. 저녁이 되자 모두가 나무랄 데 없는 집과 영업 중인 카페로 조용히 돌아가 자리를 잡는다. 커플들이 모이더니—이들은 젊은 남녀로 남자는 민간인이거나 군인인데, 옷깃에는 후방 근무 표지가 수놓여 있다—다른 세계가 어두워지는 가운데 그들 방의 여명을 향하여, 휴식과 애무의 밤을 향하여 걸음을 재촉한다.

어떤 건물 일층의 살짝 열린 창문 가까이를 지나칠 때 레이스 커튼이 블라우스처럼 가볍고 부드럽게 미풍에 나울거리는 모습이 눈에 들어왔다……

군중이 몰려오자 우리는 가난한 이방인처럼 뒤로 물러나는데, 사실 우린 이방인이나 다름없다.

우리는 석양을 따라, 금빛 조명을 밝히기 시작하는 거리의 포석 위를 배회한다. 도시의 밤은 보석을 뿌린 것 같다. 손쓸 새도 없이, 결국 이와 같은 세상 풍경은 우리에게 중요한 현실을 드러낸다. 인간들 사이에 뚜렷이 드러나는 절대적 차이, 인종의 차이보다 훨씬 깊어 뛰어넘을 수 없는 격차다. 이익을 보는 자들과 고생하는 자들…… 그러니까 한 나라의 국민 사이에 존재하는 이러한 분명하고 확실한 차이는 진정 어찌할 수 없다. 모든 것을 희생하라고 요구받는 자들은 그들의 수, 그들의 힘, 그들의 순교를 끝까지 다 바치는 반면에 다른 자들은 그들을 밟고 나아가고, 전진하고, 미소 지으며 성과를 올린다.

몇몇 상복喪服들이 군중 속에서 도드라지며 우리와 공감을 나누지만 그렇지 않은 나머지는 축제중이다.

"하나의 나라만 있는 게 아니야. 그건 거짓말이지." 갑자기 볼파트가 이상할 정도로 확신에 차 말한다. "두 개의 나라가 있는 거야. 내 말은, 사람들이 낯선 두 개의 나라로 분리되어 있다고. 전방인 저쪽에는 불행한 자들이 너무 많고 후방인 이곳에는 행복한 자들이 너무 많다는 거야."

"그래서 어쩌자는 거야! 다…… 필요한 일이야…… 그게 본질이라고…… 결국에는……"

"물론이지, 나도 알아. 그래도 역시 너무 많다고, 너무 행복하게 지내는 이들이 너무 많은데, 언제나 같은 사람들이잖아…… 이유 같은 것도 없고."

"어쩌자는 거야!" 티레트가 말한다.

"할 수 없지!" 블레르가 보다 단순하게 덧붙인다.

"일주일 뒤면 우리는 아마 죽을 거니까!" 볼파트가 그렇게 되풀이하고는 입을 다문다. 우리는 고개를 숙이고 자리를 뜬다.

23장
사역

참호에 땅거미가 내린다. 숙명처럼 온종일 드러나지 않게 다가오고 있던 어둠은 이제 끝없이 이어진 상처의 불거진 부분 같은 참호의 사면에 침투한다.

갈라진 틈 안쪽에서 아침부터 우리는 이야기하고 먹고 잠자고 편지를 썼다. 저녁이 다가오자 끝없는 구덩이 안에 소요가 퍼져나가면서 흩어져 있는 병사들의 무기력하고 혼잡한 고독을 뒤흔들어 한곳으로 집결시킨다. 일을 하기 위해 일어나야 할 시간이다.

볼파트와 티레트가 함께 다가온다.

"또 하루가 가는군, 여느 때와 마찬가지로 또 하루가 말이야." 볼파트가 짙어지는 구름을 바라보며 말한다.

"자넨 아무것도 모르는군. 우리의 하루는 안 끝났어." 티레트가 대꾸한다.

오랫동안 불행을 경험하다보니, 우리가 지내는 이곳에서는 이미 시작된 평범한 저녁 시간 이후에 대해서도 속단해선 안 된다는 것을 그는 안다……

"자, 집합!"

우리는 늘 그렇듯 무심한 태도로 느릿느릿 집합한다. 각자 소총과 탄약통과 수통, 빵조각이 든 잡낭을 짊어지고 온다. 볼파트는 두 볼을 불룩거리면서 아직도 먹고 있다. 파라디는 코가 보랏빛이 된 채 투덜거리면서 이를 덜덜 떤다. 푸야드는 소총을 빗자루처럼 끌고 온다. 마르트로는 구겨진 채 얼어버린 초라한 손수건을 바라보더니 주머니에 다시 집어넣는다.

추운 날씨에 이슬비까지 내린다. 모두가 오들오들 떨고 있다.

저쪽에서 읊조리는 소리가 들린다.

"삽 두 개, 곡괭이 하나, 삽 두 개, 곡괭이 하나……"

장비 보관소로 흘러간 대열은 입구에서 지체하다가 연장들을 비죽비죽 드러내며 다시 떠난다.

"모두 다 모였나? 출발!" 하사가 말한다.

우리는 급하게 내달린다. 어디로 가는지도 모른 채 앞으로 나아간다. 하늘과 땅이 동일한 심연 속에서 뒤섞이리라는 사실을 빼면, 우리는 아무것도 모른다.

*

우리는 활동을 멈춘 화산처럼 이미 시커메진 참호에서 빠져나와 황혼에 적나라하게 노출된 벌판에 선다.

하늘에는 물기를 가득 머금은 거대한 회색빛 구름들이 걸려 있다. 질퍽한 땅에 풀이 자라 있고 물웅덩이들이 칼자국처럼 난 벌판도 창백한 빛을 받아 역시 회색빛이다. 여기저기 헐벗은 나무들엔 비틀린 사지 같은 줄기들만 남아 있다.

축축한 안개 때문에 주변 멀리까지는 보이지 않는다. 게다가 미끄러운 진흙을 밟고 가느라 모두들 땅만 바라볼 수밖에 없다.

"빌어먹을 진흙탕!"

벌판을 가로지르며 우리는 발 앞에 끝없이 펼쳐지고, 거꾸로 튀어나오는 끈적끈적한 반죽을 짓이긴다.

"초콜릿 크림 같구먼!…… 모카 크림 같아!"

돌이 깔린 부분—전에는 도로였지만 이젠 사라져 들판처럼 황폐해졌다—에서 부대가 미끈거리는 표면을 가로지르면서 돌을 으깨어 잘게 부수어대니 징을 박은 군화 밑창에서 바드득거리는 소리가 난다.

"버터 바른 토스트 위를 걷고 있는 것 같은데!"

때때로 작은 언덕의 비탈에는 마을 우물 주변처럼 시커먼 진흙이 두껍게 쌓여 깊은 틈을 벌리고 있다. 우묵한 곳들에는 웅덩이와 늪과 연못이 생겼는데 이것들의 불규칙한 가장자리가 꼭 넝마 같다.

출발할 땐 생기 넘치고 산뜻했으며 물만 보면 "꽥! 꽥!" 오리 소리를 질러대던 어릿광대 같은 녀석들의 농담도 점차 줄어들더니 표정도 어두워진다. 차츰차츰 녀석들이 입을 닫는다. 비가 억수같이 쏟아지기 시작한다. 우리는 빗소리를 듣는다. 햇빛이 사그라지고 침침해진 공간은 좁아진다. 땅 위와 물속으로 노랗고 창백한 빛이 퍼진다.

*

서쪽에서 수도사 같은 병사들의 흐릿한 실루엣이 빗속에 드러난다. 204연대 소속 중대로, 모두 텐트 천을 뒤집어쓰고 있다. 우리는 해쓱하고 수척한 그들의 비에 젖은 얼굴과 검은 코를 보며 지나친다. 이내 그들은 더이상 보이지 않는다.

우리는 잡초가 듬성한 들판 한가운데에 난 길을 따라간다. 질퍽한 점토질 들판에는 무수한 홈들이 나란히 나 있고, 앞뒤로 오가는 발과 바퀴 자국들로 인해 고랑이 파여 있다.

우리는 활짝 열려 있는 연락참호를 건너뛴다. 늘 쉽지는 않다. 가장자리가 끈적끈적하고 미끈거리는데다 무너져 아가리가 벌어져 있기 때문이다. 게다가 피로가 우리의 어깨를 짓누르기 시작한다. 차량들이 커다란 소리를 내고 진흙을 튀기면서 우리 옆을 지나간다. 포병대 견인차들이 굴러가며 흙탕물을 잔뜩 끼얹는다. 트럭에 달린 바퀴는 계속 돌아가며 소란스러운 각각의 바큇살 주위에 진흙을 튀긴다.

어둠이 짙어갈수록 흔들리는 수레와 멍에를 메고 목을 쳐드는 말들, 그리고 외투 자락을 펄럭이며 어깨에서 허리춤으로 비스듬히 단총을 맨 기병들의 실루엣이 하늘에 떠가는 구름을 배경으로 더욱 환상적으로 보인다. 한순간 포병대 탄약차들이 몰려 혼잡해진다. 우리가 지나가는 동안 차량들은 멈춰 서서 제자리걸음을 하고 있다. 차축의 소리와 말소리, 언쟁, 이런저런 명령 소리가 대양의 소음처럼 엄청나게 큰 빗소리와 뒤섞여 들린다. 이러한 혼란 너머 말들의 엉덩이와 기병들의 외투에서 김이 모락모락 나는 게 어렴풋이 보인다.

"조심해!"

오른쪽 땅에 무언가 펼쳐져 있다. 열을 지어 누인 시체들이다. 지나가면서 본능적으로 발길은 그들을 피하지만 눈은 그들을 살핀다. 시커멓고 혼란스러운 광경 위로 신발 밑창들이 들려 있고, 목들은 늘어져 있고, 희미한 얼굴들은 움푹 들어가 있고, 손들은 반쯤 오그라진 상태로 하늘을 향해 있다.

넝마처럼 찢겨나간 구름이 펼쳐진 하늘 아래, 우리는 검게 변해가는 대지 위를, 숱한 세월 동안 가련한 인간과의 접촉으로 더러워진 듯한, 여전히 창백하고 발자국에 엉망이 된 들판 위를 걷고 또 걷는다.

이어서 우리는 연락참호로 다시 내려간다.

연락참호들은 더 낮은 곳에 있다. 그곳에 이르기 위해선 크게 우회해야 하기 때문에 후미에서 보면 100미터쯤 앞 어스름 속 부대 전체의 모습이 눈에 들어오는데, 조그만 형체들이 비탈에 붙어 연장과 소총을 머리 양쪽에 들고서 연이어 나타나는 모습이 마치 가느다랗고 보잘것없는 열을 이룬 채 팔을 들고 구멍으로 처박혀 자멸하는 탄원자들 같아 보인다.

제2전선에 있는 연락참호는 사람들로 북적인다. 대피호 입구에는 짐승 가죽 같은 것이나 회색 천이 걸려 펄럭이고, 그 아래 머리가 덥수룩한 병사들이 쭈그리고 앉아 마치 아무것도 보지 않는 듯한 무기력한 눈으로 지나가는 우리들을 응시한다. 바닥까지 늘어진 다른 천들 바깥으로는 발들이 비어져나와 있고 코고는 소리도 새어나온다.

"제기랄! 징그럽게 오래 걸리는구먼!" 행군하는 자들 가운데 누군가 투덜대기 시작한다.

동요가 일었다가 사그라든다.

"정지!"

다른 병사들이 지나가도록 멈춰야 한다. 우리는 무너져내릴 것만 같은 참호의 양쪽 측면으로 비켜 밀집하면서 욕설을 내뱉는다. 그들은 낯선 짐들을 짊어진 기관총부대다.

이런 일이 한없이 계속된다. 이 기나긴 정지 상태에 몹시 피로해진다. 근육이 당기기 시작한다. 길어진 제자리걸음이 고통스럽다.

겨우 다시 전진하기 시작하자마자 이번엔 교환수들이 지나가도록 이미 지나온 연락참호까지 후퇴해야 한다. 우리는 힘없는 가축처럼 뒷걸음질한다.

이제 더욱 무거워진 걸음으로 다시 출발한다.

"전깃줄을 조심해라!"

통신선이 두 말뚝 사이에 치렁치렁 늘어진 채 참호 위를 건너지른다. 선이 충분히 팽팽하게 당겨지지 않아 우묵한 곳에 축 처져 지나가는 병사들의 소총들에 걸리고, 그렇게 선에 엉킨 병사들은 몸부림을 치면서 선도 붙잡아맬 줄 모르는 통신병들에게 욕설을 퍼붓는다.

그 소중한 통신선들이 더 심하게 늘어지고 뒤얽힌 곳에 이르자 우리는 개머리판이 위로 향하도록 소총을 어깨에 메고 삽들은 거꾸로 짊어진 채 어깨를 구부리면서 전진한다.

*

갑작스럽게 행군의 속도가 늦춰진다. 우리는 앞사람의 발걸음을 뒤따라가면서 아주 조금씩밖에 전진하지 못한다. 대열의 선두가 험한 지대를 지나고 있음이 분명하다.

그곳에 도착해보니 경사진 땅이 쩍 벌어진 틈으로 이어지고 있다. 엄폐호다. 다른 사람들은 이 낮은 문을 통해 사라져버렸다.

"그래, 이 소시지 속으로 들어가야 하는 거야?"

이 좁은 지하의 어둠 속으로 삼켜지듯 들어가기 전에 모두가 망설인다. 이렇게 망설이고 지체하느라 대열 후미에서는 동요와 혼잡이 발생하고, 때로는 갑자기 거칠게 멈춰 서야 하는 사태가 벌어진다.

엄폐호에 들어서서 첫발을 내딛자마자 위에서 엄청난 어둠이 떨어져 우리를 하나하나 떼어놓는다. 곰팡이 슨 좁은 지하실과 늪 같은 냄새가 훅 끼쳐 몸속으로 들어온다. 우리를 빨아들이는 이 흙으로 된 통로의 천장에 희끄무레한 구멍들과 그 구멍으로 비쳐드는 빛줄기가 보인다. 위쪽 널빤지들에 균열이 가고 깨져 틈이 생긴 것이다. 그 틈을 통해 군데군데 물줄기가 쏟아져내린다. 더듬거리면서 주의를 기울이는데도 우리는 나뭇조각들이 쌓여 있는 곳에서 비틀거리고, 수직으로 세워진 측면의 두꺼운 버팀목에 부딪힌다.

이 끝없는 폐쇄 통로의 공기가 둔하게 진동한다. 이곳에 설치된 탐조등 장치 때문인데, 우리는 막 그 앞을 지나려는 참이다.

이 안에 갇혀 더듬거리며 나아간 지 십오 분이 지나자, 어둠과 습기에 지치고 알 수 없는 것에 지겹도록 부딪힌 누군가가 투덜거린다.

"알게 뭐람, 불을 켜야겠어!"

전기 램프에서 점 하나가 눈부시게 밝아진다. 곧바로 중사의 고함소리가 들린다.

"염병할! 어떤 머저리가 불을 켠 거야! 미쳤어? 이 개자식아, 지붕으로 다 보인다는 거 몰라?"

전기 램프는 물이 스미는 어두운 내벽들을 원주형으로 밝힌 뒤 어둠 속으로 되돌아간다.

"보이는 경우는 드물다고." 병사가 빈정거린다. "우리가 최전선에 있는 것도 아니잖아!"

"아! 안 보일걸!……"

그러자 대열에 끼어 앞으로 나아가던 중사가 다시 돌아섰는지, 가시돋친 말소리가 들려온다.

"머저리 같은 놈, 빌어먹을 놈 같으니!……"

그러다가 갑자기 다시 목소리를 높인다.

"또 누가 담배를 피우고 있어! 제기랄!"

이번엔 그가 멈춰 서려는데, 기를 쓰고 버텨봤자 소용이 없고, 욕설과 고함을 삼키고 괴로워하면서 금세 행군 물결에 휩쓸리고 만다. 그러는 사이 그를 격분하게 만든 담배는 조용히 사라진다.

*

급격하고 불규칙한 기계 소리가 두드러지고 열기가 우리 주위에서 짙어진다. 우리가 전진할수록 참호의 탁한 공기는 점점 더 진동한다. 모터의 진동이 우리의 귀를 연속적으로 강타하며 모두를 뒤흔든다. 열기도 심해지고 있다. 짐승의 숨결 같은 것이 우리의 면전에 훅 끼친다. 이처럼 은폐된 구덩이를 통해 우리는 지옥의 작업장 같은 혼란을 향해 내려가고 있는데, 칙칙하고 불그스레한 빛이 허리를 숙이고 있는 우리의 커다란 그림자의 윤곽을 희미하게 드러내면서 내벽을 붉게 물들이기 시작한다.

소음, 더운 바람 그리고 희미한 빛들이 악마처럼 점차 강해지는 가운데 우리는 그 불구덩이를 향해 간다. 귀가 멍멍하다. 이제는 마치 헤드라이트를 켜고 압도적인 모습으로 폭주하는 오토바이처럼, 모터가 지하 통로를 질주하는 것 같다.

우리는 반쯤 눈이 멀고 열기에 덴 채, 손잡이가 폭풍처럼 부르릉거리는 검은 모터와 붉은 화덕 앞을 지나간다. 거기 있는 몇몇 병사들의 움직임을 살펴볼 겨를조차 없다. 그 요란하고 격렬한 숨을 느끼자마자 우리는 숨이 막힐 지경이 되어 눈을 감아버린다.

이어서 소음과 열기는 뒤에서 맹위를 떨치다가 잦아든다…… 내 곁의 병사가 덥수룩한 수염 사이로 입을 열어 불평을 내뱉는다.

"그 멍청이, 내 램프 불빛이 보인다고 난리를 치더니!"

드디어 바깥이다! 하늘은 대지 쪽이 아주 조금 연해진 매우 짙은 푸른색을 띠고 있다. 우리는 이 진창 위를 힘겹게 걷는다. 신발 전체가 푹

푹 빠지고, 매번 발을 빼내느라 격심한 피로가 밀려온다. 밤이라 거의 아무것도 볼 수 없다. 그럼에도 구멍에서 나오며 넓어진 참호에 무질서하게 흩어져 있는 들보들이 눈에 띈다. 대피호 하나가 무너진 것이다.

그 순간, 관절이 있는 환상적이고 커다란 팔을 휘저어 허공을 비추던 탐조등이 우리 위에 멈춘다—우리는 땅에서 뽑힌 채 처박힌 들보와 부서진 골조가 뒤섞인 곳에 병사들이 가득 죽어 있는 광경을 본다. 바로 내 옆에는 무릎을 꿇고 있는 몸에 머리가 위태롭게 연결된 채 등쪽으로 늘어진 시체 한 구가 있다. 볼에 있는 검은 자국의 가장자리는 말라붙은 핏방울들로 삐죽삐죽하다. 또다른 시체는 팔로 말뚝을 감싸고 절반만 쓰러져 있다. 또하나는 포탄을 맞아 바지가 벗겨진 채 둥그렇게 몸을 웅크리고 허연 배와 허리를 드러낸 모습이다. 무더기 가장자리에 누워 통로 쪽으로 손을 뻗은 시체도 있다. 밤에만 사람들이 다니는 이곳에서—참호가 무너져 막힌 바람에 낮에는 접근할 수 없다—모두가 지나며 그 손을 밟는다. 탐조등의 불빛을 통해 나는 너덜너덜해지고 피골이 상접한 그 손, 엉망이 된 지느러미 같은 그 손을 분명히 보았다.

비는 맹렬하게 퍼붓는다. 빗소리가 모든 것을 압도한다. 끔찍하게 침통한 광경이다. 떨어지는 비가 살갗에도 느껴진다. 비는 우리를 벌거벗긴다. 다시 시작된 어둠과 폭풍이 뗏목 같은 이 네모진 땅에 표착해 매달린 시체들을 뒤섞는 사이 우리는 개방된 연락참호로 들어선다.

바람이 불자 우리 얼굴에 흐른 눈물 같은 땀이 얼어붙는다. 자정이 다 된 시간이다. 걸을수록 힘이 드는 진흙탕 속에서 전진한 지도 여섯 시간이 되었다.

지금쯤, 샹들리에가 찬란하게 반짝이고 램프들이 활짝 핀 꽃처럼 불을 밝히는 파리의 극장들, 사치스러운 흥분과 가볍게 떨리는 옷자락 그리고 축제의 열기로 가득한 저 극장들에선, 향기 나고 눈부시게 멋을 낸 많은 사람들이 말하고, 웃고, 미소 짓고, 박수를 치고, 밝은 표정을 지으며 공연이 교묘하고도 점진적으로 보여준 감정들에 기분좋게 감동하거나, 뮤직홀의 무대를 가득 채우는 군대식 피날레의 찬란함과 풍요로움에 한창 만족하고 있으리라.

"도착할 수는 있을까? 빌어먹을, 도착할 수는 있냐고!"

소총을 든 병사들, 삽이나 곡괭이를 든 병사들이 긴 행렬을 이루고 끝없이 쏟아지는 소낙비를 맞으면서 땅속 갈라진 틈에서 걸어나가며 신음을 토해낸다. 우리는 걷고 또 걷는다. 우리는 피로에 취해 좌우로 비틀거린다. 흠뻑 젖어 무거워진 채 우리처럼 축축한 흙더미에 어깨를 부딪히고 있다.

"정지!"

"도착한 거야?"

"아, 그래, 도착했다!"

그 순간 뒤로 물러나는 거센 움직임이 일어나 우리도 뒷걸음질치고, 웅성거리는 소리가 퍼진다.

"길을 잘못 들었나봐."

이 유랑민 무리가 혼란에 빠진 가운데 진상이 드러난다. 우리는 어느 분기점에서 길을 잘못 들어 이제 정확한 길을 되찾기는 매우 어렵게 된 것이다.

게다가 우리 뒤에 있던 무장한 부대가 전선으로 향하고 있다는 얘기가 입에서 입으로 퍼지고 있다. 우리가 택한 길은 사람들로 막혀 있다. 오도 가도 못한 채 발이 묶인 셈이다.

우리는 무슨 수를 써서라도 대호 같은 것을 뚫고 들어가 우리의 왼쪽에 있는 것으로 추정되는 참호로 돌아가야 한다. 기진맥진한 병사들은 신경질적인 몸짓을 보이며 격렬한 불평을 쏟아낸다. 몸을 질질 끌고 몇 걸음 가다가 이내 연장을 던져버리고는 걸음을 멈춘다. 군데군데 밀집한 병사 무리들—이들은 조명탄의 흰 불빛을 받아 어렴풋이 보인다—이 땅바닥에 주저앉는다. 부대는 잔인하게 쏟아지는 비를 맞으며 남북으로 길게 흩어져 기다리고 있다.

길을 잘못 든, 행군을 지휘하던 중위가 병사들 사이를 헤집고 우회로를 찾는다. 낮고 비좁은 연락참호가 뚫려 있다.

"바로 저기로 들어서야 해, 틀림없어." 장교가 서두르며 말한다. "자, 병사들, 전진!"

모두들 얼굴을 찌푸리면서 각자의 짐을 다시 든다…… 그러나 작은 대호로 진입했던 무리들이 일제히 저주와 욕설을 퍼붓는다.

"변소잖아!"

구역질나는 냄새가 자연 상태를 명백히 드러내며 연락참호에서 새어나온다. 안으로 들어갔던 자들은 멈춰 버티고 선 채 더이상 전진하기를 거부한다. 이 변소의 입구 앞에서 길이 막혀 우리는 떼밀리고 있다.

"들판으로 가고 싶어!" 병사 하나가 외친다.

하지만 비탈 위로는 섬광이 사방에서 하늘을 찢고 있고, 어두운 그림자들이 득시글거리는 이 구멍을 통해 보이는, 솟아오른 불꽃 다발이 하늘 높이 번쩍이는 광경이 너무나 끔찍하기에 아무도 이 미친 자의 말에 대답하지 않는다.

뒤로 되돌아갈 수는 없으니 좋든 싫든 이곳을 통과해야 한다.

"똥 속으로 전진!" 맨 앞에 선 자가 외친다.

우리는 구역감에 가슴이 조여오는 걸 느끼며 돌진한다. 악취를 견딜 수가 없다. 배설물 속을 걷는다. 흙이 뒤섞인 진창을 걸어도 질버덕한 배설물이 느껴진다.

총탄들이 날아오는 소리가 들린다.

"머리 숙여!"

연락참호가 별로 깊지 않기 때문에 죽지 않으려면 몸을 매우 낮게 숙인 채 점점이 흩어진 휴지를 짓밟으며 산더미 같은 분뇨를 뚫고 나아가야 한다.

마침내 우리는 아까 길을 잘못 들었던 연락참호로 되돌아온다. 다시 행군이 시작된다. 쉬지 않고 걷지만 결코 목적지에 닿지 못한다.

이제 참호 안쪽에 흐르는 물줄기가 우리의 발에 묻은 악취와 혐오스러운 똥덩어리를 씻어주고, 우리는 텅 빈 머리로 멍하고 어질어질한 피로감에 사로잡혀 말없이 배회한다.

요란하게 울리는 대포 소리가 점점 더 밭아지더니 결국은 단 한 번의 거대한 소리가 대지 전체를 울린다. 사방에서 발사되거나 폭발한 포탄의 광선이 빠르게 뻗어나가며 우리 머리 위의 검은 하늘에 어수선한 줄무늬들을 긋는다. 그리고 포격은 섬광이 끊이지 않을 정도로 간격이 조밀해진다. 우레 같은 소리가 연속적으로 울리는 가운데 물고기처럼 물기가 흥건한 철모들, 축축이 젖은 가죽들, 시커멓게 번뜩이는 철삽들 그리고 한없이 내리는 하얀 빗방울들까지 또렷이 보인다. 지금껏 이런 광경을 목도한 적은 없었다. 진정 대포를 쏘아 만든 달빛 같았다.

무수한 조명탄이 우리의 전선과 적의 전선에서 동시에 발사되고, 그것들은 성좌를 이루는 별들처럼 서로 뒤섞인다. 한순간 하늘의 골짜기에 나타난 조명탄들의 큰곰자리가 흉벽 사이로 보이고, 그것이 우리의 끔찍한 여로를 비춘다.

*

우리는 또다시 길을 잃었다. 이번엔 최전선 아주 가까운 곳이 틀림없는데, 땅이 함몰되어 이 인근의 벌판은 그림자로 뒤덮인 불명료한 분지가 되어 있다.

우리는 대호를 따라 한 방향으로 갔다가 다시 반대방향으로 간다. 마치 영화처럼, 빠르게 번쩍이는 대포 불빛을 통해 흉벽 위에서 두 들것병이 들것에 무언가를 싣고 참호를 건너뛰려 애쓰는 모습이 보인다.

적어도 작업반을 지휘해야 하는 장소만은 알고 있는 중위가 그들을 부른다.

“9번 연락참호가 어디에 있지?”

“모르겠습니다.”

대열 속에서 또다른 질문이 나온다. “독일군과는 얼마나 떨어져 있는 건가?” 그들은 대답하지 않는다. 두 사람은 자기들끼리 대화를 나눈다.

“나는 더 못 가.” 두 들것병 중 앞장선 자가 말한다. “너무 지쳤어.”

“자! 앞으로 가라고, 제기랄!” 다른 하나가 들것의 무게 때문에 양팔을 축 늘어뜨린 채 제자리에서 힘겹게 발을 절벙거리면서 퉁명스럽게 대꾸한다. "여기서 우물쭈물할 수 없다고."

그들은 참호 위쪽 가장자리의 불룩 튀어나온 흙벽 위에 들것을 내려놓는다. 우리는 그 아래쪽으로 지나가며 누워 있는 사람의 발을 본다. 들것 위에 내리는 비가 시커멓게 방울져 떨어진다.

"부상자인가?" 아래쪽에 있는 누군가 묻는다.

"아니, 죽었어." 들것병이 투덜댄다. "최소한 80킬로그램은 나가는 것 같아. 부상자라면 말도 안 해—이틀 밤낮으로 부상자들은 이송하지도 못하고 있다고—시체들을 끌고 다니느라 지쳐빠진다니, 불행한 일이야."

들것병은 비탈 가장자리에 서서 구덩이 반대쪽 비탈의 바닥 바로 위에 한쪽 발을 내디디더니 두 다리를 완전히 벌려 힘들게 균형을 잡은 뒤, 들것을 움켜잡고 그것을 건너편으로 옮기기 시작한다. 그는 동료를 불러 도와달라고 소리친다.

좀더 떨어진 곳에 후드를 쓴 장교가 몸을 숙이고 있다. 그는 얼굴에 손을 대고 있는데 소매에 금색 테두리 두 줄이 둘려 있다.

그가 곧 길을 알려줄 것이다, 그가…… 그런데 그가 먼저 묻는다. 자신이 찾는 포대를 보지 못했는지 우리에게 묻는다.

우리는 결코 도착하지 못하리라.

그럼에도 우리는 나아간다.

가느다란 말뚝 몇 개가 솟아 있는, 석탄처럼 시커먼 들판에 이른다. 우리는 그 들판으로 조용히 기어올라 흩어진다. 바로 이곳이다.

자리를 잡는 것도 간단치가 않다. 중대가 연락참호를 파야 하는 범위에 곡괭이 하나와 삽 둘로 이루어진 각 조가 일정한 간격으로 서야 하기 때문에 네 번이나 앞으로 갔다 뒤로 갔다 하며 위치를 조정한다.

"다시 세 걸음 앞으로…… 너무 갔다. 뒤로 한 걸음. 자, 뒤로 한 걸음이야, 너희들 귀먹었나?…… 정지!…… 거기야!……"

중위와 땅에서 불쑥 나온 공병 하사가 이와 같이 간격을 맞추는 작업을 지휘한다. 함께 혹은 따로 떨어져, 그들은 대열을 따라 날뛰고 돌아다니면서 때때로 사병들의 팔을 붙들고 때때로 얼굴에 대고 낮게 소리쳐 지도한다. 작업은 질서 있게 시작되었지만 지쳐 짜증이 난 사역병들이 이탈하는 바람에 점점 엉망이 된다.

"우리는 최전선보다 앞에 있어." 내 주위에 있는 누군가가 아주 낮은 목소리로 말한다.

"아니야, 그 바로 뒤에 있는 거야." 다른 이들이 웅얼거린다.

그런 건 알 수 없다. 행군중 몇몇 순간들보다는 덜하지만 비는 여전히 쏟아지고 있다. 그러나 비가 대수란 말인가! 우리는 땅바닥에 나자빠져버린다. 질컥한 진흙 위에 허리와 사지를 대고 드러누워보니 너무도 편해서, 우리의 얼굴에 따갑게 떨어져 우리의 몸을 떠받치는 스펀지 같은 바닥으로 흘러가는 비에는 개의치 않게 된다.

그러나 겨우 한숨 돌릴 시간뿐이다. 휴식 속에 파묻히도록 우리를 내버려두지 않는다. 쉬지 않고 전력을 다해 일해야 한다. 시간은 새벽 두시. 네 시간 뒤면 이곳에 머무르기엔 너무 밝을 것이다. 잠시도 지체해서는 안 된다.

"각자 길이 1.5미터, 너비 0.7미터 그리고 깊이 0.8미터를 판다." 이런 명령이 우리에게 떨어진다. "따라서 각 조는 길이 4.5미터를 파야 한다. 그러니 충고하는데, 열심히 일하라고. 빨리 끝날수록 빨리 가게 될 것이다."

이런 감언이설은 익숙하다. 연대의 역사상 땅파기 사역에서 적에게 발각되고 식별되어 파괴되지 않도록 작업지를 떠나야 할 시간보다 먼저 철수한 사례는 없다.

누군가 중얼거린다.

"그래, 그래, 알겠다고…… 우리한테 그런 말은 할 필요 없어. 괜히 애쓰지 말라고."

그러나—도저히 손댈 수 없을 정도로 곯아떨어져 잠시 후에 초인적으로 일하지 않으면 안 될 자들을 제외하고는—모두가 힘을 내어 작업을 시작한다.

우리는 새 전선이 될 땅의 가장 윗부분을 공략한다. 잡초 줄기로 뒤덮인 흙더미를 상대하는 것이다. 작업 시작 때는 일이 수월하고 신속하게 진행돼서—노지에서 하는 땅파기 작업이 으레 그렇듯—일이 곧 끝나 각자 자신의 구덩이에서 잠을 잘 수 있으리라는 환상을 품게 되고, 이로 인해 열정 같은 게 타오른다.

하지만 삽질 소리 때문인지, 아니면 질책에도 아랑곳없이 몇몇 병사들이 소리치다시피 떠드는 소리 때문인지, 우리의 소란에 신관이 발사되어 날카로운 소리를 내고 번쩍이는 선을 그리며 우리 오른쪽에 터진다.

"엎드려!"

모두가 쓰러지고, 신관은 시체들의 벌판 위에 거대하고 창백한 빛을 던져 퍼뜨린다.

신관이 꺼지자 여기저기서, 이어서 모든 곳에서, 꼼짝 않고 숨어 있던 병사들이 빠져나와 일어서서는 보다 신중하게 다시 일을 시작하는 소리가 들린다.

신관이 또하나 기다란 금빛 줄기를 분출하자, 줄지어 참호를 파던 자들이 쓰러진 채 꼼짝하지 않는 모습이 다시 한번 순간적으로 빛 속에 드러난다. 이윽고 신관이 또하나, 그리고 또하나 발사된다.

총탄이 우리 주위에서 대기를 찢는다. 고함소리가 들린다.

"부상자다!"

그는 전우들의 부축을 받으면서 지나간다. 부상자가 여러 명인 것 같다. 한 무더기가 된 병사들이 서로를 붙들고 떠나는 모습이 어렴풋이 보인다.

이곳은 위험해지고 있다. 우리는 몸을 낮추고 쭈그린다. 몇몇은 무릎을 꿇고서 흙을 긁어모은다. 다른 사람들은 바닥에 누운 채로 일을 하느라 애를 쓰는데, 마치 악몽을 꾸느라 몸을 뒤척이는 자들 같다. 표층은 걷어내기가 쉬웠는데 이제 땅은 끈적한 점토질이 되어 다루기가 힘들고 반죽처럼 연장에 달라붙는다. 삽질을 할 때마다 쇠로 된 삽머리를 긁어내야 한다.

파인 땅이 야트막한 기복을 이루며 넘실넘실 이어지고, 저마다 잡낭과 둘둘 말아놓은 외투 때문에 이 사면이 더욱 두드러지는 느낌이 들어 일제사격이 쏟아질 때면 이 얄팍한 그림자 더미 뒤로 몸을 웅크린다……

일을 하면 땀이 흐른다. 일을 멈추면 곧장 한기가 몸을 뚫고 들어온다. 따라서 우리는 피로가 주는 고통을 이겨내면서 일을 다시 시작하지 않을 수 없다.

아니다, 우리는 끝내지 못할 것이다…… 흙은 점점 더 무거워지고 있다. 마법이 우리에게 악착같이 달려들어 팔을 마비시키는 것 같다. 조명탄들까지 우리를 괴롭혀 우리는 오랫동안 움직이지 못한다. 그것들 각각이 빛을 발하면서 우리를 꼼짝 못하게 하고 사그라지면, 우리는 더욱 힘든 작업과 맞서지 않으면 안 된다. 우리가 고통스럽게 파내려가는 구덩이는 절망적이리만큼 더디게 깊어진다.

흙은 흐물흐물해지고, 삽질을 할 때마다 물이 떨어져 흐르고, 삽에 담긴 흙이 무력한 소리를 내면서 흩어진다. 마침내 누군가 소리를 지른다.

"물이다!"

이 소리가 땅파기 작업을 하는 자들의 대열을 따라 퍼진다.

"물이 나온대. 어쩔 도리가 없다고!"

"멜뤼송네 조가 깊이 팠는데 물이 나왔다는군. 늪에 이른 거야."

"할 수 없군."

우리는 당황해서 동작을 멈춘다. 속이 빈 무기처럼 삽과 곡괭이를 내던지는 소리가 어둠 속에서 들려온다. 하사관들은 지시를 받기 위해 더듬거리면서 장교를 찾는다. 군데군데 몇몇 병사들이 더이상 아무것도 바랄 것 없이, 조명탄의 빛 속에서 애무하는 비를 맞으며 달콤한 잠에 빠져 있다……

*

바로 이 순간—내가 기억하는 한—포격이 시작되었다.

첫번째 포탄이 대기를 둘로 찢는 듯 끔찍한 소리를 내면서 떨어졌고, 그것이 폭발하여 밤과 비의 장엄한 풍경 속에 갑자기 붉은 장막을 드리우고 사람들의 몸짓을 드러내며 분견대 병사들의 머리 위로 흙더미를 뿌릴 무렵, 이미 다른 포탄이 날아오는 소리가 우리 쪽으로 집중되고 있었다.

아마 조명탄으로 우리 위치를 확인하고 조준해 발포한 모양이다……

병사들은 자신들이 파놓은, 물이 고인 구덩이를 향해 돌진하여 안으로 굴러떨어졌다. 우리는 삽머리로 머리를 가린 채 구덩이 속으로 들어가 그 안에 몸을 담그고, 깊이 파묻혔다. 전후좌우 매우 가까운 곳에서 포탄들이 터졌기 때문에 우리는 각자 점토질의 지층 속에서 서로를 떠밀고 뒤흔들렸다. 이윽고 병사들로 가득하고 표면에는 삽들로 생채기가 난 이 음울한 도랑은 겹겹이 쌓인 연기와 쏟아지는 빛 속에서 단 하나의 끊이지 않는 진동으로 동요하고 있었다. 눈부신 들판에 포탄의 파편과 잔해가 사방으로 날아다니고 포성이 그물망을 그렸다. 몇 사람이 땅바닥에 얼굴을 댄 채 중얼거리던 말은 모두의 머릿속을 온통 차지하고 있던 생각이었다.

"이번엔 죽겠군."

내가 있는 곳의 조금 앞쪽에서 한 형체가 일어나 소리를 질렀다.

"가자!"

누워 있던 육체들이 수의 같은 진흙 바깥으로 몸을 반쯤 일으키자 그들의 사지에서는 진흙물이 가느다랗게 줄줄 흘러내렸고, 으스스한 유령 같은 그들이 소리를 질렀다.

"가자고!"

우리는 네발을 땅에 붙이고 기어갔다. 모두 뒤쪽으로 서로를 밀쳐댔다.

"전진! 자, 전진하라고!"

그러나 긴 대열은 꼼짝하지 않았다. 고함을 치며 미친듯이 애원해봐도 대열은 움직이지 않았다. 저쪽 끝에 있던 자들이 움직이지 않아 대열 전체가 꼼짝할 수 없었다.

부상자들이 마치 잔해들 위를 지나가듯 다른 사람들 위로 기어가며 중대 전체를 그들의 피로 물들였다.

마침내 우리는 분견대 후미가 움직이지 않는 이유를 알았다.

"저 끝에 탄막이 쏟아져."

감옥에 갇힌 듯한 기묘한 공포가 알아들을 수 없는 비명들, 벽에 갇힌 몸짓들과 뒤섞여 거기 있던 병사들을 사로잡았다. 모두 그 자리에 선 채 몸부림치며 외쳐댔다. 그러나 대충 파놓은 구덩이가 아무리 작다 해도, 지표면 바깥으로 몸이 비어져나가지 않게 해주는 이 구덩이에서 과감히 빠져나가 죽음을 피하려고 틀림없이 저쪽에 있을 참호 쪽으로 달아날 생각을 하는 자는 아무도 없었다…… 산 자들 위를 기어가는 것이 허용된 부상자들은 놀랍게도 위험을 무릅쓰고 그렇게 기어나가서는 번번이 총격을 받고 바닥으로 떨어지곤 했다.

말 그대로 비처럼 퍼붓는 포격이 비와 섞여 쏟아졌다. 병사들은 목덜미에서 발뒤꿈치까지 초자연적인 소란에 깊이 말려들어 떨고 있었다. 가장 흉측한 죽음이 아래로 떨어지다가 튀어오르더니 물결치는 빛을 받으며 바로 우리 주위에 내리꽂혔다. 그 파편이 사방에서 잡아 뜯듯 우리의 주의를 끌어당겼다. 육신은 끔찍한 희생을 각오하고 있었다! 우리를 무화無化시키는 감정이 너무도 강했기에, 그 순간 다만 우리가 떠올렸던 것은 이미 우리가 때때로 이런 일을 겪었다는 것, 이처럼 요란스럽게 타오르고 악취를 풍기면서 퍼붓는 포격을 당한 일이 있다는 사실뿐이었다. 포격의 한가운데서야 비로소 사람들은 이미 견뎌낸 포격들을 진정으로 기억해내는 법이다.

새로운 부상자들은 끊임없이 기어나가며 공포를 일으켰고, 그들과 접촉하기라도 하면 병사들은 한탄을 해댔다. 이런 말이 반복해서 들리는 것이었다.

"여기서 살아 돌아가지 못할 거야, 아무도 살아 돌아가지 못할 거라고."

갑자기 사람들이 밀집되어 있는 곳에 빈 공간이 생겼다. 군중이 뒤쪽으로 빨려가고 있었다. 길이 트인 것이다.

처음엔 기어서 가기 시작했지만, 곧이어 우리는 섬광이나 자줏빛 반사광으로 어른거리는 물과 진흙 속에서 몸을 숙인 채, 물에 잠겨 보이지 않는 울퉁불퉁한 바닥을 딛고 기우뚱하며 비틀거리기도 하고 넘어지기도 하면서 내달렸다. 우리 자신이 육중한 포탄인 양, 벼락을 맞아 뒤엎어진 땅 위에 쓰러지며 흙탕물을 튀기기도 했다.

우리가 파내기 시작했던 연락참호의 첫 부분에 이르렀다.

"참호가 없어. 아무것도 없어."

정말로 우리가 땅파기 작업을 시작했던 벌판에서 참호는 찾아볼 수 없었다. 보이는 것이라곤 신관들의 격렬한 날갯짓 때문에 거대하고 노호하는 사막이 되어버린 벌판뿐이었다. 참호를 지나친 거라면 틀림없이 그리 멀지 않은 곳에 있을 것이었다. 하지만 어느 쪽으로 방향을 잡아야 찾을 수 있단 말인가?

비는 더욱 거세졌다. 우리는 벼락을 맞은 듯한 낯선 곳의 가장자리에 모인 채 음울한 절망 속에서 잠시 주저하다가 패주하기 시작했다. 일부는 왼쪽으로, 일부는 오른쪽으로, 또 일부는 앞으로 똑바로. 조그맣게 사라져가던 무리는 귀를 찢는 뇌우 속에서 단 한 순간 모습을 드러냈다가, 타오르는 연기의 장막과 시커멓게 무너져내린 흙더미 속으로 뿔뿔이 흩어졌다.

*

머리 위의 포격은 줄어들었다. 포격은 우리가 아까 있었던 쪽에서 특히 거세졌다. 하지만 언제 다시 이쪽으로 방향을 틀어 모든 것을 가로막고 모든 것을 사라져버리게 할지 몰랐다.

비는 점점 더 억수같이 쏟아지고 있었다. 한밤중의 홍수였다. 어둠이 워낙 짙어 신관들도 물이 흘러 줄무늬를 이루는 참호들을 흐릿하게만 비출 뿐인데, 그 참호들 안에서는 유령 같은 그림자들이 당황하여 빙글빙글 돌거나 왔다갔다하고 있었다.

함께 있던 무리와 얼마 동안이나 배회했는지 모르겠다. 우리는 웅덩이 안으로 들어갔다. 긴장된 시선으로 앞쪽을 내다보며, 우리를 구원해 줄 비탈과 도랑을 찾아서, 어딘가 깊은 구렁 안에 항구처럼 자리잡고 있을 참호를 찾아 손으로 더듬어보듯 살펴나갔다.

마침내 전쟁과 자연의 소란을 뚫고 위안을 주는 소리가 들려왔다.

"참호다!"

그러나 이 참호의 사면이 꿈틀대고 있었다. 어수선하게 뒤얽힌 병사들이 참호로부터 빠져나오고 있는 모양이었다.

"거기 있지 마!" 도망하는 병사들이 소리를 질렀다. "오지 마, 가까이 오지 말라고! 무시무시해! 모든 게 무너지고 있다고. 참호들은 꺼지고 대피호들은 막히고 진흙이 사방으로 들어오고 있어. 내일 아침이면 참호는 흔적도 없을 거야. 이곳의 모든 참호들은 끝장났어!"

우리는 그곳을 떠났다. 어디로? 물을 줄줄 흘리면서 나타난 병사들이 곧장 어둠 속으로 사라져버리는 통에 우리는 그들에게 조그만 정보라도 물어보는 것을 잊고 말았다.

우리의 작은 무리도 그 참담한 광경 속에서 뿔뿔이 흩어졌다. 이제 누구와 함께 있는지도 몰랐다. 각자 나아갔다. 한 사람, 또 한 사람, 저마다 구조의 기회를 안고 어둠에 잠겨 사라졌다.

우리는 비탈들을 오르락내리락했다. 내 앞에 병사들이 몸을 숙이고 등을 굽힌 채 미끌미끌한 언덕을 기어오르는 모습이 어렴풋이 보이는데, 하늘에 번쩍이는 빛의 돔 아래 그들은 진흙 때문에 뒤로 끌려내려가고 비와 바람에 언덕에서 밀려나고 있었다.

곧 무릎까지 빠지는 늪으로 물러났다. 우리는 수영을 하는 듯한 소리를 내며 발을 매우 높이 쳐들고 걸었다. 앞으로 나아가려고 엄청난 노력을 기울였지만 크게 한 걸음 내디딜 때마다 불안해질 만큼 속도가 느려졌다.

죽음이 가까워지고 있음을 느낀 순간 우리는 늪을 가로지르는 점토 방파제 같은 것에 이르렀다. 이 가냘픈 작은 섬의 미끈거리는 등을 따라가는데, 눈 깜짝할 사이에 물렁하고 구불구불한 능선 아래로 떨어지지 않으려면 몸을 숙인 채 반쯤 묻혀 있던 시체 무리를 건드리며 나아가야 했던 기억이 난다. 어깨와 단단한 등짝, 헬멧만큼 차가운 얼굴, 그리고 아직까지 턱으로 힘주어 물고 있는 담배 파이프가 손에 닿았다.

그곳을 벗어나 고개를 살짝 들어보니 멀지 않은 곳에서 여러 목소리가 들려왔다.

"목소리가 들려! 아! 목소리!"

마치 우리의 이름을 부르는 듯한 부드러운 목소리였다. 우리는 한덩어리가 되어 다정함이 느껴지는 웅웅 소리 쪽으로 다가갔다.

말소리가 한결 또렷해졌다. 소리는 가까이에서, 마치 오아시스처럼 어른어른 보이는 언덕에서 들려왔지만 무슨 이야기를 하는지는 정확히 알 수가 없었다. 뒤죽박죽 뒤섞여 알아들을 수 없었다.

"도대체 뭐라고 하는 거야?" 우리 중 하나가 기묘한 어조로 물었다.

우리는 본능적으로 입구 찾는 일을 중단했다.

어떤 의심이, 무시무시한 생각이 엄습해왔다. 그 순간 또박또박한 독일어 몇 마디가 매우 선명하게 들려왔다.

"아흐퉁! 츠바이테스 게쉬츠…… 슈스……"*

이와 같은 전화 명령에 응답하여 뒤에서 대포가 발사되었다.

순간 우리는 경악과 공포에 사로잡혀 그 자리에 못박힌 듯 꼼짝하지

* 독일어로 '준비! 제2포…… 발사……'라는 뜻.

못했다.

"우리가 지금 어디에 있는 거지? 빌어먹을! 우리가 어디에 있는 거냐고!"

피로와 후회로 몸은 더욱 무거워졌지만, 어쨌거나 우리는 천천히 돌아섰다. 무수히 부상을 입은 듯 기진맥진하여, 적의 진영 쪽으로 이끌린 채, 차라리 이대로 죽어버리면 좋겠다는 생각을 물리칠 만큼의 에너지만 겨우 간직한 채 도망을 쳤다.

우리는 넓은 벌판 같은 곳에 도착했다. 거기서 멈추고는 다들 작은 언덕 가장자리의 땅바닥에 몸을 던졌다. 한 걸음도 더 나아갈 수가 없어 언덕에 몸을 의지했다.

어렴풋하게 보이는 전우들과 나, 모두가 더이상 움직이지 않았다. 비가 우리의 얼굴을 씻겨주었다. 우리의 등과 가슴을 타고 흘러내린 비는 무릎의 천으로 스며들어 신발에 가득 고였다.

날이 밝으면 우리는 죽임을 당하거나 포로가 될지도 몰랐다. 그러나 우리는 아무것도 생각하지 않았다. 더이상 아무것도 할 수 없었고, 아무것도 알지 못했다.

24장
새벽

쓰러진 장소에서 우리는 날이 밝아오기를 기다린다. 얼어붙은 아침이 칙칙하고 을씨년스럽게 조금씩 밝아오더니 너른 잿빛 대지 위에 번져간다.

내리던 비는 이제 그쳤다. 이제 하늘에선 비의 흔적도 보이지 않는다. 뿌연 거울 같은 물웅덩이들이 자리한 납빛 벌판은 밤뿐만 아니라 바다에서도 빠져나온 모습이다.

반쯤 졸거나 선잠이 든 채로, 때로는 두 눈을 떴다가 지쳐서 다시 감으며, 마비되고 기진맥진하고 추운 상태에서—우리는 광명이 다시 시작되는 경이로운 광경을 지켜본다.

참호들은 어디에 있을까?

커다란 물웅덩이들과, 이 웅덩이들 사이를 지나는, 흐르지 않는 젖빛 물줄기들이 눈에 띈다.

물은 생각했던 것보다 훨씬 더 많다. 물이 모든 것을 차지하며 도처에 넘쳐흐른다. 간밤에 병사들이 했던 예측은 사실이 되었다. 더이상 참호는 없고, 참호들은 침수되어 운하를 이룬 것이다. 모든 곳이 범람했다. 전쟁터는 잠을 자고 있는 게 아니라 죽어버렸다. 저쪽 어딘가에서 삶은 아마 계속되고 있을 테지만 거기까지 보이지 않는다.

나는 환자처럼 힘겹게 반쯤 몸을 일으켜 이 모든 것을 바라본다. 외투가 끔찍한 짐이 되어 나를 옥죄고 있다. 내 옆에는 괴물 같은 꼴을 한 세 사람이 있다. 그중 한 사람—진흙을 엄청난 등딱지처럼 뒤집어쓴 파라디인데, 탄약갑을 찬 허리띠 부근이 부풀어올라 있다—도 몸을 일으킨다. 다른 사람들은 잠에 빠져 아무런 움직임도 없다.

그런데 이 침묵은 무엇일까? 놀라울 정도로 조용하다. 물속에 흙덩이가 떨어지는 소리가 이따금 나는 것을 제외하곤 세상의 이 비현실적인 마비 상태 속에 아무런 기척이 없다. 사격소리도 들리지 않는다…… 포탄이 터지지 않으니 포격도 없는 모양이다. 날아오는 총알도 없는 것은, 어쩌면 사람들이……

사람들, 사람들은 어디에 있는 걸까?

조금씩 그들이 보인다. 우리와 멀지 않은 곳에 머리끝부터 발끝까지 진흙으로 뒤덮여 거의 사물처럼 변한 모습으로 쓰러져 자고 있는 자들이 있다.

좀 떨어진 곳에도, 반쯤 물에 잠긴 둥그스름한 비탈을 따라 달팽이

들처럼 쭈그리고 붙어 있는 다른 병사들이 보인다. 마치 나란히 줄지어 놓인 채 움직이지 않는 투박한 뭉치나 짐덩어리 같다. 흙투성이가 된 흙빛 몸에서는 물과 진흙이 방울져 뚝뚝 떨어지고 있다.

나는 침묵을 깨뜨리려 애쓴다. 입을 열어, 나와 마찬가지로 그쪽을 바라보고 있는 파라디에게 말을 건다.

"저들은 죽은 건가?"

"좀 이따가 확인해보러 가자고." 그는 낮은 목소리로 말한다. "여기 조금만 더 있다가. 조금 뒤면 보러 갈 용기가 생기겠지."

우리는 서로를 바라보고는 이곳에 와 쓰러진 자들에게로 눈길을 돌린다. 너무도 핼쑥해서 더이상 얼굴이라 할 수도 없다. 더럽고 움푹하고 멍든 무언가의 위쪽에 핏빛이 된 두 눈이 달려 있는 것 같다. 처음부터 서로의 온갖 모습을 봐왔음에도 우리는 서로를 더이상 알아보지 못한다.

파라디는 고개를 돌려 다른 곳을 바라본다.

갑자기 그가 전율에 사로잡힌다. 그는 진흙 더께가 진 거대한 팔을 뻗친다.

"저기…… 저기 봐……" 그가 말한다.

가늘고 깊이 팬 땅 한가운데에 있는 참호로부터 넘쳐나오는 물 위에 둥그런 암초들이 떠다니고 있다.

우리는 그곳까지 몸을 질질 끌고 간다. 익사자들이다.

그들의 머리와 팔은 물속에 잠겨 있다. 석회질 액체 표면에 장비의 가죽과 함께 그들의 등이 비쳐 보인다. 푸른 천으로 된 그들의 긴 웃옷은 부풀어 있고, 불어터진 다리에 비뚜름하게 달려 있는 두 발은 마치 풍선을 부풀려 만든 인형의 무정형 다리에 맞춘 둥그렇고 검은 발 같다. 물속에 잠긴 머리의 머리털은 수초처럼 곧게 뻗쳐 있다. 수면에 떠오른 얼굴이 하나 보인다. 머리는 기슭에 닿아 있고 몸뚱이는 무덤 같은 혼탁한 물속에 잠겨 있다. 얼굴은 하늘을 향해 있다. 두 눈은 하얀 구멍이고 입은 검은 구멍이다. 노랗게 부푼 피부는 식은 밀가루 반죽처럼 물렁하고 주름져 있다.

이곳에 있던 초병들이다. 그들은 진흙에서 빠져나올 수가 없었던 것이다. 물이 가득하고 미끈거리는 급경사면의 구덩이에서 벗어나기 위한 그들의 모든 노력은 숙명적으로 그들을 더더욱 바닥으로 끌어당길 뿐이었다. 그들은 무너져내리는 흙더미에 매달린 채 죽었다.

우리의 최전선이자 독일군의 최전선인 이곳에서 양쪽 모두 침묵하며 물속에 잠겨 있다.

우리는 그 물렁물렁한 잔해들로 다가간다. 우리의 기세등등한 마지막 공격이 멈춰야 했던 직후, 그 끔찍한 어제만 해도 공포의 지대였던 그곳 중심으로 이동하는 것이다—일 년 반 전부터 총알과 포탄이 끊임없이 공간을 누벼왔고, 최근에는 지평선 양끝을 가로지르고 억수같이 몰아치며 광적으로 교차하던 그 지대로.

이제는 기이한 휴식의 들판이 되었다. 지면은 여기저기 잠들어 있는 존재들, 혹은 팔 하나를 뻗거나 머리를 쳐들고는 조용히 들썩이면서 되살아나거나 죽어가는 존재들로 얼룩져 있다.

적의 참호는 진흙이 그득한 커다란 골짜기와 늪이 되어 가라앉아버린 듯, 웅덩이와 우물이 일렬로 늘어선 모양새가 되었다. 아직도 튀어나와 있는 참호 가장자리를 따라 군데군데 아직도 떠내려가며 흩어지는 것들이 보인다. 한군데, 몸을 숙여 참호를 내려다볼 수 있는 곳이 있다.

현기증을 일으키듯 빙빙 도는 진흙탕 속에 시체는 보이지 않는다. 하지만 시체보다 더 고약하고 돌처럼 푸르스름한 팔 하나가, 내벽에 난 구멍으로 뿌연 물속에 희미하게 드러나 있다. 이 사람은 대피호에 묻혀 팔을 뻗어올릴 시간밖에 없었던 것이다.

바로 옆, 이 좁고 깊은 구덩이의 내벽 잔해 위에 늘어서 있는 흙무더기들이 인간들이라는 사실을 우리는 알아차린다. 죽은 것일까? 잠을 자고 있는 것일까? 우리는 알지 못한다. 어쨌든 그들은 쉬고 있다.

독일인들일까, 프랑스인들일까? 우리는 알지 못한다.

그들 가운데 하나가 눈을 뜨고는 머리를 흔들면서 우리를 쳐다본다. 우리는 그에게 묻는다.

"프랑스인인가?"

그러고 나서 독일어로 다시 묻는다.

"도이치?"

그는 대답하지 않는다. 다시 눈을 감고는 탈진 상태로 돌아간다. 그가 누구인지, 우리는 결코 알지 못했다.

우리는 이들의 신분을 확인할 수 없다. 진흙을 두껍게 뒤집어쓴 그들의 옷으로도, 그들의 모자로도 말이다. 그들은 머리에 아무것도 쓰고 있지 않거나, 물을 뚝뚝 떨어뜨리며 악취를 풍기는 방한모 밑에 양모로 머리를 감싸고 있다. 무기로도 확인할 수 없다. 그들은 소총을 지니고 있지 않고, 그들의 손이 스친 것은 물고기처럼 끈적끈적하고 형체가 불분명한 덩어리일 뿐이다.

힘이 다 빠져 말과 의지도 잃고 시체 같은 얼굴을 하고서 우리의 앞뒤에 포진하고 있는 이 모든 사람들, 흙을 뒤집어쓰고서 마치 매장된 것 같은 이 모든 병사들은 모두가 벌거벗은 양 서로 닮아 있다. 그 무서운 어둠 속, 이쪽에서도 저쪽에서도 비참과 오물이라는 똑같은 옷을 입은 유령들이 나타난다.

모든 것이 끝난 것이다. 한순간이나마, 전쟁의 엄청난 정지이자 웅대한 중단이다.

한때 나는 전쟁에서 최악의 지옥은 포탄들의 불꽃이라고 생각했고, 그다음에는 끝없이 좁아지는 지하 통로에서의 숨이 막힐 듯한 느낌이라 생각했다. 그러나 아니다, 지옥은 물이다.

바람이 일기 시작한다. 차가운 바람의 얼어붙은 숨결이 우리의 피부를 훑고 지나간다. 시체들로 얼룩져 녹아내리는 파괴당한 저 들판, 구불구불한 물웅덩이 사이사이에, 파충류처럼 뒤엉킨 채 꼼짝 않는 병사들이 이룬 작은 섬 사이사이에, 부서지고 무너져내리는 혼돈을 배경으로 가볍게 꿈틀대는 윤곽이 드러난다. 몇몇 무리가 군데군데 끊어진 긴 행렬을 이루며 움직이는 모습이 보이는데, 이들은 진흙탕 덧옷의 무게에 짓눌려 몸을 구부린 채 질질 끌고 나가다가 뿔뿔이 흩어져 하늘 저 멀리 흐릿한 반사광 속에서 우글거린다. 새벽이 너무 고약해 마치 이미 날이 저문 것 같다.

이 생존자들은 그들을 탈진시키고 공포에 떨게 만드는, 형언할 수 없는 거대한 불행에 쫓겨 황량한 평원을 가로지르고 있다—애처롭다. 몇몇은 여전히 흙투성이인 채 달아나느라 반쯤 나체가 되어 있는데, 그 모습이 분명히 드러나자 극적으로 기괴해 보인다.

지나가면서 주변에 눈길을 던지던 그들은 이쪽을 응시하다가 우리가 병사들임을 확신하고는 바람 속에서 말한다.

"저쪽은 여기보다 상황이 더 안 좋아. 병사들이 구덩이에 빠졌는데 끌어낼 수가 없어. 지난밤 포탄 구덩이 가장자리에 발을 디뎠던 자들은 모두 죽었지…… 저쪽, 우리가 떠나온 곳에 가면 머리는 땅에 묻힌 채 팔만 흔들어대는 이들이 보인다고. 군데군데 방책이 놓여 생긴 길에 구멍이 생겼는데, 그게 아주 사람 잡는 함정이야. 방책이 없는 곳에는 물이 2미터나 차 있어…… 그놈의 소총! 소총도 건질 수가 없었어. 저들을 보라고. 저들을 끌어내려고 외투 아랫부분을 완전히 잘라냈다니까—주머니가 아까워도 어쩔 수 없었지—그 무게조차 잡아당길 힘이 없기도 했고 말이야…… 뒤마에게서 벗겨낸 외투는 40킬로그램은 족히 나갔다고. 둘이서 양손으로 겨우 벗겨냈다니까…… 저기, 맨다리를 드러낸 저 친구 좀 봐. 그의 바지며 팬티며 신발이며 모든 것을—흙이 그 모든 것을 벗겨버린 거야. 이런 일은 정말 본 적이 없어, 결코 본 적이 없다고."

낙오자들은 또다른 낙오자들을 끌고 가느라 이리저리 흩어져, 흙바닥에서 육중한 진흙 뿌리를 뽑아내듯 걸으며 공포에 전염된 채 달아난다. 한바탕 이들 병사들이 멀어져가며 거대한 옷에 둘러싸인 그들의 덩어리가 점점 작아진다.

우리는 일어선다. 서 있으니 얼음장 같은 바람에 우리는 나무처럼 떤다.

우리는 종종걸음으로 걷는다. 두 병사가 어깨를 맞대고 서로의 목을 팔로 감은 채 이상하게 뒤얽혀 덩어리를 이룬 모습이 언뜻 보인다. 서로를 붙들고 죽음으로 끌려가던 두 전사가 몸을 맞잡고 있는 형국, 영원히 서로를 놓아줄 수 없다는 뜻일까? 아니다, 그들은 서로에게 기대어 잠을 자고 있다. 흙 위에 누우면 무너져내릴 것 같아 서로에게 몸을 기대고 상대의 어깨를 움켜잡고는 무릎까지 진흙 속에 빠진 채 잠든 모양이다.

우리는 움직이지 않는 그들을 가만히 두고서, 인간의 초라함을 보여주는 이 쌍둥이상으로부터 멀어져간다.

얼마 가지 않아 우리는 멈춰 선다. 우리의 힘을 너무 과신했던 것이다. 우리는 아직 달아날 수 없다. 아직 끝난 게 아니다. 우리는 진흙덩어리를 던지는 소리를 내며 다시 진창 구석에 쓰러진다.

우리는 눈을 감는다. 가끔씩 눈을 뜬다.

사람들이 비틀거리며 우리 쪽으로 온다. 우리에게 몸을 숙인 채 지치고 낮은 목소리로 이야기를 하고 있다. 그들 가운데 하나가 말한다.

"지 진트 토트. 비어 블라이벤 히어."*

다른 사람이 한숨처럼 "그래" 하고 대답한다.

그러나 그들은 우리의 움직임을 알아차린다. 그러자 곧바로 우리들 앞으로 다가온다. 병사 하나가 억양 없이 우리에게 말한다.

"항복한다." 그가 말한다.

그러고서 그들은 움직이지 않는다.

---

* 독일어로 '이들은 죽었어. 이곳에 머물자고'라는 뜻.

그들은 곧 완전히 쓰러진다—안심한 것이다. 마치 고통이 끝났다는 듯 그들 가운데 하나가 야만인처럼 진흙으로 그림이 그려진 얼굴에 어렴풋한 미소를 지어 보인다.

"여기에 머물러도 돼." 파라디가 둔덕에 머리를 기댄 채 고개를 움직이지 않고 그에게 말한다. "원한다면 좀 이따 우리와 함께 가도 되고."

"그러지." 독일 병사가 말한다. "이제 지긋지긋해."

우리는 대꾸하지 않는다.

그가 말한다.

"다른 사람들도 말인가?"

"그래." 파라디가 말한다. "원한다면 얼마든지 있으라고."

그들 네 명 모두가 땅에 눕는다.

그중 하나가 헐떡거리기 시작한다. 마치 흐느끼며 노래하는 것 같다. 그러자 다른 병사들이 반쯤 몸을 일으키더니 무릎을 꿇고서 그를 둘러싼 채 검댕으로 얼룩덜룩한 얼굴 위의 커다란 눈을 굴린다. 우리는 몸을 일으켜 그 장면을 바라본다. 하지만 헐떡거리는 소리는 잦아들고 그 커다란 육체에서 작은 새처럼 유일하게 요동치던 거무스름한 목도 움직임을 멈춘다.

"에어 이스트 토트."* 병사 하나가 말한다.

그는 울기 시작한다. 다른 이들은 다시 자리를 잡고 잠을 청한다. 울던 자는 울면서 잠든다.

몇몇 병사들이 술에 취한 사람들처럼 발을 헛디디거나, 갑자기 멈추

* 독일어로 '죽었어'라는 뜻.

어 움직이지 않거나, 혹은 벌레들처럼 미끄러지면서 우리가 이미 눌러앉은 이 우묵한 곳까지 왔고, 그리하여 우리는 공동의 구덩이에서 뒤얽혀 잠이 든다.

*

우리는 잠에서 깨어난다. 파라디와 나는 서로 마주본 채 생각한다. 악몽에 빠져들듯이, 우리는 햇빛과 삶 속으로 다시 들어산나. 눈앞에 둥그스름한 언덕이 희미하게 솟아 있는 처참한 벌판, 물이 선과 점을 이루며 반짝이고 군데군데 녹이 슨 강철 벌판이 다시 태어난다—그리고 광대한 저 벌판엔 파괴된 육신들이 오물처럼 여기저기 흩어진 채 호흡하거나 썩어가고 있다.

파라디가 말한다.

"이게 전쟁이야."

"그래, 바로 이런 거야, 전쟁이란." 그는 멀리서 들려오는 듯한 목소리로 되풀이해 말한다. "다른 게 아니라고."

그는 이렇게 말하고 싶은 것이다. 나 또한 이해한다.

'열병식을 닮은 돌격보다, 깃발처럼 눈앞에 펼쳐지는 전투보다, 심지어 고함을 지르면서 정면으로 맞붙는 병사들의 드잡이보다 더, 이 전쟁이라는 것은 끔찍하고도 초자연적인 피로이고, 배때기까지 차오른 물이며, 진흙과 똥이고, 혐오스러운 오물이다. 전쟁은 게걸스러운 대지 위를 떠다니는, 더이상 시체라 할 수조차 없는 시체들이고, 곰팡이 핀 얼굴들이며, 누더기가 된 살들이다. 전쟁은 때때로 강렬한 참극에 의해서만 멈춰지는 무한히 단조로운 참담함이지, 은처럼 반짝이는 총검도, 태양 아래 노래하는 진군 나팔소리도 아니다!'

이런 생각에 빠져 있던 파라디는 어떤 추억을 되씹으며 투덜거렸다.

"자네 기억하지, 얼마 전 우리가 산책을 나갔던 도시에서 만난 그 순진한 여자는 감탄하면서 공격에 대해 이렇게 말했지. '틀림없이 멋지겠죠!……'"

배를 바닥에 대고 외투처럼 납작하게 엎드려 있던 한 경보병이 어둠 속에 잠겨 있던 머리를 쳐들고는 외쳤다.

"멋지다니! 아! 염병할!

마치 암소가 이렇게 말하는 것 같군. '라 빌레트 도살장에서 그 수많은 소들이 죽음을 향해 떼밀리는 모습은 틀림없이 멋질 거야!'"

짐승처럼 흙투성이 얼굴을 한 그는 더러운 입에서 진흙을 뱉어냈다.

"'어쩔 수 없잖아요'면 또 몰라." 그는 떠듬떠듬 이상한 목소리로 중얼거렸다. "그건 좋다고. 하지만, 멋지다고? 아! 염병할!"

그는 이 생각에 맞서 싸웠다. 그리고 소란스럽게 덧붙였다.

"그들은 그런 식으로 말하면서 우리가 피를 흘릴 때까지 아랑곳하지 않는다고!"

그는 재차 진흙을 뱉어내지만 화를 내느라 진이 빠진 탓에 진흙탕 속으로 쓰러져 자기가 뱉어낸 침 속에 머리를 다시 처박았다.

*

파라디는 생각에 사로잡힌 채 드넓게 펼쳐진 형언할 수 없는 광경을 빤히 바라보며, 손을 흔들어대면서 같은 말을 반복했다.

"바로 이런 거야, 전쟁은…… 그리고 곳곳이 전쟁이지. 우리들은 무엇이고, 이건 뭐란 말인가? 아무것도 아니지. 보이는 건 그저 극히 작은 일부일 뿐이야. 오늘 아침 이 세상에는 3천 킬로미터에 걸쳐 우리와 똑같이 불행한 자들, 아니면 대략 비슷하거나 더 고통받는 자들이 있다고."

"그리고," 우리 옆에 있던 전우—목소리를 듣고도 우리는 그가 누구인지 알 수 없었다—가 말했다. "내일 또다시 시작되고 말이지. 그저께도, 그리고 그전의 다른 날들부터 시작되었던 일이니까!"

경보병이 땅에서 마치 흙을 찢어발기듯 힘들게 몸을 빼내더니, 물기가 스며나오는 관 같은 그 구덩이 안에 앉았다. 그는 눈을 깜박이고 고개를 흔들어 진흙으로 뒤덮인 얼굴을 털고는 말을 이었다.

"이번에도 빠져나갈 수 있어. 어쩌면 내일 빠져나갈 수 있을지도 모르지! 누가 알아?"

파라디는 카펫 같은 부식토와 진흙의 무게에 못 이겨 등을 구부린 채, 상상할 수 없을 정도로 놀랍고 시공간으로 측량할 길이 없는 전쟁의 인상을 표현하고자 애썼다.

"이 모든 전쟁에 대해 이야기해봤자 아무것도 말하지 않는 거나 마찬가지야." 그는 큰 소리로 자신의 생각을 이야기했다. "전쟁은 말문을 막아버리지. 우리는 여기서, 눈먼 사람들처럼 그걸 바라보고 있을 뿐이야……"

낮은 목소리 하나가 조금 멀리 떨어진 곳에서 크게 들려왔다.

"그래, 맞아, 상상조차 불가능하지."

이 말에 갑작스러운 웃음이 터져나왔다.

"우선 전쟁을 경험하지도 않고 어떻게 상상할 수 있겠어?"

"미치광이가 되어야 할 거야!" 경보병이 말했다.

파라디는 자신의 곁에 누워 있는 덩어리 쪽으로 몸을 숙였다.

"이봐, 자고 있나?"

"아니, 하지만 움직일 수가 없군." 진흙이 두껍게 덮여 있는데다 너무 울퉁불퉁해 발로 다져진 듯한 흙더미에 깔린 채, 억눌리고 공포에 사로잡힌 목소리가 횡설수설했다. "있잖아, 내 배가 터져버린 것 같아. 확실하지는 않은데 볼 엄두가 나지 않는군."

"내가 봐줄까……"

"아직은 아니야." 그가 말했다. "이대로 좀더 있고 싶어."

다른 사람들은 팔꿈치를 괴어 몸을 질질 끌고, 자신들을 짓누르는 질척하고 끔찍한 덮개를 내던지며 철벌철벅 몸을 조금씩 움직인다. 내리막 벌판이 이루는 거대하고 들쭉날쭉한 늪 위로 아직 해가 떠오르지 않았음에도, 무더기로 모여 있는 수형자들 사이에서 추위로 인한 마비는 조금씩 풀려가고 있다. 날은 아직 밝지 않고, 비탄이 계속되고 있다.

종소리처럼 슬프게 이야기하고 있던 자가 말했다.

"말해도 소용없을 거야, 사람들이 믿지를 않을 테니. 심술이 고약하거나 애정이 없어서가 아니라, 믿을 수 없으니 말이야. 네가 살아남아 한마디 할 수 있게 되어 나중에 이렇게 말한다고 쳐보라고. '우리는 밤에 작업을 하다가 포격을 당했는데 간신히 파묻히지는 않았지.' 그러면 사람들은 '아!' 하고 반응할걸. 어쩌면 이렇게 말할 수도 있겠지. '그 위험한 상황에서 장난도 못 쳤겠는걸.' 그게 다야. 아무도 모를 거야. 우리 자신밖에는."

"아니야, 우리 자신도 알지 못해, 우리 자신도 말이야!" 누군가가 외쳤다.

"내 생각도 그래. 우리는 잊어버릴 거야, 우리는…… 우리는 이미 잊고 있다고, 이 친구야!"

"너무 많이 겪었으니까!"

"겪는 일마다 모두 너무 심했어. 머리가 그런 걸 어떻게 견디겠냐고…… 사방으로 새어나가지. 우리 머리는 너무 작다고."

"조금은 잊어버리지! 네가 말한, 그 헤아릴 수 없는 엄청난 비참함이 얼마나 지속되었는지도 잊고. 그뿐만이 아냐. 하늘에선 공격의 강도가 점점 더 거세지는데, 행군을 하느라 대지에 끊임없이 생채기를 내면서 우리 발은 상하고 뼈가 닳고, 자기 이름조차 잊을 정도로 피로는 극에 달하고, 제자리걸음과 정체 상태에 지치고, 힘의 한계를 벗어나는 작업에, 밤에는 사방에 가득한 적을 염탐하느라 졸음과 싸우며 끝없이 보초를 서야 하고—그리고 오물로 가득하고 이가 들끓는 베개까지. 게다가 포탄과 기관총이 동원되는 더러운 수작들, 지뢰, 독가스, 역습도 잊어버려. 그 순간 병사들은 현실에 대한 흥분에 휩싸이는데, 그럴 수밖에 없지. 하지만 이 모든 것은 우리 내부에서 흐릿해지고 사라져 우리는 그 모든 일이 어떻게 벌어졌는지, 어디서 벌어졌는지도 잊어버리고 남는 것은 마치 공보에 적힌 듯한 이름과 말들뿐이지."

"맞는 말이야." 병사 하나가 머리를 불순물에 처박은 채 움직이지 않고 맞장구를 친다. "휴가를 받았을 때, 난 그 이전의 삶 중 많은 것들을 망각했다는 것을 깨달았어. 마치 책을 펴 읽듯이 내가 보낸 편지들을 다시 읽어봤지. 하지만 **그럼에도 불구하고**, 난 전쟁에서의 고통을 망각하고 말았어. 우리는 망각 기계야. 인간들이란 조금 생각하고, 대체로 잊어버리는 것들이라고. 이것이 우리의 모습이야."

"누구나 그래! 불행한 일은 대체로 잊어버리기 마련이라고!"

이런 생각을 하니 더 큰 불행이 다가오기라도 할 듯 사람들은 의기소침하여 홍수 속 모래톱 위에서 낙담했다.

"아! 인간들이 기억할 수 있다면 좋을 텐데!" 누군가 소리쳤다.

"기억할 수 있다면 더이상 전쟁은 없을 거야!" 다른 이가 말했다.

세번째 사람이 훌륭하게 덧붙였다.

"그래, 인간들이 기억할 수 있다면, 전쟁이 지금보다는 덜 무용하겠지."

그런데 갑자기 누워 있던 생존자 가운데 하나가 무릎을 꿇으며 몸을 일으키더니 진흙투성이 팔을 흔들어 턴 뒤, 커다란 박쥐 같은 시커먼 모습으로 거칠게 소리를 지른다.

"이 전쟁 다음엔 더이상 전쟁이 벌어져서는 안 돼!"

이 진창 구석에서 우리는 여전히 쇠약하고 부자유스러운 몸으로 세찬 바람을 맞고 있었는데, 바람이 너무도 거칠고 강해서 지표면이 난파선처럼 흔들리는 듯했다. 그때 그 병사의 날아오를 듯한 외침에 한뜻의 목소리들이 깨어났다.

"이 전쟁 다음엔 더이상 전쟁이 벌어져서는 안 돼!"

흙투성이 몸으로 대지에 묶여 있는 이 인간들의 음울하고 격분에 찬 외침들은 날갯짓처럼 바람을 타고 떠올랐다.

"더이상 전쟁은 안 돼, 더이상은 안 된다고!"
"그래, 진절머리가 난다고!"

"무엇보다 너무도 어리석어…… 너무도 어리석다고." 그들은 중얼거렸다. "이 모든 것, 말로 표현할 수조차 없는 이 모든 것이 결국 대체 무슨 의미가 있나!"

그들은 넝마 같은 음산한 얼굴로, 빙하 같은 것 위에서 영역을 다투는 야수들처럼 으르렁대고 있다. 너무나 커다란 불만에 그들은 숨이 막힐 지경이다.

"우리는 이렇게 죽으려고 태어난 게 아니야. 살기 위해 태어났다고!"

"남자들은 남편이 되고 아버지가 되기 위해 태어난 거지—남자들은 말이야!—짐승처럼 서로를 쫓고 서로 목을 베고 악취를 풍기기 위해 태어난 게 아니란 말이야."

"사방 여기저기 모두가 짐승이야. 사납거나 죽어버렸거나 다들 짐승들이지. 보라고, 보라니까!"

……더러운 물로 인해 색깔도 윤곽도 굴곡도 잠식되어버리고, 오물의 공격을 받아 그 형태가 잘게 부스러진 채 말뚝과 철조망과 으스러진 버팀목의 잔해들 사이로 사방으로 흘러내리는 끝없는 들판의 모습을 나는 결코 잊지 못하리라—그리고 무엇보다, 스틱스강*과 같이 어둡고 광대한 그 들판에서 갑자기 이 남자들을 광기로 뒤흔들기 시작한 그 전율하는 이성과 논리와 순수함을 결코 잊지 못하리라.

* 그리스 로마 신화에서 이승과 저승의 경계를 흐른다는 강.

그들은 이런 생각에 괴로워한다. 즉 지상에서 저마다 인생을 누리며 행복하고자 노력하는 것은 하나의 권리이자 의무이고—나아가 하나의 이상이자 미덕이라는 생각. 또 사회생활은 오로지 각자의 내적 삶을 더 수월하게 만들어주기 위한 것뿐이라는 생각 말이다.

"살아야 해!"

"우리는! 너도…… 나도……"

"더이상 전쟁은 안 돼. 아! 안 돼…… 너무 어리석다고! 아니, 그 이상이지. 이건 너무……"

그 어렴풋한 생각들, 조각나고 흩어진 중얼거림 사이로 한마디 말이 울려퍼진다…… 진흙으로 뒤덮인 이마 하나가 솟아올라 보이는가 싶더니, 지면 높이에 닿은 입으로 누군가 이런 소리를 내뱉는다.

"두 군대가 서로 싸운다는 건 결국 하나의 대군이 자멸하는 것이나 다름없어!"

*

"하여간, 이 년 동안 우리는 어떤 존재였나? 믿을 수 없을 정도로 가련하고 불행한 자들일 뿐 아니라 미개인, 짐승, 강도에다가 더러운 자식들이야."

"그보다 더하지!" 이렇게밖에 자기 생각을 표현할 수 없는 자가 우물거린다.

"맞아, 나도 인정해!"

피로로 고문당하고 비로 채찍질당하며 밤새 천둥소리에 동요했던 병사들, 화산과 홍수로부터 벗어난 이들은 아침나절의 황량한 휴전 속에서, 정신적으로도 육체적으로도 끔찍한 이 전쟁이 얼마나 상식을 유린하고 위대한 사상을 타락시키며 온갖 범죄를 야기하는지를 확인하고 있었다—그뿐만 아니라 전쟁이 얼마나 그들 내부에서, 그리고 그들 주변에서 단 한 사람도 예외 없이 온갖 나쁜 본능을 표출시켰는지도. 사디즘에 이를 정도의 사악함, 잔인함이 드러날 정도의 이기주의, 광기에 이를 정도의 향락 욕구 따위를 말이다.

조금 전 자신들의 비참함을 그려보았듯이, 그들은 이 모든 것을 눈앞에 상상해본다. 그들 안에 가득한 저주가 그들의 입을 열고 말로 나타나려 발버둥친다. 그들은 저주의 신음소리를 내고 있다. 통곡하고 있는 것이다. 마치 진창처럼 그들을 더럽히고 있는 잘못과 무지에서 벗어나려 안간힘을 쓰듯이, 왜 그들이 징벌을 받고 있는지 그 근본적인 이유를 알고 싶다는 듯이.

"그래서 어쩌란 말이야?" 한 사람이 외쳤다.

"어쩌란 말이냐고!" 다른 사람이 더욱 큰 소리로 반복했다.

바람은 범람한 벌판을 눈앞에서 흔들고, 눕거나 무릎을 꿇은 채 타일과 비석처럼 꼼짝 않고 있는 이 인간들 무리에 악착같이 달려들어 몸을 떨게 만든다.

"독일만 없어지면 더이상 전쟁은 없을 거야." 한 병사가 투덜댔다.

"그게 아니야!" 다른 병사가 외쳤다. "그것만으론 안 돼! 전쟁의 정신이 말살되어야 비로소 더이상 전쟁이 없을 거야!"

포효하는 바람 때문에 이 말소리가 절반쯤 들리지 않자 그는 고개를 쳐들고 거듭 말했다.

"독일과 군국주의는 동일한 거야." 또다른 병사가 격분해 재빨리 그의 말을 가로막는다. "그들이 전쟁을 원했고, 전쟁을 계획했어. 그들이 곧 군국주의야."

"군국주의……" 한 병사가 말을 되씹었다.

"그게 뭔데?" 누군가 물었다.

"군국주의는…… 준비되어 있다가 어느 순간 갑작스럽게 덮치는 난폭한 힘이지. 강도들이 되는 거야."

"그래. 오늘날 군국주의의 이름은 독일이야."

"맞아, 하지만 장차 그것의 이름은 또 무엇이 될까?"

"모르겠군." 예언자 같은 근엄한 목소리가 말했다.

"전쟁의 정신이 말살되지 않는다면, 어느 시대에나 충돌은 생길 거야."

"해야 해…… 해야 한다고."

"싸워야 해!" 우리가 깨어났을 때부터 모든 걸 삼켜버린 진흙 속에서 꼼짝 않던 이가 쉰 목소리로 꾸르륵거리며 말했다. "싸워야지!"—그러고서 무겁게 몸을 돌렸다. "우리가 가진 모든 것, 우리의 힘과 목숨 그리고 우리의 마음, 삶, 우리한테 남아 있던 즐거움까지, 모든 것을 바쳐야 한다고! 포로가 된 듯한 생활을 기꺼이 받아들여야 한다고! 전쟁에 완전히 몸을 던져 승리하기 위해선 군림하는 불의와 치욕과 지금 우리 눈앞의 혐오스러운 것들까지 견뎌내야 한다고! 하지만 이런 희생을 해야만 하는 것은 한 나라가 아니라, 진보를 위해 싸워야 하기 때문이야." 형체도 없는 그 병사는 다시 몸을 돌리며 절망적으로 덧붙였다. "한 나라에 맞서서가 아니라 잘못에 맞서서 말이야."

"전쟁을 말살해야 해." 처음 말을 꺼냈던 자가 다시 말했다. "독일의 뱃속에서 전쟁을 죽여야 한다고!"

"어쨌거나, 우리가 왜 돌진해야 했는지 이젠 이해할 수 있겠군." 마치 싹이 뿌리를 내린 것처럼 앉아 있던 자들 중 하나가 말했다.

"하여튼 머릿속에 다른 생각을 품고 싸워온 자들도 있다고." 이번에는 웅크리고 있었던 경보병이 중얼거렸다. "젊은이들 중에는 온갖 인도주의적인 생각을 조롱하는 자들도 있어. 그들에게 중요한 것은 나름 아닌 민족 문제이고, 전쟁은 조국들의 싸움이야. 그래서 각자 자신의 조국을 빛내는 거지. 이게 전부야. 그들은 싸웠고, 그것도 잘 싸웠어."

"네가 말하는 그 녀석들은 젊잖아. 아직 어리다고. 봐줘야 해."

"사람들은 스스로 무슨 짓을 하는지도 모르고 잘해낼 수 있는 법이야."

"정말이지 인간들은 미쳤어! 이건 아무리 말해도 지나치지 않다고!"

"버러지 같은 국수주의자 놈들……" 어떤 그림자가 투덜거린다.

더듬더듬 방향을 찾듯이, 그들은 여러 번 이렇게 되풀이했다.

"전쟁을 말살해야 해. 전쟁을!"

우리들 가운데 하나, 고개를 푹 숙이고 어깨 사이에 머리를 파묻은 채 움직이지 않던 자가 자신의 생각을 완강하게 주장했다.

"다 허풍이야. 그런저런 생각만 해본들, 그게 무슨 소용이 있겠어! 이겨야 하고, 그게 전부야."

그러나 다른 사람들은 이미 방법을 모색하기 시작했다. 그들은 그들의 현재보다 더 앞일을 알고 싶어하고, 내다보고 싶어했다. 그들은 그들의 내면에서 지혜와 의지의 빛을 창출하려 애쓰면서 꿈틀대고 있었다. 어수선한 확신들이 그들의 머릿속에서 소용돌이치고, 그들의 입술에서 어렴풋하고 단편적인 믿음들이 나오고 있었다.

"물론이지…… 맞아…… 하지만 사태를 똑바로 알아야 해…… 이봐, 언제나 결과를 알아야 하는 거야."

"결과라고! 이 전쟁에서 이기는 것, 그게 결과가 아니야?" 석상 같은 병사가 반발했다.

그 말에 두 사람이 동시에 대답했다.

"아니라고!"

*

바로 그때 둔탁한 소리가 들려왔다. 비명이 사방에서 터져나와 우리는 소스라쳤다.

우리가 기대어 있던 진흙 둔덕의 한 부분이 완전히 떨어져나가더니 다리를 쭉 뻗고 앉아 있는 시체 한 구가 우리들 가운데에 드러났다.

둔덕이 붕괴되는 바람에 위쪽에 고여 있던 물웅덩이에서 물이 폭포처럼 쏟아져 시체를 씻어주는 동안, 우리는 그저 바라보고만 있었다.

누군가 외쳤다.

"이 친구, 얼굴이 완전히 새까맣네!"

"얼굴이 왜 이렇지?" 누군가 헐떡이며 말했다.

부상당하지 않은 자들이 두꺼비들처럼 둥그렇게 모여들었다. 흙이 무너져 적나라하게 드러난 내벽 위에 저부조처럼 나타난 이 머리를 우리는 똑바로 바라볼 수가 없었다.

"얼굴! 이건 얼굴이 아니야!"

얼굴이 있어야 할 자리에서 우리는 머리 타래를 발견했다.

그제야 우리는 앉은 자세인 것 같았던 이 시체가 몸이 반대로 접힌 채 부러져 있음을 알아차렸다.

팔은 뒤로 꺾여 덜렁거리고, 두 다리는 쭉 뻗어 발끝이 흘러내린 흙더미에 파묻힌 이 시체의 꼿꼿한 등짝을 우리는 지독한 침묵 속에서 응시했다.

이 끔찍한 모습으로 잠들어 있는 자에게 자극을 받아 토론이 다시 시작되었다. 죽은 자가 귀를 기울이기라도 하는 양 누군가 격분하여 외쳤다.

"아니야! 이기는 것은 결과가 아니야. 우리가 이겨야 하는 대상은 저들이 아니라, 전쟁이라고."

"전쟁을 끝장내지 않으면 안 된다는 걸 모르겠어? 언젠가 이 짓을 다시 시작한다면, 지금까지 우리가 한 모든 게 소용없어진다고. 알겠어? 아무 소용이 없다니까. 이 년, 삼 년을, 그 이상을 재앙으로 허비하는 셈이야."

*

"아! 이봐, 우리가 겪은 모든 일이 이 거대한 불행의 끝이 아니라면—내 목숨이 너무 아까워. 난 아내도 있고, 가족도 있고, 함께 사는 집도 있어. 장래 계획도 있다고, 그래…… 이게 끝이 아니라면 차라리 죽는 게 낫겠어."

"난 죽을 거야." 마침 그때 자신의 복부 부상을 확인한 듯 파라디의 옆에 있던 자가 메아리 같은 소리로 말했다. "아이들 생각을 하니 죽는 게 애석하군."

"난 아이들 생각을 하면 죽는 것도 괜찮아." 누군가 다른 쪽에서 중얼거렸다. "난 죽을 거야. 내 말이 무슨 의미인지 잘 알고 있는데, 난 이렇게 생각한다고. '그애들은 평화를 얻게 되겠지, 그애들은!'"

"난 어쩌면 죽지 않을지도 몰라." 다른 누군가, 사형수들의 얼굴을 마주하고도 억누를 수 없는 희망에 전율하며 말했다. "하지만 고통을 받겠지. 그래, 그건 어쩔 수 없다고 생각해. 심지어 참 잘됐다고 말이야. 이 고통이 무언가를 위한 것이라면, 난 보다 큰 고통도 감내할 수 있어!"

"그럼, 전쟁이 끝난 후에도 계속해서 싸우겠다는 거야?"

"그래, 아마도……"

"또다시 전쟁을 하고 싶다니, 너도 참!"

"그래, 왜냐하면 더이상 전쟁을 하고 싶지 않으니까!" 그가 중얼거렸다.

"그리고 싸워야만 하는 상대는 아마 외국인이 아니겠지?"

"아마, 그렇겠지……"

여느 때보다 훨씬 세찬 바람이 불어와 눈을 뜰 수 없고 숨도 쉬지 못했다. 바람이 지나가자, 우리는 광풍이 벌판을 가로질러 달아나면서 군데군데 진흙 속의 시체를 뒤흔들고, 마치 군대의 무덤인 듯 길게 입을 벌린 참호에 고인 물이 출렁이는 모습을 본다—우리는 이야기를 계속한다.

“결국 전쟁의 위대함과 끔찍함을 만들어내는 건 무얼까?”

“민중의 위대함이지.”

“하지만 우리가 바로 민중인걸!”

이 말을 한 자가 질문을 던지듯이 나를 바라보았다.

“그래그래, 이 친구야, 맞는 말이야!” 나는 그에게 말했다. “오로지 우리가 있기에 전투가 이루어지는 거지. 전쟁의 재료는 바로 우리야. 전쟁은 순진한 병사들의 육신과 영혼으로만 이루어져 있다고. 시체의 벌판과 피의 강을 이루는 것은 바로 우리, 우리 모두야—그 수가 엄청나기 때문에 우리 각각은 보이지도 않고 말도 할 수 없을 뿐이지. 텅 빈 도시와 파괴된 마을, 그것이 우리의 사막이야. 그렇지, 그게 우리 모두이고, 우리 전체야.”

“그래, 맞는 말이야. 전쟁은 민중이야. 민중이 없다면, 아무것도 없을 것이고, 멀리서 들려오는 말다툼 소리뿐이겠지. 그러나 전쟁을 결정하는 건 민중이 아니지. 전쟁을 지휘하는 것은 지배자들이야.”

“오늘날 민중은 더이상 지배자들을 두지 않기 위해 싸운다고. 이 전쟁은 프랑스혁명의 연장이나 마찬가지야.”

“그렇다면, 지금 우리가 프로이센인들을 위해서도 싸우는 셈인가?”

“글쎄, 그러길 바라야지.” 벌판의 불행한 자들 가운데 하나가 말했다.

“아, 제기랄!” 경보병이 얼굴을 찌푸렸다.

하지만 그는 머리만 설레설레 흔들 뿐 아무 말도 덧붙이지 않았다.

“우리 문제나 신경쓰자고! 다른 나라 사람들 문제가 무슨 상관이겠어.” 한 고집쟁이가 중얼거렸다.

"아니, 상관있지! 다른 나라 사람들이라고는 하지만 사실 그들은 다르지 않아. 우린 다 똑같다고!"

"왜 우리가 모두를 위해 진군해야 하는 거냐고!"

"다 그런 거야." 한 병사가 말하더니 조금 전 자신이 한 말을 되풀이했다. "난 어쩔 수 없다고 생각해. 심지어 참 잘됐다고 말이야."

"민중은 아무것도 아니면서 모든 것이 되는 거야." 그 순간 나에게 질문을 던졌던 병사가 말했다—한 세기도 더 된 역사적인 옛 문장을 되풀이하며, 그 문장에 보편적이고 커다란 의미를 부여하면서.

그러더니 고뇌에서 벗어난 이 친구는 더럽고 미끌거리는 진흙을 기어가며 나병 환자 같은 얼굴을 들어 앞쪽을, 무한한 저편을 탐욕스럽게 바라보았다.

그는 바라보고 또 바라보았다. 그는 천국의 문을 열고자 애쓰고 있었다.

*

"민중들은 피부색을 초월해, 어떤 식으로든 자신들을 착취하는 자들을 무너뜨려 서로 화합해야 한다고. 전 세계 민중들이 모두 화합해야 하는 거야."

"결국 모든 인간들은 평등해야지."

이 말은 우리에게 구원처럼 다가오는 것 같았다.

"평등…… 그래…… 그렇지…… 정의에 대한, 진리에 대한 위대한 사상들이 있다고. 사람들이 믿는 가치들, 언제나 추구하게 되고 일종의 빛처럼 이끌리는 가치들이 있지. 특히 평등이 그래."

"자유와 형제애도 있어."

"무엇보다 평등이 제일이지!"

나는 그들에게 형제애란 하나의 꿈이며 일관성 없는 불명료한 감정이라고 말한다. 또 낯선 이를 미워하는 것도, 사랑하는 것도 똑같이 인간 본성에 위배되는 것이라고 말한다. 우리는 어떤 것도 형제애에 의지할 수 없다. 자유도 마찬가지다. 모든 것들이 파편화될 수밖에 없는 사회에 그건 너무도 상대적인 개념이다.

하지만 평등은 언제나 한결같다. 자유와 형제애는 말뿐이지만 평등은 실질적인 것이다. 평등(사회적 평등을 일컫는데, 왜냐하면 개인들의 가치는 다소 제각각이어도 모두가 똑같이 사회에 참여하지 않으면 안 되니 말이다. 이것이 바로 정의다. 한 인간의 삶은 다른 인간의 삶과 똑같이 위대하기 때문이다), 평등이라는 것은 인간이 만들어낸 위대한 방식이다. 평등의 중요성은 이루 말할 수 없다. 개인의 권리의 평등과 다수의 성스러운 의지라는 원칙은 절대적이며, 침범당해선 안 된다—그것이 진정 신성한 힘으로 모든 진보를 이루게 해주리라. 우선 모든 진보의 평탄하고 드넓은 토대를 만들어주고, 공공의 이익 그 자체인 정의를 통해 갈등을 해결해주리라.

민중의 일부인 여기 있는 이 병사들은 과거의 다른 혁명보다 더 위대한 혁명, 자신들이 그 원천이 되며 아직은 볼 수 없지만 이미 자신들의 목구멍에 올라오고 있는 혁명을 어렴풋이 느끼며 되풀이해 말한다.

"평등!……"

다들 여기저기서 이 말을 더듬더듬 발음해보고, 분명하게 소리 내어 읽어보는 것 같다—평등과 접촉했을 때 무너지지 않는 편견이나 특권이나 불의는 세상에 존재하지 않는다. 평등은 모든 것에 대한 답이며 숭고한 단어다. 그들은 이 개념을 계속해서 곱씹어보며 일종의 완벽함을 발견한다. 그리하여 그들은 악습이 찬란한 빛을 내며 타오르는 모습을 상상해본다.

"아름다울 거야!" 한 사람이 말한다.

"진실이라기엔 너무 아름다울 테지!" 다른 사람이 말한다.

그러나 세번째 사람이 말한다.

"아름다운 것은 그것이 진실이기 때문이야. 다른 아름다움은 없어. 그렇다니까!…… 그리고 그렇게 되는 것은 단지 아름다워서가 아니야. 사랑과 마찬가지로 아름다움은 외친다고 통하는 게 아니거든. 그게 숙명적으로 나타나는 이유는 그것이 바로 진실이기 때문이야."

"그러니까, 민중이 정의를 행하는 것은, 그들이 정의를 원하며 그들이 곧 힘이기 때문이지."

"우리는 이미 시작하고 있다고!" 어둠 속에서 누군가 말한다.

"국면에 접어들었지." 다른 사람도 선언한다.

"모든 인간이 평등해지면 하나가 되지 않을 수 없을 거야."

"그러면 3천만 명이 원하지도 않으면서 행하는 끔찍한 일들도 하늘 아래 없을 거야."

사실이다. 반박할 말이 전혀 없다. "3천만 명이 원하지도 않으면서 행하는 끔찍한 일들도 하늘 아래 없을 거야." 여기에 대고 어떤 그럴듯해 보일 뿐인 논지나 허울뿐인 반박을 감히 내놓을 수 있겠는가. 이 고통의 들판에 던져진 가련한 사람들의 논리에, 그들의 상처와 아픔에서 솟아오르고 피처럼 흘러나오는 말의 논리에 나는 귀를 기울인다.

이제 하늘은 흐려지고 있다. 커다란 구름들이 아래쪽에서부터 하늘을 갑옷처럼 감싸며 푸른빛을 띤다. 위쪽에는 도금한 듯 희미한 빛 속에서 축축한 먼지구름이 하늘을 광범위하게 쓸고 간다. 날이 어두워진다. 곧 다시 비가 올 것이다. 폭풍과 기나긴 고통은 아직 끝나지 않았다.

"스스로 물어보자고. '도대체 왜 전쟁을 하는 거지?'라고 말이야." 한 사람이 말했다. "왜인지는 모르지. 그렇지만 누구를 위해서인지는 말할 수 있어. 각각의 나라가 매일같이 천오백 명 젊은이의 생생한 살을 찢어 전쟁의 우상에 바치는 것은, 결국 손가락으로 셀 수 있을 만큼 몇 안 되는 선동자들의 즐거움을 위한 것이라는 사실을 알아차리지 않을 수 없단 말이지. 금빛 줄을 단 특권 계급의 한 사람이 군주로서 자신의 이름을 역사에 새기도록 민중 전체가 가축떼처럼 군대의 행렬을 지어 도살장으로 간다는 것을 말이야. 또 같은 계층에 속하는 몇 안 되는 부자들이―그들 개인이든 그 사업이든―더욱 번창하기 위해서이기도 하지. 이제 눈을 뜨면 알게 될 거야. 인간들 사이의 구분은 우리가 생각하던 대로가 아니고, 우리가 믿어온 구분은 존재하지 않는다는 사실을 말이야."

"들어봐!" 갑자기 누군가 말을 끊었다.

입을 다물자 멀리서 대포 소리가 들린다. 저멀리 요란한 포성이 대기를 뒤흔들고, 멀리서 전해지는 이 힘은 파묻혀 있는 우리의 귓가에 밀려와 약해지고, 주변에서는 계속해서 홍수가 땅을 적시면서 서서히 고지대를 침식하고 있다.

"또 시작이군……"

그러자 우리들 가운데 하나가 말했다.

"아! 모든 일이 우리 뜻과는 반대로 일어난단 말이지!"

생각에 잠겨 이야기를 나누던 이들 사이에 운명적인 위대한 걸작처럼 어렴풋이 드러난 이 토론의 비극 속에는 이미 어떤 불안, 망설임이 서려 있다. 끝없이 되풀이되는 것은 불행한 시대, 고통과 위험만이 아니다. 사람들과 여러 일들이 진실에 대해 드러내는 적의敵意, 특권의 축적, 무지와 무관심, 악의와 편견, 잔인한 기정사실들, 꼼짝도 않는 군중, 뒤얽힌 노선들 역시 그러하다.

그렇게 더듬던 사색의 꿈은 또하나의 영상으로 이어지고, 그 속에서 영원한 적들이 과거의 어둠으로부터 빠져나와 현재의 비바람 몰아치는 어둠 속에 모습을 드러낸다.

*

저기 그 적들이 보이는 것만 같다…… 세상을 비통한 상복으로 뒤덮은 듯한 뇌우의 능선 위로, 말을 달리는 전사들의 화려한 기마 행렬—갑옷, 장식 줄, 깃털, 관冠, 검 따위를 지니고 있는 군마들—의 윤곽이 서서히 드러난다…… 그들은 무기 때문에 거추장스럽지만, 빛을 번쩍이면서 화려하고 뚜렷한 모습으로 달린다. 이 고색창연한 전투 기마 행렬이 연극 무대의 거친 배경처럼 하늘에 박혀 있는 구름들을 헤치고 나타난다.

땅에서 바라보는 흥분된 시선들 위로, 저 깊숙한 곳과 파헤쳐진 들판에서 나온 진흙에 층층이 덮인 시체들 위로, 그 모든 행렬이 지평선 끝 사방에서 나타나 무한한 하늘을 몰아내고 깊고 깊은 창공을 뒤덮는다.

그들의 수는 엄청나다. 전쟁을 외치고 숭배하는 자들은 전사 계급만도 아니고, 보통 사람들을 노예로 만들며 마법적인 권력을 부여받는 사람들만도 아니다. 엎드린 인류 위에 여기저기 우뚝 선 권력의 세습자들이 기회를 포착하기 무섭게 정의의 저울을 짓누른다. 그들은 필사의 일격이 필요하다는 사실을 알고 있는 것이다. 그리고 의식적으로든 무의식적으로든 그들의 끔찍한 특권에 봉사하는 수많은 군중이 있다.

"'참 멋지다!'라고 말하는 자들도 있다고." 그때 침울하면서도 극적인 토론자들 가운데 하나가, 마치 직접 보고 있기라도 하듯 손을 뻗으면서 외친다.

"'각각의 민족들은 서로를 증오한다!'고 말하는 자들도 있어."

"'전쟁으로 난 부유해지고 내 배는 점점 불룩해지지!'라고 하는 자들도 있고."

"'전쟁은 항상 벌어져왔고 따라서 앞으로도 계속 벌어질 거야!'라고 말하는 자들도."

"'난 코앞의 일 말고는 아무것도 안 보이니 다른 사람들도 그 이상을 보면 안 돼!'라고 말하는 자들도 있어."

"'장교가 될지 사병이 될지는 태어날 때부터 정해지는 거야'라고 말하는 자들도 있지."

"'머리를 숙이고 하느님을 믿으세요!'라는 자들도 있어." 누군가 쉰 목소리로 투덜댄다.

*

아! 당신들은 옳다. 전투에 동원된 셀 수 없는 가련한 노동자들, 스스로의 손으로 이 모든 거대한 전쟁을 끝내게 될 당신들, 아직은 행복을 이루지 못하는 전능한 당신들, 각각의 얼굴로 하나의 고통스러운 세계를 보여주는 무수한 군중—그리고 기다란 먹구름이 찢기고 타락 천사들의 머리칼처럼 어수선하게 펼쳐진 하늘 아래서 하나의 생각에 얽매여 웅크린 채 꿈을 꾸는 당신들—그렇다, 당신들은 옳다. 당신들에 반하여, 그리고 당신들 공공의 이익—당신들이 어렴풋이나마 느꼈듯이, 사실상 정의와 혼동된다—에 반하여 존재하는 것은 장검을 휘둘러대는 자들, 모리배들 그리고 부정한 투기꾼들뿐이다.

자기 은행이나 집에서 갑옷으로 무장한 듯 모든 일에 무감각한 자본가, 크고 작은 사업가 따위의 탐욕스러운 괴물들은 음험한 주의主義에 완고한 이마를 맞댄 채 금고처럼 굳게 닫힌 표정을 하고, 전쟁이 벌어지는 동안 평화롭게 전쟁으로 먹고산다.

화염이 번쩍이는 교전을 찬양하고, 군복의 선명한 색깔을 보며 꿈을 꾸고 여자들처럼 소리를 질러대는 자들도 있다. 군가에, 그리고 술처럼 민중에게 퍼부어지는 가요에 취해버린 자들이다. 현혹된 자들, 마음 약한 자들, 물신숭배자들, 미개인들이다.

과거에 집착하여 예전이라는 말만 입에 달고 다니는 자들, 권력 남용을 영속화해 법률처럼 휘두르는 전통주의자들도 있다. 그들은 죽은 자들에게 인도되기를 열망하고, 약동하며 고동치는 미래와 진보를 유령들과 어린애들 옛날이야기로 치부하려고 애쓴다.

이들과 함께하는 자들이 있으니, 아무것도 변하지 않도록 당신들에게 천국의 모르핀을 먹여 잠재우려 노력하는 모든 사제들이다. 이론적인 미사여구로 당신들을 혼란스럽게 하고, 민족 사이의 대립을 주장하며 옹호하는 자들—경제학자들, 역사학자들 따위!—도 있다. 사실 각각의 근대국가는 추상적인 국경 안에 위치한 임의의 지리적 단위에 불과하고 인위적으로 하나로 묶인 민족으로 가득차 있는데 말이다. 그리고 그들은 겉보기만 그럴듯한 계보학자들로서 정복과 약탈의 야심에 철학적인 가짜 인증서와 귀족이라는 상상의 칭호들을 만들어주기도 한다. 편협함은 인간 정신이 지닌 질병이다. 학자들은 많은 경우 세상사의 단순함을 간과하고 이런저런 공식과 지엽적인 것들에 빠져 단순함을 없애고 더럽히는 일종의 바보들이다. 사람들은 책에서 위대한 것이 아니라 하찮은 것들을 배울 뿐이다.

자신은 전쟁을 원하지 않는다고 말할 때조차, 이들은 전쟁을 영속화하기 위해 모든 수단을 동원한다. 그들은 권력을 이용해 민족적인 허영심과 패권을 향한 욕망을 부추긴다. 그들은 각자 자신의 방벽 뒤에 숨어 이렇게 말한다. '우리들만이 용기와 충성심, 재능과 훌륭한 취향을 지니고 있다!' 그들은 한 나라의 위대함과 풍요로움을 파괴적인 질병 같은 것으로 만들고 있다. 애국주의란 가족과 자기 고장에 대한 신성한 감정들과 마찬가지로 감상적이고 예술적인 영역에 머물기만 하면 존중할 만한 것인데, 그들은 그것을 세계에 불균형 상태로 퍼져 있는 비현실적이고 가능하지도 않은 관념으로 만들고, 모든 활력을 빨아들이고 모든 자리를 차지하며 생명을 말살하는 일종의 암, 전염이 되어 전쟁의 위기에 이르든지 아니면 무장평화라는 피폐하고 숨막히는 상태에 이르게 하는 그런 암으로 만들고 있다.

그들은 경배할 만한 도덕을 변질시킨다. 그들이 민족이라는 이름—단 한 마디!—을 내세워 미덕을 범죄로 만든 경우가 얼마나 많았는가! 심지어 그들은 진실마저도 왜곡한다. 그들 각자는 영원한 진실을 자기 민족만의 진실로 대체한다. 그들의 수만큼 다양한 민족의 진실들이 영원한 진실을 변질시키고 왜곡한다.

이 모든 사람들이 당신들의 머리 위에서 '처음 시작한 건 내가 아니라 너야!' '아니야, 내가 아니고 너야!' '시작은 너야!' '아니야, 시작은 너라니까!'라고 투덜거리며 가증스럽게도 어린애처럼 우스꽝스러운 말다툼을 벌이고 있다. 세상의 지독한 상처를 영원으로 이끄는 유치한 짓거리가 아닐 수 없다. 이런 말다툼을 벌이는 이들은 전쟁의 당사자가 아니며, 그들의 말에는 전쟁을 끝내고자 하는 의지조차 없기 때문이다. 지상에서 평화를 이룩할 수도 없고 원하지도 않는 이 모든 사람들, 이런저런 명분으로 옛 상황에 매달린 채 전쟁의 구실을 찾아내거나 만들어내는 이 모든 사람들이 당신들의 적이다!

여기 당신들 사이에 누워 있는 독일 병사들, 너무 쉽게 속아 말려든 멍청하고 불쌍한 자들, 가축 같은 존재에 불과한 이 독일 병사들이 당신들의 적이라면 그들 또한 당신들의 적이다…… 그들이 태어난 장소가 어디든, 그들이 어떤 식으로 자기 이름을 발음하고 어떤 언어로 거짓말을 하든, 그들은 당신들의 적이다. 하늘과 지상에 있는 그들을 바라보라. 도처에 있는 그들을 바라보라! 이번만은 그들을 알아보고 영원히 기억하라!

*

"그들은 말하겠지." 한 병사가 무릎을 꿇고 몸을 숙인 채 두 손으로 땅을 짚고는 개처럼 어깨를 흔들며 투덜거린다. "'친구여, 그대는 경탄할 만한 영웅이었네!'라고 말이야. 그따위 말, 난 듣고 싶지 않다고!

영웅, 비범한 사람, 우상? 말도 안 되는 소리! 우리는 사형집행인이었을 뿐이야. 정직하게 사형집행인의 직무를 수행한 거라고. 앞으로도 있는 힘을 다해 그 일을 할 테고. 전쟁을 단죄하고 그 숨통을 끊기 위해서라도 이 일은 위대하고 중요하니까. 살육이라는 행위는 언제나 비열해―때로는 필요하기도 하지만 그럼에도 언제나 비열한 짓이지. 그래, 가혹하고 지칠 줄 모르는 사형집행인들, 이것이 지금까지의 우리 모습이야. 하지만 독일인들을 죽였다고 훌륭한 군인이라는 소리를 듣고 싶지는 않아."

"나도 그건 싫어!" 누군가 외쳤는데, 그 목소리가 얼마나 컸는지 아무도 감히 반박할 수 없을 정도였다. "내가 프랑스인의 생명을 구했다는 이유로 칭찬받는 것도 싫고! 그건 결국 누군가의 목숨을 구하는 선행을 빌미로 전쟁을 인정하는 꼴 아니겠어?"

"설령 전쟁에 좋은 측면들이 있다 해도, 그것들을 보여주는 건 범죄나 다름없을 거야!" 가련한 이 병사들 가운데 하나가 중얼거렸다.

"영광으로 우리에게 보상해주려고, 그리고 또 자신들이 하지 않은 일에 대한 값을 치르려고 그들은 그런 말을 하겠지. 하지만 한낱 졸병들인 우리한테 군인의 영광이라니, 말이 안 되지. 그건 몇몇 사람들을 위한 것이고, 그 선택받은 자들을 제외하면 병사의 영광이란, 전쟁에서 그럴싸해 보이는 모든 것이 그렇듯 다 거짓말이야. 사실, 병사들의 희생이란 그저 말살일 뿐이지. 공격의 물결을 만드는 수많은 무리들에게 보상은 없어. 그들은 달려가서 영광이라는 끔찍한 무無에 몸을 던지는 거지. 그들의 이름조차, 아무것도 아닌 그들의 가련하고 보잘것없는 이름조차 결코 수집되는 일이 없을 거야."

"그런 건 상관없어." 한 병사가 말한다. "우리에겐 다른 생각할 거리가 있잖아."

"하지만 그런 건 말만 해도 큰일난다고." 흉측한 손처럼 진흙이 묻은 얼굴이 딸꾹질소리를 내며 말한다. "욕을 먹고 화형대 위에 올려질 거야! 그들은 군모의 깃털 장식 주변에 다른 종교 못지않게 더없이 사악하고 어리석고 해로운 종교를 만들어놨다고!"

이 병사는 일어서다가 쓰러졌지만, 다시 일어섰다. 더러운 갑옷 아래 부상당한 자리에서 흘러나온 피로 땅이 얼룩진다. 말을 마친 그는 눈을 크게 뜨고 지면으로 시선을 떨궈 자신이 세상을 치유하기 위해 흘렸던 피를 응시한다.

*

다른 병사들도 하나하나 일어선다. 폭풍우가 거세지며 여기저기 생채기가 나고 유린당한 드넓은 들판에 쏟아진다. 날은 이제 완연한 밤이다. 산맥 같은 구름의 꼭대기에, 독수리 장식과 십자가와 교회와 왕궁, 군대 본부의 야만적인 윤곽 주변에, 인간 무리와 인간의 적의에 찬 형태들이 끊임없이 새롭게 나타나고 늘어나며 인류보다 많지 않은 별들을 감춰버리는 것 같다—심지어 이 유령들은 사방에서, 땅의 구덩이로 내던져져 밀알처럼 반쯤 묻힌 실제 인간들 사이사이에서 움직이는 것 같다.

아직 살아 있는 나의 동료들은 마침내 일어선다. 무너진 흙더미 위에 겨우 서서, 진흙투성이가 된 옷에 감싸인 채, 기이한 진흙 무덤에 꼭 맞춘 듯한 모습으로, 괴물처럼 우직한 몸을 무지와도 같은 깊은 대지 밖으로 일으켜세우더니, 날이 저물고 폭풍이 몰아치는 하늘을 향해 눈을 들고, 팔을 뻗고, 주먹을 휘두르며 외친다. 시라노처럼, 돈키호테처럼, 다시 한번 그들은 의기양양한 유령들에 맞서 싸우고 있다.

그들의 그림자는 거대하고 슬픈 땅바닥 위에서 어른거리다가 옛 참호들의 창백하고 정체되어 있는 표면 위에 반사된다. 연기 자욱한 지평선들이 극지처럼 펼쳐진 사막 한가운데, 무한한 공허만이 이 참호들을 하얗게 뒤덮고 있다.

그러나 그들은 눈을 뜨고 있다. 그들은 세상사의 끝없는 단순성을 깨닫기 시작한다. 그리고 이 진실이 그들 내부에 희망의 여명을 가져다주고, 나아가 힘과 용기를 다시 북돋는다.

"다른 사람들 이야기는 이제 지겹네." 한 사람이 명령하듯 말한다. "다른 사람들이야 어쨌거나!…… 우리! 우리 모두는!……"

민주국가들의 화합, 수많은 사람들의 공존, 세계 민중의 분기奮起, 지독하리만치 단순한 신념…… 그 외에 나머지 모든 것, 과거와 현재와 미래에서 나머지 모든 것은 아무래도 좋다.

그리고 한 병사가 과감하게 이런 말을 덧붙인다. 그러나 말문을 여는 그의 목소리는 나지막하다.

"오늘의 전쟁이 한 걸음 진보를 가져왔다면, 전쟁으로 인한 불행과 살육은 대수롭지 않게 여겨질 거야."

다시 전쟁을 시작하기 위해 다른 병사들과 합류할 채비를 하는 사이, 폭풍우로 가득한 시커먼 하늘이 우리 머리 위로 서서히 열린다. 두 개의 검은 구름더미 사이에서 고요한 섬광이 내비친다. 매우 가늘고, 슬픔으로 가득하고, 너무나 초라한 이 빛줄기, 생각에 잠긴 듯한 그 모습이 어쨌거나 태양이 존재함을 증명하고 있다.

1915년 12월

민중에 대한 희망의 전쟁 미학

1. 앙리 바르뷔스 문학과 시대적 배경

우선 바르뷔스라는 작가를 알기 위해서는 그가 태어나 문학활동을 전개한 시대적 배경을 참고할 필요가 있다. 바르뷔스가 태어난 해는 프로이센-프랑스전쟁이 끝나고 이 년이 지난 1873년이다. 전쟁의 패배로 프랑스는 알자스로렌 지방의 대부분을 독일에 넘겨주는 치욕과 경제적 불황을 견뎌내면서 독일에 대한 앙금을 간직한 채 민족주의를 강화해나가지만, 1890년대 후반부터 제1차세계대전이 발발할 때까지 이른바 '벨 에포크belle époque(아름다운 시절)'를 통해 경제, 과학, 기술의 획기적인 발전을 이룩했고, 낙관적인 사회 분위기는 절정에 이른다. 하지만 이와 같은 진보와 평화의 이면에는 사회계층 간의 갈등과 도덕적 타락이 심화되면서 노동자들의 조직이 형성되고 사회주의 정당이 등장하는 등 어두운 그림자가 짙게 드리우고 있었다. 19세기 후반 자본계급의 착취가 극에 달해 생산성 향상을 위해 노동자들의 성관계까지 통제했다는 것은 주지의 사실이다. 그렇기 때문에 좌파 운동과 성 해방운동이 함께 전개되는 것은 결코 우연이 아니었으리라. 당시 사회상을 그린 대표적 소설인 에밀 졸라의 『제르미날』 같은 작품에서도 묘사되듯, 주당 60시간의 노동에 갓 열 살이 된 어린아이들이 공장으로 일하러 가야 했던 노동 현실은 20세기 초까지 이어졌다.

그뿐만 아니라 19세기는 '역사의 세기'라 불릴 만큼 역사철학이 발달하면서 국가들 사이에 인류의 진보를 이끄는 선두 경쟁의 불꽃이 본격적으로 점화되던 시기였다. 미셸 푸코는 그래서 19세기 이후 20세기 중반까지 서양세계를 움직이면서 떠받치는 에피스테메 곧 지적 하부구조를 역사라고 말했다. 그러니까 이 기간은 인류의 과거와 현재와 미래의 모든 문제를 인간이 중심이 된 역사를 통해 해결하고자 하는 의지가 가장 강렬했던 시기인 셈이다. 이집트문명, 인도문명, 중국문명 등 여타의 모든 문명들을 그리스문명 이전의 단계로 간주하면서 역사의 연속적 발전에 따른 보편 사관을 주장한 헤겔이나 프롤레타리아혁명을 통한 역사의 마감을 상상한 마르크스를 떠올려보자. 양차 세계대전은 이와 같은 역사철학과 밀접한 관계가 있다. 어쩌면 지금도 인류역사를 선두에서 이끌고자 하는 국가들 사이의 보이지 않는 경쟁은 계속되고 있다고도 할 수 있다. 니체는 19세기 서구 문명을 움직이는 인식론적 기제인 역사라는 거대 담론의 위험을 직감하고 20세기를 '전쟁의 세기'로 예언했다. 따라서 역사의 주도권 쟁탈전을 향한 미래의 비극은 무장평화로 긴장을 유지한 벨 에포크 시대에 이미 잠복하고 있었다고 할 것이다. 이와 같은 시대적 상황과 함께, 18세기 이후 서구 문명에서 물러나 무의식 속에 묻히기 시작한 종교적 정신, 곧 '절대'의 자리를 역사가 물려받으면서 조국과 함께 민족주의를 고취하게 된다. 이런 맥락에서 니체는 '신의 죽음'을 선언했고 푸코는 '신의 살해자'가 바로 이러한 역사의 환상에 사로잡혔던 '주체 - 인간'이라고 말한다.

드레퓌스라는 유대계 장교가 무고하게 독일 스파이로 몰려 처벌받았다 풀려난 드레퓌스사건은 이와 같은 시대적 분위기를 반영하는 상징적 사건으로 프랑스의 지식인들을 양분하는 계기가 된다. 졸라의 「나는 고발한다」라는 글을 기폭제 삼아 일어난 대립 양상을 전체적으로 보면, 국가와 민족주의를 내세우는 국수주의적 우파 진영은 반反드레퓌스파를 형성하고 자유주의와 보편주의의 좌파를 중심으로 한 지식인들은 드레퓌스파를 이룬다. 결국 드레퓌스는 무죄판결을 받지만 민족주의적 투쟁의식의 고취는 계속된다. 샤를 모라스, 샤를 페기 혹은 모리스 바레스 등의 작가들은 전쟁을 원하고, 대중문학은 전투적인 프랑스를 외치기도 했다.

이와 같은 시대적인 흐름은 앙리 바르뷔스가 그리는 문학적 궤적과 밀접한 관련이 있다. 크게 볼 때, 제1차세계대전이 발발하기 전까지 프랑스 문학계는 현실을 초월하는 내면 세계에 기울어진 시와 외부의 현실을 직시하고 진실을 고발하는 세계로 향한 산문, 곧 소설로 나뉘어 있었다. 그러니까 한쪽에서는 상징주의의 계보를 이어받은 시인들이 상상력과 사색을 언어의 조탁과 결합시켜 아름다운 시를 창조하면서 살롱을 중심으로 활동을 펼쳐내고, 다른 한쪽에서는 체험의 현장에서 인간의 실존적 조건을 관찰하고 이를 토대로 소설을 쓰는 참여 작가들이 비극적인 현실 세계를 치열하게 그려내고 있었다.

어렸을 때부터 시에 관심을 보이던 바르뷔스는 콜레주 시절 스테판 말라르메로부터 영어를 배우면서 재능을 나타내기 시작하고 이후 앙리 베르그송으로부터 철학을 배운다. 그러니까 그는 우선 현실에 눈을 뜨기 전에 시에 관심을 보인 것이다. 그의 나이 스물두 살에 내놓은 시집 『흐느끼는 여인들』에 대해 말라르메는 "보기 드문 아름다움"을 보여주며 "나를 여러 번 매혹했고 늘 흥미를 자아낸다"고 호평한 바 있다. 하지만 이 시집에서 바르뷔스는 이미 슬픔과 애도의 회색빛 풍경을 드러내면서 우울하고 어두운 실존적 아픔을 노래하고 있었다. 결국 그는 서른 살에 내놓은 첫 소설 『애원하는 사람들』부터 시를 단념하고 소설로 옮겨가면서 이미 좌파 이데올로기로 기울어 세계의 비참함을 직시하기 시작한다.

그가 소설가로서 프랑스 문학계에서 크게 주목받는 계기가 된 작품은 1908년에 내놓은 『지옥』이다. 국내에도 오현우 교수의 번역으로 소개된 이 소설은 제목이 암시하듯, 파리의 누추한 하숙집에 사는 서른 살 청년의 옆방 훔쳐보기를 통해, 타락한 군상들을 생생히 묘사하고 주인공의 실존적 불안을 담아내며 지옥과도 같은 추악한 세계를 섬세한 필치로 그려낸 작품이다. 전쟁이 터지기도 전에 작가가 이와 같은 비극적 절망을 형상화하고 있다는 것은 탈종교화되고 산업화된 서구 문명의 어두운 그림자가 폭발성을 지니고 다가오고 있다는 사실과 무관하지 않을 것이다.

종교가 물러난 세계에서 인간의 야수 같은 본성을 이성이 통제할 수 있으리라 생각한 계몽주의적 발상은 빗나가기 시작한 지 이미 상당히 오래된 터였다. 종교는 인간 안에 잠재되어 있는 수많은 비이성적 욕망과 에너지를 승화해주는 역할을 했다. 이성은 욕망의 세계를 조정하고 질서를 부여해주기도 하지만, 대개의 경우 다양한 빛깔을 띠면서 욕망을 합리화하고 달성하게 한다. 그렇기 때문에 이미 파스칼은 서구 이성철학의 시조인 데카르트를 비판하면서 "나는 생각한다, 그러므로 존재한다"라는, 데카르트가 가동시킨 이성의 신격화에 관해 "바람에 따라 나부끼고, 어느 곳으로나 휘청거리는 가소로운 이성"이라고 일갈했다. 결국 이성은 영원과 절대를 향한 승화를 통해 욕망의 갈등과 대결을 극복하게 해주었던 종교를 결코 대신해줄 수 없었던 것이다. 이런 변화 속에서 욕망과 결부된 무의식의 문제가 폭발적으로 나타나기 시작하고 프로이트를 필두로 한 성性 담론이 본격적으로 대두되기 시작했다. 이성으로 통제하지 못하는 온갖 욕망이 베일을 벗고 드러나면서 인간의 감추어진 본성이 적나라하게 표출된 것이다. 『지옥』 역시 이와 같은 시대적 문제의식을 그 바탕에 깔고서 삶과 죽음, 사랑과 섹스, 무한과 영원에 대한 갈망에 이르는 근본적 질문들을 제기하고 있다. 그렇다고 그것이 종교로의 회귀를 나타내는 것은 아니다. 이미 돌아갈 수 없는 강을 건넌 것처럼, 이제는 신 없는 현실에서 허무를 외치며 모든 것을 내면의 마음에서 찾으려 한다. 20세기 실존주의 문학의 선구적 작품으로도 읽힐 수 있는 이 소설은 바르뷔스의 시적 재능과 결합해 빛나는 문학적 건축물인 셈이다.

『지옥』을 출간한 후 바르뷔스는 좌파 이념에 기울어 다양한 활동을 펼치고 글을 쓴다. 민중의 비참한 현실에 관심을 보이긴 했지만 그렇다고 어떤 정당에 가입하지는 않았다. 전쟁은 '조국을 위해 봉사해야 하는가, 아니면 평화를 위해 싸워야 하는가?'라는 양자택일을 대부분의 작가들에게 강요한다. 마르셀 프루스트나 폴 발레리 정도가 서양의 가치 체계를 총체적으로 뒤흔드는 역사적 사건에 무심한 채 자신들의 세계에 갇혀 있었다 할 것이다. 바르뷔스는 마흔한 살의 나이에 자원입대하여 최전방에서 전쟁에 능동적으로 참여한다. 도중에 부상과 피로로 여러 차례 치료를 받던 끝에 결국 건강이 악화되어 전역하고, 이를 바탕으로 『포화』라는 전쟁소설을 써낸다.

전쟁이 끝난 후 정치가 문학계까지 깊숙이 침투한 상황에서 많은 작가들과 예술가들이 좌경화되어갔다. 대재앙의 참혹한 현실 앞에서 새로운 사회와 미래를 꿈꾸면서 또다른 형태의 전쟁, 곧 계급투쟁에 동참한 것이다. 노동자들의 해방은 역사, 조국, 민족주의의 이름으로 2백만 명을 희생시킨 부르주아 정상배들을 통해서가 아니라 노동자들 스스로 사회질서의 전복을 통해 쟁취해야 했다. 러시아 볼셰비키혁명은 새로운 세상에 대한 장밋빛 전망을 좌파 지식인들에게 안겨주었고, 이후 파시즘의 대두와 위협은 국제 공산주의 운동에 지식인들을 끌어들이는 데 좋은 명분이 되었다. 이와 같은 상황에서 바르뷔스는 좌파 운동을 본격적으로 전개하며 1923년에는 프랑스 작가들 가운데 프랑스 공산당에 가입하는 최초의 인물이 된다. 그는 1935년 소련의 모스크바에서 개최된 제7차 공산주의 인터내셔널 대회에 참가하던 중 폐렴으로 사망할 때까지 노동자들의 해방을 위한 투쟁을 이어갔다. 그의 장례식이 파리의 페르라셰즈 공동묘지에서 거행될 때 오십만 명이 운구행렬을 뒤따르면서 평화의 투사이자 프롤레타리아 지식인이었던 그에게

경의를 표했다. 한마디로 바르뷔스는 자신이 살았던 시대를 온몸으로 체험하면서, 행동하는 지성인으로서 할 수 있는 모든 것을 보여준 전형적인 참여 작가라고 할 것이다.

오늘날 소련이나 동구권 국가들이 패망하고 자본주의가 승리했다는 사실이 좌파 이념의 실현을 위해 헌신적으로 싸운 바르뷔스의 작품을 훼손시킬 수는 없다. 공산주의의 실패는 인간성 실험에 대한 실패일 뿐 공산주의 이념 자체를 무조건적으로 비판할 수는 없다. 종교와 종교인들을 구분해야 하듯이, 공산주의와 공산주의자들을 구분해야 한다. 인간 자체가 참된 종교를 따를 수 없고 공산주의 이념을 실현할 수 없는 한계를 지니고 있을 뿐이다. 이상에 다가가기 위한 그들의 희망적인 노력만큼은 영원한 형벌을 받은 시시포스의 끝없는 노력처럼 인간의 위대함을 표현한 것으로 평가되어야 할 것이다.

2. 『포화』 읽기에 도움이 되는 요소들

주전론과 반전론

바르뷔스보다 대략 한 세대 이후 활동한 작가 앙드레 말로는 인터뷰에서 제1차세계대전과 역사의 관계에 대해 이렇게 말한 바 있다. "스무 살 때 우리와 우리의 스승들을 구별지었던 것은 역사의 존재였습니다. 그들이 스무 살 때는 아무 일도 일어나지 않았으니까요. 우리는 죽임을 당하면서 시작했습니다. 우리는 역사가 탱크처럼 들판을 휩쓸고 지나가는 것을 목도한 세대입니다." 역사가 인류를 위협하는 운명으로 변화했던 전쟁에서 민중의 편에 선 바르뷔스가 평화주의자가 되는 것은 자연스러운 일이었다. 반전론자로서 바르뷔스는 병사들의 영웅주의나 용기 또는 애국심을 찬양하는 소설을 쓸 수 없었다. 그렇기 때문에 『포화』는 우선 주전론자들의 공격 대상이 되었다. 그들에겐 전쟁이라는 위기는 인간의 잠자고 있는 에너지를 일깨우고, 평범하고 무기력한 삶에 활력과 긴장을 불어넣으며, 고귀한 정신을 탄생시키며 인간들을 계층화하는 것이다. 전통적으로 귀족 지배계급이 용맹한 전사 계급의 후예라는 점을 상기하자. 전쟁 옹호론자들은 전쟁이 기술 발전에 결정적 역할을 하고 기존의 정체된 세계를 타파하며 신세계를 여는 돌파구로 작용함으로써 인류의 진보를 앞당긴다고 주장한다. 오늘날 현대인이 누리는 문명의 많은 이기는 전쟁에서 이기기 위한 과학적 발명과 기술적 진보를 통해 이루어졌다는 논리다. 따라서 인류의 도약을 위한 파괴로서의 전쟁은 인간이 짊어져야 할 숙명으로 받아들여야 한다는 것이다. 또한 이러한 주장은, 평화란 전쟁을 통해서만 의미가 있다는 논리까지 포함한다. 이와 같이 전쟁을 이상화하는 견해는 나름대로의 논거들을 지니고 있어 무조건적으로 배척할 수는 없다.

이보다 더 심각한 것은 전쟁을 통해 사적인 이익이나 영달을 도모하려는 부르주아계급의 부화뇌동이다. 그들은 전쟁의 이상론을 구실로 내세우지만 사실 속은 시커먼 경우가 많다. 그렇기 때문에 그들은 민중의 맹목적 희생을 고발하는 『포화』가 전쟁에 대한 전통적인 이미지와 일치하지 않는다고 비난의 화살을 퍼붓는다. 이 소설이 프랑스인들의 영웅적 모습과 용기, 드높은 투쟁 정신을 드러내지 않을 뿐 아니라 독일인들의 파렴치한 잔인함도 보여주지 않고, 패배주의적 감상에만 사로잡혀 있다는 것이다.

한편 평화주의자들이 내세우는 반전론은, 우선 전쟁의 참혹함과 끔찍함을 강조하고 생명을 중시한다. 전쟁이 너무나 많은 무고한 민중의 희생을 요구할 뿐만 아니라 전쟁의 명분 자체가 거짓이라는 것이다. 작가 아나톨 프랑스는 "병사들이 조국을 위해 죽는다고 생각하지만 기업가들을 위해 죽는다"고 고발하기도 했다. 지배층의 정복욕과 야심을 채우기 위한 허울좋은 담론이 만들어져 민중을 속이는 게 현실인 경우가 많다. 인간의 무의식에 끓고 있는 폭력적 지배 본능과 '힘에의 의지'가 이데올로기로 포장되고 전쟁의 명분으로 둔갑되어 나타나는 사례가 허다한 것이다. 더욱이 제1차세계대전은 산업화되고 기계화된 무자비한 전쟁으로 용기와 같은 전통적인 전사의 덕목들이 빛을 발하기조차 힘들었고, 그렇다보니 일부 주전론자들까지도 평화주의자로 선회하는 경우도 생겼다.

주전론과 반전론 사이에서 어떤 입장에 설 것인지는 독자 각자의 이데올로기에 따라 다를 것이다. 하지만 참된 지식인이라면 상대를 알고 관용적인 자세를 취해야 하리라. 전쟁과 평화는 동전의 양면처럼 서로 붙어 있다. 그 어떤 이념도 절대적으로 옳을 수 없음을 인정하고 그 어려움을 받아들일 때 우리는 적을 무찌르면서 동시에 용서하는 고귀한 투쟁의 인간상을 구현해낼 수 있을 것이다.

예술 작품과 현실의 재현

바르뷔스의 『포화』가 담아내는 코드는 무엇인가? 독자는 쉽게 그것을 찾아낼 수 있으리라. 그것은 문화적 에너지의 저장고이자 희망인 민중의 편에 선 반전주의, 곧 평화주의다. 바르뷔스는 이 평화주의에 따라 전쟁의 비참함, 터무니없는 노예 같은 민중의 희생 그리고 지옥 같은 불행을 그려냈고, 따라서 이 소설에서 코드는 쉽게 드러나 있다고 할 수 있다. 비밀스러운 코드를 숨겨놓아 읽기에 어려운 작품은 아닌 셈이다.

그렇다면 바르뷔스가 재현해내는 전쟁의 참화는 이른바 사실주의에 충실한 것일까? 이미 하나의 코드를 선택한 이상 그가 그려내는 것은 그 자신이 세상을 보는 관점을 반영하고 있다. 사실주의라는 말에 현혹되지 말자. 사실주의의 완성자로 통하는 『마담 보바리』의 작가 플로베르가 현실을 있는 그대로 묘사하는 미메시스론을 따르고 있다고 생각해서는 안 된다. 그는 화자의 불개입과 무감동을 기술적·형식적으로 드러내는 사실주의 기법을 완성한 것이지 결코 현실을 모방하는 소설을 쓴 것이 아니니 말이다. 이 기법에 따라 현실을 마음대로 요리하는 창조적 작업을 수행함으로써 현실에 대한 착시 현상을 낳은 셈이다. 예술가를 성인이나 영웅 위에 위치시켰던 플로베르는 소설의 인물들과 관련해 "나는 그들을 동일한 진창 속에 뒹굴게 할 것이다"라고까지 말한 바 있다. 소설가에게 현실은 하나의 재료에 불과하다. 그것을 어떻게 다룰 것인지는 전적으로 그의 창조적 자유와 사상에 달려 있다. 그리고 현실이라는 것은 그것을 보는 관점과 해석이 있을 뿐 결코 있는 그대로 도달할 수 있는 것이 아니다.

전쟁에 참여했을 때, 바르뷔스는 자신이 체험하는 비극적 재앙을 결코 극복할 수가 없었다. 그것은 넘어설 수 없는 역사적 운명으로 인간을 옥죄고 파괴하는 초월적인 힘이었다. 하지만 소설을 쓸 때, 그는 전혀 다른 위치에 서게 된다. 전쟁이라는 참극은 그의 자유로운 손안에서 그의 의도와 창작 방향에 따라 새로운 빛깔과 형태로 주조된다. 그는 인물들의 생살여탈권을 쥐고 있을 뿐 아니라 전쟁의 흐름과 전개 양상까지도 마음대로 변형할 수 있다. 조물주적 입장에서 현실을 소유하고 장악하는 반反운명의 세계에 진입하는 것이다. 민중이 지배계급의 허위의식과 압제를 스스로 깨닫고 성장하는 모습을 담은 희망적인 전망 역시 그의 창조적 자유에서 비롯된다. 전쟁이라는 현실의 고통과 아픔을 고발하면서도, 그것들을 지배하면서 문학작품이라는 예술의 독특한 형태 속에 녹여내어 하나의 승화된 미를 형상화하고 있는 것이다. 전쟁의 비극이 존재하는 것은 인간 안에 그런 비극을 초래할 수 있는 욕망이 꿈틀대고 있기 때문이다. 아리스토텔레스의 예술론을 빌리면, 소설은 그것을 문학적 형태로 재창조해 드러냄으로써 독자로 하여금 이런 욕망들을 비워내는 카타르시스를 경험하게 한다. 이로부터 감동과 안도를 통한 즐거움이 나온다. 그러나 『포화』는 이 그리스 철학자의 모방 이론을 따르지 않는다. 비극적 현실의 재현이라기보다는 현실의 초월적 장악이자 지배라 할 수 있다. 그래야만 우리가 과거의 운명을 딛고 이를 넘어선 미래를 꿈꿀 수 있을 테니 말이다.

『포화』의 탄생 과정과 문학 언어

바르뷔스는 1915년 초부터 전쟁에 대한 소설을 쓰리라 마음먹고 전방에서 싸우는 동안 수첩에 메모들을 축적한다. 그런데 마침 〈뢰브르〉의 편집장으로부터 청탁을 받아 이 메모들을 토대로 1916년 8월 3일부터 11월 9일까지 총 아흔세 차례에 걸쳐 소설을 연재한다. 원고들은 바르뷔스의 아내 엘리온을 통해 전달되었다. 그의 애초의 의도는 하나의 분대를 통해 전장의 다양한 국면들과 돌발 상황을 묘사하는 것이었다. 그리고 연재분을 새롭게 재구성해 단행본으로 출간한 것이 바로 이 작품 『포화』다. 연재가 계속되는 동안 독자들의 반응이 좋아 발행 부수가 증가했을 뿐 아니라 문우들의 평가도 우호적이었다. 그러나 자신의 원고에 편집진이 가위질을 하자, 이를 못마땅하게 여긴 바르뷔스는 온전한 작품을 쓰겠다는 마음을 먹는다. 사실, 독일과 전쟁을 벌이고 있는 상황에서 전쟁에 대한 부정적 표현이나 내용은 국민의 사기 진작에 좋은 영향을 미칠 수 없었다. 바르뷔스가 보낸 원고에 병사들을 진력나게 하는 의례적이고 허위적인 선전문들, 장교들의 광기, 병사들의 일상적인 두려움 등이 담겨 있다보니 편집진이 이를 삭제하고자 한 것이다. 이뿐만 아니라 노동자와 농민의 여과되지 않은 욕설 역시 삭제의 대상이 된다. 민중의 편에 선 바르뷔스가 그들의 영혼이 담긴 이 언어의 삭제에 반발하는 것은 당연했다. 이것들이 그들의 대화에서 '소금이자 진실'이었으니 말이다. 바르뷔스는 부상 때문에 후방에서 입원해 있는 동안 본격적으로 소설을 집필하여 1916년 11월 출간하고, 바로 그해 12월 프랑스에서 가장 권위 있는 문학상인 공쿠르상을 수상한다.

『포화』의 주인공은 개인이 아니라 병사들로 이루어진 집단 공동체이고, 더 크게는 민중이라 할 수 있다. 전통적으로 보면 호메로스의 『일리아스』부터 전쟁이라는 대서사시의 주인공들은 왕족이거나 지배계급에 속하는 자들이 주류를 이루며, 이처럼 기층민이 주인공으로 설정된 경우는 드물었다. 소설은 피지배계급으로 이루어진 하나의 전투 분대가 참호를 중심으로 한 전장에서—물론 예외적으로 「휴가」나 「산책」 같은 장들도 있지만—겪는 체험을 스물네 개의 장으로 풀어나간다. 이 과정에서 그들의 의식이 변화해가는 심리적 과정을 드러내는 것이 중요해지며, 따라서 이들의 거친 언어를 재현해내는 것은 필수적이다. 13장 「욕설」에서 화자, 곧 작가와 파리의 삼륜 자전거 배달꾼이었던 바르크가 나누는 대화에서 확인되듯이, 바르뷔스는 병사들의 욕설까지 포함해 그들의 의식을 온전히 담아내고자 한다. 이것은 함께 생사를 넘나들면서 고통을 나눴던 전우들과의 연대감과 전우애를 작품 속에 되살려낼 뿐 아니라, 장차 희망의 근원인 민중을 대변하는 그들에 대한 존경을 표하면서 그들을 후대의 정신 속에 부활시켜 살아남게 하는 방식이기도 하다. 그들의 언어를 그대로 도입한 것은 그들이 전장에서의 공동체 생활을 통해 자신들의 비참함에 대해 명료하게 의식해가는 과정을 독자에게 드러내기 위함이다. 그들과의 생활을 통해 바르뷔스는 "민중에 대한 엄청난 희망"을 발견하고 민중의 각성을 통해 새로운 사회를 건설할 수 있다는 확신을 느꼈다. 이와 같은 각성은 예컨대 볼파트의 대사에서도 분명히 나타난다. "하나의 나라만 있는 게 아니야. (……) 두 개의 나라가 있는 거야. 내 말은, 사람들이 낯선 두 개의 나라로 분리되어 있다고. 전방인 저쪽에는 불행한 자들이 너무 많고 후방인 이곳에는 행복한 자들이 너무 많은 거야." 후방의 안전지대에서 위험을 요령껏 피한 부르주아들과 비전투부대 근무자들이 전방의 노동자·농민 병사들이 흘리는 피의 대가로 행복을 누리고 있다는 볼파트의 인식은 전쟁에 총알받이로 동원된 기층민들이 스스로의 처지를 분명히 각성해가고 있음을 나타낸다. 이와 같은 깨달음은 소설의 마지막 장에서 민족주의를 넘어선 화합과 공동 투쟁을 통해 전쟁을 예방하고 평화를 실현할 수 있다는 다국적 민중의 함성으로 격상되어 그려진다.

오스발트 A. G. 슈펭글러가『서구의 몰락』에서 진단했듯이, 제1차세계대전은 기존 가치 체계를 송두리째 뒤흔들고 '서구의 파산'이라는 그림자를 짙게 드리우면서 지성계에 깊은 충격을 준 사건이다. 지배계급이 더이상 국가와 사회의 미래를 책임질 수 없는 파국적 상황에서 민중이 새로운 희망으로 떠오르는 것은 순리다. 지배계급은 망해도, 백성은 끊임없이 지도층을 배출하는 국민적 에너지의 저장고로 영원히 남아 있기 때문이다. 타락하고 어두운 세계가 파괴로 마감되고 새벽의 오염되지 않은 신세계가 열리는 과정은 소멸과 생성의 신화를 구현한다. 『포화』는 민중의 점진적 각성을 통해 이와 같은 신화를 잉태하고 있는 소설이다.

소설에서 이와 같은 민중의 발견을 통해 희망의 메시지를 전달하고자 한 바르뷔스는 그들이 참호에서 말하는 언어를 어떻게 재현해낼 것인가에 대해 고민한다. 그는 그들의 은어나 속어 혹은 방언을 그대로 살려내면 일부 독자는 이해하지 못할 수 있다는 생각에 결국 다소간 절충한다. 가능한 한 살려내되 이 언어에 문학적 품격을 부여하고자 한 것이다.

소설에서 중심이 되는 분대는 하사 베르트랑이 이끌고 있는데, 전쟁에 동원되기 전 그는 포장 용기 공장의 관리자였다. 그 역시 노동자 출신인 셈이다. 그럼에도 분대장으로서 그는 사려 깊고, 말수는 적지만 목표 중심적이며 신념이 강한 자로, 자신의 의사를 명확하게 전달할 줄 아는 지적 능력을 소유하고 있다. 기층민 병사들을 대변하면서 이들의 저항과 투쟁 의식을 명료한 언어로 표현하는 역할을 부여받은 것이다.

또한 병사들의 대화에는 익명의 인물들이 많이 등장한다. 이름은 한 인간의 인격과 개성을 나타내는 일차적인 표시다. 도살장 같은 전쟁은 이들 무명용사들의 비참한 살육으로 치러지지만 나중에 이름을 남기는 것은 부패한 지도자들 및 소수의 금빛 계급장을 단 자들뿐이라는 것이 소설의 논지이고 보면, 바르뷔스는 오히려 익명성과 무명성을 안고 잡초처럼 불태워져 '영광의 무無' 속으로 사라지는 이 생명들이 미래의 희망찬 지평을 여는 초석이 된다고 보았다. 이름 모를 병사들은 이름을 부여받은 화자의 전우들과 똑같이 불특정 다수의 민중이 지닌 의식을 대변한다.

바르뷔스는 즉각적이고 직설적으로 감정을 표현하는 민중의 언어와 대비해 좌파 이데올로기에 기반하여 현실을 정치적으로 날카롭게 분석하는 서술을 리듬 있게 병치한다. 그는 화자로서 전투 분대에 속해 분대원들과 함께 전쟁에 직접적으로 참여하는 행동적 주체이자 동시에 거리를 두고 상황을 냉철하게 바라보면서 사유하고 판단하고 전망을 제시하는 비판자로 양분되어 있다. 이 이중의 '나'가 한편으로 전쟁의 지옥 같은 진흙탕 속에서 신음하면서 흩어져 소멸하는 병사들의 비참을 체험적으로 보여주고, 다른 한편으로 지배계급의 타락한 민족주의와 허영을 고발하며 그들의 광기어린 단견을 명철하게 비판하는 것이다.

『포화』의 구조와 전쟁 미학

소설은 스물네 개의 장으로 구성되어 있지만, 사실 '포화'라는 제목에 걸맞은 사건은 19장 「포격」에 가서야 펼쳐지며 그다음 장인 「포화」에서 절정에 이른다. 작품의 많은 부분은 참호를 중심으로 다양한 상황 속에서 병사들이 체험하는 부조리와 비참함에 초점이 맞춰지고, 이를 통해 부패한 지배계급의 도발에서 비롯된 민중의 노예 같은 희생이 대체 어떤 것인지가 생생한 현장들을 근거로 드러난다.

『포화』는 1장 「전망」과 마지막 24장 「새벽」이 긴밀한 조응을 이루도록 구조화되어 있는데, 후자가 전자의 사유를 연장하면서 이 두 개의 장이 다른 스물두 개의 장을 둘러싸고 있는 구조다. 1장에서 병원에 입원한 화자는 전장과 거리를 둔 채 사색하면서 민중에 대한 희망을 피력하고, 이는 안개에 싸인 지상에서 펼쳐지는 드라마를 하늘에서 굽어보는 "독수리들"에 의해 상징적으로 표현된다. 새들의 왕인 독수리는 안개처럼 불투명한 세계에 빛을 투사하는 최고의 명철함을 상징하기 때문이다. 사실 전쟁은 이미 시작된 상태이지만, 사람들이 신문을 보고 전쟁의 선포를 알게 되는 것을 보면 아직 초기이며 공식화 단계를 지나고 있다. 따라서 화자의 민중에 대한 인식은 아직 다분히 추상적이고 낙관적 '전망'에 불과하며 그 서광을 보고 있을 뿐이다. "범죄와 과오가 진흙탕 전쟁에 차곡차곡 던져넣은 3천만 명의 노예들은 마침내 어떤 의지가 움트는 인간의 얼굴을 쳐든다. 미래는 이 노예들의 손에 달려 있으며, 한없는 비참함에 잠긴 무수한 이들이 언젠가 이룰 결속을 통해 이 오래된 세계는 변하게 될 것이다." 화자의 입장을 대변하는 이 인용문은 24장에서 병사들의 직접적 언어를 통해 확인된다. 여기서 이미 높은 경지에 도달한 그들의 의식은 냉철한 자각의 수준을 보여줌으로써 화자와 거의 대등한 입장에 선다. "우리는 사형집행인이었을 뿐이야. 정직하게 사형집행인의 직무를 수행한 거라고. 앞으로도 있는 힘을 다해 그 일을 할 테고. 전쟁을 단죄하고 그 숨통을 끊기 위해서라도 이 일은 위대하고 중요하니까. 살육이라는 행위는 언제나 비열해—때로는 필요하기도 하지만 그럼에도 언제나 비열한 짓이지." (중략) "오늘의 전쟁이 한 걸음 진보를 가져왔다면, 전쟁으로 인한 불행과 살육은 대수롭지 않게 여겨질 거야." 이렇게 볼 때, 나머지 스물두 개의 장은 1장에서 내놓은 전망과 24장에서 확인된 희망의 빛이 구체적으로 검증되어가는 과정을 담아내고 있다 하겠다.

첫 장과 마지막 장의 배경이 각각 '석양'과 '새벽'으로 설정된 것은 의미심장하다. 석양과 새벽 사이에는 기나긴 어두운 밤의 터널이 있다. 그러니까 소설은 어둠의 전조인 석양에서 시작되지만 새벽에 대한 희망을 안고 밤의 종말론적 고난을 뚫고 가는 셈이다. 석양은 지는 해로서 몰락을 상징하지만, 내일 다시 떠오르는 새벽빛을 내다보게 하면서 개벽의 회귀를 위한 밤의 무자비한 파괴와 고난의 여정을 준비하게 하기도 한다.

이 여정은 '진흙'과 '물'로 상징되는 말세적인 풍경으로 점철된다. 소설이 전개되는 내내 물에 의한 파괴가 넘쳐나고 이에 따라 진흙탕 속에서 병사들이 죽음과 함께 뒹굴고 있는 단테적인 지옥 같은 세계가 펼쳐진다. 물과 진흙은 모두 원초적 요소들로서 종말에서 시작으로, 소멸에서 생성으로 가는 최후의 지점에서 구세계를 무너뜨리는 상징적 이미지로 작용한다. 전장에서 파르파데와 집시의 여인 외독시 사이에서 피어난 사랑마저 풋사랑으로 진흙 속에 묻히고 만다. 소설의 마지막 장에서 물에 대한 묘사를 보자. "물이 모든 것을 차지하며 도처에 넘쳐흐른다. 간밤에 병사들이 했던 예측은 사실이 되었다. 더이상 참호는 없고, 참호들은 침수되어 운하를 이룬 것이다. 모든 곳이 범람했다. 전쟁터는 잠을 자고 있는 게 아니라 죽어버렸다." 기존 세계의 지배계급이 일으킨 전쟁의 현장 자체를 쓸어가버릴 정도로 물은 모든 것을 무화하고 해체하는 파괴력을 통해 신세계를 열기 위한 준비를 한다. 성서 속 노아의 홍수를, 그리스신화에서 제우스가 타락한 인간들을 벌하기 위해 아흐레 동안 폭풍우로 세상을 쓸어버린 에피소드를 상기해보자. 또한 상징은 항상 양면적 가치를 지니고 있음을 잊어서는 안 된다. 물은 동시에 생명의 근원일 뿐 아니라 무의식적으로 뱃속 양수와 연결되어 원초적 행복을 상징하기도 한다. 진흙 역시 퇴화와 파괴의 시작을 나타내며, 죄악의 구렁텅이 같은 윤리적 상징성을 띠면서도 구렁텅이 자체를 통해 무너져가는 낡은 세계와 연결되고, 종말에서 시작으로 가는 순환적 사이클의 변화를 표상한다. 하지만 신이 흙과 물을 결합한 진흙으로 인간을 만들듯이, 긍정적 의미의 진화와 변모를 상징하기도 한다. 마지막 장을 보면 이와 같은 진흙탕 속에서 "머리끝부터 발끝까지 진흙으로 뒤덮여 거의 사물처럼 변한 모습으로 쓰러져" 있는 병사들에 대한 묘사가 새벽을 배경으로 자리잡고 있다.

파괴와 창조를 통한 신질서 구축의 모든 신화적 과정이 그렇듯이, 『포화』에서 물과 진흙 속에서 피를 흘리며 죽어간 민중 병사들은 구질서 타파에 따르는 순교적 희생의 대가를 치른다. 그들 스스로 무명無明

에서 깨어나고 자각하면서 새 시대의 새벽을 여는 운동으로 규정될 수 있는 고난의 전쟁은, 지배계층이 결코 시혜처럼 베풀어줄 수 없는 자유와 행복을 위해 그들이 숭고한 죽음을 감내하기를 요구한다. 이런 점에서 그들의 희생은 상반되는 두 가지 의미를 지닌다. 하나는 기득권 권력층의 야욕 때문에 짐승처럼 무가치하게 무참히 죽어간다는 부정적 의미다. 다른 하나는 긍정적 의미로, 그들이 흘리는 민중의 피는 악취나는 낡은 세상을 허물고 밝고 깨끗한 세상을 건설하기 위해 바쳐야 하는 제의적 공물로 여겨진다. 이와 같은 이중적 의미를 다른 말로 표현하면, 병사들은 희생자이자 동시에 사형집행자인 셈이다. 그들은 스스로를 희생하면서 구질서를 단죄하고 죽음의 세계로 던지는, 즉 사형집행을 하는 존재들이기 때문이다.

한편 소설 속 시간의 흐름은 상당히 불분명하다. 시간적 순서에 따른 인과관계를 밟아가면서 이야기를 정연하게 전개하는 고전적 수법을 채택하고 있지 않기 때문이다. 이러한 점에서 『포화』는 이미 충분히 현대성을 띤다. 작가는 병사들의 비참한 현실을 부각하는 데 필요하다고 판단한 다양한 단면적 실상들을 대략적 시간의 얼개 속에 콜라주처럼 병치했다. 대신 독자로 하여금 대략적인 시간의 흐름을 파악하도록 여기저기 지표들을 남겨놓는다. 가장 확실하게 눈에 띄는 것은 바르뷔스가 소설의 말미에 적어둔 "1915년 12월"이라는 날짜다. 다음으로 2장 「땅속에서」를 보면 병사들이 이미 "오백 일" 전부터 참호 생활을 하고 있다는 정보가 제시되며, 16장 「목가」에는 "일 년 반"이라는 단서가 나타난다. 제1차세계대전은 1914년 7월 말에 시작되었으니, 그렇다면 화자는 전쟁 발발 초기부터 참여하고 있으나, 처음 오백 일 동안의 다소 혼란스러운 상황은 1장에서 앞으로의 전망 속에 축약해놓고, 그 이후 병사들이 겪는 참담한 삶과 그들이 드러내는 반항을 2장에서부터 다채로운 스펙트럼으로 그려간다. 이와 같은 시간의 불투명성 속에서 잘려 있는 불연속적 사건들이 흑백 기록영화처럼 연쇄적으로 펼쳐지는 가운데 독자는 지옥과도 같은 전쟁이라는 현장을 병사들과 함께하게 된다. 이러한 구성으로 인해 시간의 분명한 흐름을 파악하기란 쉽지 않은데, 바로 이 때문에 소설은 때때로 영화의 '정지 화상' 같은 효과를 얻는다. 즉, 독자는 죽음이 전우들을 레테의 강으로 끊임없이 끌고 가는 가운데 병사들이 겪는 비참한 일상이 반복적으로 묘사되는 느낌을 받음으로써 정지된 화상처럼 고정된 이미지를 머릿속에 각인시킨다. 어떤 특정한 계기를 통해 단번에 미망에서 깨어나기보다는, 많은 다양한 체험들을 통해 조금씩 자신도 모르게 각성해가던 민중 병사들은 마지막에 이르러 각자의 경험에 따라 축적된 계몽 의식을 폭포처럼 쏟아낸다.

또하나, 시간과 관련해 소설에서 주목되는 것으로 시제의 교대를 들 수 있다. 『포화』의 주요 시제는 현재와 단순과거이다. 단순과거(우리말로 옮길 때 그냥 과거로 번역한다)에 대해 간단하게 설명하자면, 사건과 행동을 인과관계에 따라 객관적으로 서술하는 시제로 역사를 기술할 때 일반적으로 사용되며 발자크의 작품 같은 사실주의적 전통소설에서 강하게 나타난다고 할 수 있다. 소설에서 단순과거는 일반적으로 반과거와 교대로 활용되면서 다성적 현상을 만들어내는데, 반과거는 배경이나 심리묘사, 반복과 지속을 나타내면서 이야기의 역동적 전개를 지연시키는 작용을 한다. 단순과거는 반대로 사건과 행동에 대한 객관적 거리를 유지한 채 그것들이 저절로 굴러가는 것처럼 기술하는 효과를 낳는다. 현재시제는 원칙적으로 보면 소설에서 쓸 수 없는 시제이다. 저자 혹은 화자가 이야기하거나 묘사하는 대상은 찰나적인 시간의 차이라 할지라도 이미 듣거나 본 것이기 때문이다. 하지만 작가는 창조적 자유에 따라 이런 원칙을 파괴하면서 다양한 의도에서 현재시제를 소설 속에 도입한다. 그렇다면 바르뷔스는 전통소설에서 사용된 시제 사용 방식을 탈피함으로써 이 소설을 또다른 관점에서 현대소설의 반열에 올려놓았다고 할 수 있다. 1장을 보면 전체가 현재시제로 되어 있는 반면에 마지막 24장에서는 현재와 단순과거가 교차하며, 후자가 매우 많이 나타난다. 이 두 개의 장 사이에 있는 스물두 개의 장에도 두 시제는 이야기 전개에 따라 점차 불규칙적으로 교차된다. 이와 같은 현상은 이렇게 해석할 수 있지 않을까? 현재는 화자와 더불어 독자가 전쟁의 비극을 즉각적인 현재의 것으로 느끼게 함으로써, 이 이야기가 우리 모두에게 당면한 현실임을 부각시킨다. 즉, 서구문명사의 방향을 바꾸는 이 대사건이 제삼자의 일이 아니라, 우리 모두의 초미의 관심사임을 강조하는 시제라고 볼 수 있다. 반면에 단순과거는 이 역사적 사건을 객관적으로 바라보는 거리두기의 시제라고 할 수 있다. 때로는 화자가 독자와 함께 사건으로부터 빠져나와 그것을 냉철하게 바라보며 판단하기 위한 조건으로 사용된 시제인 셈이다. 이를 바탕으로 화자와 독자로 구성된 우리는 상황이나 전망에 대한 치열한 의식을 강화할 수 있을 뿐 아니라 아직도 끝나지 않은 전쟁을 훨씬 더 강렬하게 체험하게 되는 것이다. 『포화』의 이야기가 끝나는 시점은 1915년 12월이고, 이 소설이 출간된 시점이 1916년 11월이며, 전쟁은 1918년 11월에 끝나니, '포화'의 세계는 아직도 이 년이나 남아 있었다. 이와 같은 사정 또한 바르뷔스는 고려하지 않을 수 없었으리라. 요컨대 상호 피드백을 통해 서로를 보완하는 현재와 단순과거는, 운명처럼 지나가고 있는 역사의 재앙을 극복해나가는 주체인 민중에 대한 희망의 메시지를 전달하기 위해 소설가가 독창적으로 도입한 시제들이라 할 것이다.

인종, 민족, 국가를 넘어 보편적인 형제애를 통해 세계 평화를 갈구하는 민중들의 투쟁의 함성으로 마무리되는 장대한 서사적 여정에 바르뷔스는 작가적 역량을 발휘하여 많은 점묘법적 묘사를 비롯한 시학적·미학적 기교들을 배치해놓았다. 각각의 묘사들의 통일적 울림을 통해 소설은 독특한 빛깔을 띤 하나의 예술작품으로 우뚝 선다. 제1차세계대전을 소재로 한 전쟁소설 중에서도 백미로 꼽히는 『포화』는 부르주아의 구질서가 문화의 정점에서 일으킨 전쟁을 오히려 낡은 세계를 무너뜨리는 계기로 삼는 민중을 예찬하며 전쟁 미학을 구현한다. 이런 사실을 염두에 두고 읽는다면 독자는 작품을 훨씬 더 감동적으로 받아들일 수 있을 것이다.

해설 속에서 내놓은 요소들은 독자의 풍요로운 독서에 도움이 되도록 제시한 최소한에 불과하다. 독자 자신은 얼마든지 보다 생산적이고 창조적으로 텍스트를 확장해나가면서 자신만의 사유를 펼쳐낼 수 있을 것이다.

3. 옮긴이의 말

이 명작을 번역하면서 정말 많은 어려움을 겪었다. 우선 소설의 주인공인 기층민 병사들이 사용하는 수많은 은어, 속어, 방언을 우리말로 옮기는 데 한계가 있었다. 그것들 가운데 많은 것들이 프랑스어-한국어 사전이나 프랑스어-프랑스어 사전에도 나타나지 않아 구글 검색을 통해 은어 사전 및 기타 관련 사전들을 참조해 해결해가면서 번역했다. 하지만 그래도 힘든 때가 많았다. 프랑스인 교수한테 물어보아도 어려워하는 경우가 있었으니 참으로 많은 난관을 이기고 번역을 마친 셈이다. 특히 프랑스 기층민들의 언어를 이해했다 해도, 이것을 우리의 과거 노동자들이나 농민들이 사용하는 표현으로 번역해야 제맛이 날 것이라 생각하니 번역을 포기하는 게 낫지 않을까 하는 망설임까지 일었지만, 출판사와 상의한 끝에 할 수 있는 한에서 최선을 다하면 되리라는 견해를 받아들여 나름의 우리말을 찾아 번역하려 애썼다. 그럼에도 어쩔 수 없는 벽을 느껴야 했으니 이번 작업은 시를 번역하는 것만큼이나 "번역이 반역"임을 체험하는 과정이었다. 시간도 엄청나게 들어, 보통 번역의 두 배 이상 걸린 것 같다.

『포화』를 원서로 읽어본 사람이라면 아마 누구도 이 소설을 선불리 번역하겠다고 나서기가 쉽지 않을 것이다. 그런데도 출판사의 각별한 권유에 힘입어 번역에 도전했으니 독자도 그 마음에 공감해주는 심정으로 이 소설을 읽어주면 고맙겠다. 한 가지 아쉬운 것은 번역을 마친 다음에야 이 소설이 1974년 고故 정봉구 선생님에 의해 번역된 적이 있다는 사실을 뒤늦게 알았다는 것이다. 부랴부랴 도서관에서 이 책을 찾아내어 여전히 의미가 불명확했던 은어나 속어 표현들의 번역을 참조했음을 밝힌다.

『포화』 번역에 사용한 판본은 2007년 갈리마르출판사에서 나온 것이며, 파스칼 살리니에가 덧붙인 자료를 참고하여 해설과 작가 연보를 썼다. 특히 이 자료가 연보를 작성하는 데 큰 도움이 되었음을 밝힌다. 끝으로 우여곡절 끝에 이 책이 출간되도록 해준 문학동네와 여러 번에 걸쳐 원고 수정을 맡아준 김수연 편집자에게 감사를 전한다.

김웅권

1873년 5월 17일 일드프랑스 오드센도道의 아니에르쉬르센에서 프랑스 남부 출신 아버지와 영국계 어머니 사이에서 둘째로 태어남. 아버지는 제네바대학교에서 신학을 공부한 개신교도이자 기자 겸 작가였음.

1876년 세 살 때 어머니를 여의고 어머니의 친구인 보모에 의해 양육됨.

1885~1893년 어렸을 때부터 문학, 특히 시에 매료됨. 급우들과 함께 샤를 보들레르, 폴 베를렌의 시들을 낭송하고 연구하기도 하며 습작 시를 써보기도 함. 파리의 중등학교인 콜레주 롤랑 입학 후 스테판 말라르메에게서 영어를 배우면서 사제의 인연을 맺으며 시적 재능을 높이 평가받고, 앙리 베르그송으로부터 철학을 배움. 소르본대학교에 입학해서는 문학 학사학위를 취득함. 또한 개신교도인 아버지의 영향도 있어 좌파 이념, 합리적 진리에 대한 애착, 보편적 평화, 인본주의 등에 관심을 갖게 됨. 1892년 작가 겸 평론가 카튈 망데스가 주최한 〈파리의 메아리L'Écho de Paris〉 신문사의 시 공모전에 원고를 투고했고 망데스는 그에게 지원을 약속함. 바르뷔스는 곧바로 데뷔하여 다니엘 알레비, 마르셀 프루스트, 페르낭 그레그 같은 젊은이들이 창간한 〈향연Le Banquet〉이라는 신생 잡지의 지지를 받음.

1894년 카튈 망데스의 후원 속에서 신문에 기고하는 한편 단편소설을 발표함.

1895년 3월 시집 『흐느끼는 여인들*Pleureuses*』을 발표해 호평을 받음. 망데스의 소개로 앙리 레니에, 폴 발레리, 스테판 말라르메 등 당시 젊은 문인들의 모임인 에레디아 만찬회에 참여.

1896년 내무부 홍보실에 취직해 안정적 수입을 보장받게 됨.

1898년 안정된 직장을 발판으로 카튈 망데스의 막내딸 엘리온과 결혼. 망데스가家의 세 자매는 피에르 오귀스트 르누아르의 그림 〈카튈 망데스의 딸들〉로도 유명함.

1899년 농림부 비서실 차장이 되어 1902년까지 근무하면서도 꾸준히 신문, 잡지에 기고함.

1903년 농림부 근무를 그만두고 창작에 전념하기 시작함. 첫 소설 『애원하는 사람들*Les Suppliants*』 출간.

1908년 비극적이고 실존주의적인 소설 『지옥*L'Enfer*』 출간. 이 작품으로 단번에 프랑스 문단의 주목을 받으며 작가로서의 입지를 다짐.

1908~1913년 「나는 고발한다」를 통해 드레퓌스사건을 촉발시킨 졸라의 변호인 페르낭 라보리 같은 인사들을 만나고 인도주의, 사회주의에 관심을 보이는 한편 아내 엘리온과 함께 사교계 생활을 즐기고 프랑스 북부의 오몽에 별장을 지음. 민중극을 시도하기도 하고 시인 제앙 릭튀스와 우정을 맺음. 앙드레 스피르와의 만남이 결정적 계기가 되어 사회적 약자들과 빈민에 대한 관심을 보이며 작품에 정치적 색채를 드러내기 시작함. 1910년부터는 〈르마탱Le Matin〉지에 기고하면서 사실주의적 소명 의식을 바탕으로 인간과 세계의 비극적 현실과 조건을 날카롭게 분석하기 시작함.

1914년 1914년 이전까지 여러 지면에 발표한 작품을 모아 단편집 『우리들은*Nous autres*』 출간. 제1차세계대전이 발발해 동원령이 내려지자 41세의 나이에 일반 병사로 자원입대하여

서부 전선에 배치됨. 6월 8일 전쟁십자훈장 수훈. "최전방에서 포격이 쏟아지는 가운데 자발적으로 몸을 바쳐 신음하는 부상자들을 구호소까지 옮겼다"고 사유가 기록됨. 11월 18일, 건강이 악화되어 17개월의 전선 생활을 뒤로하고 소속을 바꿔 사령부의 서기로 발령받음. 1916년 8월 25일에는 사령부를 떠나 여러 병원에서 치료받기를 반복했지만 결국 1917년 6월 1일에 전역.

1916년 전방에서 기록한 메모를 바탕으로 소설 『포화*Le Feu*』를 쓰기 시작함. 『포화』는 8월 3일부터 11월 9일까지 신문 〈뢰브르L'Œuvre〉에 연재되고 11월 단행본으로 출간됨. 엄청난 반향과 함께 그해 12월 공쿠르상을 받음. 바르뷔스는 국제적인 명성을 얻는 한편 군인과 민족주의자로부터 패배주의라는 비난을 받음.

1917년 절친한 작가 폴 바이양쿠튀리에, 레몽 르페브르와 함께 공화국 재향군인회A.R.A.C.를 설립해 퇴역군인과 희생자에 대한 보상을 촉구하고 반전 평화를 위해 공화국 이념인 자유, 평등, 박애를 고무하고자 함. 이 단체는 사회주의, 공산주의 세력의 지지를 얻음. 에세이집 『전사의 말*Paroles d'un combattant*』 출간.

1918년 사회주의 신문 〈민중Le Populaire〉의 편집장을 맡게 됨. 그러나 정치적 참여를 망설이며 정당에는 가입하지 않음.

1919년 소설 『광명*Clarté*』 출간. 전쟁의 고통이나 실존적 불안과 같은 주제를 다시 다루지만 비평계는 "문학을 정치에 희생시켰다"고 그를 비난함. 같은 해 지식인들을 대상으로 한 평화주의 운동인 '광명'을 조직, 동명의 잡지를 창간하여 지식인들을 국제 공산주의에 가담시키고, 노동자계급의 편에서 활동하게 고무함. 단편집 『환상*L'Illusion*』을 출간함.

1920년 '광명' 운동을 설명하기 위한 에세이 『심연 속의 희미한 빛*La Lueur dans l'abîme*』을 출간함.

1921년 단편집 『마음 한 구석*Quelques coins du cœur*』, 에세이집 『입에 문 칼*Le Couteau entre les dents*』을 발표해 볼셰비키 혁명과 공산주의 이념을 옹호함.

1922년 단편집 『낯선 사람들*L'Étrangère*』 출간.

1923년 프랑스 공산당에 가입한 최초의 프랑스 작가가 됨.

1923~1928년 트로츠키 노선을 인정하지 않고 스탈린 노선을 지지하면서 적극적으로 활동함. 독일, 영국, 소련, 미국 등을 여행함. 예수그리스도에 대해 책을 쓸 때조차도 예수를 미완의 공산주의자로 그려냄. 『사슬*Les Enchaînements*』 『사형집행인들*Les Bourreaux*』 『예수*Jésus*』 『예수의 유다들*Les Judas de Jésus*』 『지식인들에게 보내는 성명서*Manifeste aux intellectuels*』 『사회면*Faits divers*』 등을 발표함. 1926년 프랑스 공산당 기관지 〈뤼마니테L'Humanité〉에 합류함. 1928년 트로츠키 노선에 경도된 잡지 〈광명〉이 내부 대립으로 폐간됨. 같은 해 프롤레타리아 문학과 예술을 진작시키기 위한 잡지 〈몽드Monde〉를 창간해 사망할 때까지 편집장을 맡음. 프랑스 국내의 반전 평화 운동, 공산주의 운동에 가담했을 뿐 아니라 이탈리아와 독일의 파시즘을 비판하고 인도의 독립을 지지하는 등 세계 각국에서 벌어지는 운동에 참여함.

1929년 『그루지야를 어떻게 만들고 말았는가*Voici ce que l'on a fait de la Géorgie*』 출간.

1930년 『과거의 것은 미래에도 존재할 것이다*Ce qui fut sera*』 『상승*Elévation*』 『러시아*Russie*』 출간.

1932~1933년 『졸라*Zola*』 출간. 로맹 롤랑 등과 함께 국제 반전 회의를 추

진하여 8월 암스테르담에서 개최됨. 이듬해인 1933년에는 파리 플레옐에서 개최됨. 일명 '암스테르담-플레옐'로 불리는 이 회의에는 막심 고리키, 하인리히 만, 알베르트 아인슈타인, 버트런드 러셀, 시어도어 드라이저 등 전 세계 29개국 2천여 명의 지식인이 참가함.

1935년 『스탈린: 한 인물을 통해 본 새로운 세계*Staline: Un monde nouveau vu à travers un homme*』 출간. 제7차 공산주의 인터내셔널 대회에 참가하기 위해 모스크바에 체류하던 중, 8월 30일 폐렴으로 사망. 공산당이 준비한 성대한 장례식은 파리의 페르라셰즈 묘지에서 거행되었으며 파리코뮌 당시 학살을 상징하는 국민군의 벽 앞에 묻혀 영면에 들어감.

1936년 『레닌과 그의 가족*Lénine et sa famille*』 출간.

1937년 『아내에게 보낸 앙리 바르뷔스의 편지 1914-1917*Lettres de Henri Barbusse à sa femme 1914-1917*』 출간.

문학동네 세계문학전집 발간에 부쳐

세계문학은 국민문학 혹은 지역문학을 떠나 존재하는 문학이 아니지만 그것들의 총합도 아니다. 세계문학이라는 용어에는 그 나름의 언어와 전통을 갖고 있는 국민문학이나 지역문학의 존재를 인정하면서 그것을 넘어서는 문학의 보편적 질서에 대한 관념이 새겨져 있다. 그 용어를 처음 고안한 19세기 유럽인들은 유럽문학을 중심으로 그 질서를 구축했지만 풍부한 국민문학의 전통을 가지고 있는 현대의 문학 강국들은 나름의 방식으로 세계문학을 이해하면서 정전(正典)의 목록을 작성하고 또 수정한다.

한국에서도 세계문학 관념은 우리 사회와 문화의 변화 속에서 거듭 수정돼왔다. 어느 시기에는 제국 일본의 교양주의를 반영한 세계문학 관념이, 어느 시기에는 제3세계 민족주의에 동조한 세계문학 관념이 출현했고, 그러한 관념을 실천한 전집물이 출판됐다. 21세기 한국에 새로운 세계문학전집이 필요하다는 것은 명백하다. 우리의 지성과 감성의 기준에 부합하는 세계문학을 다시 구상할 때가 되었다.

문학동네 세계문학전집은 범세계적으로 통용되는 고전에 대한 상식을 존중하면서도 지난 반세기 동안 해외 주요 언어권에서 창작과 연구의 진전에 따라 일어난 정전의 변동을 고려하여 편성되었다. 그래서 불멸의 명작은 물론 동시대 세계의 중요한 정치·문화적 실천에 영감을 준 새로운 작품들을 두루 포함시켰다.

창립 이후 지금까지 한국문학 및 번역문학 출판에서 가장 전문적이고 생산적인 그룹을 대표해온 문학동네가 그간 축적한 문학 출판 경험을 바탕으로 새로운 세계문학전집을 펴낸다. 인류가 무지와 몽매의 어둠 속을 방황하면서도 끝내 길을 잃지 않은 것은 세계문학사의 하늘에 떠 있는 빛나는 별들이 길잡이가 되어주었기 때문이다. 우리가 자부심과 사명감 속에서 그리게 될 이 새로운 별자리가 독자들의 관심과 애정에 힘입어 우리 모두의 뿌듯한 자산이 되기를 소망한다.

세계문학전집 255
포화

초판 인쇄 2024년 12월 2일
초판 발행 2024년 12월 16일

지은이 앙리 바르뷔스 | 옮긴이 김웅권

책임편집 김수연 | 편집 홍상희 김미혜 오동규
디자인 신선아 최미영 | 저작권 박지영 형소진 최은진 오서영
마케팅 정민호 서지화 한민아 이민경 왕지경 정유진 정경주 김수인 김혜원 김예진
브랜딩 함유지 함근아 박민재 김희숙 이송이 김하연 박다솔 조다현 배진성
제작 강신은 김동욱 이순호 | 제작처 영신사

펴낸곳 (주)문학동네 | 펴낸이 김소영
출판등록 1993년 10월 22일 제2003-000045호
주소 10881 경기도 파주시 회동길 210
전자우편 editor@munhak.com | 대표전화 031)955-8888 | 팩스 031)955-8855
문의전화 031)955-1927(마케팅), 031)955-3560(편집)
문학동네카페 http://cafe.naver.com/mhdn
인스타그램 @munhakdongne | 트위터 @munhakdongne
북클럽문학동네 http://bookclubmunhak.com

ISBN 979-11-416-0156-0 04860
978-89-546-0901-2 (세트)

잘못된 책은 구입하신 서점에서 교환해드립니다.
기타 교환 문의 031)955-2661, 3580

www.munhak.com

1, 2, 3 안나 카레니나 레프 톨스토이 | 박형규 옮김
4 판탈레온과 특별봉사대 마리오 바르가스 요사 | 송병선 옮김
5 황금 물고기 J. M. G. 르 클레지오 | 최수철 옮김
6 템페스트 윌리엄 셰익스피어 | 이경식 옮김
7 위대한 개츠비 F. 스콧 피츠제럴드 | 김영하 옮김
8 아름다운 애너벨 리 싸늘하게 죽다 오에 겐자부로 | 박유하 옮김
9, 10 파우스트 요한 볼프강 폰 괴테 | 이인웅 옮김
11 가면의 고백 미시마 유키오 | 양윤옥 옮김
12 킴 러디어드 키플링 | 하창수 옮김
13 나귀 가죽 오노레 드 발자크 | 이철의 옮김
14 피아노 치는 여자 엘프리데 옐리네크 | 이병애 옮김
15 1984 조지 오웰 | 김기혁 옮김
16 벤야멘타 하인학교 - 야콥 폰 군텐 이야기 로베르트 발저 | 홍길표 옮김
17, 18 적과 흑 스탕달 | 이규식 옮김
19, 20 휴먼 스테인 필립 로스 | 박범수 옮김
21 체스 이야기 · 낯선 여인의 편지 슈테판 츠바이크 | 김연수 옮김
22 왼손잡이 니콜라이 레스코프 | 이상훈 옮김
23 소송 프란츠 카프카 | 권혁준 옮김
24 마크롤 가비에로의 모험 알바로 무티스 | 송병선 옮김
25 파계 시마자키 도손 | 노영희 옮김
26 내 생명 앗아가주오 앙헬레스 마스트레타 | 강성식 옮김
27 여명 시도니가브리엘 콜레트 | 송기정 옮김
28 한때 흑인이었던 남자의 자서전 제임스 웰든 존슨 | 천승걸 옮김
29 슬픈 짐승 모니카 마론 | 김미선 옮김
30 피로 물든 방 앤절라 카터 | 이귀우 옮김
31 숨그네 헤르타 뮐러 | 박경희 옮김
32 우리 시대의 영웅 미하일 레르몬토프 | 김연경 옮김
33, 34 실낙원 존 밀턴 | 조신권 옮김
35 복낙원 존 밀턴 | 조신권 옮김
36 포로기 오오카 쇼헤이 | 허호 옮김
37 동물농장 · 파리와 런던의 따라지 인생 조지 오웰 | 김기혁 옮김
38 루이 랑베르 오노레 드 발자크 | 송기정 옮김
39 코틀로반 안드레이 플라토노프 | 김철균 옮김
40 어두운 상점들의 거리 파트릭 모디아노 | 김화영 옮김
41 순교자 김은국 | 도정일 옮김
42 젊은 베르테르의 슬픔 요한 볼프강 폰 괴테 | 안장혁 옮김
43 더블린 사람들 제임스 조이스 | 진선주 옮김
44 설득 제인 오스틴 | 원영선, 전신화 옮김
45 인공호흡 리카르도 피글리아 | 엄지영 옮김
46 정글북 러디어드 키플링 | 손향숙 옮김
47 외로운 남자 외젠 이오네스코 | 이재룡 옮김
48 에피 브리스트 테오도어 폰타네 | 한미희 옮김
49 둔황 이노우에 야스시 | 임용택 옮김
50 미크로메가스 · 캉디드 혹은 낙관주의 볼테르 | 이병애 옮김

51, 52 염소의 축제 마리오 바르가스 요사 | 송병선 옮김
53 고야산 스님 · 초롱불 노래 이즈미 교카 | 임태균 옮김
54 다니엘서 E. L. 닥터로 | 정상준 옮김
55 이날을 위한 우산 빌헬름 게나치노 | 박교진 옮김
56 톰 소여의 모험 마크 트웨인 | 강미경 옮김
57 카사노바의 귀향 · 꿈의 노벨레 아르투어 슈니츨러 | 모명숙 옮김
58 바보들을 위한 학교 사샤 소콜로프 | 권정임 옮김
59 어느 어릿광대의 견해 하인리히 뵐 | 신동도 옮김
60 웃는 늑대 쓰시마 유코 | 김훈아 옮김
61 팔코너 존 치버 | 박영원 옮김
62 한눈팔기 나쓰메 소세키 | 조영석 옮김
63, 64 톰 아저씨의 오두막 해리엇 비처 스토 | 이종인 옮김
65 아버지와 아들 이반 투르게네프 | 이항재 옮김
66 베니스의 상인 윌리엄 셰익스피어 | 이경식 옮김
67 해부학자 페데리코 안다아시 | 조구호 옮김
68 긴 이별을 위한 짧은 편지 페터 한트케 | 안장혁 옮김
69 호텔 뒤락 애니타 브루크너 | 김정 옮김
70 잔해 쥘리앵 그린 | 김종우 옮김
71 절망 블라디미르 나보코프 | 최종술 옮김
72 더버빌가의 테스 토머스 하디 | 유명숙 옮김
73 감상소설 미하일 조셴코 | 백용식 옮김
74 빙하와 어둠의 공포 크리스토프 란스마이어 | 진일상 옮김
75 쓰가루 · 석별 · 옛날이야기 다자이 오사무 | 서재곤 옮김
76 이인 알베르 카뮈 | 이기언 옮김
77 달려라, 토끼 존 업다이크 | 정영목 옮김
78 몰락하는 자 토마스 베른하르트 | 박인원 옮김
79, 80 한밤의 아이들 살만 루슈디 | 김진준 옮김
81 죽은 군대의 장군 이스마일 카다레 | 이창실 옮김
82 페레이라가 주장하다 안토니오 타부키 | 이승수 옮김
83, 84 목로주점 에밀 졸라 | 박명숙 옮김
85 아베 일족 모리 오가이 | 권태민 옮김
86 폭풍의 언덕 에밀리 브론테 | 김정아 옮김
87, 88 늦여름 아달베르트 슈티프터 | 박종대 옮김
89 클레브 공작부인 라파예트 부인 | 류재화 옮김
90 P세대 빅토르 펠레빈 | 박혜경 옮김
91 노인과 바다 어니스트 헤밍웨이 | 이인규 옮김
92 물방울 메도루마 슌 | 유은경 옮김
93 도깨비불 피에르 드리외라로셸 | 이재룡 옮김
94 프랑켄슈타인 메리 셸리 | 김선형 옮김
95 래그타임 E. L. 닥터로 | 최용준 옮김
96 캔터빌의 유령 오스카 와일드 | 김미나 옮김
97 만(卍) · 시게모토 소장의 어머니 다니자키 준이치로 | 김춘미, 이호철 옮김
98 맨해튼 트랜스퍼 존 더스패서스 | 박경희 옮김
99 단순한 열정 아니 에르노 | 최정수 옮김

100 열세 걸음 모옌 | 임홍빈 옮김
101 데미안 헤르만 헤세 | 안인희 옮김
102 수레바퀴 아래서 헤르만 헤세 | 한미희 옮김
103 소리와 분노 윌리엄 포크너 | 공진호 옮김
104 곰 윌리엄 포크너 | 민은영 옮김
105 롤리타 블라디미르 나보코프 | 김진준 옮김
106, 107 부활 레프 톨스토이 | 박형규 옮김
108, 109 모래그릇 마쓰모토 세이초 | 이병진 옮김
110 은둔자 막심 고리키 | 이강은 옮김
111 불타버린 지도 아베 고보 | 이영미 옮김
112 말라볼리아가의 사람들 조반니 베르가 | 김운찬 옮김
113 디어 라이프 앨리스 먼로 | 정연희 옮김
114 돈 카를로스 프리드리히 실러 | 안인희 옮김
115 인간 짐승 에밀 졸라 | 이철의 옮김
116 빌러비드 토니 모리슨 | 최인자 옮김
117, 118 미국의 목가 필립 로스 | 정영목 옮김
119 대성당 레이먼드 카버 | 김연수 옮김
120 나나 에밀 졸라 | 김치수 옮김
121, 122 제르미날 에밀 졸라 | 박명숙 옮김
123 현기증. 감정들 W. G. 제발트 | 배수아 옮김
124 강 동쪽의 기담 나가이 가후 | 정병호 옮김
125 붉은 밤의 도시들 윌리엄 버로스 | 박인찬 옮김
126 수고양이 무어의 인생관 E. T. A. 호프만 | 박은경 옮김
127 맘브루 R. H. 모레노 두란 | 송병선 옮김
128 익사 오에 겐자부로 | 박유하 옮김
129 땅의 혜택 크누트 함순 | 안미란 옮김
130 불안의 책 페르난두 페소아 | 오진영 옮김
131, 132 사랑과 어둠의 이야기 아모스 오즈 | 최창모 옮김
133 페스트 알베르 카뮈 | 유호식 옮김
134 다마세누 몬테이루의 잃어버린 머리 안토니오 타부키 | 이현경 옮김
135 작은 것들의 신 아룬다티 로이 | 박찬원 옮김
136 시스터 캐리 시어도어 드라이저 | 송은주 옮김
137 고독한 산책자의 몽상 장자크 루소 | 문경자 옮김
138 용의자의 야간열차 다와다 요코 | 이영미 옮김
139 세기아의 고백 알프레드 드 뮈세 | 김미성 옮김
140 햄릿 윌리엄 셰익스피어 | 이경식 옮김
141 카산드라 크리스타 볼프 | 한미희 옮김
142 이 글을 읽는 사람에게 영원한 저주를 마누엘 푸익 | 송병선 옮김
143 마음 나쓰메 소세키 | 유은경 옮김
144 바다 존 밴빌 | 정영목 옮김
145, 146, 147, 148 전쟁과 평화 레프 톨스토이 | 박형규 옮김
149 세 가지 이야기 귀스타브 플로베르 | 고봉만 옮김
150 제5도살장 커트 보니것 | 정영목 옮김
151 알렉시 · 은총의 일격 마르그리트 유르스나르 | 윤진 옮김

152 말라 온다 알베르토 푸겟 | 엄지영 옮김
153 아르세니예프의 인생 이반 부닌 | 이항재 옮김
154 오만과 편견 제인 오스틴 | 류경희 옮김
155 돈 에밀 졸라 | 유기환 옮김
156 젊은 예술가의 초상 제임스 조이스 | 진선주 옮김
157, 158, 159 카라마조프가의 형제들 표도르 도스토옙스키 | 김희숙 옮김
160 진 브로디 선생의 전성기 뮤리얼 스파크 | 서정은 옮김
161 13인당 이야기 오노레 드 발자크 | 송기정 옮김
162 하지 무라트 레프 톨스토이 | 박형규 옮김
163 희망 앙드레 말로 | 김웅권 옮김
164 임멘 호수 · 백마의 기사 · 프시케 테오도어 슈토름 | 배정희 옮김
165 밤은 부드러워라 F. 스콧 피츠제럴드 | 정영목 옮김
166 야간비행 앙투안 드 생텍쥐페리 | 용경식 옮김
167 나이트우드 주나 반스 | 이예원 옮김
168 소년들 앙리 드 몽테를랑 | 유정애 옮김
169, 170 독립기념일 리처드 포드 | 박영원 옮김
171, 172 닥터 지바고 보리스 파스테르나크 | 박형규 옮김
173 싯다르타 헤르만 헤세 | 권혁준 옮김
174 야만인을 기다리며 J. M. 쿳시 | 왕은철 옮김
175 철학편지 볼테르 | 이봉지 옮김
176 거지 소녀 앨리스 먼로 | 민은영 옮김
177 창백한 불꽃 블라디미르 나보코프 | 김윤하 옮김
178 슈틸러 막스 프리슈 | 김인순 옮김
179 시핑 뉴스 애니 프루 | 민승남 옮김
180 이 세상의 왕국 알레호 카르펜티에르 | 조구호 옮김
181 철의 시대 J. M. 쿳시 | 왕은철 옮김
182 카시지 조이스 캐럴 오츠 | 공경희 옮김
183, 184 모비 딕 허먼 멜빌 | 황유원 옮김
185 솔로몬의 노래 토니 모리슨 | 김선형 옮김
186 무기여 잘 있거라 어니스트 헤밍웨이 | 권진아 옮김
187 컬러 퍼플 앨리스 워커 | 고정아 옮김
188, 189 죄와 벌 표도르 도스토옙스키 | 이문영 옮김
190 사랑 광기 그리고 죽음의 이야기 오라시오 키로가 | 엄지영 옮김
191 빅 슬립 레이먼드 챈들러 | 김진준 옮김
192 시간은 밤 류드밀라 페트루솁스카야 | 김혜란 옮김
193 타타르인의 사막 디노 부차티 | 한리나 옮김
194 고양이와 쥐 귄터 그라스 | 박경희 옮김
195 펠리시아의 여정 윌리엄 트레버 | 박찬원 옮김
196 마이클 K의 삶과 시대 J. M. 쿳시 | 왕은철 옮김
197, 198 오스카와 루신다 피터 케리 | 김시현 옮김
199 패싱 넬라 라슨 | 박경희 옮김
200 마담 보바리 귀스타브 플로베르 | 김남주 옮김
201 패주 에밀 졸라 | 유기환 옮김
202 도시와 개들 마리오 바르가스 요사 | 송병선 옮김

203 루시 저메이카 킨케이드 | 정소영 옮김
204 대지 에밀 졸라 | 조성애 옮김
205, 206 백치 표도르 도스토옙스키 | 김희숙 옮김
207 백야 표도르 도스토옙스키 | 박은정 옮김
208 순수의 시대 이디스 워턴 | 손영미 옮김
209 단순한 이야기 엘리자베스 인치볼드 | 이혜수 옮김
210 바닷가에서 압둘라자크 구르나 | 황유원 옮김
211 낙원 압둘라자크 구르나 | 왕은철 옮김
212 피라미드 이스마일 카다레 | 이창실 옮김
213 애니 존 저메이카 킨케이드 | 정소영 옮김
214 지고 말 것을 가와바타 야스나리 | 박혜성 옮김
215 부서진 사월 이스마일 카다레 | 유정희 옮김
216 사람은 무엇으로 사는가 레프 톨스토이 | 이항재 옮김
217, 218 악마의 시 살만 루슈디 | 김진준 옮김
219 오늘을 잡아라 솔 벨로 | 김진준 옮김
220 배반 압둘라자크 구르나 | 황가한 옮김
221 어두운 밤 나는 적막한 집을 나섰다 페터 한트케 | 윤시향 옮김
222 무어의 마지막 한숨 살만 루슈디 | 김진준 옮김
223 속죄 이언 매큐언 | 한정아 옮김
224 암스테르담 이언 매큐언 | 박경희 옮김
225, 226, 227 특성 없는 남자 로베르트 무질 | 박종대 옮김
228 앨프리드와 에밀리 도리스 레싱 | 민은영 옮김
229 북과 남 엘리자베스 개스켈 | 민승남 옮김
230 마지막 이야기들 윌리엄 트레버 | 민승남 옮김
231 벤저민 프랭클린 자서전 벤저민 프랭클린 | 이종인 옮김
232 만년양식집 오에 겐자부로 | 박유하 옮김
233 이상한 나라의 앨리스 루이스 캐럴 | 존 테니얼 그림 | 김희진 옮김
234 소네치카 · 스페이드의 여왕 류드밀라 울리츠카야 | 박종소 옮김
235 메데야와 그녀의 아이들 류드밀라 울리츠카야 | 최종술 옮김
236 실종자 프란츠 카프카 | 이재황 옮김
237 진 알랭 로브그리예 | 성귀수 옮김
238 말테의 수기 라이너 마리아 릴케 | 홍사현 옮김
239, 240 율리시스 제임스 조이스 | 이종일 옮김
241 지도와 영토 미셸 우엘벡 | 장소미 옮김
242 사막 J. M. G. 르 클레지오 | 홍상희 옮김
243 사냥꾼의 수기 이반 투르게네프 | 이종현 옮김
244 험볼트의 선물 솔 벨로 | 전수용 옮김
245 바베트의 만찬 이자크 디네센 | 추미옥 옮김
246 나르치스와 골드문트 헤르만 헤세 | 안인희 옮김
247 변신 · 단식 광대 프란츠 카프카 | 이재황 옮김
248 상자 속의 사나이 안톤 체호프 | 박현섭 옮김
249 가장 파란 눈 토니 모리슨 | 정소영 옮김
250 꽃피는 노트르담 장 주네 | 성귀수 옮김
251, 252 울프홀 힐러리 맨틀 | 강아름 옮김

253 시체들을 끌어내라 힐러리 맨틀 | 김선형 옮김

254 샌프란시스코에서 온 신사 이반 부닌 | 최진희 옮김

255 포화 앙리 바르뷔스 | 김웅권 옮김

● 문학동네 세계문학전집은 계속 출간됩니다